英美文学发展导论

主 编　赵国龙　代美丽　王　静

副主编　许丽云　杨　燕　李　蕾　樊晓培　龙星源

中国水利水电出版社

www.waterpub.com.cn

·北京·

内 容 提 要

本书以时间为线索，在通观英美文学整个发展历程的基础上，以各个时期的文学发展特征、思潮、流派、作家等统率各章节，系统地编撰成书。

本书分为上下两篇，上篇分析英国文学，内容包括：英国文学的渊源与其发展掠影、古英语时期的英国文学、中世纪时期英国文学、文艺复兴时期的英国文学、内战和王朝复辟时期的英国文学、启蒙时代的英国文学、浪漫主义时期的英国文学、维多利亚时代的英国文学、20世纪上半叶的英国文学、20世纪下半叶的英国文学。下篇分析美国文学，内容包括：殖民地时期的美国文学、独立革命时期的美国文学、浪漫主义时期的美国文学、20世纪上半叶的美国文学、20世纪下半叶的美国文学。

本书内容丰富且普及性强，语言通俗易懂，时间跨度大，体例结构合理、新颖，条理清晰，可供英美文学爱好者、从事英美文学研究的教师和学者参考使用。

图书在版编目（CIP）数据

英美文学发展导论 / 赵国龙，代美丽，王静主编
. -- 北京：中国水利水电出版社，2017.2（2022.10重印）
ISBN 978-7-5170-5167-1

Ⅰ. ①英… Ⅱ. ①赵… ②代… ③王… Ⅲ. ①英国文学—文学研究②文学研究—美国 Ⅳ. ①I561.06
②I712.06

中国版本图书馆CIP数据核字(2017)第027113号

书　名	英美文学发展导论　YING MEI WENXUE FAZHAN DAOLUN
作　者	主编　赵国龙　代美丽　王　静 副主编　许丽云　杨　燕　李　蕾　樊晓培　龙星源
出版发行	中国水利水电出版社 （北京市海淀区玉渊潭南路1号D座　100038） 网址：www.waterpub.com.cn E-mail: sales@waterpub.com.cn 电话：（010）68367658（营销中心）
经　售	北京科水图书销售中心（零售） 电话：（010）88383994、63202643、68545874 全国各地新华书店和相关出版物销售网点
排　版	北京智博尚书文化传媒有限公司
印　刷	三河市人民印务有限公司
规　格	184mm×260mm　16开本　27.75印张　707千字
版　次	2017年5月第1版　2022年10月第2次印刷
印　数	2001—3001册
定　价	89.00元

前　言

如今,全球化的趋势已经越来越明显,加上互联网技术的日益发达和普及,世界各国的交流也越来越频繁,无论是在政治上、军事上,还是在经济上,抑或是在教育和文化上,来往都越来越密切。同时,人们的物质生活越来越丰富,精神生活也渐趋多元化,而文学从来都是生活和时代的审美反映。以英美文学为代表的西方文学,一直是西方文化发展的重要推动力量,在现代更是以压倒性的优势主导着世界文化的发展。改革开放以来,我国学者对英美文学的研究成果总体上呈上升趋势,这是值得肯定的。但是,应该看到,由于经济发展水平、价值观、文化、习俗等方面的差异和限制,我国学者对英美文学的了解和研究还停留在较为浅薄的层面上,因此,系统地探析英美文学的发展情况,有利于我们更好地了解西方文化,并对之进行有益的借鉴和吸收,促进中西文化交流与融合。鉴于此,我们编写了《英美文学发展导论》一书。

英美文学是英、美两国人民长期以来创造性地使用英语语言的产物,是对时代生活的审美表现。英国文学经历了长期、复杂的发展演变过程,而美国文学又一直被认为是英国文学的一个分支。两国文学的发展过程经历的各个阶段有很大的共同点,又有不同的发展特征。据此,本书分为上下两篇,上篇分析的是英国文学,共有九章内容。第一章分析的是古英语时期的英国文学,第二章介绍的是中世纪时期的英国文学,第三章就文艺复兴时期的英国文学进行了研究,第四章对内战和王朝复辟时期的英国文学展开分析,第五章研究的是启蒙时代的英国文学,第六章介绍的是浪漫主义时期的英国文学,第七章对维多利亚时代的英国文学进行了分析,第八、九章分析了整个 20 世纪的英国文学。下篇研究的是美国文学,共有五章内容。第十章探究的是殖民地时期的美国文学,第十一章分析的是独立革命时期的美国文学,第十二章就浪漫主义时期的美国文学进行了研究,第十三、十四章分析了整个 20 世纪的美国文学。

本书一个很重要的特色就是体例格式新颖。各章章名虽然比较中规中矩,但具体到节名上,几乎都凸显了相应时期的文学发展特征,并以时代特点、重要文学流派、文学思潮、知名作家等内容统率章节,做到以点带面,以期点面结合,探究相应文学样式、体裁的发展渊源及展现其发展盛况。本书内容也具有很大的普及性,提供英美文学发展的一般知识,简要勾勒英美文学发展概貌,包括发端、沿革、嬗变的历史轨迹,重要流派、主要作家及其代表作品等。总之,本书内容丰富全面,结构得体,语言通俗易懂又不失准确,知识点新颖,集知识性、适用性、系统性、科学性及时代性于一身,可供英美文学爱好者、研究者和教师参考使用。

本书的主编由信阳师范学院赵国龙,郑州大学西亚斯国际学院代美丽、王静担任;副主编由郑州大学西亚斯国际学院许丽云、杨燕、樊晓培,许昌学院李蕾,河池学院龙星源担任。全书由赵国龙、代美丽、王静统稿。具体分工如下。

第五章,第六章第五节,第八章:赵国龙;

第七章,第九章:代美丽;

第一章,第二章,第三章:王静;

第十二章,第十三章:许丽云;

第十四章:杨燕;

第六章第一节至第四节、第六节,第十章:李蕾;

第四章:樊晓培;

第十一章:龙星源。

在本书的编写过程中充分搜集和整理了大量相关资料,并对国内外诸多学者的研究成果进行了吸收和采纳,由此获得了丰富的研究资源。在此,对这些学者表示特别的感谢。由于时间仓促,编者水平有限,因此在资料的撷取中难免有误读和曲解,在评价的侧重点上难免有主观偏好,希望广大读者、专家学者批评指正,并给予宝贵的意见,以便本书日后的修改与完善。

编　者

2016 年 12 月

目　录

下篇 美国文学发展导论

上篇　英国文学发展导论

第一章　古英语时期的英国文学

古英语文学也称为盎格鲁-撒克逊文学。它包括古英语时期——盎格鲁-撒克逊时期——的全部文学作品。这个时期约有 600 年之久(从 5 世纪中期至 1066 年诺曼底征服英国止)。当时盎格鲁-撒克逊人占领了英伦三岛,带来了印欧语言的一个支系——日耳曼语系。当时有三个不同的部族在英国三个不同的地区落脚,人数最多的盎格鲁人主要居住在英国的中部和北部,人数次之的撒克逊人居住在南部,人数最少的朱特人以肯特郡为家。三种方言逐渐融合,其中以盎格鲁-撒克逊语为主,这就是古英语。古英语文学的分类繁多,其中除诗歌外,还有以宗教为题材的僧侣文学,如布道词和圣人传,也有散见各处(如法律文件、遗嘱、编年史等)的早期散文,多是用拉丁文写成的,也有古英语。同其他民族早期的文学一样,盎格鲁-撒克逊时期的英国文学也具有原始的集体性质,反映了劳动人民对神秘大自然的认识,记述了历史事件、社会变迁、宗教信仰和生活习惯。

第一节　盎格鲁-撒克逊时期的吟游诗歌与僧侣文学

在古英语文学里占重要地位的文学形式是古英语诗歌。古罗马史学家塔西特斯(Tacitus,生卒年不详)在他的《关于日耳曼人》里说到,日耳曼人只有古代诗歌这一传统和历史,还说他们的某些歌曲运用音调激发勇气,通过声音判断即将开始的战斗的胜负。这也就决定了吟游诗人和宫廷诗人在社会上的尊贵地位,吟游诗歌在古英语时期的英国文学史上占有重要的地位。另外,古英语文学创作受到当时正在漫及英国的基督教的影响,相应的,也就产生了僧侣文学。

一、吟诵历史传说和诠释自然现象的吟游诗歌

古英语时期的英国文学多为口头文学,后来才慢慢地落笔到纸上。这种情况在人类的远古时期,各处都大同小异。因此,盎格鲁-撒克逊时期,英国也出现了一种职业——吟游歌手,或曰

吟游诗人。吟游诗人还分为"斯可普"或"格利门"两种。"斯可普"自己创作,自己演奏,因而可称得上是真正意义的诗人;而"格利门"则演奏他人的作品。随着时间的推移,两者的区别日趋模糊,以致后来均指自作自唱的吟游诗人了。口耳相传的文学创作过程,在古代英国就是经由吟游歌手们完成的。在古英语诗歌的创作和传布中,吟游歌手发挥了非常重要的作用。作为口头文学,吟游诗歌多由吟游歌手伴竖琴唱出。在古英语吟游诗歌《韦德西斯》里,一个吟游诗人就详细讲述了他为各国王公们歌唱、提供娱乐的经历:"我这样长途跋涉,经历异国他乡,学到/大千世界里的善与恶;/离开家乡朋友和亲戚,跋山/涉水。因此,我能够歌唱/讲故事,在宴会厅里细述,达官显贵怎样赐予我贵重礼物。"(50~56 行)《贝奥武夫》说到吟游歌手创作贝奥武夫英雄故事的过程:"慢慢地,国王的一个武士,/一个自负的家伙,练习唱歌,/回忆起无数的古老传说,/基于事实,编出一个/新的故事;此人开始,巧妙地重述贝奥武夫的事迹,/流畅地讲述一个讲得很好的故事,/编织一个由词语组成的花毯……"(867~874 行)这几行诗说明了吟游歌手的起源(867 行)、他的作品的来源(869~870 行)以及他的职业的性质——艺术创作(874 行)等。《提奥的哀歌》则说,这些人一旦成为宫廷里的专职歌手,便会经受失宠等起伏之苦与生死之灾,生活得很辛苦。

盎格鲁-撒克逊时期的吟游诗反映该时期的思想,但其实更多的是吟诵历史传说和诠释自然现象。从今天保存下来的该时期吟游诗来看,它们大多创作于 8 至 10 世纪之间,优美而且妙趣横生。吟游诗也讲述吟游诗人们的生活,他们漫游各地,通过吟唱英雄们的故事为人们提供一些娱乐或茶余饭后说到的新闻、轶事,因此读者通过吟游诗歌可以领略到当时的历史传说、自然现象和有趣的冒险故事。盎格鲁-撒克逊时期的吟游诗代表作包括《贝奥武夫》《浪游者》《提奥的哀歌》《芬兹堡之战》《瓦勒迪亚》《布鲁南堡之战》《马尔登之战》《迪奥尔之歌》《韦德西斯》等。其中,《贝奥武夫》是盎格鲁-撒克逊时期出现的唯一一部完整诗篇;《浪游者》和《提奥的哀歌》均清楚地表现了古代吟游诗人的生活方式;《迪奥尔之歌》是一个典型的朝廷吟游诗人被替换后的哀叹和自我安慰;《韦德西斯》里,一个吟游诗人就详细讲述了他周游列国,为各国王公们歌唱、提供娱乐的经历。以下重点说说《贝奥武夫》《浪游者》《迪奥尔之歌》《韦德西斯》。

长达 3 182 行的《贝奥武夫》是一首叙事诗。该诗歌颂属于自己民族文化遗产的遥远的往昔,而且这种颂扬表现出罗马基督教的强烈影响。诗里的叙述者"我"很明显是一个吟游诗人。这首诗本身很可能是通过游荡的吟游诗人之口而传入英国的,继而经过人们一代代口耳相传,直到公元 8 世纪才有人用盎格鲁-撒克逊语,即古英语,匿名记录下来。所用语言基本为晚期西撒克逊人方言,也含有许多盎格鲁人方言的词语形式。故事发生的背景是丹麦和瑞典南部,讲的是5、6 世纪日耳曼英雄的事迹,全诗从头至尾并未提到过英国。它的主人公贝奥武夫来自瑞典,事件则发生在丹麦。全诗大体分为两部分:第一部分写贝奥武夫与海怪格伦德尔及海怪之母的战斗(1~1 798 行);第二部分则写他为国家及人民拼死斩杀火龙而死而后已(1 799~3 182 行)。第一部分以丹麦王国的兴起开篇(1~85 行),其中写到古代英雄——斯基勒德国王的海葬(26~52 行)。当时的丹麦国王赫罗斯杰遇到很大的麻烦:12 年来,他的宫殿一直受到海怪格伦德尔的骚扰。这头海怪来到宫殿后,总是恣意劫掠和吞食国王的臣民,而且力大无穷,凶狠异常,每次前来都是长驱直入,毫无对手,竟似入无人之境(186~188 行)。于是瑞典国王将侄子贝奥武夫及一些家臣派去助战。赫罗斯杰大摆宴席,热情接待这位英雄(189~661 行)。之后夜幕降临,贝奥武夫在殿内等候海怪到来,然后便赤手空拳地与它搏斗——因为它根本刀枪不入。贝奥武夫一人有 30 个人那么大的力气,他趁海怪不防,抓住它的一条胳膊,猛力把它扭断,于是海怪嚎叫着掉头逃回它出没的深潭巢穴,气绝身亡(662~835 行)。国王闻知大喜过望,即刻设宴欢庆这场胜利(836～1 250 行),但他万万没有料到,在表面的安定下面却存在着更大的危险。就在当晚,格伦德尔的母亲恼羞成怒,咆哮着前来为儿子报仇,一气之下连杀国王的数个臣子,然后扬长而去。贝奥武夫尾随在她的后面,悄悄跟进她的藏身之处,然后即刻与这头女海怪开始搏斗。女妖使出浑身解数,贝奥武夫险些败在她的手下。就在那千钧一发时刻,他看见墙上挂着一把魔剑,于是趁机抽出,终于将她斩杀。他提着两颗海怪头颅返回王宫(1 251～1 650 行),感激不尽的国王再次隆重庆祝,赠送给他重礼以示谢意(1 651～1 798 行)。

在诗的第二部分,贝奥武夫回到瑞典,数年之后继承王位,在位长达半个世纪之久,其间风调雨顺,国泰民安(1 799～2 199 行)。他在老年所面临的最后一次挑战是与一条火龙的战斗。很久以来,这条火龙护卫着自己的大量宝物,不断外出骚扰他的国民,使得全国惶惶不可终日,老国王决心冒死为民除害。这一天,这个口喷烈火的怪物来到这里,扬言要彻底毁掉他的国家。于是贝奥武夫和一个侍卫起而应战,欲齐心合力把它杀死。战斗进行得非常激烈,双方都战到筋疲力尽,火龙终于不支而被杀死,但是贝奥武夫自己也受到致命的重伤。就这样,他为自己的臣民贡献出自己的生命,成为一位君王的典范(2 200～2 820 行)。诗作最后以他的葬礼结尾(2 821～3 182 行)。

《贝奥武夫》说的是一个冒险故事,但这个故事的独特之处在于,它巧妙地将历史现实与神话故事融合在一起。它把古代文化最优秀的成分与人类对未来的最美好憧憬有机地融为一体,描绘出人最崇高的品质和举止,刻画出人最理想的类型的状貌。《贝奥武夫》也为人类智力活动的一大传统提供了一个有力的注脚:人类总是借助自己的想象力而获得对生活与宇宙的掌控权。同样的故事——基本上都是神话——也曾出现在许多不同文化如古希腊和中国的神话里面。神话多有可能曾是古代先民们的宗教信仰,其中有些可能基于历史事实(比如贝奥武夫的事迹)。人类的祖先通过对外部世界的不断观察和揣测,进而编织出一个神话系统,使得自己思想条理化,使得世界规范化,以更易于理解、支配和调理自己的社会与生活。贝奥武夫这个人物概括性地表现了古代盎格鲁-撒克逊人对英雄君主的拥戴和赞美,歌颂了人类战胜以妖怪为代表的神秘自然力量的伟大功绩。这种题材与欧洲文学史上的民族史诗的传统是一脉相承的。它集历史事实和神话传说为一体。因此,主人公贝奥武夫这一形象带有传奇和神话的色彩。他英勇顽强,富有自我牺牲精神,爱护自己的臣民,具有崇高的责任感。这首长诗是盎格鲁-撒克逊人带入英国的。它的背景取自北欧地区,即丹麦和瑞典的南部,反映了当时部落社会的面貌。格伦德尔被描绘成该隐的后代,说明该诗成文于基督教传入之后,因此添入了一定的基督教成分。然而,综观全诗,它却具有浓郁的多神教色彩。《贝奥武夫》具有神话和传奇的色彩,但它不是神话;《贝奥武夫》似乎曲折地唱出了盎格鲁-撒克逊的民族史,但它又不同于历史。同欧洲文学中的其他史诗如荷马史诗一样,它把历史和传说中的英雄人物作为吟唱讴歌的对象,表达了古代劳动人民对原初时期人类生活和世界的理解。

《贝奥武夫》在一定程度上反映出当时人们对人生的一些思想和理想。贝奥武夫的一生反映出那时人们心目中的一个原则,即人在生前要正直,要尽力而为做出成绩,这样在死亡到来时才能心安理得,毫不惭愧。贝奥武夫在去世前回顾自己的一生,说到自己领导国家和人民 50 年,给国家带来安定,没有任何邻国敢来进犯;对人不施加阴谋,不发假誓,不杀无辜;因而现在要面临死亡了,他感到心里坦然,灵魂能无忧无虑地离开肉体。这种思想早在这位英雄年轻时和海怪格伦德尔搏斗的过程中,就已经有所表露。当时国王的一个武士死于格伦德尔的母亲之手,国王因而沉痛不已,贝奥武夫就安慰说,请您节哀,为朋友复仇比痛悼他来得更好;我们每个人都得活到自己在人世生命的结束时,因此,让我们在死前都有所作为,这是一个英雄的最佳选择。这一点反映出古日耳曼人的一个生活理想与准则。

阅读《贝奥武夫》时应当注意以下几点：第一，这个故事基本没有什么表达宗教信仰的旨意，但是它却表现出基督教影响的明显痕迹。例如，"上帝"或"主"的字眼多次出现，意指某种万能、至高无上的力量的存在。还有基督教的一些理念也多次出现，如相信"来生"等。此外，格伦德尔被称为迷途的《圣经》人物该隐的后裔。这说明这个故事是在盎格鲁-撒克逊人皈依基督教后而落笔于纸上的：写作者或是业已皈依了基督教，或是已经接受了基督教义的影响。第二，要注意诗中"借喻语"的运用。借喻语是一种借喻，它用生活中常见的事物作为形象或图示，来表达概念、信息，以易于唤起人们的想象，提高他们的理解和接受力；它也是表达抽象概念的一种有效修辞手段。在《贝奥武夫》和类似的古英语诗歌里，这种借喻语出现得很多。例如，大海被说成是"天鹅之路"或"鲸鱼之路"或"船帆经过之路"；武士被称为"持盾者""战斗英雄"或"宝剑英雄""长矛武士"；战斗是"耍弄长矛"或"耍弄剑刃"或"战旗的冲撞"；血是"战争的汗水"；国王经常是"赐予礼物者"；眼睛是"头上的珠宝"，身体则是"肉衣"或"骨屋"。这样的词语组合很容易唤起人们直观的实物印象，而有效地避免摆弄空洞的概念。第三，全诗在韵律上有明显的压头韵现象。《贝奥武夫》中几乎每一行诗句都有押头韵的特点。这样读起来朗朗上口，能够加重语气，并且易记易诵。同样需要注意的还有谐音的应用。谐音是另一种常用的韵律形式，它是指在一组连续的单词词首或词内重复出现某个元音。头韵和谐音都能引起读者的兴趣，使他们放慢阅读速度而集中注意力。古英语的这些韵律形式很早以前便已渗入到英语诗歌中而成为一种传统。

《贝奥武夫》里有许多处很有让人回肠荡气、爱不忍释的韵味。比如其中歌颂贝奥武夫的一首歌谣对世人很有启迪作用：

> 希格蒙德死后
> 他的声名大振，
> 因为他英勇善战，斩了宝物的守护
> 妖龙；在灰色岩石下，他，
> 国王的儿子，冒险
> 只身做这件危险的事情——菲特拉未在身边；
> 但是他做成了，他的宝剑透穿
> 奇妙的蛇身，宝刀竟刺入岩石；
> 妖龙遭暴死。

这首歌谣是一位歌手的即席之作。当时贝奥武夫杀了海妖格伦德尔，武士们兴高采烈地返回王宫。在路上，宫廷诗人诗兴大发，即席作歌，颂扬贝奥武夫的英勇事迹。他采用的手法很别致，即用古人的事迹来衬托贝奥武夫的英武。这个古人就是希格蒙德，他的事迹是他当年只身战胜恶龙之事。然后歌手把贝奥武夫的口碑载道和希格蒙德后来的凶狠与独裁两相对比，从而更突出了贝奥武夫矢志不渝、死而后已的高尚品格。

另外，诗作中描绘海妖格伦德尔的深海巢穴的一段，里面有敏锐的观察，有奇妙的悬揣，也有大胆而合乎情理的想象，因此现在读来，仍然趣味盎然，百诵不厌：

> 他们住在一处隐蔽的地方，豺狼的巢窟，
> 风吹雨打的海岬，可怕的沼泽峡谷，

在峡谷的雾气里,那里山泉

沿洪水在地表下面

猛然倾泻下来。以里数算,

距此不远就可以找到这片池沼;

它上面悬挂着霜打的树丛,根基

坚固的树木俯掩在上面。

在那里每夜都可看到神奇景观,

洪水上面有大火点燃。在凡人的后代中间

没有哪位贤人知道那片

黑水的深度。虽然犄角很齐整的公鹿,

这片荒野上的奔跑者,因猎狗的追逐,

从远处慌忙逃入这树丛里——

它会宁愿死在岬岸

也不进那里去保护它的头颅;

这不是个好地方! 从那片池沼里冉冉升起

一股股乌烟瘴气直上霄汉,

直至空气都变为浑沌一片,

九天也哀泣悲叹。

　　史诗和不少其他古英诗一样,幽默不多,悲伤不少。贝奥武夫的临终谈话把全诗收拢在无可
奈何的悲调中:

(贝奥武夫开口说)

老人在忍受痛苦——眼睛盯着黄金——:

"我对万物的统治者,

对光荣的王,永恒的主,表示

我的感谢,感谢这里我所看到的宝物,

感谢我被允许在死前

能为我的人民赢得这些东西。

既然我已用我的老命换取了

这些宝物,你们要从此以后满足

人民的需要! ……"

(接着贝奥武夫对身边的一个武士说)

"你是我们种族——韦格蒙丁人——的

最后一个;命运已把我的全部

族人,无畏的贵族们,扫到他们的大限去;

我必须前去跟上他们。"

这是老将在葬火——毁灭性火焰——

点燃以前所说的最后一句表达

他的思想的话；他的灵魂离开了躯体

前往正直人们的大限。

这是《贝奥武夫》以及许多古英诗的典型腔调。它比较完整地反映出古代英国人对世界、对生活的深刻认识。这种认识标志着整个种族的心理成熟度。如果人们读完全诗，再回首注意一下长诗的整体结构，就很可能会发现，这部诗作状貌呈"圆形"：它以葬礼开首，而又以葬礼结束，把世界和人生夹持在中间。这样一来，全诗就被笼罩在一种悲戚的沉闷氛围中，很少有光亮、希望和无忧无虑的喜悦。这个"圆形"决定了人生的悲剧结尾，也决定了反映这个人生的文学作品的基调。

《浪游者》是一个流浪者的独白，但以第三人称的叙事形式写出。诗人—叙事者开首（即序诗）和收尾（即结尾），中间包容着流浪者的独白。全诗共115行，由序诗（1～5行）、诗作主体（6～110行）和结尾（111～115行）组成。

序诗很有值得推敲之处。这几句话是谁讲的？第三人称叙事者说，这些出自流浪者之口，实际是他给流浪者的独白所作的开题与总结。《浪游者》的叙事者显然是一位深受基督教影响的诗人。他在这里开宗明义，提出主以及主的恩惠和宽宏，并暗示依赖这些乃是对抗厄运的关键："一个孤独（或隐居）的人常能得到恩惠，/他的主的宽宏，虽然心头凄风苦雨/他还得在海上长期漂泊，/双手还得去拨动冰冷的海水（即划桨——译者），/踏在流放的路上。命运真固执啊！"这几句序诗的结尾——"命运真固执啊！"——有些让人摸不着头脑。一般说来，命运是上帝决定的，可是这位诗人似乎把两者给分开了。这可能说明，他的思想是由多种文化和信仰因素组成的，除新加进的基督教成分外，里面还残留着日耳曼文化和信仰的影响。他认为，在昔日日耳曼诸位神祇的统治下，人们受苦受难，而在上帝的惠顾下，人们会最终到达天国。但是也很清楚的是，在这位叙事人的头脑里，上帝是虚的，而痛苦是实在的。他对基督教的信仰是表面的。虽然如此，这几句序诗仍然宛如一篇论文的纲要，决定了诗笔的走向，即诗主要讲流浪者的苦，但是也会说到一点天堂梦的甜及对天国的希望。

诗的主体（6～110行）是流浪者叙说自己离开主人和家园，在浪迹天涯过程中所经历的悲痛和孤单，以及他痛定思痛后的感想。在诗主体的第一部分（6～36行）里，流浪者说到他的无家可归、饥寒交迫以及没有希望的境况。字里行间透露出他已经饱经沧桑，年轻时曾是一个英勇的武士，受过恩主的奖赏，拥有过自己的随从，但是现在一切都成为过去，自己这个战祸的幸存者却落得个孤苦伶仃，渴望得到安慰和友情。诗作主体的第二部分（37～48行）描述流浪者在梦里幻想自己又回归往昔、拥抱自己的主公、坐在主公身旁的亲切场景，但梦醒却又回到现实，自己孑然一身，唯有海鸥和霜雪为伴。第三部分（49～57行）讲流浪者倍感悲痛，忽又想到亡故的族人，他为他们歌唱，他急不可耐地扫视他们，但他们很快便从幻境中消失了，留下他一人无精打采地待在海上。诗作主体的第四部分（58～110行）包含以下几个内容的线索。一是这个世界的沉沦和衰落，人世一切——地位、财物和虚荣——的倏忽即逝；二是暗示人的命运朝不保夕、岌岌可危；三是劝导世人积累经验，耐心、自控，认识人生的短暂和苦痛："尘世到处充满艰险；/命运的指令改变天下的人世。/在这里，财富消失了，朋友消失了，/男人消失了，女人消失了，/这个尘世的全部结构变得空空如也。"

诗作的结尾旨在劝导世人信奉天国，但语言显得匆忙、空洞。这说明，在流浪者（或诗人—叙事者)的思想里,苦难占绝对比重,而对天国和上帝的憧憬所占比例不大。这一点为序诗里所勾勒出的诗人—叙事者的思想状貌提供了有力注脚。

《迪奥尔之歌》包括 7 个长短不一的部分,其中 6 个部分结尾都有重复的副歌。全诗共有 42 诗行,内容是一个典型的朝廷吟游诗人被替换后的哀叹和自我安慰。

这首诗的写法很有自己的特点。它使用的手法很有点像 20 世纪诗人 T. S. 艾略特(T. S. Eliot,1888—1965)所说的"客观对应物"的味道。诗人迪奥尔在诗里以第一人称说话,但他开始却不露真相,从第 1 节到第 6 节说的内容都是其他人的经历,似乎是在给人讲他广泛的见闻似的。只是在每节的最后一行,即"副歌"行,加一句"既然那事已经度过,这事也一定可以过去"。这有些让人感到莫明其妙:"这事"一词让人捉摸不透。从古英语时期遗留下来的诗作里,《迪奥尔之歌》是两首具有副歌的作品之一;另一首是《武尔甫和埃德瓦瑟》。

在第 1 节(1~7 行)他说到一位英雄人物——铁匠韦琳德受到迫害而遭流放之苦;第 2 节(8~13 行)说一个女孩因怀孕而忐忑不安;第 3 节(14~17 行)说一个吉特人(斯堪的纳维亚南部人)由于爱情和随之而来的痛苦而夜里辗转反侧;第 4 节(18~20 行)最短,讲一位国王统治国家 30 年;第 5 节(21~27 行)讲一个残暴的国王给人民带来悲哀;第 6 节(28~34 行)属于总结性说教:一个被剥夺快乐的人如果感到急切和不安,心里一定是一片凄风苦雨,他认为他的苦难是无休无止的;但他应该想到,在这个世界上,圣明的主采取不同的行动,对有些人他赋予惠顾和永久幸福,而对另外一些人则加之以苦痛。这一节没有副歌。

在最后一节(35~42 行),诗人在为谈论自身的感受做了诸多铺垫以后,才最后亮相:"至于我本人,我要说/我在很长的时间里曾做赫奥登宁朝的歌手/和我的国王很紧密。我的名字叫迪奥尔。/我在多年里有个好工作/以及仁慈的君主,直到今日赫奥连达,/一个擅长吟唱的人,得到了那份人君/曾经给予我的地位。/既然那事已经度过,这事也一定可以过去。"值得注意的是它副歌的主旨,即生活会给予人们以创伤,但时间终究会弥合一切伤痕。

从内容到技巧,《迪奥尔之歌》都表现出人的认识的发展业已达到很高水平。迪奥尔的作品极富哲理性。他认识到,生活(或上帝、社会、宇宙等外界力量)对人并非总是笑容满面,它会、而且一定会让人受苦受难。个人对于世界的伤害不会有何作为,只能接受。诗人对待外界力量的左右,貌似委曲求全、被动地承受,实际上他是软中有硬,以低调向生活宣告他的存在,展示他的个人尊严。

《韦德西斯》全诗共 143 行,由三部分组成:序诗(1~9 行)、韦德西斯的故事(10~134 行)以及跋(135~143 行)。序诗和跋都由第三人称的叙事者说出,中间的主体部分由韦德西斯以第一人称的口吻讲出。序诗介绍韦德西斯游历广,收到过很多赠礼;他是莫金族人,结婚后离开英国,先到哥特国王处,在那里他开始成为歌手。诗歌的第 50~56 行是韦德西斯本人的自我介绍,即他周游各国,为国王公们歌唱、提供娱乐的经历。由此人们可以推断,韦德西斯是一位云游四海、见多识广、学问渊博、口碑载道的诗人。利用这样的吟游诗人作叙事人是《韦德西斯》作者的高明处之一。他把韦德西斯装扮成一个理想型的吟游歌手。"韦德西斯"一名在日耳曼语里的意思就是"远行"或"远游"。这位歌手提起人名、地名、族名、国名,信手拈来,如数家或"远游"。这首诗作以叙事者韦德西斯用第一人称讲话,开首有序诗,收尾有跋,中间还夹杂着他的评论,因而颇有自传的味道。

诗歌主体的中心内容由三个长名单组成。先是说国王的名字(18~35 行),共有 69 个,这是最古老的部分。接下来是各族群的名称(57~87 行),约 70 个左右,以及各位英雄的名字(112~

130 行)。这三个名单后来由一位古英语诗人连接起来,植入一个包括抒情和史诗传统的艺术框架内。很显然,这位无名氏诗人是一位基督教教士,他吟诗技巧高,并对日耳曼历史和诗歌怀有浓厚兴趣。而且,这位诗人对这种书本知识感到骄傲,他提到遥远的过去和世界各地的英雄和国王的名字,其中包括希腊人、波斯人、希伯来人、印度人、埃及人,还有日耳曼人极富传说性的诗人韦德。就内容讲,诗中对许多古代(如 3 世纪至 6 世纪)族群和英雄的名称只是蜻蜓点水,一掠而过。这些对现代读者或许印象不深,但在当时,可以想象人们听来会是很有兴味的。这些名字里有许多出现在其他古英语史诗里。诗歌运用压头韵手法写出,以便于听众记忆。

《韦德西斯》的跋再次界定吟游诗人的身份,同时在不经意间也指明了他们的历史作用:生活的一切都会成为过去,但是"……他(指吟游诗人)得到赞扬/具有天底下的永恒光辉"(142~143 行)。这就是说,他是永恒的,他的作品是永恒的,他的作品所记载的史、地、人、事等一切,也会永远流传下去。他是历史的见证人和传递人。

二、再次皈依基督教后的僧侣文学

盎格鲁-撒克逊人在传教士圣·奥古斯丁(St. Augustine,生卒年不详)于 6 世纪末到来之前,原来基本上信奉异教的多个神祇。比如沃登是天父,索尔是风暴和力量之神,弗雷亚为和平与丰饶女神,而鲍勒德尔则是年轻与精力之神。这种信仰在人民心中扎根,和后来的基督教信仰并立了很长时间。英国的基督教化虽然发生在 6 世纪末,但是基督教在这很久以前就已经传入英国,那是在基督教成为罗马帝国的国教以前。在英国第一个受到迫害的基督教殉道者是公元 4 世纪的圣奥尔本。后来到 312 年,罗马帝国宣布基督教和其他信仰享受同等待遇,基督教才在英国开始发展。到 5 世纪罗马驻军撤离英国、日耳曼人入侵后,基督教神甫们再次受到迫害,长达一个半世纪之久。公元 6 世纪,英国再次皈依基督教。

597 年,圣奥古斯丁和 40 名神甫奉教皇格雷戈里的派遣来到英国,传播基督教信仰。圣奥古斯丁和他的神甫们在肯特登陆,受到肯特国王埃塞尔伯特的礼遇。国王允许他们住在首都坎特伯雷,并可以自由传教。不久人们被新信仰所吸引,成群结队前来受洗,国王也皈依基督教。与此同时,爱尔兰的基督教传教士到达英国北部地区,独立于罗马教廷而进行传教活动。英国最早的史学家比德(The Venerable Bede,约 672—735)在他的《英国宗教史》对此也有详细记载。比德特别提到一个名为艾丹的主教,这个人洁身自好,不爱名利,慈善好施,经常步行到各地传播福音。在他的影响下,北部人们开始皈依基督教。南北两个传教团体后来在诺森伯里亚国的惠特比修道院相会,辩论庆祝复活节的日期,最后决定改变英国北部在星期日庆祝复活节的传统。英国的皈依基督教对英国语言的发展和文学创作都产生了深远影响。

基督教在提高盎格鲁-撒克逊人的文明与文化水准方面发挥了具有历史意义的作用。在各地建立起的修道院成为文化与学术中心,那里的修道士们成为传播文明的杰出媒介。他们除在修身养性方面树立人们仿效的榜样外,还积累和传播知识,进行文学创作。在修道院里,修道士们以懒惰为耻,定时进行体力劳动、读书、静思默想等,他们当中有一技之长者,可被允许进行工艺操作,但任何买卖都不可有损于修道院的利益和声誉。于是,在盎格鲁-撒克逊时期的英国,修道院比比皆是,在雅训国民的趣味、熏陶他们的性情方面,发挥了很大的作用。盎格鲁-撒克逊人的性情在新环境中开始发生微妙的变化。他们开始喜爱和平与稳定,开始注重提高自身的文化和文明程度。在文化和文学的发展方面,修道院存在的意义就不言而喻了。现存的古英语文学作品,多是在修道院或教堂里保存下来的。道士们成为历史上文化与文学艺术的传人。比德在他的作品《韦亚莫斯与贾罗的神圣道长们的生平》里特别提到修道院对英国工艺发展所做的贡献。比德说到一位修道院长——僧侣比斯科普对英国文化发展所做的贡献。此人朝拜罗马五次,第一次他带回大量书籍;第二次带回耶稣基督和圣徒们的多种圣物;第三次他把罗马的圣歌与教堂管理等传统介绍到英国,并把罗马圣彼得大教堂的建筑师、修道院院长——约翰带到英国,口传面授给英国人以知识;第四次他从教皇那里取得信函,保证修道院不受任何外国人侵者的骚扰;第五次他带回圣人肖像,挂在他在英国修建的圣彼得教堂。这些都开阔了英国人的眼界,增加了他们的见识,缩短了英国和欧洲最高文明水平的距离。

不到一个世纪,基督教在整个英国广为传播,并取代了多神教。值得注意的是,在这一替代过程中,多神教和基督教的宗教观念相互冲撞而又彼此交融。这种现象在盎格鲁-撒克逊文学中留下了明显的痕迹。僧侣们成为传播文明的杰出媒介,他们积极积累和传播知识,进行文学创作,这也就是僧侣文学。在僧侣文学中,最具代表性、最负盛名的应推凯德蒙和基涅武甫这两位诗人。

凯德蒙(caedmon,生卒年不详)是英国基督教诗歌的第一位代表人物。他是约克郡惠特比寺院的一个仆人。据说,他的诗歌才华是神赐所得。他目不识丁,以前全然不懂吟诗作赋。一天晚上,他在马厩照料马时睡着了。他梦见了天使,并学会唱歌,从此就成了吟诗的能手。寺院里的僧侣慕名前去拜访他。由于他不识字,僧侣们把《圣经》内容读给他听,他用盎格鲁-撒克逊语言把《圣经》故事改编成了押头韵诗歌。这就是后人肯定出自凯德蒙之手的唯一的作品《对造物主上帝的赞美诗》(以下简称《赞美诗》)。凯德蒙的其他作品包括五首宗教诗歌:《创世记》《出埃及记》《但以理书》《朱迪丝书》以及《基督与撒旦》,这些作品被后人称为"凯德蒙组诗"或"凯德蒙诗派"的作品。不过,人们现在普遍认为,在凯德蒙名下的许多诗歌并非都出自他的手笔,而是出自那些模仿他创作风格的姓名不详的诗人。因此,文学史家们经常用"凯德蒙组诗歌"来表示7世纪的教会僧侣文学。这些诗大约在1650年由弥尔顿的一位熟人付梓成书。以下重点说说《赞美诗》《创世记》《出埃及记》《朱迪丝书》。

《赞美诗》在比德的史书里,它只出现在某页的边缘或下部,似乎并非史书的一个有机组成部分。比德也只是提供了该诗的拉丁文的意译文本。据比德记载,这首赞美诗一共9行。现存的手稿就不下17种之多,其中有诺森伯里亚和西撒克逊等文本。《赞美诗》开启了后来在世人中广为传布的"凯德蒙诗派"或"凯德蒙式诗歌"的先河。在这首赞美诗里,凯德蒙把古日耳曼颂歌式民谣的内容和形式改写成宗教诗歌。比如他运用"变换"手法在9行赞美诗里对上帝的称呼变更了8次——"天国的守护者""鉴定者""光荣上帝""永恒的主"(先后用两次)"神圣的造物主""人类的守护者""万能的主";变换是古英语诗歌风格中最重要的一种修辞手段。同时也值得注意的是赞美诗的押头韵、排比手法和运用少量音节的简明特点。

《创世记》共2 935行,是对《圣经·创世记》第1至22章的意译。经过多年的考证,评论界现在比较一致认为,此诗由两部分组成——《创世记A》和《创世记B》。《创世记B》包括235~851行,可能是9世纪某位诗人所作,而被插入诗里;诗歌的其余部分是《创世记A》,创作于8世纪左右。《创世记A》开篇叙述天使们造反和被打入地狱的故事。《创世记B》虽然重复叙述堕落段落的内容,但具有本身的突出特色,比如撒旦被描绘成一个英雄人物,以响亮的声音唤醒堕落在地狱里的天使们奋起而和上天一比高低(356~440行),等等。

《出埃及记》是一个片段,以《圣经·出埃及记》的第13、14两章的内容为基础而写成,内含

590行押头韵诗行,叙说以色列人力渡红海以及摩西排除万难领导他们奔向福地的英勇事迹。这首诗的特点是富于幻想,善用比兴手法,遣词用字谨慎,力求达到戏剧性效果等。比如1~18行对摩西的赞美,276~305行摩西在渡过红海之前对以色列人的讲话,还有580~590行所写的分赃的情形,等等,都是很好的例证。《出埃及记》也遵循日耳曼人的传统,运用古英语里常用的语汇和形象,把摩西刻画成一位日耳曼国王和英雄,把以色列人改变为一群日耳曼武士。这样做虽然令人有怪异之感,但基督教的热情和日耳曼的冷峻这种自然而巧妙的融汇,却不乏动人之处。另外,其中描写暴力流血的形象,酷似古英诗里常见的战斗景象,用这种形象描绘埃及军队溺死于红海、以色列人掠夺他们的遗物这样的场面,非常动人,但也因和古日耳曼诗歌传统相似,有些不太合适,也缺乏现实性。

《朱迪丝书》一诗的内容以《经外书》(或《伪经书》)的拉丁文《朱迪丝书》为张本。此诗和《出埃及记》一样,注意在风格和韵律上下功夫。它根据感情和戏剧效果的需要,变换押头韵的诗行的长度。它的内容主要讲亚述国侵略军的残暴将军霍洛弗尼斯与犹太人的解放者、美丽的朱迪丝的故事。一天,霍洛弗尼斯与众将喝得烂醉之后命令把朱迪丝带进帐里,大发兽性,被朱迪丝杀死。朱迪丝提着霍洛弗尼斯的血淋淋的人头,秘密潜回自己的城市——贝修里亚。文本里对霍洛弗尼斯和众人醉酒以及床上斩首的场面的描述,在古英语作品里似乎没有发现类似文笔:"那时她心里精神振作,/圣者的希望再次出现;接着她紧紧抓住这个异教徒的/头发,蔑视地用双手把他拉向/她,灵活地把这个邪恶的策划者、这个可恨的、畜生,放置在她处置他、解决他的/最佳位置。接下来,这位卷发的女人/举起闪光的利剑朝可恶的敌人砍去,/这个心怀恶意的人,她砍下一半,接着/斩断他的脖项,他昏昏地卧在那里,烂醉、受伤。这时他尚未死去,/尚未蹬腿;于是她再次用力,/使尽全身力气,这位精神抖擞的女人,朝异教凶犬砍去,只见他的头在地上快速/旋转;肮脏的死尸毫无生气地,躺在那里,他的灵魂已随/被诅咒的、完全堕落的人朝下走去,/从此以后永被痛苦锁住,/被毒蛇围困,永受煎熬,/永远牢系在地狱的火焰里,/等着死亡把他取走。"(97~121行)。该诗的结尾表现出日耳曼英雄史诗中常见的战斗场景。亚述人被击退后,朱迪丝成为犹太人的首领。这意味着这首诗的创作时间可能更靠后一些。它说明在那时,基督教的影响已在文学作品中广泛传布,异教时代对女人的蔑视已经发生变化。

同凯德蒙相比,基涅武甫(Cynewulf,生卒年不详)更具神秘和奇异的色彩。据他本人在《十字架之梦》中介绍,早年他追求种种快乐的生活,喜欢流浪,是个吟游诗人。有一次,他看到十字架,精神受到了强烈的感染,促使他皈依宗教,成为一名牧师。从此,他创作的文学作品大都涉及宗教主题。关于基涅武甫,还有一点值得注意,这就是,他是古英语文学作品里第一位不仅有名有姓,而且在自己作品上签名的诗人。他签名用的是北欧文。他签过字的作品包括《基督Ⅱ(或升天)》《海伦娜》《朱莉安娜》以及《圣徒们的命运》。他未签字,人们认为可能出自他的手笔或具有他的诗风的诗作包括《古斯拉克》《安德里亚兹》《凤凰》以及《十字架之梦》。他的四首诗的创作时间人们不得而知。就内容和形式的成熟度看,《基督Ⅱ》和《海伦娜》可能代表诗人创作生涯的峰巅,而余下的两首灵感和成熟度都稍差些。

基涅武甫的创作量很大,共有数千行之多。他用盎格鲁方言写作。他和凯德蒙不同,取材于拉丁文的布道词或圣徒传。他的作品多属劝导世人抑恶扬善、宗教性强的文字。在他的四首诗里,《海伦娜》最长,1 321行,《朱莉安娜》次之,731行,《基督Ⅱ》427行,《圣徒的命运》122行。其中三首属于歌颂殉教者的诗作。比如《海伦娜》的主人公海伦娜寻觅圣十字架而受尽千辛万苦;《朱莉安娜》的主人公朱莉安娜宁死不屈,拒绝嫁给一个异教徒,从而保持了自己信仰的洁白无瑕；《圣徒的命运》则歌颂圣徒们为传布福音而笑对死神的事迹。《基督Ⅱ》与《朱莉安娜》存于《埃克斯特诗集》中，《海伦娜》和《圣徒的命运》存于《维切利文集》里。

以下重点说《基督Ⅱ（或升天）》《海伦娜》《朱莉安娜》以及《圣徒们的命运》。

《基督Ⅱ》一诗有基涅武甫用北欧文字的签名，它取材于许多宗教性资料，但主要是以教皇格雷戈里的《布道书》中关于耶稣升天的第 29 章为底本，把教皇布道词的最后结论部分写成诗歌形式。这首诗以一个问题开始，"为什么圣子降生时在场的天使未穿白色衣服，可是耶稣升天时他们在场却穿白色？"问题是对一个"贤明的人"提出的，诗人请这个人深思一下。接下来诗人描绘了升天情景：耶稣对圣徒们表示了最后祝愿后，由天使迎接，在他们的颂歌中升天。由于这首诗为对未来没有定见、无所适从的人民带来希望，所以它表现出一种盎格鲁-撒克逊诗歌里少见的快活情绪。诗人创作时显然是诗兴大发，头脑中充溢着灵感，想象力极其丰富、活跃。这首诗内容上的快活心地可能是人们在皈依基督教后感到灵魂有了着落之故所致。在盎格鲁-撒克逊时代，各处小国山头林立，战祸连绵，同族之间又兄弟阋墙、内讧不断，所以生活缺乏快乐和阳光，人民心里对未来总是感到惶惶不可终日。基督教的到来对人们犹如久旱逢甘霖，因为皈依新的信仰，那种痛苦和不安似乎一时之间已经为之一扫。基督的福音为人们带来希望和保障，对天国和地狱存在的信仰，对上帝奖赏善行、惩处罪恶的笃信不移等，使得世人终于找到了盼望已久的归宿。《基督Ⅱ》说，人们有了上帝的护佑，不必再害怕魔鬼的攻击（779～782 行），上帝的圣子会降临"中土"拯救世人（785～789 行），上帝会为他的信徒带来报酬（783 行）和安慰（800 行）。天使将歌唱，善者将享福，主的胜过阳光的光辉将照射世人，朋友相爱，永生不死，永世年轻，永无烦恼，永远和平，永远光明，等等，全诗洋溢着希望和憧憬。

《海伦娜》这首诗作主要讲圣海伦娜受她的儿子康斯坦丁大帝的派遣，前往耶路撒冷寻回十字架的故事。她经过千难万险，终于找到真十字架。这首诗和不少其他古英诗一样，反映出当时基督教信仰在人们心态上业已留下烙印：他们认为自己犯有罪孽，渴望得到指点和光亮，以便在心灵里照亮希望的光。此外，诗里对海上波涛汹涌的惊险景象的描绘在古英诗里应属文无剩语、曲尽其妙之作。

《朱莉安娜》是描写一位女圣人——圣朱莉安娜生平的拉丁文散文传记。女主人公朱莉安娜好似殉道士和日耳曼女武士（如朱迪丝）的结合体。她遭殴打达 6 小时之久，然后头发被人系在树上而身体倒挂，这有些像殉道者的遭遇。她同时把魔鬼紧紧抓在手中不放，直到它忏悔。有些场景显得缺乏心理深度及动机，因而有点古怪、费解。诗的结尾部分仍然和这一时期的宗教诗歌一样，叙事人心里感到痛苦，为自己的罪孽忏悔，希冀得到帮助和宽恕，并奉劝世人认真阅读此诗，向上帝祈祷，以使自己能在最后审判之日，和人类一起获得自己应得的赏与罚。

《圣徒们的命运》这首短诗以诗歌形式叙述殉教者的事迹，简略地讲述 12 位圣徒的生平及他们为传布福音死而后已的情况。这首诗显然是为达到说教目的而写的。诗歌的字里行间透露出当时人们对尘世和天国的认识。它所反映出的当时人们的心态和《朱莉安娜》所描绘的竟有让人惊异的相同之处：

　　　　那现在我请可能喜欢学习
　　　　这首诗歌的人，为悲哀中的我
　　　　向这批圣人祷告请求帮助、
　　　　和平与支援。啊！我在路上需要

> 朋友,亲切的人们,当我孤身一人须去寻觅
>
> 遥远的家园,陌生的国度,
>
> 把肉体——这尘世的部分——我的躯体,
>
> 抛在后面,作为虫豸的欢乐。

在诗人看来,财富、快乐、华美的衣饰,都会像流水一样消逝。所以,诗人决心离开尘世远行,寻找自己也不确知位于何处的新国土、新家园。他认为一切具有神性的人都应该走这条路。

第二节　散见各处的早期散文

随着社会的演变和诗歌的发展,文学的另一种体裁——散文在盎格鲁-撒克逊时代应运而生。盎格鲁-撒克逊时期的散文几乎没有任何传统可言。据了解,它最先出现在一些法律文件中,包括贵族捐赠的记录、书籍单、古物单、商会规则等。这些法律文字为后人了解盎格鲁-撒克逊时代的社会历史提供了可贵的资料和见解。它们的文学价值也不可小觑,比如一些法院案件的行文就很有修辞学研究的价值。盎格鲁-撒克逊时代的散文最初都是用拉丁文写的,其中比较重要的有以下几项,《盎格鲁-撒克逊编年史》、盎格鲁-撒克逊法律、盎格鲁-撒克逊遗嘱和执照、比德(The Venerable Bede,约672—735)著《英国宗教史》、关于阿尔弗雷德大帝的文学生涯及其译作与前言,其中包括《教士必读》《哲学的慰藉》《世界史》和《独白》。此外,还有一些古英语世俗散文故事。

一、编年史及法律文件中的散文

盎格鲁-撒克逊时期的散文主要存在于一些编年史和法律文件中,如《盎格鲁-撒克逊编年史》、盎格鲁-撒克逊法律、盎格鲁-撒克逊遗嘱和执照、比德著《英国宗教史》。

《盎格鲁-撒克逊编年史》可能是在阿尔弗雷德大帝的建议下于891年左右开始正式撰写的。它以凯撒进犯英国的事件为开端,按照纪年简要记述凯尔特人和盎格鲁-撒克逊人的历史。编年史的资料来源很多,诸如早期编年史材料、家族史、比德的《英国宗教史》以及一些口头传说等。在阿尔弗雷德大帝之前,《编年史》有可能就以某种形式存在,国王把它散发给各位主教与修道院院长,命令他们继续撰写,使之能跟上时代的脚步。现存的7种版本都是从891年的编撰本传下来的。时间跨度最长的是《彼得市志》,结束于1154年,前后记录了两个半世纪的英国历史。早期编年史作者只记事件,而不探究事件之间的因果关系。它的重要性在于它填补了存在于比德的史书和诺曼底征服之间的历史知识空白。后来到10世纪,编年史作者雄心较大,在信息量和传递方式方面都有进步,有时还插入一些歌谣类资料。《盎格鲁-撒克逊编年史》中包括的内容有丹麦人的首次入侵、阿尔弗雷德大帝的登基与逝世、买通丹麦人、诺曼底人征服英国、《最后的户籍簿》、征服者威廉的性格等内容。这部书继比德的《英国宗教史》以后,进一步强调了"英国是一

个民族"的观念,并给以历史性定格。《编年史》标示出英国散文的不同发展阶段,表现出不同年代对待历史的不同品味和要求,还特别生动地描写了盎格鲁-撒克逊时代的衰落过程。就其语言特点讲,《编年史》文字简明,惯于使用约定俗成的语汇,以并列复合句型(其中"和"字运用起来不厌其烦)为主,主从复合句型用得较少。

盎格鲁-撒克逊时期所制定的各种法律大体可以分为三类:一是古肯特国国王的法律,这些可追溯到 6 世纪末期;二是西撒克逊国诸王的法律,其时间大约在 7、8 世纪之交;三是挪威、丹麦和英国诸王在位时的法律(包括阿尔弗雷德大帝在位期间所制定的法律),内容和西撒克逊国法律大同小异,时间约在 10 世纪末到 11 世纪诺曼底征服之前。这些法律以古英语写成,真实地反映出日耳曼人的法律思想。现存的古英国法律主要是韦塞克斯方言文本,其中含有肯特和诺森伯里亚的方言和一些斯堪的纳维亚文字。此外,现存的盎格鲁-撒克逊人法律文献中还包括反巫术法、证人的誓言等。盎格鲁-撒克逊法律为后人深入了解盎格鲁-撒克逊人的社会和传统提供了重要信息。其中一些法律,如阿尔弗雷德大帝的法律,几乎全部是关于各种罪行和冒犯法律的行为的。当时的社会似乎等级极其分明,奖惩与犯人的社会地位有关联。法律的基本目的是保障社会平和,比如各种搅扰居民,尤其是搅扰有一定社会地位的人的家境安全者都要受到罚款等处罚。

盎格鲁-撒克逊人遗留下来的散文文字还包括不少诸如遗嘱、许可证以及一些其他种类的法律文件等。这些文字很有助于后人了解盎格鲁-撒克逊人的社会、习俗以及制度等。其中遗嘱约有 50 多份,时间约为 10 世纪中期至盎格鲁-撒克逊时期的结束。最早的一份写于 9 世纪上半叶。遗嘱的语言和形式都很随便,语言简单,运用的多是日常语言。阿尔弗雷德大帝的遗嘱最有历史价值。遗嘱显示出这位国王头脑清晰,讲求实际,具有强烈的正义感。在遗嘱的前言里,国王谈及他与兄弟间对处理他们的共有和私有的财产方面所达成的协议,后来由于兄弟们的去世,财产完全为国王所有。他接着说到,后来为所有权而出现争执时,国王的咨议院宣布他为唯一继承人,有权处理一切有关事宜。接下来是他的遗嘱。他首先说到,他已经把以前的遗嘱和赠约烧毁,然后指示他的继承人们如何处理他的地产和私有财物。

由官方发出的执照或许可证之类的文件格式正规,运用的是法律用语,多用拉丁文写成,几乎都是关于土地所有权方面事宜的。其中有两份是诺曼底征服者威廉赐予伦敦的执照。

比德的《英国宗教史》也是早期英国散文重要的存在形式。比德在《英国宗教史》前言里说到两件事情,即他写书的目的和对资料的认真态度。这篇前言是他写给国王的一封信。他对国王说:"……如果历史讲述善人善事,注意听讲的人会受到启迪而仿效善的言行;而如果它说的是恶人恶事,那么虔诚的听讲者或读者,为避免做出伤害他人的倒行逆施,会更受到深刻的启迪,而去做他认为是善良、让上帝骄傲的事情。"接下来,他为了进一步证明他的写作目的,便透露出他的资料来源。比德在接近信件的结尾处,还直接和读者对话。他说:

　　　如果读者在我写的这部书里发现有些说得不对,我恳请他不要归咎于我;我按照写
史的真正原则所要求的,一直在诚心诚意地把我从流行的说法那里所能收集到的材料
写在纸上,以供后世学习。

这里字里行间充溢着比德写书的说教热情。比德告诉人们,他的《英国宗教史》材料来源于古代典籍、老一辈的传说以及他自己的知识:"我尽力从先贤的作品、我们祖先的传统那里学习和理解,加上我所知道的材料,而写出来的。"《英国宗教史》共 5 部分,400 多页,从凯撒大帝入侵开

始,写到 731 年止。前 21 章写奥古斯丁到英国以前的历史情况,从早期作家如奥洛修斯、吉尔达斯、普洛斯伯以及教皇格雷戈里的信札等处汲取了不少资料。此外,书里还插入了传说和口头传言。从 6 世纪末以后,比德的材料来源减少,他尽力从当时存在的英国和罗马书籍里寻找信息,也认真地审核和引用了一些口头资料。他非常注意《英国宗教史》资料的可靠性。这部书主要写基督教在英国传布的历史,歌颂上帝的恩惠,传布圣人们的事迹,讲述基督教带来的奇迹,等等,因而又有很强的宗教性和说教目的。但此书也讲述了盎格鲁-撒克逊人进入英国以及其后小国混战的情况。《英国宗教史》是今天世人了解英国的发端及基督教的传播的主要资料来源。关于《英国宗教史》,其中有两点很引人注目。一点是,它首次明确提出"英国是一个民族"的观念。比德在此书中把英国北部的居民,包括撒克逊人、朱特人以及盎格鲁人统称为"英国人"。尽管当时各地小国独立,部落不和,但是比德在书里向当时的人们和后人都表明,英国是一个统一整体。因此,从历史角度看,是比德赋予了英国人这个名称和身份。比德还向人们透露,英国早期曾存在一个国王统治的状况。饱受内忧外患之痛的英国人,要求国家处于一个国王、一个教会统领下;这种情况,到 9 世纪和 10 世纪,在英国社会和政治生活里终于成为现实。另外一点就是,它按照教士埃克西古厄斯(Dionysus Exiguus,生卒年不详)在 525 年开创的公元纪年安排历史事件。比德运用公元纪年,对后来公元纪年的普遍使用产生了很大作用。此书是实行公元纪年后的第一部史书。比德在这部书里也使用了类似"纪元前"(BC)的说法,但"纪元前"这个观念的通用并不归功于他,它开始于罗勒温克(Werner Rolevink,1425—1502)在 1474 年的一部书《历史百科全书》里。《英国宗教史》在文学方面最著名的部分是第 4 部分第 24 章里他对凯德蒙的生平的叙述;这一点在前面谈凯德蒙的部分已经说到。另外是对盎格鲁-撒克逊人入主英国的历史的叙述等。

比德一生主要运用拉丁文进行创作,除《英国宗教史》外,他还写了一些关于神学、科学、音乐及诗韵与修辞学方面的书籍。他的语言里多有寓言式比喻。他很擅长讲故事。他唯一的英语著作被称为《临终之歌》,是他临终时在病榻上所作;这首诗和比德的其他著作一样,说教性也很强:"在踏上必然的路前,无人/能比他更贤明,他在动身去那儿前考虑到,在他死后,他的灵魂会因善恶受到怎样的判决。"

二、关于阿尔弗雷德大帝的文学生涯及其译作与前言

阿尔弗雷德大帝(King Alfred the Great,849—899)是盎格鲁-撒克逊时期的国王。在英国存亡的关键时刻,阿尔弗雷德大帝挺身而出,成功地把丹麦人遏制在一个特定的区域内,使他们无法侵占英国。他也因此成为英国最强有力的国王。之后,阿尔弗雷德在国内实施了一系列措施,加强国家生活各个领域——军事、社会、文化等诸方面的改革。

阿尔弗雷德大帝是造就西撒克逊国文学繁荣的人。他首先提倡运用英语代替拉丁文作为国内的基本交际和学校教育与成人教育的语言。他是古英语时期最闻名的作家。他监督和参加了当时国内五部最有权威的书籍从拉丁文到英文的翻译工作。这几部书除上面说到的比德所写《英国宗教史》外,还有奥洛修斯(Orosius,480—524)的《世界史》、格雷戈里(Pope Gregory,生卒年不详)的《教士必读》、波伊提乌(Boethius,生卒年不详)的《哲学的慰藉》,以及圣奥古斯丁(St. Augustine,生卒年不详)的《独白》。此外,他还把 50 首赞美诗翻译成古英语。通过这一途径,阿尔弗雷德国王使得英国人能够得到许多必要的知识和文明方面的训练。他还努力协调英国各地

的法律,激励英国人书写编年记和史书。

在阿尔弗雷德国王过世几百年后,人们还对他念念不忘。到 12 世纪,关于他的传说开始到处流传。现存的中世纪英语版《阿尔弗雷德国王的格言》就可能是基于当时的传说而编辑问世的。这本书充分显示出他是盎格鲁-撒克逊时期最杰出的国王。它向世人提供道德准则和实际生活指导。虽然阿塞尔在他撰写的关于阿尔弗雷德的传记里说过,阿尔弗雷德曾编过一本名言录,然而《阿尔弗雷德国王的格言》却不是国王所作。阿尔弗雷德也已经成为英国文学作品里的一个人物。无论是在英国诗歌或传说里,他都激励了后世作家们的文学创作。

关于阿尔弗雷德的生平,现存的文献里有三种为世人提供资料:第一,阿塞尔的著作《阿尔弗雷德的生平》;第二,阿尔弗雷德为自己的译作《教士必读》所写的序言;第三,阿尔弗雷德为自己的译作《哲学的慰藉》所写的前言和结尾的祷辞。除此之外,还有他为其他译作所写的前言。这些资料为后代遗留下阿尔弗雷德大帝的文学画像,让人们了解这位国王的事迹和主张,他在信仰、举止和为人方面的特点,以及他的文学创作动机和文笔风格。

阿尔弗雷德的文学生涯主要体现在翻译方面。他有一个习惯做法,即为自己的译作写序言。他的这些序言对于英国文学研究很有价值,比他的译文更为重要。比如他翻译的教皇格雷戈里的《教士必读》一书,就是很好的例子。《教士必读》作为西方教职人员的管理手册,在欧洲流行了几百年之久,被翻译成欧洲各国文字。阿尔弗雷德大帝因当时英语语言的局限,从拉丁文的原文翻译成英语,确实有些勉为其难,特别在应付原文中的抽象概念和宗教词语时尤其如此。译文的句子有时偏长,结构有时也显得臃肿。但是阿尔弗雷德大帝为其原文所写的序言却非同小可。这大概是用英语写出的第一篇重要的独特的散文,从而开了运用英语撰写各种形式的文章的先河。这篇文章的内容也很重要。它是记载阿尔弗雷德大帝的思想和言行的重要文献。它记录了阿尔弗雷德大帝改革公共教育制度、振兴几乎遭丹麦人摧毁的英国文明与学术的伟大计划。这篇序言亦可堪称阿尔弗雷德大帝的文学生涯的“序言”。

阿尔弗雷德写出这篇序言,原本是为把他的译作介绍给一位著名的主教。他在序言里首先以美妙而友好的言语向主教问好,然后他说,他经常忆起昔日英国的先贤,过去的美好年月,英国的国王们如何对内安抚、对外开拓疆土,教士们如何热情地传播知识,外国人如何前来求教,可是现在英国却需要向外国学习了。他惊叹于英国文化的衰落,竟没有几个人能够把一封英文信翻译成拉丁文。他希望这位主教尽力脱开日常事务,而把精力用于传播上帝的智慧上。如果人们自己不爱智慧,也不让他人获得它,他们只是在爱基督徒的名义,而不是他的美德。他对主教说,他记得过去教会遭劫(指丹麦人入侵——笔者)以前书是那么多,上帝的仆人也那么多,可是现在人们的知识不多,因为那些书不是用英语写成的。他惊叹昔日的先贤们竟没有想到把拉丁文译成英文。他说到希腊人和罗马人如何把原来用希伯来文写成的圣书翻译成他们自己的文字。因此,他提出把一些重要书籍从拉丁文译成人们都能读懂的英文。他说道:“当我回忆起从前人们对拉丁文的了解在全英国减弱的情况时,我开始在管理王国的百忙之中翻译一部拉丁文叫《教士必读》、英语叫《牧人之书》的书,有时是字字直译,有时是意译……当我学后尽力懂了、能明白无误地诠释时,我就把它译成英语。”他把译作送给所有主教辖区,不许随便从修道院取走,以便人们阅读。从这位国王的序言里,人们可以看出,他对国民教育水平的提高如何忧虑而夜不成眠,竟在日理万机的同时,以身作则,拨冗着手翻译。与此同时,他也动员和带动起一批学者进行翻译,促进国家文化的发展。

阿尔弗雷德所翻译的圣奥古斯丁的《独白》古英语译文,是他文人生涯成熟的收尾之作。此文是古英语散文的杰出典范。文章显示出阿尔弗雷德是一位非常讲求实际而又富有精湛艺术修养的古英语早期学者。此文的语言形象贴近生活,感染力很强。这篇前言可能是阿尔弗雷德大帝的文学生涯的"跋"。

三、古英语世俗散文故事

古英语世俗散文故事出现在 11 世纪中期。这时候的盎格鲁-撒克逊人开始萌生对于东方传说的兴趣。比如有一部名为《提尔的阿波罗尼亚斯》的古典散文罗曼史故事以及从拉丁文译成古英语的散文故事集《东方的奇迹》。盎格鲁-撒克逊人对这些故事表现出浓厚兴味的原因,可能是它们内容中所包含的奇迹或难以置信的冒险成分。这里重点说说《提尔的阿波罗尼亚斯》。这是个有头有尾,但无中间部分的片段,英译文生动、流畅,语言简明,富有诗意,读起来朗朗上口又通俗易懂,在某些方面表现出阿尔弗雷德式的翻译特色。内容很吸引人。它说的是古代一个国王安提奥克斯和女儿乱伦,想出一个谜语来难为求婚者们,猜错就被斩首。后来提尔的阿波罗尼亚斯终于猜中,原来谜底是国王的秘密。年轻人回到提尔,开始逃亡,以免杀身之祸。他来到普勒尼国,娶了公主为妻。后来听说安提奥克斯已死,于是前往领取奖赏——该国的王位。路途中,他的妻子因生产而死,水手们要求把她水葬。阿波罗尼亚斯把女儿塔茜娅交与监护人,然后离去。这些监护人不守信用,父女经过千辛万苦,在分散 14 年后终于团圆。这个故事很可能是以中世纪人们所喜闻乐见的一部拉丁文轶事和传闻集《浪漫传奇故事集》为张本而写出的,后来被 14 世纪诗人约翰·高尔在其《情人忏悔录》中采用,莎士比亚又以高尔为底本之一,写成他的《提尔王佩里克里斯》。

这个浪漫的古英语世俗散文故事具有不可小觑的历史意义。它后来成为形式比较古老的古英语故事与诺曼底征服后从法国带来的新罗曼史故事之间的文学连贯纽带。

第二章 中世纪时期的英国文学

　　1066 年居住于法国北部的诺曼底人越过英吉利海峡,征服英国,这标志着英国封建社会的开始,在政治上导致了英国封建制度的建立,在文化上促进了英国封建文化的发达,在文学上使英国诗歌接受了法国诗歌及其他民族诗歌的有利影响,并在语言上丰富了盎格鲁-撒克逊文辞。这些条件和影响促进了该时期英国文学的发展,构成了中世纪英国文学中异国文化与本地文化相互并存又相互渗透的局面。中世纪时期英国文学作品的种类相当繁多,除了诗歌、民谣,主要包括圣徒传记、《圣经》故事的意译、关于七项原罪和肉与灵的论述、讽刺文、骑士浪漫传奇故事、亚瑟王传奇、英国传统故事等。这些作品基本或者具有说教性,或者富于浪漫,或者二者兼备。因此,即使是戏剧,也多是建立在宗教仪式上的。

第一节　乔叟时代的来临

　　杰弗里·乔叟(Geoffrey Chaucer,1340—1400)成名于 14 世纪,是英国文学历史上第一位杰出的诗人。他以早期人文主义观点及明快、诙谐的笔触生动描绘了当时英国各阶层人物丰富多彩的社会生活及其精神风貌。他因此成为英国摆脱中古时期浪漫主义的第一位现实主义诗人。他善于运用伦敦方言进行创作,并将它发展成为形象、生动、有力的文学语言。此外,他还在英语诗歌中首创了英雄双韵诗体。所以,乔叟不仅是英国新文学语言的始祖,而且是使民谣发展成为英国诗歌的创始者。乔叟和他同时代其他诗人的创作推动了 14 世纪英国文学的繁荣发展,而他所在的时代,也被称为"乔叟时代"。

一、开创现实主义描写的艺术大师——乔叟

　　杰弗里·乔叟生活在英国社会从中世纪封建社会向新的社会历史时期过渡的年代。中世纪的骑士制度、巫术、宗教以及占星术曾一度影响和控制人们的精神世界;虽然时至 14 世纪它们已不再作为时尚受到人们的重视,但影响犹在。新兴的资产阶级正在手工业和商业领域的城市自由民中产生,但当时它只是个微弱的社会阶层。乔叟接触过当时社会的各个阶层。一方面,由于家庭的关系,他很早就熟知王公贵族的生活;另一方面,在他生活的周围他也目睹了城市平民的生活。虽然他在大部分时间里得到了兰开斯特公爵的庇护,可是在失宠落魄之时也备受人间的艰辛和势利的困扰。与同时代诗人相比,乔叟的视野显得更为广阔。他由于地位的特殊到过其

他国家,如法国和意大利,特别是意大利的游历对乔叟思想的影响和后来的文学创作有着特别重要的意义。意大利作家但丁、彼特拉克、薄伽丘的作用不仅在诗歌形式和内容方面对乔叟产生过直接的影响,而且在世界观上也对他产生了决定性的影响。乔叟从他们的作品中吸取了人文主义思想,并使其成为他创作思想的基础。

乔叟的创作生涯大体可分为三个时期。第一个时期(1355—1372)即法国时期,以他翻译法国 13 世纪伟大诗篇《玫瑰传奇》为高潮。当时这部风行一时的法国寓意长诗影响广泛,它包含了丰富多彩的文学材料,兼容并蓄了不同作者的骑士爱情文学的精神和世俗市民观点。乔叟通过将它翻译成以伦敦方言为基础的英语,不但为自己创造了诗的境界和建立了他今后创作的特有的风格,而且也是对这种新语言各种素质的检验和考察,表明了伦敦方言能够用来表现文学中抽象的思想和细腻的感情,从而为他创立新的文学语言和诗体形式提供了一次富有成效的尝试。乔叟在翻译和效仿法国诗人作品的时候也模仿了他们的诗体形式和创作方法,吸取了法国文学的精华。在创作初期,乔叟完成了对中古英语歌谣的改造,创造了以重音节为基调的八音节双韵诗体。

第二个时期为意大利时期(1372—1385)。乔叟在这一时期由于受到意大利初期人文主义的影响并经历了当时英国风云变幻的现实,因此彻底摆脱了中世纪浪漫主义和宗教观念的束缚,走向现实主义的创作道路。他在这一时期的作品无论在形式和内容上都更多样化,题材也更加广泛,作品如《百鸟会议》(1377)、《声誉之宫》(1379—1384)、《特罗伊拉斯和克莱西德》(1372—1384)、《好女人的故事》(1384—1386)等。乔叟在诗作《百鸟会议》中讨论了关于权贵缔婚的问题。这是一篇完整的讽刺寓言诗,比较实际地反映了当时社会各阶层对婚姻问题的观念。诗歌一开始,诗人声称自己是爱的艺术的求知者,正在研读一本西塞罗著的《论西比渥之梦》。诗人简短地介绍了这本论述有关天、地、地狱以及在各阶层居住的灵物的书籍内容之后,采用中世纪梦幻故事的情节结构,叙述自己入睡后梦见西塞罗书中人物阿非利堪诺斯,后者在答应给诗人一些创作素材后便将诗人引入了一座开满鲜花、景色宜人的园圃,来到了有美丽女子载歌载舞的维纳斯铜庙,最后到达自然女神庙。高贵的自然女神端坐在林间的山顶上,山边满是鲜花绿草。这天正是情圣发楞泰因节,每一只大小鸟禽都按她的指示前来赴会,选择配偶。自然女神手举一只威仪超凡、美丽无比的雌鹰吩咐众鸟开始择偶。最先开口的是一只高贵的雄鹰,他在众鸟面前宣称他已选定女神手中仪表非凡的雌鹰,并信誓旦旦地诉说他对雌鹰的一片爱慕之情。接着,另外两只次一级的雄鹰也发誓愿意娶这位雌鹰为妻。最后,所有的鸟类都派出代表来参加这场有关雌鹰该许配给谁的问题的辩论。各种鸟类各抒己见,竞相发言以表明自己鸟群的立场。由于众鸟意见不一,自然女神最终让雌鹰自己来决定。这位羞怯的雌鹰却要求女神让她来年再作决断。于是,众鸟便无法再讨论下去。诗人的梦也以一支歌颂自然的轮旋曲而结束。诗人虽然沿用了动物寓言和爱情幻景等中世纪传统艺术手法,但他将现实主义因素糅入了这篇作品。例如,他将鸟类划分为不同的等级,借以代表当时英国社会的不同阶层。这些不同等级的鸟都按惯例依次入座。坐在最高位的掠食猛禽鹰代表贵族阶层,食虫鸟为市民阶层,水禽指商人阶层,而为数众多的食种子鸟则指广大的农民。诗人对这场激烈的鸟类争吵不但抱着不偏不倚的态度,而且以乐观主义的笔调将众鸟的争鸣化为一曲歌颂自然的和谐奏鸣曲。由此可见,乔叟在写作手法上表现得灵活自如,尤其是他那将幽默与伤感结合得天衣无缝的风格和创造性地处理原有的文学形式与材料的技巧令人赞叹不已。诗中意象十分丰富,对话也具有高度的戏剧性,常使读者捧腹不止。

《声誉之宫》是乔叟所写的唯一教诲长诗。诗人在该篇诗作里采用中世纪法国盛行一时的"爱情幻景"和八音节双韵诗体,不过该诗在诗的格律及创作风格方面比乔叟的第一个创作时期更为成熟,作品中意大利文学的影响也开始显露出来。在这篇诗作中,乔叟以早期人文主义者的求知精神对人生的一大中心问题——爱情进行了一次意味深长的探索。诗歌中现实主义的因素显而易见,诗人日臻成熟的艺术风格也得到了初步的体现。

《特罗伊拉斯和克莱西德》是乔叟创作的英国14世纪浪漫主义与现实主义相结合的一篇杰作。特洛伊城的祭司卡尔卡斯是一位先知,在占卜到特洛伊将被希腊人攻陷后,他便独自暗中脱逃,投奔到希腊军营中来,丢下他的女儿克莱西德。克莱西德是一位天生丽质、楚楚动人的寡妇。特洛伊国王普莱谟的次子特罗伊拉斯在庙里一看见美丽的克莱西德便对其一见钟情。一天,他的好友,深谙世故的彭大瑞得知此事后答应尽其所能成全这门好事。在这位克莱西德的舅舅彭大瑞的巧妙安排下,特罗伊拉斯终于得到了美丽的克莱西德。他们俩在欢爱后山盟海誓,决心白头偕老。可就在这时,祭司卡尔卡斯要求用被俘在希腊的特洛伊大将恩吞诺换回他的女儿克莱西德。特洛伊议会经过一番辩论后,最终宣布同意用克莱西德交换他们的大将恩吞诺。特罗伊拉斯为了保住克莱西德的声誉,只好忍气吞声对此事没有作任何阻拦。临别之际,克莱西德答应特罗伊拉斯她10天后就会回来。可是她去了希腊军营后,因经不住英俊的加利顿国王之子戴沃密得的热烈求爱,背叛了特罗伊拉斯而成为戴沃密得的情人。对此,痴情的特罗伊拉斯却蒙在鼓里,仍然对克莱西德一往情深。在一次战斗中,戴沃密得的铠甲偶然被扯了下来,特罗伊拉斯从中发现了他在送别克莱西德时赠送给她的那枚胸针,这时他才明白了一切。感情受到伤害的特罗伊拉斯多次在与希腊人的战斗中搜寻戴沃密得以图报复,后来却在一次战斗中被阿基利斯所残害。意大利大文豪薄伽丘根据自己青年时的恋爱经历,借用特罗伊拉斯和克莱西德的题材写成了《爱的摧残》一诗。薄伽丘在诗中强调的是爱的伤感情绪和对性爱的真实描摹,着重于人物内心活动的刻画。而乔叟则对薄伽丘提供的素材进行了创造性的处理,将重点放在人物性格的刻画上。例如,克莱西德在乔叟的笔下不再是一位水性杨花的淫妇而是一个充满女性品质的复合体:温柔多情,脆弱多变,优柔寡断,为人实际且易于自责。这些品质使克莱西德成为一个性格复杂、有血有肉的人。此外,乔叟还从波伊提乌的《哲学的慰藉》那里汲取精神营养,运用其中的理论精华赋予他的作品以深刻的哲理内涵。虽然乔叟采用的是自荷马以来多位作家所记载的有关特洛伊被毁事迹的传统题材,但是古老的爱情故事已被掺进了诗人所处时代崭新的现实生活内容,诗歌充满了现实主义色彩。在思想内容上,乔叟摈弃了中世纪对待爱情两种极端的观点,而是以全新的人文主义态度和生活哲学来为克莱西德的行为辩护,因而创作了他这个时期第一部杰出的现实主义作品。

第二个时期最后一部未完成的寓意诗《好女人的故事》提出了如何对待妇女的问题。乔叟接着运用"梦幻故事"的情节结构步入正题,描写自己在绿草如茵的草榻上入睡梦见自己在布满花草的田野间赏花时,遇见了爱神丘比特及美后阿尔赛丝,有19位衣着华贵的美丽少女相陪,还有一大群天真无邪的女子紧随其后。就在这个场合,诗人与爱神进行了一场对话。爱神指责乔叟为何不多写一些歌颂那些忠贞不二或一生守寡的贞烈女子的诗句而偏偏写克莱西德这样抛弃情人的负心女子。这时高贵的阿尔赛丝王后出面调停,恳请爱神不要为此动怒而应宽恕为怀。乔叟也尽力说明自己写《特罗伊拉斯和克莱西德》和《玫瑰传奇》的本意是推崇爱情。最后由爱神吩咐乔叟来讲述古往今来善良女子包括这位美后的殉情事迹来将功补过。爱神话音刚落,诗人就醒了过来。乔叟借用中世纪的诗坛传统,如梦幻故事结构,和借助宗教圣徒殉教传,以现实主义手法逼真地描绘了古今贞洁、善良女子忠于爱情的美好形象。在这篇作品里,乔叟提出了妇女的社会地位问题,并以人文主义者广博的同情心反映了这些饱受人间各种痛苦、为爱情献身的妇女们内心的忧伤、快乐和希望。这一切表现了乔叟这位人文主义者的进步理想。

在第三个时期即英国时期(1385—1400),乔叟创造出了使他成为英国文学奠基人的鸿篇巨著《坎特伯雷故事集》(1387—1400)。这部巨著标志着乔叟毕生创作的顶峰,是英国中世纪第一部完美的现实主义杰作。全作由"总引"858行,各故事前后小引,开场语和收场语共2 350余行以及各类故事24篇组成。它是一幅描绘中世纪英国社会各阶层千姿百态、五光十色的生活风貌的宏伟画卷。书中包括20个完整的故事和4个片断,出场的人物达30人,有社会上层,如骑士、神职人员,有社会中层,如各种制造业人士,也有下层,如磨坊主等,有男有女,有老有少,他们实际是当时社会的一个缩影,他们的故事实乃当时社会生活的忠实再现。故事的起因大概是这样的:1387年夏季,乔叟的妻子菲丽芭卧病不起,诗人于翌年春天怀着沉重的心情去坎特伯雷朝拜"救病恩主",即那位"福泽无边的殉难圣徒"。于是在《坎特伯雷故事集》的"总引"有了这段情节:四月中旬的一个晚上,一队由29人组成的朝圣者来到泰巴客店。他们过了一宿后于次日往坎特伯雷去朝拜以身殉教的大主教圣托马斯·贝克特。乔叟和客店老板哈利·裴莱也出现在朝圣者的队伍中。为了使旅途愉快,客店老板建议大家讲故事。每个朝圣者在前往坎特伯雷的途中应该讲两个故事,在归途中也讲两个。哪个人的故事被公认为是最好的,回来时由大家合请晚宴。"总引"似乎是建立在诗人现实生活经历的基础上的,但实际上这种结构安排只不过是乔叟为自己的故事提供理由。在诗人的故事集里,"总引"所用的语言华丽优雅。乔叟以素描笔法描绘出来自当时英国社会不同阶层的故事叙述者的服饰、体态、相貌、职位及其经历,为读者提供了一幅便于了解这群朝圣者基本背景和外貌的素描。每个故事的"开场语"都是一首首生动活泼的插曲,代表不同职业、趣味和观念的故事叙述者的精神风貌在这里得到了生动、逼真的表现。"总引"和整篇故事的"开场语"相互映衬,互为补充,与故事本身构成一个有机的整体。故事集的"总引"和"开场语"因此而成为整部诗作最精彩,最富有艺术魅力的部分。受朝圣者们尊重、性格爽朗的酒店老板哈利·裴莱是诗人乔叟独具匠心的艺术形象。他的出现无疑增强了整部故事集的生活现实感和作品的整体连贯性。哈利·裴莱在故事集中自始至终扮演着"司仪"的角色,协调每个故事叙述者的故事内容和讲解节奏,起到了承上启下、左右故事集全局的作用。《坎特伯雷故事集》这部书的结构很有中世纪的特点,即把一些相互间并不相干的故事放入一个框架之内,把它们用一根线连接成一个有机整体。比如比乔叟稍早些的意大利作家薄伽丘写的《十日谈》便是把100个故事置入10个人在一处逃难的大架构里,为打发时间,每人每天讲一个故事,共讲了10天。乔叟的故事集则把20多个故事放在人们一起前往圣地的框架里,在形式上通过酒店主的安排以及作为朝圣者的乔叟这个人物,保持各个朝圣人行动步伐一致,在深层的内涵面上,实际是作家的思想和文风在发挥统领作用。

《坎特伯雷故事集》里的故事并非乔叟的独创,他在多数情况下借用了前人故事的内容。虽然故事内容源自他处,但讲述的方式完全是乔叟式的。首先,他非常坚持忠实于现实的原则。他一直努力使其文章宛如真实的生活,他能够使来自不同出处的素材都宛如发生在14世纪的英国背景下,使所有异域的情节都仿佛发生在他自己人民的身上。再者,他的文本中包含着大量的幽默成分。乔叟行文时的基调时常改变——有时滑稽,有时揶揄,有时他显得很神清气爽,偶尔则变得满面乌云,言辞辛辣——但他从来都以一张笑面来结局。另外非常重要的一点是乔叟的人情味。乔叟有非常宽阔的包容之心。人们在他所描绘的世界里,可以看到真实生活里所存在的各种有趣类型的人:虚荣的、粗鄙的、贪婪的、傲慢的,这些人所代表的是现实的大千世界,这一切都需要谅解和宽容。乔叟在作品中展示出这种谅解和宽容。在人物的现实主义描写方面,乔叟不愧为英国文学史上一位开创性的艺术大师。这些朝圣者来自不同的社会阶层,他们有着各自不同的个性和风貌,对于一个作家来说,要用诗歌的形式来描写他们显然是一种挑战。可是,他们在乔叟的笔下个个被刻画得栩栩如生,跃然纸上;诗中人物的对话和争论都具有高度的戏剧性和幽默感,也充分体现了人物的性格和言语特征。与他们的神态特征一样,朝圣者所讲的故事同样是各具特色和丰富多彩的。故事叙述者所采用的题材和叙述口吻符合他们的性格和社会地位。而且,大多数故事都富有情节性和现实性。例如,高贵的武士讲述了一则他这个阶层所感兴趣的宫闱爱情传奇故事。武士的故事由四部分组成,长达 2250 行,在整部故事集中最长。该故事反映了中世纪英国的骑士爱情传说和宫闱式传奇的爱情主题,结局富有戏剧性,人物的命运具有宿命的色彩。武士所采用的语言庄重典雅,叙述节奏缓慢平稳,题材和主题均符合武士的身份和性格。在武士之后,言语粗俗的磨坊主讲述了一个牛津的木匠如何遭到穷书生的愚弄而戴上绿帽子的故事。磨坊主的故事的内容粗俗淫猥,正是文如其人,反映了故事叙述者的性格和职业。该篇古体叙事诗情节紧凑,语调幽默,富有喜剧色彩。故事中的人物都为自身的道德缺陷付出了代价。与武士的故事相比,磨坊主的故事更具生活现实性和真实感。中世纪英国乡村的代表自由农给他的听众讲述了一个短篇传奇故事,赞美一位贤淑的妻子对崇尚武艺的丈夫忠贞不二,她与磨坊主故事中轻浮不忠的爱丽森正好形成了鲜明的对照。自由农的故事讨论了爱的本质是什么这个深刻的哲理问题。故事中的女主人公朵丽根用她的言行来回答了这个问题:坚贞和忠诚是爱情的基石。与大多数短篇传奇故事一样,自由农的故事也涉及某些超自然的现象,如魔术师海上搬石的奇迹术。同时,中世纪崇尚信誉的骑士精神在故事中也得到了赞美。故事中的骑士及其忠诚的妻子都表现出了高贵的品质,整篇故事充满了诙谐幽默和乐观主义的气氛。故事的整体格调积极、高雅,是与这位在中世纪英国有较高社会地位的故事讲述者自由农热情的性格和受尊重的职业相吻合的。宗教界那位举止文雅的女修道院长给朝圣者讲了一个关于天真无邪的儿童因歌唱圣母玛丽亚而被犹太人杀害的圣徒故事。这个故事的题材和内容符合女修道院长的圣职和性格特点。因为,作为一名女修道士,她的职业很大程度上受惠于圣母的庇护。这篇圣徒传同时也反映了乔叟时代英国社会对犹太教的普遍仇恨。不过,诗人乔叟在诗歌中着重描绘故事中寡妇及其儿子富有人性的方面,他们面对宗教派别之争抱中立的态度。朝圣者中最虚伪、贪财的赦罪僧在酒店老板的敦促下讲了一个说教性的寓言故事。这也反映了他的职业特点,整篇故事采用了布道文式的框架结构。赦罪僧引经据典,设法让他的教民和听众接受他的布道。故事内容和题旨与赦罪僧本人的性格和实际言行形成了具有讽刺意味的强烈对照。诗人乔叟采用冷讽和写实笔法,将赦罪僧虚伪的嘴脸和贪婪的个性暴露在读者面前。故事人物的对话简洁精练,故事结局自然,是一篇较为成功的短篇说教诗文。温良谦卑的女尼的教士讲述了一只关于公鸡强得克立险些被狐狸吃掉的动物寓言故事。这篇寓言采用了英雄体诗和讽刺的手法,借助公鸡强得克立这个生动的文学形象揭示了人性中普遍存在的虚荣这一弱点,道出了一个重要的主题:不要轻信花言巧语。

除上述故事外,诗集中的有些故事之间存在着前后互为关联、互为映衬的有机联系。例如,在磨坊主讲述了尼古拉愚弄了牛津的木匠这个短篇古体叙事故事后,木匠出身的管家也不甘示弱,讲了一个居住在剑桥附近的磨坊主受欺骗的故事。那个贪婪自负的磨坊主因经常偷窃磨户的面粉终于招致做乌龟的下场,借宿在磨坊主家过夜的两个穷书生各自玩弄了他的妻子和女儿,磨坊主终因自己的不良道德品行付出了代价。管家借助这个故事回敬了他的对头磨坊主。为了抵消磨坊主和管家所讲的淫秽故事给朝圣者们带来的负面心理影响,律师讲述了罗马公主——品行高贵、心地善良的康丝顿司如何历经千难万苦最终与失散的家人团圆的感人故事。接着,心灵手巧、见多识广的巴斯妇也想在博闻方面与律师一比高低。她在开场语中毫不掩饰地表露自己要寻找第六个丈夫的愿望。乔叟在这里给读者塑造了一位敢于向英国封建社会男尊女卑传统挑战、富有青春活力和灵气的新型妇女形象。巴斯妇的故事引起游乞僧与法庭差役的争吵。于是他们各自讲述了一篇讽刺对方的俚俗故事。在故事集的最后,诗人乔叟以点明题旨、意味深长的告别辞给整部诗集划上了一个圆满的句号。

综上所述,乔叟不愧为英国中世纪一位具有人文主义进步理想、擅于写实的艺术大师。他的杰作《坎特伯雷故事集》是一幅反映当时英国社会风貌、人情世态的全景图,是一部反映 14 世纪英国现实生活的"人间喜剧"。在这部独步古今的巨著中,诗人以鲜明的人文主义立场极尽写真之妙笔,将一群来自中世纪英国社会各阶层、有着各色各样思想情调和趣味爱好的人物描绘得有血有肉、栩栩如生。在乔叟所有的作品中,《坎特伯雷故事集》无论在艺术性和思想内容方面都是英国文学的一个典范。这部诗作折射出乔叟现实主义的艺术光芒,是英国中世纪文学的一个里程碑。

在体裁上,乔叟的诗作体现了中世纪各种文学体裁的综合发展。在《坎特伯雷故事集》及其他作品中,诗人博采众长,创造性地运用丰富多彩的艺术体裁,如叙事诗、骑士诗、动物寓言、讽刺诗及俚俗笑话等。乔叟是英国诗歌传统的源头,他开了英语诗歌熔严肃意图和幽默技巧为一炉的独特风格。乔叟一改中古英语诗歌头韵诗体的传统,首开在英诗中运用八音节英雄双韵诗体之先河,奠定了英语诗体形式。此外,乔叟是英国文学史上第一位用民族语言即以伦敦方言为基础的盎格鲁-撒克逊语进行创作的作家,他的创作实践推动了英语成为英国统一的民族语言的进程。乔叟的最佳著作界定了诗人、诗歌、传奇故事的含义,勾勒并奠定了英国文学今天所形成的基本形貌。英国主要作家,尤其是诗人,从 14 世纪到目前,无一不受乔叟的熏陶。

二、乔叟的追随者

乔叟对英诗创作和发展所产生的影响是深远而无与伦比的。特别是在 14 世纪和 15 世纪,他的印记从英格兰到苏格兰,可以说比比皆是。在英格兰,有约翰·里德盖特(John Lydgate,1370—1450)、托马斯·浩克利夫(Thmoas Hoccleve,生卒年不详)、伯格(Burgh,生卒年不详)、乔治·阿什比(George Ashby,生卒年不详)、亨利·布拉德肖(Henry Bradshaw,生卒年不详)、乔治·瑞普里(George Ripley,生卒年不详)、托马斯·诺顿(Thomas Norton,生卒年不详)、奥斯伯恩·伯克纳姆(Osbem Bokenan,生卒年不详)等诗人。在苏格兰,乔叟的追随者也很多,包括罗伯特·亨利森(Robert Henryson,生卒年不详)、威廉·邓巴(William Dunbar,(约 1460—1530)、苏格兰国王詹姆斯一世(James Ⅰ,1394—1437)等。

约翰·里德盖特的主要作品是长约 36 000 诗行的《帝王的衰亡》以及《特洛伊纪事》。他的其他著作包括《人的朝拜历程》《底比斯的故事》、爱情寓言诗《玻璃寺》、一些圣徒生平、一首寓言诗歌《智慧的朝廷》等。里德盖特的长诗太长,他的短诗可读性较强,描写生动,言语幽默。《特洛伊纪事》是里德盖特费时 8 年(1412—1420)写成的,可谓中世纪叙说特洛伊战争故事的鸿篇巨制。此书写在乔叟的《特洛伊拉斯与克瑞斯德》30 年之后,主要情节从一部拉丁文作品翻译过来,作者也着实作了一番补充和修订的工作。《特洛伊纪事》对特洛伊的沦陷进行了全面的阐述,为中世纪读者阅读乔叟的故事提供了必要的背景知识。这部诗作也为欧洲一些国家与地区的神话历史做出注脚;在中世纪,一些国家如意大利和英国,都认为自己是特洛伊人的后代;他们相信,由于特洛伊的陷落,一些英雄们离乡背井,西行到意大利或英国,而在那里建功立业。《特洛伊纪事》共5章,它的故事线索从贾森寻找金羊毛开始到特洛伊城沦陷、希腊英雄们返家途中所遇灾难为止。它把赫克特战死沙场的情节作为叙事中心与故事转折点,力求在开首和结尾的章节间取得某种结构平衡。里德盖特在诗作里增加进不少内容。他主要取材于古罗马作家奥维德等人的作品,对赫克特之死以及赫克利斯的事迹等加以补充,结果是篇幅增加,重点分散,文本学究味道浓郁。《特洛伊纪事》是一部富于说教的百科全书类作品,缺乏作家所期望的史诗性效果。

在英格兰的其他模仿乔叟的诗人里,只有托马斯·浩克利夫认真地模仿了乔叟自然天成的语言以及熟练运用反讽性人物等特点。其余的诗人都有些效仿里德盖特,力求重现乔叟的体现道德观念的见解、语言以及寓言式写作风格。

15世纪有"苏格兰诗歌的黄金时代"之称。这个时期的作家多、作品多,而且在内容和技巧方面多模仿乔叟,他们当中的著名诗人在文学史上被称为"乔叟的苏格兰追随者"。所谓"乔叟的苏格兰追随者"是指15世纪(也包括16世纪)一些苏格兰诗人,他们受到乔叟或他的英格兰追随者——约翰·里德盖特的影响,经常运用一种每诗节7诗行、每诗行5音步抑扬的格律写诗。其中最主要的作家有罗伯特·亨利森、威廉·邓巴、苏格兰国王詹姆斯一世等。

罗伯特·亨利森在中世纪,特别是苏格兰文学史上,是一位赫赫有名的作家,在某些方面是最有独创性的苏格兰诗人。他的生平人们所知很少。在他的作品《寓言集》(1570)的最早版的封面上曾注着他是学校教员。他可能在格拉斯哥大学、巴黎或比利时的卢万接受教育。他的职业是教员和律师。他的诗歌从内容上显示出他的这种职业形象。他的《寓言集》说明,他有强烈的说教意愿,对法律操作的细节了如指掌。他也可能是一个底层的神甫。亨利森写了3部长诗及13篇短篇作品。他最著名的长诗是《寓言集》,其中含有13篇寓言以及分别介绍《雄鸡与宝石》《狮子与老鼠》这两篇故事的《序诗》。据《序诗》说,这部作品是从拉丁文本译成的,目的是为警世喻人。虽然这部作品主要以《伊索寓言》为基础,但作者也借用了动物寓言故事、中世纪的一些与"狐狸"雷纳德相关的传统故事、乔叟以及里德盖特的故事等,以充实诗歌的内容。亨利森文笔清新、幽默,语言直截了当,情节和寓意都令读者感到浓郁的兴味。他能把故事与说教分开,避免了后者影响前者的艺术价值的弊病。亨利森的主要作品除《寓言集》外,还有《克瑞斯德的遗嘱》《奥菲尤斯与尤瑞蒂斯》等。《克瑞斯德的遗嘱》是作家比较成熟的作品。在这部作品的《序诗》里,作者把叙事人说成是一位老者;从内容上看,诗作在表达对于人生和爱情的看法时,激情少,而悲伤的智慧语言多。此作意在继续讲乔叟的故事《特洛伊拉斯与克瑞斯德》。作家从乔叟的作品里拾起一条线索,对克瑞斯德的悲剧命运做进一步探讨。《奥菲尤斯与尤瑞蒂斯》的创作可能在诗人创作生涯的早些时候,作品的气氛显得更有生气,技巧也不像其他两部长诗那样娴熟。亨利森从乔叟处学习到人生观、高雅的文学品位、快活的精气神以及表达上的精巧和快捷。

邓巴在苏格兰诗歌史上地位很高,曾有"苏格兰的乔叟"或"苏格兰的斯凯尔顿"之称。乔叟是中世纪英语的巨擘,而邓巴是苏格兰早期和中期苏格兰语的佼佼者。两者都很幽默,但是幽默性质有别。邓巴文风里缺少柔和与亲密的因素,他的讽刺异常辛辣,喧阗有时失控,嬉闹几近轻佻。15世纪70年代邓巴在圣安德鲁斯大学接受教育。从他的作品所提供的个人信息推测,他是一个神甫,做过律师或法律工作,也是苏格兰国王詹姆斯四世的宫廷诗人。作为一个神甫的生活也朝不保夕,邓巴常常哀叹詹姆斯王对他的不公平待遇。邓巴似乎几次向国王提出赐予他"教区薪俸"的要求,以便获得有保障的收入,但都不了了之。邓巴不怕讲出自己的不满,他的诗作里充溢着他对自己经济没有保证的境遇的悲痛声。这是邓巴作品的独特性之一。它们注重描写这些自我审视的瞬间的情状。诗人的自我审视表现出他头脑敏感,心理深邃、复杂。他的作品在一定程度上反映出当时社会和人民的精神状况。邓巴的作品可以分作两类:一是寓言类,一是应景类。两类作品共近百篇。寓言类作品显示乔叟的影响更直接一些,应景类作品占邓巴作品总量的大部分,它们延续了乔叟追随者们短诗里所具有的讽刺、说教以及宗教主题等特点。邓巴的寓言式作品包括《金盾》《美人与囚徒》《紫蓟与红梅》《戏剧侏儒部分插曲》《两位已婚女人和寡妇》等。在这些寓言式作品里,乔叟的文风和写作特点经常有所体现,但邓巴的幽默更粗犷,热情更高涨。邓巴的寓言诗作主要有《金盾》和《紫蓟与红梅》。《金盾》说的是诗人梦到一个明媚的五月清晨,他立在爱神维纳斯的神殿前面,在理智的金盾的帮助下,竭力抵挡美人及其朋友的金箭,最后受伤被俘。他得知这个女人是欲望,她一离开,他就处于"沉重"的监督下。女人离去的船只所发出的炮声让他感到快乐,使他看到五月的清晨、莺歌燕舞的情状。诗歌里说教不多,寓言和中世纪的道德剧完全如出一辙。邓巴较短的诗作《美人与囚徒》主题与《金盾》大体相似。《紫蓟与红梅》主要写詹姆斯四世(紫蓟)和玛格丽特·都铎(红梅)结婚的情况。诗作的架构仍然是梦境,但内容是新婚曲,很容易引向花车游行和假面表演等庆祝形式。邓巴的大部分作品是应景之作,其中包括讽刺、抱怨、祈祷以及幽默作品等。他最著名的祈祷作品是《悼诗人》,形式是祷文,内容是纪念中世纪苏格兰诗人的。《悼诗人》的主题特色之一是诗人哀叹人的努力的消逝,这是 15 世纪许多类似作品的共同主旨。此作作为一个难得的历史性文件,提供了许多关于邓巴同代诗人的生平与作品细节;他把乔叟放在名单的首位。《两位已婚女人和寡妇》里面的说长道短风格有点像乔叟的巴斯妇。邓巴的作品是苏格兰文学作品里最伟大的作品之一。他尤其擅长写抒情诗,他对苏格兰语言的把握精深圆熟,运用如信手拈来,风格考究、优雅。

苏格兰国王詹姆斯一世在 15 世纪初去法国的路上遭英格兰人劫持,被拘禁 19 年。在英格兰期间,他和萨默塞特伯爵夫人的女儿琼·伯福特结婚,此人后来成为詹姆斯一世的名作《国王之书》的女主人公。这首诗歌主要颂扬婚姻与爱情。诗里讲到"詹姆斯"被劫持和拘禁的事情(148~196 行),内容和史实大体相符。诗歌主要讲"詹姆斯"与一个女人(即琼·伯福特)一见钟情的故事。叙事中作者并未描绘关于这个女人的细节以及"詹姆斯"的求爱过程,而是描写他所经受的痛苦和为争取神祇的帮助而做出的努力。诗歌对梦境景况的描绘、诗人与各种神祇的活泼对话以及他充满激情的祈祷,都为诗作增加了无穷的趣味和张力。《国王之书》显示出詹姆斯一世深受乔叟的影响,特别是在表现感情强度方面。他和乔叟一样细腻、温和。当然,他同时在作品中也引进了一些新的镀金式因素,如运用有拉丁文词根的多音节词语等。乔叟对詹姆斯的影响主要表现在作品的架构设计方面:读书时堕入梦乡(似乔叟的《公爵夫人颂》);在塔楼牢房向外望见一个女人,而坠入情网(似乔叟的《骑士的故事》);突然害起相思病(似《特洛伊拉斯与克瑞斯德》);对梦境和女神的描写(似《公爵夫人颂》《名人馆》《百鸟议会》等)。这种影响也表现在诗作的韵律方面:《国王之书》运用乔叟在《特洛伊拉斯与克瑞斯德》里所用的国王韵律写成。这是一种每诗节 7 诗行、每诗行 5 步抑扬的诗歌格律。

第二节　骑士传奇——浪漫的冒险故事

在诺曼底人征服英国以后的一个半世纪左右,英语文学的创作基本处于停滞的状态。诺曼底人带来一些法国浪漫传奇式文学作品,一时之间充斥全国;同时,拉丁文在文学界也一直发挥着它的不可小觑的影响。英语被边缘化,暂时停止了它作为文学创作媒介的作用。当时比较流行的浪漫传奇故事大体有三大类,即法国的浪漫传奇故事、不列颠的浪漫传奇故事以及古罗马的故事。

一、骑士传奇文学的渊源及特点

骑士传奇原本指用中世纪早期地中海沿岸西部地区(尤指法国南部)的一种用诺曼语讲述的故事,它由诺曼底人带入英国,成为中世纪英国上层社会的主要文学样式。由于骑士传奇始终与爱情主要题材,描写骑士对国王、妻子、上帝的忠诚,以及他们惩恶扬善、扶危济困的历险经历,因此又称为浪漫传奇。

骑士传奇是中世纪骑士制度的一种精神产物,是英国封建社会发展到成熟阶段一种社会理想的体现。骑士制度是以精通武术的骑士为主要人物的。这类武士终日在外面干着行侠仗义的事情,为打抱不平拼个你死我活,为援救蒙受冤屈的妇女而赴汤蹈火,还驱恶除魔把妖怪打得逃之夭夭等等。他们都是些崇尚道义和节操的侠士。他们用"爱"和"武器"来护卫他们国家的主人。在骑士传奇中,英雄的行为不再表现为民族、部族或国家间的争斗,而是表现在捍卫个人利益、个人荣誉和个人尊严上。他们遵守着一种严格的道德准则,即保护弱者尤其是妇女,无条件地服从荣誉的原则和严守诸如忠君、护教、勇敢等信条。不过,传奇故事中的骑士生活并不能代表当时英国封建贵族或封建主的实际生活,而是这种生活方式和行动规范的理想化,所以骑士制度与其说是制度,倒不如说是一种职业和理想。它只反映了封建主的化身——骑士希望体现自身的美德而已。

中世纪比较流行的浪漫传奇故事大体有法国的浪漫传奇故事、不列颠的浪漫传奇故事以及古罗马的故事。法国的浪漫传奇包括查理曼大帝和他英勇的骑士们(如罗兰)的故事,不列颠的浪漫传奇主要是关于亚瑟王的传奇,古罗马的浪漫传奇是指古代的浪漫故事。但是,另外也有一些故事,并非属于上述三大类,于是又有英格兰的浪漫传奇、东方浪漫传奇等类别。当然也有一些个别的故事,自成一体,无所归属。这些浪漫传奇多以诗歌形式写成,所以也有韵文传奇之称。在乔叟以前传奇都是用韵文写成的,到乔叟之后才用散文写作。传奇文学作为一种主要的文学体裁一直流传到 15 世纪末。传奇作品的人物塑造都是标准化和类型化的,所以有时同一个主人公会在不同的传奇故事中出现,有时同一事件会在同一传奇故事中反复出现,这便是传奇文学的基本特点。

二、本土传奇:亚瑟王和圆桌骑士的故事

关于亚瑟王传奇的历史记载,可以追溯到 6 世纪中期。当时的史学家吉尔达斯撰写出拉丁文史书《不列颠的毁灭》,描写不列颠人在抵抗撒克逊人的侵略中所取得的 12 次重大胜利。9 世纪时,南尼亚斯创作出拉丁文的《不列颠史》,第一次把指挥不列颠人取得 12 次胜利的英雄称为亚瑟王。南尼亚斯用的是拉丁文名字亚托琉斯,转化成英文名字即为亚瑟。

中世纪期间,英国出现了关于亚瑟王传奇的不少杰出作品。当时一位名为杰弗里(Geoffrey of Monmouth,约 1100—1155)的学者用拉丁文写的《不列颠史记》(约 1136)一书,是叙述亚瑟王事迹的第一本资料。据他所言,亚瑟王本是凯尔特人的将军,他在罗马人从岛上调防的时候曾将一些信奉基督教的不列颠人和五百个撒克逊的异教徒组织起来。几年之后,有一个诺曼的吟唱诗人韦斯(Wace of Jersey,1115—1183)把这个史迹译成法文韵文,并添加了圆桌骑士部分。又隔了几年,一个名叫莱亚曼(Layamon,生卒年不详)的僧侣以这些史料为依据著成了一部爱国主义的《不列颠人》。《不列颠人》用中古英语写成,采用韵诗体。诗中不仅使用头韵,而且还使用尾韵。它取材于诺曼民族的史料,主要叙述不列颠的历史,其中的第三节叙述了有关亚瑟王的传说,系莱亚曼根据杰弗里和魏慈的书籍而加以自由翻译、发挥扩充写成。莱亚曼增加了大量描写成分,尤其是关于圆桌骑士的来历的解释,使原诗篇幅扩大了一倍。莱亚曼把诺曼时代以来英国二百五十年间的事件讲述得精彩紧张,栩栩如生。他的这一作品构成了现有亚瑟王传奇的主要框架。在 1300 年左右,大多数传奇材料都是围绕亚瑟王及其圆桌骑士展开的,英文写的亚瑟王传奇多半是描写某个具体的骑士。直到 15 世纪托马斯·马洛礼(Thomas Malory,? —1471)在狱中完成了《亚瑟王之死》以后,亚瑟王传奇故事才臻于完整。

(一)杰弗里的《不列颠王史记》

拉丁文作品《不列颠王史记》是英国文学史上第一部认真描述亚瑟王及其骑士的著作,它是亚瑟王传奇故事的"摇篮"。公元 1147 年,杰弗里突然宣称,他发现了一部关于亚瑟王及其骑士事迹的威尔士史书《不列颠王史记》,并已将该书译成拉丁文。这本书引起世人极大兴趣,赢得了普遍赞赏。杰弗里是有意识搜集资料写一部关于不列颠国王的史书的,但他为使自己的作品更具权威性,却采取了一种机巧的手法。他声称他手里有一部用不列颠语言写出的古书,他要把它译为拉丁文。杰弗里在书的前言里所说的不列颠史书,实际上是他的杜撰,他所说的把它译成拉丁文云云,也是构思精妙的骗局。但是,不能否认,杰弗里的创作是不同凡响的。他努力收集民间传说,阅读早期史书的有关记载,诸如英国史学之父比德、威尔士史学家南尼亚斯以及 6 世纪吉尔达斯撰写的布道书《在不列颠的废墟上》等,并发挥他丰富的想象力,扩展威尔士传说的内容,把原始的素材变成为引人注目的文学珍品。虽然后来有人说,这部书的内容纯属臆造,但是人们还是喜爱这样的作品,欣喜之余还是肯相信作者的任何声明或言论。它满足了世人对完美事物的需求。

杰弗里的《不列颠王史记》主要讲不列颠人的历史。它从特洛伊人伊尼亚斯的后裔布鲁特斯占领不列颠岛开始说起,直至 7 世纪威尔士王凯达瓦尔达去世止。书中也讲述了罗马凯撒大帝入侵英国以及亚瑟王的故事,讲述了亚瑟王的功过沉浮,也说到亚瑟王的父亲——征服者阿瑟尔以及魔术师梅林的故事。杰弗里关于亚瑟王的故事是这个传奇最早的版本。

(二)韦斯的《不列颠人的故事》

约在公元 1154 年,盎格鲁-诺曼底诗人韦斯(Wace of Jersey,1115—1183)在杰弗里《不列颠王史记》的影响下写出了《不列颠人的故事》。《不列颠人的故事》这部书以特洛伊的布鲁特斯建立不列颠国为开端,写到传说英国史的结束。此书进一步完善了亚瑟王的故事情节,在杰弗里文本的基础上,做了一番添砖加瓦的工作,把杰弗里的散文著作用诗歌体翻译成法语。他把骑士精神注入故事中,首次提出亚瑟王的圆桌,用圆桌巧妙地解决了骑士之间排序的争端,还为故事增加了当时正在兴起的宫廷文化色彩。韦斯首次赋予亚瑟王的佩剑以"神剑"之名。韦斯的《不列颠人的故事》为 13 世纪初英国诗人莱亚曼的中世纪英文诗歌《不列颠人》和英国早期史学家皮叶斯·朗托夫特(Piers Langtoft,? —1307)的史书《朗托夫特的史记》打下基础。《朗托夫特的史记》的第一部分是从韦斯的《不列颠人的故事》翻译而来。

(三)莱亚曼的《不列颠人》

13 世纪英国诗人莱亚曼将韦斯的文本改编为长诗《不列颠人》(或《布鲁特斯》,约 1215)。他对韦斯的文本进行反复推敲,以此为基础写成他的长达 16 000 余诗行的英文史诗。莱亚曼是说法语的诺曼底人征服英国后第一位用英文写作的著名诗人。他运用英国中部偏西南方的方言进行写作。他的语言吸收了大量的盎格鲁-撒克逊语汇,所用多为当时流行的盎格鲁-撒克逊书面语和日常交际语言。因此,他是诺曼底征服后第一位恢复英语在国家社会、文化和政治生活中应有地位的人。在他之后,英语又成为英国文学创作的主要媒介。这是他的著作的历史意义所在。莱亚曼减少了原作中的宫廷文化色彩,第一次把亚瑟王描写成英格兰英雄。他的诗作后来成为那些以亚瑟王朝为中心主题的中古英语浪漫传奇的重要源泉之一。

莱亚曼的《不列颠人》根据韦斯的《不列颠人的故事》写成,这两部书和杰弗里的著作一样,内容大体相似,都详细书写不列颠人的历史。这部历史从特洛伊的陷落开始,然后说到逃出特洛伊火海到意大利建国的伊尼亚斯的后代——布鲁特斯途经地中海到达阿瓦隆岛,斩杀当地巨人,按照他的名字重新命名该地为不列颠。然后则叙述不列颠国王们的业绩,包括历史上闻名的李尔王、辛伯林王以及亚瑟王。关于亚瑟王的部分约有 8 000 余诗行,占全书篇幅的一半左右。这一部分写亚瑟王的征战业绩,说他成功地征服西北欧的大部分领土。其中最主要的征伐是他击败罗马皇帝卢修斯的战役。但在亚瑟王带兵外出期间,他的后院起火:他的侄子、摄政王莫德里德起兵造反,亚瑟王只得挥师回国平叛,杀死莫德里德,但自己也不幸受致命之伤,回到阿瓦隆岛去。《不列颠人》写到最后一位不列颠王凯德瓦拉德的执政时期。

莱亚曼的《不列颠人》在内容上有大量增加,比韦斯的《不列颠人的故事》在内容和写作技巧上又进一步。莱亚曼关于亚瑟王的某些故事有所扩充和改进,他笔下的亚瑟王业已成为一个相当完美的文学形象。莱亚曼对中世纪作家的文学创作具有显而易见的影响。比如他对 200 余年后马洛礼的《亚瑟王之死》具有直接的明显的影响。莱亚曼在这部诗作里运用中世纪诗歌中常出现的押头韵,但是他的头韵比较松散,诗中还经常出现不规则押韵的诗行。

(四)12 世纪后期到 15 世纪的亚瑟王传奇故事

12 世纪后半叶和 13 世纪初叶,亚瑟王传奇故事又出现新的进展,增添进一大批新故事。其中有些故事显然是作家们的独出心裁的创造,也有一些是来自各种渠道的民间故事与传说,经过作家巧妙加工,融合到亚瑟王传奇的情节里来。这些新的故事在不同程度上反映了当时的各种社会影响,体现出人们的各种愿望与理想。其中最著名的故事有寻求圣杯的故事、梅林的故事、兰斯洛特爵士的故事以及他同亚瑟王的王后桂内维尔私通的悲剧性故事,还有亚瑟王离世的故事。

这些故事在 13 世纪初,由法国作家罗伯特·戴博伦(Robert de Borron,生卒年不详)及玛丽·弗朗斯(Marie de France,生卒年不详)等收集编写而成。戴博伦的重要著作是《圣杯的故事》(1190—1210)。他给梅林这位魔术师增加了一抹基督教的色彩,把他说成是关于圣杯的先知人物,于是圣杯和亚瑟王传奇就连结在一起。玛丽·弗朗斯的韵味故事都说到过亚瑟王和他的骑士的故事。

之后,亚瑟王传奇史里又出现了一位从来未露过面的骑士,他在圆桌骑士里占有极为显赫的位置。这个骑士的名字叫特里斯特拉姆,是一系列新故事里的中心人物。13 世纪和 14 世纪,亚瑟王传奇故事极其流行,有诗歌供吟唱,有散文供阅读,从王公显贵到平民百姓,家喻户晓。此时的亚瑟王传奇中最著名的应该是由一个无名氏在 1360—1370 年间用头韵诗写的《高文爵士与绿衣骑士》。

《高文爵士与绿衣骑士》用英格兰中部方言写成,是中古英语最伟大的诗篇之一。这篇传奇故事包含两个主题:即通过高文爵士和绿衣骑士之间的砍头游戏来检验高文爵士的勇敢和信守诺言;通过城堡女主人对高文的诱惑和勾引来检验高文的诚实和忠贞。全诗共长 2 530 行,由四部分组成。第一部分叙述亚瑟王和众部下在开姆拉脱宫殿举行新年宴会,魁梧高大的绿衣骑士手持一柄利斧和一根圣枝闯入大厅,向亚瑟王手下众多武士提出了砍头游戏的挑战。高文爵士应声而出,勇敢地接受了挑战。高文爵士奋力夺过绿衣骑士的巨斧将他的头颅砍落在地,而绿衣骑士从容不迫地捡起头颅,声称明年此时高文爵士必须接受他的挑战。第二、三部分叙述高文爵士为了履行诺言,在旷野之中寻找绿衣骑士再行比试。高文爵士发现自己走进了一座美丽的城堡,并受到城堡主人的盛情款待以及女主人的百般引诱和调情。第四部分叙述高文爵士在新年那天被人引入礼拜堂中,高文和绿衣骑士第二次比试砍头游戏。结果高文爵士的颈部受了轻伤,绿衣骑士随后说明自己即是城堡主人,女主人的诱惑由他一手安排和操纵,因此十分钦佩高文的勇敢和诚实。于是高文爵士十分荣耀地返回亚瑟王的宫殿。

这首长诗是篇典型的传奇故事,情节离奇荒诞,叙述曲折多变。诗歌的主题并没有脱离中世纪罗曼司文学惯常表现的主题,即勇敢、历险、忠诚、忠贞等等。全诗对骑士比武搏斗有精彩的描绘,对人类情欲的揭示有淋漓尽致的发挥。整篇故事融于美妙的诗篇之中,情节的过渡衔接十分巧妙自然,悬念跌宕起伏。对话的运用十分熟练,对自然景色的描写非常出色,对高文奇遇和历险时的心理刻画也极其细腻透剔。由于这篇传奇是用中古英语时期的方言写成,它常常被人们排除在英语诗歌的主流之外。其实,这首长诗是在 14 世纪"头韵复兴"时期写成,诗中的韵律和押韵具有当时诗歌的明显特征,但也表现出自己独有的个性特色。《高文爵士与绿衣骑士》是一首押头韵的长诗。简洁的头韵词语和以重读音节为基础的韵律与当时流行的法国罗曼司文学截然不同。全诗由许多长行头韵诗节组成,诗节长短不一,但每一诗节的结尾都会出现只有一个重读音节的短促诗句,然后有一个押 ABAB 脚韵的四句短行诗节紧随其后。诗歌使用的语言朴素自然,叙述流畅通顺,是中世纪极有价值的一篇文学作品。

1470 年,威尔士骑士马洛礼编写了《亚瑟王之死》一书。马洛礼做了大量收集和增删工作,《亚瑟王之死》使众说不一的零散故事终于规范化,从而形成一部记述自亚瑟王出世始至他遁居仙岛时止的完整故事体系,成为后世作家引用亚瑟王故事的"摇篮"。

经过数世纪的发展与改进,亚瑟王故事成为英国文学创作的一个内容丰富的素材宝库。今天,亚瑟王故事已被视为世界文学的不可或缺的组成部分。

在本土的英国传奇故事中,略为次要的还有《丹麦人海夫洛克》(约1250)和《沃维克的盖尔》(约1300)。这两篇诗歌描写一位英雄在经历了一些骑士般的英勇事迹之后最终登上王子的权力宝座。两篇故事都遵循当时中世纪传奇作品的传统套式:主人公要么出身卑微,但由于其保持骑士的品质和乐于助人的精神而赢得女主人的爱情,最后成为某国的英雄;要么本身出身高贵,但受人迫害,经过千难万苦与高贵女子结婚,最终夺回自己的王国。所有这些都是对当时社会生活某些侧面的一种间接的反映和折射。

三、外来传奇:《罗兰之死》

中世纪英国的骑士传奇文学里,除了讲关于不列颠人的故事外,还有些是叙述法国或时间更久远的古希腊或特洛伊的故事。比如上面说过的亚瑟王的传奇故事,就属于不列颠传奇;法国的查理曼大帝和他的英雄们的故事,就属于法国的传奇;亚历山大大帝的故事,以及特洛伊战争的故事,就属于古代的故事,等等。《罗兰之死》源于法国,后来传到英国。

关于查理曼大帝的故事,首先要从阿拉伯人在西班牙的影响说起。从8世纪末开始,阿拉伯人在西班牙的势力日益稳步地增长。当时有一个名叫阿布德·阿拉—拉赫曼(Abd al—Rahman,731—788)的穆斯林王,决心要征服整个西班牙。经过多年的奋战,他征服了伊比利亚半岛的大部,建立起伊斯兰政权,其后代统治西班牙达300余年。8世纪末,阿拉—拉赫曼开始面临一个强大的敌人,即当时法国的皇帝查理曼大帝。公元777年,查理曼大帝率军进攻拉赫曼。战事不顺,他发现自己陷入拉赫曼和巴斯克叛军两方面的夹击当中。他被迫撤下数千人,而慌忙北撤,这些人大多战死沙场,其中包括他最著名的一个武士和将领——罗兰。罗兰作为殿后将军,英勇杀敌,但终因寡不敌众,在尤塞斯瓦列斯山口的战斗中壮烈牺牲。《罗兰之死》是最古老的法国文学作品之一。它在法国具有民族史诗的地位。这部作品在11世纪传入英国,而成为中世纪英国人所喜闻乐见的浪漫传奇故事之一。《罗兰之死》是关于查理曼大帝的传奇故事中最出色的作品。就内容说,它讲述了一个包含动人心魄的战斗、忠诚、荣誉、阴谋等诸种因素的故事。这个故事原用法文写成,后来由征服者威廉身边的一个吟游诗人——泰勒弗尔首次介绍到英国。泰勒弗尔参加了黑斯廷斯战斗,他请求威廉公爵准许他在那次战斗中第一个出击。他得到允许后,就唱着《罗兰之死》向敌人冲过去。诺曼底的武士们跟在他身后,齐唱着《罗兰之死》,向敌阵冲杀过去。泰勒弗尔血洒沙场,但诺曼底人大获全胜。这样,这部作品就在诺曼底占领的英国逐渐传布开来。

第三节　英格兰和苏格兰民谣

中世纪的英国口头文学十分繁荣。这一时期民间诗歌的创作十分活跃,大量引人入胜的通俗歌谣在民间广泛流传。在现存的民谣中最早的创作时间可以追溯到 13 世纪,但大部分民谣都是在 15 世纪才用书面形式记录下来的。现存的最著名的民谣集是十八世纪由托马斯·珀西(Thomas Percy,1729—1811)主教第一次编集出版的《古代英语诗歌拾遗》。民谣由于它取材于民间,因此较能真实地反映当时英国平民的生活。民谣通常以简短的语句和一系列简明的场景描绘一两个中心事件。人物的刻画十分精练,有的甚至会出现省略与空白,使读者突然进入一种紧张的悬念,因此民谣带有某种戏剧特征。它突出悬念以达到一种戏剧高潮,从而使读者在心中产生强烈的回响,或使读者对诗中人物产生深切同情。民谣还以其生动的人物对话来突出主题或创造氛围,而且人物的对话总以幽默讽刺见长。正是由于民谣的上述特点,它才具有强大的生命力,才能长久流传并对后世的诗人产生影响。民谣作为民间文学一个最重要的组成部分填补了英国十五世纪书面诗歌的空白。

一、填补英国 15 世纪书面诗歌的空白——民谣

英语"民谣"这个词来源于法语,它的意思是"跳舞",因为它是与民间歌舞相联系的。民谣是由无名诗人创作的叙事诗,通过口头在民间传播开来。民谣主要为歌唱而写,常和节日、集会上的集体舞蹈相关。在内容方面,它和乡下与边远地区的相互间"老死不相往来"的村镇生活传统有着紧密关联。所以,英国文学里著名的民谣是英格兰和苏格兰民谣,它们多存在于苏格兰和英格兰交界之处。最好的民谣产生于苏格兰高地与低地间的地区,其声韵和节奏多保持原汁原味,感情天真纯朴。

中世纪的民谣在当时发挥着讲故事以愉悦听众的作用。它们的传播者是吟游诗人。民谣的种类很多,以大致分为以下三类:第一类歌唱历史人物和真实事件;第二类传颂神话故事和民间传说;第三类取自文学著作加以改编。具体形式可分为绿林歌谣、政治歌谣、谜语歌谣、历史歌谣、史诗性歌谣等。从内容看,这些民谣故事的题材多来自生活,包括关于爱情、大自然、悲剧与死亡、英雄故事、幽默故事、阴谋和背叛,以及历史上闻名的战役等方面。民谣的主题也十分丰富:有的反映年轻的情人反对封建家庭的斗争,爱与财富的抉择,或妒忌所带来的残酷结果;也有的记述英格兰和苏格兰边界战争和阶级压迫。

民谣算是一种比较原始的艺术作品,通常以第三人称叙事,不讲求艺术构思或布局,在结构上也不刻意雕琢。它不求婉转与微妙,但注重表达的力度。它的目的是让人一听就懂,不给人过多的感慨或想象空间。它的故事新颖、开阔,有阴晴圆缺,有悲欢离合,总能抓住听者的心弦。在语言上它不刻意雕琢,而是直抒胸臆,以近乎原始的诗意和感情感染听众,所以它表达直接、简明,以大众日常交际媒介与世人交流。民谣以纯朴和内在魅力而著称,从总体上说是生活在英国

封建社会条件下普通农民的文学。

民谣有合唱的叠句,每节由四行组成,每行有四个重音,通常第二行和第四行押韵。简单的旋律、简短的语句以及生动的对话是民谣的基本特征。民谣产生于民间,它是普通人如吟游诗人或农民集体创作的结晶,而且通过一代代人口头相传不断得到修改,因此我们很难知道民谣的最初作者是谁以及歌谣的原始面貌如何。作为口头文学,民谣有滋有味,但落在纸上时,由于没有了音乐的辅助,它们许多内在的诗歌韵味和抒情格调就在无形中令人遗憾地消失了。歌谣的文字有时显得干枯、乏味,而歌唱、琴声和肢体的动作则能充分显示出歌谣原有的满怀激情。

现存的民谣多数不是以中世纪英语写成的。它们是学者和民谣爱好者们从口头文学记录下来的。古英语和现代英语有许多不同,古英语(甚至可回溯到日尔曼诗歌)具有一种在语音、发音及语法上都存在的抑扬和曲折,而现代英语已经在发展中失去了这些。在韵律和节奏上的这种区别,无疑会导致现代英语版的歌谣与中世纪原来的歌谣之间具有质的差别。所以,我们现在阅读的文本,虽然在内容上大体相似,但在形式上已经不是中世纪歌谣的原貌。

最早的民谣收集和出版者是18世纪末期的柏西主教,他是从一部17世纪手稿里偶尔发现民谣这种形式的。他收集的民谣分三卷于1865年出版,书名是《古代英语诗歌拾遗》。现存的民谣共有305首,文本有1 300余种,都包括在美国学者弗朗西斯·詹姆斯·柴尔德(Francis James Child,1825—1896)所出版的五卷本《英格兰和苏格兰民谣集》(1883—1898)里;这部民谣集简称《柴尔德民谣集》。

多年来人们对民谣的研究一直没有停止。1968年,美国学者露丝·曼宁-桑德斯(Ruth Manning-Sanders)还出版了《英格兰和苏格兰歌谣故事集》,收集包括罗宾汉歌谣故事在内的15个民谣故事,诸如《年轻的洛恩勋爵》《乡下佬霍恩》《梅·考尔文》《亚当·贝尔》《查尔德·罗兰》《狡猾的农夫》《塔姆·林》《埃斯特弥尔国王》《艾莉森·格罗斯》《年轻的蓓吉》《诗人托马斯》《林恩的继承人》《劳克玛本的弹唱者》以及《奥尔菲奥国王》等。这些故事从内容讲,包罗社会各个阶层的人——贵族、平民、艺术家(诗人与歌手)、英雄、农民、国王等。

中世纪的英格兰和苏格兰民谣,最著名的是《罗宾汉民谣集》、"边界民谣",爱情等题材民谣也很有特色。

二、《罗宾汉民谣集》

《罗宾汉民谣集》中的民谣以诗歌的形式叙写传奇人物罗宾汉和他的绿林好汉们为了逃避封建压迫来到舍伍德森林的故事。罗宾汉代表当时受封建压迫和剥削的英国农民。他痛恨诺丁汉的郡官,行侠仗义,劫富济贫,所以许多受僧侣和骑士欺凌的人们聚集在他的周围,结成了罗宾汉的绿林兄弟。他们专门对付封建统治者如郡法官、主教、封建主,经常抢劫骑士和僧侣来救济穷人,惩罚压迫者为平民伸张正义。如果说亚瑟王是封建时代英国武士阶层的英雄,罗宾汉则是受苦受难的人民大众所推崇的民间大侠。罗宾汉说过:"这个世道穷人没有朋友。国王自己的儿子都造反,起兵和他作战。贵族和僧侣们则争权夺利,扩充自己的领地,把农奴紧紧锁在他们为其耕作的土地上,不顾一切公正的习俗,从他们身上榨取尽可能多的赋税和徭役。"关于罗宾汉的这些民谣表现出当时英国封建社会关系的野蛮与残酷,以及战火连绵的乱世给北部农民所带来的巨大伤害和苦难。罗宾汉是人民大众想象出的侠义人物,历史上并无其人。罗宾汉这个文学形象反映出人们的内心渴望,即能有人为他们的权益而振臂高呼,揭竿而起,向昏暗的当局和恶霸地主与教会讨个公道。罗宾汉的形象是人民的造反精神的艺术外现。

根据关于罗宾汉的民谣,罗宾汉是个撒克逊人,擅长射箭,生活在14—15世纪英国诺丁汉地区。罗宾汉原本是一个家境殷实的自由人,他拥有自己的家园和土地,他的农庄约有160多英亩肥沃的耕地,位于一处庄园的左近。罗宾汉家在此生活已达数辈之久。可是附近寺庙的僧侣们早已对其家产垂涎三尺。罗宾汉涉世不深,年轻气盛,有很强的正义感,他时时顶撞修道院院长,指责他和修道院的管家们对待农奴的恶毒行为。这样一来,修道院对他恨之入骨,虎视眈眈,只待时机了。这一天终于到来。罗宾汉见义勇为,杀了两个虐待农奴的武士,救出了一个穷苦奴隶,因而遭到官方追捕,被迫逃到诺丁汉的舍伍德皇家森林,他的家产随之成为修道院的财产。在舍伍德森林中,罗宾汉和小约翰及小约翰的伙伴们一起成为绿林好汉。罗宾汉为人正直,为朋友不惜两肋插刀,所以很快就有一批好汉聚集在他的周围,其中不少是他从厄运中舍命救出的人。罗宾汉和他的绿林好友宣誓,"绝不伤害穷人、正直的自由民或讲礼仪的武士或其随从,绝不伤害妇女或有妇女在内的人群,但决心尽力济世扶贫"。他们主持正义,劫富济贫,对残暴的贵族、官吏、主教及修道院长毫不客气,但对贫穷、饥饿和痛苦的人却总是伸出援助之手,使他们能摆脱繁重的赋税、徭役和虐待。因此,他们为人民所爱,为富不仁者则恨之入骨。关于他们的传说故事,一代传一代。

民谣集中最长的一首是《罗宾汉英雄事迹小唱》,它由三个绿林故事共456节组成,此外还有有关罗宾汉死亡的跋记。第一个故事讲罗宾汉怎样以打劫修道院的和尚来帮助一位穷骑士去还清欠该修道院长的债务。第二个故事描述了罗宾汉怎样通过他忠实的伙伴,即那位瘦长的力大无比的小约翰的帮助去捕获并杀死了他们的头号敌人——那个可恶的诺丁汉郡长。第三个故事叙述了罗宾汉与国王之间的一系列斗争。国王前来捕捉他,但最终饶恕了他,罗宾汉便又回到了绿林。最后的跋记简要地叙述了罗宾汉被一对邪恶的女修道士和他情人出卖而遭残杀的经过。尽管该民谣的作者流露出了对国王和那位穷骑士的同情和幻想,但总的来说这是一篇反映以罗宾汉为首的英国农民反抗和惩罚封建压迫者、扶助穷人的民间歌谣。诗歌一开始,罗宾汉就要小约翰等人"不要伤害种田人和那些好绅士,但要严惩那些大主教和诺丁汉的郡头"。由此可见,民谣作者的思想倾向是十分明显的。

关于罗宾汉的民谣,字词重复,合辙押韵,易于吟唱,每个故事自成一体,情节复杂有趣,人物塑造特点突出,富有戏剧性。而且可能是出于吟唱、娱乐民众的原因,这些民谣的叙事速度从容不迫,事事交代清楚。这些民谣故事情节很有趣味,艺术感染力强,有完美的性格塑造,有叫人揪心的悬念,有打仗、坐牢、伪装、逃跑等。罗宾汉歌谣对罗宾汉这个人物的塑造很下功夫。他在歌谣里栩栩如生。他为人慷慨,遇事头脑冷静,心地虔诚,稍有一些抑郁,偶尔也表现出一些幽默感。

在诗韵结构方面,关于罗宾汉的民谣多由四诗行的诗节组成,四音步诗行与三音步诗行互换,第二诗行与第四诗行押韵。这些歌谣随着时间的推移曾出现很多变化,但是它们的中世纪的印记依然清晰可辨。从内容到形式,中世纪的核心特点依然保留得完整无缺。

关于罗宾汉的民谣最先被收入柏西主教的《古代英语诗歌拾遗》和柴尔德的《英格兰和苏格兰民谣集》里,后者收入37首罗宾汉民谣。上面提到的美国学者露丝·曼宁·桑德斯,在她的《英格兰和苏格兰歌谣故事集》里,收入不少罗宾汉民谣里著名的故事,如《罗宾汉的出生》《罗宾汉和理查爵士在黎镇》《黎镇的理查爵士与修道院长》《小约翰与诺丁汉郡长》《郡长的射猎比赛》《郡长向国王抱怨》以及《国王与罗宾汉》等。此外,罗宾汉的歌谣还包括《罗宾汉和道士的故事》

《罗宾汉与吉斯本的盖奕》《罗宾汉与主教》《罗宾汉与乞丐》《罗宾汉与金箭》《罗宾汉与勇敢的骑士》《罗宾汉与艾伦》等。罗宾汉故事集有《理泰尔的罗宾汉故事集》等。这些歌谣讲述了罗宾汉的完整而系统的核心故事。

另外，还有一首史诗式歌谣——《罗宾汉的故事》，综述罗宾汉的故事，把几条线索融为一个艺术整体。这首歌谣共 8 部分，456 个诗节，以及跋。这部作品分三条线叙事：第一条线讲罗宾汉劫一道士之款而济一武士之难的故事；第二条线讲罗宾汉和小约翰擒杀诺丁汉郡长的故事；第三条线说罗宾汉与国王的交道、国王最后赦他无罪、罗宾汉身归绿林的故事。这首歌谣最后说到罗宾汉被骗杀的故事。下面是这首歌谣的开首部分，文本取自《柴尔德民谣集》的第 117 首：

听呀听，身世/自由的绅士们；/我将说到罗宾汉，/他是个好自由民。

当他走在大地上/罗宾是傲岸的绿林汉；/这个绿林好汉真客气/自古至今从未见。

罗宾站在巴恩斯德尔，/身子倚着一棵树；/身边立着小约翰，/自由农也非农奴。

还有好人斯卡洛克/还有磨坊主的儿子莫奇；/他从头到脚无一处/不露出大丈夫气。

接着小约翰就发了言/眼睛看着罗宾汉；/先生，您如果按时进餐，/那会让您身强健。

接着好罗宾对他说：/我还没有想吃饭，/直到哪位狂权贵/或陌生客人到面前。……/或者某个骑士或随从/住在这里的西边。

罗宾在自己家/言行举止规矩全；/每天他都在饭前/三次弥撒听人念。

一次是说崇拜主，/另外讲的是圣灵，/第三次说到圣母，/他对这点心虔诚。

罗宾其人爱圣母；/唯恐犯下罪滔天，/他决不去伤害人，/如有女人在里面。

"先生，"小约翰发话说，/"如果我们要生活，/告诉我们去哪里，/我们的日子怎样过。

我们要往哪里去、去何方，/我们到哪里过得安详，/我们到哪里去打劫、去何处抢，/我们到哪里打人和缚绑？"

"没有关系，"罗宾说：/"我们会过得好的；/可你要注意别伤害农民，/他们在田里犁地。"

在这首歌谣里，许多故事说得绘声绘色，让人获得美的享受。比如罗宾汉向理查爵士借账与还账的故事就是很好的例子。它讲得非常出色,速度不紧不慢,口气稳健、扎实,幽默拿捏得不多不少。这个故事的艺术性突破了民谣的范畴,而接近史诗的高度了。

罗宾汉民谣的重要内容是绿林好汉拔刀相助、打抱不平的事迹。其中很有意思的一个故事是《罗宾汉和寡妇的三个儿子》。故事讲罗宾汉化装救出被判死刑的三个年轻人,他们是一个寡妇的儿子,因杀了王室的小鹿而入狱待死。罗宾汉设法杀了州官,救出无辜。

罗宾汉民谣里有些小唱富有智慧和幽默感。比如《罗宾汉与道士》说的罗宾汉和塔克两位大侠相遇的一段便是适例。故事说罗宾汉一天听到关于一个奇怪的道士的故事,而且人们所讲的内容也相互矛盾。铁匠尼克说这位道士为人谦和,心地善良,为穷人总是出钱出力尽心做事。可是庸医彼得却说,这个人生活奢华而糜烂。罗宾汉对此人非常好奇,就到山林里道士的居住地去看个究竟。他在一条山涧边见到这位道士。道士身着家织粗布衣衫,吃得膀大腰圆。罗宾汉取出一支利箭,摆在他那把长弓上,慢慢地、悄悄地走近道士。"哎,这位圣人,"他口气严厉地说,"我有事要到河对面去。起来背我过去,省得我湿脚。"大个子道士回过头,慢慢起身,弯下腰驮上罗宾汉,一步步慢慢涉水朝对岸走去。在他们走上河岸时,罗宾汉正要跳下,忽然觉得两条腿像被铁钳夹住,与此同时,又感到肋间受到沉重的一击。接下来,他发现自己尴尬地横躺在地上。道士一个箭步,骑在他身上,两只大手紧紧地掐住他的颈部,说:"嗯,好小子,起来把我原路背回去,否则我就不客气啦。"罗宾汉别无选择,只好一声不响,起身把大个子道士照样背回。半路上,罗宾汉曾想把他扔到水里,可是道士似有准备,两手紧紧掐住他的脖子不放。罗宾汉心里清楚,他倘若稍示反抗便会出现严重后果,于是乖乖地执行了道士的命令。后来罗宾汉了解到,这位道士是个善良人,他一向舍己救助穷苦的人,但对那些欺负弱小和妇女的歹徒,他会像雄狮一样凶猛无比。罗宾汉和他结为挚友。

三、"边界民谣"

"边界民谣"主要反映的是英格兰与苏格兰两地边界地带所发生的争战情况,其中最著名的是《切维蔡斯猎鹿记》和《奥特伯恩之役》。这两篇民谣很可能都是反映英格兰北部地区诺桑布兰德的柏西勋爵与苏格兰的道格拉斯伯爵之间的争斗的。民谣收集与编撰家柴尔德在他的民谣集里把《切维蔡斯猎鹿记》编为162号。他在考证后说,这首民谣有可能是描写1345年或1346年苏格兰边地两个家族——柏西家族与道格拉斯家族——之间的争斗。当时诺森伯兰的亨利·柏西带领4 000人马袭击苏格兰,遇到安格斯伯爵威廉·道格拉斯的反抗,双方损失严重,苏格兰方面获胜。民谣《切维蔡斯猎鹿记》里说到,诺森伯兰的柏西勋爵,在打猎时一连三天越过苏格兰边界,于是引起双方间的战火,苏格兰的道格拉斯伯爵前来参战,结果是柏西和道格拉斯两人均命丧沙场。《奥特伯恩之役》在内容上稍有不同。它似乎只是说到两个地区间的争执。根据这首民谣说,苏格兰的道格拉斯伯爵率军攻打英格兰北部诺森伯兰的奥特伯恩城堡,在这个过程中,被柏西勋爵亨利·霍特斯伯偷袭,结果是道格拉斯被杀,而柏西勋爵被俘。奥特伯恩战役是"一场死者获胜的战役"。据史书记载,道格拉斯家族的詹姆斯·道格拉斯伯爵1388年8月率领一队苏格兰人进攻诺森伯兰的亨利·柏西领地,在战役里受致命伤。他告诉他的部下把他隐藏在一处树丛里,以避免影响战局。战斗残酷地进行了一夜,柏西后来无奈承认失败,下马向一位苏格兰骑士下跪投降。这一点在民谣《奥特伯恩之役》里讲到时有些黑色幽默感:这位骑士对他说:

你不可向我将士降,/对我说这事也不行,/而要对那边荆棘丛/把你的降意表白明。

"那边荆棘丛"背风处躺着已经战死的道格拉斯。这场战事最后是苏格兰人战胜,但他们的首领却战死沙场。亨利·柏西后来成为莎士比亚笔下的文学人物——霍特斯伯。

《奥特伯恩之役》《切维蔡斯猎鹿记》这两篇民谣的作者都以悲叹的笔调叙述战场上血腥厮杀的场面,但对战事结果的两种不同说法,这表明它们的作者的视角不同:一是从英格兰人的角度出发,一是站在苏格兰的立场。但是,人们仍然可以看到它们在内容上的共同点,即两位死者都被描写为英雄人物,表现出当时中世纪骑士精神依然存在,仍然是那个时代的主要价值标准;而诗歌里血流成河、尸横遍野,又充分说明两地人民所处的悲惨境地:

月光如水天拂晓,/刀光剑影亮花花,/可是许多英国勇士/拂晓前被对方杀。

战场上他未留一个英国人,/……/在他的血液变冷前/他或者杀或生俘。

另外,有些民谣取材于亚瑟王传奇或《圣经》故事。这些包括诸如《加文爵士成婚记》《戴乌斯与拉扎若斯》等。民谣中有一些是反映下层人反抗压迫的,如《兰金》。从阶级观点看,《兰金》有下层劳工反抗贵族以势压人的意味,但读者的反应会相当复杂。石匠兰金为韦亚瑞勋爵造屋,竣工后勋爵却拒不付工薪,还心安理得地离家外出。兰金怒不可遏,联合勋爵家里的奶妈杀死勋爵的妻、子,谋杀的场面叫人惨不忍睹。这首民谣主要讲报复和谋杀,血腥味十足。人们读后虽然痛恨韦亚瑞勋爵,但对兰金毫无同情。另外,一些民谣是描写劳动人民的聪明与智慧的,诸如《约翰王和主教》《狡猾的农夫》《起来把门闩上》等。

四、爱情等题材民谣

中世纪歌谣里一个常见的题材是关于爱情的描写,表现当时英国普通人对爱情真挚和热切的追求。歌唱忠贞爱情的抒情民谣《柴尔德·瓦特兹》描写一位坚贞不渝的妇女如何恪守妇道、饱受孤独寂寞之苦等待她郎君的归来。这首民谣有许多版本,其中一个有 38 诗节。故事说到,玛格丽特(或"美丽的艾伦")与瓦特兹私恋怀孕,瓦特兹嘱她待在家里。他警告说她会跟他受苦,但她依然跟随着他。他们回到家里,她就生下一个婴儿。瓦特兹为她准备了他城堡里最舒服的床铺,并保证他们尽快结婚。在这首歌谣里,骑士骑在马上,而女人在后面步行——这个画面表现了女人的忠贞不二:

柴尔德·瓦特兹骑马一整天,/她光脚跑在他身边,/但骑士从不客气说,/艾伦,你也骑上来看看。

柴尔德·瓦特兹你骑慢点,她说,/你骑那么快干什么/这个孩子是你的,/它快把我肚子撑破啦。

柴尔德·瓦特兹还对她说,前面那座塔楼里有 24 个女人,其中最漂亮的是他的情人。玛格丽特一心不二,终于获得美好的结果。

实际上,中世纪的爱情民谣多写暴力、尔虞我诈,多以悲剧为结尾。《小马斯格雷夫与伯纳德夫人》就是一例。这首民谣在《柴尔德民谣集》里编为 81 号，柴尔德列出 15 个文本，其他民谣集编撰者列出的版本还要多。这首民谣里故事发生的地点是中世纪的苏格兰边地。这个地区因几个大家族的争吵而不得安宁。这几个家族之间有分有合，有时联姻，有时则反目而相互掠夺、烧杀、以牙还牙，暴力和流血司空见惯。政府虽然努力控制局面，但是力不从心。其中一个家族是马斯格雷夫家族，它统占韦斯特莫兰郡北部的一些村镇，如小马斯格雷夫、大马斯格雷夫等。《小马斯格雷夫与伯纳德夫人》讲的是小马斯格雷夫这个人和伯纳德勋爵夫人间的爱情悲剧。小马斯格雷夫和伯纳德勋爵夫人互表爱慕之心，约定晚上在一处幽会。小马斯格雷夫明知凶多吉少，无奈胸中爱的火焰愈燃愈旺，两位情人相见，如胶似漆。不料，随行的小厮把这件事告诉了伯纳德勋爵，这位勋爵前往捉奸。小马斯格雷夫和伯纳德勋爵对打，前者被杀害。伯纳德怒气不消，挥剑又杀了夫人。他事后后悔不迭，把两个情人葬在一处。这首民谣很有代表性，它在莎士比亚时代家喻户晓，常被人援引。弗莱彻与博蒙特合写的一出戏里就援引过这首民谣的一个诗节："他们有人吹哨有人唱，/有人高喊，'哎，压低点，压低！'/伯纳德勋爵的牛角一吹起，/'你去死吧，马斯格雷夫，你死！'"

还有反映对爱情不忠和背叛的民谣，如《漂亮的玛格丽特与可爱的威廉》《托马斯勋爵与美丽的安尼特》以及《拉乌勋爵》等，说的大体都是一个内容：心猿意马造悲剧。也有讲婚姻生活一方不忠却得到完美结果的故事，如《骑士与牧羊人的女儿》，这首民谣和乔叟的《巴斯妇的故事》在内容上有相似之处。由于命运而造成悲剧的故事有《美丽的简尼特》《梅茜夫人》以及《桑德斯》等。还有《兰德尔老爷》写的是情妇杀情夫。《年轻人罕廷》与之内容相似。它说到罕廷因为不忠于爱情而遭劫难。罕廷对爱他的女人说，他要和一个更美丽的女人去相好，他的情人劝酒，把他灌醉，然后把他杀死，把尸体扔到河里。后来调查开始，她否认和他有过往来，或说他早已离开。最后他的尸体被发现，女人被判烧死在火刑柱上。这类民谣里还有《安德鲁·兰米》，它是苏格兰北部最流行的歌谣之一，形式有些庸俗化，感情有点过于外露，但情节引人瞩目。迷信或超自然的因素也存在于一些民谣之中。如反映鬼魂、林仙、女妖的民谣《歌手托马斯》和《阿雪斯威尔之妻》。后一篇讲述一位母亲在三个儿子航海失事淹死后每晚都遇见他们的幽灵的动人故事，母亲因此而认为他们还活着，只是在鸡啼以前暂且离开她一会儿而已。这篇民谣生动地刻画了一位对子女怀有真挚母爱的普通妇女形象。

也有一些歌谣除歌颂纯洁的爱情外，也表现出中世纪的一些价值观念，如《三只乌鸦》等。《三只乌鸦》这首民谣虽然只有 10 诗行，但情景真切，伤感之情动人心弦：

（一）

树上立着三乌鸦，/望去一片黑压压。

（二）

一只和它伙伴谈，/"咱们到哪吃早餐？"

（三）

"那边绿色地里边，/死兵躺在盾下面；

（四）

"他的猎狗卧身边，/认真保护主安然；

（五）

"他的猎鹰盘旋着，/忙着赶走啄食乌。

（六）

"那边走来一黄鹿,/肚子沉重慢慢走。

（七）

"她抬起他粘血的头,/舔净他的红伤口。

（八）

"她把他给驮上背,/带到一处土坑边。

（九）

"早上她把他埋葬,/自己只活到晚上。

（十）

"愿主赐与每个人,/这种犬、鹰与甜心!"

　　这首短歌表明中世纪人们所推崇的优秀品质:忠诚、挚爱、怜悯、公正;也在字里行间反映出战争的残酷、人民的哀戚、世态的悲凉,以及人们希望和平与安定的愿望。

　　另外一首类似的歌谣则是《奥菲厄国王》。内容类似的民谣或浪漫传奇版本现存有多种。它写成于14世纪,其情节和希腊神话故事《俄尔甫斯》与凯尔特神话相似,内容可能是这些故事的融合。这首民谣说,这位奥菲厄国王和西方一位名叫伊莎蓓尔的佳人相爱,娶回做王后。不料一天在国王外出打猎时,王后被仙境的国王以神标刺心。国王把众臣叫到面前,嘱咐他们看好王后的尸体。然而当众人睡去时,王后的尸体就消失了。国王哀痛不已,只身到荒野里寻找,时间一久,模样已是披头散发。他在荒野里坐等了7年。有一天一队人马向他走来,他一眼看到人群里面有他的爱妻,他们朝山上一处房舍走去,国王尾随在后面,他们都进去了,但临到国王时,他眼前却是一堆灰色石头。

　　　　这时他取出竖琴弹/他可怜的心在发酸/他先弹出伤心声/尔后弹出快活音/接着他弹一欢乐曲/把哀伤的心给治愈。

　　最后他被带进仙境,他弹出同样的曲调,仙境王为酬谢他,准许他把爱妻带走。他回到国内,恢复国王权位。这首歌谣旨在颂扬奥菲厄王对爱情的一心不二。

　　描写家庭方面的悲剧故事也很多。这种民谣充满残杀和变节,带有浓厚的悲剧色彩。《爱德华》是子杀父的悲剧,《两姊妹》和《残酷的兄弟》分别表现姐杀妹和兄杀妹的题材;《兰德尔勋爵》("lord Randal")描写一位情人被他不忠的情妇杀害的故事。作者反映这类题材显然是为了揭露当时社会的黑暗现实,谴责犯罪的卑劣行为。

　　迷信或超自然的因素也存在于一些民谣之中。如反映鬼魂、林仙、女妖的民谣《乡下佬霍恩》《诗人托马斯》《温和的威廉的鬼魂》与《厄舍尔井的妇人》等。《乡下佬霍恩》讲到一枚魔戒,《诗人托马斯》讲到对魔窟的造访,而《温和的威廉的鬼魂》与《厄舍尔井的妇人》都是名副其实的鬼怪故事。其中,《乡下佬霍恩》是一个传统的爱情与迷信故事,其内容是说英格兰一位英雄国王曲折的爱情经历。这首歌谣落在纸上的时间是13世纪末期,现存版本很多。根据柴尔德的版本,故事讲乡下佬霍恩和国王的女儿公主琼相爱。霍恩给她一根银魔杖,而她给他一个钻戒,并告诉他说,宝石颜色一旦变浅,就表示他已经失掉她的爱情。这一天,他走在路上,发现宝石颜色变化,就立刻赶往公主琼的城堡。一个乞丐告诉他说,公主要嫁人。乞丐建议和他交换衣服。霍恩同意,于是一身乞丐打扮的霍恩进入城堡讨酒喝。当公主端过酒来,他便把钻戒掉在地上。公主问起钻戒来历,他实话相告。公主决定脱掉华丽服饰,换上乞丐衣衫,和他一起去沿街乞讨。这时他笑着对她说,他是伪装,公主将会成为一位高贵的夫人。这首歌谣的要点在于主人公离开、返回、伪装以及现出钻戒,这也是不少其他民谣及童话的共同特点。

在迷信题材方面,有一首民谣很著名,这就是《艾莉森·格罗斯》。它有自己突出的艺术特点,比如它运用第一人称叙事,而且每诗节后面带有合唱,等等。这首民谣描写一个名叫艾莉森的相貌丑陋的女巫用花言巧语把"我"引诱到她在一座塔上的家里(第1诗节)。她抚摸"我"的头,梳"我"的头发,把"我"轻轻地抱到她的腿上,对"我"说,如果"我"做她的忠实情人,她会给"我"许多好东西(第2诗节)。"我"马上说,"你"这个丑女巫,"你"给我滚开,"我"决不会做"你"的情人,"我"要马上离开(第3诗节)。后面跟着合唱,有新内容,有重复。里面说到艾莉森是北方最丑的女巫,她拿给"我"看一件镶金花的猩红披风、一件配有珍珠的柔软丝绸上衣、一个镶着宝石的金杯,说只要"我"答应做她的情人,这些东西就都属于"我"了。但是"我"叫她滚开,就是贵重礼物也不能打动"我"去吻"你"那张丑陋的嘴。这时,女巫显然动怒了:

她身向右侧又圆转/草绿号角吹三响/她对月与星发誓/定叫"我"恨来世上。

接着她取出一根银杖,摇转三次,口中念念有词,"我"觉得心力渐渐不支,她就这样把"我"变为一只丑陋不堪的毛虫了。

中世纪民谣里也有一些关于政治阴谋方面的题材。最著名的一首是苏格兰民谣《帕特里克·斯彭斯爵士》。主人公是深通航海事务的帕特里克·斯彭斯爵士。他为人正直,因此可能触犯了朝中小人,他们便设计陷害这位忠义之士。他们的手法是怂恿国王命令他冬季出海。帕特里克·斯彭斯爵士知道其中之诈,但他忠心耿耿,坦然出海。果然不出所料,他在海上遇到风暴,惨遭海难。这是古今中外奸佞陷害忠良的典型。这首民谣现存版本很多,比较简单的版本有11诗节,44诗行。最动人的一个情节是帕特里克·斯彭斯爵士接到国王书信时的表情:

爵士看到第1行,/开口大声笑哈哈;/当他读到第2行,/两行泪水顺颊滑(第4节)。

这反映出这位爵士内心细腻而复杂的心理:他知道他的大限到了。但是他是性情傲岸的苏格兰爵士,他只会迎难而上,而不是胆怯、退缩。于是他排除异议,扬帆启程,最后在海上遇难,显示出大无畏的英雄气概。

此外,也有反映普通人智慧和幽默的民谣,如《狡猾的农人》和《起来闩门吧》等展现了一幅幅生动的中古时期英国民间生活的图画。

第四节　建立在宗教仪式上的早期戏剧

早期的英国戏剧起源于英国中世纪教堂的宗教仪式。中世纪的教堂是当时人们日常生活的一个重要组成部分。为了得到寓教于乐的目的,在许多宗教仪式,特别是重要的宗教庆典活动中加进了吟诵或简单的表演。11世纪,配合教堂宗教庆典的表演从复活节延伸到了其他重要的宗教节日,特别是耶稣升天节和圣诞节。表演的内容和形式也变得更加复杂,台上出现的角色也增多了,同时出现了简单的故事情节。大体而言,在中世纪几百年的时间里,英国戏剧经历了几个阶段,其中包括民间戏剧、神秘剧、奇迹剧、道德剧、幕间剧和真正意义上的戏剧。其中最有名的是建立在宗教仪式上的神秘剧、奇迹剧、道德剧。

一、神秘剧和奇迹剧

神秘剧和奇迹剧最初由诺曼人在12世纪初带入英伦三岛,在13世纪蓬勃发展,而后在14世纪成为一个巨大产业,最终在15、16世纪达到顶峰,随后便逐渐让位给文艺复兴时期新生的剧种了。

人们常说的"基督教的神秘"是指耶稣基督拯救世人一事。中世纪的"神秘剧作"就是表达这种神秘的戏剧。这些戏剧表现《旧约》里一些关于基督下凡普救世人的预言性事件,把《新约》里耶稣的一些事件加以戏剧化。因此,神秘剧带有浓郁的宗教色彩,是教会用来向人们灌输基督教教义的最有效途径之一。这一种类戏剧,主要演出源自《旧约》和《新约》中的《圣经》传奇故事,比如《创世记》的故事、人类的堕落、人类始祖的故事(如诺亚和亚伯拉罕),还有一些福音故事,如耶稣诞生(处女生子)、他的生平、受难和复活、地狱的折磨以及最后的审判等。这类剧目一般会在宗教节日期间(比如圣灵降临节、复活节和圣诞节等)由圣洁的修士来扮演角色出演。

现存的中世纪神秘剧主要有四个组剧,即约克组剧、韦克菲尔德组剧、切斯特组剧和N-城组剧。每个组剧中所含的剧目数各不相同,其中的约克组剧最多,有48个剧,其余的三个分别为:N-城组剧41个、韦克菲尔德组剧32个、切斯特组剧25个。流传下来的四个组剧虽然数目各异,但都取材于《圣经》中的主要情节。最著名的奇迹剧是韦克菲尔组的《牧人戏之二》。《牧人戏之二》延续了《牧人戏之一》里的主要人物。在《牧人戏之一》中三个约克郡牧人在埋怨诉苦、吃喝唱歌之后,天使告知他们耶稣已经降临,他们于是前去观看新生的婴儿。《牧人戏之二》更是滑稽诙谐,饶有兴趣。戏一开始,三个约克郡的牧羊人在访问新生的耶稣的途中正在谈论当时社会的各种时弊,一位苏格兰农民麦克突然出现在他们面前。麦克借口与三位牧羊人一道投宿过夜,却把他们的一只羊偷回家去。第二天牧羊人找到麦克家查问,麦克以老婆产后体弱为由不让他们进屋。牧羊人只好闯进屋去,但没有见到羊的影子。正好这时有人按风俗来给新生儿送贺礼,掀开毯子看见的不是婴儿而是一只羊,于是真相大白,生气的牧羊人将窃羊贼麦克丢在毯子里抛来抛去,一直到他们抛累了才停手。该戏最后以这些牧羊人一边唱着圣歌一边礼瞻马槽中新生的耶稣基督而结束。这出戏的主要意义在于通过麦克偷羊这一滑稽情节以及对当时社会时弊的揭露将俗世主题引进了宗教戏剧,加速了宗教剧俗世化的进程。《牧人戏之二》是文艺复兴前最著名的戏剧。韦克菲尔组创作的另一出戏《诺亚和洪水》同样具有逗人发笑的滑稽性质。诺亚因洪水即将来临想把妻子拉上方舟一起逃命,不料他的妻子却挥拳殴打他,结果夫妻双方发生了激烈的争吵。争强好胜、喋喋不休的诺亚夫人不顾洪水马上来临这一可怕事实,偏要站在台上对着她的女同胞们高谈阔论,告诫说男人可怕,女人千万不要轻易嫁人。诺亚这时也不甘示弱,利用现身说法,劝男人们还是单身为好,免得日后因受老婆的窝囊气而后悔。这出戏塑造了第一个泼妇式的戏剧形象。

与韦克菲尔尔德组剧相比,约克组剧似乎更侧重耶稣降生这一主题,除了名为《耶稣诞生》的一出短剧外,还有其他六出相关的剧目。而 N—城组剧则包含了在其他几个组剧中没有出现的《圣经》故事和其他民间传说的片断,如谋害弟弟亚伯的该隐被拉麦所杀、审判马利亚和约瑟、升天的耶稣在天堂和圣母马利亚会面等等。

现在已经无法考证留存的神秘剧究竟出自哪些剧作家之手,虽然根据剧本的风格和修辞,可以判断出某一组剧中的几个剧可能由同一个剧作家完成。有一点是可以肯定的,那就是在神秘剧流行的 200 多年中,这些剧本都经历了无数次的改编过程。改编的原因可能多种多样,但在英国戏剧的早期发展阶段,演出过程中的即兴创作和临时改编是很常见的现象,其中的部分变化最终被记录了下来,并随着组剧的脚本流传了下来。

中世纪的神秘剧似乎有三项功能:传播某种伦理的启示,以便最终达到拯救灵魂的目的;为平民百姓提供一种娱乐放松的机会;使各同业公会有机会展示各自的实力。虽然,剧中的故事均取材于《圣经》和其他远古的传说,但是,组剧的演出则着眼于故事的现实意义和对于中世纪的观众来说这些故事所具有的永恒的含义。

在神秘剧之后,出现奇迹剧。神秘剧和奇迹剧在英国不像在当时法国那样被区分得泾渭分明,不过它们所表演的内容有所不同。神秘剧的内容直接取自圣经故事,而奇迹剧主要是基督使徒传。神秘剧或奇迹剧由一系列剧目组成故事,包括一系列描写圣经里从创世纪、基督的诞生和殉身一直到末日审判的剧目。滑稽可笑、紧张恐怖的演出和哄堂大笑、兴高采烈的观众放在神圣肃穆的教堂里显然已经不相宜。1210 年,教皇英诺森特三世禁止在教堂内部演戏,于是演出地点移到了乡镇集市或其他场所。这些奇迹剧由不同市镇的行会来表演,不同内容的戏剧由适合演出的行会成员来扮演,演员不再是教士或牧师。到后来为了方便,戏剧放在流动剧台上表演。这种剧台用马匹拖曳,分为上下两层。上层四面敞开,用作舞台;下层用帷幔遮起,充当后台,供演员换装和化妆。由于这种舞台可以移动,它经常被拉到热闹的集市或街道为众人演出。一个剧台演完一出戏后赶往别处,另一个舞台又来到此地上演下一出戏,这样人们可以从早到晚观看一出在一天以内演完的完整的圣经戏。到 14、15 世纪英国各乡镇竞相上演最吸引观众的连续组戏。舞台更大而壮观,上层表现人间活剧,在布幔遮蔽的下层发出地府阎王的呼叫,顶棚上有代表上帝和天使的饰物。服装更加艳丽,魔鬼戴着面具拖着长尾巴,而好人常以金色头发和华贵的胡须为标志。道白虽已使用民间俗语,戏的题材还是圣经故事的演化。

二、道德剧

14 世纪下半叶,英国又出现了一个新的剧种——道德剧。虽然道德剧同样有着强烈的宗教色彩,并以道德劝诫为目的,但是与神秘剧相比,这一新的剧种有许多新的特点。第一,道德剧不取材于《圣经》故事,它的素材往往来自布道。云游四方的修道士——特别是天主教方济会和多明我会的修道士——规劝人们弃恶从善,这在当时的英国是很常见的景象。在布道中修道士反复强调的信息就是:耶稣并不只是在教堂里,出现在星期天的礼拜中,他与每个人的生活息息相关,他每时每刻都在影响着我们每一个人;罪恶是要受到惩罚的,而人的灵魂只有在耶稣的帮助下才能获得拯救。这些熟悉的说教后来也成了道德剧的主题。第二,虽然道德剧有着很强的说教性,但是,剧作家对于宗教、政治、社会、道德的个人看法在创作过程中也被揉进剧中,因此,很难找到所谓典型的道德剧。第三,如果说在神秘剧中的核心人物是上帝的话,那么在道德剧中占主导地位的角色就是人。第四,道德剧中的主导情节是善恶之争,是代表善和恶的两股势力争夺人的灵魂的一场争斗。邪恶势力的代表常常是应该罚入地狱的七大重罪和魔鬼,而代表真善美的则是上帝的四个女儿——真理、正义、节制和宽恕——以及三项基本美德——信任、希望和博爱,全剧经常以善战胜恶而告终。第五,道德剧不以组剧的形式出现,而且也与任何宗教节日无关,因此,任何剧团在全年的任何时候都可以选择上演任何道德剧,只要有观众就可以连续上演。这就为英国戏剧最终进入剧场创造了一个基本的条件。从这个意义上讲,道德剧比起神秘剧向现代戏剧的方向迈出了很大的一步。

现存的主要道德剧有《坚忍的堡垒》(1405)、《人类》(约 1450)和《普通人》(约 1495)。《坚忍的堡垒》是其中最早、同时也是最长的一个剧目。全剧共有 3 650 行诗句,比伊丽莎白时期通常的剧本还要长一半;剧中共有 35 个讲话的角色,这在英国戏剧的发展史上也是很少见的。剧中的主角是人类的化身,在他的一边是"肉体""世俗""魔鬼"和"七大重罪",另一边是"天使""忏悔""宽恕"和"上帝的六种恩典"。剧中采用了多种寓意的手法来规劝人们弃恶从善。剧名中的"堡垒"就是中世纪寓意的一个很好的例子:"堡垒"用来保护剧中的主人公,特别是他的灵魂不受到七种不可宽恕的罪行的侵蚀。剧中的善恶之争采用了邪恶势力从外面围困城堡的形式,而剧中上帝的四个女儿之间的争论和具有象征意义的穿越"伦理之国"最终抵达"永恒"的行程则更是寓意手法的明证。在《人类》中,除了主人公"人类"外,另一个重要的角色就是"宽恕"。然而,在这个剧中"宽恕"并不是上帝的女儿之一,而是"人类"的忏悔神父。当神父规劝"人类"的时候,"祸根"走上台来嘲笑神父的说教;接着"伪装""及时行乐"和"虚荣"也加入了"祸根"的行列。在这些邪恶势力的代表被赶下台后,"人类"表达了他悔改的决心,并在神父的帮助下,用铁锹打退了"肉体"和"世俗"的进攻。凯旋的"人类"走下舞台去取种子,准备耕地播种。被击败的邪恶势力乞求"魔鬼"的援助,在玩弄了一整套鬼花招之后,"人类"竟然听信了"魔鬼"的谎言,把他一向敬重的神父看成是一个盗马贼、逃犯、定了罪的犯人和背叛教义、私自通婚的牧师。离开神父的指导之后,"人类"就落入了邪恶势力的圈套,他们让他去找个妓女,向被打的"肉体"和"世俗"道歉,甚至强迫他去偷、去抢、去杀人。陷入绝境的"人类"几乎要自寻短见,多亏神父又一次解救了他,和"忏悔""和解"一起重新把"人类"引上了正路。在这个剧中,剧作家用戏剧的形式生动地体现了基督教教义中的几个要点:魔鬼无处不在,总是企图把人们拉进地狱;人一定要极力抑制肉欲,以免被引入歧途;游手好闲、无所事事常常给魔鬼以可乘之机;评判一个人不是听他说什么,而是看他的行动;只要人们真诚忏悔,上帝的仁慈是无边的。与传教士的说教相比,这种采用寓意的手法来对人们进行道德的规劝,就显得更轻松生动一些,也更容易为中世纪的观众所接受。

《普通人》通过寓言的艺术方式揭示出人生的一个重要方面,即人人都必须面对死亡与最终审判。剧中的主人公名字叫"普通人",它的含义就是向观众明白地指出,这个人虽然站在戏台上,但其实指的就是你、我、他。关于这部剧作的主题,人们可以在"善行"说的一句话中找到很好的阐释:"尘世所有之物不过虚空而已",而唯一值得人们辛苦寻求和向往的是天国生活。《普通人》剧中人物的名字,诚如所有道德剧一样,除信使、上帝、天使、死神和医生之外,都是人格化的抽象理念。主人公是"普通人",辅助角色包括"友谊""家人""远亲""财富""善行""知识""忏悔""美貌""力量""谨慎"和五项智能等。这部戏剧开宗明义,通过"信使"把自己的意图先表达明白,以免误会。这出戏剧的情节简单明了。一开始,它展现出一幅画面:"普通人"在朋友们的陪伴下快乐地生活。他不知道,总的说来,这些亲朋都是虚假的,在关键的危急时刻,没有一个肯为他两肋插刀。果然,这个危急而关键的时刻到来了。"死神"终于遵照上帝的旨意,向"普通人"发出最后召唤。"普通人"无奈开始准备上路。这时他希望能有人在旅途上陪伴他。当"普通人"央求昔日围绕在他周围的人们——友谊、家人、远亲、财宝等同行时,除"善行"以外,人们都婉言拒绝。其中,他的知识、力量和智能等,帮他做好总结汇报,但最后他前往坟墓时,大家都离他而去,只有"善行"心甘情愿,同他一起上路。《普通人》劝善的本意一目了然。

《普通人》里还有一个主题常被人们忽略,那就是"死亡"的作用。"死亡"横行无阻,这在中世纪是一个人们习以为常的事实。战争、黑死病、贫穷、谋杀,等等,造成大量死亡。《普通人》作为一出道德剧,也涉及这个没有时空局限的永恒主题。《凡人》虽然也试图笼统地规劝人们弃恶从善,但它的侧重点是人生的最后一刻,即在教会的眼中,人们究竟应该如何告别这个世界。在《圣经·新约》的《启示录》第 14 章 13 节,有这样一段话:"我听见天堂里传来一个声音,说,'记下来,从今以后为主而去死的人都将升入天堂。'圣灵说:'他们确实是有福之人,他们不必再劳作了,因为他们的善行将伴随着他们。'"由此可见《凡人》的宗教寓意是很明显的,即"美貌""力量""财富",包括"知识""智慧"等世俗之物都是人的身外之物,当人离开这个世界的时候,只有他一生的"善行"才能伴他而去,并拯救他的灵魂。在艺术特色方面,《普通人》能圆熟地运用寓言形式表现艺术。剧中每个人的角色都由他的名字严格加以界定,他们的互动能给观众留下深刻印象。

1485 年亨利七世登上英国王位,开创了英国历史上的一个新时期,宣告了中世纪的结束。然而,在英国戏剧发展史上 1485 年并不是一个明显的分水岭。神秘剧和道德剧仍在很长一段时间里占据着英国的舞台。后来在伊丽莎白时代出现的真正意义上的戏剧,或曰现代戏剧,都源于奇迹剧和道德剧的传统。这种新生的剧种,目的已经不主要是说教,而是为了娱乐观众,演员也不再是教会神甫,而是专业化了的平民百姓。它们已经超越宣传品的范畴,跃为文学艺术品。在这些戏剧里,神、圣已经不再是主人公,人格化的伦理道德抽象概念消失了。它们所表现的都是真人真事真生活。人物必真实姓名,他们必须作为有血有肉的真实人,真实地参与到现实事件中去,再现人们在现实生活当中的言行举止。在这些戏剧中,情节围绕逼真而引人注目的故事展开。

第三章　文艺复兴时期的英国文学

文艺复兴是一场遍及欧洲许多国家的文化和思想运动,它起初发源于意大利的佛罗伦萨,后来扩展到法国、德国、英国、荷兰等国。此外,学术界普遍认为,英国的文艺复兴运动始于 15 世纪后期,一直延续到 17 世纪中期。在此期间,英国的文学在思想内容和创作方法上都与中世纪文学都有了很大的不同。它摈弃了中古时期梦幻文学中象征和神秘的手法,而是以反封建反教会制度的人文主义思想为主要内容,运用民族语言进行现实主义创作,描述了广阔的社会生活,从而使英国文学的各种体裁都得到了长久的发展。

第一节　空想主义之花——《乌托邦》

《乌托邦》一书是空想主义者托马斯·莫尔(Thomas More,1478—1535)的不朽之作,书的全名原为《关于最完美的国家制度和乌托邦新岛的既有益又有趣的金书》。《乌托邦》是莫尔在 1516 年写成的,全书的书写采取了非常严肃的态度,使用的是当时学术界通行的拉丁语。但是书中人名、地名以及其他专名都是杜撰出来的。此外,乌托邦的原词来自两个希腊语的词根,"ou"是"没有"的意思,"topos"是"地方"的意思,合在一起就是"乌有之乡"。另外,莫尔所生活的时代是地理发现的大时代。伴随着新的航路、新的陆地、新的人民的出现,欧洲人在开了眼界的同时开始打破成见,解放思想。并且受其所处时代的影响,托马斯·莫尔的乌托邦是一个完全理性的共和国。在这个国家里所有的财产都是共有的,在战争时期它雇佣临近好战国家的雇佣兵,而不使用自己的公民。原书分两部分,第一部分谈到一个不合理的社会,主要讲的是莫尔所生活的那个的英国社会。这一部分作者点染巧妙,隐约其词,运用虚实相生的影射手法抨击了英国政治和社会的种种黑暗,使得倔强固执的国王对作者也无法问罪。第二部分则是描绘乌托邦这个理想国,它同第一部分的内容形成鲜明的对照。作者关于未来的完美社会的全部设想都体现在这一部分。

一、托马斯·莫尔的生平

托马斯·莫尔出生于英国伦敦一个中产阶级家庭,其父是皇家法官。莫尔毕业于牛津大学,曾在大学期间做过"牛津改革派"代表格罗森(William Grocyn,1467—1519)等人的弟子,因而在某种程度上,其思想也受到了那些最初把人文主义世界观带到英国来的学者们的影响。随后,托马斯·莫尔进入伦敦一所法律学校学习,尽管父亲要求他成为一名律师,但他依然全身心投入在文学上,并与牛津大学的人文主义者威廉·李利(William Lily,1468—1522)和荷兰人文主义者伊拉斯谟(Desiderius Erasmus,1469—1536)一直保持密切的关系。1504 年,年仅 26 岁的莫尔成为下议院的议员,但不久后,就因反对亨利七世而结束了他的议员生涯。此后,莫尔进入修道院学习,甚至为了逃避亨利七世的报复而一度过着隐居的生活。1509 年,亨利八世即位后,莫尔又重新恢复政治生涯。次年即被委派为伦敦助理行政官,从此平步青云,直至做到财政部长、下议院议长和帝国大法官。此外,《乌托邦》的第二部分就是其在此期间开始创作的,随后又完成了该书的第一部分。另外,作者在写书时十分严谨,全书都是用当时最通用的拉丁文书写的。

1531 年,亨利八世以罗马教皇不准他与凯瑟琳王后离婚为由宣布正式脱离罗马天主教,断绝了与罗马教廷的来往,并将没收教堂和寺院的财产占为己有,创立了英国国教取代罗马天主教。莫尔因反对国王离婚和抵制英国教会与罗马分离而跟亨利八世进行公开对立。由于受人文主义的影响,并且莫尔本质上就是一位人文主义者,因此,他再也无法忍受亨利八世的专横跋扈,并于 1532 年辞去了最高法官职务,拒绝宣誓承认国王是教会的首领。随后,莫尔就因反对亨利八世兼任教会首领而被处死(莫尔主张教皇权力的至高无上)。至此,莫尔为信仰献身,结束了其一生。

二、代表作《乌托邦》

《乌托邦》作为莫尔的成名作,一经问世就广为流传,被译成英语和各种欧洲语言后更是盛极一时。"乌托邦"系拉丁文,意为乌有乡——不存在的地方。并且《乌托邦》虽然由两部分组成,但整部书都是莫尔与航海家拉斐尔·希斯拉德(Raphael Hythloday)两人的对话。《乌托邦》的这两部分分别是:第一部分是莫尔所处的英国社会的直接放映,运用影射的手法批判了社会黑暗;第二部分则是受柏拉图共和国学说影响而构筑的理想世界,同时这一部分也体现了莫尔对未来生活的所有设想。

在《乌托邦》的第一部分中,莫尔借饱经风霜的航海家希斯拉德之口道出自己的见解。16 世纪各种丑恶现象在这里得到了无情的批判,作者谴责了流行于欧洲社会的腐败、犯罪、贫困、瘟疫、掠夺战争和严酷刑法。并且莫尔特别提到了"圈地运动"。"圈地运动"是为了满足纺织业发展的需要而兴起的。但是,在这场运动中,英国的土地主把耕地变为牧场,使大批农民无地可耕,流离失所。换句话说,当时的英国就是一个"羊吃人"的世界。

《乌托邦》的第二部分与第一部分通过强烈的对比而有机地形成了一个整体。莫尔认为,英国所有社会丑恶的根源在于财产私有制,并指出:只有铲除私有制才能建立起一个理想的世界。而作者的笔下的乌托邦岛则是一个大同的社会,在那里没有私有制,土地全部公有,并且公民平等,没有性别歧视和城乡差别;乌托邦实施民主的政治制度,治理人员由选举产生,并且劳动是乌托邦居民必须履行的义务,所有公民都必须轮流到农村去生活至少两年,并从事农业劳动。此外,乌托邦里没有金钱流通,每人各取所需,各尽所能。当然,乌托邦的公民是劳逸结合的,人们每天工作六小时,业余时间从事科学、文化、文学、艺术和体育活动;而在教育中则贯彻理性的原则,采用说服启发的方法。

另外,在乌托邦宗法家长式的民主制度下,人们和家庭亲族共同生活。每个部落由一个族长领导,并由族长会议选举,族长的权力有一定限度,重大事务由国民会议决定。在这个社会下,人们痛恨战争,享受完全的宗教自由。

当然,乌托邦里也存在奴隶和大男子主义现象。在乌托邦里主要由罪犯充当奴隶,以劳动作为惩治教育手段,同时也弥补了劳动力水平的不足。此外,乌托邦中的夫妻之间存在的大男子主义体现了一种男女不平等的现象。直接反映了莫尔从柏拉图和古希腊蓄奴制以及封建男尊女卑思想那里受到的影响。此外,在书中最主要体现的还是作者的人文主义精神,因为他主张宗教宽容,反对战争和拜金主义,同时也反对禁欲主义,他认为追求尘世的幸福是人生的目的,强调人的身心愿望都应得到满足。

莫尔的作品在披露英国农民所受的剥削和压迫的基础上,为人们展现了一个理想乌托邦国家的繁荣景象。然而,由于受当时社会历史条件的局限,莫尔所描绘的理想国难免显得虚幻、不真实,他的个别主张存在脱离现实严重的现象,即使是今天也是纯属空想的状态。但是,他表达了人类多年以来对于理想的正义社会的向往,这种表达无疑具有进步的意义。几百年来,"社会乌托邦"的作品题材在英国文学和其他国家的文学中得到了广泛的传播。

由此可见,莫尔不仅为欧洲大陆人文主义思想在英国的广泛传播做出了重大的贡献,而且也对加速英国封建社会的瓦解起到了一定的推动作用,同时莫尔等人在这一时期的文学活动还为英国文艺复兴全盛时期的到来做了充足的思想准备。莫尔的代表作《乌托邦》也因此成为英国早期人文主义运动最重要的成果,为后世寻求理想社会的人们提供了一个富有启发性的范本,对后世的影响巨大。

第二节　带着镣铐跳舞的十四行诗

文艺复兴时期的英国诗歌可以分为两个时期:都铎王朝时期和伊丽莎白时期。在都铎王朝时期,英国诗人通过不断的革新传统民族诗歌的创作,并最终确立了英国十四行诗的地位。而在伊丽莎白时期,英国正处于太平盛世,并且伊丽莎白女王治国有方,她认为国家的事业应从文化上予以发展,她重用贤人、强将和学者,重视教育。因而在她的统治下,英国诗坛出现了空前繁荣的盛况,并且十四行诗在这一时期的发展达到了鼎盛。

一、都铎王朝时期的十四行诗

自乔叟之后,英国诗歌曾经历一段停滞与混乱的时期,而造成这种现象的主要原因有两个:一个是英语发生了一些质变,如乔叟擅长使用的词语结尾"e",到都铎王朝时期已经停止使用,曾因法文影响而把重音放在词语最后音节上的做法,这时也已变回到英语的传统读法,即重读词语的第一个音节;另一个是追随者们对乔叟的诗歌创作技巧理解不够深刻,只是学习了乔叟韵律节奏、语法的皮毛,而没有学到其本质。在这种背景下,都铎王朝时期的诗歌作品大都杂乱、臃肿、疲软,浮光掠影、华而不实,从而使诗歌的发展面临严峻的形势挑战。

1557 年,出版了一部名为《杂集》的诗集,该诗集收录的绝大多数是抒情诗,也有少量警句诗、讽刺诗、叙事诗。并且该诗集因为几乎囊括了 16 世纪初期英国人文主义诗歌的主要作品，而被人视为英国近代人文主义诗歌的起点。而在这个时期最重要的诗人则是托马斯·魏阿特 (Thomas Wyatt，1503—1542)和亨利·霍华德·萨里(Henry Howard Surrey，1517—1547)。

(一)托马斯·魏阿特

文艺复兴时期最早将意大利的十四行诗引入英国的诗人就是托马斯·魏阿特。他曾因公出访意大利，并接触到那里的诗歌，从而将意大利诗歌引进英国，并且将意大利十四行诗改造成了英式十四行诗。原本意大利十四行诗的韵律通常由两节四行诗加两节三行诗组合而成(即 4，4，3，3)，韵脚为 abba abba cdc dcd，魏阿特在将其改为英国诗的过程中将三节四行诗加了一副对句(即 4，4，4，2)，变韵脚为 abba abba cddc ee。他的这一举动不仅在英国诗歌史上具有非凡的历史意义，同时也使英国诗歌得到新的发展活力和滋养。他是第一位把意大利伟大诗人和诗作介绍到英国并着手进行诗歌改造的伟大诗人，对英国的诗歌发展起到了很积极的作用。

除了十四行诗，魏阿特还创作了不少英国本土式的小巧的舞曲式诗作。这些诗歌原意是作为歌曲用，因而与为了阅读而写的诗歌不同，它们大多偏向于自白或自传性质，感情充沛，富于戏剧性，词语简练，效力遒劲，气氛多哀戚。总而言之，魏阿特的诗行大多是合乎英国诗歌主流原则的，他的一些抒情诗写得很规则，只是有些 10 音节诗行不够匀整。但是，这些不很规则的诗行里面也不乏美妙悦耳的节奏，同样体现了诗人决心探索诗歌技巧的精妙之处。

(二)亨利·霍华德·萨里

亨利·霍华德·萨里(Henry Howard Surrey，1517—1547)是对英式十四行诗进行诗体改造的诗人，与魏阿特不同的是，萨里将诗歌的韵脚变为 abab cdcd efef gg。此外，他还引进、改造了无韵诗体(即素体诗)，从而最终正式确立了英式十四行诗的地位，并对之后的莎士比亚、拜伦、雪莱、弥尔顿的创作都产生了巨大的影响。

另外，萨里是一位敢于改革创新的诗人，在受到魏阿特的启迪后，他意识到英国的诗歌还有很大的发展空间。因此，他开始了从意大利诗人彼特拉克(Petrarch，1304—1374)和阿里奥斯托 (Ariosto，1474—1533)那里汲取思想和形象，然后结合文艺复兴时期的英国背景，使之本土化。同时，他又改造了"无韵诗"(无韵五步抑扬诗格)，增加了英诗演进的可能性，为后来者提供了进一步精雕细刻的"胚胎"技巧，从而为英国诗歌今后的发展奠定了良好基础。

除了十四行诗之外，萨里的诗歌中还包含了各种各样的音步诗歌。其诗歌主题多数描写爱情，或"他的美丽的杰拉尔钉"，内容充分显示出他忠诚于骑士的爱情观，甚至在这些爱情诗中，他还常常会以一个才艺精深、举止优雅的绅士角色出现。他的这些诗虽然对英诗的发展产生了良好影响，但是就其创作数量而言，萨里的作品数量不多，但这并不妨碍萨里的成功。萨里诗歌的可贵之处在于在他创作态度严谨，对诗歌技巧的把握力求一丝不苟，并且他的诗作中总是洋溢着一种感人的优雅和妩媚的氛围。

二、伊丽莎白时期的十四行诗

在文艺复兴运动范围的不断扩展下，伊丽莎白时期人们的思想得到空前解放，天才得到充分发挥，此外，受文艺复兴运动的影响，社会活动的所有领域都有了焕然一新的改变。

　　伊丽莎白时期的诗坛,因为政治的开明,人们的思想得到了空前的解放,新人、新思想、新形式、新作品不断问世。人们争先恐后地推陈出新,仿佛人人都有一种使命感,都有"天生我才必有用"的自信心,也仿佛是造物主忽然大发慈悲,向世人慷慨地馈赠文学和诗歌创作的天赋一般,表现出难以抑制的寻求独特风格的渴望,并且随着人文思想的传播,人文主义诗歌走向了繁荣。在此时期,最著名的诗人是菲利浦·锡德尼(Philip Sidney,1554—1586)和埃德蒙·斯宾塞(Edmund Spenser,1522—1599),并且这二人为十四行诗的发展做出了巨大的贡献,下面重点分析这两位诗人。

　　(一)菲利普·锡德尼

　　菲利浦·锡德尼作为诗歌创新的践行者和诗歌研究的理论家,他积极致力于诗歌创新。韵律、节奏以及诗行、诗节,这些诗歌元素都是他创新实验的对象。他对诗歌坚持不懈的研究和追求使他不断地为英国十四行诗注入了新的活力,丰富了英国诗库,推动了英诗的发展,与此同时,他对诗歌理论层面的深入探讨,也为西方诗学的发展奠定了基础。因此,他与斯宾塞和莎士比亚一起,被称为英国十四行诗的"三剑客"。

　　锡德尼生活在 16 世纪后期至 17 世纪初英国文艺复兴诗歌繁荣的年代,是仅次于埃德蒙·斯宾塞的诗人。1554 年,他出生于英国一个显赫的贵族家庭。1568 年至 1571 年在牛津大学基督教学堂学习,与大名鼎鼎的莱斯特伯爵共同毕业于牛津大学。他曾游历过法国、意大利和德国,并结识了那里的人文主义者。1576 年任伊丽莎白一世女王的斟酒官,这是一个礼仪职位。1577 年 2 月,当时年仅 22 岁的锡德尼,作为英国特使被派往德国吊唁国丧并试探德、英结盟反对天主教的西班牙的可能性,回来后他逐渐转向文学创作。

　　1578 年为女王写了牧歌短篇《五月女郎》。1580 年完成了长篇散文体传奇《阿卡迪亚》的初稿,约 18 万字。1581 年成为国会议员,并与里奇勋爵的年轻夫人佩内洛普·德弗洛相爱。次年夏天为此写了十四行组诗《爱星者和星星》,叙述了他初恋时的激情以及如何经过斗争,克制自己,献身于公职。差不多同时,他写了《诗辨》,这是伊丽莎白时代文学批评的最佳之作。1583 年被册封爵士,同年,与弗兰西斯·沃森海姆爵士的女儿弗朗西丝结婚。1584 年他对《阿卡迪亚》初稿进行了彻底改写,改单线情节为错综复杂的结构,虽然此稿在他死时仍未能完成,但仍可被称为英国 16 世纪最重要的散文体创作小说。另外,他的所有小说都是自娱之作,只供友人欣赏,生前全未发表。

　　1585 年 7 月锡德尼终于得到公职,任军需副大臣。同年 11 月英国女王决定支持荷兰反对西班牙统治的战争,锡德安任弗拉辛城总督,有一支骑兵归他指挥。次年他参战负伤,不久去世。锡德尼不仅是政治活动家、军人,还是学者与诗人,他提携新秀,广交朋友,一生慷慨豪放,英武刚强。

　　锡德尼的广泛活动并没有妨碍到他成为一名杰出的诗人,他在诗歌艺术上造诣卓越,成就非凡,令后人敬仰。他十四行诗组诗《爱星者与星》更使他成为声名远播的诗人。在诗歌创作过程中,锡德尼不仅继承和发扬了魏阿特、萨里开创的无韵诗体的传统,还把十四行诗锤炼成一种能够表现深广内容的诗体,并且在英国文学发展史上首创了采用这一诗体来写组诗的模式。此外,在诗歌的创作方面,他的文艺思想不仅与古希腊的"模仿说"一脉相承,强调诗歌必须创造性地模仿社会现实,即把现实加以理想化,同时他也赞同贺拉斯的观点,认为诗的功用在于寓教于乐,既要娱乐民众,又要教育民众。他说,诗人的教诲比哲学家更具体、更有趣,比历史学家更现实、更自由,所以诗人是最好的老师。

锡德尼作为一名业余诗人,与当时很多文人一样,并没有将文学当成谋生的职业,而以一位业余爱好者的态度进行创作。尽管如此,他仍为英国文学留下了宝贵的遗产,并对 16 世纪后期文学和政治产生了重大影响。可以说,在文艺复兴夜空的繁星中,锡德尼虽然无法与莎士比亚比肩,但是,他开了英国十四行组诗的先河,他的《爱星者与星》是伊丽莎白时代英国最早的一部十四行组诗,对后世影响深厚。

锡德尼的《爱星者与星》由 108 首十四行诗和 11 首短歌组成。其中"爱星者"在希腊语中意为阿斯特罗菲尔,而"星"在拉丁语中意为斯黛拉,这两个词是一对恋人的名字,而分别用不同的语言来写这对恋人名字的做法本身就暗示了其关系的不协调,星星虽然美好,但遥不可及,预示这段感情的无果,爱星者只能望星而叹。诗人以阿斯特罗菲尔自居,借助斯黛拉来表达他对佩内洛普的思恋爱慕。他先是歌颂情人的美丽,然后抒发自己的激情和欢乐,最后在道德与理智的干预下归于哲学式的无奈与自慰。很明显,诗人仿效了意大利诗人彼得拉克抒写十四行诗组的方式来歌颂自己钟爱的女子。锡德尼的诗情感诚挚真切,语言华美优雅,意象鲜明丰富,诗组也表现了诗人反对中世纪禁欲主义和热烈追求爱情幸福的人文主义思想。此外,锡德尼的十四行诗还曾对莎士比亚和斯宾塞等诗人都产生过直接的影响。

值得注意的是,虽然这组诗在形式上很多采用了意大利皮特拉克式的十四行诗形式,但锡德尼并没有完全照搬,而是结合英国的现状,对其进行了本土化的改造。在改造过程中,他首先摒弃了意大利式十四行诗的传统表达方式,而采用对话形式,使情景在十四行诗的形式下达到了最戏剧化的程度。其次,他还以不同的视角讨论个体与公共之间的冲突。最后,在诗歌的创作过程中,他还提出英国诗人创作要有自己的诗歌特色,组诗的首篇就指出诗人应有自己的"发明","用自己的内心去写作"。

从菲利普·锡德尼的个人生活经历和文学创作上,基本可以了解到锡德尼所生活的整个伊丽莎白盛世的状况。此外,他的创作标志着英国十四行诗艺术的成熟,同时也为英国田园传奇散文传统的创立奠定了基础。由此可见,锡德尼对英国文学创作起着非常重要的作用。

此外,锡德尼在诗歌创作上不求功名,并且积极提携后人。斯宾塞就是他提携和帮助的人中最优秀的一个,据说他的《牧人日历》就是献给锡德尼的。由此可以看出,锡德尼不仅自己革新英诗,不断推动英诗的发展,而且还积极提携后人,为文坛培养优秀的诗人。锡德尼的这些贡献都为英诗的发展有着意义深远的作用。

(二)埃德蒙·斯宾塞

有"诗人中的诗人"美誉之称的埃德蒙·斯宾塞,他是英国文艺复兴时期最伟大的非戏剧诗人,与锡德尼一起站在近代英国诗史的起点,为英国诗歌的发展做出了巨大的贡献。他独创的"斯宾塞诗节"不仅开创了英国诗歌的新局面,而且影响深远。直到三个世纪之后,浪漫主义诗人拜伦、济慈、雪莱等还在竞相采用"斯宾塞诗节",从而使英国诗歌能够与荷马史诗相抗衡。

斯宾塞是英国文艺复兴时期最杰出的诗人,他以其精湛的诗艺被认为是英国诗史上最重要的诗人之一。大约在 1552 年,斯宾塞生于伦敦一个贫苦的布商之家。虽然斯宾塞出生于一个织布工家庭,但因为他的家庭与兰开斯特的名门望族有关,受到过他们的一些照顾,也因为这些照顾,他在 17 岁时就以减费生身份进入剑桥大学。在剑桥读书时他初露才华,写下了《爱与美之赞歌》。从这首赞美诗中,可以看出他受当时风行于剑桥的柏拉图思想的影响的比较深,诗中有着一定的柏拉图的痕迹。另外，斯宾塞在剑桥所获得的精深学识与卓尔不凡的诗歌技巧，为他的诗歌创作奠定了坚实的知识基础。此后不久他结识了锡德尼，并开始与一些意气风发、激扬文字的年轻诗人和学者走在一起，组成"论坛"，研究探讨英诗。他们这个团体以斯宾塞和他的剑桥挚友加布里尔·哈维（Gabriel Harvey，1545—1630）为中心，进行了一系列引进拉丁文和希腊文的韵律概念，借助法文、意大利文、古典以及古英语的模式，以求改进英诗韵律的诗歌创作活动，著名诗歌《牧人日历》就是斯宾塞在这种背景下创作的。这组据说是斯宾塞献给锡德尼的诗歌，把英国诗歌水平提高到了一个全新的高度，同时，这组诗歌也标志着伊丽莎白时代诗歌已逐渐成熟。

1579 年斯宾塞出版了他的《牧人日历》，此书一经问世就大受欢迎。1580 年，斯宾塞被委派为格莱·威尔顿勋爵的秘书前往爱尔兰，当时英格兰人部分地征服了这个地方。随后，斯宾塞定居于幽静的吉尔科尔蒙城堡开始从事文学创作，这期间，他写下了纪念他的朋友和庇护人菲利普·锡德尼的挽歌《爱斯特洛菲尔》，并写成了他的诗篇《仙后》的头三卷。1589 年，在他的良师益友瓦尔特·罗利爵士的热情鼓励下，斯宾塞带着《仙后》的头三卷手稿与前者一道来到伦敦。1590 年，这篇颂扬伊丽莎白女王的诗作的头三卷终于问世。

1594 年，斯宾塞与伊丽莎白·博伊尔结婚并生下四个儿女，他的妻子便是在《爱情小唱》里他所求爱过的人物原型。此外，斯宾塞还写了《婚后曲》来庆祝自己的婚礼。1596 年，《仙后》的后三卷以及《四首赞美歌》发行问世。紧接着他在伦敦的朋友艾塞克斯伯爵的帮助下写成了《婚前曲》以及观点偏激的散文作《关于爱尔兰现状的看法》。1597 年，斯宾塞身心交瘁地回到爱尔兰，不料次年 10 月爱尔兰的起义军烧毁了他的吉尔科尔城堡，诗人被迫携家人一同逃往伦敦。1599 年，斯宾塞最终在忧郁交困之中死去，后由艾塞克伯爵出资将他安葬于威斯敏斯特教堂里乔叟的墓旁。

上文提到的《爱情小唱》是一组由 88 首十四行诗体的爱情诗组成的组诗，全诗主要歌颂了他与妻子伊丽莎白·博伊尔的爱情。在第 15 首中，诗人先用色彩绚丽的比喻与真挚热烈的感情描绘她爱人的美貌，然后笔锋一转说她心灵德性的美更胜于光华熠熠的宝石。如：

> 瞧吧，全世界的一切珍奇，
> 都包含在我的爱人身上：
> 要蓝宝石，她的眼睛蓝得彻底，
> 要红宝石，她的嘴唇红艳无双，
> 但是最美的却无人知道：
> 她的心，那里有千种美德闪耀。

另外，斯宾塞的婚姻颂歌《婚后曲》和《婚前曲》是其抒情诗的杰出范例，诗歌在词句和音调两方面都十分和谐优美。第一首是他为庆祝自己婚礼而作的颂歌，另一首是诗人送给他的庇护人莱斯脱伯爵两个女儿结婚时的贺诗，两首颂歌均显示了斯宾塞在歌赋方面的杰出才华。美中不足的是，尽管诗人充分表达了自己对爱情的真情实感，但因为他用宗教和神秘主义的观念去解释爱情，从而使他的诗歌蒙上了一层柏拉图主义的薄纱。

斯宾塞的《四首赞美歌》属于是具有哲学教诲意味的抒情诗。四首赞美歌可分为两类：两首赞美尘世间的肉体之爱和美丽；另两首歌颂超脱俗世的天国之爱和天堂之美。并且这四首赞美诗分别献给了丘比特、维纳斯、基督和上帝，阐释"净化"、"冥想"、"启发"和"完美"这四个带有新柏拉图主义哲学色彩的神秘主题。这篇诗作表明斯宾塞对于爱情和真善美的追求已经从有形俗世的阶段发展到了纯精神阶段。由此可见,诗人的诗作很大程度上的显示出了其受柏拉图思想的影响的痕迹。

《牧人日历》不仅是斯宾塞最早的诗作,同时也是奠定斯宾塞在伊丽莎白诗坛上领袖地位的诗作。"田园牧歌"的基本思想是表达了一种意境:牧羊人赶着羊群,吹着笛子,唱着表达爱情、悲哀及怨艾的美妙歌声。在这个理想的世界里,牧人间的对话常常被用来体现淳朴田园生活中所呈现的情绪、感情以及对待事物的态度,也常笔锋旁骛,针砭时弊。《牧人日历》中牧人克林(实际上是诗人的化身)就有这种双重性质。诗篇借助牧人克林,抒发了对理想中的美丽女子罗莎琳达辗转反侧、梦寐以求的心情。诗篇情意缠绵悱恻,内容丰富多彩,除了爱情之外,还论及当时的宗教和政治问题。

《牧人日历》作为诗人最早的诗作,是诗人为他的文学庇护人和朋友菲利普·锡德尼而作的,同时也是斯宾塞的成名诗作。这部重要的诗篇用传统的田园诗形式写成,由十二首牧歌组成,每首以一年中的一个月份为标题并以对话形式出现,诗篇借助牧人科林·克劳特(实际上是诗人自己的化身),抒发对理想中的美丽女子罗瑟琳辗转反侧、梦寐以求的爱情。诗篇情意缠绵悱恻,内容丰富多彩,除了爱情还论及当时的宗教和政治问题。

诗歌中牧歌《1月》诗人通过一种冬日的景色衬托出科林的悲伤,牧人哀怨他心上人的冷漠,于是牧笛呜咽,笙管声绝的意境,讲述了主人公克林抱怨自己的不幸爱情。他爱上乡下女孩罗莎琳达,但女孩竟粗鲁地对待他的强烈感情,于是他感到心情低沉,决心不再写诗。

《2月》中年长的牧羊人西诺特讲述橡树和树丛的寓言故事,而青年牧羊人库迪则十分不耐烦,中途突然打断,体现了老年人与青年人的关系。

《3月》中牧羊人托马林与爱神丘比特见面。

《4月》不仅是12首牧歌的冠首之作,而且还是一首典雅精致的抒情诗,该诗主要讲述了西诺特为爱情与克林赛诗。在该诗中,科林热情讴歌伊丽莎白女王,称她为"公正美丽的伊丽莎白"。

《5月》是一首政治性寓言诗,尖锐地针砭神甫人员的不轨。诗人通过牧羊人皮尔斯和帕林诺德的对话表达神甫应和常人一样生活的观点。

《6月》最富抒情性,罗瑟琳另择新欢,科林的爱情出现危机。

《7月》返回《5月》的主题,继续批评神甫们的恶劣作为。

《8月》描绘两个牧羊人——威利和帕里格特赛诗,库迪做裁判。二人唱完后,库迪诵读克林向罗莎琳达表达悲伤的一首诗,诗的体裁和口吻和前面的歌交相辉映。

《9月》中,牧羊人迪戈特·达维讲述了自己在旅行途中看到城市中的不幸与痛苦。

《10月》从尘世转到诗歌的世界,表达斯宾塞的诗歌观:真正的诗人是道德高尚的情人,崇尚柏拉图关于美的思想,诗歌是表达崇高灵感的工具。

《11月》是一首克林歌颂古迦太基女王黛铎的诗作。

《12月》是克林对自己人生的回忆与思考。年轻的诗人哀叹人生的徒劳,他回顾一年光阴的流逝,把四季比作人生的主要阶段:春如青年,夏为成熟,秋作收获,冬临老死。

《牧人日历》以其真切的情意、哀怨的调子和成熟的诗艺成为英语诗歌的里程碑作品,它是第一部体现文艺复兴创新精神和谐统一的英语诗歌集。不过,他的诗中也表现出了诗人采用理想化和粉饰太平的方式描写现实生活的创作倾向。

此外,斯宾塞还于1595年写成了抑扬格五音步诗作《柯林·克劳特回来了》。这篇诗作实际上是《牧人日历》中九月牧歌的一篇续诗，主要颂扬好友罗利和伊丽莎白女王，并通过婉转曲折的手法，表达诗人怀才不遇的愤懑。

在《牧人日历》后，斯宾塞又创作了很多诗歌，其中价值最高的便是《仙后》。虽然这部诗歌不属于十四行诗，但它却是斯宾塞的代表作，以及文艺复兴时期史诗的巅峰之作。他在这首长诗里所创造的"斯宾塞诗节"对英国诗歌具有特殊的意义，是斯宾塞对英国文学的最大的贡献。从某种意义上说，斯宾塞的创作标志着伊丽莎白女王时代英国诗歌繁荣鼎盛时期的开始，同时是十四行诗发展的体现。因此下面对《仙后》和"斯宾塞诗节"做下简单介绍。

斯宾塞的诗歌不仅内容丰富，形式完整，而且在诗律上有所创新，尤其是他创立的"斯宾塞体诗节"影响深远。"斯宾塞诗节"每节九行，诗格数不限，前八行是抑扬格五音步（十音节），第九行是抑扬格六音步（十二音节），这最后一行又称为亚历山大诗行，因 12 世纪末的法文长诗《亚历山大传奇》的诗行都是十二个音节而得名，其脚韵的安排是 ab ab bc bcc，b 韵重复 4 次，c 韵重复 3 次。这种诗体在情绪上没有很大的起伏，读来如涓流潺潺，细雨绵绵，表达平顺而流畅。此外，这种创作手法跟斯宾塞的生平有着很大的关系，他虽然一生忙碌于官场，但心里却似乎异常平静，因而，他的诗歌大多表现的是自己的沉思默想，如：

> 一位侠义勇士策马在原野上驰骋，
> 身上佩带着锋利的宝剑和银盾，
> 那上面留有深深的陈旧的伤痕，
> 它们是无数次血腥厮杀的烙印；
> 然而骑士以前还从未佩带过兵器；
> 他的坐骑愤怒地将马嚼子咬得泡沫横飞，
> 好像是不屑于对主人驯服听命；
> 他看起来是个不折不扣的好骑士，骑在马上姿势端正，
> 十分适合与别的骑士进行激烈的马上格斗。

简而言之，斯宾塞作为文艺复兴时期英国的代表诗人之一，他的诗歌多是表现他沉思默想的状态的，如喜怒哀乐，今天与明天，国家与社会的动向等。

斯宾塞的诗歌，尤其是他的《仙后》将乔叟时代以来以《农夫皮尔斯》《珍珠》等为代表的寓言讽喻诗发展了一个成熟的阶段。但他在诗歌的丰富复杂性方面超越了前人，使这种古老的英国文学传统趋于完美。他将古典的词汇和新鲜的词语结合在一起，并对各种格律和诗节形式运用自如。在内容方面，《仙后》囊括了他那个时代的许多重要主题，是集古典浪漫思想、英国民族情感、16 世纪宗教改革时期精神和文艺复兴时代人文主义理想之大成的作品。

《仙后》诗人原来计划写十二卷，但只完成了计划的一半。按照原计划，《仙后》分为 12 卷，每卷描绘一个骑士，每位骑士代表一种美德，合起来共 12 种，恰和他想象中的"亚里士多德所制定的 12 种美德"相符合。另外，诗人假借仙后葛罗丽亚娜的名字来颂扬伊丽莎白女王。仙后举行她一年一度的十二天宴会，每天都有一人前来哀告有恶龙逞凶、妖女惑人、德善貌美的人遭难等，要求除恶扬善，伸张正义，于是仙后每天派遣一名骑士前往冒险，他们途中的奇异经历便构成了几卷诗的基本素材。诗人原拟编写十二卷，但在谢世以前仅完成了六卷多一点，只描写了六个分别代表神圣、节制、贞洁、友谊、正义和礼节的骑士的冒险故事。诗中大部分情节取自托马斯·马洛礼的《亚瑟王之死》。这些生动的故事都被赋予道德、宗教和政治的寓意，使历史传说和现实有

机地交织在一起。诗人对于将要发生的事隐而不露,只是在序曲中有一行透露出诗篇的旨意:
"激烈的战斗和忠贞的爱情将传达我诗歌的道德含义。"

此外,在思想内容上,诗歌一方面表现了诸如冒险精神、积极向上和乐观的态度、对大自然的热爱等典型的文艺复兴时代精神;另一方面,又力图用道学家的眼光去解释丰富多彩的生活内容,重弹新柏拉图主义的老调。而在艺术风格上,斯宾塞的这六篇诗体故事深受意大利人文主义诗人的影响。

总之,斯宾塞是近代英语诗歌中出现的第一个重要诗人。他想象丰富似天马行空,形象生动可呼之即出,语言优美似乐曲悠扬,令后世诗人弥尔顿、华兹华斯、济慈、罗塞蒂和丁尼生等一个个倾心陶醉。因此,斯宾塞获得了"诗人的诗人"之美誉。

第三节　散文小说的出现

伴随着传奇故事和反映社会现实的故事在英国的蓬勃发展,终于在 16 世纪的最后的二十年里,散文逐步演化成为小说这种新兴文学体裁的语言载体。这股文学潮流是由当时一群号称"大学才子派"的人掀起的,这些人都受过大学教育,而且主要来自牛津、剑桥两所大学,其中包括黎里、马洛、格林、洛奇和纳什尔等。并且他们都受到了新思想鼓舞,有着非凡的艺术才能。此外,"大学才子派"当中的大多数人都是人文主义剧作家,但也有黎里、洛奇、格林和纳什尔这样的散文小说家。黎里的"尤弗伊斯体"散文、洛奇和格林的传奇故事和纳什尔的传奇体冒险小说都是 16 世纪这一特定时期英国小说成形过程中的重要实验作品。因此,可以说他们是现代英语散文体小说的先驱者和奠基人,为英国散文小说的成形贡献了自己的力量。

一、约翰·黎里

作为"大学才子派"中最年长的一位散文小说家兼剧作家,约翰·黎里(John Lyly,1547—1606)出身书香门第,其祖父威廉·黎里是英国第一部拉丁文法编纂人,专攻希腊文法。而黎里先后就读于牛津大学和剑桥大学,并取得了文学硕士学位。毕业后他来到伦敦,在伯里勋爵的庇护下从事文学生涯创作。1578 年,黎里创作了小说《尤弗伊斯或对才智的剖析》及其续篇《尤弗伊斯和他的英国》,两部小说都描绘了理想的英国绅士风范。小说文辞浮华绮丽,采用叠床架屋式的排比对偶句,使用头韵和成串的比喻,引经据典,这种特别的文体被称为"尤弗伊斯体"。并且这种文体,对 16 世纪后期的文学语言包括戏剧作品的语言的使用和文学创作都产生了一定的积极影响。

黎里的小说《尤弗伊斯》常被称为英语中的第一本风俗喜剧小说。这部小说主要分为上下两卷,在第一卷《对才智的剖析》里,小说的主人公尤弗伊斯是一位年轻的雅典人(暗指一位牛津学者),他出身高贵,英俊潇洒,聪明机智,虽然受过教育,但行为放荡不羁。小说主要讲尤弗伊斯来到意大利的那不勒斯城(影射伦敦),一位贤明的长者告诉他要当心城里的各种邪恶的诱惑,他却对此置若罔闻。他在这个城里生活的洋洋自得,经常是各种宴席和晚会的座上客,还向他的好友菲罗特斯的女情人卢西拉频送秋波,并成功地赢得了卢西拉的爱。后来因为这件事,他与菲罗特斯经常争吵。而正当尤弗伊斯打算与卢西拉结婚时,卢西拉却无情地抛弃了他而选择另一位与她不相配的求婚者,两个因失恋而同病相怜的年轻人因此而和解。随后尤弗伊斯沮丧地离开那不勒斯港市而回到雅典。这篇小说的故事情节不算复杂,黎里在他的故事当中还插入了一些无关的内容,甚至还加入了一篇抨击牛津大学教育现状的论文,使小说线索被无端打断。尽管如此,他的这部小说一出版便十分流行,人们不仅被他那矫饰华丽、刻意求工的文体风格所迷惑,还被他故事中浓郁的人情意味所吸引。

与第一部分不同,小说的第二部分《尤弗伊斯和他的英国》在主题上主要歌颂女子的青春美貌,充满黎里对他的国家、女王和大学的赞扬,小说中的女主人公也变成了伊丽莎白女王时代贞洁和美貌的象征。这一部分主要讲尤弗伊斯和菲罗特斯两人一道来到英国,在宫廷里度过的浪漫时光。菲罗特斯向宫中美女卡米拉求爱,可是遭其拒绝,后来在年长的佛拉韦尔夫人的热心帮助下,他与该女士的侄女弗兰西斯小姐结成了柏拉图式的精神恋爱关系。第二卷内容风趣幽默,是对当时伦敦社会尤其是宫廷活动的真实描摹和反映。虽然黎里依然追求修辞的华丽,但相比于第一本小说来说,少了一些矫揉造作。此外,这部两卷本的小说的重要性主要体现在其写作风格上,并对后世产生了深远的影响。

黎里的“尤弗伊斯体”在当时显然已经成为一种文学时尚,随后出现了许多宫廷人物在模仿小说中廷臣侍女的腔调的现象。此外,不少散文作家都竞相效仿这种浮华矫饰的文体,如罗伯特·格林、托马斯·洛奇,甚至是莎士比亚。这部小说在内容上对宫廷和大学的悠闲生活和无聊风尚进行了含蓄的讽刺,显示出真实描写现实生活的倾向。从这一点上说,黎里摆脱了中世纪传奇故事那种虚幻浪漫的风气,开了现代小说描写生活现实的先河,对散文小说的发展起到了很大的推动作用。

二、罗伯特·格林

作为“大学才子派”的一员,罗伯特·格林(Robert Greene,1560—1592)是他那个时代最多产的散文小说作家。1578 年,他先在剑桥大学取得学士学位,又在之后的 1583 年,在牛津大学取得了文学硕士学位。早在剑桥时,格林便开始了他的文学创作活动。1583 年之后他来到伦敦定居,开始从事文学创作。八九年间,成果甚丰,作品有诗歌、小说、讽刺小册子和戏剧等。作为散文传奇作家兼剧作家的格林靠低廉的文学创作谋生,本来就过着十分贫困的生活,可是生性放荡的格林常常把菲薄的收入挥霍殆尽,导致格林死的时身无分文,甚至还欠着旅店主的债。

从格林的文章中可以看出,其小说带有黎里的写作风格,是黎里“尤弗伊斯体”的模仿者。此外,格林的成就并不是特别大,在他的传奇故事中,较为引人注目就是《格林的阿卡狄亚》和《潘朵斯托》。但是这些故事平淡无奇,风格华而不实,除对莎士比亚有些影响外,并没有很大价值。在格林众多的作品中,只有《尤弗伊斯,及其对菲罗特斯的责难》和《再见吧,愚昧》两部较为出色。

三、托马斯·纳什尔

托马斯·纳什尔(Thomas Nashe,1567—1601)不仅是“大学才子派”中最年轻的一员,同样也是剑桥大学的毕业生。1588 年定居伦敦之前,他曾匆匆地游历过法国和意大利。此外,纳什尔是一个多才多艺的作家,他写过小册子、讽刺诗、剧本、小说和抒情诗。他的小册子是格林与斯宾塞的朋友加百列·哈维(Gabriel Harvey,1550—1631)唇枪舌剑的论战结果,在一定程度上反映了当时伦敦及其他地方的生活状况,并且形成纳什尔自己独特的风格。与黎里的"尤弗伊斯体"小说不同(黎里小说的主要读者为宫廷贵族),纳什尔的传奇冒险小说是根据作者的自身生活经历和当时伦敦黑社会分子的各种奸诈伎俩而逐渐发展的,因此,更具有平民性质,并被大多数平民所喜欢。纳什尔基于生活的历史真实而创作了其代表作《不幸的旅行者》,并成为英国现实主义冒险小说的先驱者。但是与大多数"大学才子"们一样,纳什尔的一生同样是艰难且短暂的。这位才华横溢的人物在 34 岁就结束了他的一生。

纳什尔之所以能在英国文学史占有重要的一席,就是因为《不幸的旅行者》这部描写冒险传奇的小说。这部小说以史实为根据叙述了亨利三世的侍从——冒险家杰克·威尔顿的故事。威尔顿流浪到法国的佛兰得斯、德国和意大利,所到之处遇到过不少名人,同时也目睹过不少惊人场面。在描写威尔顿的经历时,纳什尔并没有严格的遵循时间顺序,并且也没有完全拘泥于事实,而是将历史的真实存在的、半真实的甚至有些是虚构的事件随意地结合在一起。故事首先描述威尔顿在围攻图而尼城的战斗中玩弄花招,临阵脱逃,随后突然出现在德国的明斯特城,目睹了德国皇帝与教徒的冲突场面。然后威尔顿又跟随当时的诗人萨里伯爵一道游历了许多欧洲国家。途径荷兰港市鹿特丹时,威尔顿遇见了荷兰人文主义者伊拉斯谟,并看到英国学者托马斯·莫尔正在为写《乌托邦》而苦思冥想。主人公还在德国的威延堡观看了学术性的露天表演和一出古戏,并且正巧碰上马丁·路德和卡来洛斯泰斯在为宗教而相互争辩。到了威尼斯,威尔顿干脆冒充萨里伯爵而与一位意大利贵族的情妇私奔,结果被萨里赶上来捉住,还好最后萨里原谅了他。后来威尔顿还目睹萨里伯爵为了他的情妇杰拉尔丁而在佛罗伦萨的马上比武中击败了所有的对手。威尔顿最后离开萨里回到了罗马,恰巧又碰上了当时横行的鼠疫。作者用大量的笔墨真实地描述在这场灾难中种种趁火打劫的场面:悲剧和暴力随处可见,抢劫、强奸以及杀人比比皆是。在小说的结尾,威尔顿与那位曾和他私奔过的意大利情妇结合,回到亨利三世的军营。

纳什尔的小说《不幸的旅行者》是英国文学史上第一部用英语写成的历史传奇冒险小说,从小说的题材上可以看出,它受到了西班牙流浪汉故事的影响。并且因为纳什尔这部小说的发表,冒险小说在英国变得十分流行。在语言上,纳什尔小说的语言十分朴素自然,与黎里浮华的"尤弗伊斯体"恰好形成了鲜明的对照,并且他与黎里都是 16 世纪英国的重要散文作家。至此,在黎里和纳什尔的开创下,英国小说已逐渐具备散文小说的雏形。

第四节 莎士比亚的前驱——"大学才子派"

15 世纪末期,英国戏剧已经十分流行,许多流动的剧团巡回于英国的乡镇,在旅店的院子里搭建起临时的戏台进行演出,这时的观众多为平民百姓。但是随着英国政府对流浪者聚集活动的限制,流浪艺人不得不寻求贵族官吏的庇护而得以生存,因此,就出现了固定的剧院。

　　此后,在人文主义思想的传播和复兴古罗马戏剧的思潮不断涌现的环境下,"大学才子派"随之诞生。这里的"大学才子派"指的是16世纪80年代,英国出现的一批受过高等教育的剧作家。并且"大学才子派"是在人文主义作家开始利用戏剧文学传播新思想新观念,随着社会经济文化的发展,英国逐渐掀起学习意大利新文学的热潮,这种热潮研究希腊、罗马古典文化的热潮的环境下出现的。伴随着这种复古热潮的掀起,一大批毕业于牛津或剑桥大学的学生在毕业后开始从事于戏剧创作行业,他们致力于进行英国戏剧改革,其目的是将戏剧提升到一个新的高度。这些学生都是"大学才子派"的成员,他们都对古罗马悲剧家塞内加的作品,尤其是其作品中最骇人听闻的部分——恐惧、鬼魂等兴趣颇深,并以这些作为作品情节的主体。在表现手法上则抛弃古典的结构原则和戒律,以文艺复兴时期的自由精神进行创作,使情节更贴近生活,更合乎常情。在技巧上避免做作,尽力做到自然,使之与情节紧密吻合,创作出了情节生动、结构严谨的多种戏剧形式,从而为英国戏剧行业的发展做出了突出的贡献。在这些大学才子中,比较有代表性的作家有克里斯托弗·马洛(Christopher Marlowe. 1564—1593),约翰·黎里,托马斯·基德(Thomas Kyd,1558—1594)以及罗伯特·格林。但是在这几个代表作家中,戏剧成就最高的还是要数克里斯托弗·马洛。

一、克里斯托弗·马洛

　　克里斯托弗·马洛,早在幼时在坎特伯雷的国王学校求学就对戏剧产生了极大的兴趣,因为这所学校顺应当时英国重视拉丁文的潮流,教师们常常以演出拉丁文戏剧达到教学的目的。这在很大程度上吸引了马洛的兴趣,并且从那时起,他就开始非常认真地研究戏剧,对戏剧的学习也已超出正常教学的要求。后来他从剑桥毕业后,就前往伦敦并成为了一位剧作家。在戏剧创作的过程中,他以早年学习到的戏剧形式和技巧为基础,大胆改革创新,改进了素体诗。但素体诗并不是新诗体,它在马洛现身英国剧坛以前便已经存在,伊丽莎白时期素体诗成为表达各种强烈感情的艺术手段,马洛去掉了素体诗双行押韵的限制,把素体诗和押韵诗体分离开,从而使诗歌语言灵活圆转,表达效力骤然增加,成为充满生气和张力的"雄伟的诗行"。然而马洛的一生非常短暂,有传言说他曾与以瓦尔特·罗利为首的自由主义者小组为伍,并因涉嫌宣传无神论思想而被杀害,另一种说法是他在一场斗殴中丧生。但无论其死因如何,值得关注的是在他短暂的一生中,他创作了六部辉煌的剧本。其中最著名的便是《帖木儿大帝》《马耳他的犹太人》《浮士德博士的悲剧》。

　　马洛的第一个剧本就是《帖木儿大帝》,《帖木儿大帝》是一部以素体诗形式写成的戏剧,同时也是一部"巨星陨落"式的悲剧。这部剧主要描述了永无休止地追求霸权和财富的野心家的征战与毁灭。剧中,骄横跋扈、野心勃勃的成吉思汗后代——帖木儿利用波斯国王的弟弟推翻了波斯王,在登上王位后又杀死了波斯国王的弟弟。之后帖木儿马不停蹄地大败土耳其国王,并野心勃勃地要攻占自己妻子的国家——埃及,皇后苦苦哀求帖木儿放过埃及,但他对妻子的乞求毫不理会,很快便征服了埃及。故国的灭亡让皇后悲痛不已,不久便离世。而帖木儿则很快入主巴比伦,对于所取得的一切,帖木儿并不满足,很快他便下令自己的铁骑向上天的权威发动攻击,最后使他所向无敌的部队身陷困境,最终这个建立了庞大帝国的征服者孤零零地死在了皇后的坟墓上。这部戏剧奠定了文艺复兴时期英雄与恶棍两者兼而有之的人物模式,塑造了一位类似于米尔顿笔下的撒旦一般震撼人心的角色。他以血腥的手段追求无尽的权力与财富的利己主义行为不仅令人毛骨悚然,而且他试图颠覆一切现存秩序的举动不禁令人唏嘘。

如同帖木儿一样,《马耳他的犹太人》的主人公巴拉巴斯也是一个对金钱财富有着无休止的追求的人物。他是马耳他岛上的一个犹太富人,因为视财如命,拒绝州长要求缴纳的费用而被剥夺了全部财富。为了报复财富的丧失,他毒死了州长的女儿和她的情人。之后,在马其他岛被土耳其人占领期间,他投身卖国贼行列,为敌国效劳,并获得了总督一职。之后,他又谋算着摧毁土耳其军队。为了谋杀在一块可屈伸的地板下面安置了一个煮沸的油锅,然而不幸遭到背叛,自己反被丢入油锅中。该剧成功地塑造了一个财迷心窍的犹太高利贷者形象。巴拉巴斯贪婪狠毒,丧尽天良,展示了资本原始积累时期个人主义的丑恶本质,由此可以看出剧作家对金钱崇拜的批判态度。这部作品的人物设定给莎士比亚之后创作《威尼斯的商人》提供了灵感,并且受此作品启发的《威尼斯商人》对后世影响深远。

马洛最著名的剧作要数《浮士德博士的悲剧》,这部剧作取材于中世纪德国民间传说,浮士德为了追求知识而将灵魂卖给魔鬼的故事。从历史上看,浮士德确有其人,他生活在中世纪的德国,喜好巫术,并且名声较大。在他死后,因为有人为他写书作传的缘故,慢慢地他就变成一个传奇人物。马洛以这个传奇人物为中心,展现了文艺复兴时期人的自我膨胀。剧中的浮士德是一个尊重知识、崇尚科学、鄙视皇帝诸侯、痛恨教皇僧侣的人文主义者,他因不满足于已有的知识,便与魔鬼签下契约,以自己的灵魂换取24年超人的力量和乐趣。契约签订后,浮士德获得了超人的力量和知识,他让一个自己不喜欢的武士头上长出一双犄角,用隐身术开教皇的玩笑,应君王的要求,使亚历山大大帝和他美丽的情妇起死回生,在冬季变出一串成熟的葡萄献给佳人。他肆无忌惮地使用着这些用灵魂换来的能力。转眼间,24年过去了,当浮士德的灵魂按照契约要被拖往地狱,他才后悔莫及,并不断恳求上帝将自己拯救出来,然而上帝拒绝了他的请求。最后在时钟敲响12下的时候,他的灵魂被打入地狱。该剧充分肯定了知识是能够征服自然和实现理想的伟大力量,表现了作者反对宗教蒙昧主义的思想,但他身上却存在着严重的资产阶级个人主义思想,这部剧同时也反映了来自作者自身的思想矛盾。

在马洛的戏剧中,他笔下的人物都充满着传奇色彩,主人公多为巨人式的人物,他以个人内心冲突的刻画为中心构筑了完整统一的情节结构,以高度的艺术形象将英国悲剧推向了一个新的水准,并对后世影响深远。

二、约翰·黎里

上文中已经提到了约翰·黎里的散文小说《尤弗伊斯》,以及其驰名当时文坛和对后世的影响。但与此同时约翰·黎里还是一位剧作家,他用自己的努力将初期的英国戏剧推向更成熟、更高雅的阶段。作为"大学才子派"的作家,他才华横溢,接受了人文主义的思想,并且黎里是其中最年长的一位。他曾就读于牛津剑桥,四度出任国会议员。并为宫廷写作演出,从宫廷贵族的立场歌颂女王的威仪功德,他的作品具有贵族人文主义的明显倾向。黎里革新了戏剧形式,并率先用散文体代替诗体来写作剧本,用复杂交错的情节代替单线情节构筑故事,把严肃的场面和滑稽的场面结合在一起,将莎士比亚之前的英国戏剧推向更高的艺术境界,并为后世的戏剧发展奠定了良好的基础。

从黎里的剧作中可以看出,黎里的剧作多是古代神话和古代文学故事题材,并用田园诗的笔触抒写爱情。在《坎巴丝佩》一剧中,亚历山大大帝为他的女囚坎巴丝佩的姿色所倾倒,请画家爱帕尔为她作画,不料两人坠入情网。爱帕尔屡屡毁坏已经完成的画像,以拖延时日的方式使两人能够经常相处。亚历山大识破他们的骗局之后重返战场,临行时扪心自问:"亚历山大如果连自己也不能号令,他将何以号令世界!"《恩底弥翁》一剧出版于 1591 年,剧中的月中人恩底弥翁因迷恋辛西娅(月亮)而抛弃泰勒丝(地球),泰勒丝与女巫合谋使恩底弥翁常眠四十年。辛西娅破除符咒,用一阵热吻将恩底弥翁解救出来。剧本的意义可能是讽喻当时伊丽莎白女王(辛西娅)和苏格兰女王玛丽之间的对立。黎里在《萨福和法温》《迈达斯王》等剧本中都表现出了逢迎伊丽莎白女王的倾向。此外,黎里在《加拉西娅》一剧中用女演员假扮男孩,在《坎巴丝佩》中将仙女引上舞台,这些革新后来均被莎士比亚所借鉴。黎里和"大学才子派"作家的创作为英国戏剧的繁荣创造了条件,很大程度上的影响着后世的创作,并促进着戏剧的发展。

三、托马斯·基德

托马斯·基德在这一时期的主要贡献就是将暴力、凶杀和复仇的塞内加式悲剧更推进了一步。就他的生平来说,他参加过无神论团体,因涉嫌写反宗教文章而遭逮捕刑罚,并最终死于贫困。此外,他的剧作《西班牙悲剧》一度是当时最闻名的戏剧,被很多人借鉴引用。这部剧作主要是以紧凑严密的结构和鲜明生动的人物形象记述了一个父亲装疯为儿子复仇的宫廷故事。西班牙元帅之子霍雷休和国王的侄子劳伦佐捕获了葡萄牙特使的儿子巴尔沙扎,巴尔沙扎恋上了劳伦佐的妹妹贝尔音佩莉娅。出于政治考虑劳伦佐鼓励这一关系的发展,却不知霍雷休和贝尔音佩莉娅早就互许终生,他们在一次幽会时遭到劳伦佐和巴尔沙扎的突袭,致使霍雷休被害。西班牙元帅装疯卖傻地在一次戏中演戏时把劳伦佐和巴尔沙扎杀死,为子报仇,最后与贝尔音佩莉娅各自自杀身亡。基德复兴了复仇悲剧,这一种经典的以谋杀和复仇为主题的戏剧形式,并对后来的莎士比亚产生过很大的影响。

四、罗伯特·格林

罗伯特·格林除了是一位小说及传记作家之外,他还是"大学才子派"中的杰出剧作家、莎士比亚的一位重要前驱。格林在牛津大学取得学位后开始了他短暂而多产的创作生涯,他生活放荡散漫,并最后死于贫困。格林虽然也以小说和抒情诗行著称,但他在剧作方面的成就也是不容忽视的。作为剧作家的他早年曾模仿马洛。他的《僧人培根和僧人班格》是一部浪漫喜剧,剧中护林官女儿玛格丽特受到爱德华王子的青睐,王子派遣雷西伯爵前往求亲,不料担当媒人的雷西伯爵恋上了玛格丽特,国王最终将玛格丽特许配给雷西伯爵。玛格丽特是英国舞台上第一位有浪漫主义色彩的女主角,是男人心目中理想的女人,并且为莎士比亚剧本中许多可爱的女性角色提供了原型。格林以雷西和玛格丽特的热恋表明爱有魔幻一般的力量,足以打破封建的阶级等级观念。全剧弥漫着田园牧歌一般的气氛,并不时散发出抒情诗的气息。此外,格林的剧本还有《詹姆士四世》等。

至此,在经历了文艺复兴前期的一大批"大学才子派"剧作家的探索和创造之后,英国戏剧无论是在题材内容上,还是在艺术形式上都得到了高度的发展。在这个"大学才子派"建立的戏剧基础上,英国文学和世界剧坛终于迎来了一位最伟大的戏剧大师——威廉·莎士比亚(William Shakespeare,1564—1616)。

第五节 说不尽的莎士比亚

威廉·莎士比亚作为文艺复兴时期最伟大的剧作家,对后世的一直有着深远的影响。他是人类精神文明的标志,是文学艺术的顶峰,同时也是世界文化遗产的精华与宝库。莎士比亚的文学创作是一门科学,一种体系。他的每一个精品佳作,几乎都涵盖着的颇为深广的内容。即使运用系统的阐述方法,也不一定能讲述完莎士比亚,可见莎士比亚的成就之大,作品之精妙不是可以用文字评述或者一篇文章就能讲完的。

一、莎士比亚的生平和创作

(一)莎士比亚的生平

威廉·莎士比亚,英国文艺复兴时期的著名诗人和戏剧家。同时代的戏剧家本·琼生(Ben Jonson)这样评价莎士比亚,说他是"时代的灵魂",是"一座不需要陵墓的纪念碑""他不属于一个世纪,而属于所有时代"①。另外,俄国的文艺理论家别林斯基这样评价莎士比亚:"他的每一个剧本都是一个世界的缩影""莎士比亚是戏剧界的荷马"。数百年来的人类精神文明史证明,凡是有文字的地方就有莎士比亚。可见,莎士比亚的成就之大,以及对后世的影响意义深远。

威廉·莎士比亚,1564 年 4 月 23 日出生于英国中部瓦维克郡埃文河畔斯特拉特福一个富裕的市民家庭,其父主要经营羊毛、皮革、肉类及谷物生意,并在斯特拉福镇上还有几所房屋,1565 年接任镇民政官,3 年后被选为有 2 000 名居民的斯特拉福镇镇长。整体来说,莎士比亚是在一个相对富裕的家庭中成长的。少年时代的莎士比亚,就在家乡看过伦敦"王后剧团"来该镇的巡回演出,在他那幼小的心灵里埋下热爱戏剧艺术的种子。7 岁时,他在本地圣十字义务文法学校就读。这所学校以讲授拉丁文为主课,同时也兼学希腊文、以中世纪烦琐哲学为核心的修辞学和逻辑学。他在读中学时,因父亲破产而不得不中途辍学并走上独自谋生之路,在一所小学当代课老师。1582 年 11 月,时年 18 岁的莎士比亚与一位农民的女儿,时年 27 岁的安妮·海瑟薇(Anne Hathaway)结婚,婚后与妻子育有一子两女。此外,莎士比亚读书时就卓尔不凡,与众不同。有一次,莎士比亚到了当地大地主汤麦斯·路西爵十的禁苑中打鹿,结果被露西的管家发现,他为此挨了揍。出于报复,他写了一首讥讽大财主的打油诗。这首诗没过多久便传遍了整个乡村。大财主无论走到哪里,总有人用这首打油诗来嘲笑他。托马斯非常恼火,于是就想惩罚莎士比亚,莎士比亚因此被迫离开斯特拉福德小镇,到伦敦避难。

1586 年,时年 22 岁的莎士比亚到达伦敦。起初他在剧院里打工做粗活,主要是为到剧院看戏的绅士们看管马匹和车辆。莎士比亚第一次出现在报纸上是在 1592 年。当时报纸上刊登了

---

① 侯维瑞:《英国文学通史》,上海:上海外语教育出版社,1999 年,第 125 页。

剧作家罗勃特·格林的一篇攻击性文章。格林是当时英国"大学才子派"的成员，他以轻蔑的口吻，称莎士比亚为低贱的"职业演员"，是"暴发户""老大粗"，认为莎士比亚同当时戏剧界的"文人雅士"相竞争，是想从他们身上偷窃"孔雀的羽毛"来装饰自己，侮称莎士比亚为"乌鸦"。从格林的攻击性文章中，我们可以看出，莎士比亚是以改编他人的剧本开始进行戏剧创作的，一旦崭露头角，就会给戏剧界留下深刻印象，因而被"雅士"之流视为劲敌，不惜对其进行人身攻击。在1592年时，莎士比亚不仅成为演员，而且还是剧作家。此外，在伦敦期间，莎士比亚除了改编剧本，从事戏剧创作之外，还当了导演，亲自参加剧场的经营工作。大约在1599年，他因为脚踏实地、品行端正成了伦敦最大的"环球剧院"的编剧和股东，同时结识了青年贵族桑普顿伯爵，并借助他的影响谋求发展。1613年，他离开伦敦，回到了家乡，直到1616年4月23日去世。莎士比亚活了52岁，他的出生与逝世同为一个日子。在他逝世后7年，由他的朋友出版了第一部《莎士比亚戏剧集》，并对后世产生了巨大的影响。

(二)莎士比亚的创作

莎士比亚的创作起初源于写诗，他流传下来的诗歌中有154首十四行诗，其十四行抒情诗体脱胎于意大利彼得拉克诗体，从彼得拉克的八、六两折形式，发展为四、四、四、二的四折形式，内容多数为歌颂爱情与友谊，也有揭露现实黑暗的，如第66首，被公认为莎士比亚伟大悲剧的题词。莎士比亚虽然以写诗步入文坛，但其而最成功的却是他的戏剧。至今流传下来的有37部戏剧，其中，历史剧10部，悲剧11部，喜剧和传奇剧16部。

莎士比亚的历史剧，主要是描写以往封建统治时代争权夺利、互相残杀的丑剧，但并不是为了重复历史事件，而是为了推动现实的发展。贯穿在历史剧中的基本思想是反对封建割据，谴责内讧，要求民族统一，建立中央集权的国家。在取材方面，大多数取材于贺林希德的《英格兰与苏格兰编年史》，少数取材于希腊罗马。这些历史剧包括《亨利六世》《理查三世》《理查二世》《约翰王》《亨利四世》《亨利五世》等，其剧作生动形象地反映了从13世纪的约翰王，到15世纪末的理查三世的300年间的英国历史。其中，《亨利四世》是莎士比亚最具代表性的历史剧。

莎士比亚的悲剧是其剧作中成就最高的，其中最为著名的就是"莎士比亚的四大悲剧"，分别是《哈姆莱特》《李尔王》《麦克白》《奥赛罗》。另外，莎士比亚的悲剧，多以主人公的死亡而结束，并且是以英雄人物的死亡而结束。如李尔王与考迪利娅、麦克白、奥赛罗与苔丝狄蒙娜、哈姆莱特等，虽然在莎士比亚的悲剧中，主人公死了令人心痛，但是主人公为之奋斗的理想却胜利了，使人感到前途光明，如在《哈姆莱特》中，主人公哈姆莱特死了，挪威王子福丁布拉斯带领大军来到，宣布丹麦恢复正常秩序；在《李尔王》里，李尔死了，忠于他的臣子奥本尼公爵、肯特伯爵和爱德伽齐心合力，重整国家等。换句话说，就是使人看到主人公付出惨痛的代价甚至牺牲自己的生命之后，前途一片光明，给人以安慰和鼓舞。

莎士比亚的喜剧成就高于历史剧，其作品的基本主题是歌颂爱情，反抗封建礼教，向往男女平等，肯定人文主义的道德原则在个人生活和社会活动中的胜利。其中影响较大的有《威尼斯商人》《仲夏夜之梦》《第十二夜》《皆大欢喜》等。此外，受格林的影响，莎士比亚在喜剧中成功地塑造了一群敢于反抗礼教和家长制的女性形象，如《仲夏夜之梦》中的赫米亚、《威尼斯商人》中的鲍细娅、《皆大欢喜》中的罗瑟琳等，并且她们被人们称为"可爱而奇特的女性"。

莎士比亚传奇剧的成就低于喜剧和历史剧，因为传奇剧写于莎士比亚晚年，当时他已拥有房地产，过着安逸的生活，其戏剧创作也走向低潮。属于晚年写成的传奇剧有《辛柏林》《冬天的故事》和《暴风雨》三部。这些剧本,富有童话式的想象和浪漫主义的情调,情节的发展往往归结为和谐幸福的结局,对现存秩序的批判力量较弱。因此,传奇剧的现实意义要低于其他的剧作。

二、莎士比亚的悲剧艺术

(一)莎士比亚悲剧的特色

毋庸置疑,莎士比亚戏剧的最高成就是悲剧。历来被誉为四大悲剧的《哈姆莱特》《奥赛罗》《李尔王》《麦克白》都写于 17 世纪初,并且对后世影响巨大,同时,这个时期也是莎士比亚悲剧创作的鼎盛期。

作为英国文艺复兴之子,莎士比亚创作了一系列的戏剧。成功地表现出其所处时代的精神。通过他的剧作,我们可以清晰地看到文艺复兴时期英国社会对自我价值的认同、对思想行动自由的渴望、对冒险精神的神往、对成功的向往、对改革创新的欣喜、内心感受的重视,以及时代对于感情的放任等时代精神。

在戏剧的创作过程中,莎士比亚常常通过改编已有的故事情节,以非凡的智慧、丰富的知识去改写和充实旧剧本,从而使旧的故事奇迹般地变得体态丰润、生气勃勃而成为超凡脱俗的新作,如《哈姆莱特》《李尔王》《麦克白》等。莎士比亚在写《哈姆莱特》时,已经有好几个版本存在,如托马斯·基德曾写过一个版本叫《丹麦王子哈姆莱特》,主题是表现中世纪封建道德范畴内的个人流血复仇,但很可惜已经失传,托马斯·洛奇和托马斯·戴克在其作品中也都提到哈姆莱特,然而只有莎士比亚的《哈姆莱特》真正吸引了全世界的目光。《李尔王》中的故事可以追溯到古老时期的不列颠神话,这个神话故事在莎士比亚的手中经过了改编,将其从一般戏剧改编成悲剧,赋予它的主题一种令人回味的特性。而《麦克白》则是在霍林舍德的《英伦史》的基础上改编而成的,莎士比亚将其记载做了较大的变动,将一系列人物的性格和人物事迹都做了改动,从而突出了该剧的悲剧主题,使这些普通的事件得到质的飞跃,一跃成为流传至今的佳作。

在戏剧创作技巧上,莎士比亚的技艺十分精湛、美妙。他会将严肃情节与喜剧因素交织在一起,即使是悲剧也不都笼罩在阴郁的气氛下。这样一来,在严肃的剧情中经常会出现荒诞不经的场景,这一不合乎传统的做法,虽然让他备受批评家的批评,但却深受观众的喜爱。因为它一方面缓解了这些"黑色喜剧"剧情的压力,另一方面也避免了情节的枯燥乏味。同时,莎士比亚的语言十分生动活泼,且充满生气,以《哈姆莱特》为例,该部剧作中哈姆莱特的语言带有很强的逻辑性和哲理性,用字用词考究经典,充满形象的比喻,即使在其装疯卖傻的时候,虽然他竭力做到语无伦次,但其语言依然纹路清晰、字斟句酌,这充分显示了哈姆莱特的社会层次,更容易得到大家的认可。

(二)莎士比亚悲剧的代表作

德国学者盖尔维努斯按莎士比亚的思想和艺术发展的脉络,把莎士比亚的戏剧创作道路系统的分为了三个阶段,即 1590—1600 年,1601—1607 年,1608—1613 年。这一分类法被后人大量使用。

在 1590—1600 年期间,莎士比亚创作的剧作主要为历史剧和喜剧,其中,历史剧有《亨利六世》《理查三世》《理查二世》《亨利四世》《亨利五世》《约翰王》《亨利八世》等。喜剧有《错误的喜剧《驯悍记》《仲夏夜之梦》《温莎的风流娘儿们》《无事生非》《皆大欢喜》《第十二夜》等。

在 1601—1607 年期间,莎士比亚创作的剧作主要为悲剧和悲喜剧。其中悲剧有《泰特斯·安德洛尼克斯》《哈姆莱特》《罗密欧与朱丽叶》《奥赛罗》《安东尼与克莉奥佩特拉》《裘力斯·恺撒》《李尔王》《麦克白》等。悲喜剧有《特洛伊罗斯与克瑞西达》《终成眷属》《一报还一报》等。

在 1608—1613 年期间,莎士比亚创作的剧作主要为传奇剧,如《泰尔亲王配力克里斯》《辛白林》《冬天的故事》《暴风雨》等。但是由于此类剧作篇幅较长的原因限制,这里主要从《哈姆莱特》《李尔王》《麦克白》《奥赛罗》《罗密欧与朱丽叶》这几部具有代表性的剧作中展开详细的分析探究。

《哈姆莱特》的故事,最早来源于 12 世纪沙逊·格兰姆克的丹麦史。尽管用的是古老陈旧的题材,但在莎士比亚的艺术加工中,渗透出了新兴的人文主义的思想内容。剧情主要是在中世纪的丹麦宫廷,丹麦国王突然病逝,滞留国外的王子哈姆莱特接到消息时,自己的叔叔克劳狄斯已经登上了王位,并娶了自己的母亲乔特鲁德。哈姆莱特匆匆回国,并遇到了自己父王的鬼魂,国王告知哈姆莱特自己被克劳狄斯害死的真相,并告诫哈姆莱特要严守秘密,并伺机为自己报仇,但报仇时不能伤害乔特鲁德,把她交给上帝去裁决,让她的良心时时刺痛她自己就是对她最好的惩罚。得知父王逝世的秘密后,哈姆莱特从一个单纯的王子迅速转变为内心满腹仇恨的报复者。他先后展开了一连串的报复行为,但都没有奏效,还杀死了自己爱人的父亲,导致爱人疯癫而死。之后,克劳狄斯借此将哈姆莱特贬至国外,并想暗中下手,杀死哈姆莱特。但哈姆莱特却逃脱了出来,并在最后自己死前杀死了克劳狄斯,为自己的父亲报了仇。由此可以看出,它的主题是反映 16 世纪英国人文主义者的理想与封建黑暗社会现实的巨大矛盾。这一主题是通过御前大臣的儿子雷欧提斯的复仇,挪威王子福丁勃拉斯的复仇,以及丹麦王子哈姆莱特的复仇这三条线索的相互对比表现出来的。雷欧提斯的复仇是在封建主义的世界观指导下的复仇,由封建宗法观念所支配;挪威王子福丁勃拉斯的复仇,仅仅是他兴师动众,为了攻打波兰寻找借口;而哈姆莱特的复仇则是一种新兴的人文主义复仇观,它具有反对封建专制,主张个性解放,以建立新兴的人权为理想的思想内涵。哈姆莱特超越了前两者,既超越了单纯从父子关系上考虑的复仇,也超越了单纯为土地和王位而斗争的复仇。哈姆莱特与众不同之处,在于他对现实有较清晰的认识,能把为父复仇与向社会黑暗势力的斗争结合起来,能把个人寻求复仇斗争的过程同对整个封建社会制度的揭露与批判结合起来,因而是一种新型的人文主义复仇观。哈姆莱特是文艺复兴时代的产物,在他身上体现了资产阶级革命酝酿时期的时代精神。他是资产阶级上升时期生活在封建宫廷里的人文主义知识分子的典型。他的忧郁、焦虑、犹豫、优柔寡断,踌躇不前,既自省柔弱又鞭策奋起行动,这种复杂矛盾的性格,独特的行为心态,使得学术界历来众说纷纭。于是,就有了这句"一千个读者就有一千个哈姆莱特"。

《哈姆莱特》是莎士比亚最重要的一部作品。这部作品在悲剧意义的深刻性、悲剧主人公性格的复杂性、对人类生活的高度概括性,以及悲剧艺术的丰富性和完美性方面,都代表着整个西方文艺复兴时期文学的最高成就。

《李尔王》也是一出悲剧。其故事来源于英国的一个古老传说,故事本身大约发生在 8 世纪左右,后经莎士比亚改编而成了现在的《李尔王》。剧本是一个以反封建暴政为基调的悲剧,主要讲述李尔王和他三个女儿的关系问题。古代不列颠的国王李尔,原先是个专横跋扈的暴君,年至老耄,为了博取女儿的敬重与爱戴,要把王国一分为三,分给他的女儿。于是,他把三个女儿唤来,听她们说她们如何爱他,谁说得最好谁分得国土越多。大女儿和二女儿说了很多好听的话,而小女儿则默默无语,只说自己会按照女儿对父亲的责任去爱他。李尔王大怒,将国土一分为二,分给大女儿和二女儿,小女儿寸土未得。在没有祝福的情况下,小女儿嫁去了法国,做了法国的王后。就在李尔王满心以为自己即将过上清闲的太上皇的日子时,大女儿和二女儿却将他赶出了王宫,使他流落街头。而他的朝臣格洛斯特也因为轻信自己不孝的私生子埃德蒙的控告,在将儿子埃德加赶出了家门后不久,也被私生子赶了出来。流落街头的李尔王满心后悔,认为自己现在的状况是上天对自己的惩罚,逐渐从一个专制的君主变为一个仁慈怜悯、体察民情的老人,从而发出了清醒的哀鸣:

> 可怜的衣不蔽体的穷人,不论走到哪里,
> 你们都在忍受无情风雨的袭击,
> 你们上无片瓦遮盖,腹内饥肠辘辘,
> 衣衫满是破洞,又怎能抵御如此天气?我过去
> 照顾你们太不够了!豪华的人应受些教训,
> 暴露一下你自己,感受一下穷人的感受。

而李尔王的小女儿则在得知父亲的悲惨遭遇后发兵前来讨伐,却不幸战败被俘,她和李尔王都被抓起来了。埃德蒙发布秘密处以他们绞刑的命令,直到他死前才揭露这个密令,但已太晚。最后,虽然李尔王杀死了想暗杀小女儿的凶手,但小女儿还是死了。埃德加找到了埃德蒙并且与他决斗,最后埃德加杀死了埃德蒙。而在李尔王抱着她去寻找大伙时,高纳里尔与里根都因相继爱上了图谋王位的埃德蒙,并出现了内讧,已经死去。李尔王过于悲伤,最后崩溃而死。该剧提出了很多供观众认真思考的常识性问题,如子女对父母的关系,从表层上来看,人性中缺乏孝道,缺乏对父母的爱与责任,而父母对子女的爱也存在着偏心。从深层上来看,子女与父母都是独立的人,而李尔王却只将子女视为个人的附属。这些都是导致他们悲剧的原因所在,同样值得后世之人深思。

《麦克白》不仅是莎士比亚的所有戏剧中,最为阴森恐怖的一部悲剧。同时也是一部揭露和鞭挞野心的悲剧。它的故事来源于古苏格兰历史上发生的一次弑君事件,是莎士比亚从霍林舍德的《英伦史》里找到这个故事,并把它修改成一个谈及人的状况的故事。剧本主要描写了苏格兰军中大将麦克白和他的夫人为了篡夺王位,谋杀了苏格兰的国王邓肯,并嫁祸于国王的侍从。最后苏格兰的王子马尔康兴兵进攻,麦克白夫人畏罪自杀,麦克白自身也得到应有的惩罚的故事。

在剧中,麦克白原本只是一个忠心的大臣,却在妻子的挑拨下杀死了国王,自立为王。登上王位的麦克白受到内心的恐惧和疑虑的折磨:

> 唉,何来这只手,像要把我眼睛挖掉。
> 倾沧海之水难道能洗尽,
> 我手上的血迹?不,我的手反而会
> 将汪洋大海染成赤色,
> 使万顷碧波一片血红。

但是为了保住自己的王位,麦克白不断推行暴政、滥杀无辜,最终被前国王之子杀死。从剧

中可以看出,麦克白本身就是一个复杂的人物,他的野心使他轻易接受邪恶的诱惑,同时他的良心又不让他安宁。最后在他面对死神时,显示出他作为人的尊严,这给读者留下深刻印象。而麦克白夫人则以我行我素、不顾道德准则闻名。她无任何顾虑,无情地把丈夫推向弑君的困境,压倒了丈夫身上的正直品格。直到最后她看到麦克白日益衰颓,他们的大势已去,无可挽回时,她才身心交瘁,失去理智,在绝望中自杀。

此外,在四大悲剧中,《麦克白》的篇幅最短,戏剧情节最为紧凑,结构形式也较为单纯。作者对人性的细致揭示,甚至穿透人物心灵深处的潜意识层面,实在令人记忆深刻,发人深思。综观莎士比亚的悲剧艺术,无不充满阴暗的气氛,忧郁凄凉的画面和令人不安的情绪。

《奥赛罗》是一部富于时代气息的爱情悲剧。《奥瑟罗》的故事,来源于意大利作家杰拉尔地·琴奇奥的短篇小说《一个威尼斯的摩尔人》。剧本描述威尼斯贵族美女黛丝德蒙娜与摩尔人奥赛罗相爱,却因为年纪相差太大一直得不到允许,两人只好私下成婚。奥赛罗的手下依阿古则因觊觎奥赛罗的职位,一心想除掉奥赛罗,他先是向黛丝德蒙娜的家人告密,不想促成了他们的婚事。之后,他又想尽方法拆散奥赛罗和黛丝德蒙娜的婚姻。他的诡计便是污蔑奥赛罗的手下凯西奥与黛丝德蒙娜之间有奸情。他先在宴会上命手下灌醉凯西奥之后使其挑衅奥赛罗,让奥赛罗对凯西奥心生厌恶,并撤掉他的职务。之后他又伪装成好人向凯西奥献计,让黛丝德蒙娜从中斡旋,帮助恢复自己的职务。他将奥赛罗引开,让凯西奥与黛丝德蒙娜相见,并在此时引奥赛罗前来,凯西奥惊慌失措逃开,依阿古趁机挑拨,奥赛罗醋意大发,并在依阿古的圈套设计下对妻子的不忠产生怀疑。黛丝德蒙娜不断告诉丈夫,自己绝不会背叛丈夫,奥赛罗却不相信,为了维护所谓的正义和荣誉而把黛丝德蒙娜窒息在床上,他说道:

> 因为我所做的事,都是出于荣誉的观念
> 不是出自猜嫌的私恨。

后来伊阿古的妻子说出了事情的真相,奥瑟罗悔恨莫及,悲愤交集,拔剑自刎于妻子身旁,而依阿古被处决而死。奥赛罗是文艺复兴时代人文主义的理想人物,在他身上既有奇伟骁勇、正直豪迈、光明磊落的优良品性,也有轻信、嫉妒、偏执、凶狠的性格弱点。在剧中,他作为一个军人和将领,英勇豪迈,战功显赫,在爱情和婚姻上,他敢于冲破封建等级制度和门阀观念的层层罗网,置种族歧视和习俗偏见于不顾,赢得了黛丝德蒙娜的芳心。而依阿古则表面一幅正人君子的模样,内心自私狠毒,疯狂追求财富与权势,算得上是文艺复兴时期新产生的社会罪恶的体现者,相比较旧时的封建罪恶的代表人物,具有更大的欺骗性和危害性。作者通过这一悲剧,表彰了反封建的叛逆精神,揭露了资本原始积累时期野心家的丑恶,肯定了人文主义的生活理想。

《罗密欧与朱丽叶》这部爱情悲剧可谓家喻户晓。剧中,罗密欧与朱丽叶在一次宴会上相遇,并一见钟情。然而他们却来自两个敌对的家庭,他们家族间的敌对成为阻挠他们爱情的鸿沟,两个家族在进行无休止的争吵和格斗,他们虽热彼此心里都很难过,但却发誓永远在一起。不久,罗密欧因为误杀了朱丽叶家族中的人,而被终身流放。与此同时,朱丽叶的父亲逼迫女儿嫁给自己安排的年轻人,为了躲过逼婚,朱丽叶听从修道士劳伦斯的计划,服"毒"假死,而身在外地的罗密欧闻讯赶来,在不知朱丽叶假死的情况下,在绝望中服毒自尽。醒来后的朱丽叶看到爱人惨死,伤心不已,也自杀身亡。在这一对爱人死后,朱丽叶与罗密欧的两个家族终于意识到敌对的伤害,故而和好。该剧中的爱情故事不受时空的局限,古今中外有很多类似于男女殉情而亡的事件,莎士比亚将他们搬上舞台,塑造了爱情的"神话原型"。在这个原型中,爱侣双方的专一与忠贞为人们带来了无数的希望,也让人们看到了尽管世事诸多不易,但理想仍有实现的可能。并且,这部剧作一直流传至今,不仅为世人留下了一个广为流传的爱情典型,同时对后世的创作也影响巨大。

莎士比亚的这些悲剧作品相比于其历史剧和喜剧,不仅思想深刻,而且在艺术上也更为成熟,无疑是莎士比亚戏剧的精品。这些作品一直流传至今,并被搬上舞台供世人所欣赏。正应了本·琼生的那句话,"他不属于一个世纪,而属于所有时代"。

三、莎士比亚的喜剧艺术

研究莎士比亚的全部喜剧,就会发现其喜剧最显著的风格则是:有讽刺而不辛辣,充满着温柔亲切的情感;有幽默而不浮华,洋溢着浪漫动人的诗情。

(一)莎士比亚的喜剧创作

莎士比亚的一生共创作了十三部喜剧,可系统的将其戏剧创作分为三个阶段,在第一创作阶段,完成了《错误的喜剧》《驯悍记》《维洛那两绅士》和《爱的徒劳》的创作,艺术上尚在探索试验,思想上也缺乏深度。在第二创作阶段,莎士比亚的喜剧逐渐臻于完美,他最优秀的喜剧作品都产生于这一时期,并且这些戏剧各具特色,其中《仲夏夜之梦》是一部幻想喜剧,《威尼斯商人》则堪称喜剧的楷模,在人物塑造和思想深度上均属上乘。《无事生非》《温莎的风流娘儿们》《皆大欢喜》和《第十二夜》更具有浪漫喜剧和抒情喜剧的特色,气氛欢乐而轻快。第三创作阶段,主要写了他的最后三部喜剧《特洛埃勒斯与克雷雪达》《终成眷属》和《量罪记》,这三部作品写于悲剧创作的全盛时期,含有悲剧的因素,又常常被称为悲喜剧、黑暗喜剧或阴郁的喜剧。

与古典喜剧传统的具有明显的讽刺性,对偏离社会行为规范的人物进行讽刺嘲弄,引起观众的哄笑、思考和判断不同。"莎士比亚的喜剧才华不在于它的讽刺性,他的喜剧是浪漫的。"[①]它发展了由比尔(George Peele,1556—1596)、黎里和格林创立起来的传统。这类喜剧富于抒情诗意和田园牧歌气氛,常着眼于鼓动观众的同情与热情。古典喜剧强调时间与地点的统一,将剧中事件集中于单一地点和特定的一天。莎士比亚的喜剧(除了第一部以外)有意忽略时空统一的原则,善于使用奇特和幻想的创新手法;他的幽默是英国式的,他的场景却往往具有异国他乡的浓郁情调。可以说,典型的莎士比亚喜剧往往有相似的模式:背景设于意大利,剧中有公爵、小丑和女身男扮的主角或者孪生兄妹,经过身份的错位与误解,经历一番曲折离奇的遭遇,最后爱化解了恨,美战胜了恶,于是有情人终成眷属。这些喜剧中往往都有一个光彩照人的女主角,她妩媚聪颖,机敏坚定,真挚善良,是人文主义思想的理想化身。

喜剧作为戏剧的一员,其主要功效是为了娱乐取悦观众,用《皆大欢喜》中的话来说,是为了"使他们忘乎自己",叫"这个日日劳碌的世界"消解为"假日的胡闹"。但是,在喜剧激发的笑声之下往往具有深刻的意蕴。莎翁的喜剧尤其是早期十部喜剧热情讴歌以人文主义道德为基础的爱情和友谊,肯定人的情感欲望和现世的幸福快乐,赞美人的聪明才智,宣扬个性解放,提倡凭借自由的意志选择生活伴侣和生活道路。这些喜剧作品中弥漫着浓郁的浪漫主义气氛和强烈的乐观主义精神,表现了年轻的剧作家对生活的憧憬和对未来的信念。

---

① 贺宁杉:《浅谈莎士比亚十四行诗中的人文主义精神》,贵阳学院学报(社会科学版),2007年第3期。

(二)《威尼斯商人》和喜剧创作盛期

从 1595 年起,莎士比亚的戏剧生涯进入了喜剧创作的辉煌时期。莎翁最著名的是四大喜剧,分别是《威尼斯商人》《第十二夜》《无事生非》《皆大欢喜》。并且这四部剧作均创作于这一时期。

《威尼斯商人》是莎士比亚这四大喜剧中最精彩、最深刻的喜剧。这部作品内容丰富,思想深邃,人物鲜明,笑语迭出,是一部优秀的喜剧。该剧主要讲述了这样一个故事:年轻的巴萨尼奥爱上了富家女鲍细娅。为了娶到爱人,他只好前往自己的朋友——威尼斯商人安东尼奥处借钱。然而这时安东尼奥手里也没有现金,于是就到高利贷借贷者夏洛克那里借钱。夏洛克要求安东尼奥答应,如果不能及时还钱,就需要从他身上割下一磅肉来偿还。安东尼奥答应了夏洛克的要求,并签署了文件。然而不幸很快到来,安东尼奥的船只在海上沉没,他不能按时还款,于是陷入了割肉赔偿的境地。就在法庭审判的关键时刻鲍细娅乔装成律师突然现身,她指出,当时签署的文件并没有关于流血的条款,所以夏洛克割下的一磅肉,重量一定要准确无误,而且不能见血,否则夏洛克就要受到法律的严厉制裁。就这样,夏洛克的阴谋被挫败,安东尼奥也获救了。之后,夏洛克被指责阴谋迫害威尼斯人,因而被判失去全部财产,其中一半归国库,一半给安东尼奥。然而安东尼奥却没有要这一半的财产,而将其转赠给了夏洛克逃走的女儿杰茜卡。

在这部剧中,莎士比亚用浓墨重彩描绘了夏洛克这个栩栩如生的艺术形象。夏洛克是个唯利是图、爱财如命的拜金主义者。莎士比亚憎恶夏洛克的贪婪与残忍,但对他作为饱受凌辱与迫害的犹太民族的一员又不免同情,伸张不平。莎士比亚着力美化、热情讴歌的形象是鲍细娅。她不仅美丽、聪明,同时也勇敢、机智,在她身上寄托着人文主义者对新女性的理想,她代表了文艺复兴时期富有生命力的女性人物。被人们亲切地称为"可爱而奇特的女性"。

此外,莎士比亚在喜剧创作盛期还完成了《无事生非》《皆大欢喜》和《第十二夜》三部,它们通常被称为快乐的喜剧,都是莎翁创作中较为著称流行的喜剧作品。它们都洋溢着欢乐的气氛,描绘在经历曲折磨难之后爱情的胜利。它们都采用由于孪生、假面和乔装而产生的身份错位,由此引发层出不穷的笑料。这些喜剧还进一步运用多重情节交叉并行,除了主人公的爱情线索外还常伴随着一对甚至多对次要人物的浪漫经历。副线烘托主线,两者相互映衬,生趣盎然。

《无事生非》在欢快喜悦的主调之下也有一层忧郁悲剧的阴影。贵族青年克劳迪奥和公爵女儿希萝的爱情遭受暗算,克劳迪奥在新婚之日怒而出走,希萝蒙受不白之冤。最后真相大白,悔恨不已的克劳迪奥才与佯死复生的希萝重结连理。剧中一对次要线索上的情人机智幽默,经常妙语如珠,令观众捧腹不已,使剧本生色不少。

《皆大欢喜》是一部田园牧歌式的浪漫喜剧,丛林中欢乐友好、自由逍遥的隐居生活与以逆主的宫廷和奥列佛的家宅为代表的明争暗斗、尔虞我诈的文明社会形成了鲜明的对比,自然纯朴的丛林里虽有气候的寒冷,却没有人间的冷酷:

> 吹吧,吹吧,你冬日的寒风,
> 比起人的忘恩负义来
> 你未必算得了冷酷

在《皆大欢喜》中,老公爵被兄弟篡位,率领随从在亚登森林里过着田园牧歌般的流放生活。其女儿罗瑟琳留在宫中与堂妹西莉娅为伴,一日观摔跤角逐,与英俊年少的奥兰多相恋。奥兰多遭新君陷害和其兄奥列佛追杀而亡命林中,幸与老公爵相遇。与此同时,罗瑟琳与西莉娅扮作兄妹也潜逃林中。情痴意迷的奥兰多在树上到处刻写情诗,以寄托对罗瑟琳的相思之苦。女扮男装的罗瑟琳见之大喜,但继续以男扮的身份探其衷肠。一日,奥兰多奋力搏杀毒蛇猛狮,舍生救下追踪而来的兄长奥列佛,终于使后者化恨为爱,弃恶从善。奥兰多流血昏迷,罗瑟琳含泪相认,有情人终成眷属。奥列佛与西莉娅倾心相慕,真诚相爱,也结成夫妻。婚礼的畅饮欢呼声中传来消息说篡位的逆主已幡然醒悟,决定将公爵交还兄长。于是善良与正义终于克服了邪恶与不义,忠诚深挚的爱情取得了圆满的幸福。

延续了莎士比亚喜剧的创作特点,《第十二夜》也是经过身份的错位与误解,经历一番曲折离奇的遭遇,最后爱化解了恨,美战胜了恶,于是有情人终成眷属。在《第十二夜》中,一对孪生兄妹由于相貌酷似,相互难以分辨。两人因海上风浪失散,后分别来到某城,妹妹女扮男装当了公爵的侍童,却要代表她暗中挚爱的公爵去向一位伯爵小姐求婚;伯爵小姐偏偏无情于公爵,因恋上了少年英俊的侍童而误向侍童的孪生哥哥表白爱情。于是经过一系列纠葛、误会和巧合,两对有情人各遂所愿,终成眷属。这部喜剧虽然看似离奇的三角恋爱,却热情地歌颂了人文主义纯洁高尚的理想。剧中的人物肯定人本身的价值和优点,蔑视财富和门第,表现出平等的观念和高尚的品德。他们都能摈弃封建等级制度的桎梏,冲破禁欲主义虚伪的道德枷锁,大胆而热烈地追求自由、幸福和爱情。

与这一时期的浪漫抒情喜剧不同,《温莎的风流娘儿们》是一部以现实生活中的风流趣事为题材的风俗喜剧,它更多的是闹剧和恶作剧。《亨利四世》中的喜剧人物福斯塔夫在温莎小城垂涎于两位有夫之妇的姿色,向她们暗中求情。两位大娘将计就计,假意幽会,使这个春心荡漾的胖子连连受到戏弄,当众出尽洋相。这部奉命而作、仓促而就的作品是莎翁创作中最流于粗俗、缺乏深意的一个剧本。

从《威尼斯商人》到《皆大欢喜》,"莎士比亚成熟的喜剧往往带有忧郁的色彩。"[①]虽然主题欢快,结局圆满,但其中都弥漫着阴谋与罪恶的不祥之音,渗透着悲剧性的忧郁色彩。这也是这反映了莎翁对社会观察的深入和对人生认识的深化,随着他进一步认识生活中的曲折艰难和社会上的卑劣邪恶,初期喜剧那种乐观的信心和明快的气氛中逐渐增添了对人生的思考和对生活的思辨。对理想与现实之间的矛盾的观察与认识使莎士比亚的喜剧创作包含着哲学的深刻性和复杂性。

总之,无论是莎士比亚的悲剧,还是他的喜剧,抑或是他的历史剧。这些戏剧都具有永世不朽的价值与意义。如今,世界上几乎没有一个国家没有上演过莎士比亚的戏剧,他的剧本也几乎被翻译成了每一种主要的语言而流行全球。全人类都能从他的戏剧中得到思想上的启迪、精神上的感悟与艺术上的享受。由此可见,莎士比亚是当之无愧的戏剧大师。

---

① 杨周翰等:《欧洲文学史》,北京:人民文学出版社,1979年,第173页。

第四章 内战和王朝复辟时期的英国文学

1603 年,伊丽莎白女王去世,她的继任者詹姆斯一世平安地接过王位。但是,女王毕竟已经从政坛消失,这对国家生活的各个领域都产生着影响。各种离心力量又在缓缓抬头,教派间的争斗重新浮出台面,王室和议会之间的权力较量愈加明显和严重,最终导致 1642—1649 年间的内战。战争以克伦威尔领导的革命军胜利而告终,这便是英国历史上的资产阶级革命。革命后不久,资产阶级革命阵营内出现分裂。1660 年,王朝复辟。1688 年,新教派的政治领袖发动"光荣革命"。各派政治理论达成妥协,君主立宪制得以确立。总的来说,17 世纪是英国历史上最为动荡的时期,社会生活的各个方面都经历巨变,尤其是 17 世纪初,文学内容表现出明显的不同,但从精神层面上看,伊丽莎白时期的浪漫主义精神贯穿在这个时期的作品中。17 世纪后期,有些人开始回顾前面一个世纪以来的文学创作,觉得感情发溢多了些,而理性少了些。于是,约翰·德莱顿(John Dryden,1631—1700)最先发起了对英国文学进行规范化的章法调理进程。德莱顿几乎涉足了他那个时代所有的文学方面,因推崇古典主义而闻名于世,其影响力之大,以至于其所在的时代被称为"德莱顿时代"。这个时期,诗坛中的玄学派诗歌、清教徒资产阶级革命诗歌引人瞩目;而散文作为文学的一个独立体裁正式出现,同时也兴起了政论散文。在一批酷爱散文文学的人文主义者的共同努力下,具有小说特征的"性格特写"成为一种新的文学体裁,常见于短小精悍、笔力雄健的散文之中。而实际上,更具小说特征的还是约翰·班扬(John Bunyan,1628—1688)的寓言故事《天路历程》,其和"性格特写"在英国文学史上具有鲜明的过渡特点。在剧坛,颇有争议的剧种——风俗喜剧发展达到了全盛。总的看来,内战和王朝复辟时期的英国文坛出现的作家很多,但巨擘很少。

第一节 "德莱顿时代"的古典主义

约翰·德莱顿(John Dryden,1631—1700)一生才华横溢,著作颇丰,是 17 世纪英国文坛的风云人物。他的一言一行都对那个时代的文学创作产生着举足轻重的影响,因此他所在的时代也被称作"德莱顿时代"。在内战和王朝复辟时期,他成功地借用古希腊罗马时期古典文学中的要素对伊丽莎白时代毫无章法的、绚丽的语言进行了删繁就简的改造,把它变成了一种冷峻、明晰、朴素、自然的创作语言,由此开创了在 18 世纪文学创作中一统天下的新古典主义。正是他使得英雄双行体(抑扬格五音步的双行押韵诗)几乎成为唯一一种可以接受的诗歌创作形式,为亚历山大·蒲柏在文坛的崛起奠定了基础。他在《论戏剧体诗》等阐述了古典主义法则。实际上,比德莱顿稍早的埃德蒙·沃勒（Edmund Waller，1606—1687）就已经把英雄双行体引入英语诗歌创作，规范诗歌语句和用词，使用响亮的韵脚，强调智慧和客观性。此外，查尔斯·塞德雷（Sir Charles Sedley，1639—1701）、约翰·德纳姆（John Denham，1615—1669）等人的诗歌风格也十分典雅、清爽。

一、德莱顿的古典主义实践及其论说

约翰·德莱顿是斯图亚特王朝复辟时期英国文坛的桂冠诗人、剧作家和批评家。他站在保守立场上写了大量的政治诗歌和戏剧，以适应复辟王朝的需要。在戏剧上，德莱顿模仿西欧各国戏剧的范例，创作出了"英雄剧"。这些剧多以爱情和荣誉为题材，剧中人多是一些理想化的上流社会的贵妇人和骑士等，借以描写理想化的封建君主制。"英雄剧"曾以矫揉造作、铺张浮夸而名噪一时。德莱顿在英国文学批评上也颇有建树，他在理论著作《论剧体诗》（1668）以及许多作品的序言中，阐述了自己的文学见解，主张文学形式的完美，强调理性和规律，尤其是悲剧中的"三一律"，并推崇古希腊、罗马文学，他由此被认为是英国古典主义的奠基人之一。

德莱顿出生于一个相当富足的乡村家庭，1650 年进入剑桥三一学院，学习古典作品、修辞和数学。1654 年，他以优异成绩取得学士学位。在克伦威尔执政期间，他来到伦敦，经人介绍到当时的国务大臣手下工作。1658 年，克伦威尔去世，德莱顿不久即发表他的第一部力作《英雄诗章》（1658），歌颂克伦威尔的功绩，哀悼他的逝世。1660 年，政治风云突变，查理二世归来，君主制复辟，德莱顿又创作了《正义归来》，为君主制唱赞歌。王朝复辟之后，德莱顿迅速确立了自己在诗歌和文学批评上的领袖地位，开始效忠新政权。除了《正义归来》，他为了表示对复辟的欢迎又相继写了《献给神圣的陛下：贺国王加冕》（1662）和《致大法官》（1662）。随着清教政权的垮台，关闭剧院的禁令也不复存在，德莱顿开始投身戏剧创作。从 1668 年起，他签约为"国王剧团"每年写三部戏剧。很快，他成为"复辟喜剧"的主将，他最有名的喜剧作品是《时髦婚姻》（1672）。当时，他在悲剧方面也独领风骚，代表作品是《一切为了爱》（1678）。德莱顿从来都没有满意过自己的戏剧创作，因此尝试诗歌创作。1667 年，他写出了长诗《神奇的年代》，描写 1666 年英国在对荷兰的海战中取得的重大胜利和同年发生的伦敦大火。1668 年，他用对话体写成《论戏剧诗》，为自己的文学创作实践进行辩护。1675 年，德莱顿创作了英雄剧《奥荣·泽比》，在引言中他反对在严肃的戏剧创作中使用韵律。第二年，他的剧作《一切为了爱》就是用无韵诗写成的。担当"桂冠诗人"期间，德莱顿迎来了自己一生中最大的成就：讽刺诗。他的模仿史诗《莫克弗莱克诺》意在攻击剧作家托马斯·沙德韦尔。这部作品不仅使描写对象以出人意料的方式显得十分重要，而且使得荒诞可笑的事物成为诗歌创作的材料。在随后的两部作品《押沙龙和阿克托菲尔》（1681）和《勋章》（1682）中，德莱顿延续了这种讽刺风格。1688 年光荣革命之后，德莱顿拒绝表示效忠新国王威廉公爵，结果被剥夺了所有职位和年金，从此他只有以写作、翻译为生。

（一）戏剧创作中的古典主义实践

德莱顿一生创作、改编了约 31 部戏剧，大体上可以归为悲剧、喜剧和悲喜剧以及歌剧。《疯狂的盖兰特》（1663）是德莱顿最早的戏剧作品，也是复辟时期的喜剧之一。这是一部性情喜剧，用散文写成，是典型的模仿之作，但首次上演即以失败告终。第二年，他的悲喜剧《情敌》（1664）大获成功。在此后的 20 年里，德莱顿相继创作了喜剧《一夜之爱情》（1668）、《时髦女士》（1668）、

《时髦婚姻》(1672)等,这些喜剧大多十分粗俗。德莱顿的早期英雄悲剧采用押韵的双行体写成,辞藻过分华丽。这类作品包括:类似于歌剧的《印第安女王》(1664,与他人合写),该剧采用了当时的作曲家亨利·普赛尔最有名的乐曲;《印第安皇帝,或者,征服墨西哥》(1665)、《格拉纳达的征服》(1670)。德莱顿晚期的悲剧作品多采用无韵体。其中古典主义悲剧《一切为了爱》(1678)被认为是他最优秀的作品和复辟时期悲剧的代表作品之一,也是德莱顿对自己的创作观的最佳诠释。

德莱顿在戏剧方面的重要贡献就是在王朝复辟时期开创了英雄诗剧或英雄悲剧,这个剧种以塑造为荣誉和义务而牺牲情欲的悲剧英雄为主。英雄诗剧以法国古典主义悲剧为蓝本,法国剧作家高乃依的代表作五幕诗剧《熙德》更是德莱顿等英国剧作家的楷模。英雄诗剧严格遵循古典主义的三一律,全剧用双韵体写成,即每两行押一韵,一行一断句,这种诗体最早出现在乔叟的诗中,在王朝复辟时期又经过德莱顿的改进,最后于18世纪初由蒲柏精雕细刻,成为1660年至18世纪末统治英国诗坛的主要诗体。在德莱顿推出第一个英雄诗剧《印第安女王》之前,德莱顿就开始为这一剧种制造舆论。在为《情敌》所写的献辞中,德莱顿第一次明确表示了他对双韵诗体的钟爱:

> 韵律通过声音的共鸣把记忆编织到了一起,只要记住一行中的最后一个词就常常能够回忆起两行诗句。在快速辩论时——剧中论理的场景中经常有这种情况——韵律是如此优雅,又与场景显得那样贴切,以至于漂亮的回答和优美的韵律更把两者的妙处衬托了出来。但是,我认为韵律的最大益处——因为我很少看到这种结果——是束缚和限制想象力。因为诗人的想象力常常失去控制,无章可循,就像一只高级的猿,需要在腿上绑上坠子,以免它超越判断能力。

德莱顿在这段话里提到的韵律有助于记忆,是针对演员而言的。这在当时很重要。由于观众的面窄小,每个剧的重复率很低,演员不得不经常熟记新剧的台词。同时,双韵诗体也为诗剧中采用排比句和对偶句创造了条件,而在这段话的最后提及的韵律能够规范诗人的想象力这一点,则是德莱顿戏剧思想的很重要的一个方面,因为在其他场合,他也多次强调诗人的判断力、自控能力的重要性。德莱顿有关英雄诗剧的理论在他的有些剧作中体现得比较充分,其中最典型的例子是《格拉纳达的征服》。

《格拉纳达的征服》是一部史诗性的作品,分上下两部,共由十幕组成。全剧以格拉纳达皈依基督教为主线。主人公阿尔曼佐虽然出身并不高贵,但他英勇善战,在众将领中有威望。在第一部分里,格拉纳达的两大派别——阿文塞拉赫斯族和塞格里斯族——又一次发生争斗,此时国王博阿迪林的调解没有产生任何作用,只有阿尔曼佐的几声怒吼暂时把敌对的双方压了下去。在紧随其后抗击西班牙人的战斗中,阿尔曼佐的勇武又一次使众人折服。国王的弟弟阿布达拉受女友林达拉哈的唆使,发起了宫廷政变,篡夺了哥哥博阿迪林的王位。在这次宫廷政变中,由于国王博阿迪林拒绝了阿尔曼佐提出的释放被俘的西班牙将领阿科斯公爵的请求,阿尔曼佐也加入了叛军的行列,使得阿布达拉最终成为新国王。新国王阿布达拉忘恩负义,驳回了在宫廷政变中起了关键作用的阿尔曼佐提出的请求:将王后阿尔马伊达许配给阿尔曼佐。一怒之下,阿尔曼佐找到了流亡在外的博阿迪林,表示愿助他一臂之力夺回王位,但条件是王后阿尔马伊达要许配给他,作为答谢。阿尔曼佐率领的大军很快击垮了阿布达拉的军队,溃逃中的阿布达拉又遭女友抛弃,落了个全军覆没的下场。当阿尔曼佐将王后带到恢复了王位的博阿迪林的面前时,他的要求又一次遭到了拒绝,并被投入监狱。由于王后的坚持,他才幸免一死,而被赶出国门。在第二部分格拉纳达又面临新的挑战:城外有西班牙国王费迪南德和王后伊莎贝拉所率领的数万大军,城内也是危机四伏。两大派别都要求国王在两者之间作一抉择:或者召回阿尔曼佐或者弃城投降。应丈夫的请求,阿尔马伊达派人去请阿尔曼佐,没想到这一举动竟使国王醋劲儿大发。由于嫉妒,国王拒绝在战斗中接应阿尔曼佐,结果他自己也被西班牙军队抓获,只是通过交换战俘才回到了格拉纳达。经过种种磨难,阿尔马伊达更看清了自己丈夫的真面目,终于下决心与他离婚。阿尔曼佐一直战斗到最后,只是因为他听到一种来自天堂的呼唤,制止他杀死西班牙名将阿科斯公爵,他才放下武器,束手就擒。结果,阿科斯公爵被证实是阿尔曼佐的父亲。阿尔曼佐和阿尔马伊达都同意信奉基督教,阿尔马伊达得到了王位。作为君主国,西班牙王后命令她服丧期满后与阿尔曼佐结婚。

　　显然,阿尔曼佐是德莱顿刻意塑造的英雄。在剧作家的心目中,阿尔曼佐是自由的化身。第一幕第一场中,阿尔曼佐反驳国王博阿迪林的一段话就点出了这一主题:

> 没有任何人比我更不顾及生命。
> 但你从哪里获得赐我一死的权利,
> 如同臣民服从君主的旨意?
> 你要知道,只有我自己才是我的国王。
> 卑鄙的奴役制开始之前,
> 我就像大自然初创人类时一样自由自在,
> 那时,品格高尚但尚未开化的原始人
> 在森林中狂奔乱跑。

　　阿尔曼佐不承认任何君主或国家对他有束缚力,也不认为他应该对任何法规条文负责。对他唯一有约束力的是他自己心目中的一种正义感,而它的基础则是友情。

　　德莱顿坦言,他塑造的主人公并不是一个十全十美的人;相反地,他具有普通人共有的许多弱点:"他直率、坦诚";"很容易原谅被他征服了的敌手,并在他们处于逆境时保护他们";"而更重要的则是他对友情的不可动摇的信念"。但是,正是这样一个角色才更贴近生活,更贴近人类的本性,更容易被德莱顿的同代人所接受。《格拉纳达的征服》确实给德莱顿带来了他渴望得到的掌声、喝彩和荣誉。然而,德莱顿的同代人中也不是人人都欣赏英雄诗剧。即使在它的鼎盛时期,对这一剧种的批评也常常可以听到,其中最著名的就是由国王剧团于1671年上演的一出模仿滑稽剧《彩排》。在这出剧中,德莱顿被丑化为贝斯,一个自负、擅长英雄诗剧的诗人。贝斯把两位绅士带到剧场,来观看他新写的一出剧的彩排,并向他的两位朋友讲解英雄诗剧的特点和长处。贝斯的许多台词是德莱顿所写的英雄诗剧的混合物,甚至连贝斯的语气和服装也模仿了德莱顿。

　　除了几出近乎闹剧的喜剧外(主要包括《疯狂的豪侠》《马丁·马瑞奥爵士》等),德莱顿的大多数喜剧都以西班牙、西西里和意大利的宫廷为背景。在同代人的眼中,这几处宫廷都以政局变化无常、贵族生活风流放荡而闻名,这些都为弗莱彻式的悲喜剧提供了极好的条件。虽然《时髦婚姻》于1673年出版时在剧名中注明是一个喜剧,但是,其中的主副线情节、既严肃又诙谐的气氛使其更接近尼达在《论戏剧诗》中极力推崇的弗莱彻式的悲喜剧的模式。故事发生在西西里,第一幕第一场开头的几句歌词似乎就为全剧确定了一个基调:

当感情已经变质淡忘，

为什么我们还要用一个

很久前立下的愚蠢的婚约，

把现在的我们捆绑在一起？

过去我们尽可能维系我们之间的爱情，

直到这种感情在我们双方都已耗尽；

肉体上的享乐最初使我们立下海誓山盟，

但当这种乐趣消失时，

我们的婚姻也走向了死亡。

如果我在一个朋友身上找到乐趣，

进而引发出了爱情，

那么，欢乐已尽、再也无法给予我情趣的他

又有什么过错？

如果他嫉妒我，或我阻止他与别人接触，

那是愚蠢的。

当我们谁也无法阻止对方，

我们得到的只能是带给双方的痛苦。

　　剧中的主线情节涉及了王位之争、出生之谜等严肃的主题；在他人的帮助下，科奥尼达斯最终弄清了自己王子的身份，推翻了篡权的波利达莫斯，恢复了西西里的王位。而副线情节则主要围绕着两对寻欢作乐的年轻人——罗德菲尔和梅兰瑟，帕拉米德和多拉丽斯。结婚一年之后，罗德菲尔把注意力转向梅兰瑟，而遵循父命即将与梅兰瑟成婚的帕拉米德则爱上了他的朋友罗德菲尔的妻子多拉丽斯。为了实现这种新的"组合"，两对年轻人真是绞尽了脑汁。然而，主副线情节在剧中交叉展开，又给这两位年轻的骑士一个机会，来证明他们并非游手好闲之辈，在关键时刻他们还会挺身而出，履行骑士的义务。

　　《一切为了爱情》大概是 20 世纪读者最熟悉的一个德莱顿的悲剧，也是德莱顿数年后承认他唯一为自己而创作的剧目。该剧模仿莎士比亚的创作风格，对莎翁的剧作《安东尼与克里奥帕特拉》进行改编，严格按照古典主义"三一律"写成，在时间、地点和戏剧情节上高度地统一。此外，读者还可以明显地感到弥尔顿（John Milton, 1608—1674）和法国戏剧对《一切为了爱情》的影响。在德莱顿的剧中，看不到宏大壮观的战争场面；相关的历史事件仅仅是一种陪衬，全剧的背景；有名有姓的角色从莎士比亚剧中的 34 个压缩到了 10 个；德莱顿还把安东尼的妻子、他的对手恺撒的寡姐奥克泰维娅从罗马移到了受围困的亚历山大。德莱顿如此严格地遵循三一律无非是想把他的读者和观众的注意力全部集中到这一对主人公身上，特别是属于他们两个人的感情世界之中。应该承认，德莱顿的悲剧比莎士比亚的原剧有着更强的艺术感染力。这部悲剧的男主人公是罗马三执政之一安东尼，女主人公则是埃及艳后克里奥帕特拉。德莱顿在剧中尽情书写了两人的爱情故事。安东尼因为见不到克里奥帕特拉而痛苦万分、寻死觅活，置江山社稷于不顾。德莱顿对于剧中人物的安排表明了他对这一轰轰烈烈的旷世爱情的道德取舍。在他看来，安东尼身为执政官，不应该为儿女私情抛国家大事，因此安排了作为"理智"代言人的文狄蒂厄斯将军与安东尼一起搭档出场。在剧中，文狄蒂厄斯将军一直都是道德和理智的化身。他重视荣誉,不停地鼓动、劝说安东尼放弃这场爱情,"起来,起来,为了荣誉";他事事以国家的利益为重,千方百计、不顾性命地阻止安东尼与克里奥帕特拉相见。安东尼与克里奥帕特拉的爱情故事悲壮凄惨、感天动地。一个为了爱情抛弃妻子,号令三军进行战斗,最后殉情自杀。另一个为了心上人抛弃荣华富贵,最终也为爱而亡。他们为了一份爱情弃绝了荣誉和生命,这显然是有悖于德莱顿所处时代的精神和道德规范的。对此,德莱顿似乎很清楚《一切为了爱》所涉及的道德问题。在他为《一切为了爱情》所写的冗长的序言的开头,他就明确地指出:"我毫不怀疑我们(指记述这对情人的作家)之中的绝大多数人都有一个相同的动机,我指的是品行的美德,因为,作品中刻画的主要人物是著名的婚外恋的代表,而他们的结局也是很不幸的。"也就是说,虽然德莱顿虽然安排了道德、理智的说教者,但最终还是让主人公为爱而亡。这就是德莱顿对荣誉与爱情矛盾的态度。在德莱顿看来,罗马帝国的荣耀显然不是一种值得追求的理想,他笔下的主人公为了爱情,可以把一切——包括自己的生命一都抛到脑后。然而,道德问题绝对不是《一切为了爱情》的中心议题。剧中的主人公是一对崇高而又悲壮的情人,读者对他们命运的同情,实质上出自对他们为了爱情敢于牺牲一切的这种忘我精神的崇敬之情。正如全剧的副标题所说的,为此而失去这个世界是完全值得的。安东尼和克里奥帕特拉之间的爱情并不是一般婚外恋人之间的偷情,而是如《格拉纳达的征服》第二部分第一幕第一场中伊莎贝拉王后所说的:

> 爱情是一种崇高的激情,
> 在卑鄙堕落的心中无容身之地;
> 它能点燃灵魂中荣誉之火,
> 使情人和他的欲望相配。

这种"崇高的激情"正是全剧的中心所在。

《一切为了爱情》中的几段对白已经成了千古传诵的佳句。第五幕第一场中,克里奥帕特拉假死的消息使安东尼感到心灰意懒,他要求部下将领文提狄斯帮他结束生命,遭拒绝后安东尼伏剑倒地。闻讯赶来的克里奥帕特拉把她的情人搂在怀里:

> 不要难过,你坚持到了
> 我最后这一灾难的时刻。
> 想想我们有过的晴朗灿烂的日子,
> 上帝仁慈地把风暴推迟到夜色降临之后。
> 十年的爱,我们没虚度其中的一分一秒,
> 一切都升华为最大限度的欢乐。
> 我们在一起生活了多长时间?
> 而现在当我们离开这个世界的时候,
> 我们仍属于对方,就这样告别人世。
> 当我们手拉着手在冥府的树丛中漫步时,
> 一群群情侣化作的精灵将簇拥着,
> 追随在我们的身旁。

几分钟以后,当恺撒的军队已经逼近王宫,悲痛欲绝的克里奥帕特拉毫不犹豫地拿出了早已

准备好的毒蛇：

> 死神，在我的血管里我已感觉到了你的降临，
>
> 我渴望离开尘世去寻找我的夫君，
>
> 这样我们很快又会相见。
>
> 一种强烈的麻木慢慢从四肢升起，
>
> 现在进入了我的大脑；我的眼皮垂了下来，
>
> 我心爱的人消失在薄雾之中。
>
> 我能在哪里找到他呢？在哪里？
>
> 来，把我转过来面对着他，放到他的胸口！
>
> 恺撒，你有本事都拿出来呀，
>
> 想把我们分开，那你就试试看吧。

　　这样一对成年情人的悲壮结局似乎比罗密欧与朱丽叶那种少男少女的爱情悲剧更有深度，也更有艺术感染力。正如全剧结尾时所说的，"没有任何一对情侣像他们活得那样完美，死得那样悲壮"。

　　在各种剧作中，悲剧最能代表德莱顿本人以及那个时代戏剧创作的最高成就。他的悲剧创作有一个固定的模式：时间、场景的安排遵循古典主义的"三一律"；在戏剧对白中运用英雄双行体；剧情安排上，德莱顿在自己的悲剧中"总是会让两个女人爱上一个男人，或两个男人爱上一个女人……这样便会有机会让爱和荣誉相争斗……（然后）必须有一个英雄同全世界来战斗……打败他们，如果有必要的话，也让一半的天神加入这场争斗"[1]。这种典型的模式化倾向反映了德莱顿对人物的道德伦理关系及其道德价值取向的重视。但是，由于德莱顿主要为迎合以国王为首的宫廷贵族的口味，他的剧作往往缺乏深度和真情实感。

（二）诗歌创作中的古典主义实践

　　德莱顿创作了大量诗歌，尤以颂诗和政治讽刺诗而闻名，主要作品如前文述及的《英雄诗章》《神奇的年代》，还有《俗人的信仰》《鹿与豹》《圣·赛西里亚日颂歌》《押沙龙和阿克托菲尔》等。《英雄诗章》是德莱顿的第一部重要作品，主要是歌颂克伦威尔的功绩。诗歌流畅而有力，虽为颂扬之作却丝毫不给人以屈膝逢迎之感。文章既没有攻击王权，也不涉及克伦威尔的宗教信仰。《神奇的年代》共304节，它以历史事件为题材，描写的是发生在1666年的两件大事：英国海军击败荷兰和伦敦大火。该诗采用五音步四行诗节，内容冗长，主要是歌功颂德。《俗人的信仰》共456行，采用英雄双行体写成。在这首诗中，德莱顿坦率地分析了当时的主要宗教问题。从题目上看，该作品似乎是一本个人信仰方面的自白书，但实际上德莱顿审视了英国的主要宗教流派，并清楚表达了他信奉英国国教的观点。《鹿与豹》共有三部分：第一部分采用寓言方式描述了英国国内的各个教派；第二部分用雌鹿代表天主教，用豹子代表英国国教，描写二者之间的论战；第三部分继续这二者之间的对话，并展开德莱顿个人的宗教讽刺。德莱顿高明之处在于成功运用妙趣横生的诗行进行论证和说理。该诗尤其值得注意的地方是第二部分的第499~555行和第

---

[1]　乔国强：《作为批评家和戏剧家的屈莱顿》，外语研究，2005年第4期。

三部分的第 235～250 行,前者描写了英国国教的权威和基础,后者描写了德莱顿自己的选择。《圣·赛西里亚日颂歌》是德莱顿为庆祝圣·赛西里亚日而创作的。圣·赛西里亚是基督徒殉道者,也是人们心中所崇拜的音乐的守护者。传统上,英国人以乐曲的方式纪念这一节日。德莱顿的这首颂诗就是为 1687 年的纪念活动而写的。它优美无比,先后被 17 和 18 世纪的两位著名音乐家谱成曲子传唱。在这首颂歌中,德莱顿写道:音乐从混沌之中创造了整个世界,天籁之音创造了整个宇宙;从最高音阶到最低音阶的音律代表着伟大的造物之链,人是这一链条上最后的造物;音乐能唤醒人们身上的各种感情;圣·赛西里亚的音乐恰如天籁之音,引得各位天使也不知不觉从天上来到人间。这比起希腊神话中奥菲士(诗人和歌手,善弹竖琴,弹奏时猛兽俯首,顽石点头)的音乐可以说有过之而无不及。

德莱顿最好的政治讽刺诗《押沙龙和阿克托菲尔》采用英雄双行体,引入《圣经》人物和故事来嘲笑辉格党企图立蒙玛姆斯公爵为查理二世继承人的做法。该诗由两部分构成,第一部分于 1681 年问世,由德莱顿执笔;第二部分发表于 1682 年,除了几段文字之外,其余文字很可能是一个叫那哈姆·泰特的人写的。该诗是个寓言,借用押沙龙反对大卫王的《圣经》典故来书写蒙玛姆斯反叛(1685)、天主教阴谋(1678)和驱逐危机等当时的政治事件。押沙龙造反的故事见于《圣经·旧约》第十四和十五章。大卫王英俊的儿子押沙龙为夺取王位起兵谋反,父子展开激战,押沙龙战败身死,他的谋士阿克托菲尔自杀身亡。1681 年的英国,查理二世年事已高且健康堪忧。他早年风流成性,留下很多私生子,其中之一就是颇具个人魅力而且热衷于新教的蒙玛姆斯公爵詹姆斯·斯科特。查理二世没有合法的继承人,他的弟弟即后来的詹姆斯二世又有信仰天主教的嫌疑,下议院十分害怕他继承王位。夏夫兹伯里伯爵提前发起并积极主张通过《驱逐法案》,但是该法案两次在上议院受阻。1681 年春天,夏夫兹伯里请求查理二世将蒙玛姆斯的身份合法化。与此同时,蒙玛姆斯准备篡位被人发现,夏夫兹伯里也涉嫌策划谋反,不久被捕,但随后陪审团将他无罪释放。查理二世死后,蒙玛姆斯公爵看到无望继承王位,又不愿看到叔叔詹姆斯荣登宝座,就开始谋反,但很快被镇压并于 1685 年被处以死刑。德莱顿的诗歌就讲述了最初的骚乱,将蒙玛姆斯比作押沙龙,查理二世比作大卫王,夏夫兹伯里比作阿克托菲尔,将白金汉(德莱顿的宿敌)塑造成不忠的仆人泽姆瑞。该诗将谋反的主要责任归在夏夫兹伯里身上,将查理二世刻画成忠诚可敬之士。

德莱顿虽然在政治和宗教上摇摆不定,但他的诗歌以及整个文学成就还是得到了同时代人以及后人的认可。德莱顿通过创作讽刺诗、颂诗和宗教诗等确立了一种标准的诗歌形式——雌雄双行体,这无疑为 18 世纪的蒲柏等人的诗歌创作奠定了坚实的基础。萨缪尔·约翰逊这样评价德莱顿:"通过他,我们被教会自然地思考和有力地表达。"[①]T. S. 艾略特这样评价他的诗歌:"德莱顿在英国文学中的地位是独一无二的。他远不如莎士比亚,甚至也不如弥尔顿……但是,他有一种莎士比亚和弥尔顿都没有的重要性——他的影响的重要性。"[②]

(三)文学批评中的古典主义论说

德莱顿是一位新古典主义批评家,他的批评理论散见于他为自己的剧作所写的开场白和闭幕词中。这种做法既起到了为自己的作品辩护以避免观众误解的作用,又给后人留下了宝贵的

---

① 乔国强:《作为批评家和戏剧家的屈莱顿》,外语研究,2005 年第 4 期。

② 同上。

批评资料。德莱顿的主要批评思想集中在《论戏剧诗》里。这部批评著作采用对话体进行论述，对话在虚拟的四位批评家（代表当时的四种批评声音）之间展开，探讨了戏剧创作的五大问题：古今之争、"三一律"、英法戏剧之争、悲剧和喜剧与悲喜剧之区分、韵律在戏剧中的使用。第一位批评家是尤吉利亚斯，他坚持认为今胜于古，今人能借鉴前人的经验和教训，所以能超越他们。第二位批评家是克里提兹，他厚古薄今，认为古人创立了"三一律"，现在的剧作家，包括饱受尊重的法国戏剧家们，都只是循规蹈矩而已，甚至最伟大的剧作家本·琼生也是谨遵"三一律"，效仿古人。第三位批评家是里希迪斯，他认为法国戏剧胜于英国戏剧，因为法国剧作家将喜剧和悲剧严格分开，同时觉得英国的悲喜剧创作实属荒唐之举。第四位批评家是尼安达，人们普遍认为他是德莱顿的化身。尼安达推崇今人，而且不贬低古人，推崇英国戏剧，对法国戏剧颇有微词。他说，法国戏剧之美实际上是雕像之美，而绝非活人之美，意指法国戏剧创作过于教条，缺乏生活气息。尼安达还批评法国戏剧情节过于单一，内容过于单薄，视野狭窄，缺乏想象力。这里需要说明的是，德莱顿本人比较喜欢法国戏剧，他在这里只是采取评判性接受的态度，为英国戏剧的发展做铺垫性工作。在探讨悲剧、喜剧与悲喜剧的关系时，德莱顿的化身尼安达这样为悲喜剧辩护：相反的因素放在一起可以互相激发，太浓的悲剧意味容易让人太过悲伤，有时也需要调节一下，悲喜剧通过悲剧因素和喜剧因素的对比可以加强效果。他还说，英国戏剧家创立和完善了悲喜剧，将其打造成一种更令人愉悦的舞台艺术。此外，德莱顿又借第二位批评家克里提兹之口反对戏剧创作中使用韵律，认为生活中人们讲话都不特意使用韵律，舞台上的人物也应如此，主张采用更接近生活自然状态的无韵体进行戏剧创作。

德莱顿是 17 世纪后半期的文坛霸主，他的文学批评帮助确立了英国文学批评的基本原则和品味，其基本内容如下：天主教的欣赏品味，平衡的原则，注重文本分析，反对抽象的理论阐述，重视才学和深刻的思想以及比较分析，聚焦于兴趣点，反对泛泛而谈，主张表达个人见解，反对系统阐述，提倡简洁而明晰的文体。在德莱顿之后，这些见解和主张得以在英国文学批评中延续下来。他对某些作家——比如乔叟和莎士比亚——的评论至今仍得到人们的认可。因此，德莱顿享有"英国文学批评之父"的美誉。

二、其他人的古典主义创作

比德莱顿稍早，即内战时期的前后数年内，英国诗坛出现的"保皇派"诗人（如埃德蒙·沃勒、查尔斯·塞德雷、约翰·德纳姆）在诗歌创作方面也具有古典主义特征，风格清爽、典雅，又有些矫揉造作。而比德莱顿稍晚的剧作家威廉·威彻利（William Wycherley，1642—1716）创作的一些戏剧也具有古典主义特征。

埃德蒙·沃勒（Edmund Waller，1606—1687）的诗歌语言流畅，风格典雅。他采用概括性陈述和容易理解的意象，强调通过倒装和对称来限定语句。1645 年他的《诗集》出版，很受欢迎，历经数版。其实，早在《诗集》出版之前，他的许多诗歌就已经在读者中广泛传阅。沃勒的诗歌有一些是带有政治色彩的颂诗。他审时度势，见风使舵。例如，《献给摄政王的颂诗》（1655）赞美了克伦威尔，表明了沃勒的共和思想。在这首诗中，沃勒肯定了克伦威尔政权，称赞该政权使国家结束无政府状态，免于内战之苦。在《关于最新风暴和殿下的死亡》一诗中，沃勒把克伦威尔的死亡比做是创建罗马城的罗穆卢斯国王之死，对他增强国力的功绩予以赞扬。然而，在王政复辟时期，沃勒于 1660 年出版的诗歌《献给国王，在陛下荣归之际》（1660），又对查理二世大加赞美，把查理二世比做希腊神话中独眼巨人库克罗普斯的眼睛，表达英国人民极力要求君主政体复辟的意愿。沃勒诗歌中有一些是献给个人的诗，还有一些是爱情诗。他最著名的诗歌包括献给多萝西·锡德尼的《去吧，可爱的玫瑰》。他的后期作品包括《宗教诗歌》(1685)和《沃勒先生的诗歌的第二部分》(1690)。这些诗歌都反映出沃勒诗歌中的典型性主题和意象。沃勒最大的贡献在于把英雄偶韵诗体引入英语诗歌创作，规范诗歌的语句和用词，使用响亮的韵脚，强调智慧和客观性。在沃勒的努力下，后来又经约翰·德莱顿和亚历山大·蒲伯的改进，这种诗体在英国一度盛行，到17世纪末、18世纪上半叶，成为英国诗歌的主要表现形式。此后，沃勒的声誉逐渐衰落，读者寥寥。今天人们最常读的沃勒的作品为《去吧，可爱的玫瑰》和《腰带赞》。

查尔斯·塞德雷(Sir Charles Sedley,1639—1701)是肯特郡一位男爵的后代，早年曾就读于牛津大学，但未获得学位，后来出任肯特郡新罗姆尼区的议员，活跃于政坛。塞德雷才智过人，浪荡不羁，得宠于查理二世，经常出入宫廷，以在王政复辟时期对文人进行资助而著名。塞德雷作为作家享有一定声誉。他共写了五部戏剧，其中两部悲剧、三部喜剧。较成功的作品为《桑园》(1668)和《贝拉米拉：或情妇》(1687)。《桑园》以莫里哀的《丈夫学堂》(1661)为蓝本，内容涉及爱情、婚姻等。该剧一部分用散文形式写成，一部分用英雄偶韵诗体写成。《贝拉米拉》是一出粗俗喜剧，它是塞德雷最成功的戏剧作品，受到德莱顿的高度评价。该剧以古罗马喜剧作家泰伦斯的《阉奴》为蓝本，勾画出塞德雷所处时代的生活图景，反映了当时人们鲁莽地追求享乐的现实，成功塑造出一个酷似莎士比亚笔下福尔斯塔夫式的人物。

约翰·德纳姆(John Denham,1615—1669)最成功的作品是他的诗歌《库珀山》(1642)。《库珀山》以德纳姆家周围的景致为描写对象，融景物描写与道德反思为一体，表现出诗人的艺术性和深刻的思想。诗人站在库珀山上，极目远眺，周围的一切尽收眼底，就连伦敦的远景和古老的圣保罗教堂也被纳入视野。目光所及，诗人浮想联翩，谈古论今。诗人把喧嚣的城市生活与宁静快活的乡村生活作对比，提到大教堂在查理一世的资助下得到修缮的历史，预言说教堂将永远坚固如初。森林环绕的肥沃山谷使诗人想到关于农牧之神、林中仙女和森林之神的古老故事。诗人在详尽描写狩鹿的经过之后，旁骛笔锋，对当时人们侵犯宗教自由、蚕食修道院的现象进行恰到好处的评论。简练是《库珀山》的最大特点。德纳姆在诗中表现出高贵的气质和典雅的艺术风格。他迎合当时的艺术品位，贴切自然地使用对照和暗喻手法。他的不断出现的对比和偶尔出现的警句，把对周围景物的观察融为一体，使之与内容相得益彰。在诗中，德纳姆也使用了偶句，证明这种形式在当时不是固定的格律形式，而是为了实现简洁和清晰所进行的一种尝试。《库珀山》是一首着重描写的诗作，囊括了英语诗歌中曾出现的所有景致。诗人为景物敷设各种想象的色彩，以期确切地表达自己的思想。诗中出现的高塔、河流、森林、高山的名称都不是特指，而是具有普遍适用的特点，在英国乃至欧洲的任何地方都可以找到这种地方。德纳姆的这一做法并非首创，在前人的诗作中就有过类似的尝试，只是《库珀山》在当时促成了这一风尚的流行。

第二节 "及时行乐"的玄学派诗歌

英国玄学派诗歌是 17 世纪与古典主义文学平行发展的重要的文学倾向和诗歌流派,主要代表人物有约翰·多恩(John Donne,1572—1631)、乔治·赫伯特(George Herbert,1593—1633)、亨利·沃恩(Henry Vaughan,1622—1695)、理查德·克拉肖(Richard Crashaw,1613—1649)、罗伯特·赫里克(Robert Herrick,1591—1674)、托马斯·卡鲁(Thomas Carew,? 1594—1639)、亚伯拉罕·考利(Abraham Cowley,1618—1667)、安德鲁·马韦尔(Andrew Marvell,1621—1678)等诗人。其中有些作家也受到本·琼生的影响,也被列入"琼生之子"一组作家里。他们在政治上效忠于王党王室,其诗歌沿袭了 16 世纪下半叶文艺复兴时期宫廷诗歌中纵情享乐、沉溺声色的传统,他们写战争、爱情、尚武、效忠等内容,反映了当时贵族阶级的情调,既有世故的成分,又不乏天真。他们写诗讲究音调优美,节奏轻快,色调明亮,气氛愉快,"及时行乐"是十分突出的主题。

一、玄学派诗歌的渊源

"玄学派"一词最初来源于 17 世纪诗歌批评家德莱顿评论约翰·多恩的诗歌时所用的词语。德莱顿认为多恩无论在讽刺诗还是爱情诗中都喜欢玩弄玄学,所以他的爱情诗没有专注于爱情,反而展示出玄学的精妙。18 世纪后期的文坛领袖人物塞缪尔·约翰逊在他的《英国诗人传记》里,专辟一章《玄学派诗人》详述这一学派诗歌创作的特点。约翰逊说这些人是才子,他们大量阅读并认真思考,在诗歌里善于炫耀自己的才学。这些人敢于畅想和创新。他们的新奇在于他们构思的独具一格。他们能洞察出相互不和谐的事物之间所存在的内在和谐关系,在诗歌中能运用相互不谐的形象表达思想概念。他们追求奇异效果,必要做到语惊四座。这批诗人擅长运用夸张手法,思想和意象都力求出人意表。玄学派诗歌促使读者思考。约翰逊认为,他们的诗歌缺乏生气和明确的道德观念,他们的诗作中很难有传世之作。约翰逊的这些观点后来得到 19 世纪批评家威廉·哈兹利特的赞同。因此,"玄学"一词成为贬义词,玄学诗在 18 世纪和 19 世纪一直备受冷落。从 20 世纪初年它又开始受人关注。最初由著名学者赫伯特·格里尔森编纂成集,然后有著名诗人 T.S. 艾略特对它产生兴趣,认真介绍和宣扬,使它重见天日。如今这一学派已众所周知,得到了应有的重视,"玄学"这一术语的贬义也已消失,而仅用来指多恩和其他玄学诗人的诗歌。玄学派诗歌对 17 世纪中期以后的"保皇派诗人"产生了相当大的影响。

玄学诗的基本特点是它的"机智"或"奇想"。"奇想",或曰"牵强的比喻"指善于把最不协调的想法硬凑在一起,以给读者留下深刻印象。"奇想"指荒诞的想象,或以奇怪的、天才的、复杂的、多方面的比喻为形式表现出的思维方式。多恩和其他玄学诗人的作品充满这种风马牛不相及的难以想象的意象。他们拒不遵循平常的途径进行交流,而是试图通过完全反常的方式,达到捕捉读者高度注意的艺术效果。玄学派诗人挖空心思跳出规范,寻找独树一帜的表达方式,他们的诗作于是变得艰涩,对读者的智力要求相当高。读者要理解它,就必须尽可能地发挥自己的洞察力和想象力。阅读这些诗歌是一项艰苦的脑力工作,是一场"智慧的搏斗"。所以本·琼生曾预言说,这种诗歌对人们来说太难理解。但是,一旦读懂这些诗歌,感激、喜悦、满足和乐趣等各种心情就会宛如大锅烩,一起涌上心头。

玄学诗的主要特征大部分体现在多恩的作品中。当然,多恩并非创作玄学派诗歌的第一人。在伊丽莎白后期的戏剧和诗歌创作里已经出现这种手法。莎士比亚的十四行诗、本·琼生的诗歌和戏剧、韦伯斯特的剧作以及伊丽莎白的爱情诗歌,都有这种手法的明显表现。

二、玄学派诗歌的"及时行乐"主题阐述

英国玄学派诗人的诗歌题材广泛,内容丰富,主题涉及人生、宗教、爱情、政治、自然、战争、死亡等许多方面。以约翰·多恩和乔治·赫伯特为代表的宗教诗篇、以安德鲁·马韦尔为代表的自然诗篇、以罗伯特·赫里克为代表的"及时行乐"诗篇、以安德鲁·马韦尔和凯瑟琳·菲利普斯为代表的政论诗篇、以爱德华·赫伯特为代表的哲理诗篇、以约翰·多恩和托马斯·卡鲁为代表的爱情诗篇等,都代表着玄学派诗歌的杰出成就,是玄学派诗歌艺术的重要组成部分。然而,相对而言,英国玄学派诗人在"及时行乐"主题、宗教主题、爱情主题,以及揭示女性世界等方面的创作成就最为突出,也最能体现他们的艺术特征和思想意识。这里重点阐述的是"及时行乐"主题。

(一)"及时行乐"主题的演变与发展

自文艺复兴起,体现人文主义思想的"及时行乐"这一主题便在诗歌创作中受到一定的关注。到了 17 世纪,在英国玄学派诗歌中,这一主题更是得到了集中体现,许多诗人为表达这一主题而写下了广泛流传的优秀作品。这一现象与巴洛克文化中的享乐主义思想倾向也是非常吻合的。约翰·多恩、罗伯特·赫里克、托马斯·卡鲁、安德鲁·马韦尔等玄学派诗人在自己的创作中,继承和发扬文艺复兴时期以来的人文主义精神,揭示把握时机、享受生活的重要性,从而突出地表现对生命意义的沉思,以及对处于时间支配下的人类生命的深切感受。

作为文学中的一种典型的创作主题以及文学作品中的所表现的一种思想情感,"及时行乐"不仅较早地出现在人们的视野中,而且在其发展和演变过程中,与欧洲以及世界各个时期的思想思潮有着密不可分的关联,也历来受到西方文学界的关注。

著名诗人 T. S. 艾略特认为:"及时行乐"主题是"欧洲文学中最伟大的传统事物之一"。[①] 更有学者认为:"该主题广泛流传于所有的时代,确实是一个具有普遍意义的概念,反映了人类世界的一个重要的哲学的焦点问题。"[②]

可以说,"及时行乐"这一主题的内涵并不是一般意义上的消极的处世态度,恰恰相反,它是积极的哲理人生的具体反映,甚至超出了文学创作的范围,在人类思想史上的人学与神学、现世主义与来世主义以及封建意识与人文主义思想的冲突中发挥了应有的积极的作用,有着重要的现实意义。

---

① T. S. Eliot. *Selected Essays*. New York: Harcourt, Brace and World. Inc. ,1960,p253.

② Diane Hartunian. *La Celestina : A Feminist Reading of the Carpe Diem*, Maryland: Scripta Humanistica. 1992,p5.

　　这里所论及的"及时行乐",源自拉丁语"carpe diem",英语通译为"seize the day"(直译应为:"捉住这一天")。古罗马文学中的贺拉斯最早使用了"carpe diem"这一术语,但他并不是最早表现这一思想的诗人。实际上,这一主题思想的出现,比贺拉斯所创作的《颂歌》还要早得多。例如,公元前3世纪的莱昂尼达斯在自己的作品中就典型地表现了这一主题:"应当明晓:你生来是个凡人,/鼓起勇气,在欢宴中获取快乐。/一旦死去,再也没有你的任何享受。"然而,对后世的诗歌创作产生重大影响的,还是贺拉斯的"及时行乐"。其中影响最深的,是文艺复兴时期的诗歌以及17世纪的玄学派诗歌。

　　文艺复兴时期的作家以人文主义思想为旗帜,复兴古代文化,反对封建和神权,因此,以体现现世生活意义的贺拉斯的"及时行乐"的主题思想也在经过漫长的中世纪之后,重新得以重视。莎士比亚、龙萨等文艺复兴时期的人文主义作家创作了不少这一主题的诗作。他们在诗中表现出抛开天国的幻想,追求现世生活,享受现世爱情的人文主义思想。而在17世纪的一些具有玄学派艺术特征的诗歌中,"及时行乐"的主题更是得到了相当集中的表现。英国玄学派诗人罗伯特·赫里克的《给少女们的忠告》《考里纳前去参加五朔节》,安德鲁·马韦尔的《致他的娇羞的女友》,埃德蒙·沃勒的《去吧,可爱的玫瑰》等,都是表现这一主题的杰作。

　　例如,安德鲁·马韦尔的《致他的娇羞的女友》一诗以强调演绎推理的结构方式,一层一层地揭示出把握时机、享受生活的重要性。该诗在第一诗节中声称:如果"天地和时间"能够允许,那么我们就可以花上成千上万个"春冬"来进行赞美、膜拜,让恋爱慢慢地展开;到了第二诗节,笔锋突然一转,说年华易逝,岁月不饶人,"时间的战车插翅飞奔",无论是荣誉还是情欲,都将"化为尘埃",于是,诗人在第三诗节中得出应当"及时行乐"的结论:

> 因此啊,趁那青春的光彩还留驻
> 在你的玉肤,像那清晨的露珠,
> 趁你的灵魂从你全身的毛孔
> 还肯于喷吐热情,像烈火的汹涌,
> 让我们趁此可能的时机戏耍吧,
> 像一对食肉的猛禽一样嬉狭,
> 与其受时间慢吞吞地咀嚼而枯凋,
> 不如把我们的时间立刻吞掉。
> 让我们把我们全身的气力,把所有
> 我们的甜蜜的爱情糅成一球,
> 通过粗暴的厮打把我们的欢乐
> 从生活的两扇铁门中间扯过。
> 这样,我们虽不能使我们的太阳
> 停止不动,却能让它奔忙。

　　虽然是献给"娇羞的女友"的诗,但是,该诗却是对生命的意义的沉思,正如有的论者所说:"这一首以及时行乐为主题的诗所要表现的不是一种爱情的关系,也不是马韦尔的激情,而是他对处于时间支配下的生命的感受。"①

　　而在埃德蒙·沃勒的《去吧,可爱的玫瑰》一诗中,诗人既像世界诗歌史上的很多诗人所描绘的那样,把钟爱的女友看成是一朵娇艳的玫瑰,但是又以玫瑰绽放时间的短暂来告诫女友:美丽的青春是转瞬即逝的。诗人将玫瑰当作爱情的使者,诗中的叙述者便是一位年轻的男性情侣,他要将玫瑰献给女友,并托付玫瑰这一使者,以自身的体验,告诫所恋女友接受他的追求。在诗的开头一节,诗中的叙述者就对玫瑰说道:

　　　去吧,可爱的玫瑰!
　　　告诉她别把我们的时光荒废,
　　　我用你作比方,
　　　是说她多么姣好甜美,
　　　她现在就该体会。
　　　告诉她那太过幼稚,
　　　竟然向世人藏匿自己的妩媚,
　　　你去做现身说法,
　　　假如你在沙漠绽放无人在你周围,
　　　必将得不到鉴赏空自枯萎。

　　在玫瑰和女友的比较中,诗中一再突出时光转眼即逝,无论生命多么光彩照人,到头来都难以逃脱凋谢的凄惨结局,于是要有鲜花精神,不要掩饰,而是要充分绽放:

　　　遮盖起美的亮点,
　　　美的价值微乎其微,
　　　嘱她挺身而出,
　　　任大家苦求穷追,
　　　让人爱慕,不必面含羞愧。

　　到了作为结尾的第四诗节,让鲜花现身说法,做出总结:认为人类的美丽姑娘的命运如同鲜花的命运一样,可以享受的时光极其短暂,无论眼下多么娇艳,多么美好。可见,玫瑰与人生命运相同,既有灿烂的时光,又逃脱不了凄凉的结局,若不趁青春年少尽情享受爱情,到日后韶华逝去时唯有哀叹。诗人以大多数诗人所喜欢用来比喻美好事物的玫瑰为"客观对应物",来说明及时行乐的道理。

（二）"及时行乐"主题的表现手段

　　从历史上看,"及时行乐"主题的表现手段也不断更新和发展。尤其是到了 17 世纪,一些诗人的表现手法已经显得十分新颖奇特。玄学派诗人总是努力寻找"客观对应物",为自己的"及时行乐"思想安排合适的"载体"。例如,亚伯拉罕·考利在一首题为《痛饮》的诗中以大自然的规律来论证"及时行乐"的合理性。诗人写道:

---

① David Reid. *The Metaphysical Poets*. Londo:Longman,2000,p226.

饥渴的大地狂饮着雨水，
喝累了，打个呵欠，再喝一杯；
植物在土中吮吸，不断吮吸，
从而变得格外清新优美；
人们或许认为大海自身
似乎没有喝的必要，可是，
它分两次喝干了上万条河流，
斟得太满，从杯中漫溢。
忙碌的太阳，脸庞通红，
使人觉得与醉酒毫无二致，
可它一口气喝干了大海，
自身却又被月亮和群星所吮吸。
它们靠自己的光线边喝边舞，
喝啊喝啊，狂饮了一个夜晚，
在大自然的镇定中什么也找不到，
唯有周而复始的永恒的狂欢。
斟满这碗酒，然后，再满一些，
斟满所有酒杯，谁能告诉我原因，
既然每一个创造物都在干杯，
我这个正直的人为何不能痛饮？

该诗中的江河湖泊、日月星辰这些天文、地理类的自然意象，无疑较好地充当了恰当的喻体的角色。

又如，罗伯特·赫里克在《给少女们的忠告》一诗中写道：

含苞的玫瑰，采摘要趁年少，
时间老人一直在飞驰，
今天，这朵花儿还满含着微笑，
明天它就会枯萎而死。

太阳，天庭的一盏灿烂的华灯，
它越是朝着高处登攀，
距离路程的终点也就越近，
不久呀，便要沉落西山。

人生最美便是那青春年华，
意气风发，热血沸腾，
一旦虚度，往后便是每况愈下，
逝去的韶光呀，永难重温。

那么,别害羞,抓住每一个时机,

趁着年轻就嫁人,

因为,如果你把美妙的时光丢失,

你一定会抱憾终生。

在这首题为《给少女们的忠告》的抒情诗中,玫瑰、时光、太阳等自然意象都作为喻体,烘托"青春易逝,抓住时光"的道理。尤其是"含苞的玫瑰"作为美和爱的象征,极为妥帖、形象。整首诗中,不仅强烈地感受着时光的飞逝,而且还联想着死亡的逼近,从而突出了"及时行乐"的哲理性。

(三)"及时行乐"主题的思想特征

"及时行乐"这一主题在英国 17 世纪玄学派诗歌中的突出呈现,在一定意义上是对文艺复兴运动的人文主义精神的继承和发扬。"及时行乐"思想对于破除中世纪的来世主义观念,以及领略人文主义思想内涵,都具有重要的现实意义。例如,约翰·多恩的《跳蚤》、安德鲁·马韦尔的《致他的娇羞的女友》、托马斯·卡鲁的《劝享受》、罗伯特·赫里克的《给少女们的忠告》、约翰·萨克林的《对一个情人的鼓励》等一些著名的作品,都典型地以玄学派的诗歌技巧表现了"及时行乐"的思想,对这一主题进行了多方面的探索。

多恩的《跳蚤》一诗,共有三个诗节,开头一节提醒恋人注意这只跳蚤融会血液的独特本领,第二诗节告诫恋人不要掐死这只跳蚤,到了第三诗节,诗人笔锋一转,规劝恋人不要虚度年华,而是应该大胆地"屈从",及时行乐。

在安德鲁·马韦尔的《致他的娇羞的女友》一诗中,作者在第一和第二诗节中,尽管设置了非常理想的大前提和小前提,而在诗的作为结论的第三诗节,却笔锋一转,阐明了现实中的"及时行乐"的道理,揭示了享受生活的重要意义。

托马斯·卡鲁在《劝享受》一诗中,通过简洁典雅的诗句,以及清新自然的意象和恰如其分的生动的比喻,来说明"及时行乐"的意义,规劝希丽雅"趁时间还未毁掉美果"时充分享受生活:

如果你眼里活泼闪光,

迟钝下来,不久又要死亡;

如果一切甜蜜和优美,

要从你的倦脸消退;

那么,希丽雅,让我们享乐,

趁时间还未毁掉美果。

而如果你那金发蓬松,

永不受老年的白雪罩蒙;

如果你那双太阳永无阴影,

你的娇艳也永不消隐;

那么,希丽雅,更不必担忧

把收了又长的果实施舍。

这样时间带来镰刀无用，

带来翅膀也飞不动。

在《劝享乐》这首抒情诗诗中，托马斯·卡鲁以现实与理想之间的强烈对照，来突出表现时间的残忍。诗人认为，只要"趁时间还未毁掉美果"的时候，充分享受生活，那么，就可以战胜挥舞长镰的时间之神。可见，把握时光对于个体生命来说，意义是非常重要的。

罗伯特·赫里克在创作"及时行乐"主题的诗歌方面十分突出，他不仅以表现典型的"及时行乐"主题的《给少女们的忠告》而享有盛誉，而且数量较多，其中包括：《致出嫁的西尔维亚》《致欢乐的抒情诗》《考琳娜参加五朔节》《给少女们的忠告》《最好保持心情愉快》《咏花》《考琳娜的变化》《关于一个姗姗来迟的女士》《自由地生活》《享受时光》《致一丛郁金香》《致青春》等。在罗伯特·赫里克看来，时间的车轮是无情地向前运动的，并且碾碎一切，要想"及时行乐"，不仅不必与时间对抗，还要"享受时光"，在日常生活中，也要保持良好的心情，在《最好保持心情愉快》一诗中，罗伯特·赫里克写道：

惟有傻瓜从不知道

时间怎样流逝而去；

但是对于我们而言，

明晰黑色死亡的界限；

让我们愉快地生活，

这样就能使天才快乐。

与大多数玄学派诗人一样，罗伯特·赫里克也喜欢借用鲜花意象来表现"及时行乐"的主题。在一首题为《咏花》的诗中，赫里克在表面上对花的凋谢表示哀叹，实际上则是以此为隐喻，哀叹生命的短暂以及把握生命的道理，诗人写道：

结实累累果树的美丽保证，

为什么你们落得这样迅速？

你们的日子不能这样飞渡；

你们可以在这里停留一会，

羞羞答答，轻笑微微，

最后才走自己的道路。

什么！难道你们生来只为

一点钟或半点钟享乐，

于是说声晚安走脱？

可惜大自然使你们来到人世，

只是为显示显示你们的价值，

然后你们就完全没有下落。

但是你们是可爱的书页，

在那里可以读到,美丽的事物

怎样很快就会到了终途:

同你们完全一模一样,

它们闪耀过片刻荣光,

它们就滑进坟墓。

盛开的鲜花,标志着果树将来会变得硕果累累,可是,这些鲜花并没有分享到最终成果的喜悦,而是在生命的途中稍作停留之后,就迅速地凋落。这就是让生命迅速绽放的鲜花的精神,这就是漠视将来、把握今朝的鲜花的生命观。

歌咏鲜花,就是赞颂生命的潇洒和轰轰烈烈,就是表现17世纪英国很多诗人所乐于表现的"及时行乐"主题。在赫里克看来,情感也好,生命也罢,其价值在于绽放美的瞬间,既不在于"久长",也不在于"朝朝暮暮",而是在于"一朝一暮",在于"曾经拥有",在于"一点钟或半点钟享乐"。所以他在《致青春》一诗中说:"喝酒吧,趁一切可能,过欢乐的生活;/明天的生活太遥远;活在今朝。"可见,该诗所表露的生命观是现实主义的、具有强烈的人文主义倾向的生命观。而且,该诗所强调的是现世生活所具有的意义,从而在根本上否定了有关来世主义的种种妄想。这就彻底否定了来世主义的宗教观念。可见,该诗无疑是对当时尚未完全销声匿迹的宗教神权思想的一个有力的批判。在该诗的最后一个诗节中,诗人以"荣光"与"坟墓"之间的强烈对照,集中地展现美的物体的短暂,以及无法逃避的"终途"的残忍。而可爱的"书页",正是"树叶"的化身,也是短暂人生的缩影和消逝而去的美好时光的真实的记录。作者正是通过这些强烈的对照,来突出战胜时光、把握今朝的哲理。

尽管"及时行乐"主题并非英国玄学派诗歌的特产,甚至连宗教神权统治一切的中世纪的诗人们也表现过这一主题,但这一主题在17世纪英国玄学派诗歌中得到了集中的表达,这无疑体现了西方启蒙主义思想出现之前的人文主义思想和巴洛克文化相互混合、积极探索的时代思想特征。

第三节　清教徒资产阶级革命诗歌

在内战和王朝复辟时期,最值得褒扬的是革命诗人——约翰·弥尔顿(John Milton,1608—1674)、安德鲁·马韦尔(Andrew Marvell,1621—1678)等人的锲而不舍的创作努力。两人是好友,在共和革命时期都在克伦威尔的拉丁秘书处认知。王朝复辟以后,革命派处于逆境,但他们坚持创作,都写出了不朽的作品。17世纪中期的英国资产阶级革命是一件惊天动地的大事,而文学中最能表现这一伟大时代精神的作家是弥尔顿。

弥尔顿首先是一位革命者,倾心尽力为英国人民的摇旗呐喊;王朝复辟后,他又把毕生之余力献身于文学创作。他是一位清教徒诗人,而且也是文艺复兴人文主义的继承者。他的作品充分表现了不屈不挠的革命精神,唱出了无与伦比的时代最强音。

　　弥尔顿的创作与英国清教徒革命联系紧密,可分为参加革命以前(1625—1639)、革命期间(1639—1660)和王朝复辟以后(1660 年到逝世)三个时期。参加革命以前,弥尔顿的作品主要是用拉丁文、希腊文、意大利文及英文写的中短篇诗作。《圣诞清晨歌》(1629)是他的成名作,用喻典雅,清新澄澈,音调优美。姊妹篇《快乐的人》(1632)和《忧思的人》(1632)是弥尔顿早期最著名的作品,反映出诗人的人文主义思想和基督教传统思想的融合发展。弥尔顿作为人文主义继承者的欢快精神与作为清教徒的严肃沉思态度,在他早期诗作中已显示出来。革命期间,弥尔顿投身政治事业,同时还创作了 20 多首十四行诗。弥尔顿的十四行诗感情真挚,文字朴实,情调激越,形式上大多采用彼特拉克体,具有很高的思想性和艺术性,对华兹华斯等诗人产生了较大的影响。弥尔顿还拓宽了传统十四行诗的表现范围,内容广泛,其中有对政党领袖的赞颂,有对亲朋好友的酬答,有对个人情感的抒发和关于自由、清教思想等政治宗教观点的表达。弥尔顿还作有悼亡诗,如爱妻嘉德琳·胡德科克死后,他写下著名的十四行诗《我仿佛看见了我圣洁的亡妻》。这首诗调子低沉,以梦的形式回忆亡妻的音容笑貌,将真挚深沉的悼亡之情表达得细腻感人,诗人把爱情提高到宗教与哲学的高度,将亡妻比做希腊神话传说中代夫赴死的"阿尔雪丝蒂",加上"约芙的伟大儿子"所蕴含的关于耶稣的联想,强化了亡妻所具有的圣洁品德和自我牺牲精神,"我醒了,她逃走了,白昼又带回我的黑夜"更是写尽了失明的弥尔顿独自面对无边黑暗的凄凉。王政复辟之后,弥尔顿的创作从 1660 年坚持创作,直到 1674 逝世。这段时间既是弥尔顿创作的最后、最艰苦时期,也是他创作的高潮时期。在双目失明的情况下,弥尔顿顽强地吟诗和编译,先后完成了《失乐园》《复乐园》和《力士参孙》,借圣经故事表达自己对资产阶级革命的坚定信念。

　　《失乐园》是欧洲文学史上文人史诗的典范作品,规模宏大,共分 12 卷,一万多行,采用无韵诗体写成。诗人在极其恶劣的环境之下,从 1658 年到 1665 年花费了 7 年的时间苦苦吟咏,然后由朋友、女儿和外甥笔录而成。《复乐园》(1671)取材于《新约·路加福音》第 4 章,共 4 卷,近两千行,叙述耶稣不为撒旦诱惑的故事。《复乐园》与《失乐园》在表达的主题上紧密相关,都关注了信仰、诱惑与内心乐园的问题,既体现了诗人的清教主义思想,又具有丰富的政治意义。《力士参孙》(一译《斗士参孙》,1671)是一部诗体悲剧,情节来自《旧约·士师记》第 13 章至第 16 章,题材严肃,结构严谨,语言饱含激情,在对话中揭示参孙的心路历程,人物性格丰满,它是弥尔顿最后的杰作。诗歌展示了参孙在忍耐中精神复生、誓死复仇的过程。以下重点阐述《失乐园》。

　　《失乐园》的题材源于《旧约·创世记》,这部史诗具有浓厚的宗教色彩和政治蕴含。史诗开宗明义:"阐明那永恒天道圣理,并向世人昭示天帝对人的公正。"诗中描绘撒旦忤逆上帝堕入地狱;亚当、夏娃触犯天条失去乐园两次堕落——其焦点是撒旦变为蛇勾引他们触犯禁令偷食禁果。最后一章通过天使长之口和亚当之眼再现人类前景——洪水、亚伯拉罕、出埃及……直到弥赛亚化为肉身拯救人类。全诗 1 万多行艺术再现《圣经》的宗教背景,场景逼真气势宏伟演绎了基督教教义。全诗 12 卷根据《圣经》创作,该诗开篇描述天使集会,崇尚自由的撒旦领导天使们奋起反叛,人算不如天算,天庭大怒令弟子施法获胜,反叛者被逐出天国。他们在毒火熊熊乌烟瘴气的地狱受尽折磨,毫不气馁斗志昂扬,以超人毅力满怀激情憧憬胜利。撒旦伺机复仇,选择上帝创造的美妙伊甸园作为主战场。亚当夏娃在那里浪漫幸福生活,但被禁吃善恶树上的水果;撒旦欲凭巧舌如簧借刀杀人。而上帝洞若观火派拉斐尔天使长向其悉数撒旦的错误,以儆效尤。随后撒旦即化作毒蛇游说夏娃背叛上帝,禁果甘甜诱惑难挡,夏娃亚当轻信谗言。上帝明察秋毫公正裁决,梯夺其永生权利,将其逐出伊甸园,堕入凡间受难。天使长向其宣布上帝的旨意,为他们勾勒人类前途以及他们获救途径。亚当夏娃明白人类的前景,目睹人类的起源、战争、劳作及悲欢;天使长预言人类通过艰苦劳作可达完美道德,并可皈依基督信仰重获永恒福祉,可谓天网恢恢疏而不漏。这场震惊三界正邪殊死搏斗终于被上帝战胜。

弥尔顿在《失乐园》采用宗教讽喻形式吐露心声:揭露反革命力量,强烈追求呼唤社会自由。当时宗教代表上帝的绝对唯一性、宇宙主宰性和权威性,集中突出了基督教"唯信得救"的意义,即对上帝绝对膜拜信仰。很多人认为这是感人肺腑的信仰,可帮助人们达到最高境界。西方政治可以解释为治理国家的艺术科学,其核心内容是治理国家,包括社会观念和政策活动。所以宗教信仰可以是某种黏合剂,它将人们社会生活的所有内容紧密结合,如节日庆典、体育赛事以及各种戏剧文学艺术等文化,以此把所有人相融于同一种社会情感认识,使政治、民族情感不可分割。《失乐园》体现的宗教政治观点就是英国基督教政治,换言之,即将治理国家的艺术紧密结合起来。

早在公元7世纪末英格兰接受了罗马基督教的行为准则和秩序。16世纪初英国王权加强,英国国教成为新教,但也保留了天主教残余。随后加尔文采用更符合《圣经》的形式,从而拥有更多信徒,他们致力于纯洁教会,以此清理门户——即"清教徒",这为17世纪后新英格兰政治和宗教思想解放打下基础。苏格兰国王詹姆士继位后进一步加强教会统治地位,排斥清教徒引起清教运动。宗教与政治错综复杂互相纠缠,当时的文学艺术家不可避免将其反映在文学作品中,因此当时文学普遍与清教运动紧密相连;弥尔顿甚至直接参与这些政治宗教活动,因此更强化了史诗的宗教政治教育意义。其《失乐园》保留了中古英语独特的古雅韵味,与《圣经》庄重的教育内容很合拍,成为英国文学史上具有代表意义的史诗。因此要充分了解弥尔顿的宗教背景和革命活动,才能理解诗人的作品。弥尔顿的祖父是忠实的罗马天主教徒,而其父却是虔诚的清教徒,弥尔顿则从正统清教徒转成了不信教者——但其创作了震撼世界的宗教诗歌。因此弥尔顿遭遇了很多磨难,使他可以正确理解人类努力与人类悲剧的种种后果,于洞悉失败和妥协并见证同仁隆遭迫害后,获得真切的灵感体验,最终创作辉煌灿烂的史诗《失乐园》。

弥尔顿美妙绝伦的诗艺表现在人物描绘技巧;他先描写伊甸园美景再逐个刻画人物,揭示主人公饱满丰富的多面形象。亚当在偷吃禁果之前,天真无邪。而在偷吃禁果获得智慧之后,他则变成是一个坚强、英勇、刚毅的人,他充满智慧,敢于面对现实,勇于承担责任。当他与夏娃一起偷吃了智慧树上的禁果之后,虽然他们得知犯下大错,相互埋怨,却也能立即学会面对,并没有相互推卸责任。所有这些高贵的品质集中在亚当的身上,使得他的举止充满了崇高精神。这些品质和生气勃勃的魄力集于一身使亚当充满崇高精神,这是和谐的人的形象。对于《失乐园》中的夏娃,弥尔顿也勾勒出了她活泼美丽的外貌,对她的抽象品质倍加赞扬。夏娃贞洁,她对亚当满腔挚爱,毫无保留,亚当在的地方就是天堂,这和人世间善良的妇女一样执着、真实。夏娃温柔,他们在被迫离开伊甸园之后,她甘愿承受生育的痛苦,陪伴亚当,与亚当同甘共苦,用自己勤劳的双手拯救世界,开辟属于自己的人间乐园。她和亚当之间,相互关怀,感情真挚纯洁,体贴温存,亲密无间。她是后世善良勤劳的劳动妇女的写照。不过,夏娃身上也有着人类的缺点,轻信谗言,盲目好奇,不如亚当有心智,撒旦稍加诱惑,她就上了当。

撒旦是《失乐园》中描写的最圆满、最突出、最成功的角色。其他的人物,包括上帝在内,多是简单的一维性人物。亚当和夏娃的性格有些变化,但在绘声绘色、心理成长方面,比不上撒旦。全诗以很大篇幅描绘撒旦,他在天堂失宠,图谋复仇,诱致夏娃食禁果等一系列反叛行为,以及他的百折不挠、自强不息的豪情盛概。把撒旦打入地狱,把亚当赶出乐园的不容异己、残酷无情的上帝的形象,则有暗喻因一时得势而洋洋自得的斯图亚特王朝的寓意。

在《失乐园》中,撒旦的形象被刻画得英勇庞大,气势宏伟。弥尔顿不吝笔墨地写撒旦的气宇轩昂、勇敢无畏,写他的悲壮、他的傲岸,无疑渗透着自己的反抗精神,尤其是第 1 卷和第 2 卷对撒旦的描写。

第一卷通篇是撒旦在自我表白,他对上帝自然是百般诋毁。诗人没有给上帝辩白的机会,所以在第 3 卷上帝露面时,读者对他的印象就不太好了。而撒旦则显示出百折不挠的英雄气质。他不向逆境低头,在失败中寻找东山再起的时机。他的气势惊天动地,他的姿态大义凛然:"弱者是可怜虫";"在地狱君临天下强于在天国卑躬屈膝"。他具有领导人物所需要的胆略和智慧、贯通古今的知识、表达见识的口若悬河的口才,以及见机行事的通达。他有着王者的赫赫气概,当他挺立起自己硕大的身躯,手握长矛,背负巨盾,跋涉热浪高声疾呼时,"整个空洞的地狱深渊都响起了回声"。昏迷的部下们一听到他的声音,不顾剧痛振翅而起,就如当初服从"伟大首领的卓越号令"一样,聚集在领导者的周围。他号召他们东山再起,自己一马当先,去完成艰巨的使命。他的追随者,诗人形容他们宛如春天的蜜蜂,年轻力壮,成群结伙,在清露和鲜花中间往来不停地飞翔:

> 他们向他卑躬敬畏地弯腰,
>
> 歌颂他,好象天上至高的神一样;
>
> 并且都表示自己对他的谢意,感谢
>
> 他为了大众的安危而忘己的精神。

第 2 卷中,作家继续称撒旦是王者赫赫,显现出信心十足、所向披靡的气概。第 1 和第 2 两卷形容撒旦时多有褒扬词语。

撒旦及其追随者反抗上帝及其权威,尽管最后惨遭失败,但弥尔顿显然是站在撒旦一边的。诗中所容纳的不畏强权、反抗专制的革命内容是十分明显的。撒旦与上帝的冲突和对抗实际上是当时英国社会代表自由的国会和专制顽固的王政势力之间斗争的写照。德莱顿认为撒旦反抗上帝可能暗示弥尔顿反抗复辟的查理二世。

弥尔顿调动各种艺术手段,塑造了撒旦这个丰富生动的艺术形象。与之相比,上帝形象显得苍白无力。但是,弥尔顿是一个清教徒,他在歌颂撒旦的英雄气概时,也揭示了撒旦野心勃勃、骄横狂妄、为非作歹的恶魔特征,还有骄矜和狂妄。当撒旦在乐园看到上帝的造物业绩,他想到忏悔,但也想到地狱里的战友以及他对他们的承诺。他内心一时之间充满怒气、嫉妒和绝望,这进一步坚定了他反叛到底的决心。撒旦还是人类不幸的罪魁祸首。史诗从头读到尾,我们会发现撒旦的形象越来越小,越来越可憎。弥尔顿赋予撒旦英雄与恶魔的双重特征,显示了清教思想对革命热情的局限,却也增加了撒旦这个人物的可信度。

在艺术特色方面,《失乐园》更是独特鲜明,风格浑朴、高雅、庄严,引人入胜,读来颇有荷马、维吉尔的作品的味道。

第一,长诗风格宏伟,格调高昂。弥尔顿用一万多诗行来吟咏天堂、地狱以及上帝、人类和魔鬼之间发生的故事,过去、未来和现在的情景交错展开,结构巧妙而宏大。人物活动的场景气势雄浑,人物塑造也显出恢宏的气魄。诗人还擅长以神话传说和雄伟事物作喻,多采用气势强烈的跨行诗句,有力地突出了全诗的宏大壮丽和高昂格调。

第二,史诗的讽喻巧妙而隐蔽。弥尔顿借用"《旧约圣经》中的词句、热情和幻想",来反映资产阶级的革命斗争。《失乐园》在宗教的外衣下,潜伏着弥尔顿的政治思想。在《失乐园》中,诗人借天使米迦勒之口,痛斥反动国教的主教牧师们是"残暴的群狼",指责他们僭用灵权,沽名钓誉,"把一切天上神圣的奥秘",变成自己的私利和野心。亚必迭的形象是革命失败后诗人的自我写照,却借助反抗撒旦谋反的形式表现出来。诗人指出即使在落难的日子里,遭受辱骂、失明,身处孤独和危险中,也要更扎实地用人的声音歌唱。

第三,节奏和音调十分出色。《失乐园》是弥尔顿失明后口授而成,采用了抑扬格五音步无韵体诗,多采用"弥尔顿式"的连贯长句和独特的拉丁文句法,声响极为悦耳,韵律特别优美,全诗抑扬顿挫,流畅而变化多端,整首诗如长江大河奔腾澎湃、气势非凡,常能动人心弦,丁尼生称之为教堂里奏出的"风琴乐音"。

第四,史诗想象丰富,细节生动而有独创性。诗人借助丰富的想象,衍生出许多细致生动的情节、场景和动作来充实史诗内容,有力地加强了史诗的艺术表现力。例如伊甸园的自然风光、亚当夏娃的生活细节等。

此外,史诗还创造性地采用了中世纪文学的象征和寓意手法。诗中不同背景中某些词语的象征性重复,复杂的明喻夹杂着暗喻,具有拉丁意义的双关语,无意识地运用一些反讽意义的短语,加上大量的《圣经》典故和暗引,这一切使《失乐园》全诗有海纳百川而成汪洋的气魄。《失乐园》折射出英国17世纪的时代精神。人类被逐时的凄惶,撒旦失败后的创痛,都流露出那个特定时代人们的苦闷和忧伤。诗人在卷首表明史诗的主旨是"阐述永恒的天理,向世人昭示天道的公正",寓意深刻。当时资产阶级革命又被称为清教革命,清教徒弥尔顿又是光明磊落的革命斗士,清教思想与革命思想交织在一起,奏响了《失乐园》的主旋律。这一部史诗是弥尔顿铸毕生功力而成之精华,梁实秋先生称"其气势之雄伟与文词之优美较诸欧洲古典的民族史诗均无逊色"。

总之,弥尔顿批判地继承了文艺复兴时期的人文主义思想,并将它贯彻到资产阶级革命实践中去。他的长诗以圣经故事为题材,带着明显的清教思想,表现了革命者的反抗精神和坚贞情操,主人公往往有个人英雄主义的色彩。在艺术上,弥尔顿模仿古希腊、罗马史诗和悲剧的写法,但不受人为的清规戒律的束缚。弥尔顿代表着一个阶段的终结,一个阶段的开始,例如他创作十四行诗的时候,这种诗歌形式已经过了它最兴旺的时代。

第四节 英国正式散文的初创与政论散文的兴起

内战和王朝复辟时期,英国散文继诗歌、戏剧之后作为文学的一个独立体裁正式登上文学舞台。17世纪初,英国著名的哲学家和科学家弗朗西斯·培根出版了他的第一本散文集,他将法语"Essai"(即散文)一词移植过来,将这本散文集称为"Essays",从此Essay就成为独树一帜的文学体裁出现在英国文坛上,并不断得到发扬光大。培根可以说是英国散文的奠基人。17世纪英国经济、政治、宗教上的大动荡,如原始积累、海外扩张、王位更迭、清教兴起、科学发展等,都必然会反映到散文之中,将散文从书斋里解放出来,带进了人们的实际生活和政治斗争之中,使散文成为有力的战斗武器。在这一时期政治性的散文或曰政论散文兴起,并得到迅猛发展。

一、正式散文的初创

散文从一开始就有正式和非正式两种文体之分。法国作家蒙田开创了非正式散文的传统。他的散文像是一位老友的倾心交谈,亲切活泼,娓娓动听,结构散漫,无拘无束。培根则相反,他的作品成了正式散文的代表,形式庄重,句法严谨,辞藻绚烂,言语夸张,俨然像一位师长在教训后生。其内容涉及政治、社会、道德等方面的重要主题。归纳起来正式散文采取客观的态度来讨论问题,说理透彻,逻辑性强,结构严谨,用词讲究,风格庄重。其目的是为了阐发道理,明辨是非,启发教育,激励上进。有人将正式散文比作礼服,端庄稳重、雍容华贵,出入大雅之堂,循规蹈矩;非正式散文则为便装,轻松潇洒,自由自在,安处自己家中,无拘无束。这两种风格成了散文写作的传统,一直流传下来,并各有发展,在不同的时代都有代表性的散文家出现。然而发展至今,这两种散文的区别已不是那样泾渭分明了,二者之间的界限日趋模糊,两者越来越互相接近。

17世纪英国最重要的散文家当数培根(Francis Bacon,1561—1626)。他是英国散文的开创者和奠基人,同时他又是著名的科学家和哲学家。他创立了归纳法,为现代实验科学奠定了基础,被西方世界看成是现代科学之父。培根认为人的智力可分为三种:记忆、想象与理解,与其相对应人类的学识也可分为三类:历史、诗歌与哲学。他的著作显然也与这三类有关,大致也可分为三种范畴:第一类为哲学著作,如《学术的增进》,将各科学识作了系统的分类。《新工具论》(1620)则提出了科学方法的理论。第二类为文学著作,主要为他的散文作品,还包括《新大西洲》(1627),一部乌托邦式的理想寓言。第三类为专业著作,包括《法律准则》《读惯用法》等。

培根的主要著作大都使用拉丁文,这是当时的时代潮流,唯有他的散文却全部用英文写成。1597年他出版了第一部散文集,以"Essays"为集子的标题,共包括10篇散文;1612年出了第二版,增至38篇;1625年又出了第三版,共增至58篇。这58篇散文论说的主题大致可分为三类,第一类为人与环境的关系,如《论逆境》《论友谊》《论旅行》;第二类为人与自身的关系,如《论读书》《论抱负》《论高贵》;第三类为人与造物主的关系,如《论死亡》《论无神论》《论迷信》。他通过这些散文表述了他对政治、社会、道德、宗教等问题的看法,并教导人如何去面对生活中的种种问题。

培根的散文文体开创了英国正式散文的先河。他的文章十分正式、庄重、华丽、夸张,却又极为简练,字斟句酌,句法严谨,浓缩到像谚语箴言一样,充满警句格言,俨然像一位师长在教化世人,又像一位至高无上的智者,俯视世界万物,对道德观念、政治体制、宗教信仰、社会生活等方面做出冷静的观察与闪烁着智慧光芒的评论。经过精雕细琢的一字一句,像一条条格言,洗练含蓄,意味无穷,甚至可以作为一篇文章的标题加以仔细论证与发挥。这种文体对后世的散文创作影响很大,几乎成为主流。培根的许多名句已成为格言,流传后世,变成人们始终引用的训诫。如"知识就是力量""知识来于实践,用于实践"都是他的至理名言。培根的散文名篇《谈读书》是一篇典范性的正式散文,主题严肃,形式凝重,精雕细琢,洗练含蓄。其特点十分突出:第一,用词简练、准确,常常难以增减,也无法替换,词小而意深。第二,句子结构紧凑,绝无赘语,转换自然。第三,修辞上的主要特点为平行结构,通篇几乎均由排比句组成,多为三重结构,显出平衡美。第四,声律上节奏感强烈,轻重音节相间,读上去铿锵悦耳,掷地有声。第五,全篇短小精悍,主题集中,却又旁敲侧击,面面俱到。

17世纪初的另一位散文家罗伯特·伯顿(Robert Burton,1577—1640)与培根同期,主要以他的散文作《忧郁的剖析》而留名于世。在思想内容上，伯顿的这篇散文正好与培根作品形成鲜明对比。培根主张人们不仅要成功有道，还须展望未来去发现自然规律并将其为人类所用，而伯顿则认为忧郁充满了整个世界，它将使人们丧失理智和变得疯狂。如果说培根的观点代表了英国文艺复兴时期乐观向上、勇于探索的一面，那么伯顿的思想则反映了该时期英国社会没落和人文主义危机的一面。

二、政论散文的兴起及发展

内战和王朝复辟时期，英国经济、政治、宗教出现了大动荡，散文也成为政治斗争的武器，兴起了政论散文，并随着斗争的激烈而得到迅猛发展。其主要的形式为散发的小册子。其实16世纪后期已经出现了这种形式，主要为文学上或宗教上的争论。而到17世纪中期，这些广泛发行的小册子却主要服务于政治目的而非个人的争论。有些小册子不仅是英国政治史上的重要文件，而且由于其文字的铿锵有力、动人心魄，更成为上佳的文学作品。当时最重要的政治组织为平等派和掘地派。前者以约翰·利尔伯恩(John Lilburne，1614—1657)、理查德·欧沃顿(Richard Overton，1599—1664)为领袖，他们主要代表着城乡小资产阶级，包括自耕农、店主、手工工匠、小商人等的利益，要求合理的税收、政府的法治、国会的年选、普通的公民权等。后者的代言人是杰勒德·温斯坦利(Gerrard Winstanley，1609—1676)，他们代表着贫苦的乡村农民，其要求带有原始共产主义的倾向，企盼土地公有，劳动为生，取消剥削。上述三个代表人物创作了不少的政论散文。此外，其他较为著名的政论散文作家还有托马斯·霍布斯(Thomas Hobbes，1588—1679)、弥尔顿等。他们的作品都是思想充实、文体简明、优美的散文佳作。其中，弥尔顿的散文，如反对王权、激励革命、主张出版自由的诸篇文字，更是散文的上乘。

约翰·利尔伯恩(John Lilburne，1614—1657)出身乡绅人家，参加过与保皇党作战的国会军，并获中校军衔，后来退伍。他是一位杰出的政论文作者，发表过一系列的政论文和小册子，代表平等派提出他们的政治主张，反对独裁者克伦威尔和当时的议会。利尔伯恩的名言为："我既不爱奴仆，也不惧怕暴君。"他为民主而战、而写，他大力宣传和鼓动自由事业，攻击克伦威尔，对查理一世也毫不留情。平等派的最重要文献当数所谓的《大诉状》(1647)和三份《人民公约》(1647)，由利尔伯恩和他的同志们共同撰写，提出了平等派的政纲和要求。利尔伯恩个人的作品中重要的有《确认英国生来具有的权利》(1645)、《下定决心人的决心》(1647)和《被发现的英国新锁链》(1649)等。

理查德·欧沃顿(Richard Overton，1599—1664)也是内战时期平等派领袖之一。欧沃顿与利尔伯恩、怀尔德曼(Wildman)、沃尔温(winiam Walwyn)等人建立了一个代表资产阶级利益的激进政治团体，人称平等派。然而，平等派成员自己坚决反对被称为"平等派"，他们认为，这是敌人为污蔑他们而杜撰的恶名，他们从没有试图废除私有制，强迫大家均贫富。欧沃顿较早的作品是1645年以"马丁·马-普里斯特"的笔名发表的一系列辛辣讽刺长老会的小册子。欧沃顿的系列小册子在独立派成员和"新模范军"士兵中广为传播，极大地激励了他们的斗争精神。欧沃顿与沃尔温合作的《几千名公民的抗议》(1646)被普遍认为是平等派成立时的重要纲领性文件。为坚决支持被捕的战友利尔伯恩，欧沃顿曾经发表了痛斥上议院的小册子《警告上议院：须停止野蛮剥夺公众自由、侵害国家权益的行为！》。几天后，上议院即下令逮捕欧沃顿。欧沃顿在狱中仍不放弃斗争，在牢房里写出了另一篇铿锵有力的战斗檄文《从新兴门监狱飞来的怒箭，直穿专横的上议院弄权者的肚肠》。欧沃顿还与利尔伯恩和沃尔温共同发表了平等派的纲领性文件《人民公约》。

　　相对来说，掘地派散发的小册子无论在数量上或是质量上均难与平等派相比，这是因为他们的政治活动有较大的局限性，而且只有一个较为重要的代言人，即杰勒德·温斯坦利（Gerrard Winstanley，1609—1676）。他曾率领一群同志将他们土地公有的要求付诸实践，挖掘公地，种植庄稼，但遭到地主和地方官员的镇压，抢去了牲畜，逮捕了他们，并处以罚款。他的文字很少温文尔雅，多是对剥削者一针见血的揭露。他的作品提出了对公平社会的强烈诉求。他的主要著作有《新的正义法律》（1648）、《英国被压迫的穷人的宣言》（1649）以及《以纲领形式表述的自由法，即应恢复的真正管理制度》（1652，简称《自由法》）等。温斯坦利在政论文中，明确宣扬人人平等的观念：在造物主创造万物的时候，世界就是属于人类的共同财富。上帝从未说过某些人要统治另一些人；土地的一切果实——粮食、牲畜，等等，都属于全人类而不属于某些个人；人们应当有工同做，有饭同吃；那些试图骑在别人头上充当统治者或者地主的人，定会受到上帝的惩罚。值得注意的是，在《自由法》中，温斯坦利提出若干早期空想社会主义的重要主张，例如，要在土地公有制基础上建立共和管理制度；真正的自由体协助人们平等地使用土地，克伦威尔政权应给予贫民获得土地的自由；土地使用自由的前提是人人都必须参加劳动，不允许游手好闲和不劳而获的现象存在，共和政府应该保护个人住宅及家具等私人财产，等等。这些思想都远远超前于他的时代。此外，温斯坦利还主笔撰写了掘地派宣言《真正的平等派提出的主张，或向人类后代提出和呈递的公有制度》，宣言详细解释拓荒派运动的原则和目的，激烈抨击共和国统治制度，在当时引起很大反响。

　　托马斯·霍布斯（Thomas Hobbes，1588—1679）是英国伦理学和政治学的奠基人，英国理性主义传统的开拓者，是近代第一个在自然法基础上系统发展了国家契约学说的资产阶级启蒙思想家。他在1651年发表的《利维坦，或物质、形式以及共和制的力量》（简称《利维坦》为西方政治哲学发展奠定了基础。对霍布斯发挥影响的英国人是培根；他在培根晚年做过他的秘书。他是培根的真正继承人，特别是在完全无视感情因素以及简明文体方面，尤其如此。他推崇理性，惯用理性检验一切。他从纯粹的功利主义观念出发，论述伦理和人的感情，让人相信，爱情出于自私的企图，友谊完全出于自私的考虑，就是母爱，他也能证明，也不外乎发端于自私的动机。他的论文《论人性》，篇幅简短，但读着趣味盎然。他的杰作是《利维坦》，这是让他留名青史的一部著作。《利维坦》共分四部分，是霍布斯阐述他的政治理论的大作。第一部分论人类和人性，第二部分论国家的建立，第三部分论基督教体系的国家，主张教会服从国家权力，第四部分论"黑暗的王国"——罗马天主教。关于人，霍布斯认为，人的本性不好，人是自私的享乐主义者，"每个人的有意志行动都是为自己好"，人性没有制约会产生严重后果。第二部分谈建立国家的必要。这部书的题目"利维坦"指的就是"国家"。书的主要目的是讨论国家权力的合法性问题。这点在英国内战以后成为世人关心的问题。霍布斯认为，人们在体力和脑力方面大体相同，他们有相同的获利希望，也有相同的相互畏惧。在自然状态里，在没有建立威慑一切的最高权力之前，人基本上都处于争战状态，人生是"孤独、可怜、可恶、残忍、短暂"的。人们为了避免这种可怕的争斗，就相互订立契约，建立一种最高政权统管一切。这个最高权力不一定是国王，但它总是不可分的，它综合所有个人的意志与个性，人民于是没有了意志、权利和自由。霍布斯的政治体制是这样的：政治契约一旦建立，就牢不可破。不管出于什么原因，旨在反对最高权力的革命或违抗它的行为，都是荒唐无稽的，因为任何专制也比不上最高权力所避免发生的战争状态更邪恶。如果必须推翻现有最高权力的话,人民为自己的安全起见,也必须无条件地接受新的最高权力。霍布斯认为,权力赋予合法性,权力就是公正。国家,不论什么形式,只要能够保持和平,就总是正确的。他认为,查理一世只要是国王,议会反对他的造反行动便不合法;但是查理一世的人头落地以后,反对议会就变成为非法的了。《利维坦》是一部体系完备、内容翔实、论证严密的学术著作,对西方自由主义思想产生过广泛和深远的影响,该书被誉为可与亚里士多德的《政治学》相媲美。

霍布斯的文风极其独特。他写作起来,妙有词致,笔补造化,叙事和论理都头头是道。以文风论,他毫无雕饰,文体简朴、直接,形容和修饰词语少,没有旁敲侧击,常是一语破的,语言准确得常有警句味道。他的思想和他的文风一样,都独树一帜。当然,他的文体也有明显缺陷,那就是语言过于拘板,严肃有余,幽默不足。

弥尔顿是伟大的诗人,同时也以雄迈的散文著称于世。他的政治论文可说是17世纪政论文中的精品。他的散文作品大致可分为宗教的、离婚问题的、出版自由的、教育的和政治的五类,大都以小册子的形式发表,总结起来都与人民的政治权利有关,如《论主教制度》(1641)、《离婚的主张与纪律》(1643)、《论出版自由》(1644)、《论教育》(1644)、《为英国人民辩护》(1651)。这五篇可以分别作为各类的代表。在弥尔顿的所有散文作品中,《论出版自由》是最杰出的代表作,从中可以领略到弥尔顿热烈的雄辩、沉稳的文风和复杂的句式。

第五节 性格特写与"天路历程"

"性格特写"或曰"性格描写"散文,是17世纪英国文坛比较盛行的散文类型。该类散文主要聚焦于当时社会上形形色色的人物形象,依照某种划分方式将其分类,并对不同种类人物的性格特征进行深刻的剖析和描述。"性格特写"散文作品思想充实,反映了资产阶级革命期间活跃的平等自由思想,文体简明,虽然还不能被排在小说之列,但它们对英国小说的发展无疑起到了推波助澜的作用。内战和王朝复辟时期,英国小说还未告别它的雏形期,但在16世纪的散文小说基础上,以约翰·班扬(John Bunyan,1628—1688)和阿弗拉·班恩(Afra Behn,1640—1689)为代表创作的寓言故事作品,尤其是班扬的《天路历程》,进一步提高了英国小说的艺术质量,有力地扩大了它的社会影响。

一、性格特写及创作实践

16世纪末、17世纪初英国知识界关心的、不能逃避的问题有两个:宗教信仰和刚刚抬头的科学思想。所谓科学思想,如培根所体现的,是新思潮的主要部分。新思潮,也就是人文主义。人文主义者对宗教和神学采取三种不同的态度:反对、互不相犯或调和,在积极方面则集中精力研究自然和人。在研究人的方面,他们先是看到十五六世纪在席卷欧洲的、反对天主教和封建势力的斗争中人们表现的大仁大勇,又接触到大量的古代希腊、罗马作家的作品,对人产生了极大的幻想,因而发出"人是多了不起的一个作品……"的赞叹。但是后来,拿17世纪初的英国来说,统治阶级的腐败,宗教矛盾和社会矛盾的尖锐,"人性"中的丑恶卑劣暴露出来,人们对人的崇高、对人类的理想、对英雄业绩失去了信念。过去的幻想破灭了,因而发出"人不过是泥土的精华"的慨叹。但是人们并不回到宗教里去寻求人类恶劣行为的根源,而是用当时人们掌握的科学予以解释,这里就有人们所熟知的"三种灵魂"和"四种液体"说。三种灵魂是新柏拉图主义的观念,据此,人的灵魂具三种性质:植物性、感觉性和理性。四种液体说据亚里士多德,来源于公元前五世纪末希腊医学家波利布斯。他根据物质世界是由四元素组成,即土、火、水、气,每一元素又具有四素质中的两种,即冷、热、湿、干,认为人体同样也由四素质两两组合,形成四种体液。公元2世纪著名医生迦伦也持此说,一直传到中世纪。乔叟在《坎特伯雷故事集·总序》里对医生的描写有这样几句话:"各种疾病的起因他都知道,例如是由于热,还是冷,是由于干,还是湿,是从哪里产生的,是属于哪种液体。"按照这一理论,四种液体:血液,司激情,包括勇敢、情欲;黏液,主麻痹、冷淡、淡泊;黑胆液,主忧郁、愁闷;黄胆液,主暴烈、易怒。这四种体液在每个人身上的不同程度的配合就形成这个人的性格。这种理论的复兴,实际上是为批判服务的,而不是为歌颂服务的。它指出的是人类的病而不是人类的健康和美。在这种社会条件和思想条件下产生了一种新的文学体裁,性格特写。性格特写作为一种体裁,在英国是17世纪所特有的①。它主要内容是批判,但也写一些理想人物。由于它对对象的批判并非着眼于大节,因此在文学上狠下功夫,十分机巧,写得好的往往也能入木三分。托马斯·欧佛伯利(Thomas Overbury,1581—1613)在《特写是什么?》一书中指出,据希腊字源,character意为"造出深刻印象",而任何一个类型的人物都有许多因素构成他的特点,这些因素在我们脑子里产生深刻印象,打上强烈的烙印,是我们最先观察到的。因此我们看到欧佛伯利的特写人物都被他分解成若干因素。从生活中找到内容,把内容分解,然后在描绘方法上强调要突出一个"奇""诡",要色彩鲜明;又像把一支普通的歌配上"许多丝弦的快速而温和的拨弄",以取得美妙的和声。他的这种创作原则:突出奇诡,黑白分明,温和的讽刺。欧佛伯利和其他特写作家多遵循这一创作原则。这类作品特别为伦敦知识界,如法学院师生、各大学的师生、酒店里的文人、宫廷里爱好文艺的贵族所欣赏。尽管它被文学史家称为"文艺复兴时期文学的小道歧路",但它和当时的戏剧、教堂里的传道、游记、历史、政论、哲学著作、翻译等等一起汇成了一股活跃的思想洪流和文学洪流。

性格特写的作者在文学传统上的渊源则是公元前4世纪希腊哲学家亚里士多德的弟子泰奥弗雷斯特斯。他概述了人的28种品性,并且通过描述典型人物的性格类型,形象地阐释了刻薄、贪婪、愚蠢等抽象概念。1592年,有学者将泰氏的"性格特写"由希腊文译成当时人们较为熟悉的拉丁文,后又有法国作家将"性格特写"在泰氏笔法的基础上做了进一步的发展。在相当长的一段时间里,一批"性格特写"散文的手稿在牛津大学流传。1628年有人将这批散文合为集子,出版了《人寰微探,或,以散文和人物性格特写来洞察大千世界》(以下简称《人寰微探》)。该散文集收录的作品大部分为约翰·厄尔(John Earle,? 1601—1665)所作,但在1628年首版里是佚名发表的。《人寰微探》问世后很受欢迎,在作者的有生之年便再版了九次。正如其书名开宗明义地揭示道,该书以散文为载体,是社会上不同人等的性格特写集。

17世纪初期英国性格特写作家有那么一小批,除了欧佛伯利,还有约翰·厄尔、布勒东(Nicholas Breton,1545—1626)、霍尔(Joseph Hall,1574—1656),成就较高的是欧佛伯利和约翰·厄尔。

---

① 当然,此前的戏剧中和诗歌里也有人物性格的描写,但都附丽于大作品,"性格特写"则是独立的肖像。

欧佛伯利在 1614 年发表了一首诗《一个妻子》,诗后附有 21 篇"性格特写",其中有的出自他的手笔,有的是出自他的朋友的手笔。这本书连续出了几版,最后收了共 82 篇"性格特写",其中除了欧佛伯利写的,还先后增补进去出自他人之手的篇章。因此所谓"欧佛伯利性格特写"并非出自他一人之手,由此也可见这种短小精悍的文学形式深为作家和读者所欢迎。佛伯利的"性格特写"名篇如《忧郁的人》《一个美丽的挤奶姑娘》。欧佛伯利在《忧郁的人》里讽刺、挖苦了忧郁者。忧郁是 16、17 世纪之交英国(欧洲)普遍流行的一种"世纪病",在文学里屡有反映,如莎士比亚的《威尼斯商人》《哈姆莱特》。再回头看看欧佛伯利的特写。他的态度是讽刺的,他并不认真对待忧郁者,而是用一些俏皮话挖苦他,如说他用眼睛听人说话,吸足了气以便"长吁",脑子不停地胡思乱想,像个钟摆。欧佛伯利似乎以享乐为事,以忧郁为可笑。不过他也道出了这种人物的致命弱点,即只冥想,不行动。这种忧郁的类型固然对世界采取冷眼旁观的态度,对人间的悲剧采取嘲笑的态度,但这种态度的成因是,在他看来,一个有秩序、有仁义的世界是不可能实现的。这虽显得悲观,但符合历史的实际。欧佛伯利早年因与詹姆斯一世的宠臣罗勃特·卡尔结为莫逆之交而被封为爵士,出入宫廷,成为贵族圈里的人,但他也向往田园生活,把它理想化。这种理想化的生活体现在一个人物形象身上,于是写了《一个美丽的挤奶姑娘》。这种描写应当算是田园文学类型。田园文学在欧洲有悠久的传统,有两千年的历史。到了中世纪这个传统可以说中断了,中古后期行吟诗人逐渐把它恢复,到文艺复兴而大盛。仅以英国而言,就可举斯宾塞仿忒俄克利特斯、维吉尔和大陆诗人创造的《牧羊人日历》,锡德尼的散文故事《阿刻底亚》,马娄的著名诗篇《热情的牧羊人致情侣》,莎士比亚的喜剧,尤其是《皆大欢喜》。17 世纪随着贵族趣味的流行,弗莱彻的《忠实的牧羊女》,琼生的《悲哀的牧人》,甚至弥尔顿也写了《科莫斯》,赫立克的诗,德莱顿古典主义戏剧中的插曲,甚至像沃尔顿讲钓鱼的《垂钓全书》,恐怕都属于这一传统。可以看到这一传统的生命力极强。其所以如此,恐怕和这个类型具有的特点有关。这类诗歌或散文作品有许多共同点。其一就是它们都描绘一个理想的世界,这个世界是个纯朴的、诚实的、合乎自然的世界,用来和现实世界对照。因为是对现实世界不满,从这里衍变出其他几个特点,也就是第二个特点,批评,对现实界的批评讽刺。在另一些诗人或同一诗人的另一时刻则又可能表现为第三个特点,逃避主义,或第四个特点,哀惋(挽歌)或怀古。从这里再回头看看欧佛伯利的挤奶姑娘,这个特写的理想化是很明显的。她完全是一个贵妇人的反面。特写的真实性不在正面描写,因为现实世界并不存在这样一个挤奶姑娘。它的真实性从纸背面才看得出。把它的文字全部反过来,就得出一个真实的贵妇人肖像。

约翰·厄尔是擅长"性格特写"的出色散文家,具有极为敏锐的观察力和丰富的想象力,他善于作细致入微的心理分析,文字简练、洒脱,文中不时出现机智的幽默和隽永的警句。由于其栩栩如生的刻画,警察、小号演奏者、搬运工和厨师等普通民众在读者心目中留下了难以磨灭的深刻印象。前文提到的《人寰微探》收入了他很多性格特写名篇,他生前出版了 8 次,经过增补更动共得特写 54 篇。这些特写的人物不少是大学中人物。特点基本上同欧佛伯利相似,同样是把性格要素分解,企图描述人物性格的心理以及形成这种性格的原因。语气微讽,充满警句式的机智,例如,"幼儿乃小写的人,但也是未亲夏娃以前的亚当之最佳摹本",诸如此类。但他对地方的描写却是独创,例如酒馆、烟草店、木球场、圣保罗衡、监狱等。这类特写极似风俗画,又为小说家的环境描写开路。请看他写的《圣保罗衡》[①]:

---

① 指 1666 年大火焚毁前,伦敦圣保罗大教堂前一条街,为"三教九流"聚集之所。

是我国之缩影，你亦可称之为小"大不列颠岛"。还不止此，它还是全世界的舆图，在此熙来攘往之中，你可见到世界是如此运转，而此处乃其最完备的形式。此处由一堆石块及人群构成，又是语言的大杂烩；教堂塔楼若非圣所，则再像巴别不过。喧闹之声，一如蜂鸣，嗡嗡作怪响，杂以"舌步声"及脚步声。又似经久不息的吼声或高声细语。各种谈论的大交易所，各种事务无不在此推动、进行。一切热衷政治的头脑以此为会所，聚首、联合，神情无比严肃，议会议员不及他们一半忙碌。尾联尾，背对背，有如魔舞，脸上像戴了面具一般。此处是青年牧师市场，各种等级、规格皆可买到。此处是各种流通谎言的铸造总厂，先由教堂铸成并压印。一切发明皆在此倾出，不少钱袋亦被掏空。其中的庙宇，其最好的标志乃是：它是窃贼的避难所，在人堆里偷窃比在旷野里尤为安全，也是捉贼人隐身的灌木丛。看完戏，从酒馆出来或逛过妓院，天色尚早，可在此消磨；骂人的兴致还未尽，也可到此骂完。在此游逛者无例外皆男子，而其中主要的常客或此地的东道主则是失业的前武士与军佐；这些汉子身佩长剑、身着马裤，改行到此经商，买卖新闻。有人将此处当作餐前的序言，走一遭，提提胃口；节俭的人则以此处为便饭馆，吃一顿便宜饭。在所有这类场所中，以此处鬼最少，因为即使他想多走几步，亦不可能。

可以看出，每个特征都是孤立的，而出之以警句的形式。重要的是首尾。首既要能概括，又要能抓住读者的注意力；尾则要"言有尽而意无穷"。因此，特写本身是一个完整的袖珍肖像，不像小说中环境景物描写或为人物或为气氛或为大的情节服务。不过可以看作是对环境、风俗的兴趣的开始，在小说中得到发展。另外，小说的这类特写也有相对独立性，如狄更斯小说中描写伦敦雾。

厄尔的"性格特写"式散文并非只为消遣，在其轻松、幽默的笔触之下，还蕴含着对人物道德观的深刻思考。他把观察的目光对准生活中的普通民众，是因为他意识到，普通人的生活总是充满着一件件人们司空见惯的、貌似无重大意义的琐碎小事，普通民众似乎不具有引人注目的特点，经常被人忽视，但是，正是这样的平凡的普通人，如儿童、身体病弱者、贫困者、相貌平平的农夫、性格谦逊者、性格懦弱者等，是社会的基本组合元素。要了解社会，首先应该对民众进行深入的分析与研究。

17世纪中后期，英国还出现了一种类似性格特写的历史人物特写，代表作家如托马斯·富勒（Thomas Fuller，1608—1661）、萨缪尔·巴特勒（Samuel Butler，1612—1680）、爱德华·海德，克莱伦顿伯爵（Edward Hyde, Earl of Clarendon，1609—1674）。英国有一个很长的史纪传统，例如"可敬的比德"用拉丁文写的《盎格鲁各部族教会史》；又如用古英语写的《盎格鲁-撒克逊编年史》。当时对历史的要求也强调要写人，写人的性格，他的行为的动机，人与人的关系（是敌是友），以及事件的细节。

1642年，托马斯·富勒发表的《至善的举止，庸俗的举止》，是一部饶有兴味的人物性格特写集。该性格特写集截取人们在公共场合和家庭生活中的言行片断，颂扬高雅举止，嘲讽不文明的低俗行为。富勒一生中最重要的作品，当属在他去世后出版的《英国名人传》（1662）。作者尽可能地从第一手资料中选取素材，撰写一部记录古今名人事迹的人物大辞典，这种写作理念和实践在当时极为罕见。在这部著作中，作家以机智、轻快和幽默的笔触，客观而忠实地记载了许多名人的生命历程和趣闻轶事，以及一些古物研究成果。富勒以传记的形式使众多名人不朽，作为该部重要传记的作者。

萨缪尔·巴特勒的性格特写代表作为《塞缪尔·巴特勒诗文真迹：人物》（以下简称《人物》）。据说巴特勒的《人物》受到1592年在英国翻译出版的希腊哲学家泰奥弗雷斯特斯的《品格论》（1592）的影响。虽然有泰奥弗雷斯特斯的《品格论》在前，但巴特勒并未墨守成规。在他的创作中充满了睿智的俏皮话和一语双关的讽刺，从而充分地暴露和展现出生活里的荒诞和伪善。以小见大、精于比较、善于使用明喻，这些都是巴特勒的独特天赋。在《人物》中，大多数篇章都是一些普遍性的描述，其余部分，尤其是那些篇幅较长的部分，则都比较具体，如《现代政客》《伪善的异端分子》《共和党人》《现代政治家》《小诗人》《律师》《艺术品鉴赏家》《狂热分子》《隐居的哲学家》等。显然，所有这些都是对当时在政坛上粉墨穿梭的政客们以及颇具影响力的人物的精细素描。《人物》所绘制的人物画卷并不在意人物的外形轮廓，而是在细微处精雕细琢、深刻挖掘；人物形象饱满完整。

爱德华·海德，克莱伦顿伯爵认为历史就是不同人格之间的斗争的纪录。他写《英国叛乱与内战史》，从保王的立场写英国资产阶级革命的前前后后。但作为叙事作品，很接近司马迁。他突出历史人物，叙事则注意有意义而生动的细节，点明行动的动机，并加分析议论，把历史写活了，很有文学意味，给此后英国历史著作立下了规范。他写白金汉公爵以及他的遇刺就很有代表性。白金汉出身骑士家庭，22岁受詹姆斯一世宠幸，4年之间由骑士晋升到侯爵，又过了5年封为公爵。他游说查理亲王与天主教西班牙婚婚，不成，又与法国亨利四世女儿议婚。他领兵入侵法国新教中心拉罗歇尔。他是英国数一数二的首富，为人骄纵，被手下一名军官刺死，死时36岁。克莱伦顿是这样描写他的：

> 这位大人物天性高贵，慷慨大度，他的其他类似的天赋，使他很容易为一位伟大君主格外宠幸。他了解宫廷中的艺术和伎俩，宫廷中的一切学问，他了解透彻。他长期办理事务，亲受国王的教导，而这位国王长于言辞，洞悉世事，又乐于训诲这位没有阅历的青年宠臣，深知人们会永远把他看成是国王亲手塑造的人物。因此，他变得十分敏慧，熟悉事务，并养成一种谈吐风雅而又中肯的习惯。

交代了这背景之后，克莱伦顿集中描写他的简单而易冲动的性格：

> 他对朋友的情谊非常炽烈，就像举行婚礼时双方立誓要同甘共苦，或订立盟约时双方立誓攻守相助一样。他认为，爱他所有的朋友是他的义务，凡是使朋友恼怒的人，他都有义务去向他们宣战，不管他们争吵的原因是什么。不容否认，他对敌人也同样过火，他以最严厉的手段，怀着最大的敌意，去对付他们，而且不轻易和解。

克莱伦顿承认白金汉有野心，但他加以分析，为他开脱：

> 如果说他野心过大，像人们指责他的那样，那不过是一株莠草，最肥沃的良田里也会长出莠草，而且看不出他的野心是出自天性。他进入宫廷时，也看不出他是怀着野心来的，而是他到了宫廷才发现野心的，在那种气候中野心是一件必须穿的衣服。至于升官、晋爵、致富，他也是无能为力的，就像一个健康的人在最热的天气坐在太阳底下，要他降低体温一样。他是这样，两个主子[詹姆斯一世和查理一世]的心上人，他不需要野心。

克莱伦顿出于对王党的同情,他笔下的人物的形象多少是歪曲的,而且人物描写只占全部著作的一部分。虽然是重要的有机部分,但与独立的肖像不同。人物特写是独立肖像画,历史著作中的人物则是长卷中的单个人物像。

在 17 世纪和以后的历史著作中,对人的兴趣就发展成了传记和回忆录。与历史人物类似的有关文坛人物特写,有轶事集之类作品。性格特写作为文学类型,17 世纪以后也起了变化。原封不动的,除了 19 世纪萨克雷的《势利眼集》等少数作品外,已不多见。变相的性格特写则见于散文,如艾迪生所创造的罗杰·德·科佛权爵士。因为性格特写写的都是类型,缺少个性,特写中的人物和 17 世纪及以后的戏剧和小说里的类型同属一类,即佛斯特所说的"平面人物"。

二、"天路历程"的寓言故事创作

17 世纪初,英国的散文发展迅速,各种风格的小册子和散文作品在社会上广为流传。1611年,《詹姆斯国王钦定圣经》正式出版,不仅使英国有了一部重要的宗教文献,而且还对英国小说的发展产生了积极的推动作用。在保留了中古英语特有的古雅韵味并与宗教庄重的教谕相吻合的同时,《圣经》钦定本采用了自然朴实的语言和市井百姓喜闻乐见的本土词汇来叙述神圣的宗教典故。这无疑进一步提高了英国人的阅读兴趣,同时也对当时英国小说的语言风格产生了重要的影响。在此背景下,英国虽然还没有出现正式的小说,但以寓言故事的形式出现继续向前发展。重要代表作家如约翰·班扬(John Bunyan,1628—1688)和阿弗拉·班恩(Afra Behn,1640—1689)。

约翰·班扬是英国文学史上的著名散文家,清教徒文学的重要代表。班扬在英国文学史上具有鲜明的过渡特点,被看作是英国 18 世纪小说的先驱,对英国小说的发展产生了较大的影响。他最重要的作品是在狱中写的寓意讽刺小说《天路历程》。该书被誉为"英国文学中最著名的寓言"。该书现在已被译为 100 多种文字和方言,受到不同文化和宗教背景的人们的喜爱。《天路历程》是一部意蕴丰厚的作品,共分两部,第一部出版于 1678 年,叙述主人公基督徒抛妻别子前往"天国之城"的冒险经历。从中古讽喻文学惯常采用的梦境开始,写"我"梦见一个衣衫褴褛、身背重负的人背对着他的家,拿着《圣经》在徘徊呼号,不知怎样得救。他得知居住的城市将毁于天火,妻儿却不信,在宣道师的指引下,他逃离故乡"毁灭城",开始了艰苦卓绝的天路历程。他从"灰心沼"的千年泥淖中脱身,被"世故先生"误导又在传福音者帮助下皈依正道。他攀越"艰难山",在"屈辱谷"与妖兽搏斗,接着穿越鬼声凌厉的"死荫幽谷",与"忠信"结伴而行,路经"名利场"时被"嫉妒""迷信""谗言"陷害,"忠信"身亡,基督徒逃出和新同伴"希望"继续前行,跨过"安闲"平原,拒绝"金钱山"的诱惑,却误入"怀疑堡垒",被"绝望巨人"折磨殆死,最后越过"快乐山""死亡河",来到了天国,受到天使迎接。第二部发表于 1684 年,是对第一部的补充与发展。叙述基督徒的妻子对当初不肯前往悔恨不已,在上帝的昭示下带领孩子们历经险境找到天国的故事,其社会讽刺成分减弱。基督徒的天路历程绝不仅停留在宗教信仰层面,也表达了人类共同的"心路历程"。

《天路历程》充满了浓郁的宗教性,和布道讲稿性质相近,一些文学史家将《天路历程》与但丁的《神曲》、奥古斯丁的《忏悔录》并列为世界三大宗教体文学杰作。作为一部文学经典,相比以前的宗教作品,《天路历程》具有较强的写实性,神秘性减少,作品将幻想和写实紧密结合,以梦境游历来讽喻现实,在揭示宗教主题的同时,用现实主义方法折射出了那个社会动荡、宗教反抗遭到镇压的时代,反映了复辟时期的种种社会罪恶和弊端。小说中的"名利场"就是时代风尚的一幅绝妙的讽刺画,在对"名利场"的描绘中,班扬对复辟时期伦敦社会追名逐利、道德堕落的社会风气进行了辛辣的揭示和愤怒的抨击,对人生各种弊病进行了的揭露、批判,使之成为具有时代特征的传世篇章。小说广泛运用象征手法,反映了人类对真理和美好未来的追寻和人所经历的从善斗恶的精神历程,具有普遍性的寓意。《天路历程》带有浓厚的宗教寓言性质,读来不免沉闷枯燥,但它想象丰富,神思美妙,以人物的游历展开各式各样的故事和生活,情节明快,人物塑造真实有力,动作和对话描写生动具体。塞缪尔·约翰逊博士对其赞誉有加:"《天路历程》在创新性、想象力和故事情节安排方面表现突出。人们对它广泛而持久的肯定便是其成功的最佳证明。"

阿弗拉·班恩最著名的作品为1688年发表的短篇小说《奥隆诺科,或皇家奴隶》。《奥隆诺科,或皇家奴隶》讲述了一个非洲王子被强行卖到美洲为奴的故事。小说主人公奥隆诺科是非洲一个国王的孙子和王位继承人。他与一位将军的女儿英姆埃达相爱。不料,老国王也看上英姆埃达,当他得知这对青年男女相恋时便极力阻挠,甚至将英姆埃达卖到国外去当奴隶,而奥隆诺科则遭到一名运送奴隶的英国船长的诱捕,被押往英国的殖民地苏里南。不久,奥隆诺科和英姆埃达两人在苏里南重新团聚。后来,奥隆诺科因鼓动其他奴隶逃跑而遭到当局的追捕。在绝境中,奥隆诺科为了不让英姆埃达再受到残忍的迫害,迫不得已将她杀死。而奥隆诺科自杀未遂被捕获,最终仍被残酷地杀害。小说通过描述一对非洲青年的悲惨命运,无情地揭露了英国殖民主义者的残暴行为。作者详尽地描述了那些自称是基督徒的英国殖民主义者残酷压迫奴隶的情况,对统治者和殖民主义者的血腥暴行进行了深刻的揭露。小说充满了现实主义的描写镜头,常常使读者感到身临其境。这部小说在艺术形式上显得更加成熟。小说情节生动曲折,人物形象有血有肉,框架结构清晰合理,体现了作者较强的谋篇布局能力。

《奥隆诺科,或皇家奴隶》是继《天路历程》之后又一部具有较高艺术水准的英国小说,也是英国文学史上第一部对奴隶表示同情的作品,暗含了作者对殖民现象的抨击。

第六节　俏皮而轻佻的风俗喜剧

王朝复辟时期,在英国舞台上最有影响的、同时也是最有争议的剧种是风俗喜剧。虽然风俗喜剧早在17世纪20年代末30年代初就已被搬上了伦敦的舞台,但是直到王朝复辟时期,这一剧种才达到了它发展的全盛时期。

一、风俗喜剧发展全盛的原因及道德问题的争议

在1642—1660年间,清教徒势力控制整个英国。清教徒封闭剧院,取消包括圣诞节在内的所有公共假日。戏剧在这18年间销声匿迹。在这个戏剧空白时期,戏剧的大致面貌倒退到和中世纪时期相差无几的地步。在这个时期里唯一的例外可能要算威廉·达文南特(Sir William Davenant,1606—1668)。他巧妙地绕过当局的法令,创作了以音乐为主的一系列戏剧,在很短的

时间内产生了很大影响。这个戏剧的空白时期直到查理二世 1660 年登基后才开始发生改变。1660 年 8 月 21 日,查理二世恢复剧院,特许托马斯·基利格鲁(Thomas Killigrew,1612—1683)和威廉·达文南特两人分别建立剧院。于是,基利格鲁创立皇家剧院的国王剧团,达文南特创立约克公爵歌剧院。他们和贵族势力联盟,在当时几乎垄断了所有戏剧市场。他们对市场的控制甚至延伸到演员和剧作家身上。在当时,如果演员不是受到某个王公贵族的荫护,就只能成为流浪演员。剧作家更是如此。如果剧作家无法得宠于某个王公贵族,其作品便难以上演。从王政复辟时期开始,戏剧舞台上开始出现女演员。

和其他时期不同的是,这个时期剧院的光顾者几乎都是清一色的王公贵族,以及奔走于王公贵族左右的各种交际花和纨绔子弟。随着王政复辟而来的是以查理二世为首的贵族们放荡生活方式的流行。国王本人并不关心时政,整个统治阶级沉溺于酒杯与舞池中,社会的道德规范从清教的清规戒律中松绑,一头栽进放纵的深渊。这点很快地在当时的戏剧中得到反映。当时观众虽然才智水平不低,但品味低下,没有什么道德情操可言。观众的这些特点深刻影响了当时的戏剧创作,特别是喜剧创作。在当时,舞台和观众之间互动非常紧密,有时舞台表演甚至变得次要,观众的喧哗和舞台的嬉闹融为一体。观众的才智促使喜剧在语言方面比较考究,但他们的道德情操也降低了戏剧的内容水准。

王政复辟时期喜剧的道德问题一直以来深受人们诟病。最早提出问题的人是杰里米·科利尔(Jeremy Collier,1650—1726)。他在《略论英国戏剧的不道德与不圣洁》(1698)小册子中,严厉地指责当时的戏剧和剧作家。他指出当时的剧作家都是下流、猥亵和淫秽的代名词,是不道德的鼓动者。对于科利尔来说,这些剧作家的目的在于麻醉观众、歌颂羞耻、让淫荡变成娱乐。科利尔的小册子很快赢来众多读者,为当时舞台上的放纵无度鸣响了丧钟。人们开始思考与检讨王政复辟时期欢乐癫狂的喜剧,使得道德标准再次回归。这次检讨在客观上使英国喜剧从此陷入沉寂。从回顾历史的角度来看,科里尔的小册子的确存在不少偏颇,充满各种错误,不少地方显得言过其实。尽管如此,对于王政复辟时期喜剧的评价在很长时间以来都受到了科利尔所倡导的道德缰绳的束缚。

这个时期的法国喜剧作品对英国喜剧很有影响。原因之一是查理二世及其贵族从法国带回的法国贵族生活习气的感染;另外一个更直接的原因是来自莫里哀的巨大影响。英国喜剧在很大程度上是对莫里哀喜剧的改编,莫里哀的手法及其喜剧的特点在英国喜剧身上得到了再现。也有人认为,虽然王政复辟时期的喜剧大量借用莫里哀作品的素材,但这些喜剧在目的和状貌上和莫里哀的作品相距甚远,应该被看成是和莫里哀同步发展起来、目的在于反映英国本土生活面貌的独立艺术潮流。有一点不争的事实是,不少英国喜剧作家都从莫里哀的作品中找到了创作灵感,这些灵感包括故事发生的情景、人物的刻画,甚至是故事情节。这些剧作家包括约翰·德莱顿、威廉·威彻利等该时期的主要剧作家。尽管这个时期英国的喜剧作家大量地借鉴莫里哀的作品,不过在莫里哀作品中表现出的人文主义的关怀,却似未怎么影响这些英国戏剧家玩世不恭的态度,王政复辟时期的喜剧似乎无一例外地都要比法国这个时期的喜剧来得粗野。

另外,王政复辟时期的喜剧和伊丽莎白时期的喜剧也有些区别。如果说伊丽莎白时期的喜剧是对于现实生活想象般再现的话,那么王政复辟时期的喜剧便是对于生活玩世不恭的解剖。而且解剖之后,还不忘分门别类,上至人物的类型,下至人物的名字,一一贴上冷嘲热讽的标签。他们的剧作的内容有:极度挥霍的儿子骗取节俭的老父的钱财;失宠的妻子通过各种伎俩再次获得丈夫的关爱;纨绔子弟和风流女子使出浑身解数摆脱一段已经无聊的恋情,极力为死寂的婚姻找点插曲、寻点乐趣,因为对于他们来说,婚姻不过是让人取笑的把柄而已,等等。

这个时期喜剧所使用的技巧也值得一提。喜剧作家们似乎不很看重情节的统一,往往在作品中塞进多条平行或相互交织的线索。在具体情节的表现上也不拘一格。在同一部作品中,有的线索的展开运用的是押韵的对句,有的线索用的则是散文体。在语言风格方面,这些作家各有特点,有的偏重平实,有的偏重雕琢,有的显得辛辣与粗俗。

二、风俗喜剧的创作情况

内战和王朝复辟时期的风俗喜剧作家有乔治·艾特利吉(sir George Etherege,1626—1692)、威廉·威彻利(William Wycherley,1641—1711)、威廉·康格里夫(William Congrere,1670—1729)、乔治·法夸尔(George Farquhar,？1677—1707)等。这里重点说艾特利吉、威彻利的风俗喜剧创作情况。

乔治·艾特利吉(sir George Etherege,1626—1692)称不上是一位职业剧作家。他的创作生涯只延续了十几年,一共只写了三个剧本和几组小诗。他的前两部剧作——《喜剧性的复仇》(1644)和《她但愿能如意》(1668)——虽然很有意思,但使他成名的还是他的最后一部剧作:《风流人物》(1676)。《风流人物》主要讲的是放荡的德里曼特几段恋情的发展。在第一幕第一场中,德里曼特对自己的经历有这样的评价:"我喜欢去深入了解一个新情妇,除此之外我喜欢和一个老情人吵架。"这可以说是《风流人物》故事情节的真实写照。读者可能会觉得德里曼特对拉维特女士和贝琳达太过于残忍,不过对于那个年代的观众来说,他们应当会沉浸于这其中的滑稽,因为对于他们来说,像拉维特女士和贝琳达一样把简单的调情看得那么重本身就是滑稽的。现代观众觉得最粗俗的一幕应该是当德里曼特和贝琳达第一次幽会后,德里曼特穿着睡衣和贝琳达将要离开的时候。不过除却几个较为粗俗的场景之外,该剧当中不乏精妙的情景,比如拉维特女士愤怒的情景、老贝莱尔笨拙地向艾米利亚示爱的情景、小贝莱尔和哈利艾特佯装恋爱的情景、弗普林先生过分考究的出场以及伍德维尔女士和德里曼特的初次见面,等等,无不体现着滑稽的笔触。和前两个剧相比,《风流人物》有很大的区别。原因之一是从《她但愿能如意》到《风流人物》的8年间,伦敦的戏剧界发生了不小的变化,观众的口味也大有改变。而更重要的原因则是艾特利吉的戏剧艺术日趋成熟。在《风流人物》中,全剧的中心是德里曼特,即剧名所指的"风流人物"。剧中所有情节的发展都是围绕着他进行的。同前两个剧和同期许多喜剧的剧中人物相比,德里曼特——包括钟情于他的三位女子一被描绘得栩栩如生。他们不再是喜剧中常见的、代表社会上某种类型式的人物,而是各有明显的个性,每个人的举止言谈都和他特定的身份相互吻合。连剧中的一些次要角色也被剧作家刻画得活灵活现。当然,如果单独用道德标准来衡量,《风流人物》则比前两个剧更难为现代观众所接受,因为和前两个剧相比,这个剧更露骨地描写性和不道德的婚外恋情。在第四幕第二场开头的舞台指示中,甚至出现了德里曼特和贝琳达一夜温存之后仆人进来整理弄皱了的床单的安排。这个变化恰恰反映了这几年间英国社会风尚的变化,同时也是观众口味变化的一种体现。艾特利吉常被称作王朝复辟时期风俗喜剧的奠基人。应该承认。他的成名作《风流人物》在喜剧语言和结构上都为他的同代剧作家树立了一个榜样,而这恰恰是《风流人物》在英国戏剧发展史中占有一个重要位置的主要原因。

威廉·威彻利(William Wycherley,1641—1711)的第一个剧《林中之恋》于1671年首次上演。他的处女作使威彻利一举成名。威彻利的第二部作品是《绅士舞蹈教师》(1672),于1672年

2月6日首演,并出版了三个不同的版本。虽然剧情很简单,剧中人物也缺乏个性,但《绅士舞蹈教师》是一出比较典型的喜剧,因此评论家在讨论王朝复辟时期的喜剧时常常提到它。全剧的中心人物是唐·迭戈和他的女儿希波莉特。唐·迭戈本是个英国人,由于崇尚西班牙文化,他处处以西班牙人自居。和不少西班牙人一样,为了"保护"女儿的贞操和家庭的声誉,他一直把女儿锁在家中。他选中的女婿是希波莉特的表兄蒙西尤,那是一个对法国文化如痴似醉的纨绔子弟。希波莉特当然不愿把自己交给这样一个呆子。她小施一计,利用蒙西尤的虚荣心,把全城最有风度的绅士杰勒德叫到了她的窗前。希波莉特和杰勒德一见钟情。没想到唐·迭戈突然出现,急中生智,希波莉特把杰勒德说成是蒙西尤派来的舞蹈教师。而杰勒德真是一个地地道道的英国绅士,既不会跳舞也不会唱歌,又有一点异国口音,但是,为了希波莉特,杰勒德不得已只好硬着头皮扮演起舞蹈教师的角色,与整天疑神疑鬼的唐·迭戈以及假装正经的希波莉特的姑妈玩了一场猫捉老鼠的游戏。虽然,剧中的人物属于王朝复辟时期喜剧中常见的几种类型,但是威彻利似乎并没有着意去讽刺挖苦任何人,这大概就是《绅士舞蹈教师》很难给观众和读者留下深刻印象的主要原因。

威彻利最重要的剧作是他的后两个剧:《乡下女人》(1675)和《光明磊落者》(1677)。在《乡下女人》这部作品中,威彻利的戏剧手法得到了充分的体现,同时他作品中堕落的道德也表露得一览无余。戏剧主要围绕两条线索展开,第一条线索的中心是宏尔,第二条线索的中心是品奇外弗的妹妹阿丽西亚。宏尔刚从法国回来,假装自己性无能,可在暗地里却和别人的妻子通奸,后来还赢得了品奇外弗的妻子乡村妇人玛杰里的青睐。阿丽西亚在伦敦戏弄了斯巴其斯,最终和哈考特结婚。整部喜剧中最为不雅的一个情节应该要算宏尔假装性无能以及他与多人的通奸,被戴绿帽子的人得不到同情,反而受到人们的讥讽。在最后的大幕落下时,人们看到的是嘲弄戴绿帽子的人的歌舞。另外一点值得一提的是玛杰里,虽然玛杰里在剧中的表现令人咋舌,本来淳朴的农村妇人如果拥有机会也会和其他人一样,堕落于情欲之中,不过,玛杰里典型的乡村韵味还是和伦敦矫揉造作的上流社会形成了鲜明的对比。整部喜剧的重心无疑是猥亵的,不过威彻利通过掌控剧中猥亵的程度,把他的戏剧手法发挥得淋漓尽致。

和前几个剧相比,威彻利最后一个剧本《光明磊落者》是最成功的一个讽刺剧,也是他对时代最严厉的抨击。剧中的主人公曼利被他的情妇奥利维亚以及他的好朋友弗尼斯所愚弄和陷害。在困境当中,他受到了善良可爱的菲蒂利亚的帮助,不过菲蒂利亚一直以来都是女扮男装。直到最后,曼利才意识到菲蒂利亚是一位女子以及她对自己的一片深情。从她的身上曼利看到了自己的愚蠢。他正式向菲蒂利亚求爱,把从奥利维亚那里夺回的财产交给她,并称她为自己的知心朋友:

> 我现在可以相信世界上
> 还有好心的朋友……
> 漂亮的女人也可以成为朋友,
> ……
> 任何人都不应该相信眼泪、山盟海誓、缠绵的恋情或未经考验的伙伴。

在用书信形式为《光明磊落者》所写的献辞中,威彻利嘲笑了当时流行的献题的做法,把它们称作空洞无物、废话连篇。他也攻击了那些企图在前言中向观众解释自己写作意图的作家,并把那些无法接受他的前一个剧《乡下女人》的人称作伪君子。正是因为威彻利犀利的文笔,他被同代人冠以"曼利·威彻利"的美称。

在《光明磊落者》中,曼利的塑造,剧作家应该是从莫里哀的《愤世嫉俗者》(1666)中得到不少启发。曼利的言语辛辣刻薄,可内心里却充满善良。他本质里很容易上当受骗,老实到了极致,可从他的嘴里说出来的话却显得那么愤世嫉俗,丝毫不显敦厚善良,于是表面的乖张和内心的忠厚形成了强烈的反差,从而达到非常不错的喜剧效果。

在威彻利的所有作品中,可能除了第二部有点例外,在其他的作品中威彻利无时无刻不在揭露那些假风趣的人的荒唐和滑稽,同时他也鞭笞了人类的种种虚伪。威彻利剧中的情景大都发生在普通人家中,在身无分文的穷绅士的住所抑或在一些其他娱乐的场所。他对当时的上层社会颇有微词,时常在作品中加以讽刺和鞭笞。不管在什么时候,他总不忘在他的想象当中加入一些理性的思考,从而使得他的作品充满骨感。他的作品往往一针见血,直接而犀利。

第五章　启蒙时代的英国文学

18世纪以推崇理性著称,用理性批判封建社会遗留下来的政治和宗教专制,以及各种陈旧的陋习和迷信思想,这就是启蒙运动。在启蒙运动影响下的英国文学也取得了丰硕的成果,不仅有蒲柏和他的英雄双韵体诗歌,而且有文学怪杰约翰逊和小说大师菲尔丁等,这些作家及其创作都为启蒙时代英国文学的繁荣与发展奠定了良好基础。与此同时,启蒙运动的开展也为英国各种文学思潮的传播与扩展奠定了良好基础。首先,在18世纪上半叶的启蒙思想和理性之上的影响下,英国文坛兴起了一股模仿和推崇古代文学大师们的创作和美学原则的古典主义的潮流,蒲柏便是其显著代表。伴随着古典主义文学潮流的兴起,同时也出现了笛福与斯威夫特的初期现实主义文学作品。其次,在18世纪中后期,强调个人的道德改进感伤主义和以恐怖、超自然、死亡、颓废、巫术、古堡、深渊、黑夜、诅咒、吸血鬼等为标志的哥特文学逐渐兴起,为英国文学增添了新的色彩。

第一节　古典主义文学的巨人——蒲柏

17世纪后半叶在英国确立的古典主义创作原则在18世纪进入成熟时期。古典主义崇尚理性,注重形式,强调艺术形式的完美和谐。而在18世纪的文坛中,古典主义精神在蒲柏(Alexander Pope,1688—1744)的诗歌中得到了极其充分的体现,他也因此成为启蒙运动时期英国古典主义文学的代表人。

蒲柏是启蒙运动时期古典主义的代表。他文学上崇奉新古典主义,师承法国古典主义理论,视古希腊、古罗马作品为最优秀的文学典范。他的文学理论在创作中得到了充分、完美的体现。蒲柏的诗精心雕琢,技巧圆熟,他把"英雄双韵体"在诗歌中运用得无比融洽优美,无论是用于写文章、田园诗、讽刺史诗、叙事、书信、哲学论文,还是用于翻译荷马史诗都取得了令人赞叹的出色成果,使"英雄双韵体"的使用在英国诗歌史上达到了登峰造极的地步。蒲柏的诗风曾风靡一时,他被法国作家伏尔泰称为"欧洲最伟大的诗人"。

蒲柏出生在伦敦的一个布商的家庭,12岁时的一场疾病使他落下终身残疾,背部畸形,身高不足五英尺。由于他信仰的是罗马天主教,所以被牛津大学和剑桥大学拒之门外。他自学成才,不顾身体羸弱,条件恶劣,刻苦读书,在古典文学和创作技巧方面积累了渊博的知识。他积极参加社交活动,是约瑟夫·艾迪生和乔纳森·斯威夫特的好朋友。蒲柏56岁时去世,终生未婚。

蒲柏对英国文学最大的贡献是他有关新古典主义诗歌创作的理论。1711年,他发表了《论批评》一诗,叙述了新古典主义诗歌的创作原理,确立了他英雄双韵体诗歌大师的地位。他认为诗人应以古希腊和古罗马的经典作品为楷模,严格遵照传统确定的创作原则,语言风格要清晰、对称、均衡、精练,作品中要排除激情。蒲柏的许多诗行都已成为格言警句。

在文学创作上,蒲柏的成就主要体现在他的英雄双韵体的诗歌创作上。英雄双韵体由第一位桂冠诗人约翰·德莱顿首创并命名,并领导了英国 17—18 世纪的诗风。英雄双韵体的发展和形成经历了很长时间,到德莱顿时基本定型。它的格律是:每行五个音步,每步两个音节,一轻一重;两行成一组,互相押韵,故称"双韵体"。其好处是整齐优美,其缺点是这种脚韵要安排——两行一韵,下两行换一韵,这样两行两行下去,容易陷于单调、机械。

文学评论界对英雄双韵体的界定是有严格定义的。一般来说需满足以下几个条件。首先,五音步抑扬格;其次,押尾韵对偶句;再次,韵尾为 AA BB CC DD……不重复;最后,风格简洁。当一首诗中仅有几个满足以上条件的对偶句,其余大部分诗句都无法满足上述条件时,这首诗就不能称之为英雄双韵体。也因为如此,德莱顿之前的诗句,包括乔叟所创作的诗句在内,不应该称之为英雄双行体,而应称之双行体。而在德莱顿之后,英雄双韵体诗歌才正式确立。

18 世纪多数英国诗人都用的"英雄双韵体",除蒲柏以外,艾迪生、斯威夫特、约翰逊等人也都用它。蒲柏的贡献在于:使它更工整,又使它更多变化,特别是在行中停顿点的变换上下功夫,不仅每行之中必有一顿,而且往往每半行之中也有一顿,顿的位置不一,从而增加了各种音节配合与对照的机会;另一个好处是能将重要的词放在顿前或顿后,取得额外的强调效果。例如,他以双行押韵体写作而成的宣扬古典主义诗论的著作《批评论》中就有下面的诗句:

真才气是把自然巧妙打扮
True wit is nature to advantage dress'd,
思想虽常有,说法更圆满
What oft was thought, but ne'er so well express'd;

上引两行中,第一行 Nature("自然")后有一顿,既可喘一口气,又强调了此词;第二行thought("想到的")后一顿,而行尾 express'd("表达出来的")也一顿,二者在音韵上形成了一郑重一急促的对照。此外在尾韵的选择上,也有各种变化:一般用单音节重读词,但也有用弱读音节为尾的,即用了所谓"阴韵",如这两行之尾的 dress'd 与 express'd 就是,读时须口齿伶俐,使人感到巧妙,而这巧妙感又正是意义上"巧妙打扮""更圆满"所要求的效果。这也就是音与义互相增益的一例。

《批评论》深受古罗马诗人贺拉斯《诗艺》、法国古典主义理论家布瓦洛的《诗的艺术》的影响,感慨文学批评缺少真正的趣味,推崇荷马、维吉尔等古典作家的诗艺,认为"模仿自然就是模仿他们"。他诗中的主要论点来自贺拉斯和布瓦洛,新意不多,但表达机智、精辟,《批评论》成为英国古典主义文学理论的宣言性著作。但是蒲柏不是古代作家和批评原则的盲从者,在开始于法国、持续到 18 世纪早期的英国的古今之争中,他以理智的态度进行评判,对不守"三一律"的天才作家莎士比亚非常尊敬。

除《批评论》之外,蒲柏还有其他作品,包括《卷发遭劫记》《悼一位不幸的女士》《爱洛绮丝致阿贝拉德》《群愚史诗》《拟贺拉斯的讽刺诗与书简》等。《卷发遭劫记》是"模拟史诗",故意以伟大的风格处理琐细的题材,产生谐谑而讽刺的效果。伦敦上流社会两个贵族家庭由于彼德爵士偷剪了摩尔小姐一绺头发而失和,蒲柏为缓和他们之间的敌意而作了这首诗,自称是游戏工作,"仅供几位年轻女士消遣。"他使用古典史诗的所有技巧,诗中的神祇介入、精灵出没、对战争的详尽描写、繁复的荷马式比喻的运用,而叙述的全部故事只是美女子贝林达如何被一位男爵偷剪了一绺秀发,极尽小题大做之能事,表现出贵族社会男女懒散、无聊的生活的讽刺性图景,尽管这讽刺是温和、幽默的。浪漫派诗人拜伦的《唐·璜》描写贵族空虚生活的片断明显地受到蒲柏的影响。

《悼一位不幸的女士》和《爱洛绮丝致阿贝拉德》是蒲柏早期著名的短诗。前一首诗感叹一位自杀的女子的早逝,联想到人生命运的无常;后一首诗讲述发生在中世纪的一个著名的爱情故事,表现出古典主义文学常见的道德与热情冲突的主题,两首诗都十分悱恻动人,抒发了浪漫主义情感。

《群愚史诗》是讽刺诗,在诗中,蒲柏尖刻地讽刺了他在文学上的敌手,在愚笨女神发起的娱乐活动中,批评家叫作家朗诵作品,没有一个人能免于酣睡。诗中牵涉当时文坛上派别间纠纷和个人恩怨,但也以启蒙精神写出18世纪早期文学生活的讽刺性场景,反对"愚笨""空虚"和无知。与这部作品大约同时写作的《拟贺拉斯的讽刺诗与书简》,模仿贺拉斯笔调,其中包含许多对当时文学创作的批评性评判。诗人反对盲目崇古,既称赞法国古典主义诗人拉辛、高乃依,也赞扬英国作家莎士比亚、本·琼生、斯宾塞、弥尔顿、德莱顿及同时代的艾迪生、斯威夫特等。

蒲柏后期的重要著作是《人论》《道德论》和《致阿勃斯诺特医生书》。《人论》是首哲理诗,反映了诗人的哲学、伦理观点。他接受自然神论影响,认为世界是井然有序的,"凡是存在的都是合理的",反映了当时流行在上层人士中的保守的哲学信念。他在诗中对人性进行探讨,认为人性中有自私和理性的成分,上天意旨"把自私与公益合而为一","上有美德才是人间的幸福",表现了启蒙思想家的思想特点。诗作内容上多属老生常谈,但有很多警句,作者自称他的伦理学系统"中庸而不矛盾、简明而不残缺"。《道德论》也表明了实用的道德观,显示了诗人的讽刺才能。《致阿勃斯诺特医生书》是蒲柏的自传和自我辩护词,针对有人对他著作乃至人身、品德的攻击而作,风格口语化,讽刺犀利。

从1715年到1726年,蒲柏还致力于翻译和编辑工作,按照古典主义文学趣味自由译述了荷马史诗《伊利昂记》和《奥德修》,编辑出版了《莎士比亚》全集。

总之,蒲柏在18世纪享有崇高声誉,对其他诗人有很大的影响。他使由法国而来的古典主义传统光大,善于以议论和哲理入诗,表现出理性精神和杰出的讽刺才能。而他运用英雄双韵体的娴熟和完善,很少有人能与之匹敌。

第二节　寓教于乐的期刊文学

早在16世纪末至17世纪初,随着政治和宗教争论的影响,英国便已经出现了一些关于这方面内容的传单、小册子和出版商发行的带有广告性质的新书概要及评论,到17世纪末,由于出版物审查法的废止,以及政治斗争的需要、印刷条件的改进、城市的发展、读者的增多,期刊事业在18世纪得到了迅速发展,出现了繁荣的局面。早期英国报刊可分为两大类。一类是包罗万象的报纸杂志,但文学性一般不强,如《君子报》《君子杂志》《伦敦杂志》等;另一类是文学性较强的书评,如《时文》等。随着这些期刊事业的兴起,18世纪的英国期刊文学也迅速繁荣了起来,其中代表性作家如约瑟夫·艾迪生(Joseph Addison,1672—1719)和理查德·斯梯尔(Richard Steel,1672—1729)等,他们的文章对于规范散文、推进道德教化起了巨大的作用。

一、约瑟夫·艾迪生的散文

约瑟夫·艾迪生(Joseph Addison,1672—1719)为英国散文大师之一,他曾在牛津大学求学和任教,并去欧洲大陆旅行多年。担任过南部事务部次官、下院议员、爱尔兰总督沃顿伯爵的秘书等职。与斯蒂尔合办《闲话报》和《旁观者》等刊物,写有诗篇《远征》、悲剧《卡托》以及文学评论文章等。

艾迪生的散文精悍、清晰、典雅、有文采,涉及的内容非常广泛,既有城乡琐闻、官场趣事,也有礼仪风俗、历史掌故、道德风尚、园艺服装、文学艺术等,但最终的目的都是劝善。例如,艾迪生论想象愉悦一组文章在美学史上地位很高。这一组文章共12篇,在文章中,艾迪生对想象的定义比较狭窄,不是指不受约束的幻想或空想,而是指以经验和记忆为基础的一种形象思维过程。他指出视觉是我们接触、了解外界事物的主要途径,这观点显然带有洛克经验主义哲学的特征。他写道:

> 我们想象中的每一个形象最初都是通过视觉得到的。但我们具有可以把曾经看到的形象保存、改变和浓缩成最适于自己想象的各种不同画面的能力。正是这种能力会使一个蹲地牢的人想象出比自然所能提供的一切更美的景象。

艾迪生接着强调说:

> 我所说的想象愉悦只指源于视觉的愉悦,并把它分成两类:我的设想是先探讨直接愉悦,也就是完全从注视眼前景物所感到的愉悦;然后探讨间接愉悦,也就是当景物不在眼前时通过回忆所视景物而得到的,或是把不存在或虚构的事物想象成令人惬意的景象而获得的愉悦。

这后一种情况包括从新闻记述文学作品获得的美感。在"想象愉悦"的认识基础上艾迪生多次谈及壮美给人带来的愉悦。他说:

> 想象乐意把握无比巨大的客体,或被它充实。我们看到巨型物体有种惬意的惊诧,理解以后心灵快乐的震颤。

他又说道:

> 如果我们从对想象的愉悦方面来看自然与艺术,就会发现后者远逊于前者。因为尽管艺术有时会以美丽的、新奇的形式出现,但艺术缺乏自然所具有的能给目击者以极大快感的广阔无垠。艺术或许会像自然一样柔媚多姿,却永远表现不出自然的雄伟壮观。

　　这里自然与艺术的区别被高度抽象概括为壮美与柔美的区别,为了阐述间接想象的愉悦,艾迪生谈到了诗歌、绘画等方面的创作问题。他特别重视语言描绘,并专门探讨了为什么有些景象令人们躲之不及,而对相关的语言描绘我们却情有独钟。他说:"因为与其说我们是欣赏描绘中所包含的景象,不如说是欣赏能引起景象想象的精确描绘。"这可以说是揭示艺术"丑"的感染力的一个重要内容。

　　此外,艾迪生也发表了不少文艺批评方面的文章,其中最著名的是 18 篇对弥尔顿《失乐园》的批评,它可以说是英国文学批评史上的重要作品。如果说德莱顿只是推崇弥尔顿的《失乐园》,认为它可以与古典史诗相媲美,艾迪生则从人物、语言思想、风格和结构等许多方面展示了《失乐园》的美学成就。这 18 篇评论在《旁观者》上每星期六刊出一篇,从 1712 年 1 月 5 日第 267 期刊出的第一篇,到 5 月 3 日第 369 期刊出最后一篇,历时达 4 个月。其中前 6 篇从不同方面综合评论《失乐园》,后 12 篇则分别评论其每一卷。从总体上看,这一系列论文对《失乐园》的评论相当全面精湛,不仅在当时对于《失乐园》之地位的确立起了重要作用,在今天对于研究《失乐园》和弥尔顿仍具有重要借鉴意义。

　　艾迪生在第一篇论文中开宗明义地指出他不愿意介入关于《失乐园》是否属于英雄史诗的争论,而要用史诗标准来检验它是否具有《伊利亚特》或《埃涅阿斯纪》等经典史诗的美学特征。他首先分析了《失乐园》的情节。按照亚里士多德和贺拉斯的分析,史诗必须具备一个完整的故事,而且这个故事必须意义重大。艾迪生认为《失乐园》就完全符合这方面条件,并进一步指出荷马和维吉尔的史诗在情节上不够完美,因为他们在诗中加进了一些无关的内容。他写道:"与它们不同,我们现在讨论的这部史诗的任何片段都与主题浑然一体,但它又是那样丰富多彩,从而使我们领略了无穷变幻,又享受了古朴清纯。它的主题自然清晰,但表现却千变万化。"这应该说是相当精确地概括了《失乐园》的特点。艾迪生在第二篇论文中分析了《失乐园》的人物特点。他认为虽然弥尔顿只写了亚当和夏娃两个人,实际上犯罪前与犯罪后的亚当和夏娃应看成四个人,他指出:"犯罪之后的两个人是我们常见的人物,但犯罪前的两个人比维吉尔和荷马笔下的人物,或者说比世间任何人物都更美、更新。"(第 273 期)因此堕落之前的亚当和夏娃从现实生活中找不到模式,只能依赖诗人的创造才能。

　　艾迪生在第三篇论文一开始就说明他要在综合评论《失乐园》之后,再分别论述各卷的短长。从这里我们可以看出两点:一是艾迪生的评论已经引起读者注意,而且有可能收到了希望进一步了解该作品的反馈意见;二是艾迪生从综合评论时起就开始策划这个系列的总体布局和结构,这在英国文学批评的初创阶段是十分难能可贵的。在评论《失乐园》的语言特点时,艾迪生指出:"英雄史诗的语言既要清晰,又要壮美。若达不到,则谓语言有缺陷。"(第 285 期)清晰是第一位的,但只有行文清楚还不够,诗人必须利用各种修辞手段,如使用隐喻,引进外语表现法,用古语、造新词等等,来获取语言壮美的风格,与日常语言拉开距离。"通过利用上述方法和选用我国语言中最典雅的词汇,弥尔顿把我国语言提高到任何诗人都未曾达到的高度,形成了与他所表达的思想相得益彰的壮美风格"。(同上)第五篇论文篇幅很短,带有总结性质,重点强调批评家的素质问题,读起来仿佛蒲柏的《论批评》,其中一段话可以说是一语打中要害:"蹩脚批评家的重要标志是从不对公众未予首肯的作品给予积极评价,发表批评也只限于挑出几个无关紧要的错漏"。(第 291 期)这是针对当时批评界的风气提出的,但在今天仍不失为鉴别伪批评家的标志。他接着指出:"真正的批评家应该关注作品的长处而非短处,应该发现他人未发现之美,并向世人宣传。"(同上)这应该说是艾迪生的批评观。但他也不忽略作家的短处,并分四次论述了《失乐园》

在情节、人物、思想、语言诸方面足以与古典史诗媲美的特征之后,第六篇论文提出了一些《失乐园》的缺陷;最后他又分别评论十二卷,颇多独到见解。由于《旁观者》读者广泛,艾迪生的评论文章大大促进了《失乐园》的传播和对18世纪社会文化的影响。

除了对《失乐园》发表的真知灼见,艾迪生引用洛克关于巧智和判断的观点来对文学创作和文学批评所做的论述,在当时影响也很大。他区分了真假巧智,认为真正的巧智不应仅仅追求表面的花哨形式,而是更应注重内在特质。他推崇洛克关于巧智和判断之间的界定。洛克认为巧智是通观事物过程运用相似观念而产生的印象,而判断则是在仔细区别和剖析事物后得出的结论。但艾迪生并不完全盲目跟从洛克,他指出:"为了解释,我只想增加一点:并非所有对相似观念的综合描述都体现巧智,除非它能使读者感到愉悦和惊奇,那才称得上巧智。"艾迪生认为像"玄学"诗人赫伯特的象形诗就属于假巧智,华勒等人的诗作是真假巧智的混杂,而大诗人如斯宾塞和弥尔顿则不屑于此。

二、理查德·斯梯尔的散文

理查德·斯梯尔(Richard Steel,1672—1729)是18世纪英国启蒙运动时期著名的散文家、期刊创办人和主编。在英国文学史上,斯梯尔的名字总是与艾迪生相提并论,并共享这个时期散文家与期刊家的盛名。事实上,斯梯尔与艾迪生是同龄的亲密朋友、同学与文学事业上的合作人。

斯梯尔出生于爱尔兰的首府都柏林。其双亲是英格兰人,父亲是个法官。斯梯尔小时候在卡特公学读书时就与艾迪生同学,后来二人又同读牛津大学。但斯梯尔未修完学业就离开牛津,进入军界。这期间斯梯尔开始写作。开始时,他写诗歌,写论文,以后写了好几个戏剧。然而斯梯尔在英国文坛上建立他的地位的作品却是散文。1709年,他创办了《闲话报》。艾迪生成为《闲话报》的主要撰稿人之一。这个刊物办到1711年停刊后,他又与艾迪生一起合办了一个杂志,这便是著名的《旁观者》。在以后的岁月里,斯梯尔先后创办过七八种刊物,然而人们通常把斯梯尔与《闲话报》和《旁观者》联系在一起。斯梯尔在接近晚年时,因与艾迪生在政见上的分歧而争吵不和,又由于他生活无度,债台高筑,贫病交加,最终在困境中死去。

《闲话报》是斯梯尔在1709年创办的(后艾迪生加入),以"提出真理、纯洁、荣誉与美德为人生主要之特色"为宗旨,涉及社会、娱乐、文学、艺术、国内外新闻等多个领域,共出了271期。

《闲话报》最初每周一、三、五出版三期,并带有报纸性质,会刊登一些人们关心的国内外大事和诗歌戏剧等消息,并有一个号称"吾斋文"的专栏,以斯威夫特创造的艾萨克·比克斯塔夫为笔名,发表对于文学、戏剧、外交和商务等方面的见解,特别是对复辟时期以来盛行的淫秽戏剧的批评。斯威夫特的影响在《闲话报》里俯拾即是,就连该报的总体设计也体现了斯威夫特风格。《闲话报》比当时发行的其他报纸要多些文学品味,然而其纸张和印刷质量却奇怪地粗糙,给人造成的印象似乎是它在开玩笑地模仿和嘲讽那些一本正经的报刊。斯梯尔对该报的外观设计恰恰与其主旨吻合,用其主要人物"闲话报先生"的话来说,他所报道的几乎都是闲言碎语,很有可能是不实之词或造谣中伤。所以《闲话报》不仅有比克斯塔夫主持的专栏,而且整个报纸渗透着斯威夫特的戏讽风格。

除斯威夫特之外,斯梯尔也曾在《闲话报》的各个专栏中发表过特写,或是对混杂在伦敦市民中形形色色的骗子、恶棍和坏蛋进行揭露,或是对上流社会荒淫无度、空虚乏味的寄生生活进行嘲笑,或是对日常家庭生活的话题进行讨论。例如,他在第 25 期中发表了《"决斗"》一文,驳斥了上流社会已经流行多时的决斗之风。在他看来,决斗根本是毫无理智的愚蠢行为,是好勇斗狠的花花公子为坚持自己的看法而进行的一种残杀行为,而且"一个人要获得一个光荣的名声,好斗绝不是一种得体的办法……决斗不能显示相互憎恨有确实的理由和可靠的根据,它仅仅是为一个养成懦怯、虚伪与丧失理智的人设下的骗局",因而他强烈希望能够消除这种决斗之风。

由于这份报刊总的宗旨是要揭露生活中的虚假,扯下狡诈、虚荣和矫揉造作的种种面具,并力荐服饰、言谈和行为的简洁。但是,他不如艾迪生善于辞令,也缺乏文学天赋,在急于批评时往往显得十分生硬,所以效果欠佳。因此,《闲话报》办到十多期时就显出了危机。幸而不久艾迪生加盟,同斯梯尔一道做编辑,纠正了斯梯尔的简单教化倾向以及行文略显粗俗的毛病。但就发表在《闲话报》上的文章数量而言,斯梯尔文章是艾迪生文章的四倍。此外,蒲柏、斯威夫特等文坛名流都曾在这报纸上撰写诗文。斯威夫特的名诗《城市阵雨写景》和《晨曦》最初都发表在《闲话报》上。《闲话报》在文学人物塑造和文学批评理论方面也作了一些探索,成为《旁观者》的先声。

1711 年,《闲话报》停刊后,斯梯尔与艾迪生合办的杂志《旁观者》是一个文学刊物。它以日报的形式每天出刊一期,而每期只刊登一篇文章,绝大部分为艾迪生或斯梯尔本人撰写。这些文章从一个沉默寡言、既熟谙世事又超然脱俗的"旁观者先生"的角度评论世事人生。这位先生在第一期自我介绍中写到他曾遍游欧陆各国,还曾远去埃及开罗。他声称:"最近几年我一直住在本部,人们在各种公共场所见到过我,不过只有我在下一期要介绍的五六位挚友认识我。"《旁观者》的文章内容或议论社会生活,或评价作家、作品,具有一定启蒙性质,尤其受到中产阶级读者欢迎。它的发行量在第一个月已达三千多份,不久便超过四千份,成为茶室和咖啡馆做客闲聊的中心话题。据说安妮女王每早必读《旁观者》,要求它和早餐一起送到手边。该杂志不仅在伦敦流行,而且在苏格兰高地,在美洲殖民地均大受欢迎,后来出版的合订本更是畅销不衰。艾迪生在该刊第十期写道:"既然我已拥有如此广泛的读者,我要努力使教诲动听,使娱悦有益。为此目的,我将用巧智使道德内容不再呆板生硬;同时又用道德来约束艺术,使其不放任自流。"接着他又写道:"据说苏格拉底把哲学从天上带到人间;如果将来人们说我把哲学从学院书斋带到俱乐部和会场,带到茶桌和咖啡馆,吾愿足矣。"后来事实证明《旁观者》完全实现了创办者的目的。

《旁观者》文风清新,条理分明,把深刻的道理融入娓娓动听的谈话之中,影响了一代读者,对现代散文的发展起了重要作用。17 世纪散文多富学究气,句子冗长,推理深奥,往往使一般读者不知所云。自从王政复辟时代开始,人们逐渐提倡简朴文风,强调言之有物,避免浮华。艾迪生在《旁观者》里的文风可以说是这种趋势的风范。约翰逊博士的文风与艾迪生迥然不同,但他仍称赞艾迪生的散文风格平实,他说:"任何人若想习得平实而不粗俗、文雅而不浮华的英文风格,都必须日夜研读艾迪生的著作。"读《旁观者》的每期散文就仿佛聆听一位博学多识、诲人不倦的良师益友侃侃而谈。《旁观者》继承《闲话报》对道德风尚的关注,它对诸如抱负激情、自由法制、才智鉴赏、谈吐举止、婚姻恋爱,还有上演的戏剧等各种社会生活方面及文化习俗行为,都提出了中肯的评价,为上升的中产阶级提供了道德行为规范准则,在 18 世纪造成了深刻的影响。

第三节 鲁滨逊和格列佛来到的新领域

在古典主义盛行时期,史诗和悲剧才是正统文学作品的形式。随着启蒙思想的传播与中产阶级的兴起,英国的小说也逐渐兴起。而在当时,英国小说受到西班牙的"流浪汉小说"、早期骑士传奇、英国的描写下层人物冒险经历的故事和人物特写等的影响,出现了不少带有一定流浪汉色彩的小说形式。在这类小说作家中,表现最为出色的便是创造了著名的鲁滨逊漂流荒岛与叙述格列佛周游四国的丹尼尔·笛福(Daniel Defoe,1660—1731)与乔纳森·斯威夫特(Jonathan Swift,1667—1745)。

一、丹尼尔·笛福的小说

出生在伦敦一个不信奉国教的蜡烛商和肉商家庭中,从小在专为不信奉国教的新教徒设立的学校中受到良好教育。后来中途辍学,从事经营内衣、烟酒、羊毛织品、制砖业等商业贸易。他一直保持不同于国教信仰的立场,政治上倾向于辉格党。他学识渊博,据说能讲六种语言,读七种文字。他在商界确立了自己的地位后于1684年与一富商的女儿结了婚,妻子的一笔陪嫁费便成了他的商业投资。1692年他宣告破产,为了谋生,他开始从事新闻报道工作。1704年,笛福创办了《法兰西与全欧政事评论报》。这是英国第一份不依赖政府而讨论政治思想的刊物,报上的文章也几乎均出于笛福之手,无所顾忌的言论使他树敌颇多,在此期间,他又因为写文章而短期入狱。1713年这份报刊停办后,他又办了几个刊物,但很快便停刊。1719年,他的小说《鲁滨逊漂流记》问世,让他在文坛上声明斐然。1731年4月26日,他在摩尔菲尔德的家中去世。

笛福的小说不同于以往那些描写伟人丰功伟绩的作品,而是将笔对准了那些街道上来来往往的普通百姓及他们身上表现出来的美德。正是由于他一反传统的人物塑造,以及在人物塑造、细节描述和语言的生活化方面独树一帜的表现。《鲁滨逊漂流记》是笛福的小说中最著名的一部。小说参照了离家出走并被困在荒岛上的水手亚历山大·塞尔科克的真实经历,而创作出了主人公鲁滨逊的奇异旅程。

19岁的鲁滨逊不安于平庸、舒适的家庭生活,总想干一番事业,他不顾父母反对和苦劝,只身前从舒适的家中出走去海外经商闯荡,不料却被摩尔人掳去做了奴隶,后来逃了出来,在巴西奋斗多年成为种植园主。却在一次出海的过程中,遇到风暴,漂流到一个荒岛上。在这个荒岛上,他成功地从以人为食的野蛮人手中救下一个即将被杀死的土人,并用获救那天的日子给他起名"星期五",让他成为自己的仆人。"星期五"非常勤劳、聪明,很快就能用英语与鲁滨逊进行交流。后来因帮助一艘路过的英国海船的船长制服哗变,鲁滨逊顺利返回英国。到达英国后,除了自己的两个姐姐之外,其他家庭成员都已故去。由于鲁滨逊的朋友一直把他在巴西的种植园的地租储蓄起来,所以鲁滨逊成了富翁,并且结婚生子。妻子去世后,他又于1689年乘船返回自己生活多年的荒岛,此时的荒岛已经得到了开发,人口也大大增加了,在帮助当地居民解决了土地分配问题后，鲁滨逊满意地离开了小岛。

这部小说讲述的也是一个典型的清教徒故事。首先，鲁滨逊渴求自我发现，厌恶舒适，选择水手的冒险职业，年轻时逆反父亲的信念。这体现了清教徒强调个性与个人主义的典型特征。鲁滨逊从未放弃生活，并对为自己创造一种新生活感到信心十足，这表现出清教徒的自立和自给。其次，鲁滨逊坚持自力更生、努力奋斗，这也是清教徒相信勤奋工作一面的真实写照。鲁滨逊在孤岛上日出而作，日落而息，思想充实，富有创造性。他依靠灵巧的双手在乌有中创造存活的条件。最初并非一切顺利，他在适应荒岛的环境、重新塑造生活方面，曾经经历失败和沮丧，曾陷入绝望。在克服负面自我过程中，他开始思考如何改造世界、改造与界定自我身份等一些最基本的问题。他发现了上帝的恩典，坚定了信仰，开始按照他继承下来但却抛之于身后的文化和道德模式，再下决心，重新努力开垦这个荒岛。因此，他又折回到他父亲曾阐述过的中产阶级的信条——朴素、节制、舒适。小说提出了一个重要的身份问题——"我们从何处来?"，并提供了一个很好的答案，为整个中产阶级的精神——冒险、自我引导、殖民等，做出有力的辩护。在小说最后，鲁滨逊变成一个新人，准备在岛上建立中产阶级的民主，也希望逐渐扩展，建立起一个帝国。在严肃的意义上讲，鲁滨逊是富有进取心的英国人开始设想大英帝国蓝图的典范人物。事实上，他在岛上已经开始了殖民化进程，他已经尝到了首次成功的甜头。

清教徒所信奉的新教认为，信徒和上帝之间不必存在任何媒介，任何个人均可与上帝直接交流。同时，新教认为，在世俗生活中，信徒同样可以修行道义，并通过获取生意上的成功而为上帝增添荣誉。因此，新教思想与世俗生活和资本主义本身的发展有着密切联系。在资本主义的最初发展时期，这种信仰有时甚至会显示出一种功利性。

在小说中，主人公的信仰经历了三个发展阶段。第一个阶段是他从无宗教信仰意识到开始认识到上帝对自己生命历程的主宰。当他孤身在荒岛深染重病时，他开始萌发对上帝的敬畏和信仰，这给他带来无限慰藉。他在岛上发现的一些自然现象和自己的亲身经历，使他认识到，所有一切一直都在上帝的掌控之中。他开始认真、深入地考虑宗教和信仰的问题，同时反省自己，对自己的罪孽进行忏悔。身体复原后，他有生以来第一次发自内心地向上帝祈祷，开始对上帝和《圣经》有了新的理解。同年 9 月 30 日，也就是鲁滨逊上岛的一周年纪念日，是他真正成为一名虔诚的基督徒的日子。这天，他进行了斋戒，并举行了庄重的仪式。信仰这一精神依托使他能够在如此孤独无助、与世隔绝的环境中生活了几十年。

鲁滨逊信仰发展的第二个阶段是，他以非常实用的方式利用信仰提高自己的生存质量。他多次对自己的境遇表示感恩，彻底摆脱了他最初到岛上时表现出的绝望和悲苦心态。他的信仰使他对自己的生活感到满足，甚至怡然自得。他坚持每天进行祈祷，并利用自己的知识和才智，通过辛勤劳作，为自己建立起一个安全而富足的个人王国。他的勤劳与务实反映了基督新教的精神。他根据每天要做的日常工作，把时间有规则地加以划分。"上帝只帮助那些懂得帮助自己的人"这一典型的新教思维在鲁滨逊身上得到了完美体现。他开始更多地依赖自己的力量。他做着抗击野人来袭的准备，尽量深居简出，尽量不留下过多痕迹，储备充足的食物，使自己处于临战状态。

小说主人公信仰发展的第三个阶段则是以基督徒的身份进行宗教殖民。在"星期五"成为他的仆人后，鲁滨逊既显现出西方殖民者的征服欲，又充当了基督教的传道士。他孜孜不倦地向"星期五"灌输《圣经》的教义，很快将这个曾是"食人族"和"野人"的年轻人变成了一名信仰虔诚坚定的文明基督徒。这意味着基督教作为强势的西方文明的重要部分，开始向世界其他"蛮荒"

地区长驱直入。

与此同时,《鲁滨逊漂流记》也是一部为中产阶级创作的书。中产阶级在当时逐渐上升为国民生活中的主导力量,《鲁滨逊漂流记》为这个历史现实进行辩护,提出有益于中产阶级发展的正当理由。中产阶级一直在积聚财富,扩大影响,与君主和贵族阶级在权力上进行较量,虽然它尚未意识到这种行动的历史重要性。在小说的开头,鲁滨逊向父亲表明自己准备到国外探险的打算时,父亲心平气和地给他指明了他的计划存在的风险,同时也向他指明了一条富有且舒适悠闲的中产之路:

> 父亲严肃而又十分明智,由于预见到我计划中存在危险,他给我的忠告严厉又精辟……他问我除了仅仅想在海外瞎闯外,我还有什么理由离开自己的家庭和故土呢!在家里,我可以依靠家人的帮助,有着光明的前途。通过自己的努力和勤奋,可以过上一种安逸而舒适的生活。他告诉我,那些到海外去冒险、去创业,或是想以此扬名的人,一种是穷途末路之人,另一种便是充满野心的人。这两种情况,对我来说,是高不成低不就。他说我的社会地位居于两者之间,也可以称作中间的阶层。以他长期的社会体验,他认为这恰是世界上最理想的阶层,最能予人以幸福。这不同于那些体力劳动者那样吃苦受累,也不像那些上层阔人那样,被骄奢、野心、猜忌所充斥而感到烦恼……他要我认识到,上层社会和下层社会的人都会经受生活的不幸,而中间阶层的人则很少遇到灾难,更不会像前两种人的生活那样大起大落……只有中产阶层的人们才最有机会享受生活中的一切美好品德和和舒适欢乐,平和、富裕是中产人家的随身之宝。他又说,遇事沉稳,温和谦逊,健康的体魄,愉快的交际,令人欢喜的娱乐,称心如意的志趣,所有这些幸福都属于中间阶层的人们。中间阶层的人们可以平稳安闲地过日子,不必劳心费力为每天的面包而过着奴隶般的生活,使得身心得不到片刻的安宁;也不必为成名发财的欲望所困扰,只不过想愉快舒适地生活,品尝着生活的甜美,在没有苦难的生活中,越发地体会到生活的幸福。

鲁滨逊的父亲告诉他最幸福的状态是中间状态,这种状态恰好是中产阶级的特色。在上面这段谈话中,笛福把当时英国社会中地位不断上升的中产阶级的心态淋漓尽致地勾勒出来。当时中产阶级的价值观正逐渐成为社会生活的指导性价值观,比如强调节制、克己、自立、努力工作等观念。小说在英国文学史上第一次明确地对当时正在发展壮大的英国中产阶级的世界观和思维方式进行了阐述。鲁滨逊父亲对他教诲的一番话对分析当代各国中产阶级的心理、观念和行为准则也有很强的适用性。它所反映出的价值观不仅是当时中产阶层生活处世的座右铭,而且直到今日也是这个社会阶层价值观的写照。

鲁滨逊最终发现"我的状态是中间状态"。18世纪中产阶级强调社会的价值观,这体现在鲁滨逊在岛上建立"社会"的努力中。他与"星期五"父子、受他保护的欧洲人组成一个社会集体,领导着它慢慢运转,逐渐建立起一个与人类社会相似、最初形体模糊但后来却愈来愈清晰的社会生活体系:

> 在这个岛上,又有了居民了,我仿佛觉得自己已经有了很多臣民百姓,我就如同一个国王一样心情极为舒畅。首先,这个岛的全部都是我的个人财产。毫无争议领土权归我所有。第二,我的臣民完全服从我,他们的生命都是我拯救出来的,我是他们全权

的统治者和立法者。如果有必要,他们肯为我牺牲他们的生命。有一件事情值得一提,就是我这三个臣民,却属于三个不同的宗教……当然,在我的领土上允许有信仰的自由。

以往对《鲁滨逊漂流记》的解读一般是以那个时期英国对海外的扩张、对殖民地的掠夺以及英国人表露出来的冒险精神为主要背景进行的。而书中对当时中产阶级价值观的描述,在很大程度上丰富了读者对17、18世纪英国的研究和了解。小说中父子两人所持有的不同观点恰恰反映了当时英国社会中存在的两种不同的人生态度和思维方式。这两种方式看似矛盾,实际上却相辅相成,前者在英国国内建立起了当时世界上最完善的政治法律制度并促进了资本主义工业体系的产生和发展;而后者则推动了英国对外扩张,击败欧洲其他列强,在海外建立殖民地,掠夺殖民地人民的财富和资源,并贩卖黑奴赚取高额利润等。以上两方面均为英国资本原始积累的顺利进行创造了条件。同时它们也反映了英国人的两种截然不同的处世哲学。这使我们看到英国社会温文尔雅、贤明绅士的一面,又让我们了解到那种不顾个人安危、勇于冒险的海盗精神。正是这两种哲学推动了英国逐步击败其他列强而最终成为日不落帝国。

此外,《鲁滨逊漂流记》也是一本跨越时空限制的书。它所讲述的在本质上是一个关于成功的故事,因此它能吸引一代又一代的读者。像本杰明·富兰克林或鲁滨逊那样自力更生的成功故事,总会打动人们的心弦,铭刻在人们的头脑中。鲁滨逊陷于荒岛上的困境是一个历代多次重复发生的典型的人类生活境况:人们常常处于无法抗拒的沮丧和失败中,看不见希望的光亮。当陷入泥潭的人们拼命挣扎,力求摆脱困境和失望、给自己的世界带来阳光时,他们当然会对鲁滨逊绝处逢生的故事情节产生无限兴趣。这里包含着一个人类举止的永恒模式:最初的苦难和绝望,鼓起勇气面对厄运,采取清醒、有效的步骤解决问题。命运的这种迂回曲折,对所有的人都是逼真、紧密相关的,因此一直吸引着人们的注意。我们如果把《鲁滨逊漂流记》的故事从它的时空和文本语境中分离出来,就会发现,故事里没有了他的中产阶级背景、他的宗教信仰、他的殖民者使命感以及他的时代精神,而成为一个真实的普通人的故事,体现出人类的不屈不挠的进取精神。鲁滨逊正是具有这种品质,才对世人发挥出这样永恒的魅力。

除《鲁滨逊漂流记》之外,笛福还有一些其他的作品,其中名气较大的当属《辛格尔顿船长》和《摩尔·弗兰德斯》。《辛格尔顿船长》写主人公幼年被绑架,当了海盗,在非洲和东方冒险的故事。小说展示了西方殖民主义者利用先进的工业和科技文明对其他民族进行的剥削、掠夺和杀戮。鲍勃和威廉是西方殖民者的代表人物,他们的思维和言行方式代表着他们的整个群体。笛福作为立场坚定的新教教徒,在书里描写一群没有宗教信仰、无恶不作的海盗,其中的含义耐人寻味。《摩尔·弗兰德斯》使用了回忆录式的叙述手法,通过主人公摩尔回忆的展现,体现了当时的生活场景和人物感受,小说通过摩尔的天真和后来的境遇形成很大的反差,充分体现了社会的污浊以及对人的腐蚀,具有很强的现实主义色彩。此外,小说中的人物也代表了现实世界中的不同人物类型,如引诱欺骗摩尔的市长长公子和放荡挥霍的布商代表了欺侮玩弄女性的贵族资产阶级;原本指望摩尔富有的财产,但希望落空的强盗则代表为了金钱不择手段的贫民。可见,当时金钱对人的支配,人在金钱至上的社会中永远只能做金钱的俘虏。而且从老保姆的生活经历中,我们可以发现,当时的社会还是一个男权至上的社会,女性没有社会地位,生活十分艰难。

总之,笛福的思想在当时是有进步意义的,但是他的思想的局限性也很大。资产阶级在当时还是进步的阶级,还在进行反对封建势力的斗争。保守的贵族、地主不事生产,坐享巨额地租收人,资产阶级组织着规模日大的工商业推动了社会发展。中小资产阶级一方面与大资产阶级有相同之处,另一方面又与统治阶级大资产阶级和贵族有矛盾,要求更开明的政治。所以笛福种种发展资本主义的意见,反对封建势力,反对政治不民主,反对垄断等主张,都是有进步意义的。但是他受到时代和阶级偏见的限制而拥护殖民制度和种族歧视,这却是与大资产阶级一致,是反动的。对劳动人民,他所关心的只是使他们有工作,能生产财富,这又与资本主义的要求相吻合。笛福思想上这种两重性,鲜明地表现在他的文学作品中。

二、乔纳森·斯威夫特的小说

乔纳森·斯威夫特(Jonathan Swift,1667—1745)生于爱尔兰的首府都柏林的一个下层家庭,由于自小父亲去世,斯威夫特不得不多年接受亲友的微薄、不甚情愿的周济,得以完成在都柏林大学三一学院的学业。毕业后,他往来于伦敦和爱尔兰,为生计奔波,期间他饱尝人生的酸甜苦辣和世态炎凉。1697年,在一位退休的英格兰大臣邓普尔爵士的授意下,他写成了第一部作品《书的战争》。翌年,他又完成了另一部著名的讽刺作品《桶的故事》,对基督教各个派别间的争执进行无情鞭挞。这些讽刺作品的发表使得斯威夫特名气大涨,并被艾迪生称为最伟大的天才。正当斯威夫特踌躇满志地准备大展宏图之际,英国女王和托利党上层惧怕斯威夫特日益增长的威望,将他派遣到都柏林做教长,他在那里见到了爱尔兰民不聊生、盗匪横行的社会现状,开始为这个苦难深重的民族鸣不平。他将关心与笔锋转到为爱尔兰人民争取独立自由和对英国统治者的批判方面。继而发表了《关于普遍使用爱尔兰纺织品的建议》《一个麻布商的信》《一个温和的建议》等政论文。在这一时期,斯威夫特完成了他唯一的小说《格列佛游记》。10年后,斯威夫特身染重病,不久去世。

《格列佛游记》是一部游记体讽刺寓言,也是斯威夫特唯一的小说。全书共四部,主要叙述外科医生格列佛随船出海,漂流到几个幻想的国家的经历。第一部"小人国游记"写格列佛在小人国(利立浦特)的经历和见闻。格列佛来到了一个由身高6英寸的小人组成的小人国里。皇帝只高别人一个指甲壳,就以为头顶着天了;国界不过12英里,就以为边境已达地球四极。他们和另一小人国因为争执吃鸡蛋时该打破大头还是小头而引发连年血战。格列佛不愿被小人国皇帝利用,遂设法逃离。在描绘小人国时,斯威夫特不厌其烦地描述格列佛一餐吃了多少鸡鸭牛羊,喝了多少桶酒等,一遍又一遍地提醒读者记牢这个比例。例如,小人国的人为了把他这个庞然大物运到京城,动用了五百工匠,制造了一个长7英尺、宽4英尺,有二十二个轮子的木架:

> 但是主要的困难是怎样把我抬到车上。为了达到这个目的,他们竖起了八十根一英尺高的柱子。工人们用带子捆绑住我的脖子、手、脚和身体;然后用像我们包扎物品用的那么粗的绳索,一头用钩子勾住绷带,二头缚在木柱顶端的滑轮上。九百条大汉一齐动手拉这些绳索,不到三个钟头,就把我抬上了架车……一万五千匹高大的御马,都有四英寸多高,拖着我向京城进发……

总之,寻常男人格列佛变成了"人山",把他搬上三英寸高的木架车成了利立浦特需要举国动员以应对的难题。

通过格列佛的眼来看,在这个缩微国家及其宫廷,在如此这般的一个玩具世界中,各种的争斗都荒唐可笑,所有的雄心和邀宠、政争和战事都显得渺小委琐。党派之争以鞋跟高低划分阵营,"高跟党"和"低跟党"你争我斗,势不两立;相邻的国家都想战胜并奴役对方,他们因争论吃鸡蛋应先敲破哪一头——大头还是小头——而互相指责乃至刀兵相向。国王用比赛绳技的方法来选拔官员,于是候选人及指望升迁的满朝文武纷纷冒着摔断脖子的危险研习这种于执政无补的杂耍技艺。为了获得国王赏给的缠在腰间的几根让人难以觉察的彩色丝线,官员不惜丑态百出。做各种可笑的表演。一位权重一时的大臣竟然嫉妒他太太和格列佛的交往,更显得匪夷所思。

利立浦特的朝廷处处令人想起英国。由于英国斯图亚特王朝的最后一位君主安女王(詹姆斯二世的女儿)没有继承人,她去世后国会选择了来自德国的汉诺威王朝,造成此后的长期党争。在怀念斯图亚特王朝旧制的托利党和支持汉诺威王族的辉格党之间,起伏颠荡的上层政争贯穿整个世纪。在 1715 年、1745 年苏格兰还两度发生(拥护被黜的斯图亚特王朝的)詹姆斯党人起义。当时的英国读者对讽刺文学十分熟悉,看到高跟党和低跟党尔虞我诈,自然会联想到托利和辉格党人的争权夺利;看到利立浦特和隔海邻国打仗,不由得要对应到英法间的连年征战。就连那嫉妒、陷害格列佛的财政大臣佛林奈浦也被人们认定是以著名辉格党内阁首脑罗·华尔浦尔(1676—1745)为原型的。借助尺度改变而产生的陌生感,读者可以对熟悉的本国事物或政治景象生出意想不到的新的看法,明明白白地看到它们的局限乃至其可鄙可笑的本相。

第二部"大人国游记"写格列佛再次踏上旅途,因找寻淡水误入大人国(布罗卜丁奈格),自己一下子变成了"小人",被当作活玩具送入宫廷。这里法律简明,没有常备军,重视与国计民生有关的实学。下至农家女,上至国王,都研习道德,时刻用道德规范自己的言行。格列佛向大人国国王夸耀英国政体之完善、军威之无敌、武器之精良,却遭到国王的全面否定和谴责。国王认为:治国之道,不外乎常识和理智、公理和仁慈;火药和枪炮是人类的公敌。如果说小人国是对英国的影射,那么经过尺度的又一次转换,在大人国布罗卜丁奈格,格列佛和英国就变成被指名道姓地批评的对象。格列佛曾长篇大论地向大人国国君介绍英国的历史、制度和现状,以及种种为国家为自己"挣面子"的事,不料招来了国王一系列质问。大人国是一个有斯巴达和罗马共和国古风的朴素仁义之邦。从大人国国王的角度看来,英国的种种辉煌就像利立浦特的伟大一样,是十分可疑的;英国近百年来的历史充斥着"贪婪、党争、伪善、无信、残暴、愤怒、疯狂、怨恨、嫉妒、淫欲、阴险和野心"所催生的种种恶果。格列佛一心想巴结讨好,表示愿把制造军火的方法献给国王。他吹嘘说,火药枪炮威力无比,能使人尸横遍野、血流漂杵。国王惊诧万分,痛斥他"那样一个卑微无能的小虫"竟有如此残忍的想法。按照国王的思想逻辑,我们似乎无法不认同他的苛评——那种以制造杀人凶器为荣的区区小动物的确属于"自然界中爬行于地面的小毒虫中最有害的一类"。然而,亲聆他教诲的小毒虫代表格列佛却丝毫不能领会他的道理,相反觉得他的拒绝不可思议:"死板的教条和短浅的眼光竟会产生这样奇怪的结果!……如果他不放弃这个机会,他很可以成为他属下臣民的生命、自由和财产的绝对主宰。"格列佛的刀枪不入的冥顽使得两种思维方式的对立凸显出来——显然,被嘲骂的不只是英国的杀人武器,而且还有武器背后的种种无形的制度和体系。

第三部"勒皮他游记"描写了格列佛在飞岛(勒皮他)、巴尔尼巴比岛、巫人岛(格勒大锥)、拉格奈纳、日本等地的见闻。最后格列佛遇见一条开往日本的船,终于离开了这个疯狂的国度。这部分内容驳杂,飞岛的居民是一群哲学家,成天将心思花在沉思默想中,需要仆人提醒才从抽象的思考中醒来。在巴尔尼巴比岛的科学院里,科学家们忙于从黄瓜中提取阳光、建造房顶朝下的房子等种种荒唐的"科学研究"。斯威夫特借此影射和讽刺了脱离实际的科学研究和英国对殖民地人民的不公正统治。在拉格奈纳,有一种人叫"斯特鲁布鲁格"。他们虽然有众人渴求的永生,但丧失了智慧、记忆、判断能力,也丧失了生活的热情,只剩下嫉妒和妄想。在这一部中,由于缺乏叙述者的生动的个人经历,小说就更像一些小品的连缀,可以被视为一连串独立的小型讽刺文。其中,对研究如何从黄瓜中提取阳光、把粪便还原为食物的拉格多科学院人士的描写是直接针对英国皇家学会的,斯威夫特为此阅读了学会的许多报告。可以说他是最早表达对现代科技以及所谓"进步"的忧虑的人之一。而勒皮他岛一段则直接涉及殖民主题。以国王为首的统治集团居住于一直径约四英里半的飞岛,在全国(本身为一岛屿)各地上方飞来飞去,如一处空中宫苑。飞岛上的达官贵人靠搜刮"下界"的物产养活自己。如果下方某地百姓不愿缴纳捐税或抗拒统治,国王就把飞岛停在他们头上,使他们得不到阳光雨露,甚至让飞岛落下去,以其金刚石的底座把他们压毁。这一两岛式宗主国/殖民地关系模式显然是影射欺压榨取爱尔兰的另一个岛屿(英格兰)上的统治者。

第四部"慧驷国游记"写格列佛又接受了船长的职务出海,但新招募的水手叛变,把他丢在一个无名的陆地。慧驷国处于原始状态,除每隔四年举行一次全国代表大会,由大家讨论决定各地区的事务外,没有任何其他组织。格列佛学习慧驷的语言,想终老于此,但由于"人形"而被驱逐。因为这陆地上有两种生物——慧驷和耶胡。前者是有理性的、诚实而公正的统治全国的马形动物,后者则是丑恶、淫乱、贪婪、生性好斗的邪恶的人形兽类。后来他回到英国,看破红尘,终生与马为友。小说用夸张荒诞的笔法,对18世纪英国社会各方面的罪恶作了广泛而深刻的揭露和抨击,反映了作者对美好社会的向往。斯威夫特对各种奇特国度的描绘,其实是在影射英国乃至整个人类的现实社会,针砭当时的种种罪恶以及人类的本质。

在英国早期小说中,《格列佛游记》以超人的想象力和精湛的讽刺手法见长。《格列佛游记》堪称讽刺手法的"大全",作者成功使用了象征影射、直接谴责、反讽夸大、虚实对比等多种技巧,不一而足。斯威夫特的讽刺别具一格,有"斯威夫特式讽刺"之称。斯威夫特式的讽刺宛如一针清醒剂,让在混沌中苟且偷生的世人幡然悔悟,回归对人类自身弊端的客观认识。斯威夫特的讽刺文章无一例外地影射现实,对英国的君主政体、司法制度、殖民政策和社会风尚等诸多社会问题进行无情揭露。斯威夫特式讽刺的旨意在于激发人们的笑声,在笑声中超越个人的种种不满和对社会的抨击,最终认识到人类自身的价值和美好的一面。

在创作手法上,《格列佛游记》以幻想的形式,曲折地反映当时的英国现实,其所见所闻与英国政局如出一辙。作品处处含沙射影,针砭时弊,讽刺并抨击了英国18世纪初的资本主义统治。同时,小说也表现了作家对理想社会的设想。作家希望社会的政治组织单纯化,友谊和仁慈成为人与人之间关系的准绳。其道德学的最终目的是身心的平静,科学和知识能受到重视。这部著作自发表至今,一直被纳入世界文学中最优秀作品之列。第一部"小人国游记"和第二部"大人国游记"是《格列佛游记》中最受欢迎的部分,也是该作改写为儿童文学的主要内容。情节和细节都生动滑稽,富有童话色彩,使小说雅俗共赏、耐人寻味。格列佛的名字来自形容词"gullible",意为轻信和容易受骗上当的人。因此,格列佛作为小说的主要观察者和叙述者,其叙述和评论并不完全可信。英国著名文论家F·R·利维斯对"慧驷"评论道:"它们也许拥有全部的理性,可'耶胡'却享有全部的生活……"

如果说尖锐深邃的讽刺是这部作品的灵魂,那么作者讽刺的对象不仅限于当时的英国社会和英国人。除了嘲讽英国的社会现状以外,斯威夫特还在更深的层面上,对自希腊以来的乌托邦思想和乌托邦文学进行了戏仿。这其中主要包括社会体制、科学价值,乃至人性本身等几个方面。

从社会体制方面看,婚姻、教育、"贤王"是斯威夫特戏仿的重点。在《格列佛游记》的第1部分,他写道:"男女的结合是以自然规律为基础的,目的是繁衍后代;利立浦特人也是这样做的,即男人和女人像其他动物那样结合在一起……并按照自然规律行事。"在第4部分,他说,成年后的智马结婚时,"不是出于爱"。他们认为婚姻"是有理性的动物必然的行为之一"。而且,为了保证种族的质量,智马国严格执行优生优育制度。这样与爱无关的婚姻过于理性和冷酷。斯威夫特并非在赞美智马国的婚姻体制。他是在模仿并嘲弄柏拉图《理想国》中的婚姻体制。后者认为理想社会里的婚姻应该和爱没有关系,婚姻之所以神圣是因为它服务于国家利益,为国家繁衍后代。

在孩子的教育方面,《格列佛游记》的第1部分写到,在利立浦特,孩子必须被送到国家办的托儿所,他们和《理想国》里描述的一样,接受与自己所属的社会阶层相匹配的教育:贵族的孩子被培养成贵族,平民的孩子被培养成平民。

斯威夫特还对自古以来的"贤王"进行了戏仿。柏拉图在《理想国》里提出了"贤王"的理念,认为一个国家如果要成为理想社会,需要由贤王来统治。所谓贤王,就是说国王同时也是贤哲、哲学家。在《格列佛游记》第2部分,大人国的国王就是一个贤王的形象,但是他无法建立起理想国家。正如格列佛所发现的那样,"一直以来,他们(大人国国民)和整个人类患有同样的疾病:贵族争权力,民众要自由,国王要专制。尽管国家的法律对三方的要求都有所限制,但是有时还是会被某一方所破坏,曾不止一次地引起内战"。所以,《格列佛游记》里的贤王形象只是作者用于嘲弄前人乌托邦思想的工具而已。

在探讨科学对于人类生活的价值问题方面,斯威夫特也持有不同于前人的观点。此前在17世纪,随着现代科学的兴起,当时的多数人都对它的力量寄予厚望,甚至盲目夸大其作用。在这种历史背景下,斯威夫特逆其道而行之,冷静地思考现代科学的作用,用夸张、幽默的手法塑造出一幅反乌托邦的科幻图景。从《格列佛游记》的第3部分,尤其是格列佛在空中的飞岛和地上的巴尔尼巴比岛上的游历,可以看出,斯威夫特对当时人们迷信现代科学很不以为然。

《格利佛游记》对人性进行了杰出的探讨。如果说小人国、大人国、飞岛等地的居民在可恶之余,还能令人捧腹的话,那么在智马国,耶胡的形象就只能令人作呕了。格列佛把耶胡和智马看作对立的两种形象:前者代表野性和邪恶,后者代表理性和美德。但是他作为叙述者,和耶胡、智马一样都是作家嘲讽的对象。在斯威夫特看来,第4部分的核心不在于耶胡与智马的对比,而在于格列佛本人的认识转变过程:他开始认为自己是耶胡,然后逐渐向智马靠拢。

总之,斯威夫特是在古典主义气氛下生活和写作的作家,他的文字功底深厚,表现手法新颖,讽刺手法的运用独树一帜,值得古今中外读者和作家欣赏与借鉴。

第四节　书信体小说巨匠——理查逊

在启蒙时代的英国文学中,还出现一位书信体小说巨匠,他就是塞缪尔·理查逊(Samuel Richardson,1689—1761),他开创的书信体小说在笛福现实主义小说的客观真实之外,又开辟了一条走向主观真实的现实主义小说的传统。

理查逊出生在英国北部德比郡一个细木工匠家庭中，10岁时随家人迁至伦敦。他的父亲是个清教徒，坚信诚实、忠贞、勤俭是高尚的美德，这种家庭氛围也使理查逊成为一个虔诚的清教徒，他小时候的梦想是成为一名传教士。由于家境并不富裕，在中学毕业后，理查逊便进入伦敦约翰·魏尔德的印刷厂当学徒。在学徒期间，理查逊不仅工作勤奋、刻苦钻研，自学印刷艺术，还在闲暇时间阅读了大量书籍，为以后的写作打下基础。由于上进好学，他深得魏尔德的器重，魏尔德将女儿嫁给他，同时也把自己的印刷事业交给了他。1721年，理查逊自行开办印刷厂，通过多年的努力奋斗使事业逐步发展，他的印刷厂成为18世纪30年代伦敦最好的印刷厂之一。在以后的时间里，他写作小说、散文，并成为众议院院刊的发行人、书业公会的理事长、王室印刷代理人等，他既是一个著名作家，又是一名成功的商人、企业家。但是他的婚姻和家庭生活似乎有些不行，他先后结果两次婚，有个12个孩子，但妻子早逝，儿女夭折过半。不过他有很多的女性朋友，这使得他十分了解女性的心理，也正是基于此，他的小说对女性心理的描写十分细腻。1761年，理查逊悄然离世，被埋在了他的印刷厂附近。

理查逊的书信体文学创作始于1739年，当时他在两位书商的请求下，完成了《写给好朋友的信和替好朋友写的信》一书，该书用来指导当时的读者如何写信，尤其是满足妇女写信的要求。理查逊的第一部小说根据他以前听到一个关于女仆拒绝男主人求爱而最后又嫁给男主人的故事改编而成，即《帕美勒》（又名《美德受到了奖赏》）这是一部书信体小说，在文学史上被称作第一部现代英国小说。它把对社会环境的描写和对人物心理活动的分析结合起来，通过有趣的故事使读者受到清教徒道德的教育。理查逊着重描写人物的感情，把感伤主义引进了西欧文学，为18世纪末浪漫主义运动的兴起奠定了基础。法国启蒙运动思想家狄德罗在他的《理查逊赞》一书里把理查逊与摩西、荷马和索福克勒斯并列，称赞他深刻洞察人的心灵活动。与此同时，理查逊也继承了笛福的现实主义小说传统，使感伤主义与现实主义相结合。理查逊的第二部小说《克拉丽莎》（又名《一位青年妇女的故事》），是最长的一部英国小说，也是最优秀的悲惨小说之一，小说写得十分动人，对西欧文学影响深远。法国启蒙作家卢梭的书信体小说《朱丽》（又名《新爱洛绮丝》）就是严格模仿理查逊的这部小说写成的。德国作家歌德的早期书信体小说《少年维特之烦恼》也是间接模仿理查逊的小说写成。意大利剧作家哥尔多尼曾把理查逊的第一部小说《帕美勒》改编成两部剧本。

在这里需要注意的是，虽然理查逊是书信体小说巨匠，但这一文体却并非是他的专利。事实上，早在15世纪的西班牙文学中，便已出现了书信体小说的踪影。1678年，由葡萄牙语翻译成英语的第一部书信体小说《葡萄牙人信札》在英国问世，五年之后，英国女作家弗拉·班恩发表了《一名贵族与他妹妹之间的情书》，尽管艺术上还欠成熟，但是却开了英国书信体小说的先河。在英国当时娱乐方式和消遣方式十分贫乏的时代，书信成为人们流行的交流方式和感情的载体，这也为当时英国书信体小说产生提供了成长的土壤。事实上，大众的书信写作是随着1635年"内陆通信系统"和伦敦"一便士邮政"的建立而普及和成为时尚的。同时，"戏剧在1750年左右对英国生活的支配作用已经不复存在，人们不再满足于看戏或阅读过时的剧本。新的文学表现形式自然便受到人们的欢迎"。于是，理查逊将书信作为小说改革的突破口，适应了时代的需求。对此，理查逊还对书信体作了评论："笔者认为一个故事……用一系列不同人物的书信组成，不采用其他评论及不符合创作意图与构思的片段，这显然是新颖独特的。"

应当指出，理查逊的书信体小说也是早期心理现实主义的杰出范例。不少评论家认为："这种样式的两个潜在的艺术效果是令人印象深刻的即时感和对心理现实乃至意识流的探索。"尽管笛福的个人自传小说也向读者揭示了人物的"自我"和心理活动，但这是现在的叙述者对本人过去经历的自传性回忆，也就是说，叙述过程与行为过程之间存在着明显的时间差，因而作品缺少即时感。而理查逊的书信体小说"写信的思绪实际上变成了向我们公开的书本，由这种十分私密的书信引起的实际的参与感是这种技巧最有价值的艺术特征"①。

　　《帕美勒》讲述的是一个乡绅家女仆和主人之间的爱情故事。受生活所迫，出身贫寒的帕美勒不得不在 12 岁那年到一户乡绅家里做女仆。乡绅家中的女主人十分喜欢帕美勒，让她学习了音乐、舞蹈、刺绣等，教她读书写字。学会了写字之后的帕美勒经常写信给父母，讲述自己的生活状况。后来，女主人去世了，她的儿子 B 先生成为帕美勒的新主人。此时，帕美勒已经 15 岁了，长得十分漂亮。B 先生是一个感情不专的花花公子，他看上了帕美勒，经常利用他的地位来调戏她，并企图以优越的物质条件为诱饵，让帕美勒成为他的情人，破坏她的贞操。但是帕美勒并没有为物质所引诱，而是义正辞严地拒绝了他。由于 B 先生并没有得逞，因此恼羞成怒，帕美勒被赶了出去。正在帕美勒准备离开 B 先生家的时候，不甘心的 B 先生指使下人将她囚禁在庄园，帕美勒试图逃跑，但是最后失败了。在此期间，B 先生翻看了帕美勒写给父母的信，被她的高尚品德所感动，逐步改变了对帕美勒的做法和看法，从而真心欣赏和认真地爱上了她。而帕美勒也被 B 先生的真心所打动，在不知不觉中爱上了他。最后，B 先生不畏世人的议论和讥笑，不顾身份和门第的巨大差异，正式迎娶了帕美勒为妻。婚后的帕美勒以博大的胸怀宽容和原谅了以前对她有恶举的人和婚后外遇的丈夫，她的真情和美德赢得了丈夫的忠诚和众人的称赞和尊重。

　　《帕美勒》自出版以来，就在评论界引起了广泛的争论。这部小说的副标题是"美德有报"，从题目和故事内容来看，作者试图通过讲述贫穷的少女帕美勒因坚贞自持和高尚的美德而最终得到圆满结局的故事，批判贵族的堕落，赞美那些符合资产阶级清教思想的原则。他在小说中曾明确地写道："这是一位美貌闺女写给她双亲的一束家书。现将它们先行发表，目的是要在青年男女头脑中树立贞洁原则……"由此可见，这部小说有着强烈的道德说教色彩。但是这部小说出版之后，人们对帕美勒这个人物形象的看法分成两派，一派认为帕美勒以美德感化居心不良的人，自尊自爱、拒绝物质诱惑，因此，她是高尚的；另一派认为帕美勒的高尚和美德只是她用来获取物质和地位的手段，因此，她是虚伪的。这两种看法都有其局限性，一方面，帕美勒以美德获得回报，带有很大理想性；另一方面，帕美勒对于特权和等级制度的抗争也具有积极意义。这种争论体现了小说内涵的复杂性和丰富性，表现出当时英国社会的政治、思想中出现的新变化。

　　虽然人们对这部小说中所表达的思想内容意见不一，但是这部小说的艺术成就却是不容置疑的。首先，《帕美勒》发展了书信体小说的文学模式。小说中，理查逊将书信体这种方式加以改造，形成了自己的风格。他用第一人称的叙述视角，让整个故事通过帕美勒与父母的通信得以展现，这种叙事角度使得作者不是以全能全知的视角给读者介绍将要发生的一切，从而让小说产生了一些悬念，正如戴维·洛奇所说："自传体中的叙述者事先已经了解故事的始末，而书信体记叙的则是仍在进展中的事件。"②需要注意的是，为了使上下文得以连贯，理查逊有意在小说中加入了附言，这些附言填补了信与信之间出现的空白，从而使小说的叙述变得合乎逻辑。另外，理查逊有时也会以叙事者的身份出现，对帕美勒无法写到的情况加以补充说明，使小说在叙事上更为

　① 李维屏：《评理查逊的书信体小说艺术》，外国文学评论，2002 年第 2 期。
　② ［英］戴维·洛奇著，王峻岩译：《小说的艺术》，北京：作家出版社，1998 年，第 44 页。

完整。其次,《帕美勒》中充满了细致深入的心理描写在以往的现实主义小说的创作中,作家们重视的往往是对客观现实的真实描写,极少注意人物的内心活动;即使是在自传体小说中,那种心理描写也只是叙述者本人对过去经历的回忆,而不是现在的心理和感觉。但是在《帕美勒》中,理查逊将心理描写与现实描写结合了起来,既描写日常生活,又注意对人物的心理进行刻画,而且这种内心情感活动与心理变化也表现得十分细腻。例如,当帕美勒接受 B 先生真诚的求婚时,作者将帕美勒喜悦、担忧、迷茫的复杂心理活动深刻地描绘出来:

> 虽然前程十分令人称心如意,但生活状态这样改变以后就再也不能恢复到原先的状态了。在那神圣庄严的环境中,总有一种十分令人敬畏的东西压在我心头。我不能不感到奇怪,大多数年轻人是那么缺乏考虑、仓促地进入了发生如此变化的新生活状态之中。

可以说,理查逊这种书信体小说的形式与其深刻的心理描写是相辅相成的。一方面,书信体小说的形式成为主人公展示内心情感的平台,为描写人物心理提供了一个有效而方便的通道;另一方面,这种心理描写又发展了书信体这种文学形式,这种以书信体突出内心情感的文学模式为后世许多作家所效仿,使《帕美勒》成为书信体小说中影响最大的一部。

《克拉丽莎》也是一部书信体小说,它共有 574 封信组成,长达四卷,有 100 多万字,堪称英国小说之最。它延续了《帕美勒》爱情与道德的主题,但视界更为宽广,思想更为深刻。小说的女主人公克拉丽莎·哈娄有着良好的家世,她纯情漂亮、聪慧高雅。然而,克拉丽莎所在的哈娄家族虽然财产丰厚,但无社会地位。因此,哈娄家族努力跻身上流社会,克拉丽莎就成为他们实现这一目标的工具和牺牲品,想把她嫁给一个粗俗、丑陋的暴发户索尔米斯。克拉丽莎拒绝这种安排,结果被软禁,行动和通信都受到严密的监控和限制。陷入痛苦、焦虑之中的克拉丽莎遇到了一名叫罗伯特·勒夫列斯的贵族青年,他本是想向克拉丽莎的妹妹求婚的,却迷恋上了克拉丽莎。罗伯特有着潇洒迷人的外表,克拉丽莎也很快被罗伯特吸引了。当罗伯特提出要克拉丽莎当自己的情妇时,遭到克拉丽莎坚决抵制。于是,罗伯特设置骗局,以帮助克拉丽莎摆脱包办婚姻为由,携带她逃出家庭。克拉丽莎以为逃出家庭就可以过上自己想要的生活,但是罗伯特却在危难中露出了丑恶的本性。他将克拉丽莎骗到一家表面上是寓所实际上是妓院的地方,并且多次企图占有她。克拉丽莎竭力维护自己的贞洁,对罗伯特的丑恶嘴脸和背信弃义的行径感到非常痛苦。最终,卑鄙的罗伯特用药酒使克拉丽莎失去知觉,并趁机占有了她。在当时的情况下,为了挽救自己作为女人的声名,克拉丽莎不得已答应与罗伯特结婚。罗伯特觉得稳操胜券,急切地娶克拉丽莎为妻。但克拉丽莎没让他的阴谋得逞。她逃走之前写信给他说:"像你这样强暴我的人,永远别想逼我为妻。"克拉丽莎在身体被玷污后决定以死抗争,通过死亡获得灵魂的净化。她平静地对待死亡,将一切后事安排得十分有序,甚至预订了棺材。她原谅了曾经折磨过她的人们,期待着进入天国。克拉丽莎死后,哈娄一家才认识到对克拉丽莎的不公,而罗伯特更为自己的行为万般懊悔,悲痛欲绝,但一切都已无可挽回,并死于与克拉丽莎表兄的决斗中。

同《帕美勒》一样,《克拉丽莎》的写作目的也是为了道德教训。但是与《帕美勒》不同的是,《克拉丽莎》是以悲剧为结局的,这种悲剧的结局更具有感染力和震撼力。造成克拉丽莎悲剧的根源在于哈娄家族的贪婪和家长的淫威,以及贵族男子罗伯特的性侵犯。前者为追求阶级利益不惜牺牲女儿的幸福,后者为满足个人欲望强占女性身体,二者的共同之处是极端的个人主义和权力至上,而处于弱势的女性成了父权和男权的牺牲品。所以小说在一定程度上揭露了当时普遍存在的妇女婚姻不能自主的现象,对贵族资产阶级的利己主义有一定的批判意义。在社会生活与人物的性格刻画及心理描写方面,这部小说也比《帕美勒》更进一步。作者对善良弱女子克拉丽莎令人心酸的处境及悲苦心情的表现引起了许多读者的共鸣,无数读者为克拉丽莎的遭遇而泣泪涟涟。作品中浓烈的感伤主义因素满足了那一时代的感伤倾向并使国内外几代人产生深深的感伤情结。

在小说中,"空间"是一个含义深刻的象征物。父权和男权对女性的控制是从"空间"开始的。克拉丽莎与她的父母及罗伯特的关系,也是通过"空间"这一象征来体现的。在小说中,每当克拉丽莎不愿服从父母指令时,她就走出客厅回到自己房间,来表示抗议和保持独立。她的母亲也总是通过逼迫克拉丽莎走出闺房来迫使她就范。另外,罗伯特对克拉丽莎的"征服"也是通过控制她的行动空间来实现的。当克拉丽莎在罗伯特的诱骗下离开家门时,那意味着她离开了父权统治,而掉入男权的另一个魔掌里。当她进入妓院时,她的自主性被进一步摧毁。而罗伯特对她的强奸是对她的最严重的空间侵犯。最后,在她的棺木里,她的身体才有了完全属于自己的空间,她的灵魂也只有在天国里得到自由。

从整体上看,《克拉丽莎》也表现了比《帕美勒》更多、更深刻的内容,也触及到了更多、更深刻的社会问题和道德问题。在写作上,这部小说在叙述同一件事、同一个场面时,采用了不同的叙述视角,从而增强了叙述的丰富性和曲折性,表现了人物之间的复杂关系,并将书信体小说推向一个更高的境界。

理查逊的第三部小说《查尔斯·葛兰底森爵士传》鲜为人知,研究理查逊的学者大多认为这是强弩之末。然而近年来,随着对理查逊兴趣的复兴,《查尔斯·葛兰底森爵士传》也得到了较多的关注。它绝不是作者创作灵感枯竭的作品,而是他对书信体的再次大胆尝试。由于小说的情节不再是爱情与阴谋,而是表现以葛兰底森为榜样的一个英国小社会如何把个人情感和言行纳入社会规范之中,所以它的书信就失去了秘密性和悬念效果。人物书信的公开化迫使理查逊更多地在书信语言技巧、修辞及人物心理矛盾上下功夫,并着力把构成小说主体的许多客厅内的对话场面写活。这里的书信仍不失其自主性,人物依然经常在信中泄露内心的真实情感。但由于小说意在树立行为的正面典型,书信多是公开传阅的,因此《葛兰底森》给读者带来的乐趣不再是《帕美勒》式的"写至即刻"造成的戏剧性紧张,也不是《克拉丽莎》提供的那种对人物下意识层面上的各种情感和心理去做解谜式的猜测。《葛兰底森》写的是个人在社会规范言行约束下如何去进行克服自身欲望的斗争。它描写了不少由理智与感情的矛盾导致的内心活动,但这些复杂的心理活动往往都与人物的理性认识挂钩,它旨在教给读者如何在社会与个人、理性及感情的矛盾中找到立足点。

理查逊的第三部小说为后来以奥斯汀为代表的风俗人情小说开了先河。虽然它的男主人公查尔斯·葛兰底森由于太高大和完美而失去了真实性,但是它较成功地描写了以家庭和婚恋为中心的英国中产阶级和乡绅们的生活,其中的几个妇女形象写得也很有光彩。奥斯汀从少年时期就对《葛兰底森》爱不释手,反复阅读它,甚至达到能背诵其中章节的程度。她的小说不但在内容上延续了《葛兰底森》反映的家庭、婚恋这一主题,而且在她的许多部著作里都可以找到与《葛兰底森》类似的情节和人物安排。

总之,书信体小说在理查逊时达到了鼎盛时期。虽然作为一种小说形式它不再流行了,它在小说向现代的广度和深度的发展中却起了不可忽视的作用,并显示了小说文类在技巧运用上的巨大潜力。就其意义与价值而言,理查逊的小说创作对同英国和欧洲的文学产生了深远的影响无论是在题材上还是在人物的刻画上,他都做出了杰出的贡献。他开创了以日常生活为素材,以家庭、爱情为核心,集中围绕一个时间刻画人物之先河。另外,理查逊的小说注重对人物内心世界的挖掘,从而增加了人物的广度和深度,成为英国小说史上心理现实主义的起点,也是意识流小说的先驱。

第五节　菲尔丁和喜剧散文史诗

　　亨利·菲尔丁(Henry Fielding,1707—1754)是 18 世纪英国和欧洲最杰出的现实主义小说家之一,也是 18 世纪欧洲最有成就的现实主义小说家。他与笛福、理查逊并称为英国现代小说的三大奠基人。他的"喜剧性的散文史诗"以新的文学形式、幽默讽刺的手法表达了自己对现实的理解,并开辟了新的创作领域,对 19 世纪现实主义文学产生了巨大的影响。

　　菲尔丁出生于英国西南部萨默塞特郡的一个破落贵族家庭,父亲是个陆军军官。菲尔丁 11 岁时丧母,13 岁时入贵族伊顿公学读书,20 岁进入荷兰莱顿大学攻读学位。大学期间,因为经济拮据,只得中途辍学,返回伦敦,从事戏剧创作和演出活动。可以说菲尔丁的创作活动是从编剧开始的,他翻译、改编了莫里哀的戏剧《屈打成医》《吝啬鬼》,并创作了多个社会和政治讽刺喜剧,这触怒了当权的辉格党,于是菲尔丁被迫停止了戏剧创作,转而从事新闻工作和小说创作。为了日后的前途和生活,31 岁的菲尔丁放弃了戏剧创作,开始学习法律,他用 3 年时间修完 7 年的课程,并于 1740 年获得律诗资格,后被任命为伦敦威斯敏斯区的法官。这项工作使他有机会走街串巷,访贫问苦,接触到英国社会各基层的人和事,加深了他对社会的了解和认识。期间,菲尔丁从未放弃过文学创作。他曾主编杂志《不列颠信使》,发表了大量杂文、书简和特写,为他日后的小说创作奠定了基础。虽然生活一直不富裕,但是菲尔丁总能保持乐观奋发的精神。颠沛流离的贫困生活和紧张劳累的工作使他步入中年后便疾病缠身,乃至四肢瘫痪。1754 他携家眷赴葡萄牙里斯本求治,两个月后不幸辞世去世,安葬在当地的英国墓园中。

　　菲尔丁的文学创作最初是从戏剧开始的,之后转为杂文,并创办了一些杂志,对英国腐败的政权进行攻击,并讽刺社会上各种丑恶和不合理的现象。期间,他也开始进行小说的创作。在理查逊的劝世小说《帕美勒》发表后,菲尔丁对理查逊的道德说教感到不满,决意要揭露帕美勒的虚伪,由此模仿理查逊的笔法创作了《帕美勒·安德鲁斯夫人生平的辩护》,刻画了一个靠婚姻向上爬的女市侩形象。嘲讽这类似的劝世小说。1742—1751 年间他发表了《约瑟夫·安德鲁》《汤姆·琼斯》《艾米莉亚》等作品。尽管菲尔丁在自己的时代以戏剧家而广受欢迎,但是真正让他享誉世界文坛的是上述几部小说。

　　《约瑟夫·安德鲁》(全称为《约瑟夫·安德鲁斯及其朋友亚伯拉罕·亚当斯先生的冒险故事,仿塞万提斯的风格而写》)一开始也是针对理查逊的《帕美勒》而写的戏谑之作,叙述了帕美勒的弟弟约瑟夫·安德鲁和情人芳妮艰难曲折、悲欢离合的故事。按照菲尔丁最初的意图,显然是想通过小说的方式与理查逊展开一场论战,因而他把身份类似的人物放在类似的情景里,借以揭露《帕美勒》的不真实以及它所宣扬的虚假的道德。这部作品的主人公约瑟夫是以帕美勒胞弟的身份出现的。10 岁时他就被送到地主鲍培爵士家干活（鲍培就是《帕美勒》里那个地主恶少的堂叔）。17 岁时约瑟夫就精通骑术，赛马会上，有人想出钱贿赂他，正直的约瑟夫毅然拒绝了，后来鲍培夫人收他在房里当小厮。当地的一个牧师亚当斯也十分喜爱这个少年，一心想教他读些书。但不久，约瑟夫被带到鲍培家的伦敦公馆去了。约瑟夫 21 岁时，鲍培爵士病故。此时约瑟夫开始担心自己会被解雇，并写信告诉了姐姐帕美勒。结果，他没有被解雇，反而得到了鲍培夫人的不断追求，但他不为之所动。因为约瑟夫爱的却是同为鲍培爵士家仆人、已经回到乡下老家去的芳妮。鲍培夫人遭到约瑟夫的拒绝后，就把他赶出了家门。于是约瑟夫便离开伦敦回乡下找芳妮，途中经历了很多事情。上路的第二天，他就遭歹徒抢劫，一辆路过的驿车把他救了起来，送到客栈，并在这家客栈遇到了牧师亚当斯。至此，菲尔丁将叙述的重心从约瑟夫转向亚当斯。亚当斯是一个很有学问但头脑简单的基督徒，他对人善良天性的信赖不断使他陷入尴尬之中。其时，亚当斯正前往书商处洽谈著作出版事宜，却忘记随身把书稿带来，于是只好原路返回去取书稿。两人结伴而行。恰巧，芳妮也正从故乡前往伦敦寻找久无音讯的约瑟夫。三人不期而遇，决定回村。三人一路上遇到了形形色色的人物，有暴虐的权贵，糊涂的治安法官，一毛不拔的管家，贪心的店主妇及善良的穷人。当约瑟夫准备与芳妮准备成婚时，回到乡下的鲍培夫人听说这事，便依仗自己在当地的势力，耍种种花招加以阻止。鲍培夫人甚至威胁亚当斯，不许他为这对年轻人主持婚礼。副牧师愤然拒绝说："不能因为当事人穷而不准他们结婚。天下哪有这种法律！世界派给穷人的份子已经够重了，如果连造化赋予动物的公共权力和纯洁乐趣都不准他们享受，那真叫野蛮了。"无可奈何之下，鲍培夫人又唆使一个律师控告他们偷了一根树枝。恰巧，帕美勒和她的地主丈夫来走亲戚，约瑟夫和芳妮才幸免于难。但是，鲍培夫人仍不死心，说既然姐姐帕美勒当上了鲍培家的少奶奶，弟弟约瑟夫如果和芳妮这样的穷姑娘结婚，将不成体统，有失自己家族的身份。同时，她又唆使一个纨绔子弟死缠着芳妮。在小说结尾，通过一系列巧合，证明芳妮原来是帕美勒的妹妹，襁褓中被吉卜赛人拐卖，而约瑟夫却是身份高贵的威尔逊先生的儿子。最终，这对有情人终成眷属。

需要注意的是，这部小说比菲尔丁后来几部小说及它们效仿的《堂吉诃德》都有更多的基督教寓言，这首先可以从人物名字的设计上来看。约瑟夫在《圣经》中是雅各的儿子，他被哥哥们暗算后卖到埃及，后因拒绝了主人之妻的引诱而遭迫害囚禁。他的美德恰恰同菲尔丁小说主人公约瑟夫相同，后者也是因为拒绝了女主人的非礼要求而被驱逐。雅各的儿子约瑟夫被哥哥们剥去衣服扔在坑里，后卖到埃及。菲尔丁在小说中也让约瑟夫路遇匪徒，剥光了衣服还遭了痛打。这里的相似之处绝不是偶然的，是菲尔丁有意识的设计，要通过约瑟夫与《圣经》中基督教楷模的联系来加强他小说的道德主题。小说中更重要的人物亚伯拉罕·亚当斯牧师的名字也有《圣经》的寓意，这更非巧合。亚伯拉罕是希伯来人对上帝虔诚不二的典范，又是一个大家族的家长。是他听从上帝的指点，带领全族人，历尽千辛万苦，最后到达迦南定居。用亚伯拉罕来命名菲尔丁小说里那光明磊落、嫉恶如仇又善良仁慈的乡村牧师，并让他像家长一样陪同约瑟夫从邪恶的伦敦向纯洁的乡间进发，其宗教寓意已是不言而喻了。除了名字叫"亚伯拉罕"，菲尔丁还给了他"亚当斯"这个姓。"亚当斯"（Adams）含有"亚当"这名字的成分，亚当是《圣经》里人类的始祖。菲尔丁给亚伯拉罕牧师冠以"亚当斯"这个姓，就是要借助《圣经》里的同名人来强化老牧师有如婴儿般透明、简单和善良的人格，并且进一步寓示他在小说中所特有的父辈的权威地位。

除了姓名上的游戏，在具体情节设置上菲尔丁也常常模拟《圣经》。比如《约瑟夫·安德鲁斯传》中最精彩的片断之一就同《圣经》里撒玛利亚人救死扶伤的故事相对应。在小说第一卷第七章里,约瑟夫被逐出布比太太家不久就在路上遭歹徒抢劫。贼人剥光了他的衣服,把他痛打一顿,抛在路边等死。此时驶来一辆驿车,约瑟夫就大声呼救。车里有位高贵的太太、一位年轻律师和一位老绅士。车夫让他的伙计下车去察看,伙计跑回来说:"那边有个人坐在地上,全身精光,一丝不挂。"听到这话,先前充满同情的太太就惊呼起来:"啊,上帝,一个赤条条的男人!好车夫,我们赶快走,别理他。"而所有的男人都好奇地下车去看个究竟,他们围着苦苦哀求他们不要见死不救的约瑟夫,讨论着救与不救的种种利害。老绅士先是慌忙要车夫赶路,怕也被强盗抢劫,后来看到众人终于同意让约瑟夫上车,就窃喜地想利用这个机会同那位太太开开肮脏的玩笑。车夫考虑的只是不能让自己利益受到损害,多一个乘客必须有人替付这份车钱。那年轻的律师则不放过这个卖弄法律知识的好机会,在引经据典之后说服大家不能让约瑟夫冻死在野地里,否则他们在法律上就构成了见死不救的罪行。就在约瑟夫浑身发抖向车子走去时,车上的太太一边用扇子挡住脸抗议,一边从扇子骨缝里偷看赤身露体的漂亮小伙子。到这里,菲尔丁已经把《圣经》寓言故事变成了对道貌岸然的绅士和太太们的辛辣讽刺,与《圣经》故事中要救援受难的邻人的教导形成了强烈反差。当约瑟夫得知车上有位太太时,他便停住脚步,死也不肯上车,不肯有丝毫失礼的举止。在场的人都穿了厚厚的御寒外衣,有人身下还坐着多余的大衣,但因怕沾上血污,没有一个人肯让出一件给约瑟夫。最后还是地位最低下,后来因偷鸡被放逐的小伙计,扒下了自己身上唯一保暖的外衣披在约瑟夫身上,并且骂骂咧咧地说:"他宁可自己一辈子只穿一件衬衣,也不能看着一个同胞受这种可怜的折磨。"车到了旅店后,热心照顾约瑟夫的是一个打杂的女工。菲尔丁写道,这个"好心肠的姑娘,不懂得那位太太做出的举止端庄的那一套,她在火上加了一把柴,从一个马夫处给约瑟夫找来一件特别暖和的大衣,安置他坐下暖暖身子,而自己又抽身去给他铺床"。在菲尔丁的这段故事里,按撒玛利亚人榜样行善的两个人都是社会最下层的百姓,他们不会漂亮的言词,甚至有过不检点的行为。但是,他们不会说一套做一套,他们对别人满怀同情和爱心。

不久,约瑟夫和亚当斯在途中又巧遇芳妮。这三个穷人一路遇见了形形色色的人物,比如糊涂的治安法官,企图凌辱芳妮的乡绅,吹嘘骗人、拿穷人开心的地主,爱猪胜于爱人的牧师,一毛不拔的管家和一些善良的百姓。几经起落,最后约瑟夫找到了生父——乡绅威尔森先生,并幸福地与芳妮结成夫妇。

虽然小说情节起伏跌宕,但真正使这部小说具有经久不衰的魅力的却是亚当斯牧师这个堂吉诃德式的人物。他超越了菲尔丁小说中所有其他的类型式人物,是英国文学中的一个不朽的形象。亚当斯牧师首先是熟读希腊和罗马古典作品的饱学之士,但他在处世方面却天真得像刚出生的婴儿。他生就一副长腿,行动笨拙;伤心时会嚎啕大哭,高兴时会手舞足蹈、雀跃旋转;当芳妮在久别后忽然听到约瑟夫的声音而晕倒时,亚当斯一急之下把手中至爱的经典埃斯库罗斯的文集投入壁炉中;在遇见恶人和危险时,他也颇具堂吉诃德战风车的风范,手里挥舞着一根拐棍迎敌;为了行善抗虐,他不乏浑身被泼上屎尿,或落入猪圈污泥的"业绩";他充满了理想主义,对人世的邪恶经常是大睁圆眼吃惊不已,或大叫:"我的老天爷!这都是什么样的世道啊!"

菲尔丁虽然十分喜爱亚当斯,但他不像理查逊,要塑造十全十美、难以置信的形象。亚当斯有不少缺点,他书呆子气十足,好争论,还总要压倒对方;他还有些虚荣,以自己有学问和会讲道而自豪。在把他同亚伯拉罕类比中,菲尔丁用喜剧的手法写出一个更有人情味的基督徒。在《圣经》中亚伯拉罕按照上帝要求把儿子以撒带到山上去杀死献祭。菲尔丁把这个情节反讽地加在亚当斯身上。一次,亚当斯同约瑟夫谈经论道,义正词严地支持亚伯拉罕大义杀子。他说:"如果亚伯拉罕因太爱儿子而拒绝了上帝的要求的话,我们不是人人都该谴责他吗?"就在这当儿,一个信使误传来他儿子的死讯,这位好牧师的父爱立刻使他陷入了不能自拔的悲痛,忘却了其他任何教义和准则。类似这样的描述使亚当斯这个真、善、美的代表超越了类型人物,成为一个有血有肉,有许多心理活动的生动形象。菲尔丁用亚当斯带领约瑟夫从邪恶的城市转回伊甸园般的乡村,串起了一个英国的堂吉诃德式的史诗;在基督教道德规范下写了善与恶的斗争,让读者在笑声中阅览了整个 18 世纪英国社会的风貌。

《汤姆·琼斯》全书共 18 卷,洋洋洒洒,但构思精巧,作者对人物个性的描写极为成功。小说通过描述弃儿汤姆·琼斯和乡绅之女索菲娅的爱情,向读者展现了一幅广阔而真实的 18 世纪中叶英国社会生活风貌的全景图。全书可分为三部分:第一部分发生在英国南部萨默塞特郡的乡村乡绅的家里;第二部分叙述汤姆等人在去伦敦途中所发生的许多事情;第三部分发生在伦敦。英国萨默塞特郡的富有乡绅奥尔沃绥是个鳏夫,他和妹妹布利吉特两人一起生活。有一次,奥尔沃绥去伦敦 3 个月,回来后发现床上有个弃婴。经过一番调查后,奥尔沃绥怀疑这个弃婴是家中女仆珍妮的孩子,追问之下,珍妮承认这是自己的孩子,却不愿交代谁是孩子的父亲,奥尔沃绥遂辞退珍妮,将弃婴收养,为其取名汤姆·琼斯。不久,布利吉特结婚并生了一个儿子,取名布力非。不料,布利吉特丈夫中风而亡,布力非便由舅舅奥尔沃绥抚养,还成了他的财产继承人。热诚善良而又轻率放任的汤姆长大后,和邻居地主的女儿、聪明美貌的索菲娅小姐相爱。但是,索菲娅的父亲魏斯顿持反对意见,并强迫女儿嫁给奥尔沃绥的外甥布力非。布力非伪善而自私,他极力诋毁汤姆对索菲娅的爱,最终布力非设计挑唆舅父把汤姆赶出家门。索菲娅为逃婚,也偷偷离家出走,去寻找汤姆。住在旅馆时候,索菲娅无意看到汤姆和他从强盗手中救出的沃斯特夫人在一起,伤心至极,在汤姆床上留下字条之后便上伦敦去了。汤姆焦急万分,也匆忙赶到伦敦。此时,苏菲娅寄居在伦敦的亲戚柏拉斯顿夫人家。而汤姆几次三番都没能和索菲娅见上面,原来是柏拉斯顿夫人看上了汤姆,是她从中捣的鬼。由于汤姆被人设计与一群流氓打架斗殴,他为自卫打伤别人,然后被抓进监狱。在监狱这个特殊的环境中,奥尔沃绥终于知道了汤姆的真实身份,原来他是当前布利吉特与一个大学生的私生子。经过多方营救,汤姆终于获释出狱。奥尔沃绥这时已经看清布力非的卑鄙行径,于是决定取消布力非的继承权而指定汤姆为他的合法继承人。索菲娅的父亲魏思顿这时也醒悟了,不再反对汤姆和索菲娅两人的关系。于是,一对历尽千辛万苦的情人终于在大家的祝贺声中喜结连理。

具体来看,《汤姆·琼斯》不论从内容上还是结构布局上都有自身的独特性。第一,《汤姆·琼斯》展现了一幅完整的现实主义人性图画。菲尔丁在作品第一卷就告诉读者:"这里替读者准备下的食品不是别的,乃是人性……渊博的读者不会不晓得在人性这个总名称下面也包含着千变万化,一位作家要想将人性这么广阔的一个题材写尽,比一位厨师把世界上各种肉类和蔬菜都作为菜肴还困难得多……精神筵席的优劣与其说是在于题材本身,毋宁说在于作者烹调的技术。"无疑,菲尔丁在该作品中就实践着人性的写作原则。奥尔沃绥绅士是仁慈正直的代表。他不顾各种流言蜚语,将别人的私生子汤姆斯抚养成人。索菲娅虽然是地主小姐,但是她温柔、体贴、真诚,对长辈孝顺,对下人以礼相待,对爱情忠贞,是美德的化身。汤姆尽管身份低贱,但是他却热情真诚,尤其是宽容。布力非多次加害于汤姆,但是直到布力非被绅士取消遗产继承权并遭到驱逐时,汤姆仍旧替布力非求情。除了表现人性美,菲尔丁还表现人性中虚伪、奸诈、卑鄙的一面。比如由于汤姆是个私生子,因而也遭到许多人的唾弃。在他还是嗷嗷待哺的时候,就连奥尔沃绥的管家德波拉大娘也对主人讲:"这种东西与其让他长大了去学他娘的样儿,倒还不如趁他还清白无辜时死掉的好。横竖他也不会有很大出息。"

　　第二,小说采取了多种叙述风格,有时描写中充满了夸张和荒诞的讽刺,有时自然流畅得像简单的对话,但在需要的章节,如介绍索菲的贞洁和美貌,或请求诗人给予灵感时,菲尔丁就会充满激情地写出最优美的史诗风格的散文。单就嘲讽的语气程度和手法而言,小说中就有多种多样,从诙谐直到尖酸刻薄,无不精彩,真不愧是个文体巨匠。例如,小说开始时阿尔渥西发现汤姆的一段描写:

　　　　他晚上很晚才回到家中,在同妹妹一起简单地进过晚餐后,就回到卧室休息。在那里他先跪下,像他天天雷打不动做的那样,向上帝祈祷,然后就准备上床睡觉。就在他把被子掀起的那一瞬间,阿尔渥西几乎惊呆了,因为他发现在他的被窝里有一个用粗麻布包着的婴儿,它十分可爱,正睡得香甜。阿尔渥西看着这孩子,有好一会儿不知如何是好。但他天性善良,他的心很快就充满了对面前这小可怜虫的同情。

　　于是他就按铃呼唤女仆来帮忙。但因为阿尔渥西只顾欣赏眼前的稚嫩娃儿就忘了自己只穿了一件就寝的衬衫。这引起了匆匆赶来的女管家威尔金斯太太的一场虚惊。菲尔丁是这样写的,听到铃响后,威尔金斯太太先对镜打扮了一番:

　　　　她的确已给她主人留出了足够的时间来穿好衣裳,因为出于对他的尊重,也出于端庄的考虑,她花了好几分钟在镜子前面梳理头发,完全不顾来人的催促,就算她的主人突然中风或昏倒,她也要打扮一下。

　　　　不难想象这样一个讲求端庄得体的人一旦发现了哪怕一丝一毫有碍观瞻的现象会多么惊吓。因此她刚一开门,看见她主人身着一件寝衣站在床边,手里举了一支蜡烛时,就吓得退了出去。要不是他及时想起自己衣装不整,请她在门外稍候——他穿件外衣以免污染了她纯洁的眼睛——的话,威尔金斯太太就一定会当场晕过去。52岁的戴博拉·威尔金斯太太发誓说她从来没有见过任何穿得比外衣少的男人……

　　这两段选文用寥寥数语就勾画出一个早年丧失妻子和孩儿,却善良并充满爱心的老头突然发现弃儿时的惊奇,不知所措,又继而爱上孩子的生动心情变化,同时又尖酸深刻地揭露了自作多情、老不正经的女管家装模作样的虚伪面貌。

　　随着读者口味的改变,现当代评论经常批评菲尔丁在每卷前和叙述中加进去的作者的议论和对读者不断的提醒及说教。这种作者全知全能的叙述风格是小说在一个发展阶段上的现象,我们不宜以此作为作家优劣的鉴别标准。《汤姆·琼斯》中除了菲尔丁直接插入的议论外,还有不少大段的添加故事。最有名的是第八卷中"山上人的故事"。有一些评论家指出这种插入的内容与小说情节关系不密切,是结构上的缺欠。然而菲尔丁本人已经在第十卷的开始处为这种安排做了明确的解释。他说:"我们警告您不要太急于指责任何的情节与我们的主要设计无关或太唐突。"菲尔丁写书的主要目的是要宣传社会规范言行。以这种观点来看,"山上人的故事"恰恰是在汤姆进入伦敦之前,提供了伦敦腐蚀年轻人的一则有力的例证,也是对汤姆后来的经历的预兆和警告。

　　第三,小说是一部叛逆性的作品,它冲破了传统的道德准绳,在一定程度上否定了当时英国社会的秩序。在菲尔丁的时代,文学作品里描绘下层人物还是不合时宜的事,私生子更是下层社会中最卑贱的。然而,菲尔丁不但以这样一个人们所不齿的私生子作为自己小说创作的主人公,并且还把他塑造成一个远比那些上流人士高贵得多的正面人物,让这个出身卑贱的穷孩子身上闪烁出诚实、正直、勇敢的光芒。

第四,小说在布局上,场景、人物描写主次分明,多线索交错,使小说情节生动、衔接严谨自然。它克服了流浪汉小说情节零散纷繁的缺陷,集中写了汤姆在乡镇、途中和伦敦三个空间的经历,而且在这三个空间中还有侧重点。从乡村到城市,从旅店、戏院到法庭、监狱,从集市、商店到上流社会的沙龙,社会画面之广泛可谓 18 世纪之最。小说人物庞杂,社会各阶层人物从贵族、乡绅、商人到冒险家、守林人,从教师、军官、店主到流氓、小偷和强盗均有生动的刻画。

第五,在小说中,菲尔丁忠于自己"严格模仿自然"的现实主义原则。他坚持描写实际生活中可能存在的人,刻意描画真实的人性,因此小说中的人物虽然多达四十几个,但都非常真实生动,各有特色。为了突出性格,作者常把人物置于相互对照之中,如开明善良的庄园主人奥尔夫绥同顽固保守的乡下地主魏斯登、狂信宗教的家庭教师夏楚同死搬道德教条的家庭教师方正,更不用说主人公汤姆·琼斯同布力非之间深含哲理意味的鲜明对照了。女主人公索菲亚的形象是非常动人的,她年轻、美貌、温柔,极为坦率和真诚,当她的专一爱情受到恶势力的破坏时,她坚决勇敢,奋不顾身地为维护个人婚姻自主的权利而斗争。许多研究家都说,索菲亚的形象是作者以自己第一个妻子为模特儿创造出来的。

第六,作者不怕把正面人物也放在可笑的境地,并且不断同他们开玩笑。但是他给正面人物的是温和和同情的笑,是善意的幽默;而对压迫人民的反面人物,他通常是愤怒地讽刺,是致命的嘲笑和冷笑。在创造滑稽情景时,作者继承了斯威夫特的手法,让正面主人公置身于他所不习惯、不理解的世界里,用他"外方人"的眼睛观察、评论现实生活,这不仅把日常事物变得新鲜有趣,滑稽可笑,尤其能使人们日常见怪不怪的腐朽现象,在"外方人"少见多怪的眼睛里,呈现出丑恶和不合理的本质,这对暴露黑暗,鞭挞庸俗,具有很大的战斗作用。

总的来说,《汤姆·琼斯》整部作品结构完整、情节生动、语言诙谐而精练,讽刺挖苦妙趣横生,加上作者不时插入高超见解,使其成为一部极有艺术感染力的经典小说。而在小说的创作上,作者世界观的局限也在《汤姆·琼斯》中打上了烙印。主要是对庄园主人奥尔夫绥有过多的美化;矛盾的解决还是要靠某些人的良心发现和富人的醒悟,汤姆最后并不是走向人民,而是成为大宗财富的继承人,偕同爱妻到乡村狭小天地中过着体面乡绅的生活。但是这并不能妨碍这部小说成为 18 世纪英国小说中的名著。

《艾米莉亚》描写了一对令人尊敬的夫妇婚后的各种遭遇。主人公艾米莉亚是一个出身富贵的女子,然而她却愿意嫁给贫穷,且性情急躁、轻率军官布斯上校。不久,英国和西班牙开战,布斯去前线作战,两次负伤。在布斯负伤之际,艾米莉亚前往前线探望丈夫。期间,艾米莉亚收到姐姐贝蒂的信说母亲去世了,并将遗产全留给了自己,只留给艾米莉亚 10 英镑。战后,布斯的连队解散,他也没有了原有的职务,只能依靠半份饷银度日。之后,这对夫妇不愿为一时的私利而牺牲贞洁和荣誉的倔强个性使他们历经各种磨难,最后布斯意识到自己的缺点,艾米莉亚又意外得到一笔财产,终于苦尽甘来,夫妻开始了美满的生活。小说的很多情节都是在伦敦展开的,那里的贫民窟、监狱、法院等处处展现了英国社会的丑恶画面,成为菲尔丁谴责英国政治司法系统的有力"诉状",成功地描绘了治安法官、律师、狱卒等一群枉法受贿、执法犯法的司法界"群丑图"。与前几部小说不同的是,《艾米莉亚》中极少包含富有作者特性的幽默诙谐成分,在对女主人公不幸遭遇及悲苦心情的描写中透出阵阵感伤情调。然而,小说最后还是以大团圆告终。

总之,菲尔丁的现实主义小说是"喜剧性的散文史诗",它的特点是幽默、讽刺,充满乐观精神和对人民的热爱。菲尔丁自称他的现实主义创作方法师承阿里斯托芬、塞万提斯、拉伯雷、莫里哀、莎士比亚、斯威夫特等人。他的小说构思善于出人意料地将统治阶级的表里进行强烈对照。把社会的不平等现象进行高度概括,把似乎风马牛不相及的事物进行类比而突出事物的内在联系,在揭示真理的同时取得最大的讽刺效果。菲尔丁的小说创作对 19 世纪欧洲现实主义文学的产生和发展起过很大影响。

第六节 斯特恩和"情感主义德行的困境"

劳伦斯·斯特恩(Laurence Sterne,1713—1768)是英国小说史上一个独行怪侠,他与众不同的创作思想及创作时不愿受任何规定限制的做法,使他的作品风格极为奇异而独特。他在小说创作上十分重视情节的幽默与风趣,以及读者的心理感受与体验,18 世纪抒写感情真实的文风推向高潮。

斯特恩出身教会世家,其曾祖父、叔父都在教会里当主教,但父亲只是个低级陆军军官。在最初的十几年里,一家人随父亲从英格兰驻地转向爱尔兰驻地,过着居无定所的生活。18 岁时,斯特恩的父亲去世,他在亲戚资助下得以进入剑桥大学的耶稣学院学习,在那里他读了大量奇文异书,并对文学产生了浓厚的兴趣。毕业后,他在约克郡附近的苏顿教区谋得牧师的职位,收入虽微薄但较固定。由于牧师工作较为清闲,他在业余时间经常从事自己喜欢的各种活动。作为一个牧师,斯特恩虽然只应付履行他的一些职务,但又涉足基督教会内的钩心斗角。一次与一教士争吵,舌战之余还以讽刺口吻写了一本小册子揶揄挖苦那教士。虽然小册子没有得到发行,但他对写作由此产生了兴趣。1759 年,斯特恩怀着极大的热情着手写他第一本卷帙浩繁的书《项狄传》。《项狄传》共创作了 9 卷,历时 8 年。在创作《项狄传》期间,斯特恩以在法国与意大利疗养、旅游为素材,创作了另一部小说《感伤的旅行》。该部小说发表后不久,斯特恩便离开了人世。

《项狄传》的全称是《特立斯特拉姆·项狄的生平和见解》,它具有 20 世纪后现代主义小说风味。全书不是以形成整个小说的结构框架的形式出现的,而是杂乱无章,人物和情节零零散散、断断续续地随意越出、跳进。因此,小说在发表后,曾引起过传统文学家的激烈批评。约翰逊在 1776 年对它预言说:"稀奇古怪的东西不会持久:《项狄传》长不了。"这是人所共知的名言。1948 年利维斯博士也曾斥责这部书"不负责任,(而且令人生厌的)琐碎"。时间早已证明了约翰逊的错误,而后现代的批评视角又进一步显示出这两位文人意见的局限性,但他们的批评却反映了《项狄传》是不同一般的一部小说。这部书中没有多少故事,主要是成年后的项狄自叙自己和项狄宅内的一些趣事。虽然并无惊天动地的内容,但是《项狄传》在形式、叙事技巧和风格等方面都堪称独树一帜、奇特而怪诞。

首先在书名上,斯特恩在书中宣称这是一部有关崔斯特拉姆生平及意见的小说。然而,读完之后我们发现内容是文不对题,既没有崔斯特拉姆一生的故事,也不记录他的任何言谈。全书讲得最多的是托比叔叔的生平故事,而报道的看法和意见多是他父亲沃尔特·项狄的高论。作为书名中的主人翁，崔斯特拉姆直到第三卷当中才出现，而且在大多数章节里并不以书中人物出现。到小说结尾时我们只了解到崔斯特拉姆经过了多灾多难的童年后终于步入青年时代；他其貌不扬，身体也不健壮。全书结束前他到欧洲去旅行一遭。关于这次旅行的见闻，有些在《项狄传》中得到报道，其中包括他在法国遇见可怜的疯女孩玛丽亚的故事。甚至在《感伤之旅》中，听说过玛丽亚故事的约里克牧师还特意绕道儿去看望她。

实际上，《项狄传》中最生动的人物是崔斯特拉姆的父亲沃尔特和叔叔托比。沃尔特是个乡绅，热衷于读经典和探讨理论。事无巨细，他都要思索和找出个究竟来；而且一旦有了个念头，他就会忘乎所以，找个对象侃侃而谈或进行争辩。甚至当妻子临产阵痛之时，他还在楼下同托比争论问题。他最不喜欢被人打断话头，而最令他高兴的事就是在争论中占上风。托比叔叔是英国文学中少有的一个生动形象。他是个退役军人，曾参加过不少战役。后来在攻占纳莫的战斗中被炸飞的石头击中小腹而受了重伤。伤愈后，他退役回家，但是终身嗜好军事知识，特别迷恋构筑工事碉堡和拟定作战方案。然而，这样一个热衷征战的军人却又是天下最最纯洁善良和富于同情心的好人，连只苍蝇也不忍伤害，其天真不亚于孩童。好争辩的沃尔特经常挑头争论，托比总是十分迁就哥哥，不能说服沃尔特时，托比就两手插在裤袋里吹起一支他最喜爱的曲子。但在嫂子同哥哥为在乡间还是在伦敦生崔斯特拉姆而发生分歧意见时，托比却体会到嫂子的忧虑而坚决站在她一边。沃尔特与托比手足情深，托比负伤住院期间沃尔特赶到医院，守候在他身旁。当沃尔特因崔斯特拉姆屡遭不幸事故而伤心不已，伏卧在床上时（因为他相信伏卧在床、两手向两侧水平伸开是承受痛苦的最佳姿势），托比担心地长久立在他床边，直到他恢复过来。托比和他的军曹崔姆下士情同手足，两人又都热衷于构筑碉堡。这一主一仆趣事无穷，可以同堂吉诃德和桑丘·潘扎媲美。崔姆下士还是个很有点演讲才能的人，他遇到正中下怀的题目时就会把帽子向地上一掷，弯腰鞠躬后滔滔不绝、绘声绘色地做长篇演说，不但令厨房女佣和下人们叹服不已，而且沃尔特也不得不对他刮目相看。这三个人物是崔斯特拉姆讲述的主要对象，他们像唱三人转一样，演绎出一场场好戏，幽默中带些伤感，其幽默在狭义上类似18世纪约翰逊和蒲柏那种机敏和巧智，而在广义上又可与莎士比亚通晓人性的博大归于一类。

书中的人物都很有特色。虽然沃尔特、托比和崔姆因夸张手法而带有卡通人物和类型化人物的特点，但他们无疑又是有血有肉的个人，每个人都特别得没有其他任何人可以取代。然而次要人物，如男仆奥布戴阿、女仆苏珊娜和助产士斯洛普先生则完全是以其某一特点来驾驭或概括一切的漫画人物了。奥布戴阿和苏珊娜都是项狄宅内的关键人物，他们终日忙碌，匆匆赶到这里，又突然冲到那里，在忙碌中败事多于成事。他们很老实、忠于主人，但脑子缺根筋，智商实在无法令人恭维。助产士斯洛普的名字 Slop（泥浆，泔水，不整洁的人）即可以说明其人的类别。他矮胖的身体成正方形，行动迟缓，极其无能。沃尔特为了保证妻子在乡间能安全生产，特地请了斯洛普医士，因为他会使用先进的产钳。但他的妻子坚决不要男人接生，托比对嫂子的端庄和羞涩表示同情和支持。沃尔特只好同意雇用乡间的产婆，让斯洛普候补。不巧，临产前老女人不慎摔伤筋骨，结果接生的责任便全部落在斯洛普先生的身上。项狄太太阵痛开始时，丈夫正在楼下客厅里向托比发表由该让谁接生引起的他对女人的高论。阵痛令全宅子大乱，打断了沃尔特的谈话，他命令奥布戴阿立即骑马去请斯洛普医士。男仆就跳上马冲出院子，但却在半途中遇见了去请的对象：

　　请想象这样一个人，——因为我告诉您斯洛普医士就是这副长相，他正慢慢地移动着，一码一码地挪向前方，骑在一匹瘦骨嶙峋的小马驹脊背上，——马儿的毛色挺漂亮；——可要说力气呀，——那就惨了！——它哪儿扛得动这么臃肿肥胖的一个包袱，何况路况又如此糟糕。……请您设想一下，奥布戴阿骑在一匹用来拉车驾辕的高头大马上，以全速从对面急驰而来。

如果斯洛普医士在一英里外就看见了飞奔的奥布戴阿就好了，事情却不是这样，——男仆不顾一切地向前冲，马蹄踏得泥浆四溅，就好像围着骑者转动着一个黑色漩涡——对斯洛普医士来说，这滚滚而来之物不是比惠斯顿预言的将撞碎地球的慧星要可怕得多吗？……"医士小心翼翼地向项狄宅走着，就在离目的地不到六十码的地方，一道院墙挡在泥泞小径的前方，造成一个急转弯。在他差五码就到了墙根时，奥布戴阿和他的.坐骑忽然出现在墙角拐弯处，飞快又凶猛，——Pop，——朝着医士奔来，……

斯洛普医士如何是好？——他立即在自己身上划了个十字："✝"——Pugh！——可是先生，医士是个天主教徒呀，——不管它；他最好是没有松手，一直握着鞍头。……可是，就在他划十字时，他不小心让马鞭子从手里滑落出去，——而为了从膝盖和马鞍套的皱褶边之间抓住下落的鞭子，他的脚从脚蹬套里滑脱，一脚一踩空，他就立刻从马背上翻落下地，——就在这一连串的滑脱事故之中（顺便提一下，这事件恰恰说明了划十字是多么害人，）可怜的医士全然不知所措了。所以，奥布戴阿还没撞上他，他就先脱离了马驹，像一袋羊毛似地滚下马来，幸好没有受伤，只是一屁股坐在那十二英寸深的泥泞里。

奥布戴阿脱下帽子两次向斯洛普医士致敬；——第一次正当他从马上摔下来，——再敬礼时，他已看见医士坐在泥水中。——这种礼貌太不是时候了！——他难道就不能停住，下了马去帮助对方吗？——先生，他已经尽力而为了；——但飞跑的冲力太大，奥布戴阿无法立刻停住；——他围着斯洛普医士跑了三圈才最后使坐骑站定下来；——而且当他最终停住马时，马蹄将泥水高高溅起，真还不如奥布戴阿和他的马在一里路之外呢。简而言之，斯洛普医士满头满身都溅满了泥浆，整个变成了另一个模样，就同时兴的面包和酒可以化为耶稣的血和肉所说的那种变化一样。

这一段描写实在精彩。斯特恩是个幽默大师，他在这段灾难性遭遇中主要使用了夸张手法，漫画般地刻画出骑着高头大马急驰而来的奥布戴阿与体重如山、骑着瘦小马驹在泥泞小径上缓慢爬行的斯洛普医士的强烈反差，以及医士不待马撞就自行失控而翻落泥塘的可笑景象，奥布戴阿的莽撞和愚蠢也淋漓尽致地表现出来，而斯特恩还不忘对当时流行的伪科学和荒诞的宗教教义做了辛辣的讽刺。他在这段描述里显示的大手笔同狄更斯和塞万提斯的精彩段落一样令人难忘。

斯洛普医士本人虽到达项狄府上，但却没有携带他的法宝——产钳，于是缺脑筋的奥布戴阿再次急驰去取工具。一路上他把口袋绳子绕了无数死结，待到医士洗净身上泥水并解开了绳结取出产钳之时，崔斯特拉姆的降生已迫在眉睫。斯洛普助产士慌忙上阵，"新式武器"杀伤力极强，它夹断了崔斯特拉姆的鼻梁。于是他从此鼻子扁得同脸一样平，令他父亲沃尔特伤心不已。为了补救压扁了鼻子带来的不利，沃尔特决心给儿子起一个壮男的响亮名字，他精心挑定了崔斯德吉司特斯。但神父来行洗礼时他正在床上伤心，就命苏珊娜先去把名字告诉神父。苏珊娜同奥布戴阿一样毛手毛脚，又记不住那么长的名字，她从楼上飞奔下楼，一路重复念叨着这个名字，念到最后就走了样，说不清到底是什么，神父就自作主张地认定为崔斯特拉姆。就这样，崔斯特拉姆在鼻子的灾难之后，又得了一个他父亲最憎恶的名字。

在小说的后半部，叙述者，即成年的崔斯特拉姆，主要讲述他叔叔托比的故事，特别用了些笔墨来描述邻里的一位寡妇魏德玛太太如何用尽心计追求托比，其中不乏乔叟名著《坎特伯雷故事集》那样精彩的人物形象刻画和幽默讽刺。

《项狄传》曾被誉为世界上难度最大的小说之一。这评语恐怕主要指它的意识流结构而言，当然斯特恩的幽默也十分微妙。不少评论指出了斯特恩在《项狄传》中受了洛克"观念联想"理论的影响，但更准确些应该说，斯特恩既受其影响——同意了洛克对人的思维运作中存在非理性控制的联系这一学说，但又进一步夸大了这个理论，把它推至极度，以从中取乐。在《项狄传》中没有完整的人物生平故事，所讲的崔斯特拉姆、托比和约里克牧师等人的身世也都是顺序颠三倒四，任意撂下，又任意拾起继续下去。此外，全书充斥着讲述者、成年的崔斯特拉姆（实质上代表斯特恩）的夹议和铺叙，大概谈论了上百个作者感兴趣的议题。他不断地向读者——尊敬的先生们和女士们，抱怨自己要把一件事有头有尾地讲清楚，不受干扰、不被忽然联想到的问题打断是多么困难。于是书中就出现项狄太太从第二卷第六章开始阵痛直到第三卷第二十三章崔斯特拉姆才降生下来的奇特安排。也就是说，大约半日的生产过程在小说的叙述中占据了约八十页共三十九章之多的篇幅，这中间斯特恩扯了许多闲话，包括对奥布戴阿性格和背景的介绍，议论沃尔特的假发套和先进的产钳，对斯洛普如何摔入泥水的描述等。单单是斯洛普解不开装产钳的袋子的死结时如何用牙咬手抠以及如何诅咒奥布戴阿，就占去了五页篇幅，加上对应的三页拉丁文，一共是八页之多。E. M. 福斯特曾把《项狄传》的意识流与弗吉尼亚·伍尔夫的做法进行比较，指出他们的共同之处在于对小说该写什么内容有同样的认识。一个普通人的头脑在平常的一天中就能获得有如金字塔般的巨量信息和印象，其中有庄有谐，有喜有悲，有奇特，有尖锐，也有琐细。如果一个作家不愿受传统格式局限，去人为地挑选和组织材料来编故事，而是自由翱翔，更接近真实地写出生活里的印象，那么这本小说就不会有多少情节。它既不是悲剧也不是喜剧，既没有爱情的兴奋点也没有灭顶的灾祸。这就是现代意义上的意识流小说，它是作者的一种选择，反映出作者对小说如何表现生活现实的一种看法，而绝非利维斯斥责的"不负责任"或"令人生厌的琐碎"。在弗洛伊德心理学的种种发现用于文学解读之后的现当代社会，我们应该比较容易接受斯特恩了。然而，我们还需注意区别他同伍尔夫、乔伊斯等作家在使用意识流手法上的两大不同点。斯特恩是个幽默大家，他的幽默除了表现在故事内容和人物刻画上，也表现在他的游戏式叙述方式之中。换言之，他就是在穿梭字里行间之时卖关子和逗引读者的；在埋怨讲不清故事时故意把故事讲得更散乱；在使用"观念联想"之理论时对该理论开一个大玩笑。而现当代的意识流却是严肃认真地在那里挖掘人物内心活动，以放弃情节为代价来获取深层的人物塑造。这就牵涉到斯特恩"意识流"的第二特点。他不是第一人称的人物意识流自述，而是第三人称的叙事者的意识呈现。在这方面他的插话和夹议又类似菲尔丁小说每章前面单独辟出的发议论章节，它们不涉及人物的心理活动。只不过斯特恩把菲尔丁的这一类议论融入了故事进展之中。例如：

> 这个月我比十二个月前的这会儿又多了一岁，就如您所见，我已经写到第四卷的当
> 中了——可才讲了我生命里的第一天，——这表明，比我这部书动笔之时我又多了365

天等着要写出来,所以我非但不同于一般作者向前推进着故事,一相反,我跳过了好多卷——是不是我一生中的每一天都像这一天那样忙碌—又为什么不是呢?——发生的事和对这天的意见就占了这么长的篇幅——为什么该把它删短些呢?以这种速度我应该生活得比写我的生活快364倍才对——情况便是如此,对不起,

先生,我越写得多就越有许多要写——结果是,尊敬的先生,您越读下去,就有越多的内容非读不可。

这对您尊敬的先生的眼睛是否有利呢?

《项狄传》吸引读者主要因为它幽默。关于斯特恩式幽默的评论已经很多,人们一致承认他在这方面的技巧高超,并且很有独创性。他不同于18世纪多数小说家重道德说教,也不像斯摩莱特等人愤世嫉俗。他写作的主要目的是愉悦读者,动人之情,因此他千方百计,别出心裁地引得他们的兴趣,不会因叙述沉闷或千篇一律而读得疲乏。在行文中他有漫画式夸张的人物白描,有恢谐和反讽的评述,也有印刷和排版上的游戏,甚至讲了一些带有性暗示的双关玩笑。崔斯特拉姆从父母行房事怀上他开始,到鼻子被夹扁、名字被搞错,最后苏珊娜把他抱到窗台上撒尿时窗户的百叶板忽然坠落令他生殖器受伤等——这一连串故事对人体和人性的怪诞夸张使我们想起拉伯雷的喜剧效果;对仆人和斯洛普医士的漫画描述和类型塑造在19世纪狄更斯为代表的小说家的著作中不难找到呼应。然而斯特恩又不同于任何人,他没有拉伯雷大气,也不像狄更斯和斯摩莱特讽刺时要一针见血。他的幽默带着温和的伤感情调,对人物持一种同情和宽容的态度,充满了淡淡的人情世道沧桑之感,是一种感伤和幽默的契合。斯特恩太了解生活的脆弱和短暂了,他知道自己病得很重,因此他十分依赖幽默和开心支撑自己。这也许就是他对人的不完善能够原谅,并生爱护之心的重要原因。他的幽默引我们发笑,但很少大笑,往往在发出会心的微笑时,在温和中感到酸楚。比如沃尔特是个狂爱理论的学究,最令他不能容忍的就是妻子的愚钝。伊丽莎白一生不动脑筋,也不知道什么叫动脑筋,一辈子问不出一个有意思的问题来。尽管沃尔特不止一次地给她讲解过,她到去世时"仍没搞明白这世界是转动的,还是一动不动地定在那儿的"。沃尔特和妻子显然并不幸福,两人终身无法交流思想感情,但崔斯特拉姆谈到他父母时却用温情又幽默的笔调解构了他们一生的悲剧性。

谈到斯特恩通过印刷和排版的怪诞来加强小说的游戏与玩笑成分,最好的例子就是他设置的黑页。约里克牧师是个豆腐心肠刀子嘴的好人,项狄一家都很敬爱他。在讲到牧师之死时,崔斯特拉姆说没有文字能表达他的伤痛,于是就加进一页全黑的纸以表哀悼。像这样奇奇怪怪的设计还有白页、拉丁文章节、虫子般的曲线、手指形状的加强符号、星号等。有时一章只有章码而无下文,有时则两三句话成一章。这一切更加大了叙述无序产生的难度,形成《项狄传》的另一奇异特点。

对《项狄传》的主要批评常落在它那不大干净的玩笑上。斯特恩在书中用隐喻和故事对性、性器官和性行为等开足了玩笑,这一方面与他从小生长在军旅之中,后来又交了一帮寻欢作乐的朋友的背景有关;但另一方面我们也应该看到18世纪是比它之前的清教时期以及随后而至的维多利亚时期都自由得多的时代,文学和绘画里都不乏对男女关系较粗鲁的描绘。固然笛福的主要兴趣在个人奋斗,理查逊则是个坚决捍卫女人贞操的道德卫士,可是在菲尔丁和斯威夫特的小说中都存在较粗鲁的性玩笑。另外,我们还应看到《项狄传》虽然包含不雅的故事,但由于斯特恩采取了对这些内容的玩笑和幽默态度,所以它们并无真正危害。它们粗俗但不色情,引人发笑却

不令人想人非非。因此《项狄传》的这一问题不应成为我们禁读该书的理由。

《感伤的旅行》的全名为《约克里先生穿行法国和意大利的感伤的旅行》，是一部极富感染力和影响力的游记小说，它标志着感伤主义文学的兴起。小说写作者在英法战争时期，经由法国到意大利的经历。该作品没有像一般的游记一样描写自然风光，评介社会生活，而是通过许多细节，夸张地描写主人公的感觉和敏感的内心变化，抒发作者自己的思想情绪，具有浓厚的感伤色彩。斯特恩认为："文学的主要任务是描写人的内心世界和他变化无常的情绪。"还说，"小说结构的基础不是逻辑性的而是情感性的原则。"在小说中，斯特恩假托约里克牧师的名义来叙述他在欧洲大陆上的旅行，为了与其他一些消遣、虚荣、好奇的旅行者相区别，他自称是个"多情的旅行者"。小说主要描写了约里克在法国、意大利的旅行，包括各种冒险经历和爱情奇遇。主人公兼叙述者约里克牧师是一个典型的多愁善感的人物，连一些细小的琐事也会使他心灵颤抖，感情狂泻。其中有关疯女孩玛丽亚的故事就写得尤其精细，动情之处似乎能感觉作者的心弦震颤。玛丽亚是一个法国乡村的纯洁女子，因神父从中作梗她被心上人抛弃，以致精神失常，长期在外游荡，年迈的父亲忧伤而死。她的故事是年轻的特里斯特拉姆旅游欧洲后讲给约里克听的。在《感伤的旅行》中约里克特意绕道去玛丽亚的家乡，想探视这个不幸的姑娘。他在一片林间空地上发现了独自坐在小溪边的玛丽亚，她的神志仍然不大清醒。约里克在她身旁坐下，了解了她病后的遭遇后，他的倾泻的伤感似乎比当事人更加令人发颤：

> 我靠近她坐下，玛丽亚由着我用手帕擦去她不断落下的眼泪——我擦了她的泪水就忙着用手帕擦自己的……依然又去擦她的……再擦自己……再擦她的……而就在我这样擦着眼泪的时候，我感到内心生出一种无以名状的感情，我敢说那是一种无法用任何物质和运动理论解释得了的感情。我十分肯定自己有一个灵魂，那些唯物论者写出来毒害这个世界的所有书籍都无法令我相信我没有灵魂。

可以看出，文中利用感伤的笔调摹写了诸如眼泪，需要人呵护的柔弱的玛丽亚，以及人物的真挚的同情心和无法控制的感情。

斯特恩在小说中把偶然的感触、自私的心理和敏锐的感受交织在一起，用细致真挚的手法抒写普通人的命运和体验，甚至于将笔触深入到人物情感的非理性层面。例如，当约里克动身去巴黎时发现一位女士与他同路，他想邀她乘自己的马车同往，又顾虑重重，于是他开始剖析自己邀请那位女士的种种动机，发现里面有邪念，有伪善，有各种杂念在脑海中升腾。但结果是他还是请那位女士上车，因为他听从第一感觉，而不是凭以后的理智分析去行事。

在小说的结尾处，约里克发现他得与一位女士合用一间房间，在黑暗中共度一宵。这时，一本题为《闺阁千金》的书从两床之间的柜子里滑出，横在了两人之间，像是有意要保护什么似的。约里克牧师兴奋起来，情不自禁地伸出手去。小说到这里就戛然而止了，但足以明确地表明在兴奋之中作为牧师的约里克产生了欲望并采取了行动。可见，当时欧洲社会、宗教加在情欲上的禁忌已经开始动摇，情感的发扬与人性的解放开始出现光明。

总之，斯特恩通过对小说艺术的大胆探索，对小说的创作观念进行了拓展，并为20世纪实验主义小说的兴起奠定了基础，因而他也常被看作是后现代主义的鼻祖。

第七节　哥特小说的出现

18世纪以游荡的骷髅、滴血的雕像、狰狞的幽灵、阴森的古堡为题材的哥特小说开始出现，并风靡一时，成为18世纪小说一大独特景观。"哥特"一词源于古代北欧哥特族，后词义逐渐扩大，意为"中世纪的"，文学上"哥特小说"是指具有恐怖意味的小说。它一般以"恐怖、神秘、超自然"三个特征为要素，以中世纪哥特式建筑为典型的场景，如尖顶的城堡、漆黑的铁窗、阴森漫长的走廊及荒凉的古墓地、偏僻的村落等，营造出一种似人间又似地狱的神秘氛围。这种悲凉神秘而又恐怖的情结源于18世纪40年代的墓园派诗人如爱德华·扬（Edward Young，1683—1765）、托马斯·格雷（Thomas Graham，1805—1869）等创作的色调阴暗而忧郁的诗歌，它与感伤小说也有紧密的联系。但哥特小说又与感伤小说完全不同，它作用于人的感觉系统，悬念横生、惊险恐怖的情节不时地刺激着读者的神经，给读者带来一种与过去完全不同的，由可怕而造成历险的愉悦心理感受，从而使哥特小说走俏市场。在18世纪的哥特小说作家中，名气较大的主要有霍勒斯·沃尔波尔（Horace Walpole，1717—1797）、威廉·贝克福特（William Bakeford，1759—1844）、安·拉德克利夫（Ann Radcliff，1764—1823）、M. G. 刘易斯（M. G. Lewis，1775—1818）等。

一、霍勒斯·沃尔波尔的小说

霍勒斯·沃尔波尔（Horace Walpole，1717—1797）是著名的英国首相罗伯特·沃尔波尔的儿子，曾就读于伊顿公学，并在后来与墓园诗人的格雷和威斯特结为挚友并受到其充满悲观失望的感伤情绪和神秘主义思想的影响。大学毕业后，他曾前往欧洲大陆旅行，后来受父亲影响开始从政，期间他对由他父亲支配的上流社会颇为了解，但他十分厌倦上层社会无休止的追名逐利。而在当时的英国，感伤主义的思潮正在英国蔓延，再加上人们对商业精神和启蒙主义理性的幻想破灭，所以他们追求一种精神上的解放，让想象在寺院和城堡的废墟中寻找中世纪艺术的遗物和灵感。沃尔波尔于是借用许多闲散职务的掩护，也沉溺于搜集古物和结交众多的朋友。正是对古昔世界的普遍向往，引起他对歌谣和骑士精神的兴趣的复活，对世世代代在中世纪找到的全部奇迹和神秘的兴趣的复活。沃尔波尔比他的大多数同时代人更全面地开展了对中世纪的狂热崇拜，他不仅在斯特劳伯利希尔建筑了一座哥特式山庄，幻想自己回到骑士和寺院生活的岁月，而且开始从事表现中世纪生活在森严古堡中的畸形或变态的主人公的哥特小说创作，这就是《奥特朗托堡》。

《奥特朗托堡》最初是匿名出版的，出版后立即引起人们的关注，诗人格雷写道："它吸引了我们的注意力，有些人甚至给吓哭了，大家晚上都不敢上床睡觉。"批评家威廉·沃伯顿在一篇序言中写道："最近我在《传奇》杂志上读到一篇小说，我敢说这是一部杰作。真正开了眼界……我指的是《奥特朗托堡》，书中精彩的想象力借助于判断力使作者升华了主题，它达到了古代悲剧的目的，即通过怜悯和恐惧净化情感。在色彩运用方面，它有着与第一流戏剧家的任何作品一样的伟大与和谐。"美国作家麦尔维尔也认为,沃尔波尔用《奥特朗托堡》打开了传奇文学中一个未曾探测的矿脉。

《奥特朗托堡》虽然篇幅不长,却在英国文学史上产生了很深的影响。小说讲述了一个在中世纪古堡内发生的扣人心弦的故事。古堡的统治者曼弗雷德是个暴君,受到莫名其妙的预言的困扰。预言说:"等到真正的主人足够强大时,奥特朗托堡和王位将归他所有。"为了打破预言,曼弗雷德让年仅15岁而且身体虚弱的儿子康德拉与伊萨贝拉结婚,但婚礼刚举行时,康德拉就被飞来的巨盔砸死,而古堡附近杰罗姆教堂里阿方索塑像头上的头盔恰好不见了。伊萨贝拉在神秘男子西奥多的帮助下逃出了古堡到杰罗姆教堂避难。他的父亲到奥特朗托堡向曼弗雷德索要女儿,并要求他让出王位。由于双方都找不到伊萨贝拉,曼弗雷德便和伊萨贝拉的父亲达成了无耻的交易:两人各娶对方女儿为妻。这时阿方索塑像流出鼻血。两个女儿违背父亲的旨意,同时爱上了西奥多。曼弗雷德听说伊萨贝拉在教堂与西奥多幽会,便冲进教堂杀死那个女人,却发现是自己的女儿玛蒂尔德。奥特朗托堡墙倒房塌,西奥多表明身份为阿方索的孙子,曼弗雷德承认自己毒死了阿方索,窃取了王位。最后阿方索塑像升天,西奥多继承王位并与伊萨贝拉成婚。

小说充分体现了哥特小说的主要特点。首先,故事从一开始就紧紧抓住读者的心,而直到故事结束才把谜底揭穿,其中波折迭起、悬念横生。戴头盔的巨人、穿着僧服四处游荡的骷髅、滴血的雕像、变成活人的画像,它们在当时造成的恐怖是惊人的。其次,小说人物的塑造也充分体现了哥特小说中塑造畸形或变态的主人公的特点。男主人公曼弗雷德是个残忍野蛮的君主,为了达到自己的目的不择手段:谋杀阿方索篡位,要休掉发妻续娶儿媳,并拿女儿做肮脏的交易。这种暴虐的男主人公形象在后来的哥特式小说中十分常见。女主人公伊萨贝拉是个落难的弱女子,在阴森恐怖的古堡受尽折磨。这一女性形象在后来的哥特式小说里发展为情感的化身。再次,小说中的哥特式古堡建筑也具有一定的象征意义,这种古堡既体现了居住者的高贵身份,又因为年代久远而部分坍塌,表明他们代表的一切已接近穷途末路。最后,小说的语言和种种超自然现象具有象征意义,与《哈姆雷特》中的鬼魂相似,增加了故事的想象虚幻色彩。沃尔波尔试图把古今两种传奇分别具有的想象与现实主义特征结合起来,他的小说在当时和后世的真正意义都在于突破了现实主义小说的常规,以荒诞的想象激起读者的兴趣和热情。沃尔波尔在再版《作者前言》中写道:他的目的是把"古今两种传奇结合起来。古代传奇全凭想象,不考虑可能性,现代传奇讲模仿自然,有时也颇为成功。创新虽不缺少,但是想象的源泉却被贴近日常生活的戒律所阻塞"①。

二、威廉·贝克福特的小说

威廉·贝克福特(William Bakeford,1759—1844)出生于英国的一家名门望族,祖父是成功的牙买加殖民者,父亲曾任伦敦市长。他所受的教育也是一流的,曾经师从年轻的莫扎特学习音乐,师从张伯斯学习建筑,师从柯赞斯学习绘画。在日内瓦上学期间,从遨游欧洲大陆中学习历史。1783年结婚,居住在瑞士的洛桑,三年后,他的妻子死于难产。之后,他浪迹欧洲12年,在此期间写了一部游记。从欧陆归来之后,他于1796年依仗自己的殷实家产,在故乡威尔特县的芳特希的寓所中拆毁旧屋,兴建巨厦,完全是哥特式的建筑,尖塔高三百尺,这座大厦被称为"芳

---

① 韩加明:《简论哥特式小说的产生和发展》,国外文学,2000年第1期。

特希寺"。在这期间他也写了一部神秘的传奇故事《瓦塞克》，于 1786 年出版。

《瓦塞克》是贝克福特的成名作，讲述的是一个哈里发（伊斯兰教国家政教合一的领袖的称号）的东方故事。主人公瓦塞克是一位哈里发，他不断追求情欲，却又对知识追根究底。他的母亲卡拉提斯是一个巫婆，在她唆使下，瓦塞克甘愿服侍伊斯兰世界的魔鬼。他先后以 50 个儿童作为礼物献给魔鬼，然后向荒芜的圣城伊斯塔卡尔进发，据说在那里有史前苏丹所积的财宝。途中瓦塞克爱上了接驾的埃米尔（酋长）之女，想娶她为妻，最后在母亲逼迫下到达圣城。然而，在达圣城里，瓦塞克不但没有找到财宝，而且受到了炼狱的煎熬，因此失去了上天赐予的最宝贵的礼物——希望。这部小说前半部夸张地描写东方的奇异怪诞的故事，后一半却像是浮士德故事的改编。小说虽然出现的是大篇幅的幻想，但仍然是沃尔波尔传统的再现。在《瓦塞克》中，作者把东方的神话传说与西方的鬼怪故事结合起来，充满了一系列的哥特式因素：洞穴和深渊中的大火、飞舞的地府精灵、怪异的小矮人、变为美女的魔鬼、遍地乱滚的肉球等。

三、安·拉德克利夫的小说

安·拉德克利夫（Mrs Ann Radcliffe，1764—1823）出生于伦敦一商人家庭，生活富裕而文雅。她 23 岁时和威廉·拉德克利夫成婚，丈夫鼓励她从事文学创作活动。拉德克利夫婚后与丈夫定居伦敦，一直过着隐居生活，她仅有一次国外旅行，即 1794 年去荷兰和德国，那时她已经创作完成了很多小说。晚年的拉德克利夫为哮喘病所困，最后死于肺炎。

拉德克利夫善于通过哥特式的描写营造一种恐怖的气氛，她常常在小说中描写由于满足个人情欲或争夺财产而引起的谋杀、迫害等，从而使作品笼罩着神秘恐怖气氛，具有怪诞紧张的情节和不寻常的故事。这些故事大都通过悬念横生、惊险恐怖的情节刺激着读者的神经，给读者带来一种与过去完全不同的，由可怕而造成历险的愉悦心理感受。《阿斯林与丹贝的城堡》《西西里传奇》《森林传奇》《乌多尔福的奥秘》和《意大利人》都是拉德克利夫这种小说创作特色的代表作品，其中，《乌多尔福的奥秘》是她的小说中最受欢迎的一部。下面我们将对这部小说进行简要分析。

《乌多尔福的奥秘》讲述了发生在 1584 年出身法国贵族的孤女艾米莉不但面临失去财产的危险，还被监护人挟持囚禁在城堡中，但最终获得自由，并与心爱的人团聚的故事。艾米莉的父亲在弥留之际将她交给孀居的胞姐谢龙夫人监护。谢龙夫人后来嫁给专横而阴险的蒙托尼，蒙托尼为霸占艾米莉和谢龙夫人在法国财产，竟把两人挟持囚禁到坐落于意大利的一座古老城堡里，由此，艾米莉也就与心爱的未婚夫瓦朗古失去了联系。古城堡荒凉阴森，长廊罕无人迹。城堡中每个房间犹如一口口枯井，深邃、神秘而恐怖。刚到古城堡的那天晚上，艾米莉寻找她的卧室，有人带领还迷失了路。不久，谢龙夫人被幽禁的痛苦折磨而死，蒙托尼挖空心思设置种种恐吓场面，迫使备受惊吓的艾米莉不得不把财产让给他。最后，艾米莉历尽劫难，终于逃出魔掌，蒙托尼也就被当局逮捕。小说以大团圆结局，艾米莉收回了她的合法的财产，并且还与爱人顺利结为连理。

这部小说在艺术性方面取得了巨大的成就。首先，这部作品的情节发展逻辑性很强，悬念设计与众不同，既出人意料、扣人心弦，又合情合理，令人信服。同时，作者在情节发展中绘声绘色地穿插了许多神秘而恐怖的特殊机关效果，如滑动的壁板、幽深的密室、多变的活门。它们与小说中叮当作响的锁链声、远方令人心惊的呼号声和毛骨悚然的呻吟声一起营造出恐怖逼人的浓厚哥特式气氛。其次,作者在作品中所营造的恐怖气氛使读者不知不觉地跟着作者的思路走,被故事的恐怖和惊奇所迷惑,继而丧失自己的理性判断能力。之所以能够取得这种效果,是因为作者使用了一种内外结合的叙述方法,即从外部描写人物、景色与以间接独白的方式展示人物的内心情感相结合,使场景和事件激发起读者的情感,又反映人物的情趣,且又隐含着作者的判断。例如,小说中对乌尔多福城堡的描写:

> 天近傍晚时,小路蜿蜒着深入山谷。那看上去不可接近的群山几乎把它围在中间。东边的远景展现出阿平山最黑暗的恐怖,远处被青松覆盖的层峦叠嶂的山峰,显现出艾米莉从未见到过的辉煌壮观。太阳刚刚落入她走下的山顶后面,但那斜照的昏黄余晖穿过峭壁的一处空隙洒落在对面山顶的林间,照在那悬崖边缘一座壁垒森严的城堡和尖塔上。这座被夕阳点燃的城堡与下面山谷的黑暗形成对比,显得格外耀眼夺目。
>
> "那儿,"蒙托尼打破了几个小时的沉默说,"就是乌尔多福城堡。"
>
> 艾米莉怀着忧郁的恐惧盯视着城堡,她知道那是蒙托尼的。虽然被落日的余晖照亮了,城堡哥特式的巨大及其深灰色石头围城的破旧壁垒使它显得阴森而壮丽。在她注视着的时候,光线从墙上消失了,留下一抹忧郁的紫色,这紫色逐渐加深,而上面的城堡仍沐浴在落日的余晖中。余晖从这里也褪去了,整个建筑融入夜晚庄严的肃穆中。沉默、孤独、崇高,城堡似乎是君临这里一切景色的统治者,对敢于侵入其领地的一切表示不满。随着暮色加重,城堡在朦胧中显得愈加可怕。

以上作品中的第一段是典型的哥特式景物描写。在纯景物的描写中,近与远、光与暗的对比,使得古堡成为注意力的焦点,它的辉煌既满足了读者的审美情趣,又激发了读者的情感。然而,当掺杂了人物情绪的时候,城堡似乎有了不一样的意蕴。当蒙托尼告诉了艾米莉城堡的名字,叙述视点就从叙述人转到了艾米莉。此时,城堡不再是审美的对象,而成了恐怖的象征。艾米莉用"忧郁的恐惧"盯着"阴森"的城堡,而黑暗的降临使那"阴郁的景色"变得越来越沉重。在那"令人畏惧"的暮色中,"沉默、孤独"的古堡呈现出"可怕的"权威。于是,这一系列的形容词和拟人手法的运用使得客观的城堡主体化,拟人化。

四、M. G. 刘易斯的小说

M. G. 刘易斯(M. G. Lewis,1775—1818)也是哥特式小说的重要作家,他注重挖掘人潜意识和心理的罪恶和丑陋,并塑造出了典型的恶魔修道士的形象,对 19 世纪的文学创作产生了巨大的影响。

刘易斯出身于伦敦一古老望族家庭,父亲曾在英国陆军部任要职,母亲出生于宫廷。但是父母早年分居,他随母亲长大,曾在威斯敏斯特和基督教会接受教育。刘易斯从小聪明过人,富有想象力,但父母的不和与最终离异给刘易斯的成长蒙上一层阴影。他先后在西敏寺和牛津大学受教育,1794 年任英国驻海牙大使参赞,其间,他生活过于悠闲而显得乏味,于是在英国女作家安·拉德克利夫的小说的启发下,同时受到德国民间传说的影响,开始创作哥特式小说。1795 年,长篇小说《修道士》的出版使刘易斯获得了一笔可观的稿酬,也实现了从经济上帮助母亲的愿望。1796 到 1813 年,他又创作了一系列小说和剧本。1818 年不幸染上黄热病,死于从牙买加返回英国的途中。

《修道士》是刘易斯受到《乌多尔福的奥秘》启发而创作的,也是他20岁时创作的一部哥特式小说,问世后颇为引人注意,并为作者赢得了"修道士刘易斯"的雅号。这部小说共有三卷,以16世纪西班牙首都马德里卡普琴斯修道院为背景,讲述了一个关于野心、暴力、乱伦和谋杀的故事,对纵欲和兽性作了史无前例的大胆描写。小说巧妙地借用了变相的浮士德题材,表现了主人公安伯修的堕落。安伯修是个从小在修道院接受教育,由修道院自己培养出来的一个年轻有为的修道院院长。他长得一表人才,学识渊博,修道精深,德高望重,每次布道,人如潮涌,颇受西班牙人的敬慕和崇拜,许多达官贵人都以由他做忏悔师为荣,被社会奉为圣洁的典范。他正直善良,忠于上帝,一直过着修道士的隐居生活。除了献身上帝的幸福外,他不知道还有什么会更幸福,更不知道女人能给他带来快乐。但是,魔鬼附体的淫妇马蒂尔德女扮男装潜入修道院,勾引安伯修。安伯修马蒂尔德的诱惑下,体验了人的快乐,他那潜伏在内心深处的欲望便一发不可收拾。昔日牢不可破的宗教屏障顷刻间土崩瓦解,任凭情欲随意驱使自己不顾身份胡作非为。从此,他沉溺于肉欲中不能自拔。但为了掩饰心中的渴望而不被人发现,他表面上比以往更加虔诚,但是内心却放弃对上帝的忠诚,甚至在愤怒时把他崇拜的圣母画像扔在地上,用脚践踏。

安伯修征服了马蒂尔德后,又很快厌倦了她,他开始贪婪地捕猎每一个前来忏悔的女孩子。当天真纯洁的少女安东尼娅进入他的视线后,他便卑鄙地盘算着如何占有她。为了得到安东尼娅,他违背了决不离开修道院的誓言,亲自去安东尼娅家为她病重的母亲埃尔维拉做祈祷,但他的心思全在安东尼娅的身上。当他的企图被安东尼娅的母亲识破后,恼羞成怒,并发誓要报复。因此,他深夜潜入安东尼娅的卧室,用药酒弄昏并强奸了她。被埃尔维拉发现后,安伯修竟残忍地将她杀害。而后,安伯修又与马蒂尔德勾结,借助魔术,把安东尼娅藏入墓穴,以达到长期占有她的目的。可怜的安东尼娅在被安伯修奸污后,又被他丧心病狂地杀害。但是,让人痛惜的是他杀害的这两个女人,一个是他的母亲,一个是他的妹妹。事发后,安伯修在宗教法庭上被判死刑。为逃避焚烧酷刑,他与魔鬼签订了协议,将灵魂出卖给了魔鬼。但魔鬼却将其带到悬崖一边,用利爪刺穿安伯修头骨后,将他带到高空,随后钉死在峭壁上,这一情节在后来的哥特式小说中经常出现。

《修道士》着力描绘超自然的神秘力量,将魔鬼以命运真正主宰者的形象出现。小说中异常恐怖吓人的情节,僧人违反常理的乱伦、弑母与暴虐把读者带到了一个无序、混乱、病态、令人恐慌的非理性世界。小说中戏剧性的高潮迭起,情节环环相扣,所有的事件都缕缕织入了故事的主线。通过故事的层层深入,作者把人性中的善恶分离十分强烈尖锐的矛盾揭示出来。安伯修这个灵魂极其丑陋的人物自己也明白他的形象可恶,当安东尼娅请求安伯修放她回家时,他说:

> 什么!让你向大家告发我?让你宣称我是个伪君子,一个诱惑者,一个强暴者,一个残忍、淫邪、背信弃义的怪物?不,不,不!我对自己罪过的严重性知道得很清楚;是的,你的控诉是完全正确的,我的罪行是太丑恶了!……我的良心承荷着我的罪恶,这使我对上帝的宽恕绝望了。

安伯修虽然是一个修道院的院长,修道精深,但是他也认为自己的罪恶是不可宽恕的,上帝也救不了自己。

小说中与安伯修这一主情节同时交织发展的还有阿格妮丝和雷蒙德历经痛苦与死亡的磨难后终成眷属的情节。阿格妮丝从小在修道院接受教育,可她并不喜欢修道院枯燥无味的生活,鄙视修道院那些荒唐可笑的仪式,而向往所有青春的自由和乐趣。后来在林登堡,她与豪爽侠义、英俊潇洒的侯爵雷蒙德相爱。然而阿格妮丝姑妈反对两人的关系,并想方设法阻挠。为了能走到一起,他们曾经打算出逃,但是没有成功。雷蒙德没有放弃出逃的想法,他给阿格妮丝的书信被安伯修发现。安伯修不顾阿格妮丝的苦苦哀求,转而将她交给女修道院院长多米娜。多米娜凶狠残忍,将阿格妮丝打入肮脏的墓穴,让她尝受各种折磨,但是多米娜的暴行最终遭到惩罚,阿格妮丝也终于获得了新生。[①]

《修道士》出版后,夹杂了称赞、咒骂和欢迎、排斥。司各特、拜伦、雪莱等人都十分喜欢这部可读性很强的小说。这部小说对欧洲文学的发展也起到了一定的影响:如在霍夫曼和雨果的创作中可看到《修道士》的痕迹;《巴黎圣母院》中的修道院院长和《修道士》中的院长可以说是源于一处。但书中大量露骨的暴力和色情的渲染让刘易斯入监狱。归结起来,《修道士》的艺术特点主要体现在以下几个方面。第一,与拉德克利夫夫人的作品相比,该小说不但制造恐怖气氛,且具有说教色彩,但更注重的是人物描写,尤其是对人物的内心剖析。刘易斯对痛苦、恐怖和邪恶的描写,对沉溺于孤独和自恋情绪下的矛盾的心理世界的剖析,以及对潜意识变态心理和罪恶意识的挖掘,对后世特别是19世纪美国著名作家、被誉为世界推理探案小说鼻祖的爱·伦坡的文学创作产生了深远的影响。第二,安伯修的形象可以说是西方小说史上某种特定人物形象的里程碑,开了恶魔修道士形象的先河。以前的文学中尽管也有表现人物的宗教信仰和情欲之间冲突的描写,但其价值指向是真、美、爱,而安伯修的形象则表现的是"甜蜜的罪恶"。雨果《巴黎圣母院》中副主教克洛德身上就深深地留有安伯修的印迹。第三,在这部小说中,刘易斯把可信的现实和怪诞的超自然因素结合起来,产生了强烈的恐怖效果。

第八节 戏剧的衰微

18世纪对于英国戏剧来说并不是一个辉煌灿烂的时代。在这一时期,剧院被一些受教育程度不高的职业剧院人士特别是演员控制着,致使为舞台撰写剧本的人员的性质发生了相应的变化。在18世纪之前,戏剧一般是由绅士或自认为是绅士的人创作的,而在18世纪,剧作家在完成了剧本后不得不将它交给剧院的经理或演员,并任由他们进行修改,那些绅士们则成了讽刺的对象。这导致很多优秀的作家都退出了戏剧舞台,因而18世纪的英国戏剧中大多是平庸混乱之作,呈现出衰落趋势。但综观整个18世纪的英国戏剧,可以发现它主要经历了伪古典主义戏剧、感伤主义戏剧和风俗喜剧几大潮流。

一、伪古典主义戏剧

在18世纪的伪古典主义戏剧创作中,唯一有建树的是伪古典主义悲剧的创作。这是根据艾

---

① 李伟昉:《西方哥特式小说的经典之作——论马修·刘易斯的〈修道士〉》,河南大学学报(社会科学版),2002年第3期。

迪生、斯梯尔、蒲柏等人确立的一种理论而创作的悲剧。这些悲剧"模仿古希腊、罗马的悲剧作家,严格遵循古典戏剧原则三一律——即时间、地点和情节的一致性,甚至连剧中究竟有几个角色也有明确的限制",而且"秩序、常识、得体应该是剧中人物对生活的追求,而剧中的语言则应更多地反映人物的智力和理性思维的能力,而不是他们的情感"。[①]

在 18 世纪的英国戏剧舞台上,第一个较有影响的伪古典主义悲剧是詹姆斯·汤姆森(James Thomson,1700—1748)在 1730 年创作的《索福尼丝巴》。这部剧以古罗马与迦太基之间的第二次布匿战争为背景的,主人公则是迦太基人索福尼丝巴。索福尼丝巴是战将赫斯德拉鲍尔的女儿,拥有一片热忱的爱国之心。在剧作开始时,她已经嫁给了迈萨西里国王西菲克斯,而西菲克斯为了她与罗马解除了盟友关系,在布匿战争中站到了迦太基一边。索福尼丝巴在与西菲克斯结婚后,也与自己的情人同时是罗马入侵军统领的梅辛尼瑟断绝了关系。在布匿战争中,罗马军队战胜了,而此时的索福尼丝巴出于对祖国的热爱抛弃了自己的丈夫西菲克斯,转而嫁给了梅辛尼瑟。索福尼丝巴的举动,可以说完全是出于政治上的选择,而非被情感所驱动。因此,当西菲克斯质问她的这一举动时,她回答说自己爱迦太基胜过爱他们两个男人。而梅辛尼瑟在娶了索福尼丝巴以后,暂时忘记了自己对罗马帝国所承担的责任,千方百计地为被俘的索福尼丝巴去赢得宽恕和自由。但是,梅辛尼瑟终究是一个罗马人,身上所肩负的责任驱使他必须要在索福尼丝巴和他对罗马帝国肩负的责任之间进行抉择,这使他内心非常痛苦:

> 啊,把我从心灵的骚动中拯救出来吧!
> 让我摆脱心中狂奔着的野兽的追逐!
> 急速的旋风把盘旋的细沙撒向各个角落;
> 咆哮着的海水冲向高高的云彩,
> 交叉的雷电横穿云层的浓密之处;
> 这块土地上滋生出来的一群魔鬼,
> 熊熊燃烧着的城市、张着大口的尘世;
> 所有的死亡、所有的折磨即使在一瞬间发生,
> 也要比心中的暴风雨更轻柔和缓。

但最终,他选择了对罗马帝国肩负的责任,只好违心地服从罗马王国的命令,将毒药给了索福尼丝巴,而索福尼丝巴则毫不犹豫地喝下了毒药。

在这部戏剧中,作家主要着眼于用戏剧的形式对一个民族发展、衰落和灭亡的全过程进行展示,因而他并不关注剧中人物的情感,而是关注他们的道德素养以及他们在政治问题上所进行的选择。因为在他看来,这决定着一个民族的生死存亡。

二、感伤主义戏剧

感伤主义戏剧在 18 世纪的英国戏剧舞台上占有主导地位。而在感伤主义戏剧创作中,较有影响的是感伤主义喜剧的创作。感伤主义喜剧的核心是对人天生的美德进行赞颂,热心于让人

---

① 何其莘:《英国戏剧史》(第 2 版),南京:译林出版社,2008 年,第 278 页。

类的心灵同美德的原则相和谐,因而有着明显的探讨道德问题的倾向和明确的伦理说教。同时,感伤主义喜剧的人物极其单薄,不论是正面人物的性格还是反面人物的性格,都可以一览无余。而在感伤主义喜剧的创作中,理查德·斯梯尔的影响较大。

斯梯尔不仅是 18 世纪英国著名的散文家,也是不可忽略的一位感伤主义喜剧作家。他共创作了四个感伤主义喜剧,即《葬礼》《撒谎的情人》《温柔的丈夫》和《有良心的恋人》。其中,《有良心的恋人》这一剧作最能体现感伤主义喜剧的艺术特点。

《有良心的恋人》讲述了一个发生在 18 世纪初的伦敦的一个故事。约翰·贝维尔爵士的儿子小贝维尔为了不违背父亲的旨意,只好准备迎娶自己并不喜欢的露辛达·西兰德为妻,事实上,露辛达也不喜欢小贝维尔。到了两人预订举行婚礼的那一天时,露辛达的父亲西兰德先生因听说小贝维尔一直在资助他从法国带回来的神秘女子印弟安娜而不同意两人的婚姻。与此同时,小贝维尔给露辛达写了一封信,信中说明自己同意在这一天将他们的婚约解除,也愿意成全露辛达和自己的好友默特尔的爱情。但小贝维尔和露辛达解除了婚约后,露辛达的母亲却急于将她嫁给性格古怪但有一个有钱的伯父的辛姆伯顿,可由于这个伯父迟迟没有露面,因而两人的婚姻一直没有最后确定下来。后经过一系列的事情,发现印弟安娜原来是露辛达的父亲西兰德先生失散多年的女儿,于是小贝维尔和印弟安娜的结合得到了双方家人的认可。与此同时,露辛达也和自己的心上人默特尔有情人终成眷属。

在这部剧作中,剧作家为新崛起的中产阶级的代表即商人大唱赞歌,说他们是"正直的绅士"。这与当时的时代发展潮流相符合,因而在上演后引起了极大轰动。

三、风俗喜剧

在 18 世纪的英国戏剧舞台上,感伤主义戏剧的创作虽然占有主导地位,但并未垄断整个的戏剧舞台。而且在很多同时代的剧作家看来,感伤主义喜剧并不能称为是严格意义上的喜剧,因为感伤主义喜剧的剧作家"期望给观众带来的是眼泪而不是笑声,他们感兴趣的是感情夸张、催人泪下的情节而不是喜剧中常见的圈套和计谋,他们塑造的是哀婉动人的女主角和神情严肃的恋人而不是风流浪漫的豪侠和机敏过人的小女子"[①]。因此,他们开始尝试真正的喜剧创作。其中,取得较高成就的是理查德·布林斯利·谢里丹(Richard Brinsley Sheridan,1751—1816)。

谢里丹是英国 18 世纪最重要的喜剧作家,《情敌》和《造谣学校》则是他最重要的两部喜剧作品。

《情敌》是一部轻松活泼的喜剧讲述的故事并不特别新颖出众,但情节的安排十分巧妙和娴熟,通过描写女主人公丽迪亚沉湎于感伤情调的恋爱,对当时受小说影响而在社会中盛行的感伤主义风气和各种不切实际的浪漫思想进行了无情的讽刺与嘲弄。

年轻漂亮的女主人公丽迪亚喜读感伤主义小说并深受其影响,于是决定找一个有着和自己完全相反的身份的男子作为丈夫。依据这一标准,丽迪亚爱上了一个自称是恩西恩·贝弗利的贫穷海军少尉。实际上,恩西恩是一个海军少校,原名杰克·艾伯瑟鲁特,而且是艾伯瑟鲁特爵士的儿子。他是为了追求到丽迪亚不得不将自己化妆为贫穷的海军下级军官,以满足丽迪亚过浪漫的贫穷生活的思想。不过,丽迪亚的姑妈马拉普洛普太太坚决反对她嫁给恩西恩,原因是恩

---

① 何其莘:《英国戏剧史》(第 2 版),南京:译林出版社,2008 年,第 287 页。

西恩太过贫穷,而且曾在给丽迪亚写信时对自己不礼貌。而且在此时,艾伯瑟鲁特爵士宣布自己已经给儿子选好了结婚对象,并威胁杰克说,如果他敢拒绝自己将会取消他的继承权。恰巧的是,艾伯瑟鲁特爵士为杰克所挑选的结婚对象正是丽迪亚。不过,当杰克不得不与父亲选中的未婚妻见面时,他假装贫穷的谎言便不攻自破了。这使得充满浪漫幻想的丽迪亚大失所望,于是决绝和他结婚,并决心彻底将他忘记。但到最后时,丽迪亚还是放弃了私奔他乡的浪漫幻想,接受了杰克的求婚。

在该剧中,谢里丹把讽刺的主要矛头指向了当时盛行的感伤主义文学(包括戏剧),通过丽迪亚这个人物的塑造,嘲笑了社会上不少沉迷于感伤情调的人。谢里丹对剧中其他一些人物也作了精彩的描绘,如胆小如鼠却偏偏好吹牛的乡绅艾克斯、喜欢搬弄漂亮词句以卖弄学问却常因用词不当闹出笑话的马拉普洛普太太等。

王政复辟以来,剧作家们就爱为剧中人物起暗示其个性的名或姓。谢里丹不但继承了这一传统,还将它运用得非常巧妙,更增添了这部风俗喜剧的情趣和喜剧效果。比如女主人公——深受感伤主义文学影响的丽迪亚姓"兰贵希",这在英文中原意为"愁思伤感""憔悴""呻吟"或"脉脉含情"。谢里丹刻画塑造的丽迪亚·兰贵希小姐真是"姓如其人"!剧中最妙的例子要数马拉普洛普太太:Malaprop,它与法文中的"用词不当"一词发音相近。这个人物塑造得如此生动、可笑,给人留下了难忘的印象,以致后来英国国内和国外都把因用词不当闹出的笑话称为"马拉普洛普风格"。

这个主题严肃、含义深长的喜剧有着法夸尔和凡布卢的神韵和明朗清晰的喜剧性,却没有王政复辟时期风俗喜剧中的淫秽成分,也没有粗鄙尖刻的旁敲侧击。其气氛是清新的、富于青春活力的和质朴自然的。它给观众带来的不是感伤的泪水或严肃的道德说教,而是发自内心的善意的笑声——许多许多的笑声!

《造谣学校》是一部反映同时代人生活的风俗喜剧,通过一群以制造、传播绯闻为生的人物形象的塑造,对温文尔雅的上层社会造谣蛊惑、无事生非以及虚伪自私的特性进行了大胆的揭露。这部剧被公认为谢里丹戏剧创作的最佳典范,甚至被认为是莎士比亚之后英国喜剧中最优秀的杰作。谢里丹以"自然状态"的宗法道德和"文明的"上流社会的道德败坏相对比:老乡绅彼得·蒂兹尔爵士原想把自己出身卑微的年轻夫人带到伦敦去增长点见识,谁知她一进城就陷入以斯尼尔威尔夫人为首的一批上流社会的游手好闲、专事造谣诽谤之徒的"造谣学校"中,很快就学会了爱虚荣、挥霍、搬弄是非等上流社会的种种"时髦"恶习。孤儿约瑟夫·塞尔菲斯、查尔斯·塞尔菲斯两兄弟和孤女玛丽亚都是彼得爵士的被监护人。兄弟俩都追求玛丽亚,但玛丽亚只钟情于查尔斯,因为她凭直觉感到,查尔斯爱的是她的心,而约瑟夫爱的则是她丰厚的嫁妆。谢里丹给两兄弟起了很有深意的姓氏——"塞尔菲斯"(Surface),英文意为"表面现象"或"外表"。从外表上看,查尔斯鲁莽冒失,用钱大手大脚,像个浪荡子,然而实际上他却是个善良、坦率、乐于助人的青年;约瑟夫表面上很像个正人君子,举止言谈谨慎圆滑,常常满口仁义道德,其实是个野心勃勃、冷酷贪婪的伪君子,而且还是"造谣学校"的忠实成员。谢里丹通过这两兄弟的形象,使有缺点的自然、真诚、率直同虚伪文明中产生出来的真正的道德败坏形成鲜明强烈的对照;虽没有一句直接的道德说教,却起了很好的教育作用。

约瑟夫一方面追求玛丽亚,同时对涉世不深的蒂兹尔夫人也心怀叵测,私下向她求爱;蒂兹尔夫人中了"造谣学校"的毒,天真地以为上流社会的各媛贵妇除了丈夫还应有情人,便答应去约瑟夫住处"约会"。约瑟夫又与对查尔斯颇为有意的斯尼尔威尔夫人互相勾结,散布谣言说,查尔斯与蒂兹尔夫人有私情,还造谣说查尔斯因挥霍已破产,以破坏查尔斯在彼得爵士心目中的印象,也离间他和玛丽亚的关系。所有这些谣言都在谢里丹巧妙设计的著名的"屏风"一场彻底败露;蒂兹尔夫人刚到约瑟夫处赴约,仆人通报彼得爵士到,夫人吓得躲到屏风后面。彼得推心置腹向约瑟夫坦白自己很爱夫人,但因为年龄差异,他愿让她按自己的心愿生活。仆人突然又报,查尔斯到,彼得爵士决定躲起来听听他说什么。他发现屏风后露出一条裙子,约瑟夫谎称这是一位追求他的法国女裁缝。查尔斯来后毫无顾忌地提到哥哥和蒂兹尔夫人的亲密关系,吓得约瑟夫急忙止住他。彼得爵士从藏身处走出来说,想不到约瑟夫也养了个女裁缝在家里。鲁莽冒失的查尔斯掀开屏风一看,竟是蒂兹尔夫人!夫人在屏风后听明白了一切,识透了约瑟夫的虚伪面貌,公开揭露了他,和丈夫愤然离去。与此同时,兄弟俩多年在印度的叔叔发了财悄悄回到英国。为考验两兄弟,他伪装成财主去向查尔斯收买祖辈画像,查尔斯急需一笔钱救助一位穷亲戚,就卖了画像,只有叔叔的画像,无论对方出多高的价也不肯卖。叔叔又装成那位急需钱用的穷亲戚去约瑟夫处求助,约瑟夫当面撒谎哭穷,还骂叔叔小气,从未给他寄过一分钱,因此拒绝帮助。叔叔气愤地发现了约瑟夫的真实面目,因为他明明寄给两兄弟各 12 000 镑。约瑟夫发现真相败露,急忙去找"造谣学校"的同伙史内克作伪证,但史内克见风使舵,说出了一切。叔叔宣布查尔斯为自己的继承人,并为他与玛丽亚办了喜事;蒂兹尔夫人向丈夫忏悔,夫妻言归于好。

《造谣学校》一剧人物刻画生动,情节变化节奏快(特别是"屏风"一场),富于喜剧性;全剧结构缜密,喜剧冲突尖锐,语言犀利明快而俏皮,却没有王政复辟时喜剧的秽词淫句。谢里丹在《造谣学校》中仍旧运用了"姓如其人"的手法来增强讽刺的力度。特别是"造谣学校"的一伙人物:斯尼尔威尔夫人的姓"Sneerwell"英文原意为"善于讥讽",讥讽原是她造谣、诽谤别人的特别手段;她的同伙有柏克拜特"Backbite"——英文原意为"背后造谣诽谤",史内克"Snake"——英文原意为"蛇"或"冷酷阴险的人"等等。

谢里丹在约瑟夫·塞尔菲斯身上塑造了一个伪君子的卓越形象,人们常说他是英国的达尔杜夫。谢里丹通过对约瑟夫、斯尼尔威尔夫人等"造谣学校"成员的刻画,生动而无情地揭露了当时英国上流社会的虚伪、造谣生事和道德败坏。他在剧中常常穿插有趣的情节、可笑的场景和幽默俏皮的对话。正是这一切,使得《造谣学校》一剧迄今仍保持着舞台的生命力。

第六章　浪漫主义时期的英国文学

英国文学的浪漫主义时期,主要是在 19 世纪初期。在这一时期,文学的创作呈现出异常活跃的局面。就诗歌而言,这一时期的英国诗歌成就达到登峰造极的程度,浪漫主义诗人犹如个个都显示出自己独特的、卓尔不凡的才华,在诗歌创作中取得了宏伟的成就;就散文而言,这一时期的英国散文家以其独特的写作方式丰富了英国散文的创作传统;就小说而言,这一时期的英国小说家人才济济,而且不拘一格,但其小说作品中都显示出典型的浪漫主义性质。在本章内容中,将对浪漫主义时期的英国文学进行详细阐述。

第一节　追求自然的灵感的湖畔派诗歌

湖畔派是在 19 世纪英国浪漫主义文学运动中形成的一个诗歌流派,威廉·华兹华斯(William Wordsworth,1770—1850)、塞缪尔·泰勒·柯勒律治(Samuel Taylor Coleridge,1772—1834)和罗伯特·骚塞(Robert Southey,1774—1843)。而湖畔派的得名,主要源于其代表诗人在英国西北部的湖区住过一段时间,而且创作了大量以湖畔的田园风光和美丽景色为题材的山水诗。这也表明,湖畔派并非严格意义上的创作团体,而是由性情、志趣、创作意图和审美观点极为相同的诗人组成的一个松散的文学团体。湖畔派诗人在创作时,往往将大自然视作精神上的寄托或避难所,通常在诗中借景抒怀,或自我陶醉或愤世嫉俗,或沉湎于玄妙和理想境界的探索。同时,他们的诗歌渗透着自己的真实情感,显示了他们苦心孤诣的艺术匠心;他们的诗歌自由舒展,风格优美,意韵蕴藉,是英国文学宝库中极其珍贵的一部分;他们的诗歌对通俗歌谣和民间传说的重视以及对大自然的厚爱,在一定程度上反映了人民群众的心声和工业革命时代的民众意识;他们的诗歌充分强调人道主义思想和博爱精神,发泄了自己对现存制度和各种腐朽势力的不满情绪。此外,湖畔派诗人在诗歌创作中,还进行了一系列大胆的实验与革新,为促进英语诗歌的繁荣与发展做出了重要的贡献。因此,不少评论者认为,湖畔派诗歌的问世不仅拉开了浪漫主义文学的序幕,而且标志着英国诗歌的一个新的转机。

一、威廉·华兹华斯的诗歌

华兹华斯出生于英国坎伯兰郡的库克莫斯镇,他父母早亡,由各位叔伯抚养成人。1787 年进入剑桥大学圣约翰学院学习,这段时间的学生生活,对华兹华斯后来思想和艺术风格的形成有很大影响。1795 年 9 月华兹华斯与柯勒律治相识，两人互为知己，并合作写诗。1798 年，二人合著的《抒情歌谣集》出版。这部诗集在诗歌形式、语言、题材、格律等方面都有所创新，成为英国文学史上开创浪漫主义思潮的划时代的作品。之后，他接连创作了许多让他闻名于世的诗作。1843 年，他被封为英国桂冠诗人。1850 年，华兹华斯与世长辞。

华兹华斯既是湖畔派诗人中最杰出的代表，也是英国浪漫主义诗歌的奠基者之一。同时，他与挚友柯勒律治共同开辟了一条英语诗歌的革新之路，使英国诗歌的创作最终脱离了古典主义的理性的轨迹，进入了一个灿烂辉煌的时代。因此，他对英国诗歌的繁荣与发展做出的贡献是十分值得肯定的。

华兹华斯的诗歌以描写大自然和人性为主，而且文学朴素清新、自然流畅，一反新古典主义平板、典雅的风格。以其《早春咏怀》一诗来说：

> 我听着千百种融合的音调，
> 躺在小树林里，心满意足，
> 在那惬意的氛围中，愉悦的思绪
> 却让思想开始了悲伤的思索。
>
> 大自然把她美丽的杰作
> 联系起主宰我的人类灵魂，
> 而当我思考人类的作为，
> 我的心不禁感伤万分。
>
> 在报春花的枝叶间，在绿色的树荫下，
> 玉黍螺追随着自己的足迹，
> 而每一朵花，我相信，
> 都在尽情享受呼吸的空气。
>
> 我的身边，鸟儿们舞蹈嬉戏，
> 它们的思想我无法揣度：
> 但是它们的一举一动，
> 都显得舒畅欢愉。
>
> 萌芽的嫩枝舒展枝叶，
> 追逐着微风；
> 我真的觉得，全心全意的，
> 它们的世界无忧无虑。
>
> 如果这是上天的意愿，
> 如果这是自然的神圣安排，
> 人类的所作所为

是否我再没理由去感叹悲哀?

　　这是华兹华斯的一首非常有代表性的自然诗。在诗中,诗人运用对比手法,借景抒情,情景映衬,既表达了自己对自然的热爱之情,也反映了其对人类的关切。另外,诗中的语言朴实无华、通俗流畅,读来给人一种亲切之感。

　　华兹华斯在进行诗歌创作时,还特别强调诗歌应面向人民群众,而不应是封建贵族消闲解闷的工具或一部分文人雅士的专利;诗歌的内容应该是"普通生活里的事件和情景",而在对"普通生活里的事件和情景"进行表现时,应注意采用不寻常的方式,尤其是在创作过程中要使这些事件和情景变得生动有趣。因此,他在诗中从不表现威风凛凛的国王或叱咤风石的英雄,而是着力描绘湖区质朴忠厚的农民和读者熟悉的男男女女:有饱经风霜的老人,善良可爱的农家少女,天真无邪的儿童和信誓旦旦的情人。此外,华兹华斯认为诗人应竭力描绘山川田野的秀丽景色,热情歌颂大自然的纯洁与质朴,并充分揭示其永恒的魅力。在他看来,大自然本身就是一首最美好的诗歌,它不仅能够唤起人的激情,而且还能赐予人们智慧和力量。人只有在自然环境中才能保持自己的尊严和纯洁的心灵,与束缚自由、压迫个性的工业社会分庭抗礼。因此,田园风光和湖光山色便成为他刻意表现的重要题材之一。此外,华兹华斯对诗歌的语言和艺术形式进行了大胆的实验与改革。他强调要摈弃过去浮华炫丽和整齐刻板的诗歌风格,用自然、生动、朴实的语言来表达炽烈的情感,揭示大自然的美丽;主张诗歌的节奏与韵律应该尽可能同口语的语音和语调保持一致。他的作品大都用词精当,句子舒展,不但体现了诗歌的意蕴,而且还具有散文的风格和口语的特征。这在其代表作《抒情歌谣集》中有着极其鲜明的体现。

　　《抒情歌谣集》既是华兹华斯的成名作,也是19世纪初英国社会剧烈演变和启蒙主义思潮备受冷遇的大背景下的一部具有重要历史意义的诗集。而且,这部诗集的问世不仅表明华兹华斯与古典主义和启蒙学派的诗学观念已经分道扬镳,英国诗歌已经彻底摆脱了古典主义的羁绊;而且为浪漫主义诗歌的语言和风格奠定了基础,标志着浪漫主义诗歌的真正崛起。

　　从内容上看,在这部诗集中,华兹华斯将创作视线转向了历来被文学家遗忘的英国乡间的风土人情和日常生活。同时,他一反传统诗歌热衷表现伟大事件、英雄人物和雅士文人情感的创作潮流,有意从农村的耕夫、村姑与牧羊人身上寻找素材,从而对勤劳、勇敢、真诚、朴实、人道主义以及博爱精神等英国资本主义社会中最欠缺、最可贵的东西进行深入的揭示。另外,他试图通过表现乡间的农民和日常生活来化平淡为神奇,使这些历来受人轻视的凡人琐事恢复其应有的地位,并以此引申出深刻的意义。比如,集子中的《我们是七个》一诗,不仅充分体现了华兹华斯从日常生活和普通事件中寻找诗歌题材的创作灵感,而且也反映了英国浪漫主义运动初期抒情诗的基本特征。具体来说,在诗中,诗人他生动地描绘了自己五年前在威尔士的古德里奇城堡附近遇见一个乡村小姑娘时的情景。诗中的人物是个平凡得不能再平凡的农家姑娘,这种人物形象在以前是无法进入诗歌的。然而,小姑娘的不幸遭遇和可爱的童心使诗人情绪激昂,感慨万分,从中悟出了深刻的人生哲理。这位乡村姑娘家原先有7兄妹,后来珍妮病死,约翰冻死,只剩下5个。然而,这位年仅8岁的姑娘并未按照一般数学公式来计算家庭成员的人数,她本能地感到躺在她家附近墓地里的珍妮和约翰与她朝夕相处,情同手足,难舍难分,因而他们虽死犹生。在这首诗中,诗人还对乡村姑娘的天真与纯洁进行了生动揭示,而这是通过他与乡村姑娘之间对话的形式实现的:

　　"那么,你们究竟是几个,

如果他们俩已经在天堂?"我问。

小姑娘不加思索地答道,

"哎呀,少爷,我们是七个!"

在集子中的《丁登寺杂咏》一诗中,诗人用洗练的文笔和朴素的风格,生动描绘了丁登寺的自然风景,并以清晰而又传神的诗句表达了真实地反映了自己故地重游时的复杂心情和对大自然的无比向往,同时对乡下人及其简朴的乡村生活进行了热情赞美:

这些美妙的景观,

并非因为许久不见,对我来说

就成为盲人看不到的风景一般:

反而时常是,当我一个人在屋里,周围

市井一片喧嚣,在心里烦闷的时候,

它们来给予我以甜蜜的感觉,

这些感觉我在血流里、在内心中感到;

甚至进入我更纯净些的心灵,

恢复我的平静:

……

不止这些,我觉得,

我可能从它们那里还收到另外一种礼物,

性质更加崇高;那种受到祝福的心境,

它减轻了神秘感加给人的重负,

它减轻了这个不可理喻的世界

所带来的沉重而烦闷的压力,

那种静穆而受到祝福的心境,

它让爱心轻柔地引领着我们向前。

在诗人看来,神奇的自然美景给人力量,赐人欢乐,同时又能使人的心灵净化升华。在精神与自然互相交融的美好时刻,诗人时而感到心旷神怡,时而感到茫然惆怅,但更多的时候,他则以平静的目光洞察事物,透视人生,不时流露出他追求崇高信念和向往理想境界的心态。

从语言和形式上来看,在这部诗集中,华兹华斯对诗歌的语言和形式进行了大胆的实验与革新。他在这本集子的序言中宣称:"在这些诗歌中很难找到人们通常所说的诗歌语言,其他诗人千方百计地想采用这种语言,我却千方百计地想回避它。我尽可能使自己的语言贴近大众的语言。"在他看来,通俗的语言是一种淳朴而有力的语言。此外,华兹华斯对诗歌的格律也进行了大胆的革新。这本集子中的大部分诗歌在形式上比古典主义的诗歌更加自然和朴素;其韵律和节奏也显得更加平稳和舒展,在很大程度上与口语的音调相吻合,因而具有很强的可读性。以《老猎人西蒙·李》一诗来说,华兹华斯在这首诗中,生动地记载了自己年轻时亲身经历的一个感人的故事,同时也反映了自己对贫苦百姓的同情与怜悯。西蒙·李是一个生活贫困、孤苦伶仃的苦命人之一,他年轻时曾是当地小有名气的好猎手,但随着工业社会的迅速发展以及他年龄的不断增长,他已无法继续以打猎为生,晚年陷入穷困潦倒、孤立无援的困境。而在诗中,诗人怀着悲郁的心情对他的形象进行了生动刻画：

> 他骨瘦如柴，病得不轻，
> 他弱小的身子早已弯曲；
> 他的踝节又肿又大，
> 他的双腿又细又干。

　　这首诗的主题是十分鲜明的，而且感情真挚，语调沉重，流露出诗人对现代工业社会的不满情绪和悲天悯人的心境。另外，诗中采用了歌谣体的形式，八行一节，呈 ababcdcd 押韵，与诗歌内容十分吻合。

　　华兹华斯在其一生中，除了创作了语言朴素、风格自然的《抒情歌谣集》外，还创作了许多充满激情的十四行诗。这种风格优美的诗体在文艺复兴时期曾风靡英国诗坛，盛极一时，但在18世纪却遭到古典和感伤派诗人的冷落。随着浪漫主义文学的兴起，十四行诗重新获得了发展的机会。在华兹华斯等人的努力下，十四行诗作为一种庄严而优美的抒情诗体在英国文坛东山再起，并成为19世纪英国诗歌中十分重要的诗歌体裁。

　　华兹华斯的十四行诗大都写于他创作生涯的初期，真实地反映了他在青年时代对社会与人生的思考和态度。同时，他的十四行诗并未放弃对大自然的描绘与歌颂，而且呈现出寓情于景、情景交融的突出特点。以《威斯敏斯特桥上》来说：

> 旷世之美无与伦比：
> 庄严的景色动人心脾，
> 谁能不停下脚步赞叹不已？
> 全城肃静、裸露，
> 披上薄纱似的晨曦，
> 船只、尖塔、圆顶、剧院、教堂，
> 铺向原野、直插空际；
> 在纤尘不染的大气中，全都光彩熠熠。
> 太阳从未如此壮美，
> 用朝霞浸染峡谷、山岗、崖壁；
> 生平第一次眼见、感受这样深沉的静谧！
> 流淌的河水舒心随意：
> 亲爱的上帝啊，所有屋宇都进入了梦乡，
> 这伟大的心脏在安详地休憩！

　　在这首十四行诗中，在这首诗中，诗人描述了其清晨时分在泰晤士河威斯敏斯特桥上看到仍在沉睡之中的伦敦城，它是那么的明朗静谧，于是不禁为这种美景所感动，而且还惊奇地发现，甚至大都市伦敦也是自然的一部分。诗中情景交融，自然、城市和诗人融为一体。另外，该诗是诗人按照彼特拉克诗体写成，诗歌前八行和后六行之间有明显界限，韵式为 abba abba cdcdcd，同时诗中单音节词和逗号加强了诗歌缓慢进行的意味。

　　华兹华斯的十四行诗，还注重对社会的腐败进行抨击，表达自己对民族独立和自由的支持。

以《伦敦，1802 年》一诗来说：

> 弥尔顿！你应该现在还活着，
> 英国需要你，她眼下已是
> 一潭死水；教会、军队、文职人员，
> 家庭和富有的贵族阶级
> 均已丧失了英格兰古老的
> 民族精神。我们全是势利小人，
> 哦！请你鼓舞我们，重新回到我们中间。
> ……

在这首诗中，诗人充分表达了自己对英国社会矛盾与政治危机的深切关注。1802 年是英国的多事之秋，社会腐败，时局混乱。诗人在谈及自己创作这首诗的意图时说："这是我从法国返回伦敦后不久写的一首诗，当时我将英国的状况与法国革命后的：平静或者萧条作了比较；我对英国社会的虚荣和浮华感到震惊。"诗中，华兹华斯高度赞扬了英国革命时代的伟大诗人弥尔顿，希望弥尔顿的光辉形象和崇高思想能重新鼓舞英国人民，重振民族精神；发泄了自己对英国社会的不满情绪，严厉地抨击了丑恶的现实，并试图让弥尔顿的伟大精神来重新感化英国人民。总体来说，该诗的主题鲜明，思想性强，体现了诗人较为积极的政治态度。

总的来说，华兹华斯既是浪漫主义诗人的杰出代表，也是 19 世纪英国文坛举足轻重的人物。他的诗歌不仅真实地反映了英国在工业革命和法国大革命时期的社会生活和风土人情，而且对英语诗歌的振兴与发展具有极大的促进作用。

二、塞缪尔·泰勒·柯勒律治的诗歌

柯勒律治出生于英格兰西南部德文郡的一个牧师家庭。8 岁时，父亲过世，他被送到伦敦一家名为"基督医院"的慈善学校读书。后来他进入剑桥大学耶稣学院学习，开始诗歌创作，他的诗作最初发表在《晨刊》上。后来，他发表了《杂题诗集》及《诗集》，还办起了自由性政治杂志《警卫》。1798 年，他发表了《忽必烈汗》。不久他结识了华兹华斯兄妹，共同出版了《抒情歌谣集》。1798—1799 年，他和华兹华斯兄妹同游德国，1799 年末，他爱上了华兹华斯的妻妹萨拉·哈金森，但最终未能成婚。1810 年，柯勒律治和华兹华斯的友谊出现危机，此后多年关系冷淡。1816年，由于身体的原因，他住到了吉尔曼医生家里，一住就是 18 年。1834 年，在亲自勘定《诗集》最后版本后去世。

柯勒律治是湖畔派诗人中最具有浪漫主义气质的一位诗人。在他看来，蒲柏和德莱顿的诗歌不但拘谨刻板，而且华而不实。他认为，古典主义过于崇尚理性，一味强调词藻的华丽和典雅，在创作上具有明显的保守主义和形式主义倾向。此外，古典主义诗歌往往因缺乏生动的题材而无法引起普通读者的共鸣。因此，他主张诗歌应质朴无华地反映平民百姓的真实情感和日常生活。此外，柯勒律治还指出，诗歌应"赋予日常生活新的魅力，并从习惯性的冷漠中唤起心灵的注意力，引导读者注意现实世界的可爱与奇妙之处，从而激发一种近似于超自然的情感"；诗人应充分发挥自己的想象，并追求表现自然景色和超自然的幻境。

柯勒律治的诗歌可以说是英国浪漫主义时期最杰出的诗歌典范，其中最为著名的是《古舟子咏》：

> 有一位老水手
> 拦住了三人中的一人。
> "看你白发苍苍，两眼发光，
> 为何拦住我的去路？
>
> 新郎家的大门洞开，
> 我是他的近亲，
> 客人已到，宴会已备，
> 你可以听到一片欢笑声。
>
> 老水手炯炯的目光留住了他，
> 参加婚礼的客人停住脚步，
> 像三岁小孩一样听得津津有味，
> 老水手使他身不由己。"
> ……

  这首诗运用了歌谣体的形式，包括 7 个部分共 677 行。在诗中，诗人生动讲述了一位老水手在海上的冒险经历，而且对他从罪恶到忏悔的发展过程进行了深入的探索。在诗歌开头，老水手拦住了一个准备去参加婚礼的年轻人，绘声绘色地向他讲述自己在海上的冒险经历。老水手似乎具有一种神秘的力量，他的炯炯目光能产生一种神奇的催眠效果，使面前的年轻人身不由己地成为他忠实的听众。老水手对年轻人的反应置之不理，滔滔不绝地讲述自己的故事。在以后的各部分中，诗人向读者展示了一个个奇异的镜头和可怕的场面：一只可爱的信天翁被老水手杀害，众水手议论纷纷，莫衷一是。复仇的精灵暗中尾随帆船，伺机报复。海上狂风大作，继而又静得可怕。由于船上淡水耗尽，船员"一个个倒地死去"。在诗歌的第四部分中，诗人生动地描述了老水手极度的精神孤独和他在死亡线上挣扎的痛苦情景。"孤独、孤独、多么孤独，茫茫大海就他一人"，精神上的折磨与肉体上的痛苦使老水手明白了这一系列灾难与不幸的原因，他对自己残害动物、乱杀无辜的行为后悔莫及。他的良心受到了谴责，于是便跪地祈祷。顷刻之间魔力消逝，一股神奇的力量将船送回了老水手的家乡。在诗歌结尾处，老水手将故事叙述完毕，便独自离去。此刻，远处传来了婚礼上的欢闹声。这位年轻人对老水手的冒险经历感到惊诧不已，无心前往参加婚礼。"他将变得更为严肃，且更加明智。"由此，诗人成功地对主人公的精神世界进行了探索，并使一个水手的冒险经历具有无限的魅力和深刻的象征意义。

  应该说，诗歌的主题是十分常见的，并无新颖独特之处，但诗人的叙述笔法与众不同，使作品具有无限的魅力和吸引力。同时，诗人在诗中制造了一种神秘的气氛，使作品充满了悬念和紧张场面，从而取得了极强的艺术效果。

  《忽必烈汗》也是柯勒律治的代表诗作之一，而且是最短、最朦胧的一首诗作。另外，诗中充满了神秘主义的色彩既无故事情节，又无明确的题旨，只是传达了一种印象或幻觉。尽管诗歌以忽必烈汗为题，但它并未描绘或歌颂这位名扬天下的蒙古皇帝，而是将这位具有传奇色彩的人物当作寄情表意的媒介和发挥想象力的工具。柯勒律治成功地将雄伟的宫殿、美丽的花园、神秘的山洞、纯洁的阿比西尼亚少女与本人的情感交织一体,创造出一种优美的旋律和超凡的意境。显然,《忽必烈汗》不仅充分体现了柯勒律治的诗歌风格,而且对英国文坛梦幻诗和朦胧诗的创作产生了一定的影响。

总的来说,柯勒律治的浪漫主义诗歌创对英国诗歌的繁荣与发展产生了极其重要的作用,而且其在当前的西方文坛仍然具有重要的地位。

三、罗伯特·骚塞的诗歌

骚塞出生于英格兰南部布里斯托尔的一个商人家庭,父亲是一个亚麻布制品商。他在 9 岁时就阅读了莎士比亚的许多历史剧,15 岁时曾雄心勃勃地计划完成英国文艺复兴时期伟大诗人斯宾塞未完成的长篇寓言诗《仙后》。法国革命爆发后,骚塞醉心于革命思潮。随后,他又因异端的宗教观念而被基督学院拒之门外。他还曾与柯勒律治共同策划在美洲森林里建立一个乌托邦式的宗法组织"平等邦",当该计划受挫后骚塞变得情绪低落,意志消沉,逐渐将注意力转向了文学创作,并在诗歌创作方面取得了重要成绩。1813 年,骚塞被英国皇家封为"桂冠诗人"。1843 年,骚塞与世长辞。

骚塞是湖畔派诗人中最年轻的一位,不仅对英国诗歌的题材和韵律进行了大胆的实验与改革,并且对浪漫主义诗歌的发展做出了重要的贡献。

骚塞的浪漫主义诗歌,往往取材于神话传说,并十分强调诗歌情节的趣味性。同时,骚塞的浪漫主义诗歌以史诗和叙事长诗为主。这在其代表作《撒拉巴》中有十分鲜明的体现。

《撒拉巴》是一首史诗,生动地叙述了一位名叫撒拉巴的阿拉伯青年历尽艰险替父报仇,终于战胜凶恶巫师的冒险故事。撒拉巴的父亲霍德拉突然被人杀害,撒拉巴痛不欲生,发誓为父报仇雪恨。他得知一伙住在海底宫殿内的巫师无恶不作,便前去探究底细。当撒拉巴将一个企图害他的巫师杀死之后,他从巫师的一枚戒指得知父亲是被另一个叫奥克巴的巫师所杀。于是,撒拉巴驾船来到海上,然后降落到位于海底的一个岩洞,与众巫师展开了一场恶斗。当他将巫师首领埃巴利斯杀死之后,海底宫殿突然倒塌。这位穆斯林英雄与敌人同归于尽。诗歌结尾描述了撒拉巴在天堂与妻子重新团聚的场面。

应该说,这首诗歌的主题是较为常见的,而其独特之处就在于诗人的叙述笔法。另外,诗中的故事情节生动曲折,险象环生,高潮迭起,具有很强的吸引力;诗歌的节奏平稳,进展自如,在一定程度上渲染了主人公无所畏惧、一往无前的精神。

骚塞除了历史长诗的创作较为著名外,其创作的一些短诗也在读者中获得了广泛传播,比如《布兰海姆之战》:

> 那是一个夏天的傍晚,
> 老卡斯巴做完活计,
> 他坐在小屋
> 门前的阳光里。
> 她的小孙女威廉敏,
> 玩耍在身边绿草地上面。

她看见哥哥彼得金

滚动着又大又圆的东西

他在小河边上

玩耍时在那里发现的。

他走过来问那是什么，

这么又大又圆又光滑。

……

"人人都赞颂这位公爵，

那一仗是他打赢的。"

"可最后它带来什么好处？"

小逼得紧问。

"哎，那个我不知道，"他讲

"但是那是一次著名的胜仗。"

　　这首诗中所提到的布兰海姆之战，发生在 1704 年 8 月 13 日。当时英法两军在多瑙河左岸的巴伐利亚境内接近布兰海姆镇的地方对阵，法国和巴伐利亚一方受到奇袭，阵势大乱。英国和奥地利方面骑兵勇猛，出奇制胜，大败法国和巴伐利亚联军。对方伤亡 30 000 余人，英、奥方面损失 11 000 人。在这次战争之后，法国国王路易十四的声名锐减，英军司令马尔博罗凯旋，国家为他建"布兰海姆宫"以示纪念。

　　全诗共有 11 个章节，写的是一个女孩和她的哥哥在布兰海姆之战结束多年以后，在古战场附近发现一具头颅，便向她的祖父打听它的原委。她的祖父告诉他们，多年以前在这里曾经发生一场大战，他的父亲当时在布兰海姆居住，他的房屋被烧为平地，他只好带着妻子到处逃命。到处战火连绵，大片土地荒芜，许多孕妇和新生婴儿死去。人们说战后景象令人瞠目结舌，成千上万具尸体在烈日下腐烂，可是每次大胜仗可能都必然如此。许多领袖人物因此天下闻名，马尔博罗公爵荣获伟大的声誉，还有（奥地利的）尤金王子。他说到此，小女孩说那不是很坏的事情吗？可是她的祖父却说，那是一次著名的大胜仗，但至于这场战争带来的好处，他却说不出。据此，诗人向人们说明这样一个事实：国王们为权势和荣耀而发动战争，士兵们横尸沙场，农民们逃离一片火海的家园，这就是蹂躏欧洲多少世纪的多次战争留给人们的教训。

　　总的来说，骚塞是浪漫主义诗人中不可忽视的一位，他的诗作也是浪漫主义诗歌中不可多得的一部分，在一定程度上推动了浪漫主义诗歌的发展。

第二节　格调高昂、语言奔放的积极浪漫主义派诗歌

　　积极浪漫主义派诗歌是以乔治·戈登·拜伦（George Gordon Byron，1788—1824）、波

西·比希·雪莱(Percy Bysshe Shelley,1792—1822)和约翰·济慈(John Keats,1795—1821)为代表的一个格调高昂、语言奔放、手法夸张、形象鲜明的诗歌流派。同时,积极浪漫主义派诗歌的出现,掀起了浪漫主义诗歌的又一高潮。积极浪漫主义派诗人继承了启蒙主义和民主思想的传统,反对封建束缚,追求个性解放,强调文学创作与现实生活之间的联系,充分肯定诗歌的社会意义与启迪作用。因此,他们的诗歌作品中自始至终保持着满腔激情,以优美的诗歌反映时代的气息,表达他们的崇高理想;借助诗歌抒发强烈奔放的情感,描绘人类应有的理想生活,显示出独特的审美意识和艺术风格。此外,积极浪漫主义派诗人习惯按照理想化的原则塑造理想化的形象,因而他们诗歌作品中的人物形象往往脱离现实固有的样式,建立在生活应有的样式之上;大胆摈弃古典主义诗歌的刻板模式,反对陈旧的创作规范,在实践中推陈出新,发展了一种具有独特风格和艺术魅力的浪漫主义诗歌。

一、乔治·戈登·拜伦的诗歌

拜伦出生于一个没落的贵族世家。父亲在他3岁时弃家出走,客死法国。拜伦的童年随母亲住在苏格兰的阿伯丁。10岁时,拜伦移居伦敦。1801年至1808年,他先后就读于贵族学校哈罗中学和剑桥大学。1813—1816年,他创作了《东方叙事诗》《异教徒》《阿比道斯的新娘》《海盗》《柯林斯之围》等诗歌。1816年,他离开英国,来到欧洲大陆进行游历。这段经历对他的诗歌创作产生了深远的影响。在这一时期,他陆续完成了《恰尔德·哈洛尔德游记》《唐璜》等作品。1824年,拜伦因染上热病去世,终年36岁。

拜伦既是积极浪漫主义派诗歌的杰出代表,也是英国浪漫主义时期最卓越的诗人之一,使英国浪漫主义诗歌到达登峰造极的地步。他的一生创作了大量的浪漫主义的诗歌。从内容上看,他的浪漫主义诗歌主要包括两类:一类是政治诗;另一类是抒情诗。

拜伦是一名具有高度时代责任感的浪漫主义诗人,因而他的创作视线始终没有离开英国的政治舞台和社会局势,诗作中不乏政治诗。拜伦的政治诗生动地记载了19世纪初工业革命英国国内尖锐的矛盾与法国大革命后的英国以及欧洲的动荡局势,严厉谴责了统治集团的腐败与专制,并高度赞扬了工人阶级为争取自由和权利而进行的斗争。同时,拜伦的政治诗显示出他特有的政治敏感和难能可贵的反抗精神,而且在批判社会、针砭时事方面也起到了一定的积极作用。以其政治诗《审判的幻境》来说:

> 瞧瞧他国家的现状,
> 他虽走了,他的编年史记载:
> 他先将要职封于一个奴才
> 后又对黄金穷追不舍。
>
> 我知道他是个未离过婚的人,
> 对自己的家庭还算不错……
> 但对于受他压迫的千百万人,
> 一点好处也没有。
> ……

这是拜伦最重要的一首政治讽刺诗,全诗106节,共848行。在这首诗的开头,"圣·彼得坐在天堂门口,手中拿着生锈的钥匙",乔治三世的灵魂来到天堂门口恳求入内。此刻,撒旦等魔鬼纷纷前来,试图将这位已故国王打入地狱。于是,天使和魔鬼之间展开了激烈的争论。而在争论的过程中,桂冠诗人骚塞突然赶来,并向大家朗诵起他的《审判的幻境》。他的赞美诗使魔鬼们感到厌恶,引起了一场混乱。撒旦一怒之下将骚塞打倒在地,而乔治三世则乘混乱之际溜进了天堂。可以说,拜伦在这首诗中对《圣经》和神话典故进行了巧妙的借助。

拜伦的这首诗作是为了反驳骚塞写的了一首名为《审判的幻境》的长诗而作旳。1820年,英国国王乔治三世去世,骚塞受宫廷之托写了一首名为《审判的幻境》的长诗,为已故的国王歌功颂德。在这首诗中,骚塞不仅生动地描述了乔治三世的灵魂战胜了邪恶与恶魔之后升入天堂的情景,而且对拜伦进行了诽谤,称他为"撒旦派诗人"的头子。于是,拜伦也写了一首相同诗名的诗作,既对宫廷桂冠诗人骚塞进行了辛辣的讽刺和嘲笑,又对英国封建王朝进行了无情的谴责。

总的来说,全诗的语言生动,内容超俗,主题鲜明,充分体现了幻境与现实相结合的原则,不愧是拜伦政治讽刺诗的杰出典范。

拜伦的抒情诗短小精悍、言简意赅、形象生动、语意确切、文情一致,充满了浪漫主义的情调;充分表现了他对生活的热爱,对爱情的追求以及对大自然的向往。同时,拜伦的抒情诗对友谊与爱情进行了刻意表现,热情歌颂爱国主义精神和民族独立运动,并反映了自己对美好生活的执著追求。此外,拜伦的抒情诗主题广泛,内容丰富,其中不少作品反映了他浪迹天涯时的所见所闻,生动地描述了异国的自然风光和文化习俗。组诗《希伯来歌曲》是拜伦最为著名的抒情诗,里面的诗作虽然大都表现了《圣经》的主题,但也体现出诗人真挚的情感和强烈的时代气息,因而能够给读者巨大的艺术享受。在《当初我们俩分别》一诗中,拜伦生动地表达了自己对昔日的恋人的思念之情,并以惊人的坦率和忧伤的语调表达了自己的炽烈情感。在《雅典的女郎》这首热情奔放的抒情诗中,拜伦以极其细腻的笔触描绘、歌颂了一位心灵纯洁、美丽可爱的希腊少女,并向她表白了自己忠贞不渝的爱情而且,这首诗不仅体现了拜伦对爱情的热烈追求,而且反映了他对希腊这一文明古国的无比热爱以及准备用生命来保卫它的坚强决心。在《希伯来歌曲》中,他热情歌颂了为争取祖国自由和独立而捐躯的犹太人,并将当时的欧洲人民同古代失去自由的犹太人作了深刻的比较。在《西拿基立的毁灭》一诗中,拜伦生动地描述了残暴镇压人民的独裁者的灭亡过程。

拜伦的浪漫主义诗歌从形式上看,以长篇叙事诗为主,而且拜伦的长篇叙事诗被文学评论界公认为英国浪漫主义时期的光辉诗篇。这些诗歌不仅包罗万象,具有百科全书般的宏大规模,而且以极为精彩的笔墨从各个不同的侧面深刻地反映了英国和整个欧洲大陆的社会风貌和时代气息。同时,这些诗歌成功地将抒情和讽刺交织一体,使幽默与批判熔于一炉,有着强大的艺术魅力。《海盗》《锡隆的囚徒》《贝珀》《恰尔德·哈罗尔德游记》《唐·璜》都是拜伦长篇叙事诗的杰作,这里着重分析一下《唐·璜》。

《唐·璜》被文学评论界公认为拜伦的顶峰之作,这是一首气势恢宏、缤纷多彩的长篇叙事诗,对现存社会制度的种种弊端进行了强烈讽刺。不过,这首长诗最终未能完稿,拜伦生前只写了16章,共16 000多行。尽管如此,拜伦所创作的部分已使其成为英国文学中迄今为止篇幅最长、艺术最辉煌的诗歌之一。

在这首诗作中,诗人向读者叙述了一个引人入胜而又耐人寻味的故事。因此,这部作品与其说是一首长诗,倒不如说是一部诗体小说。诗中的主人公的名字和国籍来自于西欧的一个古老传说,唐·璜原是西班牙一个荒淫无度的花花公子,然而拜伦笔下的主人公是一位生活在 18 世纪末的西班牙贵族青年,虽风流倜傥,却是一个热情潇洒、勇敢正直的英俊青年。这位具有鲜明浪漫主义特征的西班牙青年在国外的冒险经历构成了长诗的基本内容。唐·璜虽幼年受母亲严厉管教,但他 16 岁时便与街邻一个名叫朱莉娅的已婚女子私通。丑闻败露后,他被迫离开西班牙出国漫游。不久,航船在海上遇险沉没,唐·璜漂流到希腊群岛的海滩上,被海盗的女儿海蒂所救。这对青年男女虽萍水相逢,却一见钟情。正当他们沉浸在甜蜜的爱情之中,海蒂的父亲返回海岛。由于他坚决反对他俩的婚事,这对恋人被迫分手。然后,唐·璜连同一批奴隶被送到土耳其市场上出售。他男扮女装进入土耳其后宫,被王妃看中,成为妃嫔。唐·璜在宫中的风流韵事使王妃醋意大发,欲置他于死地。唐·璜被迫逃离王宫,并加入了攻打土耳其的俄国军队。由于他英勇善战,屡建战功,受到俄国女皇凯瑟琳二世的青睐,立刻成为她的宠臣。不久之后,唐·璜受女皇之托去英国处理外交事务。他在英国经常出入上流社会,并准备筹划新的冒险行动。但是,新的冒险行动因诗人赴希腊战场而中断了。

在这首诗中,拜伦从各个角度对欧洲各国的社会生活进行了生动描绘,向读者展示了一幅幅生动而又真实的生活画面,并借主人公之口对封建社会的种种弊端与邪恶进行了辛辣的讽刺和严厉的鞭挞。因此,从某种程度上来说,这首长诗对整个时代与整个欧洲进行了忠实写照。在诗歌前六章中,诗人先是描写了唐·璜的身世、他对生活的热爱以及他在土耳其后宫的经历,接着对西班牙贵族的婚姻观念进行了无情的嘲弄;在诗歌的第七章到第九章中,诗人通过主人公之口向读者描述了 18 世纪末的俄土战争给人民带来的巨大创伤与痛苦,并明确指出这是一场为了争夺荣誉和权力的争斗,而不是一场为争取自由和独立的战争;在诗歌的后六章,诗人向读者展示了英国的社会生活,充分反映出诗人对英国社会局势的深切关注和对祖国命运的担忧。它借主人公在逗留之际无情地揭露了一幕幕政治丑闻,以讽刺的笔触描述了上流社会的寄生生活,同时也表达了他对金钱统治的轻蔑。他一针见血地指出,金钱已成为主宰社会的力量,金融寡头实际上是国家的真正统治者:

> 谁操纵着世界? 谁操纵着
> 忠君派或是自由党国会?
> 每一笔贷款不只是一种投资,
> 而是坐镇国家、推翻王位的本钱。

纵观全诗便可以发现,讽刺是贯穿全诗的一个主要基调。在近两千节的诗歌中,欧洲的君王、大臣、将军、绅士、教会、法律和一切被视为天经地义的道德观念统统成了诗人无情嘲弄的对象。而且,诗人拜伦在诗中不断插入鞭辟入里的议论和评说,一再讽刺和抨击英国的封建贵族、贪官污吏和金融寡头。

这首叙事长诗从艺术形式上来看,是十分独特的。它效仿了意大利中世纪骑士传奇故事那种既严肃又诙谐的创作方式,用庄严的诗体来表达可笑的题材,集崇高和荒唐于一体。全诗每节八行,押 ababacc 韵,结构严谨,语调平稳,节奏缓慢。在形象塑造上,拜伦从《格列佛游记》《项狄传》和《汤姆·琼斯》等经典小说中找到了人物的样板。然而,拜伦并未完全沿袭传统文学的创作模式,而是充分发挥自己丰富的想象力和独特的艺术才华,使《唐·璜》成为雪莱所说的"全新的而又与时代相吻合的作品"。另外,这首长诗充满了浓厚的浪漫主义情调,基调是积极的,代表了浪漫主义诗歌的最高成就。

二、波西·比希·雪莱的诗歌

雪莱出生于英格兰萨塞克斯郡。1810 年,他进入牛津大学学习,后因发表《无神论的必要性》被开除,不久到都柏林参加爱尔兰人民的民族独立运动,发表《告爱尔兰人民书》和《人权宣言》,提倡民族独立,宣扬自由、平等。1813 年,他出版了第一部长诗《麦布女王》。1817 年,雪莱完成了著名的长诗《伊斯兰的起义》。1819 年,雪莱完成了两部诗剧《解放了的普罗米修斯》和《钦契》,另外他还有大量优秀的抒情诗和讽刺诗。在雪莱的抒情诗中有很大一部分是描绘自然的,如《西风颂》《云雀颂》等。这些以自然为题材的抒情诗往往用一种梦幻式的笔调,以种种神奇的比喻,尽情地抒写诗人梦寐以求的美好的未来社会。1822 年,雪莱在渡海途中遭遇风暴,不幸溺亡。

雪莱不仅是英国诗歌史上最著名的浪漫主义诗人之一,为英国积极浪漫主义文学道路的开拓做出了重要贡献,而且是世界文学史上为数不多的最出色的抒情诗人之一。

雪莱的浪漫主义诗歌不仅能表达了英国浪漫主义时期欧洲的先进思想,而且在艺术上取得了巨大成就。同时,他还在诗歌艺术上追随英国文艺复兴时期的伟大诗人莎士比亚和斯宾塞的创作手法,常常采用形象、比喻和幻境来暗示人物的性格与动机,渲染作品的主题。此外,他的浪漫主义诗歌主题深刻、想象丰富、情感充沛、语言生动、音韵优美、富有深刻的象征意义和哲理。

比如,在《无常》一诗中,雪莱表达了自己对人世沧桑的深刻思考:

> ……
> 全都一样!因为无论是喜、是忧
> 离去的通道永远开放;
> 人类的明天决不同于昨天,
> 万古永恒的,唯有无常。
> ……

在这首诗中,雪莱提出了与人们通常的见解相对立的反论:沧海桑田变化无常,然而唯独"无常"才是永世长存、万古不变的。诗人将人类比作"遮掩午夜明月的浮云",在夜空中"疾驰、发光和抖动",但是,"当夜幕收起时,这一切便无影无踪"。在诗人看来,乐器上的琴弦会发出各种不同的音调和回声,两次弹拨无论如何都"奏不出同一种情调和音韵"。然而,在这变幻莫测的世界上只有"无常"才是永恒的。总体来说,诗歌富于哲理,充满了生动的形象和比喻,读来令人回味无穷。

在《阿多尼》这首诗歌中,雪莱的强烈社会责任感得到了充分表现:

> 我为阿多尼哭泣——他已经死了!
> 唉,为阿多尼哭泣吧!纵然我们的眼泪
> 无法融化这样可爱的头颅上的寒霜。
> ……　　　　　除非未来
> 敢于忘却过去,他的命运和名声
> 将成为永恒的回音和光辉。

......

这是雪莱为浪漫主义杰出诗人济慈的去世写的一首著名挽诗。他认为，英国著名杂志《评论季刊》发表的一篇攻击济慈的文章是导致他去世的直接原因。出于愤怒和强烈的正义感，便挥笔写下了这首著名的挽诗，沉痛悼念济慈的逝世，并为他的文学功绩进行辩护。阿多尼一词为作者所创，而这个名字源于希腊神话中爱与美的女神阿佛洛狄特所恋的英俊少年阿多尼斯。在诗中，诗人高度赞扬了济慈的艺术成就，同时对这位天才诗人的早逝深表悲痛和惋惜。同时，诗人在诗中还采用一系列象征着伟大和永恒的自然形象来表达自己对这位天才诗人的敬意。

雪莱的浪漫主义诗作中，最为杰出的部分便是抒情诗。雪莱的抒情诗语言生动，形象丰富，节奏明快，而且有着很强的音乐性和深刻的思想内涵。而且，他的抒情诗以爱情、社会和大自然为题材，创造了丰富多彩的感情世界，并充分表达了他的人道主义、乐观主义和自由主义思想。

《西风颂》是雪莱最重要的抒情诗之一：

哦，狂暴的西风，秋之生命的呼吸！
你无形，但枯死的落叶被你横扫，
有如鬼魅碰到了巫师，纷纷逃避：
黄的，黑的，灰的，红得像患肺痨，
呵，重染疫疠的一群：西风呵，是你
以车驾把有翼的种子催送到
黑暗的冬床上，它们就躺在那里，
像是墓中的死穴，冰冷，深藏，低贱，
直等到春天，你碧空的姊妹吹起
她的喇叭，在沉睡的大地上响遍，
（唤出嫩芽，像羊群一样，觅食空中）
将色和香充满了山峰和平原。
不羁的精灵呵，你无处不远行；
破坏者兼保护者：听吧，你且聆听！
......
把我当作你的竖琴吧，有如树林：
尽管我的叶落了，那有什么关系！
你巨大的合奏所振起的音乐
将染有树林和我的深邃的秋意：
虽忧伤而甜蜜。呵，但愿你给予我
狂暴的精神！奋勇者呵，让我们合一！
请把我枯死的思想向世界吹落，
让它像枯叶一样促成新的生命！
哦，请听从这一篇符咒似的诗歌，
就把我的话语，像是灰烬和火星
从还未熄灭的炉火向人间播散！
让预言的喇叭通过我的嘴唇

把昏睡的大地唤醒吧！要是冬天

已经来了,西风呵,春日怎能遥远?

    这首诗无论从思想内涵还是从艺术形式来说都称得上浪漫主义诗歌的杰出典范。从思想内涵上看,有人将它视作一首政治抒情诗,表达了诗人豪迈、奔放的革命热情。西风象征着一股强烈的革命风暴,风卷残云,摧枯拉朽,扫除一切旧势力,同时又播下新生的种子,将自由和幸福传遍人间;也有人将它看作一首描写大自然的抒情诗,表达了诗人泛神论的思想,即西风代表自然,而自然则是神灵的体现;还有人认为诗人在这首诗中表达了自己对创作灵感和想象力的呼唤。然而,无论评论家对这首诗作何种解释,他们都将西风看作自由的象征和一股巨大的精神力量。在雪莱的笔下,西风作为一种自然现象不但具有积极的意义,而且代表了一种神圣的原则,既耐人寻味,又令人敬畏。从艺术形式上来看,全诗分 5 节,每节 14 行,由 4 个交错押韵的 3 行诗节和一组双行对偶句构成,节奏是五步抑扬格,韵律为 aba bcb cdc ded ee。诗中韵律和节奏以及大量跨行诗句的运用,使诗歌形式与主题结合紧密;连续不断的诗行和一环扣一环的连锁韵律,暗示着一阵接一阵的强劲西风连续不断地向前推进,迅猛异常,不可阻挡。总的来说,全诗意象纷繁,气势磅礴,感情激越,充满哲理,诗末设问"要是冬天已经来了,西风呵,春日怎能遥远?"更是充满了积极乐观的精神,不愧为英国浪漫主义时期最出色的抒情诗之一。

    在雪莱的抒情诗中,还有一首非常著名的诗作,那就是《致云雀》:

你好啊,欢乐的精灵!

你似乎从不是飞禽,

从天堂或天堂的邻近,

以酣畅淋漓的乐音,

不事雕琢的艺术,倾吐你的衷心。

向上,再向高处飞翔,

从地面你一跃而上,

象一片烈火的轻云,

掠过蔚蓝的天心,

永远歌唱着飞翔,飞翔着歌唱。

……

整个大地和大气,

响彻你婉转的歌喉,

仿佛在荒凉的黑夜,

从一片孤云背后,

明月射出光芒,清辉洋溢宇宙。

我们不知,你是什么,

什么和你最为相似?

从霓虹似的彩霞

也降不下这样美的雨,

能和当你出现时降下的乐曲甘霖相比。

这是一首赞美自然的伟大颂歌,诗人通过丰富的想象,将云雀描写成一种"无形的欢乐",一个自由的精灵,一名大自然的歌手。在盛赞云雀美妙歌声的同时,诗人也表达了自己对美好、欢乐、自由的渴望与追求。另外,在这首诗中,诗人主要反映了两条思路。首先,他试图弄清云雀欢叫究竟代表什么。他先后将云雀婉转悦耳的鸣叫比作正在吟诗的诗人,作曲的少女,闪闪发光的萤火虫和散发着花香的玫瑰。其次,作者试图弄清云雀欢叫的原因和奥秘所在。这些问题反映了诗人对人类境况的认真思考,即人类常常会被仇恨、傲慢和恐惧所缠,无法逃避对过去的回忆或对未来的担忧。全诗共 21 节,每节 5 行,前 4 行每行包含 5～7 个音节不等,各节韵式为 ab-abb;诗歌节奏短促、轻快、流畅、激昂,节与节之间,环环相扣,层层推进,极具艺术感染力。另外,全诗的意境深远,想象丰富,描写细腻,比喻生动,不愧为抒情诗中的杰作。

三、约翰·济慈的诗歌

济慈出生于伦敦,父亲是一家马车出租店的雇员。他 15 岁时离校成为一个外科医生的学徒,而这一工作刺激了他敏感的心灵。在父母死后,他和弟弟、妹妹搬到罕姆斯戴德区住。在那里,他遇到了日后的好友查尔斯·阿密塔基·布朗(Charles Armige Brown,1787—1842)。同时,在此期间,济慈如饥似渴地阅读大量书籍以弥补知识的匮乏。他先在医学和博物学方面涉猎,后来转而阅读文学书籍,如莎士比亚和乔叟的作品。他读了许多希腊和伊丽莎白时代的著作,尤其喜欢荷马、斯宾塞、莎士比亚和弥尔顿的作品。与此同时,他开始尝试诗歌创作,并取得了不俗成绩。1821 年,济慈因肺病去世。

济慈是英国浪漫主义时期最年轻、最完整的一位浪漫主义诗人。他的浪漫主义诗歌既具有明显的唯美主义倾向,又反映了一种自由精神和进步的民主主义思想,因而被不少评论家认为完美地体现了西方浪漫主义诗歌的特色。比如,在《圣·阿格尼斯节前夕》一诗中,他采用中世纪的题材描述了一对情人不顾世俗偏见和家庭反对而幸福结合的故事。圣·阿格尼斯原是古罗马少女,因信奉基督教而受迫害,以身殉教。她后来被奉为未婚女子的主保圣人。据说姑娘可以在圣·阿格尼斯节(1 月 21 日)前夕梦见自己未来的丈夫。济慈巧妙地将民间传说同莎士比亚笔下的罗密欧与朱丽叶式的主题交织一体,并采用"斯宾塞诗节"来叙述男女主人公的爱情故事。女主人公马德琳同男主人公波菲鲁相亲相爱。然而,他们却属于两个充满封建仇恨的敌对家庭。这对恋人的爱情也因此遭受到种种压力和中伤。诗人以浪漫主义的笔调描绘男女主人公在恶劣的环境中热烈追求幸福与自由的斗争经历,同时对封建社会的伪善和冷酷无情进行了严厉的指责。同时,诗人在诗中采用了丰富的象征手段,用热与冷、生与死、天堂与地狱、红色与银色以及肉欲与贞洁来暗示两种敌对势力的激烈冲突,使作品具有极强的艺术感染力。

济慈的浪漫主义诗歌中,影响最大的是《普赛克颂》《希腊古瓮颂》《夜莺颂》《秋颂》《忧郁颂》等颂诗。这些颂诗充分表达了诗人的浪漫主义情调、乐观主义精神和高雅的审美意识。这里着重分析一下《夜莺颂》:

> 我的心痛,困顿和麻木
> 毒害了感官,犹如饮过毒鸩,
> 又似刚把鸦片吞服,
> 一分钟的时间,字句在忘川中沉没

并不是在嫉妒你的幸运，

是为着你的幸运而大感快乐，

你，林间轻翅的精灵，

在山毛榉绿影下的情结中，

放开了歌喉，歌唱夏季。

……

遗失！这个字如同一声钟响

把我从你处带会我单独自我！

别了！幻想无法继续欺骗

当她不再能够，

别了！别了！你哀伤的圣歌

退人了后面的草地，流过溪水，

涌上山坡；而此时，它正深深

埋在下一个山谷的阴影中：

是幻觉，还是梦寐？

那歌声去了：我醒了？我睡着？

　　这首诗是济慈最出色的诗歌之一，而济慈在创作这首诗歌时，并没有完全摆脱报界对他的恶毒攻击，加之他的母亲和弟弟相继病逝以及本人健康状况不断恶化等原因，他的思想情绪正处于十分低落和消极阶段。因而，这首颂诗在一定程度上反映了诗人在面对痛苦人生时的复杂心理以及他渴望借助夜莺的美妙歌声和美酒之力步入一个理想的境界从而逃避现实的消极思想。

　　这首诗的题目虽然是《夜莺颂》，但是诗中基本上没有直接描写夜莺的词，诗人主要是想借助夜莺这个美丽的形象来抒发自己的感情，表达对夜莺不朽的歌声和人类短暂的生命所做的对比与思索。

　　全诗结构严谨，韵律优美，节奏明快，共有 8 节，每节 10 行，各节除第八行为三音步抑扬格外，其余均为五步抑扬格。此外，诗歌中有着强烈的浪漫主义特色，用美丽的比喻和一泻千里的流利语言表达了诗人对自由世界的深深向往。

第三节　充满主观主义思想的散文创作

　　在 19 世纪初期的浪漫主义文学时代，散文的创作也步入了一个浪漫散文的时代，涌现出了一批才华横溢的散文家，包括查尔斯·兰姆（Charles Lamb，1775—1834）、托马斯·德·昆西（Thomas De Quincey，1785—1859）、威廉·哈兹里特（William Hazlitt，1778—1830）、约翰·罗斯金（John Ruskin，1819—1900）等。他们的散文都表达了对穷人的深切同情和怜悯，并充满了浓重的主观主义思想。

一、查尔斯·兰姆的散文

兰姆出生于伦敦的一个贫苦家庭,父亲曾是当过律师和议员的塞缪尔·骚特家的仆人,这使他在骚特家阅读了大量的文学名著,为日后进行文学创作奠定了重要基础。兰姆年轻时家境十分贫寒,15 岁便辍学外出谋生。先在一家会计行做了两年学徒,1791 年开始在一家公司当职员。几个月后,他在"东印度公司"谋到一个较高的位置,便转到那里工作,一干便是 33 年,直到 50 岁退休为止。1834 年,兰姆与世长辞。

兰姆生活的时代,所经历的欧洲最大的政治事件无疑是法国大革命。他早年深受法国革命影响,思想激进。滑铁卢战役后,欧洲封建势力复辟,英国政府的政策也趋于反动。受此影响,兰姆不再过问政治,转而进行文学创作。

兰姆的文学创作开始于 19 世纪初,他先从诗歌创作开始,曾同湖畔派诗人柯勒律治合作发表诗文,并发表了一些诗歌作品,但没有引起评论界太多的赞誉。后来,他转而进行散文创作,并定期为《伦敦杂志》撰稿。总体来说,兰姆的散文具有很高的文学价值,许多作品已成为英国散文的经典之作。

兰姆最重要的散文作品是《伊利亚散文集》。在这部散文集中,兰姆作为浪漫派散文家,追求个性和感情的解放,追求"我手写我心",用饱含深情和诗意的语言描绘了伦敦寻常百姓的平凡经历。他既写伦敦的街景市情,又写自己的人生经历,还写他的亲人朋友、乞丐、扫烟囱的穷孩子、书呆子、单身汉、酒鬼等。另外,这部散文集的序言可以说是兰姆对自己的真实写照:

> 虽然很粗陋,我承认——一种未加修饰的恒钉之作——装模作样地用一些古老的方式与辞句敷衍成篇。如果不是这样,那就不是他的作品了;一个作家应该顺其自然,虽然古怪,只要他自己高兴就行,比起用自己并不熟悉的所谓自然笔调要好些。有些人说他过于以自我为中心,实在是他们不了解,他所说的关于他自己的话,时常只是别人之过去的写照……

在序言中,兰姆佯称伊利亚已死,由朋友作序,以幽默的口吻谈到了伊利亚的文章和人品,颇具反讽意味。这也体现出这部散文集的一个重要特色,即幽默。不过,兰姆作品中的幽默往往与眼泪并存,幽默的背后隐藏着深深的哀伤。不过,透过他的幽默,我们可以发现他拥有一颗真诚而又善良的心。

《梦中儿女》是《伊利亚散文集》中最著名的一篇散文。文中,作者用唯美的语言构筑了一个虚幻的梦境:一个初冬的夜晚,作者坐在火炉边给孩子们讲述已经过世的长辈们的事情,用看似不经意的生活片段描绘出祖母费尔德和哥哥约翰这两个可爱可敬的形象。作者先是回忆了费尔德代管的豪宅、她的虔诚与善良、她对晚辈的疼爱。然后,又自然地过渡到对豪宅中的花园及自己儿时游戏的回忆。最后,他回忆了约翰如何照顾年幼的自己,以及约翰的早逝。而到了文章的结尾时,作者才意识到自己只是做了一个梦。全文近 1 500 字,涉及不同的人物及事件,但为切合给孩子们讲故事的主题,采用了口语化的语言,而且在行文中重复使用了一些固定词语连接前后,加之在不同片段回忆中穿插了孩子们的回应,使得整篇文章一气呵成,过渡自然,行文流畅,突出了兰姆散文自然随意的风格。另外,文中流露出的浓浓亲情,也深深为人们所感动。

兰姆在发表了《伊利亚散文集》后 10 年,又发表了《伊利亚最后散文集》,以讽刺的笔触对社会矛盾进行了深刻揭露,对穷苦大众寄予了深切的同情,因而作品中的感伤主义基调是十分浓厚的。尽管这部散文集带有感伤主义的情调,但不失为英国文学史上浪漫主义散文最初的杰作之一。

二、托马斯·德·昆西的散文

昆西出身贵族家庭,父亲是一个富商。他正在中学结束时曾独自横穿威尔士旅行,接触到许多受苦受难的劳动人民,对他的人生观和此后的文学创作产生了重要影响。后来,他进入牛津大学读书,但在此期间染上了毒瘾,之后一直未能戒掉。从1807年起,昆西先后结识了柯勒律治、骚塞、兰姆、华兹华斯等人,从此和湖畔派诗人一直交往甚密,甚至在一段时间里还和华兹华斯家人同住一宅。之后,他到一家杂志社当编辑。1821年,他辞去编辑工作前往伦敦。在兰姆的引见下,他为《伦敦杂志》撰稿。1822年,他在该刊物上发表名作《一个抽鸦片的英国人的自白》深受读者的欢迎。1826年,昆西开始为《布莱克伍德》写稿,并且随后迁入该杂志所在地爱丁堡定居。从此,他进入创作的旺盛时期。1859年,昆西在爱丁堡去世。

昆西是英国19世纪著名的散文家和文学评论家,出身于贵族家庭,但对劳动人民的苦难有十分深刻的了解,这对他的文学创作产生了重要影响。同时,昆西的一生都深受鸦片之害,这也对他的文学创作产生了一定的影响。

昆西在1821年,经过兰姆的引见为《伦敦杂志》撰稿,期间发表了名作《一个抽鸦片的英国人的自白》。这是一部忏悔录式的散文集,也是昆西前半生的真实写照,详细记录了他的早年经历及鸦片为其带来的快乐与痛苦,比如下面这段文字:

> 啊!微妙有力的鸦片,你对于富人与穷人都是一样;对那些永远不能愈合的伤口,对于那些"诱使精神反叛"的刺痛,带来了缓和止痛的镇痛剂;——强大的鸦片呀!用你有效的辩才消除了愤怒的主旨,最有效地为可怜的人辩护,仅在一夜之间就为那有罪之人唤回他青年时代的幻想,以及那洗去血迹的双手——啊!善辩的鸦片!你使那些睡梦中的法庭,为了无辜者的胜诉,把伪证人传到庭来,推翻错判,把那些不正直的法官的判决纠正过来;——你在黑暗的中间,用超过菲迪亚斯和蒲拉克希特利的雕刻艺术,出自大脑的幻想建造了城市和庙宇——它们的堂皇超过了巴比伦和埃及的百道大门的塞布斯;把那些久埋地下的美人和祈祷的先辈,"从睡梦中唤醒""洗去坟墓的肮脏",让他们走进阳光里来。只有你才能把这些礼物给予人类,因为你有天堂的钥匙。

透过这段文字,可以知道吸食鸦片后的昆西陶醉在鸦片药力产生的迷幻之中,把现实中的悲哀与痛苦抛在脑后。

不过,在这部散文集中,昆西所描述的噩梦般的经历足以使读者对鸦片心生畏惧,对冀望通过鸦片寻求快乐的人具有一定的警示作用。

除了《一个抽鸦片的英国人的自白》这部散文集外,昆西还发表了不少散文短篇,如《伊曼纽尔·肯特的最后日子》和《谋杀被视为一门艺术》《克勒斯特海姆》《自传随笔》《文学回忆录》《政治经济的逻辑》《鞑靼人的暴动》《来自心灵深处的叹息》《贞德》《知识的文学与力量的文学》等。这里着重分析一下《知识的文学与力量的文学》。

在《知识的文学与力量的文学》中,昆西详细论述了文学的指向和功用。他首先指出文学与书籍的指向不尽相同，不可相互替代。在他看来，有些文学是以非文字形式存在的，如教堂里每周必有的布道、舞台上表演的戏剧等；有些书籍则索然无味，根本不值一读。可见，德·昆西是在相对宽泛的意义上使用"文学"一词的。不过，德·昆西并没有就文学给出一个准确的定义。他认为，要使人们准确地理解文学，就必须了解文学所起的作用。然后，他依据文学的作用把文学分为知识的文学和力量的文学，并用了较大篇幅例证两种文学之间的区别：

> 前者旨在教育，后者旨在感染；前者是舵，后者是桨或帆。前者仅仅诉诸人的推论的悟性，后者则往往而且总是通过人的喜悦之情、恻隐之心，从根本上诉诸人的高级悟性即理性。远远望去，它似乎穿过培根勋爵所谓"明净的理智之光"而到达某一客体；近处看来，才知它只有透过人的七情六欲、喜怒哀乐所交织成的茫茫迷雾、闪闪彩虹，借助于在那明灭之间、带着一点漾漾水气的幽光，才能发挥它应有的作用——否则，它就不成其为力量的文学了。

在昆西看来，力量的文学要比知识的文学重要得多，这与他所处的时代潮流密不可分在 19 世纪初的文坛，浪漫主义风靡一时，对个性、情感、审美的偏重自然也会在其文学批评中留下印记。

三、威廉·哈兹里特的散文

哈兹里特生于英格兰肯特郡首府梅德斯通的一个牧师家庭，童年和青年时代都是在贫困中度过的。1780 年，他随家人迁到爱尔兰，后又迁居北美。1787 年，他们全家返回了英国，定居于英格兰希罗普郡的韦姆。之后，哈兹里特进入哈克尼神学院读书，但次年便辍学。此后，他回到家中，终日与书为伴，积累了丰富的知识，为日后进行文学创作奠定了重要基础。之后，哈兹里特成为政治问题的专栏作家，为各种期刊杂志撰写了大量文章。他笔锋犀利，政治立场鲜明，常常严词批判政界要人，因此结下了许多政治敌手，经常遭到保守势力的攻击和谩骂。1830 年，哈兹里特因胃癌去世。

哈兹里特的一生深受法国大革命的影响，他也曾在伦敦认识了许多思想激进的文人，并对法国启蒙大师卢梭的作品产生了浓厚的兴趣，还结识了柯勒律治、华兹华斯，并和兰姆成为莫逆之交。这对于他的文学创作有着十分重要的影响。

哈兹里特的散文创作，是从撰写哲学论文、政治和经济方面小册子开始的，如在《论公共事务的自由思想或对一个爱国者的忠告》，他对统治阶级在爱国主义的幌子下发动拿破仑战争进行了猛烈抨击；在《对马尔萨斯人口论的回答》中，他对马尔萨斯的人口论思想进行了批评等。后来，哈兹里特成为政治问题的专栏作家，为各种期刊杂志撰写了大量文章。他笔锋犀利，政治立场鲜明，常常严词批判政界要人，因此结下了许多政治敌手，经常遭到保守势力的攻击和谩骂。

在哈兹里特的散文创作中，文学评论也是十分重要的一部分。他的文学评著众多，如《莎士比亚戏剧中的人物》《英国诗人讲座》《英国喜剧作家讲座》《伊丽莎白时代文学讲座》等。在这些评论著作中，哈兹里特高度赞扬了英国的伟大诗人乔叟、斯宾塞、莎士比亚、弥尔顿、拜伦以及湖畔派诗人。这里着重分析一下《莎士比亚戏剧中的人物》这篇文学评论。

在《莎士比亚戏剧中的人物》中，哈兹里特用优美流畅的诗性语言，对莎翁戏剧的情节、对话，尤其是人物形象进行了深刻的研究和评析。哈兹里特在文中的研究和评析虽以印象式评论为

主,但却不乏洞见。下面这段文字是他对莎剧核心人物哈姆雷特的解读,从中我们可以领略到浪漫派文论的风采:

> 哈姆雷特是个名字;他的台词不过是诗人头脑随意创造的。可是这些台词难道不是真的吗? 它们和我们自己的思想一样真实。它们的真实性就存在于读者的心中。我们自己就是哈姆雷特。这出戏具有预言般的真实,胜过了历史的真实。无论谁由于自己或别人的不幸而变得沉思和忧郁;无论谁皱着眉头想得太多,觉得自己"过于顺利";无论谁看见自己心中升起的嫉妒的迷雾遮住了白天的太阳,眼前的世界只是一片阴暗的空白,未剩下任何显目的东西;无论谁品尝到"爱"遭受蔑视的痛苦,无礼的对待,或者小人物的忍耐美德所受到的唾弃;无论谁感到心沉了下去,像害病一样愁云紧锁,古怪的幽灵缠身,毁掉了希望,压垮了青春;无论谁看见罪恶像鬼魂一样守在身边无法安心;无论谁想得太多以至失去行动能力,只看到宇宙的无限与自己的渺小;无论谁由于心灵的酸苦而不再计后果,把去看戏当作摆脱生活不幸的最好办法,因为戏是生活不幸模拟的再现——这样的人就是真正的哈姆雷特。

在这段文字中,虽然有把本质和琐屑相混淆的嫌疑,哈兹里特却提出了理解《哈姆雷特》的钥匙。而且,哈兹里特对莎翁戏剧的研究,推动了当时的戏剧研究,后人纷纷对其进行了效仿。

在哈兹里特的散文创作中,最为重要的一部分是政论文和小品文,如《圆桌》《政治评论,公众人物素描》《桌边闲谈》《时代精神,或当代肖像》《直言不讳的演说家》《札记与散文》等散文集。而在这些散文集中,意义最深刻的是《桌边闲谈》和《时代精神,或当代肖像》。

《桌边闲谈》收录有许多脍炙人口的散文佳作,如《论旅行》《论对死亡的恐惧》《论庇护与吹捧》《论天才与常识》《印度魔法师》等。这里着重分析一下《论旅行》。这是一篇典型的浪漫主义美文,文中,哈兹立特结合自己的旅行经历,发表了对旅行的独特感想。首先,他谈论了野外远足的好处,认为通过乡间旅行,人们可以暂时忘却喧嚣的城市生活,在大自然中放松自我,求得心灵上的安宁。在茶余饭后,他经常行走在蜿蜒的乡间小路上,在蓝天绿野中享受悠然自得的独处时光,任思绪乘着想象的翅膀自由飞翔。接着,他指出与他人同行存在两个明显的弊端,一是边走边聊会破坏人对自然的最初印象,让思绪变得杂乱;二是人对自然景物的感觉和反应难免存在差异,旅伴之间有时很难产生共鸣,这样出游就会变得索然无趣。最后,他提出要想避免出现上述弊端,就必须要有一个出色的旅伴。该旅伴不仅能够感悟自然,而且还能用语言或文字把其感悟准确地表达出来。这篇散文行文舒缓流畅,语言平实生动,极具感染力。

《时代精神,或当代肖像》真实地反映了19世纪初英国知识界的精神面貌,并选取当时的25位知识精英,包括哲学家、政治家、诗人、小说家和散文家,对他们的思想及作品进行了细致评论。其中,哈兹立特对华兹华斯最为推崇,认为他的诗歌闪现着时代精神的光芒。同时,他对柯勒律治的诗歌、司各特的小说、伯克和兰姆的散文也同样给予了高度评价,但是,他对拜伦、骚塞、本萨姆等人的作品则多有批评。

哈兹里特不仅是著名的散文家,还是英国文学史上著名的文体家。而且,他的文体主张与浪漫主义"以日常语言描写日常生活"的文学原则是相一致的。在《论平实的文体》中,他总结了自己多年的写作经验,提出关于散文文体的见解。他"既反对鄙俚无文的文体,也反对华而不实的文体,将批评的矛头针对在19世纪业已过时而在18世纪流行过的古典主义末流的那种华丽堆砌、空洞无物的文风"①。他主张在散文中使用平实的英语文体，即写文章就像日常谈话一样，要娓娓动人、明晰畅达；语言要从纯正、地道的英语中选择，力求准确、达意；词语要符合人们的使用习惯，传达其所承载的意义等。

第四节　历史小说的宗师司各特

在英国浪漫主义时期的小说创作中，最受读者欢迎的一类便是历史传奇小说。而在这一时期历史传奇小说的创作中，影响最大的小说家是沃尔特·司各特（Walter Scott，1771—1832），他也被不少评论家看作是"历史小说之父"。

司各特出生于苏格兰的爱丁堡的一个律师家庭。他幼年时患有小儿麻痹症，为了调养身体，他在祖父的农场休养过一段时间，这个农场位于苏格兰南部和英格兰交界处，这里到处可以听到关于苏格兰和英格兰两地的古老历史传说和冒险故事。1786年，司各特大学毕业，进入父亲的律师事务所工作，并在1792年考取了律师执照，成为一名正式律师。1797年，司各特和夏洛特·卡彭特结婚。1799年，司各特成为边界地区赛尔科克郡的地方法官。1806年，他又成为苏格兰最高民事法庭的秘书长。后来，司各特开始进行诗歌创作，但由于深感自己的诗歌创作远远不能超过拜伦，于是，他从1814年起转而进行小说创作，并接连创作了二十多部著作。1820年，司各特被授以准男爵衔。1825年，英国的经济萧条使他陷入债务危机，当时不少债权人出于对他的敬仰，欲取消他的欠款，但他决意不肯，在宣布破产后废寝忘食、夜以继日地工作，终于在去世前还清了大部分债务，还有一些则在他去世后以他的小说和诗歌作品的继续销售所得最后还清，深受世人赞扬。1832年，他因中风去世。

司各特不仅是英国浪漫主义时期最著名的历史传奇小说家，而且是世界文学史上最具影响力的小说家之一。他的小说的题材是十分丰富多彩的，既有关于17世纪的历史和文学，也有关于苏格兰启蒙运动时期的历史和社会学，更有他对他那个时代的革命危机所作出的强烈反应。而且，他通过自己的创作，使历史小说成为一种对民族文化、历史及其命运进行再现的主要表现形式。

司各特的历史小说创作受到了18世纪的小说家如笛福、理查逊、菲尔丁、斯摩莱特等人的影响，同时又注意吸收浪漫主义作家，特别是德国作家的创作方法，把具有典型代表性的人物放在历史中心位置予以浓墨重彩的描绘。而且，司各特的历史小说创作还善于把人民和国家的命运同历史的重要时刻联系在一起，使得命运和历史相互交织，古代和当今相互映射。因此，在他的笔下人物的命运和历史的进程往往形成一种水乳交融的关系。这种人物的命运和历史的进程相融合的小说创作方法，也深刻影响了后世小说家的创作。此外，司各特的历史小说的故事情节往往都是虚构的，小说的主要人物也是如此，然而故事的背景却绝对真实，历史事件也准确无误。正如亨利·比尔斯所说的："他拥有真正的魔杖——历史想象力。手中握着它，他把过去的历史

---

① 常耀信：《英国文学通史》（第2卷），天津：南开大学出版社，2011年，第220页。

写得活灵活现,使之再一次唤起了人们的想象,变得更加现实。"①而且,他给历史披上了一层传奇色彩,使本来索然无味的历史读起来妙趣横生。

司各特的历史小说,从整体上老看可以分为三类。第一类是以苏格兰历史为主的历史小说,故称为"苏格兰小说",包括《韦弗利》《盖·曼纳令》《清教徒》《古董家》《黑侏儒》《罗伯·罗伊》《米德洛西恩的监狱》《拉马摩尔的新娘》《蒙特罗斯的传说》和《雷德冈特利特》。不少评论家认为,这组历史小说是司各特最优秀的作品,它们对苏格兰从封建社会向现代社会转变过程中所经历的各种重大历史事件、危机和挫折进行了生动而翔实的再现,如斯图亚特王朝与国民契约及严肃同盟的结盟者之间发生冲突、英格兰和苏格兰合并、雅各宾党人大规模起义、爱丁堡人民奋起反抗英国政、各宾党人再次发动起义、苏格兰的现代化进程和革命对稳定的威胁等。苏格兰与英格兰之间在历史上存在着民族、政治、经济、宗教、文化等多方面的矛盾。司各特出身于英格兰,他热爱自己的故乡,拥护苏格兰的民族独立,留恋它往昔的英雄时代、古老的生产方式和淳朴的民风民情。在这里,着重分析一下《韦弗利》和《米德洛西恩的监狱》这两部小说。

《韦弗利》是司各特的第一部历史传奇小说,充分表现了作者在历史小说创作上的出众才华。在这部小说中,司各特对热爱自由的苏格兰高地人民的英雄主义精神进行了热情的歌颂。在他们的身上,人们能够看到为了保护自己民族的独立和自由,不惜牺牲生命,英勇奋战的伟大精神。当然,司各特在对苏格兰人民的精神进行赞扬的同时,还对苏格兰资产阶级秩序表达了不满,抒发了对旧的宗法式生活的怀念和向往。在他看来,保护旧的宗法式生活有助于捍卫苏格兰的民族独立。然而,从人类历史发展的角度来看,司各特颂扬旧的宗法式制度、反对新兴的资产阶级的观点,明显是不符合历史发展潮流的。

小说的主人公韦弗利是英格兰人,十分同情雅各宾党人,即拥戴詹姆斯二世的后裔继承王位。他在长大后,到苏格兰加入加德纳将军的骑兵队,并发现那里比家乡英格兰更浪漫、人也更粗犷。他深深地迷上了爵士的仆人戴维的歌舞、苏格兰高地的民间传说及其粗犷的生活方式。苏格兰人十分拥护詹姆斯二世的后人继承王位,而作为一名辉格党成员的儿子,韦弗利因其父亲的政治观点和自己在军队中身份的缘故,显然是一个辉格党的忠实支持者。这是他在那里面临的一个重要的政治问题。韦弗利对富有浪漫传奇色彩的冒险具有强烈的兴趣,他同一个名叫伊凡的当差去苏格兰高地的奇峰峻岭中探险,发现一群专门抢劫苏格兰低地地主富豪的土匪。不久,伊凡又领他到山里去见酋长艾弗,并向他讲述了许多有关酋长的传奇经历,这一切都唤起了韦弗利强烈的好奇心。在此期间,韦弗利深深地爱上了天生丽质且颇富诗人的浪漫气质的弗洛拉,她是酋长艾弗的妹妹。不过,弗洛拉并没有回应韦弗利的爱,因为她曾发誓把自己的一生献给伟大的事业,即把斯图亚特年轻的王子查理推上英格兰的王位。不久,有人向加德纳将军报告说韦弗利和土匪混在一起,于是他的职务被解除,并决定回家。然而,苏格兰低地正在发生暴动,韦弗利的名字又同拥护詹姆斯二世继承王位一事有牵连,所以被乔治王的军队以背叛罪抓了起来。后来,苏格兰高地的人把他救下来,带到王子斯图亚特面前。王子热情欢迎他,并要他参加苏格兰人起义,他欣然接受。但是,这次起义最终失败,韦弗利再次向弗洛拉求婚也被拒绝,于是心灰意冷地回到了苏格兰。这时,他已洗清人们早先对他的所有指控,并继承了父亲的财产。而艾弗和伊凡因谋反国王遭处决,苏格兰高地的部落也被打散。在小说的最后,韦弗利娶了布拉德沃丁爵士的女儿罗丝,而弗洛拉则进了修道院。

---

① 侯维瑞,李维屏:《英国小说史》(上),南京:译林出版社,2005年,第232页。

　　这部小说有着浓郁极具浪漫传奇色彩,主人公韦弗利一次又一次的冒险,苏格兰高地居民居住的荆棘丛生的峡谷山洞,深山密林中从天而降的瀑布,北方部落里游吟诗人清脆嘹亮的歌喉,美丽动人、豪放泼辣的弗洛拉,骁勇善战、粗犷勇猛的勇士,扑朔迷离、难以预料的战争,千姿百态、色彩斑斓的服饰,变幻莫测、充满戏剧性的征战讨伐等,无不成为吸引读者的重要因素。另外,这部小说表现了人们对社会安定与和平的关心,体现了广大百姓对国家统一的企盼,展示了人们对宽容君主的渴望;采用了现实主义以及历史暗喻等表现手法,更进一步唤起了读者的想象力。

　　当然,这部小说也存在不少的缺陷,如人物形象有欠丰满,结构也显松散,情节不够丰富和曲折,细节描写不够细腻逼真,语言也显得苍白生硬等。不过,这并不能影响这部小说的地位,它是司各特贡献给世界文学的新文学体裁——历史浪漫传奇小说——的代表作。

　　《米德洛西恩的监狱》是司各特的历史小说中最有特色的一部,也被认为是司各特最伟大的历史传奇小说。

　　小说以 18 世纪前期苏格兰和英国正式合并初期的历史为背景,围绕着两条线索展开了故事。一条线索是发生于 1736 年爱丁堡的一次暴动事件,它反映了苏格兰与英国之间的民族矛盾。在苏格兰群众的一次抗议活动中,爱丁堡市卫队长波蒂阿斯下令镇压民众。在随后的审判中,英国王后更改了苏格兰法庭对波蒂阿斯做出的死刑判决,引发了苏格兰民众对英国统治者由来已久的民族仇恨,愤怒的人民将波蒂阿斯从"米德洛西恩监狱"中拖出处死。另一条线索是苏格兰姑娘珍妮与妹妹艾菲的故事。珍妮是一个淳朴、诚实、富有牺牲精神的苏格兰乡村女子。她的妹妹艾菲被控杀婴罪,成了英国国王和王后针对苏格兰所制定的不合理的"推断法"的牺牲品。但是,她坚信艾菲是无辜的。为了搭救被判死刑的妹妹,珍妮长途跋涉到伦敦去求见王后。英国王后出于平息"波蒂阿斯暴动"引起的政治动荡的考虑,赦免了艾菲。这个普通人的私人事件具有厚重的历史意蕴,珍妮身上所体现的虔诚坚定的清教道德观,明显地带有历史的、宗教的和社会的色彩。

　　在这部小说中,珍妮的形象塑造是十分成功的。她不像《韦弗利》系列小说中惯常出现的那些女主人公们那样漂亮、浪漫、富裕而有教养,她出身贫寒,相貌平平,普普通通,没有任何浪漫的经历,也没有接受过任何社交礼节和行为举止的专门熏陶。然而,正是因为女主人公具有这种普通性和与作者笔下其他人物相比的独特性以及严肃的道德主题,这部小说才广受人们的欢迎。另外,在珍妮这个始终保持淳朴本性的普通农妇身上,作者寄托了抵制资本主义文明侵袭,保持苏格兰民族健康精神的理想。

　　另外,这部小说有着十分鲜明的道德主题,许多人物都面临着两种截然不同的抉择。比如,是撒谎以拯救妹妹生命呢,还是讲真话让妹妹被送上绞刑架?这是珍妮面临的艰难选择。是按照自己的方式生活还是嫁给放荡的情人?这是埃菲的困惑。是维护基督教的长老会教规呢,还是发扬人性,宽恕埃菲?这是她的父亲一直难以取舍的问题等。上述这种种进退维谷的选择在人物的心灵上都产生了很大影响,对他们的道德观和人生观都是很大的考验。也正是因为这些进退维谷的选择,使得这部小说的情节十分引人入胜,令读者爱不释手。另外,这部小说的结构比较紧凑,逻辑性也比较强,语言也比较简洁,这也是吸引读者的重要因素。

　　第二类是以英格兰历史为主的历史小说,而且小说中涉及的历史跨度比较大,从中世纪的封建社会一直到 17 世纪的革命和伏笔时期。这一类小说包括反映中世纪封建社会的《艾凡赫》、描写都铎王朝的《修道院》《修道院院长》和《肯尼威斯城堡》、表现斯图亚特统治的《尼格尔的家产》、展示英国资产阶级革命的《伍德斯托克》、叙述 1660 年查理二世复辟的《贝弗利尔·皮克》等。其中,《艾凡赫》是这类小说的代表性作品。

《艾凡赫》描述了一段充满了浪漫色彩的骑士传奇故事,而故事发生在 12 世纪末期诺曼征服者统治下的英格兰,围绕着这一时期盎格鲁-撒克逊农民与诺曼贵族之间的冲突展开了故事情节。

小说的主人公艾凡赫是作者理想化的人物,而且在情节上起着串联作用。艾凡赫是撒克逊贵族的后裔,他与撒克逊王室的女继承人罗文娜相爱。而他的父亲塞得利克想让罗文娜与撒克逊君主后裔阿泽尔斯坦联姻,以促成撒克逊族统一,在遭到艾凡赫的拒绝与他断绝了父子关系,并将他逐出家门。之后,艾凡赫跟随英王理查三世参加了十字军东侵,小说情节从他匿名由国外归来探望罗文娜开始。此时的英国国内,存在着多方面的复杂矛盾,以塞得利克为代表的撒克逊贵族与约翰亲王等诺曼贵族征服者之间的民族矛盾;以罗宾汉及绿林伙伴为代表的受压迫农民与诺曼封建主之间的阶级矛盾;以狮心王理查与约翰亲王兄弟之间王位之争体现的统治阶级内部矛盾。而统治阶级内部斗争还包括世俗贵族与僧侣贵族之间、大小封建领主之间的利益之争。塞得利克争取民族独立的斗争、罗宾汉反阶级压迫的斗争与理查王反对封建割据的斗争由于有了共同的斗争对象而趋于一致。艾凡赫通过自己的经历,对这些矛盾斗争进行了深刻反映。在小说的最后,在撒克逊贵族和罗宾汉拥戴下,代表诺曼人和撒克逊人共同利益的理查王平息了约翰亲王的叛乱,建立了一个新的国家。而艾凡赫和罗文娜也幸福地生活在一起,并远走加拿大,希望在异国他乡能够找到更大的幸福。

在这部小说中,作者突破了 18 世纪小说以家庭冲突为中心的内容范围,把个人命运与国家兴衰的重大历史事件糅合在一起。作者通过主人公艾凡赫将多重矛盾冲突中的主要角色联系起来,使种种社会矛盾与人物冒险、爱情波折纠结在一起,故事情节曲折,场景丰富,色彩绚丽斑斓。这也体现出司各特历史小说的一个重要特色,即让情节围绕着一个卷入当时重大的民族矛盾、宗教纷争或者政治斗争的虚构人物的遭遇展开,把个人命运和巨大的历史冲突糅合起来;而虚构的历史人物在情节中所占的地位不会太重,而且他们总是出现在故事发展的关键时刻,影响着事件的发展以及其他人物的命运。

此外,在这部小说中,作者还紧扣时代精神,模仿过去的语言、幽默、风俗习惯,重新塑造了一个"过去",使之成为一个全新的"现在"。虽然小说中的情节和事件不一定个个精确无误,但他成功地把中世纪风尚和精神展现在现代读者面前,使之成为人们难以忘怀的知识宝库的一个组成部分。不过,在这部小说中,司各特明显地暴露出他在人物塑造方面的缺陷。艾凡赫和罗文娜都是重要的主人公,但他们的形象却刻画得十分苍白,没有什么血肉。艾凡赫虽然充满英雄本色和骑士风度,但司各特没能把这一鲜明特征充分表现出来。罗文娜是一位颇有教养的英格兰统治阶级的年轻女士,其形象本该浓墨重彩,但实际上,她的性格特征并不明显,无法引人注意。

第三类是以法兰西以及欧洲其他国家的历史为基础的历史小说,包括《昆廷·德沃德》《十字军英雄记》《巴黎的罗伯特伯爵》等。其中,最为人称道的是《昆廷·德沃德》。

《昆廷·德沃德》中的故事发生于 15 世纪,通过讲述近卫军士兵苏格兰青年昆廷·德沃德异乡涉险的浪漫经历,展现了法国国王路易十一与勃艮第公爵查理之间的斗争,并由此揭露了路易十一背信弃义、玩弄权术、虚伪而冷酷的行径。

《昆廷·德沃德》中的故事发生于 15 世纪,通过讲述近卫军士兵苏格兰青年昆廷·德沃德异乡涉险的浪漫经历,展现了法国国王路易十一与勃艮第公爵查理之间的斗争,并由此揭露了路易十一背信弃义、玩弄权术、虚伪而冷酷的行径。

小说的主人公是来自苏格兰的青年昆廷,他为了实现自己的梦想,来到法兰西。一天,他碰巧遇见化装成商人的路易十一世国王和法兰西陆军元帅赫迈特以及女伯爵伊莎贝尔。布尔戈尼公爵请求国王路易归还伊莎贝尔,他对国王的回答十分不满,布尔戈尼和法兰西因此宣战。昆廷在一次狩猎中救了国王一命,得到国王嘉奖,并获得一项特殊使命,护送伊莎贝尔及其姊姊哈梅琳去见里格的主教。途中,他们遭到达诺瓦伯爵和奥尔良公爵的袭击。昆廷英勇抵抗,在及时赶来的弓箭队的帮助下,他们击退了袭击者。几经周折之后,昆廷终于顺利地把伊莎贝尔送到城堡里交给主教。然而威廉随即袭击并攻占了城堡,除了哈梅琳一人逃脱外,其他人全部被捕。威廉当众杀死主教,昆廷奋起反抗。混乱中,他带伊莎贝尔逃了出去,来到布尔戈尼公爵的城堡里。国王来到公爵的城堡,他和公爵在伊莎贝尔的婚姻问题上发生了矛盾。伊莎贝尔爱上了昆廷,并发誓非他不嫁。为了解决这个难题,公爵宣布,谁杀了威廉,伊莎贝尔就归谁。国王和公爵联手进攻威廉,期间昆廷遇上威廉,两人进行殊死的决斗。最终,昆廷杀死了威廉,并与伊莎贝尔喜结连理。应该说,昆廷是一个有着非凡的英勇气概和超人的智慧的人物,他为了自己的前程毅然只身前往国外,并在此期间经历了重重的艰难险阻,给读者留下了一个又一个回味无穷的传奇故事。

在这部小说中,司各特对新旧两种秩序的矛盾和对抗进行了生动而真实地展现。封建制度下的骑士时代和骑士精神这一旧秩序正在消失,代之而起的是以统治者而非骑士的精神和意志为转移的时代。新时代的代表可以说是法兰西国王路易十一,他与骑士精神形成了鲜明对照。对他而言,荣誉毫无价值,他考虑的是如何装腔作势,掩饰自己的真实情感。他不拘礼节,常常露出轻蔑的、不同于骑士的那种谦恭神情。他若是慷慨大方、温文尔雅的话,那他一定怀有不可告人的动机。为了自身的利益,他使自己变成了一个十足的不择手段的阴谋家。而旧时代的代表,如布尔戈尼公爵等却无法在新时代真正地生存下去。昆廷希望找到一个视荣誉为生命的统治者,于是找到了布尔戈尼公爵,但公爵说自己鲁莽直率、头脑简单,不值得昆廷跟随他。他又寻到了路易,仍没有实现自己的理想。这使昆廷感到极其困惑,而他的困惑正表明骑士精神正在日渐衰竭,并将最终消失。

这部小说的人物塑造手法是十分值得肯定的。昆廷和路易十一应该说是这部小说中塑造的较为成功的两个人物形象,而司各特在塑造这两个人物形象时,十分注意表现其所具有的双重性特点。昆廷对骑士精神非常崇尚,但这也使得他只知道勇猛顽强,用武力征服对手,却不知道如何运用冷静的头脑处理紧张、危险的场面。路易十一虽然奸诈狡猾,缺乏道德感,但他时刻牢记着法兰西的利益,并执着追求。尽管他令人讨厌,但处事冷静,能够化干戈为玉帛。两人各有自己的优缺点,司各特对此都有所表现,这表明司各特的人物塑造手法已经变得较为成熟了。

此外,在这部小说中,司各特还向人们展现了 15 世纪的历史知识和风俗习惯,包括法兰西五花八门的漂亮武器、绚丽多彩的服装、不同阶层的风俗习惯和行为举止以及各式各样的运动和消遣方法等,这使得人们较为深入地了解当时的法兰西社会具有重要的作用。

总的来说,司各特的历史小说一方面受到哥特式小说的影响,另一方面又继承了启蒙时期现实主义小说的传统,在艺术上承前启后,独树一帜。然而,他的作品尽管具有现实主义因素,但是他处在英国浪漫主义文学的黄金时代,因此他在进行小说创作时主要采用的是浪漫主义和现实主义并举的艺术表现手法,借助于曲折动人和感人至深的故事情节、栩栩如生和个性鲜明的人物形象、精彩纷呈和跌宕紧张的历史事件,对英国的历史进行了清晰、准确、全面、生动的表现,使读者对 11 世纪到资产阶级革命时期苏格兰和英格兰波澜壮阔、波诡云谲的政治动荡和社会生活一览无遗。

第五节　科幻小说的鼻祖——玛丽·雪莱

玛丽·雪莱(Mary Shelley,1797—1851)是著名的浪漫主义诗人雪莱的夫人,也是英国浪漫主义小说家、传记作家和编辑,而以小说的成就最大。

玛丽出生于伦敦,他的父亲是无政府主义和社会主义思想哲学家威廉·哥德温,母亲是著名的世界第一代女权主义者玛丽·沃尔斯通克拉夫特。她的母亲在生下她后不久就患上产褥热死去。少年时期她被父亲送到苏格兰的一个朋友家寄宿和上学。1813 年,她返回伦敦,遇到了著名诗人雪莱,与其一见钟情,但当时雪莱已经成家,不久两人双双私奔。1816 年,她和雪莱结婚,1818 年两人离开英国。1822 年,雪莱遇到海难逝世。1823 年,玛丽回到英国,从未再婚。1851 年,玛丽逝世,终年 54 岁。

玛丽在 1818 年写出了一部驻足青史的小说《弗兰肯斯坦》,发表之后立刻闻名天下。之后,她又发表了《玛蒂尔达》《瓦尔珀加》《最后一个男人》等多部小说,但以《弗兰肯斯坦》的影响最大。

《弗兰肯斯坦》写于 1816 年夏天雪莱夫妇和拜伦旅居瑞士期间,最初的创作动因来自他们在雨天写"鬼故事"以作消遣的提议。拜伦写出一个故事片断,后来作为《马泽帕》的后记发表;他的随行私人医生约翰·威廉·珀利多里受到拜伦的故事片断的启迪,写出了《吸血鬼》,不料此书竟成为后来同类恐怖故事的鼻祖式作品。而当时只有 18 岁的玛丽在雪莱的鼓励下,花了一年的时间写成了这部不朽之作。她在该书 1831 年版的《前言》里说,一天晚上她听到拜伦和雪莱等人发表的议论后,深夜回到屋里,躺在床上,脑际在醒觉和梦幻之间呈现出一种空白,她突然看到一个景象:她见到有个面色憔悴的学生跪在一具可怕的鬼魅一样的东话旁边,那个"鬼魅"躺在地上,而后,在一个高强力机器的作用下,显示出生命的迹象,开始半死不活地笨拙地活动起来;学生感到畏惧,急忙逃走等。这其实就是《弗兰肯斯坦》的故事梗概的腹稿。玛丽还说,她写这个故事的初衷是让人感到毛骨悚然,读后不敢四下张望,血液停止流动,心速加快。因此,这部小说在发表后,被不少评论家认为是英国科幻小说的始祖,玛丽也因此成为英国科幻小说的鼻祖。

《弗兰肯斯坦》故事发生在 18 世纪 90 年代的欧洲,主人公弗兰肯斯坦不是怪物,而是制造怪物的科学家。这个人极善谈,理性强,是一个雄心勃勃的年轻科学家,用现代科学方法创造了一个"人造人",成了现代的普罗米修斯。而整个故事是叙述这个"人造人"如何因为感到孤独而试图取悦和融入人类生活,寻找友谊、理解和爱情,并对他的造物主进行疯狂报复的过程。

小说是用书信体的形式写成的,共有 24 章,可以分为 3 个部分。第 1 部分由第一叙事人罗伯特·沃尔顿的 4 封信加 8 章组成,第 2 部分共有 9 章,第 3 部分有 7 章,最后以 4 节信件收尾。

小说中有三个叙事人,一个是罗伯特,他是一个没有成功的诗人,又想做一个科学家,到北极探险,以成就功名。他以书信形式讲述自己在北极的奇遇,他在那儿结识了弗兰肯斯坦,而他的第一人称叙事给读者一种故事可信的感觉。罗伯特在北极探险时,他的船只被困在冰冻的大洋里,这时船员们吃惊地发现在半英里之外的地方,有一只狗拉的雪橇直向北极驶去,赶雪橇的人望去体型庞大而丑陋。次日清晨,冰块又把另外一辆雪橇冲到他们的船边,上面有一只狗以及一个身体极其虚弱的欧洲人。这是弗兰肯斯坦的雪橇。当他得知还有另外一辆雪橇时,他的情绪突然激动起来。船员们把他搭救上船。弗兰肯斯坦慢慢缓过气来。此后两天他在船上受到照料,身体逐渐从冻馁中恢复过来。罗伯特对他很感兴趣,弗兰肯斯坦于是向这位船长叙述了他的家世和他制造怪物的过程。这时,小说的第二个叙事人弗兰肯斯坦出现了。后来又为他生了一个弟弟即威廉。从少年时代起,弗兰肯斯坦就热衷于学习关于生命火花的过时的理论,并认真研读有关科学家们的著作,觉得这些人是科学大师。后来,他进入因格尔斯塔特大学读书,期间继续研究生命科学,进行出色但也很可怕的试验,终于发现了制造生命的秘密,获得一种非常的力量。但是,这又使他感到不安。他经常在解剖室里转悠,到肉铺里张望,试图利用死人的肢体制造出人来。最终,他利用从停尸房和解剖室搜集的尸骨、在屠场拿的动物的内脏,在呕心沥血中实现了制造生命的梦想,制造出一个完整而完美的巨人,并给其注入生命的火花。但此时,这一完美的巨人的面貌突然发生巨变,显得非常丑陋和可怕,弗兰肯斯坦几乎吓晕过去。后来,弗兰肯斯坦还没有来得及给他的造物命名,就被这个丑陋的怪物吓跑了。这时,弗兰肯斯坦的父亲来信告诉他,家里发生了悲惨的事情,他的弟弟威廉被人吊死在一个公园里,家里的忠实女仆贾斯汀被控犯有谋杀罪。接到信后的弗兰肯斯坦急忙赶回家去安抚家人,并和父亲、伊丽莎白出发到城外深山老林里寻找心静。而一天在树林里散步时,弗兰肯斯坦遇到了怪物。这时,小说的核心叙事人出现了。怪物身高 8 英尺,他在离开弗兰肯斯坦后的日子里到处流浪,并因窥探到流亡者一家困顿却充满天伦之乐的生活后激起了对人类情感的渴望,于是偷偷学习人类的语言,试图与这个社会接近,寻求人类的理解和爱。同时,他还学会了审美,开始体会到人的感情,并阅读了大量书籍,慢慢开阔了视野,得知亚洲、希腊和罗马的情况,了解到知识的美妙。他认识到自己与人类的区别,讨厌自己的丑陋,内心非常痛苦。他开始审视自己的身份,渴望得到朋友和亲属,也渴望得到人类的了解、同情、友情和爱情,克服绝望情绪。但是,他的善举并没有得到人们的认可和接纳,招致的只有误解、嫌弃甚至攻击。在不断的受挫和极度失望中,他觉得人类很可怕,变得仇视人类,开始残害无辜。他请求他的创造者再为他制造一个女伴,但弗兰肯斯坦害怕怪物繁衍出后代将后患无穷,拒绝了他。绝望中的怪物恨弗兰肯斯把他制造出来却又抛弃他,于是对他进行疯狂的报复,先后杀死弗兰肯斯坦的弟弟、新婚妻子和好友。之后,怪物脱身而去。弗兰肯斯坦发誓要追杀怪物,他追随怪物到北极,已经精疲力竭,遇到了船长及其同事。他对船长他们讲了故事的全部过程。几天后,船长一行人等要掉头回家,弗兰肯斯坦在他们走前死去,未能实现为家人和朋友复仇的心愿。而一直像恶魔一样折磨弗兰肯斯坦的怪物,再次出现在海上,他向船长讲述了他的故事,解释了他报复弗兰肯斯坦的原因。他认为"弗兰肯斯坦才是大罪犯",他造出人来,却不给予他友谊、爱情和灵魂,他死有余辜。最终,怪物因感到的只有精神痛苦和对生命的厌弃,消失在北极茫茫黑夜里。

应该说,小说中的怪物有着十分明显的象征意义。这个怪物的行为不是不可理喻的,他最初对人类非常友好,希望得到人的理解和友谊,希望能够融入他们的群体。他这样做了,只有一个人对他没有采取即刻排斥的态度,而这个人却是个盲人,言外之意是此人本身也受到社会歧视,而且对怪物没有多少了解。小说中对这个怪物的言行进行了十分细致的描写,并运用很大篇幅让读者听怪物讲他的遭遇与感受,让世人看他的举手投足,以便对他做出自己的判断。而人们通过阅读可以发现,这是一个很通情达理的怪物,他说话有理有据,提出的要求恰切、诚恳。除了他的身体与五官与常人有别外,他竟是一个很出色的人,敏感、好学、善于思考、善于针对自己。很明显,这个怪物就是善意的、受到不公平待遇的人,是"人类社会所不能接受者",是"人的孤独"的代名词。这从一个侧面表明,作者所生活的时代只接受合乎它的标准的人或物,要求它的成员都千人一面、千篇一律,而对那些面貌陌生、言行不随大流或持有异议者则一律采取否定态度。由此,作者也对人类本身固有的排斥异己、不容差异和少数的悲剧特点进行了批判。

此外,这部小说也有着明显的哥特式恐怖小说的痕迹,充满暴力和恐怖,想象奇特而丰富。小说描写制作怪人的过程时,刻意对恐怖的氛围进行了渲染;而怪物的复仇过程,充满暴力和凶杀。不过,玛丽在原来哥特式小说的基础上又有所创新,从而为哥特式小说开辟了新的领域。她在小说序言里指出:"我并不认为自己仅仅是在编织着一系列超自然的恐怖事件","我如此致力于保持人性种种基本要素的真相,而又毫无顾虑地对其组合加以创新。"①也就是说,这部小说并不是为恐怖而恐怖,而是对宗教、哲学、伦理、科学等许多问题进行了深入的、颇有启示意义的探讨,具有一种哲学思想深度,因而这部小说被视为现代科幻小说的鼻祖。

《弗兰肯斯坦》在发表后,由于其带有预见性的思考,充满对现代生活的严肃追问,关涉科学与伦理、创造与责任、理性与情感,具有很强的时代意义,因而自问世后从未绝版过,一直是畅销书,成为后来许多戏剧和电影的底本,还衍生出许多当代的科幻哥特作品。

第六节　世纪的晨星——奥斯汀

在英国浪漫主义文学时代,简·奥斯汀(Jane Austen,1775—1817)可以说是一个十分独特的存在。她被誉为"女性中的莎士比亚",是世界女作家中最受学术界关注、拥有读者最多的作家之一,同时,她也是承前启后的第一位作家。她出生于英格兰西南部罕布什尔的史蒂文顿镇。母亲卡桑德拉出身于贵族家庭,颇具文学修养,父亲曾经担任过史蒂文顿教区的英国国教牧师,是位藏书丰富的学者。奥斯汀童年时期,曾接受过短暂的学校教育,后来就在父亲和两个哥哥的指点下在家读书。1801年,父亲退休,带着妻子和两个女儿搬到疗养胜地巴斯居住。1805年,父亲去世后,奥斯汀姐妹和母亲的生活每况愈下,曾辗转到南安普顿与奥斯汀的兄长弗兰克生活了几年。1809年,又投奔长兄爱德华,移居朝顿庄园,最后在这里安顿下来。奥斯汀住在朝顿时几乎每天写作、看书。家人还分担了她的一部分家务,以便让她能有更多的机会创作。奥斯汀曾与爱尔兰贵族青年汤姆·洛弗罗伊有过短暂的往来,但由于男方家庭的反对,这段爱情也随之结束。后来,汤姆·洛弗罗伊成为爱尔兰的最高法官,而奥斯汀选择了终身不嫁。1816年,奥斯汀病逝。

奥斯汀处于浪漫主义向现实主义过渡的重要时期,因而她虽然受到了浪漫主义思潮的影响,但在小说创作中采用的却是典型的现实主义手法。

奥斯汀的小说基本上都以外省乡镇绅士家的家庭环境和社交场合为背景,以婚姻、家庭、金

---

① 蒋成勇等:《英国小说发展史》,杭州:浙江出版社,2006年,第122页。

钱、道德为题材,运用求婚娶亲一类浪漫且戏剧化的故事情节,反映在一个传统的地主士绅阶级逐渐衰微、新兴的中产阶级日益兴起的年代里人们的道德观念和社会关系的变动。也就是说,奥斯汀的小说在主题、人物、社会背景和情节方面,都局限于英国18世纪晚期其所属的士绅阶层的日常生活,位于社会顶层的世袭贵族和大庄园主,或位于社会底层的穷苦农民,都极少成为她刻画的主要对象。这也反映出奥斯汀小说的一个缺陷,即题材比较狭窄,写的都是一些小事。对此,夏洛特·勃朗蒂曾批评她的视角过于狭隘,美国作家马克·吐温更尖刻地说:"一个图书馆只要没有奥斯汀的书就是好图书馆。"①不过,恰恰是这些让男性作家嗤之以鼻的"小事",一旦被奥斯汀信手拈来,便立刻在她笔下熠熠生辉,焕发出了夺目的光彩。奥斯汀认为,一个人与妻子儿女的关系能更真实准确地反映他的道德品质。因此,在她的小说中我们看到,居家的日常琐事同极端的危机境遇一样能反映最基本的人性,一样能透视人性中的美德与弱点。奥斯汀之所以能靠写"乡下的三四户人家"而傲立于英国文学乃至世界文学之林,其魅力就在于她的"方寸牙雕"荟萃了人情世故和世间百态,她的"小天地"折射了大千世界和普遍的人类关系。这样一个浓缩了人类各种关系原型的微观世界,正是奥斯汀获得永恒的力量和魅力的终极源泉。

奥斯汀的小说在写作风格上,遵循传统小说创作中的秩序、理性、平衡和文雅。此外,奥斯汀的小说可以说是以小见大的典范,她无意于宏大叙事,小说中没有震撼欧洲的大事,没有激动人心的冒险,没有抽象深奥的大道理,甚至连死亡的场景都没有出现过,所讲述的故事都是十分平淡的,而且情节平常,人物平凡,既无磅礴气势又无奔放情感,既无政治寓意又无神秘象征。但她以严肃的道德感和内在的喜剧感,以高超的叙事方式和精练活泼的语言,从一个侧面写出了人与人、人与现实的复杂关系,表现复杂的人性内涵,提供了有关社会与个人、理智与情感、表象与真实关系的探索和丰富启示。与此同时,她在小说创作中发出了女性主义的呼声。长期以来,女性被剥夺了在智力和文化上发展的权利和机会,因此世俗的偏见认为,女性无论在个人和家庭生活还是在社会活动中都没有能力做出正确的选择,实现自由的意志。奥斯汀的小说正对这种根深蒂固的偏见提出了疑问,发出了诘难,并对19世纪初期英国社会中女性意识的觉醒进行了深刻反映。

《傲慢与偏见》可以说是奥斯汀最为著名的小说作品,小说的情节是较为简答的,因为它只讲一件事——爱情和婚姻。但是,小说的情节也是十分复杂的,说它复杂,是因为书里有那么多人物,那么多不同的性格、不同的感情表现。

小说的背景取自于19世纪,作者开篇首句可谓是高度概括了这部小说的精髓:"凡是有钱的单身汉,总想娶位太太,这已经成了一条举世公认的真理。"因此,这部小说主要讲的是一个英国乡绅家庭设法把女儿嫁出去的有趣过程。

小乡绅贝内特先生是一位教区牧师,拥有在朗布恩的财产。他有五个成年且待嫁的女儿,但是根据法律,他过世后全部财产将由血缘最近的一位男性、他的远房侄子柯林斯先生来继承。鉴于女儿们的暗淡前途,贝内特夫人生活的主要目的就是想方设法为五个女儿找到如意郎君。她获悉一位名叫宾利的富裕的单身汉最近住进了内瑟菲尔德庄园,不禁喜出望外。宾利一出现便赢得多方好感,并和贝内特家的大女儿简一见倾心。宾利的朋友达西却冷若冰霜,傲慢不已,导致众人不悦。而且,他一次在舞会上对伊丽莎白说了一些轻慢无礼的话,还拒绝同伊丽莎白跳舞,更是触怒了大家。可是没过多久,他对伊丽莎白就渐生好感,崇拜起她来。宾利姐妹邀请简

---

① 常耀信:《英国文学通史》(第2卷),天津:南开大学出版社,2011年,第176页。

去做客,简冒雨赴约,结果病倒。伊丽莎白前去照顾,达西千方百计地接近她。但伊丽莎白对他的傲慢无礼依然耿耿于怀,一心想要打压他的傲气,在舞会上故意拒绝做他的舞伴。一次进城时,伊丽莎白结识了一位英俊潇洒的年轻军官维克汉姆。从他口中,伊丽莎自得知达西是一个自私冷血的人,是他霸占了维克汉姆家的财产。伊丽莎白出于偏见,也疑心达西在企图拆散宾利和简的姻缘,因而对维克汉姆的话深信不疑。一次,在达西的姨妈凯瑟琳夫人举办的舞会上,伊丽莎白对这位贵妇人的态度非常冷淡。达西来向伊丽莎白求婚,口气虽然真诚,但态度依然高傲。伊丽莎白恼恨他破坏简的姻缘,又受到维克汉姆的影响,当场就拒绝了他的求婚,还怒斥他拆散有情人,霸占别人的财产。达西一怒之下离开,两人的误会进一步加深。次日,他写信给伊丽莎白,洗脱了加在自己头上的不实罪名:维克汉姆实际上是一个自私虚荣、用心险恶的无赖之徒。从此,伊丽莎白对达西的偏见开始有所松动。后来,伊丽莎白经不住亲戚的再三邀请,陪同他们去拜访位于潘波利的一处豪华庄园。但出乎她的预料并让她十分尴尬的是,这所庄园的主人竟是达西。更让她吃惊的是,这一次达西对她和她的亲戚都彬彬有礼。正当两人误会消除、关系逐渐亲密的时候,伊丽莎白的小妹妹莉迪亚被风度翩翩、潇洒倜傥的威克姆迷得神魂颠倒,并和威克姆私奔,举行了婚礼。但几天后,莉迪亚像往常一样满不在乎地回到家中,而且对伊丽莎白说达西出席并资助了他们的婚礼。不久,宾利回到内瑟菲尔德庄园,随他而来的还有达西。这时,伊丽莎白对达西完全改变了看法。宾利和简订婚,达西也和伊丽莎白结缘,贝内特夫人兴奋不已。终于"傲慢"没有了,"偏见"也消除了。

在这部小说中,达西和伊丽莎白可以说是作者注重刻画的两个人物,小说的主要情节就是围绕他们之间的冲突与和解进行的。从某种意义上说,小说主要描写伊丽莎白的思想认识的发展过程。她思想敏锐,善于观察和总结,有时忙于下结论,这导致了她在认识上的盲点和误区,而这一点主要体现在她和达西的曲折爱情上。达西傲慢,伊丽莎白开始时怀疑达西的品性,对他丝毫也不理会。威克姆对达西的恶语攻击,加深了她的反感。后来她参观庄园,有机会耳闻目睹了达西人格中善良的一面,而达西帮助莉迪亚的婚事一事则让她最后认识到了达西的可爱之处。这也反映出奥斯汀强烈的现实感和明确的女性意识。她反映了妇女在婚姻上不能自主的命运,写出社会对她们的不平。她的女主人公的"美德"具有不同于当时众多男女作家笔下女性人物的新的特质。伊丽莎白没有惊人美貌,不以柔弱多情令人生怜,不以"多才多艺"取悦他人。但她是"一个想从心灵深处说真话的有理性的人"。她聪明活泼、伶牙俐齿、真诚坦荡。她以才智德行取人,保持自主判断。对傲慢的达西,她表现出独立人格和强烈自尊,在一个女性处于被支配地位的社会里,发出了"我自有主张,怎么做会幸福,我就决定怎么做,你管不了,任何像你这样的局外人也都管不了"的独立宣言。她基于个人价值观的自主择婚,既为自己争得幸福,也教育了达西,遏制了他的傲气,使他明白人品修养的重要。此外,小说中的其他人物刻画得有血有肉,栩栩如生。尤其是女性人物熠熠生辉,呼之欲出。简美丽恬静,性情温柔;伊丽莎白充满朝气,能言善辩,是英国文学中不朽的女性形象之一;莉迪亚头脑简单,幼稚而浪漫;夏洛特·卢卡斯朴素而实际,知道把握自己的命运;贝内特夫人一心扑在女儿身上,想为她们找到理想的归宿,愚蠢中带着可爱等。这些林林总总的女性人物,个性不一,动机、行为各异,构成了一个五光十色的女性人物长廊。

这部小说在艺术方面取得了十分重要的成就。小说中使用了自由间接引语的叙事技巧。所谓"自由间接引语",是作者根据人物特有的性格特点、思维方式和语言风格,运用自然的、间接引语的方式,把人物的思想展示出来。在小说中,奥斯汀叙事时采用了伊丽莎白这一特定人物的口吻与词汇,引导读者随着她的视角去经历各种事件与冲突,随她一起受到偏见的误导,随她一起喜怒哀乐,也随她一起走向幸福的结局。小说中的"认识曲线,尽管是达西和伊丽莎白两人共同经历的,却只是单单从伊丽莎白的视角来揭示的。在此过程中,伊丽莎白的自由间接引语起到了至关重要的作用,因为我们和伊丽莎白一样,对人对事的立场一直是受她的误解所左右的"①。此外,在这部小说中,奥斯汀运用了娴熟而高超的现实主义手法,揭示了社会阶层的一幅幅画面;并充分发挥了自己批判讽刺的特长,对小说中出现的愚蠢和虚伪进行了无情嘲弄,那些自欺欺人或试图愚弄别人的人都成了她讽刺的对象,如贝内特夫人、她的两个小女儿等,从而表现出人与人的关系、人的内心世界以及客观现实生活。

《爱玛》是奥斯汀另一部极具代表性的作品,也有评论家认为这部小说是奥斯汀最成功、最伟大的作品。

小说讲述了出身富家、幼稚天真、自以为是的小姐爱玛·伍德豪斯在悠闲无聊的乡居生活中,热衷于牵线搭桥,乱点鸳鸯谱,最终差点断送了自己的幸福的故事。爱玛是一个乡绅家的千金小姐,美丽聪明,性格开朗,在父亲和家庭女教师泰勒小姐的宠爱和悉心照顾下,从小娇生惯养,自以为是。小说一开始时,爱玛小姐的家庭女教师、她最好的朋友泰勒小姐喜结良缘,嫁给了临近的鳏夫维斯顿先生。泰勒小姐细心体贴,多年来伍德豪斯父女早已把她当成家人。因此,她的出嫁让父女二人深感失落。但在失落之余,爱玛却又有几分欣慰和自豪。因为当初就是她独具慧眼,介绍两人认识,才有了这桩婚事。从此,爱玛开始满腔热情地给人做媒。她把临近的一个孤女哈丽特·史密斯置于自己的保护之下,主观臆想地安排她的恋爱。哈丽特性格随和,缺乏主见,奉爱玛为楷模,对她言听计从,一次又一次地"爱"上了爱玛给她选定的求婚者。爱玛先是劝说哈丽特拒绝老实正派的佃农罗伯特·马丁,然后竭力鼓励她去追求年轻的牧师埃尔顿先生。不料,一心想攀附权贵的埃尔顿看不起地位低下的哈丽特,却私下里向爱玛求婚。哈丽特伤心欲绝,爱玛做媒第一次失败了。这时,简·费尔法科斯和弗兰克·丘吉尔出现在爱玛的社交圈中。简是总爱唠叨的贝茨小姐的外甥女,貌美才淑,与爱玛不相上下。爱玛一直不能与简友好相处,并把原因归咎为简的冷漠。弗兰克是维斯顿先生的第一个妻子所生,后来被他的贵族舅妈收养。弗兰克来看望父亲和继母,成为伍德豪斯家的常客。他和简早就认识,因此也不断到贝茨家拜访。他英俊而有教养,经常对爱玛大献殷勤。大家都以为弗兰克和爱玛会成就一桩美满姻缘。尽管爱玛认为弗兰克钟情于自己,但却十分无私地一心想促成哈丽特和弗兰克。孰料弗兰克早就和简暗里订婚,他向爱玛献殷勤,实际是为掩人耳目,不让他的舅妈知道真相。弗兰克在舅妈去世后,立即宣布他和简的关系。爱玛满以为哈丽特会万分伤心,不料哈丽特却说她的心上人是奈特利先生,并相信奈特利先生对她也有爱意。奈特利先生是本地最大的地主,也是地方行政长官,是爱玛在伦敦当律师的姐夫的弟弟。他是伍德豪斯家的常客,也是唯一敢对爱玛提出批评的人。直到这时,爱玛才苦恼地发现,原来自己内心一直在爱着奈特利先生。然而,苦恼很快过去。奈特利先生来向爱玛求婚,原来他也一直在默默地爱着爱玛。爱玛和奈特利决定婚后和父亲住在一起,陪伴他度过晚年。佃农罗伯特再次向哈丽特求婚,而哈丽特也明白了自己的真心,欣喜地接受了他的爱情。在小说的最后,每一个都获得了自己如意的婚姻,可谓是皆大欢喜。

爱玛可以说是作者所生活的时代的士绅阶层富家小姐的典型代表。她势利、任性,自以为是,盛气凌人。这一性格是由她的成长环境决定的。她在处理哈丽特的婚姻问题上便充分暴露

---

① 常耀信:《英国文学通史》(第2卷),天津:南开大学出版社,2011年,第181页。

了这一点。满脑子是门第和地位思想。她武断地干涉哈丽特的婚姻,试图充当她的婚姻顾问,但又不承担相应的责任。她喜欢别人对她俯首帖耳,对那些敢于不敬或不信她的人总是想方设法予以中伤。从表面上来看,爱玛好像控制着一切,但是,她最终成为自己所制造的种种幻想的受害者。它一厢情愿地创造了一个幻想的天地,却经不起事实的验证。当她左右他人的控制欲被打破的时候,她渴望有一个男人来支配她。喜怒哀乐,爱玛一样不缺,缺的只是温柔。这一人物是如此的丰满、真实,因而对读者产生了强大的吸引力。

在这部小说中,作者还充分运用了反讽手法,或用委婉的方法,使读者忍俊不禁;或用尖锐泼辣的技巧,引读者开怀大笑。爱玛向哈丽特灌输身份地位的概念,撮合哈丽特和埃尔顿,却使埃尔顿产生误解,以为爱玛鼓励他向她自己求婚。这不仅弄得哈丽特蒙受轻侮,而且爱玛也大大尴尬了一番。新来的弗兰克不负责任地隐瞒订婚的真相,使得人际关系变得复杂。爱玛以为弗兰克爱她,没想到被弗兰克利用作隐瞒真相的障眼物。她从误导他人,转而为他人所戏弄,在发现自己并未陷入情网后,她赶紧又鼓动哈丽特去爱弗兰克,没想到哈丽特被鼓动得爱上了奈特利——爱玛自己真心所爱的人。爱玛方才发现事态的荒谬,意识到自己的自以为是和强加于人产生了多么严重的后果,好在最终人们各得其所。由此,小说收到了十分强烈的喜剧色彩。

此外,小说中呈现出了浓郁的地方色彩,可以说是一部典型的具有浓郁的地方色彩的风格小说。

在奥斯汀的小说作品中,《劝导》也是十分重要的一部。在这部小说中,作者塑造了一个默默忍受痛苦的女主人公形象,读来有一种压抑之感。

小说的主人公是安妮,她在 8 年前本来和英俊潇洒但出身贫寒的海军军官温特沃斯订婚,但经不住嫌贫爱富的父亲瓦尔特爵士和姐姐以及教母卢素夫人的劝说,最终和温特沃斯分手。8 年后,安妮仍未找到理想的恋人,眼看着就要成为无人问津的老姑娘。这时,由于挥霍无度造成的经济拮据,瓦尔特爵士和大女儿搬到巴斯,将宅邸租给了克劳福特上将,而此人恰好是温特沃斯的姐夫。于是,安妮与温特沃斯又不期而遇,但此时的温特沃斯已经今非昔比。他在拿破仑战争中因为屡建战功,多次受到嘉奖,现在已是有钱有地位的体面人士。而且,温特沃斯的周围有很多的追求者,这使得安妮万分痛苦,但她不露声色,总是悄悄地躲到一边。在一次出游时,颇受温特沃斯青睐的露伊萨行事鲁莽,结果发生意外事故,昏迷不醒。就在众人都不知所措时,安妮镇定自若地安排急救,挽救了露伊萨的生命。她的果敢和镇定重新燃起了温特沃斯对她的感情,他终于意识到自己对安妮其实从未忘情。于是,他开始寻找机会向安妮表白。但在此期间,瓦尔特爵士的法定继承威廉出现了,他对安妮大献殷勤,希望通过与安妮联姻来巩固自己作为瓦尔特爵士的财产和封号继承人的地位。但是,安妮看透了他的虚伪狡诈的本性,对他只有同情,毫无爱情。最终,温特沃斯写信向安妮表白了自己的心意,而安妮也为再次拥有温特沃斯而高兴,两人开始幸福地生活在一起。

安妮可以说是奥斯汀的小说中塑造得最为甜美的女主人公,而她最终选择温特沃斯而放弃未来的爵士威廉,表明奥斯汀相信贵族阶级已经失去了他们的吸引力。另外,这部小说的主题和基调是较为严肃的,这使得人们更容易相信作者的观点。

总的来说,奥斯汀的小说创作在继承和发展了英国 18 世纪优秀的现实主义传统的基础上,把英国小说从当时的伤感和神异题材拉回到现实主义的轨道上来,为 19 世纪现实主义小说步入高峰做了重要铺垫。

第七章　维多利亚时代的英国文学

维多利亚女王是第一个以"大不列颠与爱尔兰联合王国女王和印度女皇"名号称呼的英国君主。她共在位了 63 年(1837—1901),在她的统治之下,英国走向了世界之巅,不管是社会政治方面,还是经济方面都达到了全盛。人们将这一时期专门称为维多利亚时代。在维多利亚时代的特殊社会背景之下,中产阶级的发展壮大、"市侩主义"的风行、严格与保守的道德规范的出现、达尔文进化论的形成、说教式美学与英雄崇拜的出现、唯美主义运动的进行、功利主义的盛行等,大大促进了英国文学的发展,使得英国文学界呈现出群星夺目的盛景。尤其是维多利亚时期的小说引领了一代英国小说的发展,在英国文学发展史上占据着重要的地位。本章则主要从诗歌、散文、小说、戏剧等多个方面对这一时代的文学进行一定的梳理。

第一节　维多利亚诗人——丁尼生和布朗宁夫妇

19 世纪 20 年代,随着拜伦、雪莱和济慈等一批英才勃发、意气昂扬、思想进步的诗人的英年早逝,英国的浪漫主义文学开始由强转弱,日渐式微。进入维多利亚时代后,随着柯勒律治、骚塞和华兹华斯等"湖畔派"诗人的相继谢世,英国的浪漫主义文学运动便告结束。英国诗歌经历了19 世纪前期的繁荣与鼎盛后逐渐走向衰微之途。不少文学评论家认为,造成英国诗歌逐渐走向衰落的原因主要有以下三个方面:一是资本主义机械文明的高速发展和社会生活的巨大变化,使得诗歌难以及时全面而深刻地反映英国动荡不安的社会现状和风云变幻的时代气息;二是气势恢宏、内容丰富的批判现实主义小说的勃然兴起,吸引了越来越多的文学爱好者,使英国的诗歌创作受到了一定的冲击;三是英国资本主义工业和商品经济的迅速发展以及追求物质享受的风尚使诗歌创作陷于十分萧条和衰弱的境地。

维多利亚时代的诗歌虽然在灿烂似锦的浪漫主义诗歌面前已相形见绌,黯然失色,但在这一时代的诗坛上仍有几位出类拔萃的诗人。他们是阿尔弗莱德•丁尼生(Alfred Tennyson,1809—1892)、罗伯特•布朗宁(Robert Browning,1812—1889)、伊丽莎白•芭蕾特•布朗宁(Elizabeth Barrett Browning,1806—1861)、阿诺德、克拉夫、罗塞蒂兄妹、史文朋和汤普森等。这些诗坛明星虽观点不同,风格不一,但都对诗歌创作刻意求工,对文学事业不倦追求。其中,丁尼生和布朗宁夫妇的成就最高,他们怀着对诗歌艺术的崇高敬意和孜孜不倦的追求创作了维多利亚时代最优秀的诗篇,积极揭示了维多利亚时代的社会本质和精神风貌,为英国文学的历史增添了新的一页。

如果说,浪漫主义诗歌大都注重揭示大自然与精神世界之间的关系,热衷于表达诗人的炽烈情感,那么维多利亚时代的诗歌则更多地陈述了资本主义发展时期的新的民族意识与道德观念。浪漫主义诗人往往借景抒怀,追求表现超尘拔俗的理想境界;而维多利亚时代的诗歌则讲究客观的描述,偏重理性的因素,淡化诗人的个人意识。以下主要通过丁尼生的诗歌创作和布朗宁夫妇的诗歌创作来探视这一时期的英国诗歌特色。

一、丁尼生的诗歌

阿尔弗莱德·丁尼生是英国维多利亚时代最优秀的诗人。他的诗歌题材广泛,内容丰富,艺术高雅,在当时流传甚广,几乎到了家喻户晓的地步。丁尼生在他漫长的艺术生涯中创作了大量的抒情诗、哲理诗和叙事诗,为英国诗歌的发展做出了重要的贡献。

丁尼生出生于一个牧师家庭,从小就对诗歌和音乐产生了浓厚的兴趣,尤其对荷马和斯宾塞的诗歌更是爱不释手。少年丁尼生平日喜欢练习写诗,并立志长大后要当一名诗人。1827年,他与哥哥查尔斯共同发表了他的处女作《哥俩集》。同年,他进入剑桥大学读书,并与一位名叫哈勒姆的同学建立了深厚的友谊。不久哈勒姆同丁尼生的妹妹订婚,但于1883年因患急病在维也纳去世。这位同窗好友的突然去世使丁尼生的心灵受到沉重的打击,并对他的人生观和以后的诗歌创作产生了很大的影响。在剑桥就读期间,丁尼生已经显示出自己的艺术才华,曾因发表诗歌《蒂姆巴克图》而荣获学校的奖章。他于1830年离开剑桥之前发表了诗集《抒情诗篇》。尽管他早期的诗歌在艺术上显得不够成熟,但不少作品已在一定程度上体现了斯宾塞和济慈对他的影响。1832年,丁尼生又发表了一部诗集,但他的作品遭到一部分保守的评论家的贬斥。在以后的十年中,他甘于寂寞,勤奋创作,孜孜不倦地追求完美的艺术风格。1842年,他发表了两卷本《诗集》,并获得成功,终于在英国诗坛赢得了声誉。

步入中年之后的丁尼生更是锲而不舍地进行诗歌创作,作品也越来越成熟。1850年,他发表了沉痛哀悼剑桥挚友哈勒姆逝世的著名长篇挽诗《悼念》,由此名声大振,从而进一步确立了自己在英国诗坛的领导地位。同年,杰出的浪漫主义诗人华兹华斯去世,丁尼生被英国王室封为桂冠诗人,并获男爵称号。可见1850年是丁尼生一生中最重要的一年。作为维多利亚王朝的宫廷诗人,丁尼生经常在公开场合发表自己的政见和主张。晚年,他也创作了许多优秀的长诗,表达了自己对社会、人生和宗教的态度,如《毛黛》《伊诺克·阿尔顿》《国王叙事诗》等。1892年,丁尼生因病去世,卒年83岁。

丁尼生的诗歌创作,前期以抒情短诗为主,而后期以长篇叙事诗为主。这些作品不仅题材广泛,而且风格多样,其中有的表达了诗人对生活中酸甜苦辣的感受,有的反映了他对往事的回顾与追思,也有的陈述了人生的普遍哲理和作者对人类命运的深刻思辨。他十分注重诗歌艺术形式的完美,并强调作品的音乐效果。他的诗歌大都辞藻华丽,音韵和谐,节奏明快,具有极强的艺术感染力。

《冲击、冲击、冲击》是丁尼生为悼念其亡友哈勒姆而写的抒情诗。尽管后来他于1850年发表了在艺术上更成熟、更完美的著名长篇挽诗《悼念》,但诗人对挚友哈勒姆英年早逝的沉痛心情已在这首抒情短诗中得到充分的表露。这首诗分四小节,共十六行,韵律优美,节奏多变,语言精练。在诗中,丁尼生用汹涌的海浪冲击礁石来比喻自己的悲痛与心碎:

> 冲击、冲击、冲击，
> 朝着那冰冷灰色的礁石，啊大海！
> 我多么希望能用恰当的语言来表达
> 我起伏不定的心潮。

短短几句诗中，诗人生动描述了在海边渔家兄妹游戏和少年水手唱歌的欢乐情景，与自己悲痛的心情形成鲜明的对照，更加令人心酸，催人泪下。

《尤利西斯》是一首以荷马史诗《奥德赛》中的故事为题材的短诗。它描写的是人的冒险犯难、开拓进取的精神。作者在诗中借尤利西斯之口表达了他对崇高事业的追求，道出了他本人老骥伏枥、志在千里的人生信念："我不能在人生旅途中停止不前，我要饱尝生活的酸甜苦辣"。在诗人看来，在人生道路上止步不前或认为已达到了目标是非常枯燥乏味的。这首诗共70行，采用的是无韵体诗段形式，语言简洁，形象生动，节奏跌宕起伏，具有很强的感召力。在诗歌的结尾处，诗人用充满哲理的诗句表达了他的豪情壮志：

> 雄心会被时间和命运削弱，
> 但也会被意志强化，
> 去战斗、去追求，去寻找，
> 决不能放弃。

《公主》是丁尼生创作生涯中期的一首长篇叙事诗。它是一首无韵体诗，故事既严肃，又喜剧化，其笔调时而有如史诗，时而全是抒情。诗歌叙述了一个具有女权思想的美丽公主如何建立一所女子学校，后又放弃了她争取男女平等的行动并接受一位王子求爱的故事。丁尼生在这首诗中显然并没有张扬女权，而是在维护婚姻制度，以为女子之天职在于婚姻，而婚姻之幸福是一个女人的最高成就。这可以说是维多利亚时代的理想。

这首以中世纪封建王朝为历史背景的长诗所叙述的故事对现代读者来说也许并无多大兴趣，但诗中却包含了许多美妙动人的抒情短诗，其中不少被后来的作曲家们谱写成歌曲，至今仍广为流传。其中，最著名的几首是《和畅而低柔》《阳光落在堡垒墙上》《眼泪！莫名其妙的眼泪》《现在紫红色花瓣睡了》。

《悼念》是丁尼生非常重要的代表作。这首诗不仅充分表达了作者对亡友哈勒姆不幸逝世的深切哀悼，而且也全面反映了作者的人生观和价值观。因此，读者从诗中感受到的与其说是丁尼生的伤感与悲痛，倒不如说是他对人生的思索与感悟。丁尼生花了整整17年的时间，经过反复修改、精心雕琢才完成了这篇杰作。从某种意义上来说，这首诗歌仿佛是一部诗体日记，真实地记载了作者在人生各个阶段的内心感受。

《悼念》全诗共131段，每段包含的诗节数目不等，每节四行，呈abba韵。它在结构上与其说是一首单一的挽诗，倒不如说是一部由一系列写于各个时期的短诗组成的诗集。伯拉德雷教授（A. C. Bradley）在《丁尼生悼诗评释》中曾将这首诗歌分成了以下四个部分。

第一部分（1～27段）：描述了哈勒姆的尸体从维也纳运回英国埋葬的情景和诗人的悲痛心情。最后的结语是"爱过，然后又失掉了它，总比根本没有爱过要好一些"，语言渗透着诗人沉痛的心情。

第二部分（28～77段）：在圣诞节，诗人想到了个人死后的生活及其种种相关的问题，表达了自己对生与死、人类与宇宙以及宗教与科学等重大问题的思索。

第三部分(78~103 段):圣诞节又到,诗人开始肯定信仰与希望,化悲痛为积极。这进一步表达了诗人对哈勒姆的深切缅怀以及他对上帝和灵魂的态度。

第四部分(104~131 段):诗人向前展望,确信爱是世界的灵魂,死人会在将来以更高贵的姿态出现,生生不已,希望无穷。在第 106 段中,丁尼生用新年辞旧迎新的钟声来表达他对未来的期望:

> 驱逐过去的一切恶疾,
>
> 驱逐狭隘的拜金主义,
>
> 驱逐千百年的战争,
>
> 迎来万世的和平。

就整体而言,《悼念》表达了诗人在人生各个阶段对挚友哈勒姆去世的不同感受,对过去的反思以及对未来的展望。

《悼念》的成功在于将诗人对个人悲伤的表达转为对生活本质和人类命运的思索。因此,读者听到的不只是丁尼生个人的心声。毫无疑问,《悼念》是英国文学史上最优秀的挽诗之一。

《毛黛》是一首由一系列抒情短诗组成的长篇叙事诗。丁尼生将这部作品称为"单人剧",因为整个故事情节由一个人叙述,而读者必须根据叙述者的感情变化来理解诗中的人物性格、事件发展和戏剧冲突。诗歌的主人公是一个独居的农村青年。由于他父亲自杀身亡,他万念俱灰,甚至到了发疯的地步。当他发现当地富豪的女儿毛黛接受了他的爱情时,他便重新树立了对生活的信心。诗歌生动地叙述了这对恋人的爱情故事。男主人公后来因在决斗中将毛黛的哥哥杀死而失去了爱情。最终,这位农村青年离开家乡,参加了反抗俄国侵略军的战斗。这一故事情节和《罗密欧和朱丽叶》较为相似。由于诗歌不仅反映了一个悲剧性的爱情故事,而且也描述了主人公同命运作斗争的经历。因此,丁尼生本人将这首长诗称作"小汉姆莱特"。

《国王叙事诗》是丁尼生晚年最重要的作品。这本由十二卷系列诗组成的诗集以古代亚瑟王和圆桌骑士的传说为题材,不仅故事生动,情节曲折,而且充满了浪漫与神秘的色彩。在英国文学史上,以亚瑟王的传奇故事为题材的作品不胜枚举。但丁尼生不落俗套,凭着自己丰富的艺术想象力塑造了新的亚瑟王和圆桌骑士的形象。这本诗集在创作时间上横跨了约半个世纪,其中《夏洛特小姐》写于 1832 年,直到 1888 年他的十二卷才全部脱稿正式问世。丁尼生在作品中叙述的许多人物形象与维多利亚时代的所谓道德标准是格格不入的。诗人通过骑士兰斯洛特和王后桂尼维尔的私通以及莫德里德爵士的叛变行为向读者表明,道德败坏是导致骑士集团失败的根本原因。丁尼生在诗中也隐约流露出自己对 19 世纪英国社会中的堕落现象的忧虑。

《驶过沙洲》可以说是丁尼生将死时庄严肃穆的呼声,当时他已经 81 岁。他希望自己能平安渡到另一个世界。这首诗中除了对世间告别,还包含着相当神秘的宗教情操。其后两节是这样的:

> 黄昏时候,晚钟响起,
>
> 此后是一片漆黑!
>
> 但愿在我启碇之际,
>
> 没有离别的伤悲;

因为虽然海潮要带我到远处，

远离我们的时与空的界限，

我希望渡过沙洲之后

能见到我的"领港人"，面对面。

总的来说，丁尼生的诗歌不但表现了维多利亚时代的社会生活和伦理道德，而且也进一步继承和发扬了英国诗歌的伟大传统。无论就作品的数量或质量而言，他不愧是英国 19 世纪下半叶最杰出的诗人。

二、布朗宁夫妇的诗歌

布朗宁夫妇也是英国维多利亚时代出类拔萃的诗人。他们的诗歌体现了新颖独特的艺术风格和与众不同的创作技巧，为促进英语诗歌的发展起到了十分积极的作用。布朗宁夫妇在世时并不出名，但过世后却越来越受到人们的喜爱。他们的作品在英语国家广为流传，拥有无数热情的读者。

罗伯特·布朗宁出身于伦敦郊区的一个中产阶级家庭。父亲是颇有艺术修养的银行职员，母亲是德国血统的苏格兰人。幸福的家庭环境使罗伯特从小接受良好的教育。少年时代，他曾在一所寄宿学校就读，后来一度成为伦敦大学的学生。然而，他更喜欢在他父亲宽敞的书房内博览群书。他在家庭教师的辅导下不但学习外语和音乐，而且也学习拳击和马术。此外，他还游览了意大利和俄罗斯等国。这种不寻常的教育为他后来的诗歌创作提供了丰富的素材。14 岁时，他在书摊上看到一本《雪莱先生之无神论的诗》，大感兴趣。他母亲就给他买来雪莱的几本诗集。这让布朗宁非常欣喜，甚至要追随雪莱的无神论与素食主义。

布朗宁在 21 岁时发表了他的第一首诗《波琳》。这首模仿雪莱的风格写成的自白诗在文学评论界引起了不同的反应。布朗宁将人们的赞许和批评统统抛至脑后，决心对诗歌创作进行新的实验和尝试。起初，他试图在诗剧创作方面求得成功，但他的努力并没有使他如愿以偿。他虽善于表现人物的思想感情，擅长描绘人物的内心世界，但他的诗剧并不适合舞台表演。然而，布朗宁从诗剧的创作经历中得益匪浅，经常描写人物间的对白使他积累了丰富的创作经验。他将创作技巧运用于诗歌之中，从而创造性地发展了著名的"戏剧独白"诗歌形式。这是一种通过主人公的自白或议论来抒发情感的无韵诗体。诗人对人物的性格和行为不加评论，而让他们自己向读者表白本人的思想或情感，从而使作品充满了戏剧效果。有些独白出自真实的历史人物之口，而更多的独白则出自虚构的人物。诗歌的主人公常常滔滔不绝地追叙往事，将自己的秘密或隐私和盘托出，而读者必须凭借自己的审美意识来判断人物的性格与特征。布朗宁利用"戏剧独白"的手法写下了《戏剧抒情诗》《戏剧故事及抒情诗》和《男男女女》等诗集。尽管这些诗歌在当时并不像丁尼生的作品那样走红，但它们已经形成了一种独特的风格，为诗人的最终成功奠定了基础。

布朗宁在诗中一般逃避尖锐的社会问题，纵然着手这样的问题，也只是从道德和伦理的角度阐述它，竭力申言调和矛盾的必要性。1841 年发表的《皮巴经过》就是用这种精神写成的。这是一首长篇戏剧诗。据《伯朗宁手册》作者奥尔夫人（Mrs. Orr）说，伯朗宁有一天在英国色雷郡之德利赤森林中漫步,"他忽然幻想到一个人孤零零的在人生途中前进;显然的他或她默默地不会留下什么痕迹,但是每一步都会有持久的不自觉的影响;这一影像便形成了阿梭娄的一个小小纺丝工,菲力巴或皮巴。"皮巴是意大利威尼斯西北中古留下来的小城阿梭娄的一名女织工。她在工厂里做工,一年只有一天假期,那就是新年元旦。在这一天她准备在街上漫步,经过当地最令人艳羡的四个人家,她一面走一面歌唱,想象着自己就是那个幸福的人。

早晨,皮巴经过奥提玛的家。奥提玛是大财主路卡的妻子。老夫少妻,为人讥笑。奥提玛怂恿她的情人西拔德在深夜谋杀了路卡。正在这时候听到皮巴的歌:

> 一年正在春季,
> 一天正在早晨;
> 早晨刚刚七点;
> 山坡上露珠闪闪;
> 云雀在天上飞翔;
> 蜗牛在荆棘上爬:
> 上帝在他的天庭——
> 人间一切太平!

皮巴走过去了,西拔德忏悔他的罪。

午间,皮巴走到法国雕刻家裘尔斯家,他和他的妻芬妮正新婚燕尔。他发现他受了骗,娶的是一个无知的女子,正准备把她抛弃,忽听得皮巴的歌声——"只要给她一个最轻微的借口来爱我"。他改变了心意,决定留下她,拯救她。

晚上,皮巴走过意大利独立运动的爱国志士吕济的家。吕济决心要去刺杀奥国国王,他的母亲劝他不可轻率鲁莽,他几乎心动。这时候听到皮巴歌唱——"很久以前有一位国王"。吕济的雄心陡起,立即出发。

夜间,皮巴走到一位主教的府邸。这位主教来自西西里,皮巴原来是他的兄弟的私生儿,他害死了他的兄弟,企图吞没他的遗产。正拟接受他的总管的催促,令一个凶徒对皮巴下毒手,忽听得皮巴的歌声——"忽然上帝接纳了我"。主教幡然悔罪,下令逮捕凶徒。

皮巴最后步行回家了,但她全然不知她的歌唱产生了什么效果。全诗有散文,有韵语,叙事抒情混为一体。

布朗宁与比他大六岁的英国著名女诗人伊丽莎白·芭蕾特的爱情与婚姻对他的诗歌创作产生了重要的影响。在意大利生活期间,他的诗艺更趋成熟,技巧更为老练。1861年,伊丽莎白不幸去世。布朗宁怀着极度悲痛的心情与儿子离开意大利,返回伦敦继续从事文学创作。

1864年,他发表了以现代社会生活为题材的诗集《登场人物》,获得了好评,从而使他加入了英国诗坛明星的行列。在这本诗集中,诗人的"戏剧独白"手法得到了进一步的发展与完善。1868年和1869年,布朗宁的代表作《指环与书》问世,这在英国诗坛引起了强烈的反响,几乎使作者达到了可以同桂冠诗人丁尼生分庭抗礼的程度。

《指环与书》以17世纪末发生在罗马的一个老夫杀少妻的故事为题材,详细地叙述了这桩谋杀案的审讯过程。全诗共十二卷两万一千余行,分四部分刊行。伯朗宁耗时四年才写完这部大作。他根据的是他于1860年在翡冷翠一个旧书摊发现的一本拉丁文与意大利文的文件,乃1698年罗马规都·佛兰西斯契尼谋杀其妻佛兰西斯卡(诗中称庞皮利亚)一案的档案,是一位律

师在审判中所辑成的,其中大部分是刊印的,一部分是手稿。伯朗宁根据这个案情写出一系列的独白:

卷一是诗人自白,解释诗的标题,指环是伯朗宁夫人的,原来其中羼有合金,是为了便于制造之故,但造成之后合金即蒸发,指环仍是纯金。此处所谓合金,指诗人之想象。书是他在书摊上发现的那部档案,名之为《老黄书》。诗人在想象中搀杂史实,就像指环中掺入合金。

卷二是一位婚姻不幸的男人的独白。他同情规都,对于淫妇的惩治表示赞许,这代表罗马一半人的意见。

卷三是另一半罗马人的看法,发言者是一位单身男子,对庞皮利亚有怜香惜玉之感。

卷四是一位冷酷而玩世不恭的贵族说话,虽然对于庞皮利亚的身世不无轻蔑,大体上还是公正客观的。

卷五是规都在审判时所做的辩护,他坦承杀人,但强调被杀者之可恶。事实上规都发言在档案中无记载,因有律师代他发言,所以此卷全是伯朗宁的想象之词。

卷六轮到卡彭萨奇说话。他热爱庞皮利亚,痛恨规都,惋惜惨案发生而法律不能救济。事实上档案中无卡彭萨奇出席法庭之记载。

卷七是庞皮利亚临终时发言作证。伯朗宁把这 17 岁的可怜的女子写成为一天真无邪、心地善良的纯洁女性。

卷八是规都的律师为被告作辩护,主旨是被告杀人乃出于义愤。

卷九是检察官历述案情,意在置被告于法。

卷十是教皇拒绝规都恳求赦罪之请求。伯朗宁使这位 84 岁的教皇亲自发言,借教皇之口发表他自己的看法。在慈悲与公平之间,他选择了公平,但是他相信规都的灵魂还是会得到上帝的慈悲的。

卷十一是两位牧师到狱中访视待决之囚——规都,但规都不肯悔改,仍愤愤不平,扬言死后将为厉鬼。档案记载是他临死忏悔。

卷十二以伯朗宁提出四项报告为结束。第一个是想象中由威尼斯来罗马的访客的一封信,述规都就刑的情形。第二个是律师写给规都的朋友们的报告,对教皇不满。第三是想象中检察官的一封信,极言律师之笨拙。第四是行刑后庞皮利亚的告解神父在教堂中的一篇布道词。人的作证是不足为凭的,我们要信任上帝才能获得事实真相。

《指环与书》常被称为《失乐园》以后的第一部成功的长诗。篇幅太长,很少人能卒读,但是其中第七第十两卷实为全诗中的精华。伯朗宁把庞皮利亚美化了,把卡彭萨奇也美化了,把教皇也写成为公平理想的化身。在这首长诗中,布朗宁的"戏剧独白"手法达到了炉火纯青的境地。他巧妙地通过与案情有关的人物包括凶手,证人和法官的独自描绘了对谋杀案的审讯过程,并以这些人物杂乱无章、互相矛盾的独白来揭示案情的真相。可以说,这首诗集中地体现了布朗宁的创作思想和艺术水平。其重要意义不仅在于诗人高超的"戏剧独白"手法,而且还在于生动、细腻的心理描绘。

布朗宁一生共创作了近三百首诗歌。在这些作品中最引人注目的是抒情短诗和戏剧性的独白诗。这些诗歌语言生动,节奏鲜明,通俗易懂,深受读者的喜爱。布朗宁在作品中也善于表达自己对重大社会问题的态度,并大胆地暴露社会的阴暗面。他的诗歌往往充满了理想主义和乐观主义精神。尽管他的某些作品因诗句过于隐晦复杂而令人费解,但他对英语诗歌的发展所做的贡献,特别是他的"戏剧独白",对英国文学所产生的影响是不可忽视的。

伊丽莎白·芭蕾特·布朗宁是布朗宁的妻子,她也是英国19世纪下半叶一位杰出的诗人。她出身于富裕家庭,从小体弱多病,长期卧病在床。她所接受的教育对同时代的妇女来说是极不寻常的。她不仅有幸在其兄弟的家庭教师的辅导下学习拉丁语和希腊语,而且在家中博览群书,阅读了大量的文学、历史和哲学著作。她从小醉心于诗歌创作,13岁时便发表了她的第一部诗集。伊丽莎白·芭蕾特以其非凡的才华和丰富的想象力写出了许多优秀的诗歌。尽管她早期的作品常常带有书卷气,但却充满了正义感和道德感。她在诗中常常涉及当时的社会问题。最引人注目的是短诗《孩子们的哭声》,作者通过对童工在工厂中受剥削的情景的描述,对利欲熏心的资本家进行了无情的谴责。其中有这样的句子:

> 啊,孩子们说,我们疲累,
> 我们不能跑或跳;
> 如果还爱草地,只是因为——
> 可以倒上去睡大觉。
> 我们的膝盖蹲下来就酸痛,
> 要走就会扑面倒下来;
> 我们的眼帘沉重,
> 顶红的花像雪似的白,
> 因为,整天的,我们疲于拖重担,
> 穿行黑漆漆的地下道路;
> 或是,整天的,我们在厂房间
> 转动铁轮,转呀转的没个住。

伊丽莎白·芭蕾特39岁时遇上罗伯特·布朗宁,两位诗人志同道合,情趣相投。但是,她的父亲坚决反对他俩的婚事。这位英国著名的女诗人为了爱情毅然离家出走,同布朗宁结婚后去了意大利,并在那里度过了自己的余生。

在侨居意大利期间,伊丽莎白·芭蕾特创作了许多反映意大利人民为争取祖国解放而斗争的诗歌。与此同时,她在为自己进一步争取诗人的权力和巩固自己在诗坛的地位做出不懈的努力。《卡萨·桂提之窗》和《在大会以前写成的诗》是她在意大利完成的两部诗集,充分反映了她对意大利民族独立运动的同情和支持。此外,她还写了许多充满炽烈情感的十四行诗。《葡萄牙十四行诗》生动地表达了诗人对爱情的赞美和对幸福的追求,其中不乏她本人对爱情生活的各种体验与感受。她的十四行诗结构严谨,文辞洗练,风格优美,无疑是英国19世纪优秀诗歌的一部分。

在伊丽莎白·芭蕾特·布朗宁的作品中,最使评论界关注的也许是她的"诗小说"《奥罗拉·利》。这部用无韵诗体写成的长篇叙事诗充分体现了作者在诗歌创作中的大胆实验与革新精神。这部诗作生动地叙述了一个女诗人的成长过程和她为追求自由与独立的斗争经历。从某种意义上来说,这是一幅青年女艺术家的肖像,真实反映了维多利亚时代知识女性的命运和遭遇。女主人公奥罗拉是个孤儿,从小由亲戚抚养,受尽虐待。她聪明伶俐,爱好诗画,但她的艺术情趣和才华在男性统治的社会中无法得到施展。奥罗拉向往自由和独立,只身来到伦敦,经过努力,成了一位出色的作家。在饱尝了人生的酸甜苦辣之后,她终于获得了爱情和事业上的成功。作者在叙述中插入了不少有关社会道德问题的评论,公开表明了她的人道主义和自由主义思想。关于妇女运动的主张尤为突出：

> 诚正的男子必须挺身作工。
> 女子亦然，——否则她立即
> 堕落在男人的地位之下
> 甘为奴隶。自由人要自由的工作。

《奥罗拉·利》的问世在评论界引起不小的反响，人们众说纷纭，贬褒不一。争论的焦点不但集中在作品形式的规范性上，而且还涉及长篇诗歌尤其是史诗的题材问题。20 世纪英国著名女作家弗吉尼娅·沃尔夫对这部作品作了充分的肯定，认为它真实地描述了"日常生活和不折不扣的维多利亚时代的人"。

总的来说，布朗宁夫妇的诗歌创作大大促进了 19 世纪下半叶英国诗歌的发展。他们的诗歌尤其是"戏剧独白"形式对 20 世纪英国诗歌、小说和戏剧的演变和革新也产生了一定的影响。

第二节　唯美主义思潮影响下的散文创作

一、唯美主义思潮的兴起

在维多利亚时代，英国文学领域出现了一个新的文学流派唯美主义。当时，英国无论在科技、工业和军事上都已建立起雄踞欧洲的政治霸权，与此同时，工业机械文明的发达、市井中产阶级的庸俗作风却导致了信仰和传统的人文精神危机。一批敏感的知识分子在苦闷中寻找到了唯美主义这一聊以自慰的突破口。

唯美主义是在 19 世纪中叶十分盛行的前拉斐尔学派、"为艺术而艺术"理论的鼻祖法国诗人戈蒂耶、法国象征主义学派主要代表人物瓦雷里等的共同影响下诞生的。法国诗人泰奥菲尔·戈蒂耶(Théophile Gautier, 1811—1872)最早提出了"为艺术而艺术"的主张。他在《〈莫班小姐〉序言》中，提出唯有不为任何事物服务的东西才是美的，凡是有用的东西都是丑的。他认为，艺术不是一种方法，不需要同政治或道德相连，创造美是艺术所追求和关注的任务，此外没有任何功利目的。为此，他认为一部作品的价值仅在于创作的质量，必须追求形式的纯粹。以 1848 年成立的前拉斐尔兄弟会和 1850 年创办的《萌芽》杂志为诞生标志的前拉斐尔学派，主张恢复拉斐尔之前的文学风尚，注重描写个人感受，实践诗歌语言和意象的实验冒险，视作品为自足自洽的独立个体。前拉斐尔学派的上述观念可看作是英国唯美主义的前驱。佩特则把戈蒂耶阐释的"为艺术而艺术"与先拉斐尔学派结合起来，从而开创了英国唯美主义的先河。19 世纪 90 年代，英国唯美主义发展到高峰。其中，代表人物主要是沃尔特·佩特(Walter Pater, 1839—1894)、奥斯卡·王尔德(Oscar Wilde, 1856—1900)、约翰·罗斯金(John Ruskin, 1819—1900)等。

佩特将唯美主义理论系统化了，他于 1873 年发表的《文艺复兴史研究》绪论部分被认为是唯美主义的宣言。佩特认为,艺术美是脱离社会现实的、孤立的、独特的;艺术批评应探讨艺术表达的方式;艺术欣赏只是刹那间的美感;而人生的意义就在于充实刹那间的美感享受;艺术的生命开始于感觉、印象的生动丰富,而归结为无关现实的形式之美或纯美。王尔德更是竭力反对艺术的倾向性和功利性,他的对话录《谎言的衰朽》等是其鼓吹艺术至上的宣言书。他认为文学作品无所谓道德不道德,只有写得好与坏之分;艺术自有独立的生命,一切坏的艺术的根源,都在于要回到生活和自然,现实社会是丑恶的,只有美才有永恒的价值,因此,艺术要美而不要真,应像一只水晶球那样,使生活显得更加美丽而不那么真实。王尔德通过其创作实践,终于把唯美主义文学推向了艺术的象牙之塔。

　　总的来说,在唯美主义看来,艺术并不是一面镜子,也不是教化的舞台,它并非生来负有社会性和功利性的使命——这些使命完全是人为和出于某种意识形态目的。唯美主义的使命就在于恢复艺术的本来面目,即作为美的存在,并且仅此而已。概言之,唯美主义标榜"为艺术而艺术""艺术至上",认为艺术本身就是目的。

二、沃尔特·佩特和约翰·罗斯金的散文创作

　　随着英国政治、经济、社会形势的变化,英国文学也踏进了思想自由发展的新境界,代表各个阶级、各个阶层的思想观点和意识形态都在文学作品中,尤其是更直接而明确地在散文中表达出来。这些散文作家包括多方面人才,既有历史学家,也有政治家;既有科学家,也有宗教界领袖;既有艺术家,也有文学家。他们的作品既反映了这一时代英国的政治、经济的繁荣与扩张,也记录了国内日益尖锐的阶级矛盾和思想意识上的激烈冲突。其内容之广泛,思想之深刻,风格之多样是英国以往任何时代的散文难以相比的。唯美主义思潮作为当时的一种主流思潮,对当时英国的散文创作也产生了较大的影响。以下对沃尔特·佩特和约翰·罗斯金的散文创作进行简要的阐述。

　　沃尔特·佩特出生于伦敦,父亲是医生。曾在牛津大学求学,毕业后从事教学和写作,并曾游历欧洲。但他一生中的大部分时间都是在牛津度过的。他生性内向,拙于与人交往,独身一人过着学究式的生活。1867 年,他开始为《威斯敏斯特评论》撰稿。1873 年,他把自己历年发表的关于欧洲文艺复兴的代表人物的研究论文汇集出版,名为《文艺复兴史研究》,他的这部著作中的散为他赢得了"前拉斐尔派"的称誉。此书再版时,改名为《文艺复兴》。这本书的出版为佩特带来了很高的声誉,奥斯卡·王尔德称之为"金子般的书"。这种声誉对他的创作激情无疑是一种鼓励。1885 年,他发表了哲理小说《享乐主义者马利乌斯》。这部小说以 2 世纪罗马皇帝马可·奥勒留时代的社会生活为背景,通过主人公在追求美的享受和寻求理性认识之间的矛盾,表达了佩特的美学思想。这本书被叶芝称为"现代英国文学界唯一的一部伟大的散文作品"。除上述著作外,他还著有《想象的肖像》《鉴赏集》《柏拉图和柏拉图主义》《希腊研究》和自传性作品《家里的孩子》等作品。1894 年 7 月 30 日,佩特由于心脏病发作而结束了自己 55 年的平静生活。

　　1873 年出版的散文集《文艺复兴史研究》是佩特的代表之作。在这里,他第一次提出"为艺术而艺术"的理论以及艺术创作和欣赏是一种快乐的新观点。他宣称,文学艺术作品不存在什么"道德"或"不道德"的问题,最好的艺术是纯艺术,是不带任何政治色彩或思想内容的艺术。他认为,美完全是一种主观的东西,艺术批评应该完全建立在人的主观印象上,而不是这样或那样的客观标准。他指出,艺术的作用应该是给其创作者或欣赏者带来极大的快乐。

在《文艺复兴史研究》中，佩特用充满美丽形象和奇异联想的文字阐释意大利画家波蒂且利等人的画作，关于达·芬奇的《蒙娜·丽莎》的一段尤其有名：

　　她比她所坐的岩石更古老；像吸血鬼，她死过多次，懂得坟墓里的秘密；曾经潜入深海，记得海沉的往日；曾同东方商人交易，买过奇异的网；作为丽达，是海伦的母亲，作为圣安妮，又是玛丽的母亲；而这一切对她又像竖琴和横笛的乐音，只存在于一种微妙的情调上，表现于她生动的面部轮廓和她眼睑和双手的色调。

总之，这部散文集的文体极其优美，每篇文章都充满了古色古香的情韵。

佩特用美文谈艺术之外，还用美文讨论文艺和哲学，像是在用自己的散文风格体现自己的人生哲学，而这一哲学的精义是："永远用这种硬朗的、宝石般的火焰燃烧，保持这种狂喜，就是人生的成功"。换句话来说，人应为稍纵即逝的当前的感官刺激而活，要紧的是亲身的体验——"不是经验之果，而是经验本身"。

佩特的唯美主义理论在其他一些作品中也有明确而详细的阐释，如《想象的人物肖像》《欣赏》等。佩特非常崇拜希腊、罗马文化，常常试图把它们与中世纪文学艺术中的基督教文化融为一体，从而进一步表现他的唯美主义思想。在维多利亚时代的后期，许多作家都在作品中致力于真理的追求，探讨人们所承担的社会职责。然而，佩特却认为，这种追求和探讨是毫无意义的。他指出，真理是相对的。他在作品中告诫读者，人生如过眼烟云，稍纵即逝，人们应该充分享受短暂人生的乐趣，这才是人生唯一真正的责任。他坚持认为，文学作品的艺术性可以充分满足人的这种乐趣。

佩特在散文创作上竭力追求一种完美无缺的风格。他认为，散文同诗歌一样，是一种不易驾驭的文学形式。他期望自己的读者能够完全领会、欣赏自己经过字斟句酌创造出来的文学作品的内涵和实质。像他崇拜的法国作家福楼拜一样，他在创作中常常为了寻找一个恰当的词而煞费苦心，苦苦思索，力求完美无缺。为此，他在创作前常常仔细翻阅、研读词典，并引经据典。他认为但丁的作品之所以魅力无穷，就是因为他在创作时对一词一句的使用都非常慎重。

佩特的散文作品大都是关于文学艺术方面的评论，有关于柏拉图的对话集，达·芬奇绘画的评论集，也有莎士比亚戏剧的论文集以及对法国浪漫派作家的沉思录。他在《欣赏》中对华兹华斯、柯勒律治和兰姆等人的评论，以及在《审美诗歌》中对威廉·莫里斯诗歌的审美研究，对英国文学专业的学生来说都是不可多得的优秀作品。

约翰·罗斯金是一位著名的美学家、艺术批评家，后又成为经济学家。他的一生有两大贡献。第一个贡献是弘扬了美的意义。他认为，美并不是点缀人生的方法，而是真实存在。他同意卡莱尔的观点：懒惰是罪恶。但他更认为生活中只有勤劳而没有艺术那就会变成野蛮。他要用艺术来清除工业化给英国带来的丑恶。第二个贡献则是他的社会批评。他的社会经济学观点颇为激进。他清楚地看到了劳资之间的剥削与被剥削的关系，甚至隐约涉及后来马克思提出的"剩余价值"理论。他尖锐的社会批评对后来具有社会主义思想的作者如莫里斯（William Morris，1834—1896），萧伯纳（George Bernard Shaw，1856—1950）和劳伦斯（David Herbert Lawrence，1885—1930）等都有影响。而他优美的文笔，神奇的用词，生动的描绘，铿锵的韵律，更使他的散文具有持久的魅力，也使他成为一位声名卓著的散文家。

罗斯金生于伦敦，出生于一个富裕家庭。父亲是一位酒商，但却有严肃的宗教信仰，同时对艺术也有特别的爱好，是一位绘画收藏家。罗斯金童年时代由于是父母的独生子，只断断续续上过学,主要在家中受家庭教师辅导。他的母亲曾希望他将来成为教会的牧师,但他的父亲却认为他有诗人的气质。他常随父母四处旅游。14 岁以后,父母带他出国游历欧洲大陆,见识历史古迹,游览风景名胜,参观艺术展馆。从小他就受到美与艺术的熏陶。1837 年他进了牛津大学,1839 年他获得纽迪盖特诗歌奖。但由于染上肺结核,他不得不休学两年,后于 1842 年从牛津大学毕业。在此期间,他已写了一些诗歌、艺术评论和一篇童话故事《金河之王》。1843 年他的《现代画家》第一卷出版,最初的目的是为英国水彩风景画家特纳(Joseph Mallord William Turner,1775—1851)辩护,称特纳是最杰出的风景画家。然而一谈起艺术,千头万绪,他就不得不论及艺术的原则。于是他将艺术与文学作了比较,认为正像文学一样,艺术的价值在于其表达真、美和想象的力度。"真"不仅是模仿,而是在观察与思考现实的基础上对自然的阐释。下笔后,罗斯金难以自拔,洋洋洒洒,共出版了五卷。第一卷以特纳的杰作《奴隶船》为例,说明绘画不只是模仿自然,而是阐释自然,表现自然的神秘、尊严与无限。第二卷发表于 1846 年,阐述艺术与道德的关系。罗斯金认为,艺术与道德是密不可分的,奸佞之人创作不出有意义的作品。他说:"在所有作品中体现了最大数量的最伟大思想的人才是最伟大的艺术家。"他列举了伟大艺术的四个特征:一是选择高尚主题;二是对美的爱;三是真诚;四是创造。后半部还讨论了想象力的重要,并对想象与幻想作了区分,认为幻想只在外表,想象则能深入内涵。第三卷出版于 1856 年,讨论了"宏伟的风格"、理想主义和从荷马时代至中古时期直到现代的风景画的历史。他还特别提出"感情的误置",即对大自然拟人化的描述。他的这一论说十分有名。他认为:"即使在我们纵情这种误置的时候,也必须在一定程度上让求真的精神来引导我们。"同年,他又出版了第四卷,主要是对自然风景尤其是阿尔卑斯山的描绘。然而山上居民的贫困生活却引发了他改良社会的思想。第五卷出版于 1860 年,论述了四类画家,即英雄的、古典的、田园的和冥想的四类。最后是对特纳及先拉斐尔派画家的赞美。

撰写完《现代画家》第二卷后,罗斯金转而研究建筑艺术,于 1849 年出版了《建筑的七盏灯》一书,特别赞美哥特式建筑。他认为上帝面前燃着的七盏灯是:牺牲、真理、力量、美、生命、回忆和服从。他把它们看成是建筑之美的根源。在 1851 年至 1853 年间,他又出版了《威尼斯之石》一书,共分三卷。他在书中进一步赞美了哥特式建筑,声称中世纪的哥特式建筑象征美德与信仰,而后来的文艺复兴却不过是腐败与虚伪。他说:"《威尼斯之石》从头至尾没有别的目的,只是表明威尼斯的哥特式建筑本来是出自一种纯粹的民族信仰状态,出自本乡本土的美德,这由它的一切特色可以证明。"他在书中还生动而详细地描写了威尼斯的景致,石刻、绘画、雕像等等,其中尤以对圣马可大教堂的描写最为引人入胜,可以说是描写文中的真正精品。有的评论家甚至认为它是"有史以来语言画卷的最美妙的作品之一"。现举描绘圣马可大教堂入口的一个长句:

在门廊墙的周围竖着杂色的石柱——有玉的,有斑岩的,有满布着雪花的深绿色蛇纹岩的,还有阳光下半明半暗的大理石的,就像克娄巴特一样,"深蓝色的血脉诱人去亲吻"——悄悄退去的阴影让石面上露出一条条蓝色的波纹,好似退潮后露出的波浪形的沙滩;柱头上雕满花饰和杂草的盘根错节,以及莨苕和藤蔓飘动的叶子和神秘的符号,全都以十字形开头,也以十字形结尾;在柱头之上宽阔的拱门边沿是一连串的文字和生活画面——天使,天堂的图案,人的劳作,每一幅都代表地上的某一个季节;在这之上又有一组闪光的尖塔,与边上绕着红花的白色拱门配在一起——令人赏心悦目,在其中可以看见希腊骏马金黄色宽阔而健壮的耀眼的胸腹。圣马可的雄狮高踞于布满星星的蓝色田野之上,最后好似升入仙境,拱顶化成了一片大理石的浪花,雕刻出的水花像闪光和花环一样高高地抛上蓝天,好像丽都岛岸边的细浪在落下之前已结成一片冰冻一样,而海中的仙女却用珊瑚和紫晶将其镶嵌起来。

罗斯金在谈论散文风格时,也比较注重道德品质。例如,他这样品评约翰逊的对称句:

> 我珍视他的句子,不是首先因为它们是对称的,而是因为它们是公正的,明确的。一般人很少用这种方法判断。他们向一个作者要求的,第一是他的话要符合他们自己的见解,不过要说得文雅。他们可以热烈称赞麦考莱的一个句子,尽管这句子不比夹在两张纸之间的墨水污迹更多意义;也可以立刻否定约翰逊的一个句子,尽管它的对称犹如两片天在互相应和打着响雷。

从这番话可以看出罗斯金的眼光:盛销的历史家麦考莱所写不过是一点墨污;而人们认为沉重、笨拙的约翰逊则有真正有意义的内容,而且持论公正,发起言来,其力量犹如天上的响雷——这一个不凡的比喻也只有罗斯金能够想出,而出现在句子之末,也有响雷般的千钧之力。

1860年左右,罗斯金转向社会经济问题的时候,他的文章不仅比以前纯朴了,而且趋向口语,特别是在他向工人写一系列的公开信的时候,更是尽量写得简明。我们说他变成了一个经济学家,会有人觉得是抬高了他,其实是委屈了他,因为在那被经济学称为"阴沉的科学"的年代里,他却能用常人的语言把经济的道理说得人人一见眼明。例如,在《文集》中,他写道:

> 你口袋里的金币所以有势力,完全是由于你邻居的口袋里没有金币。如果他不缺少它,它对你也就没有用处。

罗斯金还有比他的同时代人看得更远的眼力——他较早就认识到污染问题的严重性,而且能把它同资本主义的罪恶联系起来。在一本纵论工作、交通和战争的后期著作里,他描写了他在英国南部乡下所见的痛心景象:一条清澈的小河被大量垃圾堵塞了,一家酒店在门外用铁栏围住一块专供人们丢烟头、残余食物等脏物的空地。接着他指出:只需五六个人花一天时间就可以清除河里的垃圾,而没有人干,反倒有人花三倍以上的时间去修那个丑恶的铁栏,那么原因又在哪里?他的回答是:

> 只有一个原因,在当前说来还是决定性的原因,那就是:资本家在一处可以分到利润,而在另一处不能。假如我有钱支付劳力费,而只用它雇人来清理我的土地,我的钱一次就用完了;假如我雇人来把我的土地里的铁矿挖出来,并把它炼好卖掉,那么我就能要我的土地的租金,并从炼铁和卖铁取得利润,这样就从三方面使我的资本生利。当前资本的有利投资大部分就是这样的一种经营,其中公众被劝说着去买一种对他们无用的东西,资本家从这东西的生产和销售抽取利润,而公众一直以为他们所抽的部分是真实的全民收入,实际上则只是从半空的口袋里把钱偷出来放进已经鼓鼓囊囊的口袋里。

——《野橄榄花冠》序

这样的文字,说这样的道理,使人对于美学家罗斯金刮目相看。然而从一个更高的意义上讲,这说理的清楚,这文字的简洁,这句子与句子之间的节奏,仍然是美的,只不过内容变成了经济学,而在罗斯金的手里,经济学不再是帮助资本家谋取利润的"阴沉的科学",而是增进人民福利的活道理。

罗斯金还写过其他评论艺术的著作,发表过许多讲稿和论文,如《前拉斐尔主义》《艺术讲演》《雕刻演讲》《迈克尔·安吉尔与丁托莱特》《英国的艺术》《圣马可的休息》《佛罗伦萨的早晨》《费索尔的画法》《威尼斯的美术学院》和《英国的快乐》等。综合起来,罗斯金的艺术主张是:第一,艺术的目的为寻找和表现真理;第二,艺术要求真实,不是单纯的模仿;第三,艺术与道德是相通的,真正的艺术产自于高尚的目的;第四,艺术不只是仅供欣赏,而是为生活服务。他说:"为图画的光彩虽多,但为生命的光彩更多。"他认为寻求"真""善""美"应为人生第一目标。

第三节　历史传奇和浪漫故事

在维多利亚时代,历史传奇和浪漫故事作为城镇工人阶级和中、下层市民文化消费的食粮,在当时的英国社会中非常畅销。它们可能更为通俗易懂,能与大多数群体进行沟通和交流,因而所起的作用比那些高雅的诗歌和戏剧还要大。这一时期的历史传奇和浪漫主义小说的成就虽然不如19世纪前期,但是仍有一些作家创作出了让人不得不为之赞叹的作品,如查尔斯·金斯利(Charles Kingsley,1819—1875)、罗伯特·路易斯·史蒂文森(Robe Louis Stevenson,1850—1894)。以下则主要对这二人的历史传奇和新浪漫主义小说进行一定的阐释。

一、查尔斯·金斯利的历史传奇

查尔斯·金斯利出生于德文郡达特木附近的小镇荷恩·维卡里奇。父亲是一个非常守旧、淡泊名利的牧师,他后来继承父业,也当了牧师。金斯利的童年主要是在德文郡、奥尼、伊尔弗拉库姆和克利夫顿度过的。他的两部小说《向西去啊!》和《两年前》就是以这些地方为背景的。他在克利夫顿读小学时,目睹了1831年英国港口城市布里斯托尔发生的骚乱。他看见暴徒们放火、抢劫,到处进行破坏,他生性胆怯,被吓得不知所措。这些经历对他以后的创作产生了一定的影响。1838—1842年,他就读于剑桥大学,热衷于研读柯勒律治的宗教作品《帮助回忆》以及卡莱尔的一些社会哲学著作。金斯利逐渐改变了对宗教的认识,决心献身宗教,并于1844年当上了牧师。1860—1869年,他担任剑桥大学现代历史教授。1873年被任命为英国最著名的大教堂西敏寺的牧师,成为英国维多利亚女王的牧师。受卡莱尔等人的影响,他积极投身社会改革,但反对暴力,是基督教社会主义改革运动的发起人之一。

金斯利兴趣十分广泛,无论是对宗教、哲学、政治、历史、社会改革、城市状况,还是对诗歌、小说、文学批评等他都十分关注。他一生创作了六十多部作品。用路易丝·卡扎米安的话来说,"金斯利用小说的形式表现了他那个时代最重要的目标和理想。"他的"社会问题"小说,特别是《奥尔顿·洛克》至今在学术界仍有不小的影响,因为他用基督教社会党人的观点解释了19世纪

40 年代许多重要的社会问题。他后期创作的历史小说和儿童作品,尤其是神话故事《水娃》具有非常积极的教育意义,受到许多儿童读者的欢迎。英国 19 世纪评论家马修·阿诺德高度评价金斯利的创作,认为"他才华出众,文学成就显著"。现代评论家则从另一个角度肯定他的成就,赞扬他的作品成功地把握了心理描写。

金斯利的第一部小说是《动乱问题》。同维多利亚时代的许多小说家一样,他以杂志连载的方式发表该作,以上流社会的青年人为主要阅读对象。主人公史密斯起初是一个生活毫无目标的年轻乡绅,没有任何宗教信仰和政治观点,整天只知骑马打猎。后来,他逐渐变成了一个很有责任感的基督社会党党员,热切希望改善劳动人民的生活状况。在英国现实主义小说中,这部作品可谓别具一格。它反映的不是城市矛盾,而是农村问题,通过狩猎法,描写阶级冲突,通过猎场看守人跨越阶级鸿沟,了解农民的贫困生活。作者还描写了霍诺丽娅和阿吉莫尼姐妹对史密斯的影响。通过他们,他认识到自己对穷人应该负有责任。他爱上了阿吉莫尼,并因此认清了自己的精神本质。小说发表后,评论家十分赞赏作者如此大胆地揭露和批判社会现实,但对主人公的放荡生活却持反对态度。后来,评论家们又批评小说结构松散。毋庸置疑,《动乱问题》作为处女作必然存在诸多不足。但是,它的可贵之处在于,作者不仅描写了客观现实,而且还展现了主人公心理的发展过程。这一点在早期维多利亚时代的小说家当中是不多见的。

金斯利的第二部小说《奥尔顿·洛克》也是描写政治、宗教和心理问题,但比第一部要成功得多。小说采用一个工人自传的形式,许多人因此认为它不属于小说。洛克在一家裁缝店里当学徒,接触了宪章派政治思想。爱尔兰书商麦凯带领他去参观城市里穷人生活的悲惨状况,劝他放弃那种诗人般的浪漫主义思想。在麦凯的影响下,洛克成为一个思想激进的记者和"人民的诗人"。后来,洛克带领一名伦敦宪章运动派的特使到农村去了解民情时,碰巧遇到暴动,洛克被指控煽动暴乱而入狱。金斯利在这部小说中对英国社会状况的揭露,在一定程度上可以同此后的批判现实主义小说相媲美,小说中成功的心理描写也深得现代作家的赏识。

历史传奇小说可以说是金斯利非常重要的一种小说类型,代表作主要有《海帕夏》《向西去啊!》《赫里沃德》等。

《海帕夏》于 1852 年 1 月开始在《弗雷泽杂志》上连载。作品叙述的是公元五世纪耶稣罹难后,亚历山大城里各种宗教派别你争我夺,试图夺取控制人类灵魂的主动权。这些宗教势力中既有异教徒,也有基督徒,更有犹太教徒。斗争的结果是基督教发生分裂。小说的大背景是正在分崩离析的罗马帝国,具体情节围绕年轻的僧侣费拉蒙和犹太青年拉斐尔两人宗教信仰的发展而展开。《海帕夏》的情节生动引人,但作者引入大量有关哲学和神学问题的讨论,使得本已复杂的情节变得更加琐碎,读者不得不经常跳过那些乏味的议论,寻找故事的主要情节。

《向西去啊!》取材于文艺复兴时期英国和西班牙的战争。他在此书中大力宣扬伊丽莎白时代的精神,并通过格雷维尔、德雷克和罗利三位爵士,具体表现了这种精神的实质。他们不畏艰险,冒死远航,去为女王寻找金银财富。金斯利甚至认为,倘若没有三位爵士这样的人为英国取得海上控制权,并占领北美,世界历史可能就不是今天这个模样。作品描写了一系列海上战斗、决斗、罗曼蒂克式的求援以及恐怖场面。金斯利把这些不同的内容熔于一炉,成功地汇集成一部引人入胜的历史传奇小说,可以说,它是作者最成功的代表作。

这部小说具有不同的叙事层面。从表面上看,这是一个冒险故事,背景取自于哥伦布发现美洲新大陆后的探险时代。小说情节跌宕起伏,曲折生动,绝大多数事件发生在加勒比海地区,具有浓郁的异国情调和浪漫色彩。然而,从深层次看,它也是一部写实的道德寓言小说,表现了固执、贪婪和民族主义思想。但金斯利在作品中对西班牙人和天主教徒的描写似乎有失公正。他笔下的西班牙人个个阴险毒辣,残酷无比,天主教徒则处心积虑地坑害别人。金斯利之所以这样描写,是因为在当时的英国读者心目中,西班牙人和天主教徒就是这样的人。

通过这部小说,我们不难发现,当年英国和西班牙为了争夺海上霸权经过了何等激烈的战斗。一大批年轻有为的英国人为了效忠女王历尽千辛万苦,甚至不惜牺牲生命。他们以此为荣,并将之作为自己人生的最高追求,他们的形象在当时具有十分广泛的代表性。他们把为祖国、为女王献身作为一种时尚,表现了强烈的民族主义和爱国主义思想。许多人指出《向西去啊!》是作者最出色的作品,有人甚至认为它是当时最优秀的历史传奇小说,但也有人持不同的观点。英国女作家乔治·爱略特在《威斯敏斯特评论》上撰文指出,《向西去啊!》是一部充满残暴和野蛮的小说。虽然人们对小说评价各异,但有一点是共同的,即这部作品代表了作者事业上的一个转折点。

历史传奇小说《赫里沃德》金斯利的最后一部作品。它以诺曼征服时期东盎格鲁人集中居住的剑桥郡附近的低地为背景。主人公赫里沃德是罗宾汉式的绿林英雄,他率领一帮人奋勇抵抗诺曼人的侵略。金斯利认为,赫里沃德完好地体现了绿林英雄的精神,这种精神是英国传统的精髓。

金斯利逝世后,他的声望逐渐下降,但他的作品却仍旧吸引着大批读者。他后期的历史传奇小说成为当时学生们必读的教材。

二、罗伯特·路易斯·史蒂文森的新浪漫故事

在维多利亚时代的后期,一种在外表上颇像 19 世纪初的浪漫主义文学,却没有像当年那样形成声势浩大的浪漫主义运动的新浪漫主义文学兴起。新浪漫主义作家绝大多数是知识界狭小圈子中的人,他们不满于维多利亚时代中期的现实主义传统,认为这种现实主义过于拘谨而缺乏精神动力。他们不屑于描写社会现实,不满资本主义社会生活的平凡乏味,有意把资本主义以前的宗法制生活方式加以理想化。他们对社会丑恶所做的批评仅仅停留在知识分子式的刻意追求美感上,缺乏反映社会生活的深刻性。此外,他们还认为这一时期的现实主义缺乏诗意和幻想,于是他们便大胆幻想,有意把"幻想",尤其是"童年幻想"当作艺术创作的主要对象。但这些幻想往往表现为各种各样的历险。新浪漫故事的代表是罗伯特·路易斯·史蒂文森。

罗伯特·路易斯·史蒂文森生于苏格兰的爱丁堡,童年时身体十分虚弱,患过肺结核,并一生受此煎熬。父亲是一个工程师和灯塔看守人。他希望儿子今后能够继承自己的事业,于是送他进入爱丁堡大学。然而,由于身体纤弱,史蒂文森无力攻读工程技术,因而改学法律,并于1875 年通过律师资格考试。然而,这丝毫没有影响他对文学的兴趣。他阅读了大量文学作品,如蒙田、查尔斯·兰姆、威廉·黑兹利特等人的散文,并加以模仿,特别是仿效他们的风格。史蒂文森最后形成的对话体风格就是受上述作家影响的结果。1875 年至 1879 年,史蒂文森先后来到法国、德国和苏格兰以寻找适合自己健康的气候条件。1876 年,他在法国的枫丹白露遇到美国妇女范妮·奥斯本,并立即坠入爱河。1878 年,范妮回到美国的加利福尼亚,不久生了一场大病。史蒂文森在爱情的驱使下,立刻赶往美国。航行途中,他历尽千辛万苦,使本已虚弱的身体更加糟糕。1880 年,他和范妮结婚,他们在加利福尼亚一个荒芜的矿营里住了几个月。回到苏格兰后,夫妻俩去瑞士过冬直到春天,随后开始从事小说《金银岛》的创作。在苏格兰和瑞士穿梭

来往后,他发现身体并没有好转。于是,他决定定居法国南部。后来病魔又缠上他,迫使他回到英国的康复中心伯恩默思治病,并在那里一直待到 1887 年。同年 8 月,他前往美国,定居纽约,在那里写出了《巴伦特拉家的少爷》。他的呼吸道疾病不时发作,经常咯血,为了健康的缘故,最后移居南太平洋上的萨摩亚群岛,并以此为背景,创作了《破坏者》和《低潮》。1894 年 12 月 3 日,史蒂文森年仅 44 岁就过早地离开了人世,使当时的英国文坛感到十分惋惜。

史蒂文森是维多利亚时代一位著名作家,一生著作甚丰,有诗歌、散文、游记、书信、戏剧,更有长、短篇小说。不过,他的主要成就是在小说方面。史蒂文森把毕生的精力都献给了文学艺术,被人们誉为浪漫传奇小说大师。迄今为止,很少有人在这一体裁上超越过他。他聪慧过人,想象力丰富,叙述故事常常是娓娓动听,使读者不知不觉地跟着他经历了一个又一个惊心动魄的冒险。他去世以后,人们对他的评价一落千丈,称他充其量不过是写了几本儿童小说,不值得评论界重视。然而,随着通俗文学的兴起以及评论界对此的关注,史蒂文森重新恢复了以前的声望。

史蒂文森提倡浪漫主义,反对以自然主义的方式描写琐碎的日常生活,不承认艺术与道德有任何联系。他指出,文学和艺术的根本任务就是为了怜悯读者,给读者带去快乐。作家应该从生活中撷取那些有趣的内容进行描写,作品应具有很强的可读性和趣味性。他认为一个人的真正生活不在于每天的琐碎事务中,而在于他的想象里。在他看来,生活是荒谬的,缺乏条理,充满了偶然性。相比之下,艺术作品则条理分明,逻辑性强,很少发生偶然性的事情。艺术是经过提炼的,流畅而又自然。

作为小说家,史蒂文森被认为是继司各特、狄更斯和萨克雷之后再度使英国读者恢复对小说和小说家热忱的人。尽管一些评论家因史蒂文森的崇拜者以年轻人居多,他的作品过多地述说年轻人的浪漫幻想,使英国小说偏离了现实主义的轨道而认为其小说有害,但另一些评论家则赞赏史蒂文森重视人内心世界的梦想和隐秘的愉悦的努力,认为他的"新浪漫主义"不仅无害,而且有益,因为它弥补了片面强调视觉形象的现实主义小说的缺陷,为英国小说注入了新鲜血液。在《浪漫故事闲谈》一文中,史蒂文森说:"读小说,对于成年人来说,就如孩子玩游戏;在那里,他改变了自己的生活环境和生活的一般规则;而当这种游戏和他的幻想协调一致时,他便会全身心地投入进去……小说就是浪漫故事。"可见,史蒂文森试图用自己的小说让成年男女重新唤起童年时代那种出自幻想的欢愉感。

史蒂文森的《金银岛》是一部深受青少年读者喜爱的冒险传奇小说。作品基本上以第一人称的语气记述了少年吉姆经历的一连串冒险故事。据作者自己介绍,这部小说是他看了一张水彩地图后突发灵感创作出来的。那张地图是他自己画的,内容是关于一个想象中的金银岛。海盗比尔投宿吉姆父亲的客栈。他白天观察行人,晚上住在客栈里,饮酒唱歌,讲述故事。比尔藏有一张已故弗林特船长隐藏财宝的地图,而他以前的同伙们也正在寻找这张图。比尔意外死后吉姆取得地图,并交给利夫西医生和特里劳尼老爷。他们发现这是一张藏宝图后决定立刻备船寻宝。他们乘坐的"伊斯帕尼奥拉号"启航不久,厨师西尔弗便和部分船员密谋造反。吉姆在岛上碰到当初和弗林特船长一起藏宝的本恩。本恩是三年前被流放到那里的。造反者和忠诚的水手们打了起来。经过一场激烈的肉搏战后,暴徒只剩下一个人,逃入丛林,而这一边也仅剩下特里劳尼、医生、船长和吉姆四个人。吉姆借用本恩的小船进入堡垒,发现堡垒里全是海盗,伪装成厨师的西弗尔获得宝图后率海盗——即造反的水手寻宝。他们找到藏宝的暗窖,财宝却不翼而飞。原来是本恩搬走了财宝。最后,在本恩的帮助下,特里劳尼老爷取得了财宝,并与忠诚的船员平分。西尔弗也得到了一袋金币。

这部小说一致被评论界及广大读者认为是史蒂文森最富代表性、最出色的小说，是世界文学史上的经典之作。小说的叙述栩栩如生，扣人心弦，充满了悬念，始终给人一种紧张、刺激的感觉；许多场景令读者既兴奋又害怕，主人公们的危险境地更是令人忐忑不安。尽管读者心里明白，主人公最后都能化险为夷，但他们还是带着一颗悬着的心去阅读，去探究主人公究竟采取什么办法摆脱困难，逃脱危险。这正是这部小说经久不衰、魅力不减的真正原因。

为了激发读者丰富的想象力，史蒂文森在小说中隐去了故事发生的准确时间和地点。小说由一个接一个的冒险场面连接而成，叙述节奏很快，一环紧扣一环，紧紧地抓住了读者的好奇心。主人公吉姆本来过着平静、正常的生活，可是一夜之间，他陷入了危险的境地，一个又一个冒险接踵而至。他凭借自己的机智、勇敢和智慧，每次都能化险为夷。作者用吉姆这个少年形象作为主人公，并且用第一人称叙述，给青少年读者一种身临其境的感觉。作者虽然把吉姆当作主人公来描写，但实际上，真正成为中心人物的还是要推西尔弗。这是一个充满矛盾的人物。一方面，他野心勃勃，贪婪成性，心狠手辣，善于耍弄两面派手法；另一方面，他又宽宏大量。若不是因为他的宽容和相助，吉姆早就被海盗杀了。史蒂文森本人也非常喜欢这个形象。正是有了这样的人物，《金银岛》才不流于枯燥无味，才能经得起时间考验，引起读者的共鸣。

这部小说对气氛的渲染是非常成功的。为了加强悬念效果，作者营造了一种浓厚的神秘感和紧张感。这一点在第一部分表现得尤为突出。脸上刻着刀疤、手上提着箱子的水手比尔神秘地出现在小酒店里。他惶惶不可终日，一方面害怕别人找到他，另一方面又害怕别人偷他的箱子。此时正值隆冬，万物萧瑟。夜晚外面伸手不见五指，狂风夹着暴雨吹打着窗子，不远处还传来巨大的海浪拍岸声。这一切无不给人一种毛骨悚然的感觉。人物的名字和相貌也令人生畏。"黑狗"掉了两个手指，皮尤是个瞎子，比尔脸上刻着刀疤。这副长相让人一看就畏惧三分，更何况他们还是海盗。

总之，《金银岛》是一部瑰丽奇异、充满浪漫色彩的冒险传奇小说，同时还揭示了人类对物质和金钱的贪婪欲望。在人们不知道藏宝图之前，大家平静相处，一切相安无事。但自从有了它，世间的一切骤然发生了变化。为了得到金银财富，人们丧失了道德，丧失了理性，更丧失了人性。他们尔虞我诈，相互残杀。在众人的眼里，特里劳尼等人可能要比海盗们高尚，但在对财富的追求方面，他们和海盗没什么区别。绅士和海盗都为金银财富而疯狂。

《化身博士》是一部心理冒险小说。这部小说自出版以来，一直深受读者的欢迎。如果说《金银岛》是以寻宝冒险吸引广大的少年儿童，那么《化身博士》则是以紧张激烈的心理冒险赢得了无数的成年读者。小说叙述的是一个人正反两个方面的双重性格，表现了史蒂文森对人性的理解，并丰富了冒险小说的表现范围。

在小说中，杰基尔博士意识到人是善与恶的混合体，他幻想将这两个不同的因素分离开来，寄存在两个不同的躯体内。他发明了一种药物，将自己的恶全部存到一个叫海德的人的身体中，又发明了一种药物来恢复自己本来的人性。这样，他过起一种双重生活。在众人面前，他温文尔雅，小心谨慎；在私下场合，他却毫无节制地做出种种荒唐的坏事。他想方设法保护海德，并立下遗嘱，把财产留给他。然而海德的恶性变本加厉，令杰基尔难以自拔。海德穷凶极恶，竟然谋杀他人。恢复本性的药逐渐失效，杰基尔完全变成恶人，海德最后只能绝望地自杀。

在描写人物性格两重性方面，可以说当时没有一部作品能像史蒂文森的《化身博士》那样表现得那么生动、有力、直接、新颖，具有强烈的吸引力和说服力。这个故事后来成为西方社会的一个民间传说,深深地扎根在人们的心中。多年来,人们先后把它改编成电影、电视剧、动画片等不断上演,吸引了一批又一批观众。这部小说的重要价值在于,它成功地揭露了人性的两面性,即美与丑、善与恶的对立和混合,挖掘出了深藏在人的潜意识之中的人性的黑暗面。它为弗洛伊德研究人的潜意识和本能起了一定的引导作用。

小说的中心内容是围绕杰基尔如何把自己从善与恶、文明与野蛮、冲动与克制之中分割开来。杰基尔在小说中解释说,他来自于中产阶级,处处要克制自己的性格,做一个文明、善良的人;而他灵魂深处却骚动着一颗不安的心,时刻在想方设法满足隐藏在内心的种种欲望。这两个方面总是不能统一,杰基尔因此深感痛苦。为了获得内心的平静,在两者之间求得一种平衡,他只好通过两个外在的人体,表现自己性格的双重性。

这部作品触动了每一个读者的神经,震撼了每个人的内在意识,直言不讳地揭露了人性的两重性,因而大受欢迎,成为一部文学经典。英国作家奥尔德斯·赫胥黎指出,日常生活需要我们把自身内部的双重性调整到一种和谐的状态,否则我们难以成为社会的有用之材。从某种意义上说,这部作品讽刺了整个社会。在这个社会中,受过良好教育、受人尊敬的博士处处压制自己的本能和天性,最终变成一个难以驾驭和驯服的猛兽,做出了种种恶事。作者通过博士的双重生活,辛辣地讽刺了维多利亚社会资产阶级的虚伪道德,揭露和谴责了上流社会的伪善。

这部作品也充分表现了作者高超的叙事才华和驾驭结构的出色能力。小说采用哥特式小说的神秘和浪漫情调,一开始就设下疑团,然后层层剥开,步步推进,使读者始终被强烈地吸引着。读者在目睹化身博士内心"善""恶"的同时,也情不自禁地进行反省。

《诱拐》是史蒂文森创作的又一部比较成功的冒险传奇小说。它情节简单,但十分生动,人物形象丰满,具有广泛的代表性,人物性格的发展也合情合理。作品全称为《诱拐:大卫·鲍尔弗1751年冒险回忆录》。小说围绕大卫·鲍尔弗在父亲去世后与叔父之间的遗产纠纷而展开,描述了他被诱拐到海上的冒险经历。同司各特一样,史蒂文森在这部冒险传奇小说中也以1745年雅各宾人爆发的起义为背景,从侧面反映了苏格兰人民反对乔治王,拥戴斯图亚特家族统治的历史过程。

这部小说也是以一个少年为故事的叙述者和主人公,以他的天真无邪和丰富的想象吸引了广大的青少年读者,因此也属儿童冒险传奇小说。这部小说之所以具有很大的吸引力,主要是因为情节具有浓郁的冒险色彩。史蒂文森历来十分重视小说的情节,常常为此倾注极大的心血。他认为,小说的目的是愉悦读者,把读者从枯燥乏味的日常生活带进一个他们从未经历过的世界,去冒险、去体验快乐和兴奋。要做到这一点,栩栩如生、引人入胜的情节至关重要。为了实现这个效果,史蒂文森在这里把令人惊叹的事件和日常琐事融为一体,使读者感到有虚有实,有张有弛。例如,他一方面描写大卫被诱拐、艾伦逃跑、轮船触礁沉没等紧张恐怖的事件,另一方面也不忘穿插一些诸如家庭不和、水手醉酒等琐事来舒缓读者紧张的神经。这种描写使小说显得既有传奇色彩,又富生活气息。

史蒂文森重视情节,并不等于说他忽视对人物的塑造。相反,这里的人物如大卫和艾伦均刻画得十分出色。大卫来自苏格兰低地,灵活,精明;艾伦来自苏格兰高地,傲慢、豪放。两个人在政治观点、价值观念等许多方面都截然不同,但作者却成功地让他们结伴为伍,使他们成为亲密朋友,患难与共,彼此忠诚。除此之外,作者还把大人物与小人物、富人与穷人、绅士与恶棍相互映衬,个个描写得活灵活现,真实可信。由于情节引人入胜,人物栩栩如生,读者自然爱不释手。

《巴伦特拉家的少爷》以18世纪的苏格兰为背景,叙述一对兄弟相互之间因为名誉、地位和爱情的冲突而进行的一系列冒险活动。1745年,觊觎英国王位的"小僭君",即"老僭君"之子查理·爱德华回到苏格兰,试图夺取王位。杜里希迪尔勋爵把一个儿子留在家里,另一个送去为斯图亚特战斗。他想这样安排不管斯图亚特胜败如何,他的家产都不会有任何危险。巴伦特拉家的大少爷、财产继承人詹姆士加入了斯图亚特的部队,而小儿子亨利则留在家里。不料,斯图亚特战败,詹姆士战死,亨利因此成为巴伦特拉家的少爷,并且娶了詹姆士的未婚妻艾利森。然而,詹姆士并没有牺牲。他在美洲和法兰西经历一番冒险后又回到了苏格兰。他和亨利处处作对,并时常纠缠艾利森。亨利忍无可忍,兄弟俩最后只有兵刃相见,两人相约决斗,亨利以为他杀死了詹姆士。实际上,詹姆士又一次死里逃生,只身跑到了印度。亨利不久带领家人悄悄地去了美洲。詹姆士也紧随其后,去美洲寻宝。经过一番惊心动魄的历险之后,兄弟两人均客死他乡。

在人物塑造方面,作者对詹姆士和亨利这对兄弟的性格冲突描述非常成功。同《金银岛》中的西尔弗一样,詹姆士并不是一个十足的恶棍;亨利虽然在小说的前半部分比较温顺,后来却也变成了一个恶少。他生活在詹姆士的阴影中,没有冲劲,更缺乏魅力和力量,所以难以成为真正的巴伦特拉少爷。

第四节　批判现实主义的崛起

1837年至1901年维多利亚女王在位时期,英国资本主义和殖民主义可谓是登峰造极、盛极而衰。爆发于19世纪30年代的宪章运动标志着无产阶级政治上的成熟和工人运动的高涨。19世纪50至70年代是相对稳定和发展的时期,工业迅速发展,殖民地日益扩大,英国成为"日不落帝国"。然而进入20世纪80年代以后,英国发生了数次经济危机,工业萧条,农业受美国和澳洲进口的冲击遭受打击,社会不公正和黑暗状况加剧,劳动人民愈加贫困。与此同时,资产阶级和贵族统治者却荒淫无度,残酷剥削劳动人民,造成一幕又一幕社会悲剧。这些构成了英国19世纪现实主义小说发展的社会基础,并且使得现实主义小说蓬勃发展起来。

现实主义,从广义上说,是对社会生活(尤其是当时社会的生活现实)的忠实表现。不过,现实主义在实际创作中有多种不同的运用,评论界对于这个名称也有不尽相同的理解。从19世纪中后期的创作看,人们对现实主义的运用有这样几种认识。一种认识从创作题材着眼,认为现实主义描写当时或当今的生活,而不是以历史和幻想为素材。更确切地说,特别是在19世纪中期以后,现实主义小说的题材更具有"攻击性",也就是说更具有暴露性和批判性。还有一种看法在19世纪末更为流行,认为现实主义就是对外界事物细节的精密描写,这实际上是带有法国自然主义倾向的现实主义。这些不同倾向的现实主义在19世纪英国小说的不同时期都曾有所表现。

在英美评论界,现实主义常被称为社会现实主义,在我国则常被称为"批判现实主义"。维多利亚时代的批判现实主义小说是当时英国小说的主流,也是当时英国文学发展中的重要部分。一大批"批评现实主义"作家出现于这一时代,如查尔斯·狄更斯(Charles Dickens,1812—1870)、威廉·萨克雷(William Makepeace Thackeray,1811—1863)、勃朗特姐妹、乔治·爱略特(George Elliot,1819—1880)、本杰明·狄斯累利(Benjamin Disraeli,1804—1881)、安东尼·特罗洛普(Anthony

Trollope,1815—1882)、盖斯凯尔夫人(Elizabeth Cleghorn Gaskell,1810—1865)、托马斯·哈代(Thomas Hardy,1840—1928)、乔治·梅瑞迪斯(George Meredith,1828—1909)、威尔基·柯林斯(Wilkie Collins,1824—1889)、塞缪尔·巴特勒(Samuel Butler,1835—1902)等。他们的作品主要从资产阶级人道主义的立场出发,出于社会的正义感和道德责任感,对当时贫富不均等社会不公正现象进行暴露讽刺和批判,并对贫苦人们的不幸遭遇表示同情。以下主要从查尔斯·狄更斯、勃朗特姐妹、乔治·爱略特、托马斯·哈代等人的小说创作来看维多利亚时代批判现实主义小说概貌。

一、查尔斯·狄更斯

查尔斯·狄更斯出生于英国朴次茅斯。他早年家境较好,曾在一所私立学校接受过一段时间的教育,但在他 12 岁时,父亲因无力偿还债务而入狱,家人也随父亲迁往牢房居住,而他则被送往伦敦一家鞋油厂工作。父亲出狱后继承了一笔遗产,家庭经济状况有所好转,他也因此又上过一段正式的学校。15 岁时,他从威灵顿学院毕业,到一家律师事务所做职员。后来,他转入报社成为一名记者,之后又成为议会记者,专门记录英国议会的政策论辩。1833 年,他开始为几家杂志偶尔发表的伦敦生活素描图写解释文字,这些素描图和解释文字一起于 1836 年结集成书出版,题目是《博兹特写集:解说日常生活和日常人》。同年,他开始创作《匹克威克外传》,于 1837 年出版,获得了很大成功。此后,他的小说相继问世,如《奥利弗·特维斯特》《尼克拉斯·尼克尔比》《老古玩店》以及《巴纳比·拉奇》等。1842 年,狄更斯前往美国访问,在这期间,他完成了游记《美国见闻》和小说《马丁·瞿述韦》的创作,然而这两本著作并未得到热烈响应。之后,他又接连创作了《董贝父子》《大卫·科波菲尔》《荒凉山庄》《艰难时世》《双城记》《远大前程》等优秀的小说,成为 19 世纪英国文坛当之无愧的巨匠。1870 年 6 月 9 日,狄更斯死于脑出血,享年 58 岁。

狄更斯可以名副其实地被称之为最具代表性、文学成就最高、影响也最大的小说家。他从《匹克威克外传》开始,直至最后一部小说《埃德温·德鲁德的秘密》结束,一生共著有 14 部长篇小说。除此之外,他还写有大量的小品文、论文、随笔、短篇小说等,可谓著作等身,声名卓著。他的作品在对英国社会抱着乐观态度的前提下,对之进行了辛辣的讽刺和无情的批判。他抨击物质主义,揭露资本家对工人和劳动者进行的残酷剥削,批判社会的种种不合理现象,对劳动人民的不幸与苦难寄予了深切的同情。

《奥利弗·特维斯特》(又名《雾都孤儿》)是狄更斯创作的第一部结构严谨、情节连贯的现实主义小说。小说主要讲述了一个孤儿悲惨的身世及遭遇。主人公奥利弗·特维斯特在孤儿院长大,他曾在济贫院做童工,因不服管教被痛打一顿,一气之去了伦敦。在伦敦,他被道奇带到了盗贼头子费金的贼窝,费金教他如何行窃。在一次行窃过程中奥利弗被误以为偷了布朗洛先生的手绢而被抓进了警察局,后经证实小偷另有其人,他得以被释放,但当时他已病重,布朗洛先生十分仁慈,将他带回家中。奥利弗决定脱离这个盗贼组织,然而他的行为却触怒了费金。费金费尽心机又将奥利弗抓回贼窝迫使他去偷窃。不久,奥利弗趁一次行窃过程中再次出逃,这次他得到了梅利夫人的帮助,巧的是,这位梅利夫人正是奥利弗的姨妈,但双方都不知情。后来,奥利弗的身世被逐渐揭开,原来他是布朗洛先生朋友的儿子,还有个哥哥叫蒙克斯。蒙克斯一心想要霸占父亲所有的遗产,但是由于他的不孝,父亲将所有的财产都留给了奥利弗,于是他和费金勾搭成伙,千方百计地陷害奥利弗。最终在布朗洛先生的帮助下,蒙克斯的诡计被戳穿,费金也被判处绞刑。布朗洛将奥利弗收为养子,而蒙克斯劣行不改,继续作恶,被捕入狱。

这部小说与充满诙谐、喜剧色彩的《匹克威克外传》相比,显得比较压抑。它以贫困和犯罪为中心主题,通过一个孤儿的遭遇对英国下层社会的贫苦现象进行了真实的再现,也对英国司法制度的荒谬性进行了辛辣的讽刺。

在人物塑造上,狄更斯在这部小说中采用了多种不同的手法。首先,他通过外貌来揭示人物的内心和性格。譬如,费金、赛克斯、蒙克斯等反面人物,其外表就给人以一种丑陋、邪恶的感觉。对于正面人物,狄更斯也运用了同样的方法。布朗洛等人心地善良,情操高尚。作者便用他们的谈吐举止烘托其性格。格里姆威克先生一言一行无不显示出他的固执,而邦博处处炫耀自己则充分显示了他趾高气扬、自以为是的作风。其次,狄更斯常常采用夹叙夹议的方法替代作品中的人物叙述情节,直接向读者描述人物的言行及其性格。例如,蒙克斯、费金在肮脏、声名狼藉的小酒店里偷偷见面,读者虽然不知道他们在密谋什么,但可以肯定他们又在策划伤天害理之事。同样,布朗洛先生在法官面前替奥利弗辩护,读者一眼可以看出他是一个善良的好人。

狄更斯在这部小说中还注重运用象征手法加强主题。有些人物对冲突的发展并没有起什么作用,但却具有强烈的象征意义。扫烟囱的甘菲尔德十分真实地反映了儿童的不幸。作品中多次出现的黑烟、浓雾、黑夜同样具有强烈的象征意义,它们一方面表现了劳动人民生活的无望,另一方面象征了费金、蒙克斯、赛克斯等人狰狞的面目和黑暗的心灵。与此同时,连绵不断的雨丝和非同寻常的严寒,更是衬托了生活的艰辛、无情、残酷和恐惧,而这一切则构成了小说的基调。

《大卫·科波菲尔》是狄更斯最有代表性、最受读者欢迎的小说之一,作者自称"在我所有的作品中,我最喜欢的是这一部"。作品以同名主人公的成长历史为中心故事。主人公大卫是遗腹子,在父亲死后半年出生。当时母亲只有仆人佩格蒂陪伴在身边。他的姑奶奶贝茨在他降生那天突然来到,贝茨原本希望生下的是女孩,这样自己就可以做她的教母,但没想到的是竟然是一个男孩,因此认为这是对她的大不敬,一气之下就离开了他们母子。自此,大卫便和母亲及佩格蒂相依为命,并且生活得很快乐,直到母亲改嫁。继父性格粗暴,心狠手辣,经常虐待大卫。倔强的大卫被赶出家门,一开始被送到一所寄宿学校,校长也是一个性格残忍暴躁的暴君。不久大卫的母亲难产而死,母亲死后,大卫被继父送到伦敦的一所仓库做童工,吃不饱,还要干成人的重活。后来,大卫因不堪屈辱,逃离工厂,投靠他唯一的亲戚贝茨。贝茨虽脾气古怪但心地善良,她收留下了大卫,并将其抚养成人。而在成长的过程中,大卫也经历三段感情。第一段感情是母亲的仆人佩格蒂的孤儿侄女——艾米莉,她有一段时间曾让大卫着魔;第二段感情是他的房东的女儿阿格尼丝,这个人是大卫的理想的"家里的天使",她成为大卫的知心人;第三段感情是进入律师行业后认识的斯班罗先生的女儿朵拉,朵拉美貌、天真,二人一见钟情,后来成婚。不久朵拉分娩后患病身亡,而这时大卫已经成为一名作家,并发现自己仍然爱着阿格尼丝,于是经过一番波折后,他终于如愿以偿,娶到阿格尼丝。他们婚后生活幸福,儿女成群,一个女儿命名为贝茨,以纪念大卫的姑奶奶。他岳父的助手尤里亚·希普企图篡夺主人的财产和女儿,大卫在特拉德勒斯和米考伯先生的帮助下,揭露和挫败了他的阴谋诡计。米考伯先生移民到澳大利亚,最后成为一个行政长官。

这部小说无论是在思想上和艺术上都取得了极高的成就,并产生了极大影响。首先,小说的社会批评非常明显。这部小说翔实地描绘了伦敦的城市景观,针砭了财大气粗、固执、传统的中产阶级,揭露和批评了维多利亚时期社会上存在的许多其他问题。这些包括妇女缺乏工作机会问题、负债人监狱里的不公平现象、学校的专制、童工的痛苦、娼妓问题以及对精神病人的人道主义待遇问题。狄更斯针对这些问题提出的对策是采纳狄克的自发性智慧、米考伯的真诚以及佩格蒂的简朴的执着。其次，小说的叙事技巧娴熟。在情节安排上，作者采用了多线并行的方式，主线是大卫的成长历程，其中又穿插着各种次要人物的生活境遇，铺设了许多次要情节，这使得整个故事内容更加丰满。在人物形象塑造上，小说塑造了众多的人物形象，但每个人物个性分明，他们的言谈举止甚至外观都彼此不同，各有特色，人物形象没有出现前后脱节现象。此外，狄更斯还运用了不同的幽默形式烘托小说的气氛，以增加喜剧效果。

《荒凉山庄》是狄更斯最成熟的现实主义小说之一。小说围绕着"贾迪斯控告贾迪斯"这个官司展开。这个官司是贾迪斯家人为分割遗产而进行的。它延续多年，亲戚间相互争吵不休，其间有的破产，有的则被迫自杀，为双方辩护的律师们则"鹬蚌相争，渔人得利"，塞满了自己的腰包。最后贾迪斯家产因为支付诉讼费用而被耗空，官司也就随之告一段落。

小说的故事情节非常复杂。它的主要人物是埃丝特·萨默森。年轻的埃丝特是约翰·贾迪斯先生荒凉山庄的女管家，她幼时受到已故教母的虐待。在"贾迪斯控告贾迪斯"的官司中，贾迪斯先生的一位律师塔金霍恩获得了有关埃丝特的生母的线索，最终查到她的生母是戴德洛克夫人。这位夫人年轻时爱上霍顿，生下私生女埃丝特。在查明这件事的真相的过程中，有许多人被牵涉进去。其中有一位外科医生——伍德考特——爱上了埃丝特。后来埃丝特患病。当年老的贾迪斯向她求婚时，她主要出于感激而接受了他的要求。塔金霍恩最终被谋杀，著名的调查官巴克特迅速地解决了这个案子。戴德洛克夫人亲自把全部真相告诉埃丝特。她后来被人发现死在埋葬霍顿的教堂的墓地里。当贾迪斯发现埃丝特真正爱的人是伍德考特时，他给予她自由。这两个年轻人结合在一起，从此以后过着幸福的生活。"贾迪斯控告贾迪斯"的官司最终结局是家族财产在诉讼过程中全部被耗空。

小说所集中勾画的是处于离异状态的人际关系。所谓"荒凉"是指人们知道相互间缺乏认同和情意，人际间总是存在严重的相互排斥与离异，所以生活就不可避免地变得神秘而悲惨起来，因而感到一种无法克服的无能为力和绝望情绪。小说的叙事结构非常复杂，多条线索纵横交错，贯穿于故事情节之中。

这部小说的叙事方式较为独特，常常是人们思考与关注的点。由于小说充满强烈感情，而且叙事所包罗的范围广泛，缺乏集各种事件和人物于一身的明显的中心人物或部位，一个叙述者显然不能满足叙事的需要。所以作家采取第一人称和第三人称两种叙述法交替叙述的方式。第一人称叙事能够产生强烈的感情与真实感以及强烈的参与感，而第三人称的全方位视角则能使意识自由游荡于时间与空间之中，可以看到与讲述有关的所有要发生的事情，随时进行无情的评论。狄更斯采取这种富有创造性的方法，利用两种角度来讲述故事。埃丝特作为第一人称叙述者讲述了整个故事的一半，剩下的部分则由第三人称叙述者讲述。这两种叙述角度相互交替辉映，不断彼此回应与矫正。尽管埃丝特不是故事的明确中心，但她仿佛是一块试金石、一个制高瞭望点，主要代表了她所了解的关系网的道德行为准则。所有人的好坏都似在通过他们与埃丝特的距离的远近来加以衡量。埃丝特为人天真、淳朴、古道热肠、温柔、体贴、感情细腻，倾向于伤感类。不过，埃丝特毕竟不是小说真正的中心点，她只是小说里一个寓言式的感伤故事的主角。狄更斯要表达的要旨要宽广得多。他的矛头是指向社会的。这就需要第三人称来提供新视角，加强表达深度。《荒凉山庄》里第三人称的叙述部分约占全书的一半。小说的开始段落、对伦敦大雾的描写都属于绝笔。这部分的风格是不受时空限制的描绘，宛似一架架在高处的摄像机，随意转动，摄下要拍的镜头一般。

此外,《荒凉山庄》还有些侦探故事的意味。侦探故事的核心是侦破案件。在整个过程中,侦探对他侦探的对象有一定的设想或假想,侦探故事则尽量长时间地推迟透露有关信息,尽量使得事件本身吸引住读者的注意力,以产生更强烈的悬念。在《荒凉山庄》里有许多侦探或侦探式人物,这些人不是刺探他人的秘密,就是忙于解答自己的疑难。其中最著名的是巴克特,他巧妙地揭示出戴德洛克夫人的谜底。此外还有盯住戴德洛克夫人不放的塔金霍恩,他为此而丧命;还有企图从埃丝特那里获得同样信息的加卟先生和斯奈格斯比夫人,甚至也包括埃丝特在内,她被自己神秘的身世或神秘地促成她母亲的罪孽而感到心神不宁。

总之,作为狄更斯抨击社会的力作之一,《荒凉山庄》强烈贬斥了英国的司法体制,针砭了整个英国社会的不健康基调。

《远大前程》也是狄更斯极具代表性的批判现实主义作品。这部小说大致可分为三部分。第一部分(第1~17章)是故事的开端,以匹普无意中救马格维奇开头,以这个凡人的重新被捕为结尾。匹普天真单纯,在乡下与另一个单纯善良的人——铁匠乔生活在一起。他和乔都受到匹普的姐姐的虐待,在共同的困境中成为好朋友。匹普也不时地受到邻居的讥笑和鄙视。乔在晚上工作之余去乡下酒吧休闲,总把匹普带在身边,像父亲一样呵护着这个孩子。第二部分(第18~36章)故事情节继续发展。一天晚上,酒吧来了一个陌生人。他是伦敦的一个律师,名叫贾格斯。他找到匹普,说受人之托,要把他带到伦敦去读书。匹普得到这一笔意想不到的资助,满头雾水,以为这是哈维舍姆女士的美意,但他始终不得而知,就随着贾格斯到伦敦。他的趣味、爱好和言谈举止逐渐变得"高雅",后来与乔同行时都感到难堪。这一部分以匹普的真正恩主——马格维奇的出现为结尾。当匹普初与马格维奇相处时,感到非常尴尬、忐忑不安。随着时间的推移,他逐渐感觉到这个逃犯对他的真心的爱。他对马格维奇慢慢由好感发展到爱,开始担忧他的安全。他为马格维奇策划深夜逃跑。在泰晤士河上与警察的对峙中,匹普全身湿透。这是象征性的洗礼,意味着他的重生。这一部分以伦敦为背景,为狄更斯提供讽刺维多利亚时代社会制度的良机。匹普以及他的那些有闲阶层的朋友们不劳而获,但却生活得悠闲自在,作家对他们的这种详细描写,就是社会批评的范例之一。第三部分(第57~58章)开头,匹普突然患脑炎,长时间昏迷不醒。这可能象征着他身上"绅士"成分的死亡。他开始面对人生的新阶段。他重新回到乔的身边,认识到他的根在乡村,把乔视为自己的"父亲",最后与艾斯黛拉(马格维奇丢失的女儿)重新见面。

这是一部"教育小说"类作品,或者说是一部"成长小说"。它讲述一个年轻人从天真单纯到阅历丰富,从不成熟到成熟的成长过程。小说叙事所沿袭的基本模式是浪漫主义性质的,即乡村与城市、天真与经验丰富的两相对比。正如华兹华斯的感伤诗歌《迈克尔》中老迈克尔的儿子卢克一样,匹普离开淳朴的乡村来到堕落的城市,受到城市里的恶毒影响和腐蚀,因而丧失了他的纯真。这就决定了他此后的精神历程必会遵循一条既定的路线,即从探索和寻求失去的自我开始,同时探索和寻求失去的其他东西,最终学到谦卑,承认和接受自己的罪孽,重新找回失去的价值观,身心得到成长。匹普的经历反映出当时社会的精神面貌、人的思想的贫乏以及难以置信的道德堕落。产生这些问题的原因可直接追溯到19世纪的机械文明。《远大前程》已被视为反映19世纪社会生活的寓言(即一个年轻人从乡村来到城市,从贫民变成富人)。但是小说的意义却远远不止于此;它所反映的是人类的特点,它的模式超越了时间与空间的限制,成为可以普遍适用于全人类的永恒模式。

这部小说具有典型的维多利亚时代的特征,它反映出当时的时代精神面貌和社会生活中存在的一些基本问题。首先是在工业化之后出现的非人性化。人们为获得成功相互竞争,人性受到扭曲而退步。其次,小说中大多数人都仿佛没有什么安全感。再次,人们都在寻找自己原来的面貌。最后,非常强调家庭观念。

二、勃朗特姐妹

勃朗特姐妹指的是夏洛蒂·勃朗特(Charlotte Bronte,1816—1855)、艾米莉·勃朗特(Emily Bronte,1818—1848)和安妮·勃朗特(Anne Bronte,1820—1849)三人。她们在荒芜孤独的生活环境中,走过了短暂又坎坷的生命历程,创造出个性鲜明的文学珍品,给英国文学史甚至世界文学史留下了浓重的一笔,被称为"勃朗特峭壁"。

勃朗特姐妹出生于英国北部约克郡山区的哈沃斯小镇,父亲帕特里克·勃朗特来自一个贫困的爱尔兰农民家庭,依靠自己的努力,在剑桥大学圣约翰学院获得文学学士学位,成为教区副牧师。母亲玛丽亚·布兰威尔出身于富裕的商人家庭,1812年与帕特里克结婚,共生育五女一男,母亲温柔可亲,笃信宗教。父亲当牧师的收入微薄,难以供养这个大家庭,她们的童年笼罩在贫困和死亡的阴影中。夏洛蒂5岁的时候母亲去世,艾米莉和安妮则只有3岁和1岁。孩子们的姨母、虔诚的卫理会公教徒布兰威尔小姐前来帮助照顾他们。除了家人之外,勃朗特姐妹的整个世界就是牧师住宅和荒野。哈沃斯偏僻荒凉,当地人粗野直率,外来的勃朗特一家很难与他们融合。她们在荒原上游荡,在小家庭圈子中慢慢成长,没有多少社会交往,或者根本没有这样的交往。在这样的环境里长大,勃朗特姐妹个性敏感,气质早熟。她们迫切地追寻生命的意义和快乐,最终诉诸写作,从中获得精神的支撑和满足。

夏洛蒂·勃朗特(Charlotte Bronte,1816—1855)在家排行第三,但是母亲和两个姐姐的过早去世,让夏洛蒂充当了大姐的职责,相对而言,她个性中有更多责任感和务实的成分。8岁时,夏洛蒂就学于考文桥寄宿学校,那里恶劣的生活条件严重摧残了她的健康。在失去两个亲爱的姐姐后,她返回家中与三个弟妹跟随父亲读书;15岁时她进了伍勒小姐办的露海德寄宿学校,又接受了18个月的正规教育。露海德是一个校规刻板、严格的教会学校,使夏洛蒂身心倍感痛苦,但是在这里她认识了艾伦。纳西和玛丽·泰勒,结为终身好友。她写给艾伦的大量书信被保存下来,成为研究勃朗特生活的珍贵资料。1839—1842年期间,她曾做过家庭教师,但因不能忍受雇主的歧视和刻薄,放弃了这种谋生之路。为寻求自由的生活方式,夏洛蒂决定与姐妹们自办学校,她向姨妈借钱,和艾米莉远行布鲁塞尔,到海格·埃热夫妇的学校进修法语,但是因为哈沃斯位置偏僻,没有生源,办学计划失败。然而,在布鲁塞尔8个月的学习经历进一步激发了夏洛蒂自我表达的愿望,坚定了她从事文学创作的决心。埃热先生是一个优秀的老师,要求严格而又为人亲切,并且具有较好的艺术鉴赏力。在这里,夏洛蒂不但受到系统的法语训练,而且在写作上受益匪浅。夏洛蒂一生顽强地追求自立的生活方式,两次拒绝了求婚者,直到38岁才和父亲的副牧师尼柯尔斯结婚,9个月后,怀有身孕的她即感染肺结核去世。

对于艺术创造,夏洛蒂有自己的独到见解,她认为文学需要内在的激情和创造性,艺术不是机械的技巧模仿。她崇尚内心燃烧着精神火焰的人,并将其引为同类。夏洛蒂的文学声誉来自她的四部小说:《教师》《简·爱》《雪莉》和《维莱特》。此外,她还留下一部未完成的小说片段《爱玛》,早年与布兰威尔一起创作的传奇故事,还有大量的书信和少量的诗歌。夏洛蒂的小说作品表现的是孤独、卑微的个人在现实中的痛苦和挣扎,但是她的内心始终洋溢着人世的、酷爱生活的人文精神。

《简·爱》是夏洛蒂最为窥知人口的作品,面世后在伦敦轰动一时,两个月后再版,并在夏洛蒂有生之年印刷四版。批评界对小说虽褒贬不一,但都反应强烈。小说具有自传性质,以第一人称讲述了孤儿简从少女到成人的人生故事,心理描写细腻感人,语言风格强劲有力。小说涉及简在五个不同环境中的生活:舅妈家、洛伍德寄宿学校、桑菲尔德庄园、圣约翰家以及简作为归宿的家。孤儿简在盖茨海德府舅舅家过着寄人篱下的生活,舅舅去世后,她备受虐待。舅妈里德夫人厌弃她,表姐妹怠慢她,表兄约翰更是肆无忌惮欺侮她,连佣人们也不喜欢她,但是简始终倔强地维护着自己的尊严。在与表兄发生激烈的冲突后,八岁的简先被关进恐怖的"红屋子"接受惩罚,之后被赶出家门,送到生活条件恶劣、管理严厉的洛伍德寄宿学校。在那里,简唯一的安慰是善良的老师坦布尔小姐和虔诚柔顺的同学海伦。然而,前者嫁人离开了,海伦也死于虐待。简经受了身心的考验,顽强地生存下来。毕业后,她来到桑菲尔德庄园做家庭教师,爱上了主人罗切斯特先生。尽管两人地位悬殊,生活背景大相径庭,简始终不卑不亢地面对生活,履行自己的职责。罗切斯特深深爱上了这个身材矮小、貌不惊人的女教师,并向她求婚。然而就在婚礼前,又一场严峻考验来到了。她得知罗切斯特的疯妻伯莎·梅森仍健在并且被囚家中的真相。简拒绝沦为情妇,痛苦地出走流浪,昏倒在荒野沼泽里,碰巧被表兄圣约翰和两个表姐妹营救收留。后来,简意外获得叔叔的两万英镑遗产,还得到圣约翰请求为完成其宗教使命而请她合作的求婚。然而,简在心中听到了罗切斯特的呼唤,拒绝了圣约翰,重返桑菲尔德,却发现庄园已被伯莎点燃的大火烧成废墟,罗切斯特也因为试图搭救伯莎而双目失明,并且失去一只手臂。在小说结尾,简毅然与罗切斯特结婚,找到了人生的幸福。后来,他们的儿子诞生,罗切斯特的一只眼睛终于恢复光明。

小说中的简是英国文学中最令人难忘的女性人物之一,她凝聚着夏洛蒂的想象、勇气、抗争和人生思考。这是一个彻底背离维多利亚"房中的天使"传统俗套的女性形象。她其貌不扬,出身低微,必须靠劳动养活自己。她虽备受轻视辱慢,但仍怀有美好的感情,坚强自立。她深具民主平等意识,蔑视庸俗的社会等级观念和拜金主义的婚姻模式,具有金子般的品质。身为社会性别上居于弱势的女性,"不美,穷且矮小"的她却能大胆向罗切斯特表白真情,坚信自己在人格和爱情上的平等权,完全颠覆了女性在婚姻和爱情上消极被动的刻板化形象,的确令人耳目一新。

这部小说以女主人公简为创作灵魂,赋予作品浓厚的认知论色彩,给英国小说带来了强烈的自我意识。戴维·塞尔希(David Cecil,1902—1986)认为夏洛蒂是第一个主观主义小说家,是普鲁斯特和乔伊斯(James Joyce,1882—1941)等个人意识小说的先驱,是第一个把小说当作披露个人情怀的工具的作家。简是一个具有清晰的主体意识的新女性。她拒绝做"天使",勇敢地宣布"我就是我自己";她自尊自爱,宣称:"我关心我自己。我越是孤独,越是没有朋友,越是没有支持,我就越尊重我自己。"在小说中,为维护自己的尊严和自由理想,她同表哥约翰·里德、勃洛克尔赫斯特督学、罗切斯特以及圣约翰为代表的四个男性压迫者进行多层面的斗争,甚至拒绝各种与自己的平等自由信念和道德原则相冲突的求婚,体现出可贵的女性自主意识。

小说还流露出强烈的现实和社会批判精神。虽然学者玛丽·沃德断言夏洛蒂是"英国的,新教的,遵纪守法的",否认其社会叛逆性,但是人们无法否认,简完全不同于传统小说中常见的女主人公,在很大程度上,她成为夏洛蒂感受人生、批评社会的艺术替身。

尽管夏洛蒂是维多利亚时代的批判现实主义作家,但《简·爱》却散发着浓郁的浪漫主义色彩。小说充分反映了作者渴望冒险、追求自由和独立、强调自我精神的满足,向往自然和神秘的心理。与此同时,小说还具有一定的哥特式小说成分,表现出神秘、恐惧的色彩。简被舅妈关进舅舅去世的房子里,夜晚听见令人毛骨悚然的尖叫,罗彻斯特房间莫名其妙地着火,阁楼上关着的那个神秘女人等,这一切无不是哥特式小说的典型情节。深受这两种文学形式影响的夏洛蒂很自然地把它们运用到自己的作品中,并且成功地融为一体,给小说平添了许多吸引力。

从艺术手法方面来看,夏洛蒂在《简·爱》中运用了许多艺术手法。第一,她设计了各种不同的冲突:人与自身、人与人、人与自然、人与社会。简蔑视舅妈、憎恨慈善学校的老师;罗彻斯特冲破社会习俗,试图在妻子还活着时娶简为妻;简深深地爱着罗彻斯特,内心却备受煎熬;简在寒冷的沼泽地里苦苦挣扎等。这一切都构成了不同的冲突,增强了小说的戏剧性和可读性。第二,她将其早年创作的安格里安故事中那种幻想、非现实和浪漫色彩同她第一部小说《教师》中那种现实主义和浪漫主义色彩合二为一,使得小说的现实主义和浪漫主义成分并重。第三,她多次运用象征手法,如桑菲尔德中的桑,英文意为"荆棘丛生",菲尔德意为"田野"。它象征简在这里的生活充满了荆棘。第四,她通过对比来衬托女主人公的形象。布兰奇·英格拉姆美丽、富有,但思想浅薄,头脑简单。简虽然其貌不扬,身无分文,但有思想、有头脑,正因为如此反差,罗彻斯特才深深地爱上简。第五,她还大量引用《圣经》,如简对自己幸福的描写基本上都用基督教的语言,这为小说增添了一层宗教色彩。第六,她还使用倒叙、幽默讽刺、生动的对话等手段提高作品的可读性。

艾米莉·勃朗特(Emily Bronte,1818—1848)在三姐妹中个性最为孤傲,具有一种更深沉的内省倾向。她敏感倔强,独立不羁,看似沉默孤僻,其实内心热情奔放,大胆率真,富有诗情的想象。除了家人,她几乎不与他人交往,但是终生热爱自然,苦恋故乡约克郡的荒原。因环境和个性原因,艾米莉接受的学校教育零碎有限。6岁时,曾在寄宿学校就读两个月,因学校的恶劣条件而被接回哈沃斯。17岁时,她继续在露海德受过几个月的教育;她19岁时做过短期家庭教师,24岁时为协助夏洛蒂创办学校,也曾去布鲁塞尔学习法语。艾米莉是一个孤僻的天才,家庭以外的环境都令她忧郁衰弱,在她从布鲁塞尔回家为姨妈奔丧后,就再也没离开哈沃斯,在家中度过了宁静的余生。1848年9月艾米莉在弟弟布兰威尔的葬礼上感染风寒,于12月去世,年仅30岁。

艾米莉作为一个孤独倔强的天才留在文学的记忆里,如今她还是与自然水乳交融的自由精神的代表。她出版的文学作品只有一部小说《呼啸山庄》和193首诗歌。除此之外,来自她手笔的只有少量绘画、两封短信,还有两篇分别在13岁和16岁写的日记。在很大程度上,人们对她的了解来自他人叙述的间接材料,早期来源主要是夏洛蒂以及盖斯凯尔夫人。夏洛蒂的《雪莉》经常被当作研究艾米莉生平的资料,因为夏洛蒂曾对盖斯凯尔夫人透露,雪莉就是艾米莉的样子。艾米莉擅长钢琴,也通绘画,热爱读书,受司各特影响较大,还钟爱苏格兰诗人大卫·摩尔描写大自然的诗篇。

奠定艾米莉文学声誉基础的是其小说《呼啸山庄》。艾米莉以诗人的气质,借助戏剧化和抒情的方式表现人类的浪漫激情和悲怆绝望,强调精神性的主题,注重个人的情感本性和内在力量,在思想主题、形象塑造和叙事技巧上都独树一帜。《呼啸山庄》于1847年12月发表,在作者去世后才逐步得到认可。它叙述了约克郡原野上呼啸山庄和画眉山庄两个家庭三代人爱恨纠葛的命运,故事的核心是第二代人物凯瑟琳和希斯克厉夫惊世骇俗的爱情。小说共有34章,叙事结构独特,通过画眉山庄的房客洛克伍德和呼啸山庄的女仆丁耐丽两个人物来叙事,一步步展现出一个动人心魄的离奇故事。呼啸山庄的主人恩肖先生收养了一个他从利物浦带回的孤儿希斯克厉夫,恩肖的女儿凯瑟琳率真不羁,与希斯克厉夫青梅竹马,彼此怀有刻骨铭心之爱。恩肖的儿子亨德雷残忍傲慢,始终敌视、欺压希斯克厉夫,在恩肖先生去世后,亨德雷的侮辱虐待更加肆无忌惮。一天,凯瑟琳和希斯克厉夫误闯林顿家族的画眉山庄,凯瑟琳被狗咬伤,滞留在那里养病,桀骜不驯的凯瑟琳被这里高雅文明的生活所吸引,与林顿家的儿子埃德加建立了友谊。凯瑟琳痊愈回到呼啸山庄,装束举止大变,与希斯克厉夫产生了误解与隔阂。希斯克厉夫偶然中听到凯瑟琳和女仆丁耐丽谈话,听到了凯瑟琳说不能降低身份嫁给自己,遂于激愤中不辞而别,没有听到凯瑟琳后面的深情表白。凯瑟琳嫁给了文雅恬静的埃德加,却始终为失去至爱希斯克厉夫而郁郁寡欢。三年后,希斯克厉夫突然返回,并已经获得财富和社会地位。他虽然深爱着凯瑟琳,却决意对两个家族进行报复。凯瑟琳忍受不了感情折磨,在生下女儿小凯茜后死去。阴郁的希斯克厉夫更加疯狂,要把两个家族的财产据为己有。他诱骗亨德雷赌博,夺取了呼啸山庄;之后,他通过诱拐埃德加的妹妹伊莎贝拉,想得到画眉山庄的继承权。然而,希斯克厉夫无情地折磨伊莎贝拉,致使她在怀孕后逃离,再也没有回来。在妻子客死他乡后,他接管了孱弱乖张的儿子小林顿,并强迫他娶了小凯茜。小林顿从未得到父爱,婚后不久病逝,并被迫立下遗嘱,将画眉山庄交给希斯克厉夫。希斯克厉夫像一个暴虐的统治者,继续着对小凯茜和亨德雷的儿子希尔顿的迫害,并试图将后者驯养成一个粗野无知的青年。然而,希尔顿善良质朴,逐渐与小凯茜产生了真诚的爱情。希斯克厉夫在极度孤独和对凯瑟琳的思念中疯癫自虐,最终绝食而死。希尔顿和小凯茜结合,在画眉山庄开始了幸福的生活。

《呼啸山庄》描写了爱情、偏见、嫉妒、误解、仇恨、报复以及和解的曲折故事,是引人入胜的复仇传奇。它是关于激情的浪漫主义表达,也是探索人类精神领域那一片神秘幽暗之地的杰作。它体现了作者独特而深厚的自然情结,也表述了理想与现实冲突的永恒主题。然而,先于时代的品质使得它命运坎坷,出版后遭到冷遇甚至极为严厉的贬抑,被认为形式粗糙,道德病态,思想情感褊狭怪异,毫无吸引力。小说中桀骜不驯的人物性格,超乎理性的炽热爱情、憎恨与复仇意识,无一不在挑战维多利亚读者关于小说的正统观念。然而,20世纪后,小说令人费解的思想内涵和形式,吸引了越来越多的读者,从主题、人物、语言、叙事结构等方面的研究不断展开,允分肯定了其艺术独创性,一度形成了艾米莉研究热潮和"《呼啸山庄》学",一直持续到了20世纪50年代。

《呼啸山庄》是一部非常特别的小说作品,它的特别之处主要表现在以下几个方面。

第一,这部作品在叙事技巧上别有创意,它是英国最早采用倒叙手法创作的长篇小说之一。艾米莉让外来房客洛克伍德和熟稔两个家族命运的老仆人丁耐丽分别作为第一和第二叙述者,逐步揭露出发生在两个家族三代人身上错综复杂的故事,多重叙事角度的交织使得小说悬念迭生。而两个叙事者各自独特的社会身份、人生立场和观察视角无疑为故事增添了不可靠叙事的间离效果,为读者的自主判断和审美感受留下了巨大空间,这或许是它在现当代文化语境中广受称赞的原因之一。此外,在发展故事情节方面,艾米莉主要展示了一系列戏剧性场面,以人物对话与动作为主,并辅以简短的阐释。

第二,这部作品完美融合了现实主义和浪漫主义的丰富表现力。一方面,小说不乏现实主义描摹的技巧,富有约克郡的地域色彩,散发着英国北方农村的乡土气息。人物对话具有浓郁的约克郡风情,用那种荒野山地环境中人们"粗野而强烈的语言",来"生硬地"表露他们的喜怒哀乐。小说的种种细节显示出,在生活态度上超然淡泊的艾米莉并非像夏洛蒂所言对一切世俗事务完全茫然无知,而是对生活现象富有真切的洞察。比如,希斯克厉夫谋夺财产的情节就建立在作者对英国当时继承法的准确了解基础之上。

第三，这部作品洋溢着纯净的浪漫主义悲情，充满奇异的想象，携带着骇人的情感强度。它巧妙借助哥特因素，用高度诗意的语言，描绘了富有主体意识的主人公的悲情经历。夏洛蒂作过如此观感："每一缕阳光照射下来，都要穿过阴沉逼人的乌云的障碍；每一页都过重地负荷着某种道德上的雷电。"小说中人物的精神世界，不论是爱情、嫉恨还是种种恶行、偏执、心理矛盾，都夸张浓烈得令人吃惊。艾米莉借鉴哥特艺术，制造出一个梦魇般的虚构世界。小说背景具有超自然的气氛，以雨雪、风暴、黑夜作为基调，描绘了阴郁荒凉的原野、长风呼啸的山庄、风雨交加的夜晚、盘旋不去的哀怨幽灵和暴烈孤僻的人物，将纷繁五彩的世界过滤成黑白底色的神秘梦幻之境。艾米莉还不时将人物置于各种悖论关系所产生的危境中，令叙事弥漫着悬念，使一部爱情小说有了侦探及恐怖小说的吸引力，生发出特殊的崇高美感。

第四，这部作品的语言朴实无华，遣词严谨。艾米莉反对使用华丽的辞藻和牵强的意象。她的表述通俗易懂，简单明了。她在诗歌中所表现出的丰富乐感和明快的节奏在小说中也时有所见，使得小说的语言既朴实无华，又富有诗意，文句抑扬顿挫，吟诵起来朗朗上口。尽管她的语言不加修饰，但具有强烈的感染力，其力量丝毫不亚于呼啸山庄上肆虐的狂风，极能唤起读者的兴趣。

安妮·勃朗特（Anne Bronte，1820—1849）在三姐妹中文名较平，但是她表现出诚实的社会批判态度以及细腻的写实主义风格，以自己温婉坚毅的人格和艺术魅力感动着读者，成为"勃朗特传奇"的一部分。安妮人生短暂，生活圈子狭窄，经历简单，在写作上处于不利的地位。然而她阅读广泛，好学深思，并且善于从自己的人生经历中寻找素材和灵感，跨越了种种创作上的障碍。她受到 18 世纪英国现实主义传统和感伤主义小说情节的影响，其作品以中产阶级，特别是其中下层为关注对象，善于表现小资产阶级人物的艰难生活和奋斗经历，具有温和的人道主义思想和感伤色彩。安妮诚实正直，虔信宗教，她的小说也体现出强烈的道德感和宗教虔诚精神，用她"毫不妥协的减实"揭露生活中的丑恶和谬误，往往在平淡中富有真诚质朴的见解。她的文体风格沉静文雅，含有一种宁静的力量，颇具可读性。

安妮的人生简单而又浸透不幸。母亲去世时她不足两岁，五岁时又失去两个大姐。虽然幸存的四姐弟在艺术世界里找到共同的寄托，但是孤独和痛苦构成了安妮人生的主旋律。在家中，父亲和姨妈都是在各自的房间里独自用餐，而曾经和安妮一起在罗宾逊家做家庭教师的布兰威尔因为与女主人有染被辞退，从此堕落消沉，使家人深受折磨。安妮个性温和柔顺，克制忍让，含蓄内倾，与艾米莉关系最为亲近。她所受的教育主要来自家庭，只是在 1837—1838 年期间曾经到夏洛蒂当时执教的露海德学校短暂学习。她善解人意，务实耐劳，虽然年纪最小，做家庭教师的经历却比两个姐姐都要长久。在艾米莉去世后不久，安妮也感染肺结核，她在生命将尽时请求夏洛蒂带她去斯卡巴勒看大海，1849 年 5 月，在到达目的地的第二天，29 岁的安妮在夕阳下安然离去。

安妮的文学成就除了 1846 年三姐妹联合发表的诗歌外，还有两部著名的小说《阿格尼丝·格雷》和《女房客》。《阿格尼丝·格雷》是一部女性成长小说，其艺术地表现了主人公从天真单纯走向成熟的人生经历。它具有自传性质，为 19 世纪中叶流行的"家庭教师小说"增添了精彩的一笔。在小说中，安妮以严肃的批判态度探讨了维多利亚社会的许多问题，内容涉及道德意识、阶级平等、家庭教育，妇女的地位和出路等。

《女房客》在安妮去世前一年出版，虽然销售极佳，却给安妮带来巨大的精神压力。安妮以现实主义的手法大胆触及堕落放纵、酗酒吸毒、婚姻失败等敏感题材。这是一部书信体小说,由一个简单的编辑前言和分为三部分的 53 章书信、日记构成。叙事由男主人公吉尔伯特写给朋友的信以及女主人公海伦的日记组成。前 15 章是吉尔伯特写给朋友哈夫德的信件,讲述他们怀尔德菲尔楼新来的神秘房客格雷厄姆夫人。她带着一个孩子,身份貌似寡妇,吉尔伯特开始对她深为反感,但是逐渐了解并爱上了她。然而,他看到夫人在深夜与房东劳伦斯进行私密谈话,又对她产生误解,并殴打劳伦斯。夫人约吉尔伯特见面,把自己的日记给了他以澄清真相。小说的第 16 到 44 章是格雷厄姆夫人的日记,交代了她的身世和失败的婚姻。原来她叫海伦,曾爱上英俊有才的亚瑟·亨廷顿,并不顾家庭反对与之结合,婚后,海伦才发现丈夫品德不佳,堕落放荡,沉溺酒色。海伦努力拯救丈夫,却均告失败,于是在绝望中带着儿子离家出走,人住怀尔德菲尔楼。第 44 章结尾到第 53 章又回到吉尔伯特的书信叙事,记叙了他获知事情真相后发生的事件:海伦得到丈夫病危的消息,不计前嫌,返回家中护理照顾他,直到他去世。最终善良的海伦和吉尔伯特缔结良缘。

这部作品大胆涉及了性别平等问题,有鲜明的妇女解放思想,被认为是最早的女性主义小说之一。女主人公海伦的人生和个性在当时具有反传统的性别革命色彩。在爱情、婚姻等所有问题上,她都积极选择,大胆追求,不伤感脆弱,也不逆来顺受,这种情感和理性兼具的新女性形象,充满着人性的光彩,在保守的维多利亚时代委实罕见。

小说采用的书信和日记形式在叙事上具有直接和私密的特点,能够很好地体现男女主人公的内心世界和人生态度。日记记叙了海伦单纯的理想主义在现实痛苦的磨砺中走向成熟的过程。吉尔伯特对海伦的情感态度也体现着男性对女性认知的逐步修正和深入,从偏见到本能的吸引,从误解到心灵的相通,从最初无意识的自我中心到最后萌生自觉的平等意识,从这个意义上说,安妮预言了两性共同成长的乐观前景。小说中沿用了美德妻子与无良丈夫的经典对立形象构筑情节,不过,比起理查逊的克拉丽莎以及亨利·菲尔丁的爱米莉亚,海伦身上的女性自主意识更为积极鲜明。狂暴的酒鬼丈夫亨廷顿的人物原型一般被认为来源于有天赋但是行为乖张的布兰威尔,是一个误入歧途的天才形象,安妮似乎在他身上寄托了对兄长浪费和误用天赋的痛切惋惜。

在维护女性作家艺术表达的自由权力上,安妮比夏洛蒂态度更坚决。这部小说的畅销和受到的少量称赞给安妮带来了安慰,同时,它也将安妮置于深深的误解和冷酷的苛责、辱骂中。小说挑战了维多利亚社会虚伪的道德准则,其中对酗酒、放荡行为的真实描写,在当时被认为误入了妇女不应涉及的题材领域,是一种低级趣味和病态情感。安妮对此极为愤怒,在再版序言中大胆回击,谴责在艺术上对男女作家采用不平等标准的观点:"我实在无法理解……一个女人怎能因为写出了对一个男人来说是正当的得体的东西而受到责难。"[①]

三、乔治·爱略特

乔治·爱略特是笔名,真名为玛丽·安·艾文斯(Mary Ann Evans)。她出生在沃里克郡的阿伯里农场,父亲是个建筑师和木匠。童年是在乡村度过的。那里旖旎的风光和淳朴忠厚的农民给她留下了深刻的印象,为她后来的小说创作提供了许多第一手真实而生动的素材。她和姐

---

① 杨静远:《勃朗特姐妹研究》,北京:中国社会科学出版社,1983 年,第 11 页。

姐克里斯蒂安娜一起上过好几所寄宿学校。12 岁时,她就显露出超人的智力和出众的才华。16岁那年,她和姐姐辍学回家照料生病的母亲。一年后,母亲病故,随后姐姐出嫁,家中一切都由她一人照料,但她依然坚持博览群书,学习希腊语、拉丁语、意大利语和德语等。少女时代的玛丽对宗教十分虔诚,这主要是她的小学老师刘易斯小姐和婶婶两人影响的结果。1841 年,哥哥艾萨克结婚后,她随父亲搬到考文垂,在那里结交了一批新朋友。在他们的影响下,她接触了宗教中的怀疑主义和自由思想,并开始从事文学创作。1846 年,她翻译并用无名氏发表了德国唯物主义哲学家费尔巴哈的《基督教本质》以及施特劳斯的《耶稣的一生》。1851 年,她成为杂志《威斯敏斯特评论》的编辑。这一工作使她有机会接触到当时许多一流的作家和文人。她因此结交了当时著名的哲学家赫伯特·斯宾塞。斯宾塞的实证主义哲学对她影响很大,致使她抛弃了基督教的信仰。斯宾塞又向 G. H. 刘易斯引见了她。刘易斯是名记者、戏剧评论家、哲学家和科学家。爱略特和刘易斯渐渐产生了倾慕之情,他们的关系遭到人们的指责。尽管如此,他们依然我行我素,以夫妻名义生活在一起,直到刘易斯去世。1880 年,她嫁给比她年少二十多岁的美国银行家 J. W. 克劳斯,但结婚不到一年,她就因患肺炎离开了人世。

爱略特虽然也创作诗歌,但她绝大多数时间都致力于小说创作。她一生写下了多部长篇小说。《弗洛斯河上的磨坊》和《织工马南》以详细生动的英国乡村生活描写而闻名,以深刻探讨道德问题和细腻的心理分析而著称。不过《罗摩拉》则逊色许多,人们对此普遍持否定态度。1866年,乔治·爱略特发表政治小说《费利克斯·霍尔特》。1872 年,《米德尔马契》与读者见面,赢得广泛好评。1876 年,她发表最后一部长篇小说《丹尼尔·德龙达》。

《弗洛斯河上的磨坊》被认为是爱略特最富自传色彩的一部小说作品,小说中许多情节和场景来自于作者童年的乡村生活经历,女主人公玛姬·塔利弗,更是与作者有许多相似之处。小说分为七部分,以富有诗意和哲思的语言,讲述了一个女性进行道德和人生选择的故事。弗洛斯河上的磨坊的老板塔利弗一心想把儿子汤姆培养成人。汤姆性格温和、爱憎分明,但为人傲慢,妹妹玛姬聪明美丽,宽厚善良,外表生气勃勃,内心则敏感多情。她生活在狭隘丑陋的现实环境里,内心却充满对美和爱的渴望,耽于冥思遐想。在周围人包括她最爱的哥哥汤姆眼里,玛姬怪异而愚笨,总是闯祸犯错,只有乡邻威克姆那身有残疾的儿子菲利普是玛姬的知音。菲利普忧郁敏感,富有学识,心地善良,总能理解孤独的玛姬的情感和幻想。然而,身为乡村律师的威克姆与杜黎弗却结有宿怨,威克姆帮助杜黎弗的对手与磨坊主打官司,导致杜黎弗败诉,家境陡落。杜黎弗的儿子汤姆理性务实,坚强能干,他继承了父亲的债务和光复家业的重担,也继承了家族的仇恨和顽固偏见。他忍辱负重,费心经营,终于还清债务,收回磨坊。心胸狭隘、个性暴烈的杜黎弗在狂喜中前去羞辱威克姆,却在鞭打对方后死去。玛姬坚信仇恨是邪恶的,不顾哥哥的反对,坚持与菲利普来往。菲利普深深地爱上了玛姬,向她表达爱意。玛姬虽然对菲利普只是怀有友谊,并未产生爱情,却出于善良的本性,在矛盾中默许了菲利普的爱情。玛姬应表妹露西之邀前去姨妈家做客,遇到露西的未婚夫斯蒂芬,两人一见钟情,彼此萌生强烈的爱意,陷入矛盾的漩涡中。为了忠于亲情和道德原则,玛姬决定放弃这份爱,却因为一时被情感驱使,同意和斯蒂芬驾小船出游。在玛姬神思恍惚时,河水突涨,兼有斯蒂芬怀有携玛姬出走的心意,他们的船漂向远方,无法返回。斯蒂芬竭力劝说玛姬趁此私奔,与之结婚。经过激烈的思想斗争,玛姬拒绝了美好爱情的巨大诱惑,独自回家。当离家五天的玛姬回到村里后,发现人们果然产生了种种揣测和绯言,她被视作有道德过失的女人,并被愤怒的汤姆逐出家门。后来,弗洛斯河上洪水泛滥,汤姆被困磨坊,玛姬孤身撑船前来营救,兄妹和好。他们又驾船去探视露西的安危,但是小船被洪水中的碎木打翻,兄妹俩相互拥抱着,在平静和幸福中被河水吞没。

这部小说是爱略特小说艺术走向成熟的标志性作品,它融合现实主义、心理分析与象征主义等丰富的艺术表达方式,从而容纳了多元的解读方式。作品充满对19世纪英国乡村生活的精彩描写,带有浓厚的怀旧感。它展示了时代的风土人情、社会状貌和心灵波澜。它也是一部耐人寻味的爱情小说,编织出理智与情感纠缠不休的谜团。它还是洋溢着鲜活的现实主义气息的家庭伦理故事,展示出兄妹、父女、母女、姐妹之间的情感与道德伦理坐标,以及家族命运与个体人生在相互作用中产生的轨道痕迹。小说充满丰富的意象,源自圣经与希腊神话的互文典故使作品富有象征风格。

小说开篇,叙事者"我"以倒叙的语气回顾一个"梦"的故事,直接给作品奠定了诗性而凝重的反思基调,使关于爱、宽容与责任的伦理主题始终回荡在作品中。在叙事者的全知回溯视角里,充满预言色彩的情节和语言比比皆是,将漫漫红尘中的人生选择与其后果的微妙关系艺术地聚焦在读者的视野,激发出理性的道德思索。小说对玛姬不时采用同情的内视叙事,使她承担了传递爱略特爱情观和道德观的伦理叙事功能,体现了爱略特一向强调的责任感。对斯蒂芬的爱情、对菲利普的友谊和对露西的亲情使玛姬深陷于情感和道德漩涡的激流中,在经历本能的困惑挣扎后,最终为她把舵的就是强烈的责任感。她接受自己不爱的菲利普、拒绝倾心的斯蒂芬、极力保护自己的情敌露西都是出于高尚的道德责任,带有极大的自我牺牲色彩。

《织工马南》是一部拥有成熟品质的作品。它是爱略特在撰写历史小说《罗慕拉》陷入困境时偶然获得创作灵感而得。小说讲述了普通人在充满毒害的宗教和社会环境里所经受的生命磨难,其宗教气质和寓言风格颇有班扬之风。作品省视了宗教道德与人性问题,并且在情节设置和语体运用上,都富有童话色彩,深具寓言性质。

这部小说篇幅并不算太长,但是故事情节却比较复杂,并且环环相扣,结构完美。小说由两个人物马南和戈弗雷·加斯各自独立而又有所重叠的生活故事组成。灯笼院镇的织工赛拉斯·马南是一个热诚的教徒,他心地善良,诚实质朴,虽患有癫痫病,却生活得快乐而充实。然而,他的朋友威廉垂涎马南的未婚妻,故意将他的病症污蔑为魔鬼附身,致使众人包括未婚妻都疏远了马南。威廉还偷窃教堂执事的钱财,嫁祸于马南,教会用抽签的方式裁定马南是否有罪。单纯的马南深信上帝会证明自己的清白,然而结果却被判有罪,马南受到了毁灭性的精神打击,对上帝和人类都丧失了信心。他被流放到瑞福洛村,从此埋头织布,他的情感和信仰世界一片漆黑、荒凉,唯一的乐趣就是晚上关门后点数织布挣到的金币,被村民视作古怪而冷漠的守财奴。然而,马南的所有金币被嗜赌的富家恶少邓斯坦偷窃,让他又一次坠入痛苦的深渊。另一个线索人物戈弗雷是瑞福洛富有乡绅的继承人,但是受到弟弟邓斯坦的暗算,因一时冲动,与贫苦姑娘莫丽秘密成婚,无法娶心仪的富家女南希为妻,并为此受到邓斯坦的要挟。凑巧的是,邓斯坦在偷走马南金币后失足落水而死。潦倒无助的莫丽在圣诞之夜怀抱婴儿去找戈弗雷,途中也冻死在马南家门口。戈弗雷得知妻女的下落,终于不用再担心自己失足的秘密被揭穿,顺利地娶了南希为妻,却一直没有子嗣,心存遗憾。莫丽冻死在屋外时,马南碰巧病症发作而昏迷,他苏醒后在壁炉前发现了爬进屋内的小女孩,便收养了莫丽的婴儿,取名爱蓓,悉心养育。他的善行逐渐得到村民的理解和关心,并且在农妇多丽的劝说下,回到灯笼镇澄清当年的真相,并在经历了激烈的内心冲突后,重新走进教堂。爱蓓长大后,戈弗雷向南希忏悔了自己当年的过错,决定向马南讨回亲生女儿的抚养权。然而,爱蓓拒绝了戈弗雷夫妇,结婚后跟丈夫一起,终生守候在深爱的父亲马南身边。

爱略特其实通过马南这一人物形象影射了维多利亚中后期人们的精神幻灭,书中的心理描写细腻感人。马南的癫痫病症是一个重要的隐喻,指涉了在新旧价值观交替之际,人们在巨大精神压力下产生的"文化休克症"。马南曾经被社会放逐,孤独自闭,严重异化,在经历了艰苦的"精神奥德赛"之后,他终于回归社会与人群,获得重生。拯救马南的除了其固有的善良德行以外,还有以村妇多丽为代表的美好人性,而圣诞之夜降临在马南生活中的婴儿爱蓓,正是华兹华斯所赞颂的儿童形象。自然淳朴,美好善良,未受世俗的污染,成为真善美的象征,给绝望中的马南带来救赎的精神力量。希腊神话中曾获点金术的迈达斯是马南传奇人生的神话原型,爱蓓与名字中含有"金子"的玛丽戈德一样,是引导两个父亲超越金钱追求,实现人生真正幸福的使者。真正的救赎来自于人,来自于善与爱,这正是爱略特的带有浓厚现实伦理色彩的"人本主义宗教观"。

这部小说不但具有深刻的内部省察力,也具有敏锐的外部观察视角。在小说中,爱略特通过对灯笼院镇以及瑞福洛村的对照描写,别有深意地大量运用了富有暗示的语言,不但指出了两个世界在精神信仰领域的差异,同时表达了自己对当时英国现代化进程所持的保留态度。灯笼镇是正在走向现代文明的普通英国小城市,其环境肮脏丑陋,在爱蓓看来,"比济贫院还要糟糕"。那里的精神世界更是一片荒原,邪恶肆虐,正直善良的人竟然无处容身。"灯笼镇"这一光明的指称与其蒙昧阴暗的现实构成了强烈的反讽。瑞福洛则是一个保留着更多传统道德秩序的乡村,还未被新的工业文明完全浸染,人性尚处于一种更自然本真的状态。当然,爱略特并没有天真地把瑞福洛描写为伊甸园一般的净土,那里仍然是善恶并存的世俗之地,上演着酸甜苦辣的现实人生剧情。那里有明争暗斗的富家兄弟:邓斯坦作恶多端,为人不齿;戈弗雷也深受世俗观念和人性局限所累。下层社会女子莫莉精神空虚,过着没有尊严和意义的生活,沦为酒鬼,冻毙在寻夫的途中。村民们也不乏愚昧、偏见和陋习。然而,瑞福洛的生活里总是有一股冥冥之力在施行惩恶奖善之举。有评论家认为,这种充满巧合的情节表现了爱略特的神秘主义倾向。

四、托马斯·哈代

托马斯·哈代是维多利亚时代后期英国文坛上最卓越、最著名的批判现实主义小说家。他出生于多斯特郡的伯克汉普顿镇。父亲是一名泥瓦匠,同时也是当地的建筑承包商。母亲接受过良好的教育,在他 8 岁上小学之前一直负责他的教育。哈代 16 岁时结束求学生涯,开始在当地建筑师约翰·希克斯的手下当学徒。哈代在这个时期的生活目标是成为一名建筑师。1862年,哈代到伦敦,就读于伦敦大学国王学院。在学期间,他曾获得过包括英国皇家建筑学院和建筑协会颁发的许多奖项。同时,他开始文学创作。起初,他的努力没有得到注意和认可,诗歌和小说无人出版。后来他回到故乡伯克汉普顿镇,人们开始注意他的小说。他的作品开始给他带来很好的收益。1870 年,哈代在康沃尔修缮圣朱利奥特教堂期间,结识爱玛·拉维尼亚·吉福德,1874 年二人结婚。后来夫妻虽然长期不合,但 1912 年爱玛的去世依然给哈代带来极大悲痛。在他 1912—1913 年的诗作中,读者可以体会到他对妻子故去的悲伤之情。1914 年,哈代与比他小 39 岁的秘书结婚。婚后,他依然通过诗歌来抒发对前妻的懊悔之情。1927 年 12 月,哈代患胸膜炎卧床不起,次年 1 月辞世,享年 87 岁。

哈代是一位多产作家,一生创作了大量的文学作品。他的小说最为出众,小说创作可以分为三个阶段:早期,哈代主要描写宗法制社会的自然文明以及农村的传统风习,抒发美丽的田园理想,如《一双蓝眼睛》《远离尘嚣》和《贝姐的婚姻》等;中期,哈代的小说创作在主题、题材和艺术风格等方面都进入了一个全新的阶段,他开始从以幽默轻松的笔触来展现社会的悲剧,如《还乡》《卡斯特桥市长》《林地居民》等;晚期,哈代的小说进入了更深沉的哲学思考,他用现实主义的敏锐观察力对农民阶级解体和失去赖以生存的社会基础之后的农民的前途和命运进行了描写和探索,如《德伯家的苔丝》《无名的裘德》等。其中,使哈代文坛流芳、为他赢得声誉的还是《远离尘嚣》《还乡》《卡斯特桥市长》《德伯家的苔丝》《无名的裘德》等。

《远离尘嚣》是哈代第一部重要的小说。小说故事情节如下:漂亮的巴斯希芭·艾弗丁家境贫寒。她结识了年轻的农夫加百列·奥克,并在一天晚上救了他。加百列向她求婚,但巴斯希芭拒绝了,因为她不爱他。后来巴斯希芭继承了伯父的农场,搬到威瑟波利去。巴斯希芭走后不久,一场灾难降临到加百列的头上,作为他全部财产的羊群死于意外。这使他不得不离开农场另谋生计。他来到威瑟波利,在巴斯希芭的农场里做牧羊人。此时,巴斯希芭已经熟悉农场的管理,结识了周围一些邻居,其中包括农场主博尔德伍德。巴斯希芭出于一时的兴致,给博尔德伍德寄去一张情人节贺卡,上面写着"请娶我吧"。这使博尔德伍德迷上了她。博尔德伍德已步入中年,既富有又英俊潇洒。巴斯希芭同样以不爱他的理由拒绝他,但同意重新考虑她的决定。就在同一天晚上,巴斯希芭遇到英俊的特洛伊中士。特洛伊是当地出名的花花公子,不久前他使一位姑娘范尼·罗宾怀孕,并答应娶她。巴斯希芭对此一无所知。特洛伊爱上了巴斯希芭,这使博尔德伍德非常恼怒。巴斯希芭到军营提醒特洛伊当心博尔德伍德的报复;特洛伊说服巴斯希芭在那里与他举行婚礼。加百列一直作为朋友无私地帮助巴斯希芭,他不赞同巴斯希芭与特洛伊的婚姻。特洛伊在与巴斯希芭结婚仅数周后,便偷偷地去看范尼。范尼在分娩时去世了。巴斯希芭发现特洛伊是孩子的父亲。范尼的死使特洛伊自责不已,羞愧难当。他离家出走,后来被人认为溺水身亡。博尔德伍德急切地与巴斯希芭重提婚姻之事。经过一番周折,特洛伊又回到威瑟波利。博尔德伍德举办圣诞晚会,在晚会上再次向巴斯希芭求婚。这时,特洛伊出现,博尔德伍德在盛怒之下把他杀死,然后自杀未遂,次日到监狱自首,被判终生监禁。巴斯希芭此时才意识到一直真正爱她、帮她的人是加百列,于是数月之后,他们两个终于走到一起。

这是一部带有悲剧色彩的小说。在这部小说中,哈代已经明显表现出了他的宿命论主题。加百列和博尔德伍德都受到命运的捉弄,但二人的结局则完全不同。这种不同的处理方式反映出哈代创作《远离尘嚣》时尚未摆脱早期维多利亚现实主义文学的影响。他初出茅庐,希望作品被读者接受,于是迎合一般人的口味,以大团圆为结局。加百列是小说的男主人公,由于意想不到的事故,一瞬间失去自己的生计,但他具有在逆境中顽强不挠的精神。不仅如此,虽然他遭到巴斯希芭的数次拒绝和傲慢无礼,他依然能够忠贞不贰,兢兢业业地完成巴斯希芭交给他的工作。在某些方面,他似乎是一个超人、巴斯希芭的守护神,无论是救火,还是救羊,总能显示出非凡能力,化险为夷。在巴斯希芭的婚姻问题上,他也能无私地为她的幸福着想。加百列阻止了厄运的发生。从这点上看,这部小说总的基调是乐观向上的,反映出当时的文学现状。

博尔德伍德是这部小说中真正的哈代悲剧式人物。虽然他不是主要人物,但从哈代对他的塑造和刻画上可以看出他在作品中的重要位置。用巴斯希芭的话来讲,农场主博尔德伍德不落俗套,具有绅士气派,具有罗马式的相貌轮廓,神态谨慎,举止庄重。但巴斯希芭出于好奇所寄出的情人节贺卡却预示了博尔德伍德厄运的开始,巴斯希芭和特洛伊竟成为超自然悲剧力量的工具。他们把博尔德伍德先前富足平静、受人尊敬的生活逐渐变成地狱,让他开始失去理智、尊严,变得愚蠢疯狂。当巴斯希芭拒绝他的求婚时,他祈求道:

[对你的爱]都使我有点神神颠颠了，我都疯了……我根本不是在此祈求的苦行僧；可是我确实是在向你祈求施舍。我希望你知道我对你的一片痴情；但这是不可能的了。那么，对一个孤独的男人就发一点儿做人的慈悲吧，现在别甩掉我！

最后，博尔德伍德在厄运的折磨下终于爆发。他对待死亡的态度却非同一般："博尔德伍德走上大路。……一路上，他迈着平稳的、不慌不忙的步子翻过了耶尔伯利山……在十一点到十二点之间穿过了荒原，进了城。"到了监狱，博尔德伍德拉了门铃的绳子，随后"走了进去，门在他身后关上了，从此他也再没有走到这个世界上来"。他到生命的最后时刻终于能够远离尘嚣，回归到曾经拥有的平静和高尚的自我。

《卡斯特桥市长》是哈代第一部集中描写一个主人公的小说。整个小说都围绕迈克尔·亨查德这样一个人如何自我毁灭，并通过这一描写，展现了英国农村社会的缩影。与其他作品不同，这部小说不以爱情为主线，而是集中展现人物性格，也不再以乡村为唯一背景，而是转向城镇的描写。在小说中，迈克尔·亨查德在酩酊大醉后，把妻子苏珊和还是婴儿的女儿伊丽莎白·简卖给水手纽森。次日，他醒来后找遍全城，也没有发现妻子和女儿。他许下诺言——在今后的 21 年里将滴酒不沾。他当时 21 岁。后来，他凭着自己的勤奋和努力，生意亨通，还当上了受人尊敬的卡斯特桥市长。后来，虽然妻女回到了他的身边，但由于性格中的刚愎、偏执，灾难也接踵而至。他先是与合伙人唐纳德·伐尔伏雷闹翻，在竞争中陷于破产，并失去了市长的公职。妻子去世后，他又痛苦地发现女儿并非自己亲生。就在他打算与女友结婚的时候，不想女友与生意上的竞争对手唐纳德相爱并嫁给了唐纳德。破产和羞辱使他陷入狼狈的境地，而且他有伤风化的卖妻行为也流传开来，这一切使他无地自容，于是他黯然离开了卡斯特桥市，在孤独中悲惨地离开了人世。

在《卡斯特桥市长》中，宿命论色彩较哈代的前几部作品浓重了很多，厄运从开始便以一系列巧合的方式左右着亨查德。首先，在小说的开头，亨查德偏偏走进卖私酒的粥铺，抵御不住诱惑，最后终于酿成大错。虽然在其后的 18 年里，他洗心革面，获得财富和社会地位，但随着伐尔伏雷和妻子苏珊的来到，亨查德的悲剧便愈加激烈。小说中的悲剧是由两方面导致的：一方面是命运，而另一方面则是主人公本身具有的问题。正如哈代所说的："最终导致悲剧的并不是所发生的事情，而是人的性格。"小说的副标题"一位性格怪异之人的故事"也说明了这一点。哈代认为，命运虽然使人陷入艰难的境地，但最后结果是否是一场悲剧完全要看人对这一境遇的反应方式。

此外，死亡主题在这部小说中已占据显著位置。亨查德在经历人生的大苦大悲之后，毅然决定隐居，在孤独中平静地等待死亡和解脱。他留下的遗嘱就是一个很好的佐证：

不要告诉伊丽莎白·简·法尔弗莱说我死了，也不要让她为我悲伤。

不要把我葬进神圣的墓地。

不要请教堂执事为我敲丧钟。

不愿意任何人来看我的遗体。

不要任何人来为我送殡。

不要在我的坟墓上栽花。

不要任何人想着我。

为此，我签上我的名字。

《无名的裘德》是哈代最后一部小说作品,也是成就非常高的一部小说作品。小说背景是落后偏僻的威塞克斯地区,主要讲述的是一个被人忽视、被人遗忘的普通人的故事。出身卑微但勤奋好学的裘德一直梦想到基督寺(影射牛津大学)读书,以改变自己卑贱的社会地位。然而,他未进学堂就受骗于放荡而又迷人的艾拉白拉,与她成亲,但不久后又被抛弃。裘德于是来到基督城,找到一份石匠的工作,以等待时机。在这里,他爱上表妹淑,而表妹则冲动地嫁给了费劳孙。爱情遭受挫折、读大学又遭到拒绝,裘德只好改投宗教之门,希望借此出人头地。婚后的淑并不幸福,她和裘德心心相印,两个已婚的人同居了。这一行为,激起教会的强烈不满,他被教会拒之门外,又一次失去了奋斗的途径。他们的行为引起众人的非议,只好背井离乡,四处漂泊。艾拉白拉把她和裘德生的儿子小时光老人送给裘德。小时光老人觉得他们三个孩子拖累了全家,于是将包括自己在内的三个孩子全部吊死。悲痛之中,淑流产了。面对这一打击,裘德更加愤世嫉俗,而淑则认定是上帝在惩罚她破坏婚姻制度,于是投身宗教,寻求慰藉,洗刷自己的罪孽。不久,她重新回到她不爱的费劳孙的怀里。而艾拉白拉玩弄计谋,又一次把裘德骗回。至此,经过一番曲折,他们几个人又回到了原先各自的位置。日夜思念淑的裘德带病去看她,回来后,带着始终未能跨进大学和宗教两扇大门的满腹遗憾,凄惨地离开了人世。

这是作者对社会批判最强烈的一部作品。小说的主题异常鲜明突出。人们越来越强烈地感到,旧的思想观念、道德习俗和社会机制正制约人们的行为,具有现代思想的人对此愈加感到不适应。他们对教育制度、宗教信仰、阶级差别、婚姻制度等发出质疑,渴望创立一个新的社会秩序。然而,他们在大胆尝试过程中却遭受了种种挫折和打击,甚至失去了生命。裘德的悲剧就是一个典型的例证。裘德的一生充满了理想,然而没有一样得以实现。他生来默默无闻,死去也是默默无闻。他的悲剧是小人物在不合理的社会制度中不可避免的一种悲剧,具有广泛的代表性。他同教育、宗教、司法以及婚姻制度的冲突,表面上是一种个人与社会的矛盾.实际上是贫穷的劳动阶级同资产阶级社会的冲突。他的命运是那种社会中贫穷青年的命运的一个缩影。

在作者塑造的女性角色中,淑是一个比较特别的人物。她聪明、美丽、活泼、富于魅力;另一方面,她又自以为是,喜欢别人为她付出;她敢说却不敢为,她渴望爱情但又害怕自己的情感和欲望:她同裘德一样思想开放,蔑视传统的道德习俗和婚姻制度,但她不敢像裘德那样誓死捍卫自己的行为。最后,她迫于社会的势力,就范了,压抑着对丈夫的厌恶,成了符合资产阶级道德规范的"贤妻"。这个人物具有明显的两面性,性格的正反两个方面都充分地暴露出来,因而显得真实可信。而作者其他的女性形象,往往是扁形人物多于圆形人物,如游苔莎、艾拉白拉等。

在这部小说中,作者也运用了大量的象征手法。文中最典型的两个象征是基督寺和小时光老人。基督寺可谓是裘德一生追求的所有理想的代表。他从第一次看见它到死也未能走进那里。小时光老人的象征性从他的神情中便可一目了然。他的表情总是那么忧伤,总给人一种不幸的感觉。他象征着命运的不幸、人生的痛苦和生活的绝望。裘德的石匠工作也极富象征意义。他垒砌的高墙一方面表明裘德具有娴熟的工匠技巧;另一方面又暗示他建造的墙越高,社会的种种机制就越牢,他被社会隔开的距离就越远。这些象征十分生动地深化了主题。

总的来说,哈代小说的最主要的主题是宿命论主题和死亡主题。在哈代看来,在这个世界上,命运和偶然性剥夺了人的自由意志,决定他的生死、沉浮。哈代的作品给人一种"灾难无法避免"的直感。所谓天道昏暗,小人得志,好人饱受煎熬——这恰恰是哈代的许多故事的动人心弦之处。死亡主题在哈代的早期作品中只伴随着次要人物命运而展开。然而,到后期的几部作品,如《卡斯特桥市长》《德伯家的苔丝》和《无名的裘德》中,主要人物开始死去,死亡主题便成为宿命主题的必然结果。哈代对死亡的描写也成为小说的重要部分。死亡常与失败的爱情或人生而导致的抑郁心情密不可分。同时,这些人物几乎都平静地面对死亡,将死亡看作唯一途径,使他们得以从这个无尽烦恼的世界中超脱出去。

哈代的小说成就还主要表现在以下几个方面。首先,他的小说情节精巧,但作品触动读者心弦之处并不在于情节,而在于小说人物那哀婉动人的感情纠葛,他们总是深陷其中难以自拔。这种极度的痛苦感能激起读者强烈的共鸣,常常感动得他们泪水夺眶而出。在哈代的小说世界里,人总是陷入命运的罗网之中,或邪恶的宇宙或某种外在的力量所设的圈套之中,耗尽生命,遭遇践踏。人囿于社会的力量,根本没有自由意志,也找不到归属感。其次,他的小说重视人物的内心刻画。他尽情地探讨男女人物奇特的内心世界。同时,哈代也力图探索人的心理活动的因果关系,解释人的行为和动机。他对人物内心世界与人物之间的相互关系的刻画深刻细腻,很容易使读者产生共鸣,使他们置身于故事情节当中。再次,他的小说经常偏离传统的维多利亚现实主义的世界观和写作技巧,背离当时所倡导的情节重于人物刻画的创作原则,使用浪漫主义的小说技巧,有时甚至大胆地借助于情节剧的方法。现实主义里掺杂着相当浓郁的浪漫主义成分,使得他的作品意蕴深邃。最后,他的小说语言不能称作精妙,但能力透纸背,触动读者的感情和思想。他善用各种修辞、诗意的形象和比喻,就像一幅镶有各色璀璨珠宝的织锦画。阅读哈代的作品我们能感受到一种崇高、一种畏惧、一种宇宙的广袤,能感悟未知的事物。他的文字中间点缀着丰富的修辞、意象、隐喻和典故,既华丽高贵,又不失典雅。

第五节　唯美主义戏剧的典范——王尔德

继谢立丹和奥利弗·哥尔斯密之后,英国戏剧渐入低潮。直到19世纪60年代以后,戏剧方面才出现了一些微小但仍值得一提的有益探索。其中,唯美主义作家中最闻名的一位奥斯卡·王尔德的唯美主义戏剧就为当时英国的戏剧发展做出了重要贡献。

奥斯卡·王尔德(Oscar Wilde,1856—1900)生于爱尔兰的都柏林市,父亲是个著名的眼科医生,母亲是个小有名气的诗人。王尔德自幼就才思敏捷,聪明过人,理解力和记忆力都超群出众。他从小就阅读了大量的小说,在写作上表现出了非凡的才华。1871年,王尔德进入都柏林的三一学院。三年后,他进入牛津大学马格林达学院攻读他十分喜爱的古希腊经典著作。这时英国文坛提倡审美批评,王尔德受到了不小的影响,尤其是佩特的《文艺复兴史研究》一书给了他极大的启发。"为艺术而艺术"这一口号就是他从佩特那里引用来的。在牛津大学读书期间,他曾听过罗斯金的讲课,并在美学思想上深受其影响。这种影响在他的第一部诗集中便表现出来。王尔德认为,资产阶级社会是一个不平等的社会,道德虚伪,市侩习气盛行,而解决社会问题的唯一途径便是加强审美修养。

1876年,王尔德到意大利和希腊旅游,接触了非基督教和享乐主义的文化。这次旅游对他后来的艺术理论和美学思想的形成影响甚深。在牛津大学期间,王尔德自封为"美学教授",并拥有一批崇拜者。他们愤世嫉俗,但更多的是表现出一种颓废的倾向。他们头披长发,身着奇装异服,表现出明显的颓废之状和彷徨苦闷之感。从当时的文艺思潮来讲,现实主义浪潮已开始衰落,多种颓废的文艺思潮开始盛行,表现出世纪末的一种没落景象。

王尔德经常在母亲主持的文艺沙龙里口若悬河地发表自己的艺术见解,娓娓动听地阐述自己的唯美主义思想。他认为,不是艺术反映生活,而是生活反映艺术;现实是丑恶的,唯有"美"才具有永恒的价值;艺术不应带有任何功利主义的目的,也不应受道德标准的约束;艺术家的个性不应受到任何压抑。他那怪异的打扮、雄辩的口才、机智的谈吐赢得众人的交口称赞和惊羡。为了进一步宣扬自己的唯美主义思想,王尔德于1882年访问美国,作了关于英国审美运动的讲座。次年,他又到法国作了同样的演讲。他的声望在国外与日俱增。他的"为艺术而艺术"的思想也越来越为人所知。

王尔德的文学生涯首先是从诗歌和短篇小说创作开始的。然而,他真正成名还是仰赖于他的长篇小说和戏剧。长篇小说主要指的是《道林·格雷的画像》;戏剧则有喜剧《温德米尔夫人的扇子》《一个无足轻重的女人》《理想的丈夫》《认真的重要性》和悲剧《莎乐美》。毋庸置疑,王尔德的戏剧作品充分反映了他的唯美主义思想。

《温德米尔夫人的扇子》讲的是,在宴会开始之前,女主人温德米尔夫人发现自己的丈夫温德米尔勋爵在偷偷资助一个声名狼藉的女人——欧琳太太。她开始怀疑温德米尔勋爵有了外遇。宴会上,温德米尔夫人受到了花花公子达林顿的热烈追求。为了报复丈夫的行为,温德米尔夫人决定和达林顿私奔。事实上,欧琳太太是温德米尔夫人的亲生母亲。二十年前她抛弃了丈夫和女婴,随情人私奔,不久又被情人所弃。二十年后,她得悉女儿嫁入了富贵人家,便立意把握机会,回到上流社会。她用自己的秘密威胁温德米尔勋爵,勒索到一笔财富,渐渐回到了上流社会。当她得知自己的女儿要重蹈自己的覆辙时竭力劝阻,在关键时刻她更是挺身而出为女儿作掩护,从而终于保全了温德米尔夫人的名节。温德米尔夫人尽管到最后也不知道欧琳太太就是自己的母亲,但是她对欧琳太太的看法大为改观。而欧琳太太也嫁给了一个有钱人并且定居欧洲大陆。

《认真的重要性》被认为是王尔德风俗喜剧中近乎完美的一部传世之作。这出戏剧一上演,就在伦敦引起观众的兴奋和讶异。它不含任何闹剧内容,把反语、讽刺、语言的精深圆熟三者巧妙地熔为一炉。它的情节精妙非凡,身份混淆、误导,替身神出鬼没,浪漫链接真真假假,恰似一堆地道的、纯粹的、叫人赏心悦目的胡言乱语。这部戏剧在英国戏剧史上独具一格。当时在剧中担任主角杰克的演员艾伦·埃尼兹华斯事后多年说,"我在戏台上53年,从不记得哪一次成功能超得过《认真的重要性》首次上演的那天晚上。"王尔德的同代剧作家萧伯纳说,"我认为王尔德先生是我们唯一的严肃剧作家。他的剧作包罗一切——幽默、哲学、演戏、演员、观众、剧院的一切……"。

《认真的重要性》讲述厄内斯特("认真"之意)和阿尔杰农的故事。他们是好朋友。有一天阿尔杰农发现了好友的秘密:厄内斯特是个假名字;事实上,厄内斯特的真名叫杰克。在乡下,杰克是个中规中矩的好乡绅、邻居中的道德楷模。当杰克厌倦了乡下生活时,他便谎称自己的弟弟厄内斯特在伦敦需要他的照应,而抽身前往伦敦。到伦敦后,他就化身为厄内斯特到处游荡消遣。阿尔杰农在听完好友的表白后也说出了自己的秘密。每当他厌倦了伦敦的生活时,他便以好友彭伯里需要照顾为名去乡下玩耍。在伦敦,杰克爱上了阿尔杰农的表妹格温德林,而格温德林也深被杰克吸引,尤其是"厄内斯特"这个名字。她宣称非厄内斯特不嫁。正当杰克苦于设法向格温德林透露真相时,另一个问题出现了。格温德林的母亲布拉克奈尔夫人反对这桩婚姻,理由是厄内斯特是个孤儿,他没有,也不知道自己的家庭背景和父亲的姓氏。这对于讲求门第的上层社会是非常重要的。当杰克为这一切烦恼时,阿尔杰农扮作杰克的弟弟厄内斯特来到杰克乡下的宅邸。在这里他遇到了塞西莉(杰克是塞西莉的监护人),并爱上了她。由于杰克经常提到厄内斯特,塞西莉早就对这个年轻人心生爱恋,暗下决心一定要嫁给厄内斯特。就在这一对年轻人谈情说爱之际,杰克从伦敦回来。他看到阿尔杰农非常生气,让他马上离开。此时,格温德林离家出走来到杰克家。两位女子都自称自己的爱人是厄内斯特。结果,两位男子分别向自己的爱人坦白了真相,并取得了她们的谅解。追踪而来的布拉克奈尔夫人却宣布她坚决反对他们的爱情。正当事情陷入绝境时,却突然峰回路转。这位夫人认出杰克家的女教师普里斯姆小姐是当年丢失自己妹妹男孩的保姆。根据普里斯姆小姐提供的线索,杰克就是当年那个男孩,名为厄内斯特。夫人终于接受了杰克。塞西莉丰厚的嫁妆也使这位夫人改变态度,接受她为阿尔杰农的伴侣。故事以皆大欢喜而告终。

王尔德通过这部剧作主要向世人展示英国上层社会对婚姻的看法,同时也揭示出,在维多利亚时代道德规范的高压下,青年男女为追求自由和爱情不得不扮演双面人的角色。剧中王尔德塑造的人物都活灵活现、酣畅淋漓。其中,布拉克奈尔夫人的形象最为经典。她集中了上层社会所有的恶劣的特点。表面上看,她高高在上,遵从上层社会一切貌似高雅的规范。然而,她的内心充满势利和计谋。王尔德通过这个人物毫不留情地揭露了上流社会的丑恶真相。在他们所鼓吹的"认真"的表面下掩盖着无处不在的欺骗和虚伪。

《莎乐美》是王尔德的一部悲剧。其取材于《圣经》的《新约·马太福音》和《新约·马可福音》。故事讲古巴勒斯坦国的希律王囚禁了"施洗者约翰"。一方面,约翰作为先知宣传耶稣基督的到来威胁了希律王的宗教统治。另一方面,约翰斥责希律王杀兄娶嫂的行为威胁了希律王政治统治的合法性。为此,希律王的妻子、莎乐美的母亲也痛恨约翰。有一次莎乐美见到了约翰,对他一见钟情。可是,约翰却并不领情,还像斥责莎乐美的母亲一样斥责莎乐美。在母亲的怂恿下,莎乐美利用希律王对自己的垂涎,以跳"七层纱舞"为交换条件取了约翰的头。杀掉约翰后,希律王把莎乐美流放到沙漠中。有一天,耶稣基督遇见莎乐美,饶恕她的罪过。

这是王尔德戏剧创作中最具有先锋性、实验性和挑战性的一部作品。尽管他以风俗喜剧闻名,但这部悲剧可以说是他最为用心创作的一部作品,是他对"为艺术而艺术"理论的最纯粹的实践。这部作品是王尔德在巴黎期间写作而成。在那时的巴黎,象征主义正如火如荼地发展,与当时英国文学的纪实主义风格截然不同。推崇艺术高于一切的王尔德决心要尝试这种创作手法。《莎乐美》的意义在于,它象征着王尔德对英国戏剧创作习惯的挑战。整个剧本弥漫着梦一样的意境。从舞台的灯光、布景和颜色到剧中的舞蹈、音乐和语言,都力求营造一个超现实的东方世界,其象征意义显而易见。剧中的月亮几乎是评论家谈及《莎乐美》时所必提及的一个意象。对于剧中的不同人物而言,它象征着不同的意义。对于马夫,月亮像从坟墓中出来的女人;对于追求莎乐美的叙利亚少年而言,月亮像会跳舞的小公主;对于莎乐美而言,月亮是一个不会屈就的处女;对于希律王而言,月亮是一个急于寻找情人的疯女人;而对于希律王的妻子、莎乐美的母亲而言,月亮就是月亮。不同人物对月亮的不同诠释表明他们对莎乐美的不同看法,也影响着他们各自的命运。然而,这部戏中最具有象征意义的是莎乐美这个女人。

王尔德笔下的莎乐美是一个有主见和智慧的女性。面对以约翰为象征的宗教压力和以希律王为象征的政治压迫,莎乐美作为一个统治体系的"他者",利用自己仅有的资源——美貌和智慧,摧毁了宗教和政治对女性的迫害。

从现代女权主义者看来,王尔德的反抗其实并不彻底,但在维多利亚时代,《莎乐美》已经掀起了轩然大波。有很多人认为,王尔德的这部作品充满了色情、暴力,有悖道德规范。剧中所体现出的唯美颓废因素、对爱与美的病态的向往及剧中人物情绪的非理性爆发,都触犯了当时英国社会,特别是保守阶层的欣赏标准。王尔德对此也有所准备。他之所以用法文创作该剧,一方面是为了契合当时法国的先锋主义思潮,另一方面也是为了绕开英国宫务大臣的检查。当法文版的《莎乐美》准备在英国上演时,宫务大臣仍然以"英国法律规定不得将《圣经》人物公开搬上舞台"为由,拒绝颁发执照。王尔德对英国保守狭隘的监察制度深感失望。不过,英国人的偏见并不能阻碍《莎乐美》在世界其他地方受到好评。早在中国五四运动时期,田汉等人就将《莎乐美》搬上中国舞台。一时之间,莎乐美成为许多新女性追求爱情和自由的偶像。这部剧作对英国乃至世界戏剧都产生了一定的影响。

第八章　20世纪上半叶的英国文学

20世纪上半叶是一个充满矛盾、革命和民族解放斗争的变幻的动荡时期,一个经历了前所未有的两次世界大战浩劫的时期,一个展示了人类科学技术与物质文明日新月异和迅猛发展的时期,一个弥漫着希望与失望、乐观与悲观的时期。在这样的时代背景下,人们在价值观念和思想信仰上受到了空前的震荡,导致20世纪上半叶的英国文学的心理状态、道德理想和精神价值与统治维多利亚时代文学的态度、理想和价值几乎是背道而驰的。不仅出现了特有的、在认识和表现生活的方式上与传统文学有鲜明的区别,被称为反传统的文学的现代主义文学,而且伴随着社会震荡的演变,现实主义文学也有了新的变化。可以说,在这一时期,现代主义与现实主义两者交替统治,分别在不同阶段成为英国文学的主要倾向,这种情况构成20世纪上半叶英国文学史上流派演变的独特现象,两种倾向在各自发展的同时又相互影响、渗透,使英国文学纷繁复杂,又精彩迭出。

第一节　乔治时代和战时诗歌

一、乔治时代的诗歌

进入20世纪以后,英国诗歌的活力似乎不如从前了。史文朋已接近其诗人生涯的尾声。哈代在世纪之初放弃小说创作而投身诗歌,但基本上沿用传统的路子,他与未来英国诗歌的发展似乎并无多少关系。唯美主义和颓废主义也已失去了影响。因此,可以说,英国诗歌经历了19世纪前期浪漫主义的辉煌后,在19世纪中后期到20世纪最初的十几年间有过一段回落。其间,在现实主义小说独领风骚的局面下,诗坛上没有发生过重大的革命性的变革。在第一次世界大战开始前,一些诗人便以反对19世纪90年代前卫的唯美主义诗歌为特征,创作了一些传统诗歌,他们的诗歌主要歌颂了第一次世界大战之前所享受的短暂的宁静和安定,并在第一次世界大战之后的混乱时期为人们开辟了一条逃避的途径,因而在20世纪20年代前后被收录在爱德华·马什的《乔治时代的诗集》中,因而他们也被称作乔治时代[1]的诗人。

　　"乔治时代诗人"并没有形成一个独立的派别,他们对理论纲领之类也并没有什么兴趣,只是

---

① 这里的乔治主要指的是乔治五世。

各自凭兴趣写作而已,但诗歌的主题却大都表现出相同的东西,即通过想象追求美。他们的诗歌注重形式,通过抒情、完美、直接而简朴的话语来追求一种人为的理想主义,借此舒缓现实世界中的紧张和动荡。这些诗歌大多缺乏思想和感情深度,因此在第一次世界大战以后逐渐衰落。

从理论上说,"乔治时代诗人"并无独创之处,其美学目标同以前的诗人也别无二致。他们追求的依旧是布莱克和华兹华斯的道路,诗中回响的依旧是"回归自然"的呼声。因此,"乔治时代诗人"在本质上是19世纪后期"新浪漫主义"的延续。这些诗人主要以写田园生活、大自然与爱情等题材为主,写的是抒情诗,在风格上也焕然一新,一扫世纪末颓废、纯艺术的文风,折回到英诗传统去找寻张本。他们以柔和的口吻、浅近的笔墨、精湛的技巧描绘英国乡间生活的温馨,颂扬平稳、宁静的生活氛围,给被战争的灾难所笼罩的国家吹来一股安抚的和风。这是诗人的引人注目之处。

二、战时诗歌

1914年6月至1918年11月爆发了因帝国主义垄断集团为重新瓜分殖民地、争夺世界霸权而挑起的第一次世界大战。在英国政府"保卫祖国""爱国主义"等口号的蛊惑下,许多人走上前线,充当炮灰。英国的一些诗人,包括原先的"乔治时代诗人"们开始把笔触转向了那次战争,有的甚至投笔从戎,血战疆场。战争的恐怖惨烈使诗人们的思想经历了巨大的变化,他们从开始时充满爱国激情的高昂转向了理智冷静的思索,更多的则是通过描绘战争残酷的场面宣泄他们的反思、控诉、哀怨和愤怒。在这些诗人中,鲁珀特·布鲁克(Rupert Brooke,1887—1915)代表的是乐观、充满理想的一派,他的诗无不透露出立志为国而战的激情和愿为国捐躯的高尚情怀;威尔弗雷德·欧文(Wilfred Owen,1893—1918)的诗则集中体现了多数战时诗人的反战作品的主旋律以及他们对战争的悲观失望态度。

(一)鲁珀特·布鲁克的诗歌

鲁珀特·布鲁克(Rupert Brooke,1887—1915)曾被公认为英国最杰出的年轻诗人之一,他的抒情诗和表现战争题材的十四行诗为他赢得了国际声誉。在诗歌创作上,他15岁在拉格比公学就读时开始写诗,并出版过两首诗歌《金字塔》和《巴士底狱》。由于早年崇拜过波德莱尔、史文朋、王尔德等人,布鲁克早期的诗歌具有较强的模仿的痕迹,诗的基调压抑、沉闷,遣词常落俗套,修辞过于华丽,且节奏松散,虚幻的爱情被推向至高无上的地位。进入大学以后,布鲁克结识了文学爱好者、日后成为丘吉尔秘书的爱德华·马什和乔弗里兄弟(布鲁克传记的作者),并从此开始活跃在诗坛上。

作为第一次世界大战中的"第一诗人",布鲁克在战前已是活跃地向维多利亚时代文化提出挑战的"社会主义者",曾加入费边社。他研究英国文学,对当时鲜为人知的多恩的玄学派诗歌大加颂扬,与艾略特似有共同语言。第一次世界大战爆发,这位社会主义者像当时大多数社会主义者那样,竟不顾普世主义的博爱理想,出于对大英帝国的"爱国"狂热,投笔从戎,走上前线,1915年因血液中毒身亡。

布鲁克最有名的诗作是他的五首战争十四行诗,反映出战争初年英国年轻人的"英雄主义"气概,其中一首《战士》最为脍炙人口:

如果我死了，只要想到我这一点：

在异国田野里的一角

变成了永恒的英格兰。那片肥沃的田野

将掩藏着一块更肥沃的泥土，

这块泥土生于英国，长于英国，觉醒于英国，

热爱过英国的鲜花，漫游过英国的道路；

这是一个属于英格兰的身躯，呼吸过英格兰的空气，

在故乡的江河中洗涤，在故乡的阳光下沐浴。

你只要想到我这一点，这颗涤尽邪恶的心脏

将永远搏动在英格兰的胸中，将以同样的豪情

在某个地方回荡出英格兰赋予的思想，

英国的景色，英国的召唤，梦见当年的幸福情景，

发出友人们熟悉的笑声；在英国的天空中

为和平的心胸带来宁静。

有人认为，《士兵》一诗是诗人生前对自己的预言。的确，布鲁克参战时已做好视死如归的准备，他心甘情愿地为祖国献身，因为在他看来，牺牲在战场之上能将自己变得高尚而纯洁。这样的思想无疑体现了诗人对完美主义的追求。不过也有批评家指出，布鲁克之所以对战争抱有近乎狂热的拥护态度，部分原因是由于他在战前受到了情感的困扰和无端的指责，因而他想借助战争"摆脱一切邪恶"，清洗掉自己身上的软弱、痛苦和耻辱。布鲁克的预言最终成真，他虽然没有浴血奋战的亲身体验，但阵亡在异国沙场上的事实和洋溢在其诗作中的满腔激情却使他成为英国家喻户晓的英雄诗人和为国捐躯的爱国青年的典范。

对布鲁克来说，战争是一件鼓舞人心的事情。他的这首诗传诵一时，当时的威廉·英奇主教在伦敦圣·保罗大教堂做复活节布道时曾经用过这首诗。布鲁克的这种盲目的"爱国主义"并不为当时的年轻诗人所完全认同。布鲁克本人并未参加过西部前线的战斗，所以他的诗总体而言是激情多于理性。

布鲁克在诗行里所表达的爱国精神非常符合政府和教会所极力宣传和推行的"战时意识形态"。人们可以设想，倘若他没有过早地身亡，而是能像同辈诗人欧文和萨松那样亲身经历发生在西线阵地上的严酷战事，读者也许就会从其以后的诗作中听到不同的声音。事实上，他在生前写给亲友的信中已经开始对战争的本质进行反思，甚至意识到战争将会给他的诗歌创作带来无法预料的影响。在布鲁克还未来得及做深刻思考之前，他年轻的生命就在异国的土地上画上了句号。

（二）威尔弗雷德·欧文的诗歌

威尔弗雷德·欧文（Wilfred Owen，1893—1918）被公认为第一次世界大战的最才华横溢的诗人，他首创了英诗半谐音（即只有元音押韵，辅音不押韵）的手法，给20世纪上半叶的英国诗坛注入了新鲜的血液。

欧文从少年起就酷爱诗歌，尤其对济慈的诗情有独钟。1912年，他曾写了一首题为《当看到济慈的一绺头发时》的短诗，虽然略显稚嫩，但却充分表现出他对这位被誉为"美少年安东尼斯的

诗歌天才"的由衷而热切的崇拜之情:"转向安东尼斯吧！去寻找他的伟大灵魂,去倾听他的声音,他欲开口说话!"除济慈外,其他英国诗人对欧文早期诗歌理念的形成也产生了影响。他在一封用韵文写成的书信中就曾提到,雪莱、格雷、阿诺德和丁尼生等人的创作都是自己诗歌思想的源泉,这些名家的诗行"如四方的水"浇灌着他精心耕耘着的"美好的花园"。

第一次世界大战爆发后,他受到"战时意识形态"的影响投笔从戎。在他看来,欧洲大陆上的炮火定会点燃青年们理想主义的激情,并将使世纪初"日益衰败、颓废和自恋"的英国社会得到净化,重获新生。然而前往前线几天后,他对战争的幻想就已开始破灭,并因受伤被送往爱丁堡一所军队医院里养病。在这所医院中,他结识了当时已然有一些名气的战时诗人西格弗莱特·萨松(Siegfried Sassoon,1886—1967),他鼓励欧文用诗歌形式将噩梦般的前线经历记录下来,这样既能缓解自己内心中难以驱散的压力,又可以让后方的百姓了解战争的残酷本质。欧文出院后,没有被立即派往战场,而是在国内驻守了几个月。在这期间,萨松又引荐他结识了文学界的名人,欧文与这些才华横溢的特立独行者相识,拓宽了眼界,同时也更有勇气和信心在诗歌里用充满同情和爱的语气去挖掘和展现血战沙场的战士们的精神世界。在国内驻守的那段日子是欧文诗歌创作生涯的转折期,他的灵感和诗情喷薄而出,一发不可收拾。1918 年,由于萨松在一次事故中头部受伤而无法重返战场,欧文不顾好友的劝阻,决定接替其所担负的记录和揭露战争的使命,再次奔赴法国前线。他因表现英勇、指挥出色而荣获军事十字勋章。不幸的是,他于战争结束前的一周战死沙场,当时年仅 25 岁。

欧文共创作了近百首反映战争的诗歌,生前发表 4 首。他去世后,萨松对其手稿进行整理,选取其中的 23 首收进他和女诗人伊迪斯·希特维尔(Edith Sitwell,1887—1964)合编的《诗选》里。之后,随着几版更为完整的欧文诗集的出现,批评界越来越认识到,这位名不见经传的年轻人的诗歌及其浪漫和悲怆的笔触,蕴含着感人的锐利和深刻。欧文对战争的描写,显然受到萨松的影响,这不仅反映在他对战争的态度上,也体现在他的诗歌所运用的讽刺手法上。与萨松相比,欧文的情感更加细腻、深沉,因此嘲讽的意味就不如前者的作品表白得那样一无遮拦和咄咄逼人。关于这一点,连萨松自己都有所意识,他就曾评价欧文的诗有"博大的意象、高尚的平易和深刻的蕴含"。事实上,欧文在刚开始写战争诗时,就对自己写作的基调和主题有了自觉认识。他在生前曾试图把自己的诗作编辑成册,在为此所写的简短前言中,欧文写道:

> 这本书不是关于英雄的。英国诗歌现在还不适合谈论英雄。
> 它也不是关于战争以外的功绩、土地、荣光、名誉、力量、威严、主权或权力的。
> 我首要关心的不是诗歌。
> 我的主题是战争和战争所引起的悲悯。
> 诗歌存在于悲悯之中。
> 然而,这些挽歌并不旨在安慰我们这代人。诗人在当下所能做的就是警戒。这就
> 是为什么真正的诗人必须要讲真话。

可见,作为诗人,欧文与萨松一样,具有强烈的历史责任感和社会使命感。他们在战壕中写作的目的就是为了表达对残酷战争的刻骨铭心的憎恨,以唤醒人类对和平的渴望。但欧文显然更注重展现现代人在战争中的执迷不悟和无足轻重,他的诗作充满对不幸者的深切怜悯,这种怜悯不仅超越了对战争暴行以及稚嫩愚昧的大后方的抗议,也超越了诗人的自怜。

《奇怪的会面》是欧文战争诗的代表,这首诗几乎完全没有了萨松所主张的"严酷的现实主

义"的痕迹,而是采取梦幻形式描写一个英国士兵和一个德国士兵在地狱里相遇的情景。诗中的"我"是杀人者,而被杀的德国士兵则与"我"在阴曹地府里肩并肩地躺在一起。二人在战场上面对面地厮杀,到了阴间却开始相互理解。他们终于明白,对方和自己一样,并不是杀人如麻的刽子手,而是有梦想、有愿望的人。自己所参与的屠杀却将使未来世界生灵涂炭、自相残杀,而其他参战者以及后方的百姓们却对战争所造成的恶果茫然无知,这不仅是战争的悲怜,更是"战争的遗憾"和训诫。有批评家认为,欧文在骨子里是浪漫的。虽然战争为人类带来无尽的伤痛和凄凉,但他却用感性的视角赋予这一主题一种永恒的悲剧美。还有学者指出,欧文的浪漫主义气质体现在他对士兵群体的理想化塑造上。的确,诗人笔下的这些大男孩们都似天使般单纯善良,可悲的是,他们却成为战争的替罪羊和牺牲品。

《青年阵亡者的颂歌》是欧文最有影响的诗作之一。它采用十四行诗的形式,前8行描写满怀理想的青年们在战场上像屠宰场里的牲畜一样死去,隆隆的炮火就好似不断敲响的丧钟,呼啸的枪声则如同人们为死者所做的浮皮潦草的祷告:

> 什么钟为牛马般死了的青年报丧?
> 只有大炮的巨怪一般的怒叫。
> 只有步枪的突突鸣响,
> 匆匆忙忙地做出了一些祷告。
>
> 不要笑他们:没人祈祷,没丧钟,
> 没有悲悼的声音,除了那唱诗班——
> 尖声哭叫的炮弹唱诗班,发了疯,
> 和号角,从悲哀的州郡向他们呼唤。

在这一部分,诗人用自己所熟悉的安宁与舒缓的宗教场景来反衬战事的紧张和无情,并通过栩栩如生的视觉和声音意象,将战场上激烈的场面生动地展示在读者面前。如果说前8行的基调多少带有一些萨松诗风的特点,该诗的后6行则完全是欧文自己的风格:

> 拿什么蜡烛来祝福他们每个人?
> 孩子们手中没拿,孩子们眼睛里
> 将射出告别时刻神圣的亮光。
> 姑娘们额上的苍白给他们做柩衣;
> 他们的花圈是忍痛者心中的深情,
> 渐暗的黄昏是一次次帘幕的徐降。

诗人在这一部分将视角转向后方,放缓语气,想象着在阵亡者的家乡,人们手举着蜡烛为死去的亲人哀悼祈祷。纯洁的孩子们和善良的姑娘们所表达的悲哀之情无疑是最真实、最由衷的,但谁又知道他们的悲伤能持续多久?随着"渐暗的黄昏",亲人们的悼念也许就如同慢慢降下的帘幕,最终将逐渐隐去,直至消逝。这正是战争所引发的"悲怜"。

第二节　现代主义诗歌的兴起

20 世纪 20 年代,更确切地说是第一次世界大战结束后的十多年,是英国现代主义文学的高峰时期,现代主义小说、诗歌、戏剧都攀上了发展的高峰。期间,英国现代主义诗歌——以意象派诗歌的倡导者威廉·巴特勒·叶芝(William Butler Yeats,1865—1939)为先驱,以托·斯·艾略特(Thomas Stearns Eliot,1888—1965)为代表,以伊迪斯·希特维尔(Edith Sitwell,1887—1964)为继续,在诗歌领域开展了一场革命,推动了英国现代诗歌的发展,也展现了 20 世纪西方信仰危机愈加严重,人们的思想已然进入精神的"荒原"的社会现实。

一、威廉·巴特勒·叶芝的诗歌

威廉·巴特勒·叶芝(William Butler Yeats,1865—1939)出生于爱尔兰首都都柏林,他的父亲是前拉斐尔派的画家,因而叶芝从小就与各种艺术家有着频繁接触。叶芝的母亲来自爱尔兰斯拉哥乡间,叶芝小的时候经常去外祖父家度假,乡间的优美风景给他留下了终身难忘的印象。叶芝早期的诗歌创作受雪莱的影响较深,从中能够看出 19 世纪浪漫主义诗歌的痕迹,但他在诗歌中融入了自己对爱尔兰乡间生活和民族深化的探索和思考,因而摆脱了后期浪漫主义和唯美主义的一些积弊,从而呈现出了自己的特色。从他所创作的早期的诗歌中,可以看出这些诗歌用词清新,意象优美,并带有淡淡的忧郁,呈现出了神秘主义的色彩。后来,叶芝觉得自己的诗歌不够男子气,因而开始进行了诗歌风格方面的探索。

由于叶芝所倾心的女演员毛德·冈在 1903 年嫁给了麦克布莱德少校,因此叶芝放弃了那种婉转柔和、清新动人的风格,开始用明白如何的语言表达自己的所思所想,从而使自己的诗歌呈现出了雄浑硬朗的特点。例如,叶芝在《外衣》中写道:

　　我为我的歌织成一件外衣
　　全身上下缀满
　　来自古老神话的绣花;
　　可愚人们将它夺去,
　　穿起来在世人面前招摇
　　好像是他们自己所织。
　　歌,就让他们拿去,
　　因为赤身行走
　　才表现有更大勇气。

这首诗不仅表明了叶芝的创作态度,也表明叶芝开始追求新的诗风。

为了寻找新的创作途径,叶芝提出了"面具理论",他认为诗人可以戴上"面具",使自己不再囿于某个社会角色,从而打破一些客观上存在的束缚,对自己的内心情感进行充分的抒发。例如,他在《乞丐对着乞丐喊》一诗中,就戴上了乞丐的"面具",借乞丐之口说出了一些自己内心深处的想法。诗中写道:

> "是暂时结束这种生活的时候了,去往他乡,
> 到海风中重新找回我的健康,"
> 乞丐对着乞丐喊,因为发了疯,
> "在我的脑瓜变秃以前,找到我灵魂的归宿。"

> "找一位贤淑的妻子和一幢舒适的房子,
> 摆脱掉我鞋子里面的魔鬼,"
> 乞丐对着乞丐喊,因为发了疯,
> "以及我大腿中那个更坏的魔鬼。"

叶芝的这种做法不仅扩大了他诗歌创作的视角,也丰富了诗歌的内涵,从而使他的诗歌更具有了立体感。

1913年,庞德开始担任叶芝的秘书,在庞德这位现代主义先锋的影响下,叶芝的诗歌创作呈现出了更多的现代主义色彩。1914年后,叶芝的象征主义体系得到了完善,写出了不少的名作,从而成为现代至于诗坛的巨擘。

著名诗人艾略特曾对叶芝的诗歌创作作过这样的评论:"有些诗人的诗可以为了经验和喜悦而单独地去读。而另一些人的诗,虽然也能带来同样的经验和喜悦,但却具有更重要的历史意义。叶芝就属于这后者中的一位。他是这为数不多的几个人中的一个;他的历史就是他们时代的历史,他是那个时代意识的一个部分,没有他便不能理解那些历史。虽然这是对他的一个很高的评价,但我相信这个评价是不可动摇的。"①

正如艾略特所言,叶芝创造了一个时代的历史,在他的推动下,爱尔兰文艺复兴运动开展得如火如荼,叶芝的诗歌也成为一些诗人的关注焦点,从他的创作中汲取到了养分。

二、托·斯·艾略特的诗歌

托·斯·艾略特(Thomas Stearns Eliot,1888—1965)是20世纪20年代英国诗坛的主导人物,他出生于美国,在美国接受教育,后来移民英国,因此常被称为是英国诗人。艾略特的创作从一开始就带有某种实验的性质,他的诗歌创作大致可以分为三个时期,每个时期都有较大的变化。

第一时期的创作包括1915—1922年的作品,主要作品有《J.阳尔弗雷德·普鲁弗洛克的情歌》《诗集》和《阿拉·鲍斯·普雷》。艾略特这一时期的创作通常被称为"通往《荒原》的历程"。

在艾略特的早期创作中,维多利亚风格对其有主要影响,特别是勃朗宁的痕迹最为明显。在巴黎游学时,艾略特受到象征主义诗人的影响,其创作开始表达现代社会中知识青年所面临的种

---

① 侯维瑞:《英国文学通史》,上海:上海外语教育出版社,1999年,第762页。

种困惑和矛盾,其中最具代表性的就是 1917 年出版的诗集《普鲁弗洛克及其他所见》。早在哈佛大学攻读硕士学位时,艾略特就开始酝酿创作这部诗集,并于 1911 年完成,得到庞德夫妇的资助出版,初步展示了艾略特的诗人才华。其中《J. 阿尔弗雷德·普鲁弗洛克的情歌》一诗受到广泛关注。艾力克·西格说:"艾略特的早期诗歌时常表现出两个自我之间的矛盾以及由此导致的个人对生活意义追求的失败。"①《J. 阿尔弗雷德·普鲁弗洛克的情歌》正是这类诗歌的典型代表。诗中,艾略特摹仿法国象征主义诗人拉福格的文体风格,通过一个"过于敏感、过分内省、胆子太小、压抑太强"的中年男子,在求爱途中矛盾变化的心理,反映了 20 世纪初欧洲资产阶级青年对人生和西方文明的怀疑和幻灭感。诗作的开篇描写夜色弥漫,"犹如手术台上麻醉了的病人",打破了英国诗歌传统对意象的追求,同时这一比喻所隐含的沉郁厚重也正是艾略特力图传达的信息。主人公即生活在工业化之后的城市中的普鲁弗洛克,他的问题在于他所具有的两个自我,一方面他意识到现代生活对于人类精神世界的冲击,具有强烈的道德感;另一方面他却又沉醉于日常生活中的声色享受,懒得寻求解决的方法,犹如莎士比亚笔下的哈姆雷特,总是犹豫不决,所以只能在自我矛盾的精神苦痛中沉沦。诗歌中所塑造的人物,表达的情绪,尤其是对呈现的时间和空间以及诗歌语言的探索,都具有与传统诗歌决然不同的风格和特质,是艾略特现代主义实践的第一部成功之作。用现代性手法探讨 20 世纪初知识青年的心理挣扎,《J. 阿尔弗雷德·普鲁弗洛克的情歌》赢得了知识界读者的欣赏和认同。艾略特的第二部诗歌集《诗集》则进一步表达了诗人自己对西方现代社会卑鄙、下流、萎靡不振的厌恶。

第二个时期包括 1922—1925 年的创作,主要作品有《荒原》和《空心人》。1922 年发表的《荒原》是艾略特的代表作,被认为是现代派诗歌的里程碑,西方文学中的一部具有划时代意义的杰作。《荒原》是艾略特的第一部长诗,这首长诗长达 433 行,从构思到完成一共经历了三年的时间。在这首长诗中,艾略特再现了一个支离破碎的世界,人们生活黯淡堕落,周遭环境阴郁丑恶,工业化后的城市虽然有物质的繁荣,但却带来了精神危机。在诗歌所截取的生活片段中,可以看到现代生活的种种弊病:混乱、暴力、两性关系的对立、生活环境的恶化,以及最重要的,信仰的迷失。

《荒原》的突出特点是诗歌中穿插了大量的经典作品段落,作品的开头就是对《坎特伯雷故事集》开头的借用和颠覆,之后对《神曲》、莎士比亚作品如《暴风雨》等、维吉尔、奥维德和波德莱尔等人诗作的引用遍及全诗,甚至还借用佛教教谕。诗中直接或间接引用的各类作品有 37 部。诗歌中出现的语言也有七种之多,不仅有英、法、德、意等现代欧洲语言,古典的希腊文和拉丁文,还有东方的梵文。

《空心人》通常被认为是艾略特描写精神空虚的"现代人"的代表作。1925 年发表的《空心人》承接《荒原》的精神,所用的不少诗句来自《荒原》中所删去的段落:

> 我们是空心人
> 我们是稻草人
> 互相依靠
> 头脑里塞满了稻草。唉!

---

① Eric Sigg. *The American T. S. Eliot:A Study of Early Writing* s. New York:Cambridge Cambridge University Press,1989,p9.

当我们在一起耳语时

我们干涩的声音

毫无起伏,毫无意义

像风吹在干草上

或像老鼠走在我们干燥的

地窖中的碎玻璃上。

艾略特以"空心人""稻草人"来比喻现代人,生动形象,给读者留下了极为深刻的印象。这首诗歌弥漫着浓郁的悲观主义和虚无主义气氛,表现出深沉的绝望,这种绝望是来自对现代社会精神沉沦的对抗,因此是一种自由的选择,并不是彻底的放弃。与《荒原》的奇眩迷离不同,《空心人》总体显得质朴坦诚,自此,艾略特的诗歌逐渐向沉郁厚重的方向发展,其中基督教的色彩也越来越浓厚。

第三时期的创作从《灰星期三》开始,一直到他晚年的戏剧创作。一般认为,《灰星期三》标志着艾略特最终转向了天主教。这一时期的代表作品是《四个四重奏》。在组诗《四个四重奏》中,艾略特似乎终于摆脱了茫然与矛盾,得到了内心的平静。《四个四重奏》包括《烧毁的诺顿》《东科克》《干燥的萨尔维吉斯》《小吉丁》四首长诗。

这四首长诗,每首诗均是五章,主题相同但各有变化,第一章阐明主旨;第二章以抒情为主,结合对于时空、上帝、人性与自然的思考;第三章以表现灵魂的失落与黑暗中的朝圣为主;第四章是突出基督教精神的精致的抒情段落;第五章则是收束部分,表现人类精神世界里最高层次的思考和冥想。无论单独的某一首也罢,还是四首合一也罢,《四个四重奏》都有着统一的结构,也有各章节之间的变化。

《烧毁的诺顿》的构思源于诗剧《大教堂谋杀案》。在剧中,有人建议贝克特大主教回到过去以逃避危险的现在。艾略特在参观英国格洛塞斯特郡两座乡间住宅,即"烧毁的诺顿"时,联想到他自己的灾难性婚姻,也感受到一种否定现在回到过去重新选择的诱惑。这种回归过去、重新选择、取消历史和再创现在的诱惑使艾略特的生命与贝克特、与基督的生命交织在一起,从而引发了他对时间与永恒、历史与现实、生命与艺术以及对上帝的冥想。在写这首诗的时候,艾略特还没有创作四部曲的想法。在诗的开头,他成功地将哲学思考、精神追求和诗意想象结合起来,揭示出整部作品的精神内涵:人类的精神在现实世界中游荡,偶尔的灵感却又让它意识到只有永生才是它应追求的目标。

《东科克》以艾略特祖先居住过的村落为背景,表现了他对于自然时间与历史的思考,其中描绘自然风景的段落是他诗歌创作中最见功力的章节之一。"东科克"是苏默塞特郡的一个村庄。17 世纪时艾略特家族就是从这里移民到了美洲,而艾略特也选择此地作为自己骨灰的埋葬处。这种人的开端与终结的神秘性正是诗人要探索的。他在诗中写道:

我的开始之中包含着结束。

我的结束中包含着开始。

在《干燥的萨尔维吉斯》中,艾略特回顾了自己的童年,以河流、海洋作为物质世界时间的象征。其中"萨尔维吉斯"是美国马萨诸塞州安角海岩不远处大洋中一组不稳定的小礁石。艾略特的童年就是在马萨诸塞度过的。那些礁石,无底的大洋,以及伟大的密西西比河都是艾略特冥想的主要象征。

在《小吉丁》中，艾略特将宗教与诗艺、现实与精神融为一体，从而使这首诗不仅成为《四个四重奏》中最精彩的作品，也是他诗歌成就的顶点。《小吉丁》是在第二次世界大战最严酷的时候创作的，以一种面临着恶魔毁灭性打击的贫乏荒芜的文化为背景，通过基督教的象征来展现一场光辉的救赎。小吉丁是17世纪美国国教徒聚居的教堂，在诗中是"永恒时刻的交会点"，不仅是现实的，更是跨越时空的。

在整首诗中，《东科克》最为人称道，艾略特将物质世界与现实文明抛开，模仿但丁风格，并借用布莱克、叶芝等的意象，将写作中的人生与非写作中的人生以一次与"一个熟悉的复合精灵"的邂逅结合在一起。作为现代诗人，他只有摆脱俗世，虔心祈祷，才能等到圣灵的来临。在诗的结尾处，当诗人与虔诚教徒融合后，那永恒的一刻终于降临："一切都会好的/而所有事物都会好的。"

《四个四重奏》是艾略特对于时间与记忆的反思，他运用基督教观念与柏格森哲学从宏观上探讨过去、现在和未来等哲学问题，成功地展现了一个"非个人化"思考的精神世界，促人内省。尽管比起《荒原》的奇诡风格，这部长诗显得较为传统与保守，但它所包含的思想显然更为深邃，在主题与技巧的结合方面，更是卓越超群。但是，过于追求四首作品结构形式的统一，也给创作带来了束缚，其中《干燥的萨尔维吉斯》与《东科克》所受的影响尤为明显。

三、伊迪斯·希特维尔的诗歌

伊迪斯·希特维尔（Edith Sitwell,1887—1964）是英国诗人和批评家，以其先锋派作品而出名，她以新颖独创的比喻和意象、熟练地写作技巧、对各种韵律的尝试以及对情绪的完美表达等突出特点，驰骋于20世纪前半叶的英国诗坛。

希特维尔对文学艺术界的许多大作家极感兴趣。波德莱尔、布莱克、蒲柏、叶芝和作曲家斯特拉文斯基等人的作品，都对她的写作发挥了很大的启迪作用。同时，希特维尔也注意避免很多女诗人作品中的"传统"弱点。在她眼中，只有萨福（古希腊著名的女诗人）、克里斯蒂娜·罗塞蒂和艾米莉·狄金森才值得效仿。

在创作生涯中，希特维尔受法国象征主义运动的影响，一生都致力于讨伐英国社会庸俗和保守的思想现象，她的创作生涯涵盖了半个世纪的时间。在这期间，英国诗歌从第一次世界大战后期的明快和爵士之风过渡到20世纪30年代的政治运动和第二次世界大战后精神价值的回归。希特维尔一直是先锋派的中坚力量，其早期作品展示了她对传统创作形式的熟悉，尤其是田园诗、传奇和巴洛克喜剧。这些作品很具有实验性和旋律性，轻快诙谐，充溢着很多令人迷惑的个人典故和令人咋舌的意象；小丑和小丑表演是她常常会用到的形象。希特维尔以这些扭曲和变态的画面展示了一个已经变得疯狂的世界。

1923年，希特维尔发表诗集《正面》，并且邀请威廉·沃尔顿爵士（Sir William Turner Walton,1902—1983）为这部作品配乐。该诗集中的诗歌强调单个词汇的声音效果，对发音古怪的词汇颇为青睐。希特维尔注意探讨诗歌的声音及音节的长短，以当代流行音乐（如华尔兹和狐步等舞曲）的节奏为借鉴，试图在诗歌创作上有所突破，以此来挫败根深蒂固的维多利亚时代的诗歌传统与风尚。《正面》中的诗作非常抽象，其中诗人对意象的探索也受到了评论家和读者的好评。这也是希特维尔对当代诗歌最为杰出的贡献。对此作者本人曾评论说："这些诗歌是以声音模式来加以创作的……在很多情况下是一种极端困难的演奏技巧。"

希特维尔在创作中注意主题的多样化,她认为这是因为她的意识的成长。"有些时候,这就像一个忽然被赋予了光明的盲人必须学会运用视力一样;或者,这是发自一个等待、观察的世界的呼声。在这里,我们看到的是超越表象的象征,一种深埋在沉睡土地中的意识。"希特维尔展示她对这个虚伪和空洞世界的绝望的方式,在文艺史上极具先锋性。她的《黄金海岸习俗》被称为希特维尔的《荒原》,诗人的文化批评主义在此得到充分展现,作品里运用的伦敦贫民窟和非洲黑奴等意象向读者展示出一幅邪恶和腐败的图画。该诗集和康拉德的《黑暗的心》一起,成功地揭露了道貌岸然的社会背后所隐藏的黑暗力量。

希特维尔流传最广的诗作是那首充满悲伤的《雨仍在下着》,是诗人在1940年伦敦空袭时写下的。她在给友人的信中提到,这首诗是她一生中最为骄傲的成就。全诗围绕着耶稣受难和人性永恒的罪孽等主题展开。全诗36行分作7个诗节,代表一周的七天。因此,诗人向读者暗示耶稣基督的苦难仍在继续着。诗歌题目在诗中的反复重复,以及韵律的一致性,都展示出诗人本人和全人类要求精神救赎的强烈渴望。这首诗全诗如下:

雨仍在下着
(1940年空袭夜晚及黎明)

雨仍在下着——
似人世一般幽暗　如失落一般漆黑——
茫茫像一千九百四十颗钉子乱散
在耶稣的十字架上

雨仍在下着
落如心跳声又变成槌声隆隆
响在悲悯的陶窑掺杂着纷沓的足音
践踏圣墓

雨仍在下着
落入不义的血田　卑微的希望滋长但入脑
孕育着贪婪在谋杀者的眉梢蠕动

雨仍在下着
落在十字架上受难者的脚边
日夜钉在那儿的耶稣呀宽恕我们——
宽恕富豪也宽恕乞丐
在雨中财富和伤痛已无不同

雨仍在下着——
鲜血仍自受难圣者腋旁的伤口淌下

他承负了一切创伤——消逝的光亮

最后一丝微弱的火花

闪烁在沉沦者的心中　可怜无知的愚昧

穷途末路的斗熊——

失明悲鸣的熊依然惨遭饲主

无情的鞭打……野兔拼命逃生的眼泪

雨仍在下着——

于是——我奋力跃向上帝：而其将我拽回——

看！看看耶稣的鲜血在天空奔淌

它从被我们牢牢钉在树上的

垂死者的额头流出　流进那干渴的心

那心容纳了尘世的火焰——

却被痛苦层层沾染犹如凯撒的桂冠

然后他的声音从凡人的心中响起

其曾为置身马槽的婴儿——

"我仍然爱你们　仍然流着我的血为你们照射灵光"。

　　希特维尔在第二次世界大战后的诗作表现出对人类所遭受的苦难的关注。在美国向日本广岛投下原子弹后,她是第一位对核威胁进行严肃思考的知名诗人。这充分表现在她的"核时代的三首诗"——《朝阳的挽歌》《该隐的阴影》和《玫瑰颂歌》等作品里。

第三节　散文形式的多样化

　　20世纪上半叶剧烈震荡的社会背景与文艺思潮必然给英国散文的发展以深刻影响而打上时代的烙印。20世纪散文不仅内容十分繁杂,各种主义、各种思想、各种流派、各种潮流均在散文中得到体现,而且形式也有很大的发展与变化。

　　首先,富于想象力的文艺样式遭到一次衰落。例如,随笔在19世纪末叶通过罗·路·史蒂文森(R. L. Stevenson,1850—1894),在诸如《给少年男女》和《回忆与画像》的作品里,或者在同样材料的旅游书籍《内河航程》和《塞文山区骑驴旅行记》里获得了新的活力。他在随笔和诗歌上是一个浪漫主义者,而在风格上则是一个自觉的艺术家。史蒂文森之后,随笔一直繁荣到20世纪30年代,那时它受到了期刊数目下降,报纸篇幅紧张,以及无线电广播的诱惑力的影响。此外,时代的倾向摒弃了修辞浮夸和随笔独自保持的风格雅致。无线电广播要求日常交谈的风格,而电视更强调了这一点。去读劳埃德·乔治的早期演说等于走进另外一个世界,唯独温斯顿·丘吉尔爵士保持了庄重的风格,而他的某些滔滔的雄辩将在英国文学上永远存在。他像麦考莱一样,懂得在复杂的完全句当中,简单的短句能够多么富于效果。弥补修辞的衰落,出现了一种陈述与辩论文体的增长,科学家如阿·诺·怀特黑德、哲学家如伯特伦·罗素已对此做出贡献。

其次,小品文最后阶段的杰出人物是吉·基·切斯特顿(C. K. Chesterton,1874—1936)。他也是一个多产的短篇小说作家,在《布朗神父的清白》这个集子里收集了一百个短篇。他是一个以歌谣风格著称的诗人,写有《利潘托》和《白马谣》。他的散文具有壮观的蓬勃景象,似乎他觉得在一个喧闹的时代里,风格必须大肆宣扬他的思想。他像多才多艺的同时代人希莱尔·贝洛克(Hilaire Belloc,1870—1953)一样遭到轻视,后者的一些歌谣已经成为英语传统的一部分。散文方面,他的历史著作偏见过重难以传之久远,但某些随笔和《通往罗马的道路》这样一本书应该能够长期流传下去。漫画家和散文作家马克斯·比尔博姆爵士(Sir Max Beerbohm,1872—1956)在较狭小的范围内写作,具有较大的安全感。他的轻松愉快的讽刺小说《朱莱卡·多布森》也已经受了多次兴趣风尚变化的考验;他的随笔显露出一种18世纪的机智,仍然没有失去光泽;他的戏剧评论《剧场周围》,同肖的评论一道,对当代英国戏剧做出了短小精悍的评述。

再次,自传和传记文学在20世纪建立了新的传统。李顿·斯特雷奇(Lytton Strachey,1880—1932)在他的《维多利亚时代名人传》《维多利亚女王》和《伊丽莎白与埃塞克斯》里,破除了维多利亚时代"虔诚"传记的传统,不去追求事实真相,而是去寻找大人物的弱点和荒唐,因此至少乍看起来人物描写是带有讽刺性的。他属于幻想破灭的第一次世界大战时代,那时事变比人物更为重要,同时他满怀仇恨地转向过去,去暗中破坏它的英雄人物的传说。他在一篇早期的法国文学研究里表明了他对于伏尔泰的推崇,而18世纪的机智和理性主义的一般态度给他提供了知识。他在维多利亚女王身上找到一个伟大的题目,他以艺术上的审慎态度加以处理。他揭露了维多利亚时代一切不合理的东西,同时他以温和却是尖锐的暗讽谴责了它的伪善。这部作品具有像人物描写同样完美的一种设计构思;他在对虚假而自命不凡的人物表示怀疑的同时,结果在一些不无怜惜同情的段落中几乎对上了年岁的女王表示钦佩。他在行文的笔墨经济上类似斯威夫特。在自传方面,奥斯伯特·希特维尔爵士(Sir Osbert Sitwell,1892—1969)在以《左手,右手》开始的许多卷册里提供了较重要的描写特定历史时期的作品,用一种巴罗克式繁富的散文描绘着他当时的高级和贵族式的生活。

除了斯特雷奇之外,其他历史家也企图打破历史和传记上的旧传统。菲利普·奎达拉(Philip Ouedalla,1889—1945)试图仿效麦考莱,并用引人注目的形象化的细节使他的记述光彩夺目。他没有斯特雷奇的讽刺意图,也没有他的风格特色,但《帕默斯顿》和一篇威灵顿传《公爵》设法赢得了广大的读者而没有做出很多的让步。一个较年青的作家亚瑟·布赖恩特爵士(Sir Arthur Bryant,1899—1985),连同《查理二世》和以《危险的年代》开始的他的佩皮斯研究,情况也是这样。约翰·巴肯(John Buchan,1875—1940)的冒险故事早已颇著声誉,他还写了一些历史传记,其中包括《蒙特罗斯》。随笔作家和评论家哈罗德·尼科尔森爵士(Sir Harold Nicolson,1886—1968)也写了一些很风行的书,例如《柯曾:最后阶段》等。除了这类卓越的历史作品,还可以加上一些经济史家的作品,诸如理·亨·托尼(R. H. Tawney,1880—1962)的一本由于思想的新颖和风格的特色,而将为人们所铭记的书《宗教与资本主义的兴起》。在所有这些探索中最为雄心勃勃的是安·约·托因比(A. J. Toynbee,1889—1975)的《历史的研究》。有人认为托因比过于主观,但没有多少人对于这种文明的兴起与衰落的研究中所表现的学识与理解的范围能够不表示佩服。

　　属于思想史而不属于富于想象力的文学的作家当中,最重要的是约·梅·凯恩斯(J. M. Keynes,1883—1946),即后来的凯恩斯勋爵。他是一个国际上知名的经济学家,也是一个艺术家的朋友和艺术委员会的第一任主席。他的《和平的经济后果》在某种程度上影响了历史,因而使它成为两次世界大战之间最重要的书籍之一。它在描写威尔逊总统、克莱门梭和劳埃德·乔治时具有独立的文学特色。凯恩斯的富于想象力的特点更充分地表现在《信念文集》和《传记文集》里。西德尼·韦布(Sidney Webb,1859—1947)和比阿特丽斯·韦布(Beatrice Webb,1875—1943)全然属于思想的范畴,没有任何风格的修饰,不过比阿特丽斯·韦布的自传是一本表达得极好的令人感动的书。

　　最后,在评论上,艾·阿·理查兹(I. A. Richards,1893—1979)试图在《科学与诗歌》里去深入地考查一些问题。本书追随(虽然是间接地)马修·安诺德的诗歌与历史、科学和宗教分离的主张。他于1924年在《文学批评原理》里已经表达了同样的观点。他的思想曾经来自他同查·凯·奥格登(Charles Kay Ogden,1889—1957)——一个有独到的见解的人,也是杰里米·边沁(Jeremy Bentham,1748—1832)的学生——的交往,他们一道写出了《意义中的意义》。该书除其他内容外,明确表示诗歌中的词同其他写作形式中的词之间的区别。

　　在富于想象力的作家中,托·斯·艾略特(Thomas Stearns Eliot,1888—1965)曾大力注意评论,并从1922—1939年编辑了一种颇有影响的定期刊物《准则》,他成功地改变了不少他那一代人的文学爱好;介绍了邓恩,玄学派诗人,伊丽莎白朝后期和詹姆士一世时期的戏剧,并以一个诗人的洞察力描述了富于想象的思想道路。《圣林》是这些著作中最早和最有独到见解的书,接着发表的是《献给德莱登》《拥护兰斯洛特·安德鲁斯》和其他著作。他的头脑往往是摧毁性的,如在他对于弥尔顿、哈代和梅瑞狄斯的评论上,却也能够引申去反映他的诗意的直觉,并开辟新的认识领域。晚期的著作较为生硬和武断,而《论但丁》则介于这些著作和具有独到见解的早期著作之间。

　　西里尔·康诺利(Cyril Connolly,1903—1974)在他的定期刊物《地平线》里维持了一种较早的西方文明的优美的形象。他的许多撰稿人也同样具有他的机智和反讽,以及一种对过去日子的思古之幽情。在他的《有出息的仇敌》里,一种自传和评论的混合体同一种富于想象而缺乏创作能力去尽量发挥的才能一道存在,而在《不平静的坟墓》和《罪犯运动场》里也重现这种情绪:戏谑、了悟,以及作者生不逢时之感。与康诺利和他的同时代人的嘲讽情绪对立的是托·爱·劳伦斯(T. E. Lawrence,1888—1935),他是迄今最难以理解的人物之一。第一次世界大战在西线将不少有名人物一笔勾销,但劳伦斯却能在阿拉伯积聚起"一位英雄的一切传奇似的气氛"。1926年《智慧的七大支柱》给一批有限的读者记述了他的阿拉伯战役,为了有利于这部作品的光彩,他发行了一种缩写的形式《沙漠中的叛乱》,赢得了广大的读者。在他死后,一部值得注意的他的书信集发表了。他有着一种复杂的性格,有时设法隐姓埋名,但又不能避免权力和名声的诱惑,由于他的非法的出身以及表现在他的不平凡的故事的风格和写作上的一种严肃与浪漫精神的奇异的混合,使他产生了内心的分歧。他后期的自我折磨的生活使他去当上一个空军士兵,他死后发表了《造币厂》,在那里记述了他当兵的生活。浪漫主义业已排除而现实主义以其一切粗糙形态处于支配地位,这就足以使一个共产党员作家拉尔夫·福克斯称他为"无疑地是现代英国最卓越的人物之一"。作为一个散文作家,他能从写花哨俗气到写深刻动人的文章,有一种独一无二的经验。劳伦斯跃马进入大马士革可说是用一种个人的故事讲述现代战争的最后的一人。

第四节 传统小说的延续

1901 年,英国的维多利亚女王去世,宣告了维多利亚时代的结束。爱德华七世继承王位,持续十年,期间继续维多利亚时代的繁荣。同时,欧洲列强之间的势力均衡,国际环境相对和平。1914 年,第一次世界大战爆发,引发了资本主义社会的剧变。战争使英国损失惨重,元气大伤,"日不落帝国"一去不返,社会变迁和战争深刻影响着文学的发展。生活在 20 世纪初期的作家自觉继承并发展了 19 世纪的批判现实主义文学传统,但题材有所拓展,文学创作视角和风格各异,既有对海外扩张、殖民地风土人情的描写,也有对英国工业化进程中城市和乡村生活的反映。他们大多坚持民主主义立场,其中不乏对社会与时代矛盾进行揭示和抨击,批判资本主义工业文明和基督教文化传统。他们注重刻画外部细节,追求真实、单线式的传统叙事模式。这些现实主义小说领域内的早期作家有赫·乔·威尔斯(Herbert George Wells,1866—1946)、约翰·高尔斯华绥(John Galsworthy,1867—1933)、阿诺德·贝内特(Enoch Arnold Bennett,1867—1931)。

一、赫·乔·威尔斯的小说

赫·乔·威尔斯生于贫苦家庭,14 岁起即自行谋生,先后当过药房学徒、信差、售货员和教师。后来靠奖学金接受高等师范教育,学习生物学,毕业后虽当过一段时间教师,不久即投身写作。威尔斯在长达半个世纪的文学生涯中先后创作一百多本作品,探讨社会现实和人类的未来。

威尔斯关注社会问题,1903 年加入费边社,鼓吹社会改良主义,主张通过教育和技术来改造资本主义。第二次世界大战期间他曾支持进步力量,谴责法西斯侵略。作为现实主义传统的重要继承人和捍卫者,威尔斯曾受到现代主义倡导者的攻击,但对 20 世纪 30 年代和 50 年代的现实主义复兴起过积极的作用。

从其创作特点上来看,威尔斯的小说写作历程可分为三个阶段:第一阶段是从其开始写作到 1900 年为止,这一时期威尔斯的创作大多为"科学传奇",即科学幻想;第二阶段是从 1900—1910 年为止,这一时期他的创作主要为社会讽刺小说,这些作品充分反映了他的现实主义倾向;第三阶段是从 1910—1946 年,这一时期他的作品被称为"阐述思想的小说",实际上是阐述思想、宣传主张的通俗读物。

在第一阶段中,威尔斯就奠定了自己科幻小说鼻祖的地位。他的小说想象丰富,故事紧张,情节离奇,抒发幻想,影射现实,用象征或寓示的方式暗示人类社会,暴露不合理制度下的黑暗丑恶,因而既有讽喻意义,又有娱乐作用。这一时期的代表作品主要有《时间机器》《莫洛医生的岛屿》《隐身人》《星际战争》《最先登上月球的人》等。其中,最具代表性的是《星际战争》,这部小说的可读性主要在它的现实性描绘。不管是写火星人,还是写战斗场面,威尔斯都提供了可信的细节,而英国城乡的生活更是写得尤为逼真。1938 年美国名演员峨孙·威尔斯在电台上广播这本小说中的一部分,甚至引起了新泽西州人民的惊恐慌乱,以为真的是火星人入侵了,可见该小说逼真到了怎样的境地。小说中,英国城乡人民安于布尔乔亚式的刻板生活,突然来了火星人,多数人惊慌失措,但也有保持平时的稳重、不肯相信,同时也有乘机抬价和敲诈的,甚至出现了掠夺别人财物的强人,当然也有临危不惧、见义勇为的,如叙述者的弟弟在大溃退的洪流中救了驾马车的两位老太太,就体现了英国人所珍视的一种性格。接着他通过一段描写展示了人们逃离伦敦、在路上形成可怕的人流的景象,显示出了威尔斯的叙述和描写细节的本领,通过小说的描述,我们可以看到各色各样的人的表现。在大逃亡的途中,各人的本性暴露得更清楚了,那个倒在尘埃里仍在捍卫他的金币的人就显出了有产者至死不变的本性。小说中,火星人入侵地球引发的一系列变化使一个炮兵士兵深有所感。他眼见火星人的强大无敌和英国人在这场大变里显出的麻痹、自私与无能,他考虑了一个问题:败局已定,以后在火星人的统治下,英国人将怎样生存下去?他认为那些过着刻板生活、只求小小安乐的市民们、商人们、公务员们不配活下去,因为他们将毫无用处:

> "这些人身上没有一点精神,没有高贵的梦,也没有强烈的欲望。如果一个人这二者都没有,天哪,那他又是什么呢?不过是懦夫和谨小慎微之徒!"

那么,什么样的人才该活下去呢?炮兵认为是"身体健全、思想纯洁的男人",而且是听从命令的人。他又说:

> "我们也需要身体健全、思想纯洁的女人——母亲们和教师们。不需要懒洋洋的太太小姐们——决不要那些对你做媚眼的女人!不要任何衰弱的和发呆的人!那时生活将是真正的生活,所有无用的、累赘的、捣乱的人都得死!他们应该死,应该甘心去死。说到底,活着而玷污整个民族就是不忠。……"

从这一段描述中,我们可以看到作者借小说在表达自己对中产阶级的厌恶,由于幼年的痛苦经历和对社会主义思想的认知,威尔斯对英国资产阶级存在极强的批判意识。值得注意的是,在这本书中的某些思想包含着20世纪30年代希特勒、墨索里尼之流实行的法西斯主义。

在第二阶段,威尔斯塑造了许多"小人物"既可悲又可笑的形象,以辛辣幽默的笔触讽刺时俗,描绘当时社会生活的风貌,使人想起狄更斯的风格,显示出他对现实主义传统的继承。威尔斯以滑稽甚至闹剧的方式表现一个小人物坎坷颠沛的命运,以波里祸福难料的变迁说明在生活的旋涡中小人物被社会变化的浪潮抛来抛去,无法驾驭自己的命运。作者对身遭不幸、试图反抗的小人物在诙谐讽刺之中满含同情,对社会的炎凉世态也作了淋漓尽致的刻画。这一阶段威尔斯的作品主要有《爱情和鲁维轩先生》《吉普斯》《托诺·邦盖》《波里先生传》等,其中最具代表性的是《吉普斯》。

《吉普斯》描写了主人公吉普斯作为一个小人物坎坷的人生经历,其是一个出身于下层市民阶层的小人物,他在一个布店当学徒,童年凄苦,在一次醉酒后,丢了布店的工作,就在此时,他突然得到生父的一大笔遗产,立刻从一个一文不值的学徒变成了一个富翁。面对身份的巨大变化,头脑简单,受上层社会偏见影响的吉普斯沾染了虚荣势利的风尚,他大兴土木建造豪宅,费尽心机学习上层社会的礼仪举止,他周围的人也趁机趋炎附势,女教师海伦·沃尔辛厄姆表面上清高典雅,乐善好施,实际上看不起穷人,本来对当学徒的吉普斯不屑一顾,听说他发了财,态度立刻发生转变,一边接受吉普斯的求婚,一边盘算着如何攫取他的财富。在经历了一系列事件以后,吉普斯厌倦了所谓的上层社会,开始有所顿悟,最终他恢复了淳朴善良的本性,不顾身份的巨大差异,与身为女仆的青梅竹马安妮·波尼克结婚了。然而,生活再次出现戏剧化的一面:管理吉普斯钱财的人因投资失败而破产逃跑,吉普斯的生活再次落入困境,不过吉普斯夫妇并没有怨天尤人,而是开一家小书店过着清淡宁静的生活。后来,因为一笔意外的投资而又使吉普斯成为有钱人,从此他对生活感到满足,认为自己是世界上最幸福的人。

威尔斯本人在谈到这部小说时曾指出,《吉普斯》是"从英国社会情况出发对生活的详尽探讨,它的目的在于塑造一个英国下层中产阶级的典型人物,表现这个阶级全部可怜的局限性和脆弱性",同时"也对英国中产阶级广大人士的理想和行为提出他一贯的批评"。对于吉普斯,作者在讽刺中又包含着同情,这个人物代表着下层中产阶级的局限性和脆弱性,他既有爱慕上层社会的虚荣心理,知识浅薄,甘受命运的捉弄,又有不失淳朴的本性,使他又不那么让人厌恶。尽管这部小说有一些缺点,但《吉普斯》仍然是威尔斯最成功的小说之一,连与作者文艺见解十分不同的亨利·詹姆斯也忍不住赞叹这本小说闪烁着"真实的真理光辉"。①

在第三阶段中,威尔斯的小说主要以科幻小说这种通俗形式来宣传自己的思想观点。小说中的叙述常被大段议论所打断,情节安排、人物描写只是用来为发表演讲、讨论问题提供机会。这一时期,他的作品主要有《现代乌托邦》和《未来事物的面貌》等,这些小说大都描绘了一个光明的未来,也显示了作者对人类社会进步的希望,体现了自己社会改良主义的思想。

二、约翰·高尔斯华绥的小说

约翰·高尔斯华绥出生在英国萨里的一个律师家庭,父亲是伦敦著名的律师,家境殷实,生活优裕。1899年,高尔斯华绥毕业于牛津大学法律系,后从事法律事务工作一段时间,不久专心从事文学创作。1895年,高尔斯华绥邂逅了自己的声乐女老师,并恋上了她。但是家人反对他们相恋,就把高尔斯华绥送到国外各处旅行。他用真名发表的小说《法利赛人》反映的与此时的游历极为相似。高尔斯华绥是个多产作家,主攻小说和戏剧,在二十多年的创作生涯中,几乎每年都出一部作品,但是他出版的处女作《天涯海角》以及早期的几部小说并没有引起社会公众的注意。

高尔斯华绥重要的小说作品有:1906—1921年间的长篇小说三部曲《福尔赛世家》(《有产业的人》《骑虎》《出让》),1926—1928年间的三部曲《现代喜剧》(《白猿》《银匙》《天鹅之歌》),1931—1933年间的三部曲《尾声》(《女侍》《开花的荒野》《河那边》)等。这些作品的背景放在了19世纪后期和20世纪初期的英国社会,反映的是资产阶级的社会和家庭生活,叙述了大英帝国由兴盛走向衰落的历史,剖析了社会问题。语言简练生动,辛辣讽刺。而确立高尔斯华绥在文学界上的成就地位是他的《福尔赛世家》三部曲:《有产业的人》《进退维谷》《出让》,并于1932年获得了诺贝尔文学奖。

《有产业的人》是《福尔赛世家》中的第一部,也是高尔斯华绥的代表作之一。在小说的开端,就将福尔赛家族的各代人都引见了出来,第一代人大多是事业有成的上层人,有的是矿主,有的是公司董事长,有的是房产经纪商等,他们喜欢收集名画、古董,最看重的是财产,正如书中所说的"紧抓住财产不放,不管是老婆,还是房子,还是金钱,还是名誉",这被作者称为"福尔赛精神"。家族中的第二代,老乔连的儿子小乔连是一个家族的叛逆者,由于不满金钱与利益的婚姻而抛弃妻子,与家庭教师私奔。老乔连的侄子索米斯,也就是这部小说的主人公,则是一个不折不扣地

---

① 侯维瑞:《现代英国小说史》,上海:上海外语教育出版社,1985年,第73页。

具有"福尔赛精神"的有产业的人。索米斯表面上十分爱自己的妻子伊琳,坚持不懈地追求她,为她买衣服首饰,建造乡间别墅。实际上伊琳只是一件被索米斯占有的财产,一件满足他的虚荣心,可以被赏玩的收藏品。伊琳拥有美貌,却没有钱,她嫁给索米斯,却并不爱他。在建造乡间别墅的过程中,伊琳与老乔连孙女的未婚夫、建筑师波辛尼相爱了,索米斯劝说无效、寻机报复,控告波辛尼违反合同,使波辛尼面临破产的边缘。波辛尼在失魂落魄中命丧车轮之下。最终,伊琳被迫回到了丈夫的身边。索米斯似乎胜利了,但是妻子永远不会爱上他,他也无法获得妻子的心。

在小说中,渴望自由与幸福、艺术与爱情的伊琳最终没有能逃脱金钱和权势的掌控。作者成功地塑造了索米斯这个典型的人物形象,他内心充满着无尽的贪欲,其情感被这种金钱的占有欲逐渐腐蚀,正如作者所说,这部小说的基本主题是对财产的占有欲与对艺术的美感之间的对立与冲突,揭露私有财产欲对人的感情的腐蚀。作者在小说前言中说:"《福尔赛世家》的原旨是美对私有世界的扰乱和自由对私有世界的控诉。"①

《进退维谷》继续讲述索米斯和伊琳的故事。索米斯和伊琳经历了波辛尼事件后再也不能继续生活下去了,两人选择了离婚。索米斯更加醉心于财产和金钱的攫取,为了要一个孩子继承家业,他花费大量钱财娶了年轻美貌的法国姑娘安奈特为妻,并生下女儿芙蕾。在索米斯心中,占有一切有价值的东西仍然是他的最高目标。此时,老乔连的儿子小乔连回到家乡,继承了父亲的遗产,并对伊琳产生了同情,在两人的交往过程中,逐渐萌发爱意,最后两人结合,生下儿子约翰,一家人快乐地生活在乡间的别墅中。

该小说还重点展现了人物生活的时代状况和社会图景,在第十章里作者对维多利亚时代的结束发出了感慨:

> 道德变了,习尚变了,人变成猿猴的远亲,上帝变了财神爷……64年的太平盛世,偏爱财产,造就了中上层阶级;巩固了它,雕琢了它,教化了它,终于使这个阶级的举止、道德、言谈、仪表、习惯、灵魂和那些贵族几乎没有差别。这是一个给个人自由镀了金的时代!

总体来看,《进退维谷》中对索米斯令人生厌的形象有所淡化,批判色彩也不如第一部那么浓厚。

《出让》中叙写了索米斯和伊琳的后代阴差阳错相恋的故事。伊琳的儿子约翰和索米斯的女儿芙蕾邂逅并相爱,此时两家曾经的纠葛并没有得到解决。当约翰得知前辈的宿怨时,左右为难,始终无法接受芙蕾的爱情。芙蕾也痛苦万分,失望至极,无奈嫁给了一个贵族青年迈克尔。小说的最后,描写了年老的索米斯独自一个人在高门山的公墓前反思,更加淡化了之前的令人生厌的形象,也为资产阶级人物加上了正面的一笔。

三、阿诺德·贝内特的小说

阿诺德·贝内特出生在英格兰北方斯塔福郡的汉利,这里是较早的工业化城市和著名的陶

---

① 侯维瑞:《现代英国小说史》,上海:上海外语教育出版社,1985年,第90页。

瓷之乡。虽然贝内特很早就离开自己的故乡，而且从来没有喜欢过故乡，但他的小说却是以写陶镇的生活获得成功的。19世纪最后的30多年，英国工业发展迅速，旧的乡村经济及宗法关系逐渐解体，贝内特目睹工业革命在英格兰北部造成的恶果，工厂、作坊不断地破坏着自然，田野一片灰暗。他在这样一个背景下，开始自己的文学创作，写下了5部以陶镇背景为素材的小说，成为其一生创作中最优艺术价值的作品，并给他带来荣耀。在他的小说中，活动于陶镇的主要角色，是那些从事小规模商业和工业的中产阶级和小店主、职员等下层中产阶级人物，具有浓厚的地方色彩。这一点和哈代很接近，哈代描写南部农业英国的生活风尚，而贝内特则反映北部工业化的社会风貌。不同之处是，哈代始终是味塞克斯的一员，他带着感情表现自己的故乡，在历史转型过程中渗进自己的隐痛；贝内特长期侨居法国，常从外部来观察与表现陶镇，具有客观冷静的叙事风格。

从创作特色上来看，贝内特受法国自然主义影响较深，善于运用自然主义技巧来处理英国工业化社会的题材。他对人生的描摹大多蒙有一层淡淡的悲观主义色彩，描绘人们默默地接受理想的破灭和顺从命运的摆布。他的第一个短篇故事《家信》就流露出自然主义的悲观情绪。此外，贝内特还善于运用幽默讽刺的笔调，使悲剧的意味中隐隐传出喜剧的音调。他用冷静客观的方法叙述事件，描绘人物，以照相机一般的忠实性和精确度记录生活。

贝内特最出名的小说就是其"五镇"小说。"五镇"，是指英格兰中部斯塔福德郡产陶瓷器的五个工业城镇，他写的是那一带小资产阶级的生活。能把那种平凡乏味的生活写得吸引读者，这是他的本领。

贝内特第一部比较成功的作品是《五镇的安娜》。这本小说几乎是巴尔扎克《欧也妮·葛朗台》的英国翻版。主人公安娜是个善良、单纯、忠实的陶镇女子，其父亲爱财如命，吝啬到没有人性的地步。他代管安娜从母亲那里继承的财产，经常迫使安娜催租逼债。按照他的意愿，安娜与当地的成功商人麦诺斯——安娜生意上的合伙人——结婚，这也是精明算计的结果。在安娜的财产中，还有一部分来自普莱斯父子精英的陶器厂，安娜常遵从父命前去催债，由于自己和威利很熟，所以常常为自己的行为感到难过又无奈。后来普莱斯父子破产，安娜很想帮助威利渡过难关，但受到父亲的训斥。威利准备到澳大利亚谋生，来和安娜告别时，发现原来两个人早就彼此相爱着，只是被债务的事情蒙蔽了。安分守己的安娜送给威利一张一百英镑的支票，从此埋葬了自己的爱情。最后的结果是，威利出门后感到无望，便投井自杀，安娜继续过着没有感情的生活。在这个唯利是图的故事中，表现的是金钱对人性的戕害。安娜这个善良的女性，在父亲和丈夫的生意场上，除了扮演逆来顺受的角色，是不可能有自己的选择和生活天地的。

他最好的小说也许是《老妇谭》，这部小说以时间为顺序，以性格发展和境遇演变为线索，小说中不仅有英国小镇生活，还有巴黎的大城市生活。书中的主角是一对姊妹，小镇上布店老板的女儿，姊姊康斯登司温顺、善良、安分守己，生老婚嫁都不出小镇；妹妹索菲亚活泼、美丽，老想去闯外面的大世界，结果与人私奔，遭到遗弃，最后在巴黎城里开了一家公寓，靠精明的经营攒了一点钱。两姊妹虽然各有遭遇，最后仍在互相怜悯中死在小镇。开始思考"究竟怎样才是有意义的生活？才算是没有虚度一生？"故事的结局充满一种人生徒劳的情绪。在这本小说中，贝内特表达了从青年到老年的自然现象，在这个进程中，人对自己以及他人都无法了解，对命运也无从把握，人生只是一个从生到死、从青春华美到衰老死亡的生物学悲剧。

《老妇谭》体现了作者对人生的消极观点。在作者看来命运是冷酷的，人生是徒劳的，时间代表着自然界不可抗拒的力量，使青春朱颜变为老迈丑陋，使精力旺盛变为衰朽死灭。《老妇谭》暴露了作者从现实主义向自然主义的蜕化。时间不仅对个人生命,而且对整个社会生活都留下了深刻的痕迹。从这一点上说,《老妇谭》是记录瓷都五镇乃至整个英国社会的纪事史,反映了两个世纪之交英国的世态人情、经济生活和社会结构的发展变化。作品在以兼容并蓄的方式收录生活时没有提出深刻的社会批评,也没有提出明确的社会理想。整部小说浩大广博有余而深刻宏伟不足,缺乏丰富的色彩和哲学上的新意。

从作者的创作特点上来说,贝内特的自然主义倾向,一方面反映在他的人生观上,在他看来,人的命运常常受环境、自然、社会中的神秘力量所驱使,个人只是造化的万物,从这一方面来说,《老妇谭》也笼罩着一层淡淡的悲观主义和宿命论色彩;另一方面展现在贝内特的写作方法上,威尔斯叙述事件和人物时,常把自己的喜怒哀乐与同情、厌恶鲜明地表现出来,而贝内特采取的是一种置身事外的客观角度,他会采用冷静、中立、客观的态度记述下那些欢乐与哀愁,不幸与不忿。造成这两位作家写作手法不同的重要原因就是,贝内特认为只有客观、冷静的叙述与表达,才能将事件原原本本的再现出来,进而才能真实的再现生活,因此在细节上,他都会详尽的描写餐桌上的每一道菜肴等,这就有点像巴尔扎克了。但任何事情都不是绝对的,贝内特也经常在自己的描述中渗进自己的同情,他说"一个真正伟大的小说家的根本特征,在于他基督一般无所不包的同情心",不管是在《五镇的安娜》还是《老妇谭》中,贝内特都充分的表现了这一点。

此外,在贝内特的小说中,还有一个关于五镇的三部曲:《克雷亨格》《希尔达·莱斯维斯》《这一对》。这三本小说在 1925 年被合成一卷,取名为《克雷亨格一家》。三部曲讲述了男主人公爱德温·克雷亨格和女主人公希尔达·莱斯维斯的爱情婚姻和悲欢离合,反映了维多利亚时代后期英国中产阶级生活的方方面面和人物的思想感情。

在《克雷亨格》中,作者从爱德温的角度叙述了他与希尔达的故事。爱德温父亲艰辛的童年,学校百年纪念会和青年辩论会,年轻的爱德温和专横武断的父亲之间的矛盾冲突等,都写得非常精彩。其间,爱德温在朋友家与偶然前来做客的希尔达相遇,然后是两地相隔,彼此通信,互诉衷肠。后来通信突然中断,爱德温获悉希尔达早已嫁人,不禁非常困惑。九年后,爱德温知悉希尔达的丈夫因犯重婚罪而锒铛入狱,随即帮助希尔达清偿债务,旧日情意重新萌发。

在《希尔达·莱斯维斯》中,从希尔达的角度讲述自己的身世和婚姻过程,各方面均不如第一部。第二部讲述了涉世未深的希尔达陷于丈夫重婚困境时,到五镇做客,认识爱德温并坠入情网,不料发现自己已有身孕,因而不得不与爱德温中断关系。

《这一对》同样写的不尽人意,这部小说从两人的角度来写他们婚后的恩恩怨怨,描述了日常琐事及瓷都的生活全景,希尔达任性,爱德温固执,婚姻对他们的爱情形成挑战。在一次大的争执之后,爱德温一怒之下出走,在寒冷的冬夜路上,意识到家庭冲突是因为都把对方理想化了,他们历经艰辛建立起来的家庭应该更理性一些,互相珍重,于是调整了自己的情绪和态度,采取了一种顺从现实的方略,从而双方最后认识到应该容忍对方作为普通人不可避免的弱点和缺陷,终于达成妥协,以实用的需要替代浪漫的幻想。在写这本书的时候,贝内特与妻子的关系也很紧张,因此,这种写作也带有一定的自传性。

除了这些作品之外,贝内特还写过一些轻松的作品,如《五镇轶事》《五镇的严峻笑容》《巴比伦大酒店》等。

在贝内特的后期,他的创作较为平庸,只有出版于 1923 年的《理雪门台阶》是一部不同凡响的作品。它以一个中年的旧书店老板亨利与对门糖果店寡妇店主维奥拉的关系为线索,惟妙惟肖地勾勒出书店老板吝啬自私、惜财如命的变态心理,作者将辛辣的幽默讽刺、精彩的背景描写和细致的心理刻画糅合在一起,以喜剧手法表现悲剧性主题,在影射一定时代的社会风尚方面具有讽刺的意义,难怪有位评论者称《理雪门台阶》是一本"艺术小说",在相当的程度上"超越了英国小说的传统"。

除了《理雪门台阶》之外,出版于 1926 年的《雷恩戈勋爵》也是一本相对出色的小说。小说描述百万富翁、国会议员雷恩戈勋爵担任战时情报大臣时期的活动,围绕政治纷争和勋爵的私生活展开,较多地暴露了上层社会。它与《理雪门台阶》一样,出色地揭示了主人公复杂丰富的内心世界,表现他们的失意与幸运,他们的呻吟与欢呼。弗吉尼娅·沃尔夫公开批评了贝内特等现实主义作家只擅长描摹事物外形而不善揭示人物的灵魂。贝内特后期的这两部作品显示了他在风格技巧上的发展。

第五节　现代主义小说的兴起

从 19 世纪 80 年代至 20 世纪 20 年代末,欧洲出现的象征主义、表现主义、印象主义、形式主义等都是要突破传统,要创新,要和传统的现实主义决裂。因此,可将其统称为现代主义。现代主义在欧洲是先从绘画开始的,然后延伸到音乐和文学。实际上,现代主义也是从批判现实主义和浪漫主义分化出来的。现实主义和现代主义也不是互相排斥,而是你中有我,我中有你。"现实主义也描述人物的内心世界,也有视角转换。而现代主义也不乏写实。现代主义也并未告别'浪漫',它同样推崇浪漫主义所提倡的独创性、新鲜感,它同样强调个人天才和想象力。"[1]

现代主义小说在题材内容上注重反映个人的内心,即着重表现"自我"。现代主义小说注重通过形式表现内心意识,淡化小说情节,把艺术手段和模式看作是作品的核心,写作技巧本身变成了一种新的题材。小说的作者不再是全知全能、上帝式的角色,小说的叙述者也直接以第三人称取代了作者,中心也从作者转移到了读者,让读者参与了构建小说的过程。由于不同的读者各人的经历、品味、信仰、性别、种族、年龄等方面的差异,对同一部作品会做出不同的诠释。现代主义小说作家常用象征、暗示和反讽的手法,他们认为,象征比明喻和暗喻所表达的意义更具有弹性,也更具有多元性、晦涩性和不确定性。所以不同的人对同一个象征又能做出不同的诠释和理解,暗指可以造成一种对比和反讽效果。戴·赫·劳伦斯(David Herbert Lawrence,1885—1930)、詹姆斯·乔伊斯(James Joyce,1882—1941)、弗吉尼娅·伍尔芙(Virginia Woolf,1882—1941)等都是这一时期的代表作家。

一、戴·赫·劳伦斯的小说

戴·赫·劳伦斯是一位非常杰出而又颇有影响的现代主义作家。他以其独特的审美意识和对资本主义机械文明的深刻洞察力,成功地创作了一系列探索人类心灵的黑暗王国、触及人的情

---

① 张中载:《二十世纪英国文学:小说研究》,开封:河南大学出版社,2001 年,第 12 页。

感与欲望的心理小说。从某种意义上说,劳伦斯的心理小说可以算是西方现代心理学理论高度艺术化的最佳范例。他的小说曾经使无数读者的心灵受到震撼,但同时又使那些观念陈旧、思想保守的人感到惶惑不安。劳伦斯对性意识和性行为的大胆而又详尽的描述使其成为20世纪英国最有争议的作家之一。他所创作的一系列心理探索与社会批判相结合的小说既是现代英国文学的重要组成部分,同时也是现代主义文学的经典力作。

《白孔雀》是劳伦斯的第一部描写家乡青年生活经历的长篇小说。小说以英格兰中部的农村为背景,通过对美丽、任性且渴望激情的女子莱蒂与充满男子气概的农村青年乔治、虚伪乏味的富家子弟莱斯利之间感情纠葛的描写,揭示了一个个变异、扭曲的心灵以及自然与文明之间的对立,并对摧残人性的工业文明进行了强烈地批判。这部作品是劳伦斯第一次对女性心理探索的展示,也展露出了劳伦斯以后作品中反复出现的人与文明关系的主题。

《私闯者》是劳伦斯的第二部长篇小说,该部小说首次揭示了劳伦斯以后小说中的基本主题,即现代社会中的两性关系。小说中的音乐教师西格蒙特因厌倦枯燥乏味的家庭生活而抛下妻儿,同跟他学琴的女学生海伦娜到海滨去度假。他回家后受到家人的嘲弄,便自寻短见。劳伦斯通过主人公的经历旨在表明传统观念对人性的束缚和压抑,他似乎在探索一种建立在完美的两性关系上的生活方式。

《儿子与情人》是劳伦斯创作早期最为重要的一部作品,也第一次为他赢得了广泛的声誉。这部小说有着明显的自传色彩,文字舒展而灿烂,极富诗意,充分展示了劳伦斯的才华,奠定了他在文坛的地位。从某种意义上来说:"这部小说是作者通过真实经历的重新体验所获得的一次精神发泄……也是他今后全部创作的一次必要的尝试。"

《儿子与情人》这部小说以矿区的生活为背景,描写了矿工莫瑞尔一家在工业社会环境中的不幸遭遇以及青年主人公保罗的成长和婚恋经历,与母亲以及其他女性的关系是他在成长过程中要克服的主要障碍,也是推动他成长的主要动力。小说的主人公保罗出生在英国诺丁汉郡的矿区,父亲沃尔特·莫瑞尔是一名性格粗鲁、没有文化的煤矿工人,而他的母亲则是具有中产阶级家庭背景的既有文化修养又有一定志趣的家庭主妇。由于身份及兴趣方面的差异,保罗的父母经常吵架,婚姻已经名存实亡。保罗母亲从丈夫身上不能得到爱的满足,于是就将自己全部的爱倾注到了自己的两个儿子身上。保罗的哥哥威廉长大后成为伦敦一家公司的职员,但他疲于奔命、积劳成疾,不久便因病去世,于是,保罗的母亲就将保罗视为她生命中唯一的希望,对他更加关爱。保罗在一家工厂工作,并且结识了一位农场主的女儿米丽安,两人志趣相投,交往密切。然而,保罗严重的"恋母情结"和母亲对他感情的长期支配使他无法同米丽安建立正常的爱情关系,他经常思念自己的母亲,并且逐渐对自己的恋人产生了厌恶的感觉,最终二人分手。与米丽安分手后不久,保罗又和一位有妇之夫谈起了恋爱,然而他的"恋母情结"仍然让他无法和自己的恋人保持正常的恋爱关系。最终,保罗的母亲因患癌症去世,保罗顿时失去了精神支柱,在复杂的人生面前感到不知所措。小说通过保罗成长过程中所反映出来的深刻社会问题和心理问题为我们揭示了一个畸形的家庭关系:在这个家庭关系中,妻子不是丈夫的情人,却和儿子互为情人,父子之间也互为情敌。在这部小说中,劳伦斯对人性的变异和心灵的扭曲进行了集中地探究,以此来批判工业文明对人的自然天性的摧残。

这部小说除了对工业社会进行批判以外,还具有深刻的心理学内容。保罗有着严重的恋母情结,他沉浸在对母亲的感情之中无法自拔,在和母亲在一起的时候,保罗的爱就可以像泉水一样喷涌,灵魂可以像火焰一般闪光,但这种畸形的爱使保罗无法正确地面对自己的情感,无法与自己现实中的恋人保持正常的恋爱关系。这部小说通过主人公保罗的"恋母情结"和人生经历揭示了深刻的社会主题,并体现了广泛的象征意义。劳伦斯以其个人及家庭生活为素材,以现代心理学理论为依据,成功地创作了一部深入探索工业社会中青年人的心理障碍与精神困惑的现代主义小说。虽然这部作品在艺术上显得不够成熟,但它充分体现了劳伦斯的独创精神和创作潜力,为他以后的成功奠定了重要基础。

《虹》代表了劳伦斯创作的最高成就,它突破了早期小说的传统框架,同时在内容题材方面也表现出强烈的现代主义倾向。《虹》的问世标志着作者在小说艺术上的一个重要转折。他有意放弃了《儿子与情人》中的那种较为规范的叙述手法,采用一种全新的语体来探索人物微妙的心理世界。现在越来越多的评论家认为,"这本小说的语言及其思想与情感是现代的,甚至是现代主义的"。① 从表面上看,《虹》通过对布朗温一家三代人的生活经历的描写反映了传统的现实主义小说中常见的题材,然而,劳伦斯进一步发展了小说的模式及其历史意识,采用一种新型的小说艺术来表现普通人的生活经历和情感世界,从而有力地推动了英国小说现代化的进程。这部小说全书共分十六章,生动地描绘了居住在诺丁汉郡马希农场上的布朗温一家三代人从19世纪中叶至20世纪初的生活经历。

小说以诺丁汉郡一带的矿区和农村生活为背景,以家族史的方式展开故事。小说中的第一代汤姆·布朗温是个诚实忠厚的农民,娶了波兰贵族后裔莉迪娅为妻,他们的婚后生活在经过了一些时日的磨合后,终于建立了较为理想的两性关系。小说的第二代安娜·布朗温与威尔相识、相爱并结婚,但从蜜月后就开始了无休止的冲突。两人的婚后生活是狂躁而迷乱的,他们不断地在精神上相互折磨和争斗。最后,威尔在木刻雕塑工艺中寻找着寄托,安娜在生儿育女中求得了精神的解脱,两个人也在互不了解中度过了一生。小说中的第三代厄秀拉·布朗温在反叛中追求着自己的理想,她16岁的时候就爱上了军官斯克里班斯基,但不久,布尔战争爆发,这位年轻军官奉命赴南非参战。之后,厄秀拉与女教师英格尔发生了短暂的同性恋。在经历了一番感情波折之后,英格尔与厄秀拉的一位当经理的叔叔结婚,而厄秀拉则不顾父母的反对到当地一所学校任教。两年后,厄秀拉进入诺丁汉大学攻读学士课程,在她大学毕业前夕,斯克里班斯基从战场返回家园。经过一段时间的交往后,厄秀拉逐渐对斯克里班斯基的人格和价值观念感到失望,于是同他中断了恋爱关系。厄秀拉在经受了感情的折磨后获得了新的力量。小说结尾,厄秀拉看到了丑陋的工业世界上空悬挂着一条美丽的彩虹,不禁百感交集,对人生产生了新的感悟。小说通过一家三代人的经历,将19世纪后期英国农村农民的境况因现代工业文明入侵而发生的变化进行了深刻地反映。另外,这也是一部探索人的精神与心灵历史的作品,通过三代人在建立和谐性关系上的努力,将西方现代文明社会中的人们要求挣脱旧传统的束缚,找到新生活的强烈愿望表现了出来。

《虹》是一部以心理探索为宗旨的现代主义小说,其最显著的现代主义特征莫过于其结构形式的"开放性"和"延展性"。也就是说,小说的事件并不朝着死亡或婚礼等传统的结局模式发展,而是体现了一种不断拓宽、继续延展的进程。《虹》的这种"开放性"和"延展性"结构不仅充分体现了劳伦斯的实验精神,而且也首次向人们展示了以心理探索为宗旨的现代主义内省小说的新颖模式。

《虹》这部小说在对人物形象的刻画上同样显示出了现代主义的艺术倾向。小说在描述外部

---

① 侯维瑞,李维屏:《英国小说史》(下),南京:译林出版社,2005年,第512页。

宏观世界急剧演变的同时,深入地探索了人物内心变化多端的微观世界。作者并没有过多地描绘人物的外貌及其社会属性,而是刻意表现他们内心的骚动与不安,探索他们心灵的奥秘。作者的小说语体从头到尾体现出了一种从混沌到激扬的转化过程。例如,劳伦斯在小说开头对布朗温家族祖先的描绘充满了原始主义的色彩。他笔下的人物没有具体的身份和姓名,只是"男人们""女人们"或"他们"。这些人物的生存方式与情感生活同大地母亲的自然节奏协调一致,反映了一个混沌、原始而又十分自然的情感世界:

> 他们的血知道如此多的热情、生育、痛苦和死亡,还有大地、天空、野兽和绿色的植物。他们经常同它们交往和交流,因而他们的生活既丰富又充实。他们感情丰富,脸总是朝着沸腾的热血,目光注视着太阳,茫然地盼着传宗接代,别无他求。

《虹》这部小说全面体现了劳伦斯的现代主义思想和创新精神。作者通过布朗温一家三代人的生活经历深刻揭示了人们在旧式的宗法社会向新型的工业社会转化过程中的性意识和婚姻关系,从而使心理探索与社会批判融为一体。

《恋爱中的女人》是劳伦斯建立理想社会的愿望破灭时所创作的,是《虹》的姐妹篇。虽然内容和《虹》有联系,但它是一部独立的作品,所表现的主题与《虹》也有很大的差异。作品生动地描绘了英国中部的煤矿小镇贝尔多佛的几位青年男女的恋爱生活。厄秀拉是当地一所普通中学的教师,她的妹妹古德伦刚从伦敦的一所艺术学校毕业回家。姐妹俩先后结识了当地的学校监察员伯金和煤矿主杰拉尔德。厄秀拉与伯金一见倾心,古德伦和杰拉尔德也有相见恨晚的感觉。厄秀拉与伯金很快结婚,而古德伦与杰拉尔德之间的关系却出现了裂痕。这位工业巨子的傲慢、自私与冷酷使古德伦实在是无法忍受,二人争吵不休、冲突加剧。厄秀拉与伯金婚后的生活并没有想象的那样圆满,伯金在婚后不满足与厄秀拉的两性关系,于是,他向杰拉尔德表示了爱心,杰拉尔德对这种畸形的同性恋却感到不知所措。之后,古德伦与一名德国颓废艺术家过于亲热,从而使她与杰拉尔德的关系进一步恶化。杰拉尔德在痛苦和绝望之中独自出走,最终倒在积雪中身亡。小说结尾,厄秀拉与伯金依然无法摆脱他们在婚姻中所面临的困境,而古德伦去了德国东部城市德累斯顿。

这部小说不仅生动地描述了几个青年男女之间的恋爱关系和感情冲突,而且还深刻反映了20世纪初英国的现实生活和时代气息。劳伦斯借人物之口表达了同时代的人对民族主义、工业主义、现代美学和现代主义艺术等问题的认识与态度。不仅如此,《恋爱中的女人》还进一步探索了现代人的性意识和情感世界,再次通过男女之间的恋爱与婚姻关系来揭示自我与社会之间的激烈冲突。

与《虹》一样,《恋爱中的女人》也采用了一个开放性的结尾,从而再次展示了劳伦斯的现代主义艺术倾向。这部小说的结尾预示了一种更加复杂和黯淡的前景,反映了劳伦斯对战后社会局势和人类命运的忧虑。小说的结局不仅反映了现代经验的复杂性和不确定性,而且进一步体现了作者对现实世界的否定态度。

总之,《虹》和《恋爱中的女人》这两部小说成功地将心理探索与社会批判交织为一体,深刻地揭示了第一次世界大战前后英国青年一代的精神危机。为了充分展示现代工业机器对人性的严重压抑和摧残,劳伦斯不遗余力地将现代西方人的性意识和性关系作为小说的重要内容加以表现,取得了极大的成功。这两部小说成为劳伦斯创作的最高成就和英国现代主义小说中的里程碑作品。

　　《查特莱夫人的情人》是劳伦斯最后一部长篇小说，也是一部内涵深刻、题材独特的现代主义小说。它不仅超出了普通心理小说的艺术范畴，而且还反映了劳伦斯在他创作后期审美意识的重大变化。该部小说以战后满目疮痍的环境为背景，生动地描绘了克利福德·查特莱爵士的太太康妮与她家的猎场看守人梅勒之间的两性关系。第一次世界大战前夕，康妮与克利福德·查特莱结婚。不久，克利福德赴前线参战。战争结束后，克利福德返回家乡，并继承了其父亲在雷格比庄园的遗产。然而，他在战争中负了重伤，下身瘫痪，只得在轮椅上度过余年。康妮此时过着活寡一般空虚寂寞的生活，她经常独自到庄园附近的小树林去散步，以摆脱家庭的沉闷气氛和本人的烦恼情绪。不久，庄园里饲养雉鸡的猎场工人梅勒重新在她心里燃起了爱的火焰和对生活的希望。康妮最后弃家出走，决心与梅勒在乡间开始新的生活，于是她向丈夫提出了离婚的要求，而克利福德拒绝了她的要求。小说最后以康妮与梅勒之间频繁的书信来往而告终。

　　该部小说暴露了资本主义工业化和机械文明扼杀人性与摧残生机的后果，表现了劳伦斯希望通过实现身心一致的性关系来求得新生的思想。克利福德生育能力的丧失是他所代表的阶级没有生命力的象征。康妮从那种虽生犹死的生活中挣扎起来，在与梅勒感情和肉体相结合的热烈关系中重新感到了生机的恢复和生命的冲动。她迎着晚风从死气沉沉的男爵府邸走向孵育生命的园工小屋的路程，象征着从死亡走向生命的历程。小说中关于性的描写引起了轩然大波。劳伦斯用自然主义与象征主义相结合的方法详尽细致地描绘性爱行为，这在英语文学中少有先例，对战后文学中更直接的性表现也起了推波助澜的作用。

　　综上所述，劳伦斯的创作使英国的心理小说发生了质的变化。他以一个现代主义者特有的目光来审视西方人的性经验和性关系，并深刻揭示了他们血的意识和流动不已的肉体感。显然，他的创作不仅将心理探索提高到了一个新的层次，而且也使心理小说的题材、结构以及语体产生了重大的变化。劳伦斯在短暂的一生中取得了惊人的成就，为现代主义文学的发展做出了极为重要的贡献。

二、詹姆斯·乔伊斯的小说

　　詹姆斯·乔伊斯的一生虽然基本上都远离爱尔兰，在欧洲大陆客居，但是，他对爱尔兰却有着复杂的感情。他热爱爱尔兰，对故乡都柏林也一直是魂牵梦萦的，有着深深的眷恋之情。他一生所写的作品都是以都柏林为背景、以爱尔兰的生活为题材的。

　　乔伊斯的小说创作也深受法国文学的影响，他在从唯美主义、自然主义这两大创作潮流中吸取了他所需要的东西后，又另辟了蹊径。

　　乔伊斯的第一部小说作品是短篇集《都柏林人》，在出版后并没有立即在文坛上引起很多的反响。这部作品是由十五个短篇小说短篇小说构成的故事集，描绘的是20世纪初生活在都柏林的中下层市民形形色色的生活，弥漫于都柏林社会生活以及都柏林人在道德和精神上的瘫痪状态时社会这部集子共同要表现的主题。"所谓瘫痪状态是指一种麻木疲软、死气沉沉、无所作为的状态，反映在社会和政治等各个领域。由于这种以城市为集中表现的瘫痪状态是现代西方社会的普遍气氛，因而都柏林人的窘境也是伦敦人与纽约人所共同面对的命运。《都柏林人》在表现现代社会精神瘫痪的同时还从中引出精神上的启示，乔伊斯称其为'精神顿悟'的时刻，它往往用富有象征色彩的语言来表现,构成故事全局的高潮。"①乔伊斯希望能通过这本作品将"都柏林这个城市瘫痪的灵魂"展现出来。

《都柏林人》中的十五个短篇故事既没有高度戏剧性的情节冲突,也没有大起大落的波澜,而是通过对日常平凡琐事的描绘对人生的本质以及理想的破灭进行揭示。对于故事中的人物,乔伊斯一般也不进行渲染、刻画和评论。这十五个故事也是经过了乔伊斯的精心排列的,他将都柏林看成是一个人,从幼稚的童年直至生命的终结,这部小说集就是围绕着人生的四个阶段:童年、青少年、成年和社会活动写作的。这十五个短篇故事不仅将笼罩在绝望、无能以及死亡之中的都柏林人的生活展现了出来,更为重要的是,他还对人们对于自己如此生存状态的最终觉悟进行了非常深刻的刻画。这些故事发展的高潮都是在主人公的自我醒悟时刻。在结构技巧上,《都柏林人》既保持了自然主义和现实主义的许多特点,又显现出象征主义的倾向。

《都柏林人》比较有名的篇章有《阿拉比》《伊芙琳》《死者》。在《阿拉比》中,讲述的是一个逐渐长大的孩子萌发出了一种十分朦胧的爱情,他非常想为他喜欢的姑娘在阿拉比市场买一件礼物。但是当到了开集的日子时,他却因为没钱而耽误了买礼物的时间。面对人影稀疏、灯火阑珊的阿拉比市场,他突然"感到自己是个受虚荣心驱使和嘲弄的可怜虫"。孩子由于幻想的破灭在这个时刻达到了自我认识,得到了启示。《伊芙琳》一篇可以说对都柏林人瘫痪的精神状态进行了最为生动的表现。女主人公伊芙琳生活单调、沉闷而不幸,她的家里有一个凶狠的父亲,还在商店干着任人差遣的工作,过着十分拮据的生活。当她结识了外国水手弗兰克时,她开始想要摆脱这样的环境,跟着弗兰克乘船离开都柏林去开始新的生活,但当轮船要起航时,她却始终都没有勇气踏出这一步。伊芙琳这时候也开始意识到,她的自由并没有被真正地剥夺,她只是没有勇气和力量把握和奔向她梦寐以求的自由。《死者》可以说是《都柏林人》的压轴篇章,既是全书的高潮,又是全书的终结。小说讲述的主人公加布里埃尔是一位小有文才的大学教师,他带着妻子去参加姑母家一年一度的圣诞后的一个节日聚会,在饭后,他和一位客人唱了一支民歌,这不经意间也勾起了他的妻子对往事的回忆。在宴会结束回到过夜的旅馆后,妻子向他述说了隐藏在她心中多年的一个秘密,她曾经有一个叫迈克尔的情人,这个情人经常会为他唱丈夫在宴会上唱的那支民歌,甚至在她离开家乡的前夕,迈克尔还不顾自己身患肺疾冒雨唱着这支民歌向她求爱,但不久迈克尔就死去了。听完妻子的诉说后,曾经自命不凡、沾沾自喜的加布里埃尔久久不能平静,他充满了妒忌和愤懑,但在妒忌和愤懑之余,他也豁然开朗,开始意识到,他的婚姻生活其实是非常的苍白和肤浅的,他也从来都没有对任何一个女人产生过这样的痴情,他自己其实只是一个非常可怜的人。他在顷刻之间也意识到,与其凄凉、悲惨的老去,不如勇敢地进入另一个世界,"他的灵魂已接近那个住着大批死者的区域"。在故事的结尾,大雪纷飞,雪既可以滋养生命,也可以毁灭生命,"飘落到所有的生者与死者身上"。

《都柏林人》就是通过这样一连串的精神顿悟,将都柏林人生活的真谛道出。都柏林人们生活的不幸在乔伊斯看来是因为他们缺乏摆脱常规桎梏的勇气和为美好理想奋斗的决心,始终是在按照僵化固定的日常程式在生活。

除《都柏林人》之外,乔伊斯最为著名和令人称道的小说作品是《尤利西斯》。这部作品无论是从内容还是技巧上来说都是现代小说中最有争议性和最具实验性的作品。这部小说故事情节虽然非常简单,主要描写了三个都柏林人莫莉·布卢姆夫妇、利奥普·布卢姆以及斯蒂芬·代德

---

① 侯维瑞:《英国文学通史》,上海:上海外语教育出版社,1999年,第620页。

勒斯在一天中的生活。但却几乎将都柏林生活的每一侧面都接触到了，既涉及了政治、历史，又涉及了哲学、心理学，将现代西方人的意识全面地展示了出来。其中，作为现代世界中的"尤利西斯"布卢姆是作者着重刻画的。乔伊斯将《尤利西斯》作为小说的名字是因为他的小说的故事结构、情节安排、众多人物角色都和古希腊的荷马史诗《奥德赛》有着巧妙的对应，存在着平行对应的关系。里面的三个主人公布卢姆、莫莉和斯蒂芬就依次对应着《奥德赛》中的三个人物，奥德修斯或尤利西斯、珀涅罗珀以及他们的儿子忒勒玛科斯。在《尤利西斯》中，乔伊斯将神话史诗所提供的象征和隐喻的意义作为表现现代社会的工具，大大地丰富了作品的形式和含义。结构形式上的平行关系也将猥琐卑微的现实生活和英雄悲壮的古代历史传说之间的差别更加突出的表现了出来，运用借古讽今的表现手法，现实的生活与存在得到了更好地展现。

在这部小说中，乔伊斯通过对《尤利西斯》中的三个主要人物的潜意识活动的表现，将他们的经历和精神生活全部的概括了出来，也将整个时代所面临的危机和问题反映了出来。布卢姆和斯蒂芬在传统观念沦丧、道德衰微、家庭分裂的现代社会中，都是内心充满动乱但精神上却备受挫折，飘零无依的人。当布卢姆在妓院找到斯蒂芬的时候，他们两人都在彼此的身上找到了各自缺乏的东西，布卢姆找到了儿子，而斯蒂芬找到了父亲。当莫莉看到来到家中的斯蒂芬时，她体验到一种模模糊糊的母性的满足，但又有着一种对年轻男子的冲动。她在性方面遭受到的挫折和追求，从一个侧面反映出了她对健全的家庭和社会关系的需要。

《尤利西斯》中，乔伊斯用巨大的篇幅描绘了布卢姆内心的思绪和意识，布卢姆这一人物的英雄之处是内在的，他总是能看到事物两面的辩证的思考方式和设身处地为别人着想的广博的同情心。通过对人物内心深处的心理和意识的全面呈现，乔伊斯笔下的人物变得更加的生动和真实。乔伊斯在《尤利西斯》中还将小说创作的概念推到了极限，运用了一种非常前卫的文学技巧，大量的意识流手法也在小说中得到了创造性的运用。《尤利西斯》之所以能够成为现代主义小说的里程碑，就在于小说中意识流技巧在表现人物的意识和潜意识活动时的广泛运用。对于意识流技巧的运用，乔伊斯可以说是五花八门，既有感官印象、自由联想、蒙太奇，也有重复出现的形象、梦境以及内心独白。意识流技巧的运用既使小说深入了人类精神活动的最深处，也将那种飘忽、纷乱的思绪感触表现了出来，并将对过去的回忆、对现实的感受以及对未来的幻想巧妙地交叉组合在了一起。内心独白这种意识流最常使用的技巧在小说中也有两种不同的类型。一种是倾向于非理性因素、表现模糊琐碎的意识片断的自由型的内心独白；一种是偏重于理性的因素、有一定的逻辑性和连贯性，表现较为明确清醒的意识的条理型的内心独白。

此外，《尤利西斯》在语言运用上也有着鲜明的特色。乔伊斯创造性地采用了不合语法规范、缺乏逻辑性的语体来表现那种混沌晦涩、隐晦模糊的意识活动。对于小说中的不同人物，乔伊斯也使用了符合其个性特点和身份的语体风格，如布卢姆的思绪和言行的句子总是毫无上下文线索或者总是不完整的，因为他总是尽可能地不去想烦心的事情。这样的语句虽然在表层结构上前言不对后语，显得杂乱无章、支离破碎，但正是这些构成了乔伊斯意识流文字的特殊风格。这部小说的叙述视角也经常地转换，既有第一人称和第三人称的内在视角，也有第三人称的外在视角，且在进行频繁的转换时没有任何的提示。乔伊斯在这部小说中也进行了文本形式的大胆创新，如第7章是由许多的带有小标题的短小片断组成的，第15章是以剧本的形式写成的，第17章是以一问一答的形式写成的等等。

需要注意的是，不管是《都柏林人》，还是《尤利西斯》，虽然乔伊斯的每一部小说都在讲述着不同的故事，但细心研究一下就会发现，他所有的小说讲述的其实都是同一个故事，一个有关爱尔兰的过去和现在的故事。乔伊斯的作品中,也始终贯穿着对主张爱尔兰民族独立的政治领袖帕耐尔的推崇,对英国统治者殖民爱尔兰的抨击,对爱尔兰天主教的讽刺以及对爱尔兰人狭隘、胆怯的批判等的主题。

三、弗吉尼娅·伍尔芙的小说

弗吉尼娅·伍尔芙是一个先锋性极强的女权主义者,也是现代英国文学中最为出色的女性作家和极为杰出的意识流大师。终其一生,除了大量具体的文学创作外,她还充分利用报纸和讲坛,积极传播新锐女性主义思想和富有先锋性的小说观念,因此,伍尔芙不仅促进了 20 世纪英国文坛的发展,也为英国现代思想的革新和整个社会的发展进步做出了自己的独特贡献。

在小说创作上,伍尔芙早期曾创作过一些带有传统小说色彩的作品,如《远航》《夜与日》等,而自《雅各的房间》之后,她便开始试验新的叙述形式和语言风格。主人公雅各·弗兰德斯的故事并不是从一个统一的叙事视角,或从一个一以贯之的第一或第三人称叙述者的视角来记叙的,而是由一群年龄不同、经历迥异、身份上也有差距的人在不同时间和地点从各自不同的角度来讲述的。这种实验意味着伍尔芙已摆脱了她所批评的"爱德华时代""物质主义"小说家的模式,进入自己文学创作生涯的成熟期和现代主义小说的新传统。

《雅各的房间》是一部先锋派成长小说,这部小说的出版不仅标志着伍尔芙小说艺术的重大转折,而且被评论界认为是伍尔芙的第一部现代主义小说。[①] 小说通过一连串场景的变换显示出主人公雅各布的活动与成长,他静静地探索现实的本质,试图在经验的大厦中组织起对生活的认识。在这部小说中,伍尔芙开始试验新的表达方式。她没有按照事件发生的顺序来讲述整个故事,而是在描写事物时像电影中镜头一般迅速化出化入,因此整本小说中都贯穿了作者的观察和思索。伍尔芙不断地改变叙述的角度,甚至为了叙述对小说主人公的印象,她还特意创作了一些人物,而这些人物的主要作用就是叙述他们对主人公的看法。小说中,伍尔芙没有采用直接描写的方式来讲述雅各布的一生,从童年到剑桥大学,到伦敦有自己的房间,能够独立出来,到他短暂的法国希腊之行以及最后在战争中阵亡,都是通过主人公留在亲友心目中的印象所反映出来的。雅各布的一生留下来的具体痕迹,也只有遗留在他在伦敦所居住的那个房子中,那里有他的私人用品,这些用品又能够激起认识他的人对他的回忆。读者在阅读这本小说的时候,就像是在翻阅一本主人公的相册,出现在眼前的是一幕幕雅各布生活的横断面,不仅没有引言,也没有结语,而且小说环境的描写往往蕴含着象征意义。可以说,伍尔芙在这本小说中,找到了使用语言文字来表达自己思想的方法。

确立了伍尔芙在英国文学史上地位的两部作品是《达洛维夫人》和《到灯塔去》。《达洛维夫人》是一部非常成功的长篇小说,小说讲述了达洛维夫人在 6 月的一天在伦敦街头人群中步行时跳跃的意识流程,她想起了以前的情人彼得和自己的一系列情感纠葛。与此同时,这部小说还展示了另一个主人公赛普蒂默斯在同一时空的精神生活。伍尔芙运用意识流的技巧,跨越了特定的时空限制,在一天之内的 15 个小时展示了达洛维夫人与赛普蒂默斯的一生,并将此二者的生活经历、感受处于一种对比之中,以此来揭示第一次世界大战后人们的普遍心态。

---

① Jane Goldman. *The Cambridge Introduction to Virginia Woolf*. Cambridge: Cambridge University Press, 2006, p50.

　　在小说中,伍尔芙充分地运用了意识流技巧,打破了特定的时空限制,常常从一个人物不露痕迹地跳到另一个人物,如一声汽车轮胎的爆炸声、一架飞行的飞机或者一阵钟声都成为从一个人物的意识视角转换到另一个人物的意识视角的契机。小说通过将达洛维夫人与赛普蒂默斯的生活经历、感受处于一种比照之中,展示出在同一时间不同空间的人的不同思想和活动。同时,在小说中,作者不仅不是全知叙述者,也不是旁观的叙述者,几乎全部用人物自身的意识向人们展示他们过去和现在的生活以及感受,即对于生存,他们感到困惑,对于死亡,他们感到恐惧,而在无所事事中,精神高度紧张。

　　从结构上看,这部作品的地点设在伦敦,时间设在 1923 年 6 月的某一天,但随着大本钟和圣玛格丽特教堂报点的钟声,并经克拉丽莎、彼得、赛普蒂默斯等重要人物和诸多次要人物的内心独白或“意识流”的过滤,此前三十多年光阴中发生的事被一一展现出来。一般认为,《达洛维夫人》标志着伍尔芙意识流技巧的成熟,这没有错,但这部小说还有它的社会政治关怀,这种关怀在伍尔芙的所有小说中可能是最强的,这恰恰是为大多数评论家所忽略或不愿承认的一面,例如,E. M. 福斯特就说过“改造世界,这是她所不愿考虑的”。我国 20 世纪 80 年代对社会政治意义上的《达洛维夫人》的评价就更低了,说它展现了西方人情感上的空虚和精神上的“荒原”,根据在于:达洛维夫人与丈夫貌合神离,同床异梦,没有什么心灵上的交流;达洛维夫人几十年来全靠开晚会和其他社交应酬来自我麻醉,以期达到一种自欺欺人的满足感;赛普蒂默斯与其妻子之间也无感情交流可言,作为一个心灵空虚的疯人,他在故事结尾前自杀,正好展示了西方人的精神幻灭。这些看法并非全无道理,却失之简单。之所以得出这些看法一个很重要的原因在于伍尔芙作为现代主义高峰期的一个重要小说家,对小说艺术价值本身的推崇达到了前所未有的高度——一个福斯特之类手法更为传统的小说家所未能充分认识到的高度。这时的伍尔芙对于任何形式的说教都非常厌恶,而在作品中不搞宣传、不直接说教,却并不等于作品没有社会关怀。从伍尔芙的日记来看,她本人肯定不会同意这种定位。在谈到自己写《达洛维夫人》时的心情时,她说:“我要批判现有的社会制度,要表现它如何在起作用。”[①]最能体现她的这一创作观点的便是她在小说中强烈的阶级意识,有此阶级意识,不可能没有阶级间的紧张。这种紧张在以威廉爵士、威特布莱特、布勒顿夫人、帕里小姐,以及里查德这些认同并有意识地维护现有社会秩序的“统治阶级”为一方,以赛普蒂默斯、多里丝这些现有社会制度的反叛者为另一方之间发生。虽然这一紧张表面上并没有采取公开对抗的形式,也可以说达到了相当激烈的程度。在伍尔芙笔下,前一组人物虚伪、势利、装腔作势,他们所属的上层资产阶级社会早已失去活力,早已失去上升的动能,颓废不堪了,在达洛维夫妇举行的晚会的柔情与风雅之外表下,隐藏着无可逆转无可逃避的僵化、腐坏与衰朽。这些信息通过种种意象和细节来象征和暗示,而非直言陈述出来,这在很大程度上可以解释为何许多评论者得出了伍尔芙不关心社会政治现实的问题。如果说伍尔芙的新方法太含蓄,使大多数评论家还来不及适应,那么他们对赛普蒂默斯身上体现的几乎是明言的社会批判精神视若无睹,就说不过去了。赛普蒂默斯是阶级关系紧张的另一方的主要代表,是既有制度激烈的反叛者。除了有根深蒂固的愤世嫉俗倾向以外,在人人都试图忘记战争时,他却执意记住战争,这对于那些更愿将头埋在沙里的鸵鸟来说,难免大煞风景。实际上,在整个《达洛维夫人》中,第一次世界大战的阴影正是因为他而无可逃避,而且恰恰是在克拉丽莎的晚会进行至高潮时,传来了他自杀身亡的消息。这种安排不无深意,其本身就代表了一种对现有秩序的猛烈

---

　　①　李乃坤:《伍尔芙作品精粹》,石家庄:河北教育出版社,1990 年,第 59 页。

冲击。赛普蒂默斯自杀的原因,表面上是战争中患上的弹震症所引起的抑郁症或神经病发作,但神经病可能仅仅是他自杀的一个直接原因。更深刻的原因是:他要以此抗议既有社会制度和占统治地位的价值观。

事实上,整部《达洛维夫人》的社会批判精神主要是通过赛普蒂默斯来传达的。大战爆发前,他是个腼腆、内向、单纯的小伙子,战争爆发后,他属于第一批自愿应征入伍的人。他被派遣到法国去"拯救"英国,而他对自己所要保卫或"拯救"的祖国的性质却并没有清楚的认识。严酷的战争环境使他逐渐失去了情感体验的能力,或者说使他变成一个"硬汉子"。当他最好的朋友战死疆场时,他不仅一点不感到悲伤,也没有认识到这是宝贵友谊的终结,反而"对自己几乎没有感觉"感到骄傲。凭着战争教给他的这一本领,也靠运气,他不仅没有战死,反而升了官。他相信自己能够活着回来,他的预感被证明是正确的:"最后的炸弹没有炸着他,他就在现场,带着冷漠的心情观看它们的爆炸。"但停战后,正在米兰一家小旅店里的他,一天晚上突然发现自己不能"感觉"了。自此,不能感觉的恐惧一直伴随着他,成为一个压倒一切的心理重负。更严重的是,由于患上了弹震症,他神经已不正常了,且开始有自杀倾向。这一倾向越到后来越严重,直至最后确实自杀。由此看来,他并不比那些战死沙场的战友更幸运,也终究未能逃脱成为战争牺牲品的命运。在赛普蒂默斯的"意识流"中,社会的残酷、政治的专制、人性的阴暗统统受到了揭露和鞭挞。出于对自由的本能爱好,他对治疗他的霍尔姆斯医生等人采取了抵制的态度,但他最后自杀,却不能简单地解释成一种企图摆脱医生精神控制的努力,应当看作对一个本质上并不自由的社会的抗议。

《到灯塔去》以伍尔芙的童年生活为基础,具有较明显的自传成分,尤其是作品中的拉姆齐夫妇带有明显的伍尔芙父母的影子。小说以意蕴深厚的印象主义笔触展现人物的精神世界,采用流畅自由的内心独白揭示深层意识。物质意义上的航行实际是精神上的航程,抵达灯塔也就意味着跨越了经验的限制隔阂而达到了精神上的升华,即对人生本质的感悟和和谐完美的人际关系的建立。这是一部具有浓郁的象征主义和印象主义而又极为诗歌化的意识流小说。

在这部小说中,伍尔芙通过拉姆齐先生与拉姆齐夫人的分歧"体现了人类体验的两极:女性与男性、想象与理性、永恒与短暂、交流与孤立,拉姆齐先生注重生硬事实的知识与拉姆齐夫人富有同情的感性形成相互对抗",探讨了父性与母性截然不同的世界观及其对于文明的真正价值。

一方面,小说中的男主人公拉姆齐先生不仅是一家之主,也是一位"像神明一样处于至高无上的地位""喜欢行使权力",同时又要求妻子对他完全奉献的父权制家长。他在自我陶醉于骄傲自满的同时又有着深切的自卑与焦躁不安,对世界充满了悲观,他需要别人的同情与崇拜。这在小说中有充分的反映,如"拉姆齐夫人有时对于丈夫佩服得五体投地,觉得自己给他系鞋带都不配。但她时常感觉到,他总是不近人情地看到事物生硬的本质,丝毫不顾及别人的感情而去追求事实,如此任性如此粗暴地扯下文明的面纱,对她来说,是对于人类礼仪的可怕的蹂躏"。小说中的拉姆齐先生极端不谙世故,不仅对于日常琐事一窍不通,对人世的情感也缺乏考虑,他冷酷无情、喜怒无常、脾气暴躁,心胸狭隘,是典型的自我中心主义者。对于子女尤其是詹姆斯而言,他是个"暴君",他嘲笑并挫败儿子詹姆斯到灯塔去的愿望,把它看作是白日梦。这无疑对詹姆斯幼小的心灵造成伤害,他因此而痛恨父亲。在小说中,拉姆齐先生体现了当时英国社会所崇尚的价值体系,拉姆齐先生"代表着善于思考的英雄,代表着理性主义者,他划出了主客体之间的界限"。"男性的才智,是人间的秩序这片干燥的陆地自身赖以建立的理性基础。这种秩序包括一般所称的文化:科学、数学、历史、艺术以及各种社会问题。"伍尔芙对于这种价值体系则表现出明显的否定,并将这看作是挑起争吵、分歧、冲突、怨恨,以及最终导致毁灭性战争的根源。

另一方面,伍尔芙在反对拉姆齐先生所代表的价值体系的同时,也试图在母性那里寻求另外一种价值。女主人公拉姆齐夫人平凡无奇,而且只关心平凡的现实与日常的生活、具体的生命、婚姻、爱情,以及为现实中的苦难和死亡、分歧与争吵而苦恼。在小说中,拉姆齐夫人是一座花园,所有人的活动都是以她为中心的,她安慰烦躁不堪的丈夫,她安抚儿子詹姆斯受挫的心灵,她为孩子们营造了一个乐园,她竭力撮合保罗和敏泰的婚姻,希望莉丽与班克斯结婚,她使自卑的塔斯莱恢复自信,她同情班克斯的处境,并邀请其参加宴会。拉姆齐夫人将这种私人的爱扩大到一个大的社会。如果说拉姆齐先生代表着理性与孤立的话,那么拉姆齐夫人则代表着想象与交流,她一直在试图寻求主客体统一,她是自然、生命、同情、聚合的代表。伍尔芙"通过拉姆齐夫人,发掘出一种与拉姆齐所代表的主导价值体系截然相反的世界观,一种富有感性、同情、浪漫的想象和人性的温暖,并努力化解纷争达成和解的母性的价值——一种非正统的价值"①。

此外,作为拉姆齐家客人之一、一直画画的莉丽是伍尔芙在小说中着墨最多的人物。尽管从表面看,她的话语不多,行为也非常单一,但是她的思想活动非常活跃。在小说中当拉姆齐带着詹姆斯和凯姆去灯塔的时候,莉丽还站在花园里琢磨她十年前尚未完成的拉姆齐夫人的画像。当她在心里觉着自己好像同拉姆齐一家一起到达灯塔的时候,在瞬间的感悟中,向画幅中央落下一笔,她"已经看到了心中最美好的景象",并最终完成了她的画。伍尔芙向人们传达了这样一个主题,"在平凡琐碎的生活里像艺术家创作艺术作品一样构造创作生活的细节,并且这创作不单单只为自己一个人,而是邀请周围人都参与进来,从而使这件作品也成为别人生命中的艺术品"②。在小说中,拉姆齐夫人正是这样一位以生活为素材的艺术家,她生前为大家所依赖,去世后仍在人们的情感中挥之不去,莉丽明白了、领悟了、认识到把稍纵即逝的东西捕捉下来让其获得永恒才是艺术创作的价值所在,这一感悟使她由此超越了自己,成为一名真正的艺术家。

需要注意的是,虽然某些评论家认为,在《到灯塔去》中,意识流手法不具有在《达洛维夫人》里的那种中心地位,但大体说来,故事中大部分气氛营造、场景描绘和人物刻画都是通过不同人物的意识来传达的,对于主题传达更为重要的哲理思辨就更是如此了。正是在意识的最深处,个人与存在的终极性直接相遇,与生命的意义这个赤裸裸的问题相遇。因此,几乎每个主要人物都意识到了生命的短暂、岁月的无情、命运和死亡的残酷,意识到生活的目的在于从无序和混乱的事件中创造出和谐与秩序、意义与价值来。这并不是一件一蹴而就的事情。个人必须穿越生活的无序和混乱之表面,进入某种更深的层次,才能见到一种隐匿着的统一性或和谐与秩序。灯塔便象征着生活的这种统一性。在此意义上,故事结尾时拉姆齐一家到达灯塔及莉丽·布里斯科将久未完成的画最后完成,就意味着一种未完成过程的最终完成,一种有缺失格局的最终圆整,一种对无序的最终克服,意味着达至那种最终的统一。另外,个人虽然可以在貌似混乱无序的生活中找到和谐与秩序,却不得不在孤独中进行这样的追求;虽然个人从爱情、婚姻、家庭和孩子中能够找到心灵的慰藉和愉悦,但他或她却必须独自一人面对那不可逃避的死亡和命运。在拉姆齐夫人和莉丽·布里斯科的意识中,可以清楚地看到这层意思,这不仅是《到灯塔去》,也是在它之前的《达洛维夫人》所着力传达的一层重要的意思。

---

① 陈晓兰:《外国女性文学教程》,上海:复旦大学出版社,2011年,第30页。
② 王守仁,何宁:《20世纪英国文学史》,北京:北京大学出版社,2006年,第61页。

第六节　战时社会讽刺小说的崛起

早在 20 世纪 20 年代后半段,社会经济危机便已不断加深。1926 年英国工人的大罢工当然是一次社会不满的总爆发,导致这种不满的则是蓄积已久且日益加深的失业和贫困化问题。1929 年 11 月华尔街股市的大崩溃更标志着一个长长的经济萧条时期的到来。进入 20 世纪 30 年代后,不仅上述社会经济危机更加严重,而且即便在英国这样一个民主传统极为深厚的国家,早已蠢蠢欲动的法西斯主义更甚嚣尘上了。1932 年,英国的失业人数达到 280 万,恰恰在这一年,奥斯沃尔德·莫斯利建立了"英国法西斯主义联盟"。1933 年,在被战争赔偿大大削弱的德国,纳粹党选举获胜,希特勒成为首相,纳粹分子正式当政。1934 年,奥地利法西斯分子接管了国家政权。1936 年发生了西班牙内战。这场内战很快演变成一场除了在名义上不是、在其他所有方面都可谓不折不扣的国际战争,它不仅为国际上相互对立的"现代"意识形态和政治势力提供了货真价实的战场,而且预示了 1939 年 9 月最终爆发的又一次欧洲战争(这次欧战的血腥程度远非第一次世界大战可以比拟,与远东的中日战争、苏日冲突、日本侵入及占领东南亚、1941 年 6 月开始的德苏战争,以及同年 12 月爆发的日美太平洋战争的衔接,更使其演变成一场比上次欧战名副其实得多的"世界大战")。在这种情况下,艾略特和乔伊斯式的精英主义的现代主义已然不合时宜,而旨在揭露社会黑暗现实的社会讽刺小说毅然崛起。在这些讽刺小说家中,伊芙琳·沃(Evelyn Waugh,1903—1966)、A. L. 赫胥黎(Aldous Leonard Huxley,1894—1963)、乔治·奥威尔(George Orwell,1903—1950)是其中表现最为出色的三位作家,下面对其小说进行介绍。

一、伊芙琳·沃的小说

伊芙琳·沃(Evelyn Waugh,1903—1966)出身书香门第,他的父亲阿瑟·沃是当时英国著名出版商兼文学批评家,同时也是一位虔诚的英国圣公会教徒。童年时期,沃的父母经常给孩子们读故事,和孩子们一起讨论作品,这对沃之后的小说创作影响颇大。1921 年,沃进入牛津大学赫特福德学院学习,并对讽刺小说产生兴趣。毕业后,他一度学习过艺术,做了一段时间的教师,后来在《每日快报》工作,其处女作《衰亡》问世于 1928 年。1930 年,他皈依罗马天主教。同年,他完成了自己的第二部小说《罪恶的躯体》,讽刺艺术有了进一步的发展。第二次世界大战爆发前,他发表了《一把尘土》等社会讽刺小说,以十分辛辣的笔触对西方现代文明与文化进行了无情的嘲弄。第二次世界大战期间,沃曾经在英国军队服役,到过中东和南斯拉夫等地。第二次世界大战结束后,他又回到乡间继续写作,直至去世。

《衰亡》是沃的成名作,也被不少评论家认为是一部极为夸张并具有强烈讽刺意义的滑稽剧。小说取材于他在牛津大学的生活和后来四处漂泊的经历,主人公保罗本是一个单纯老实的学生,却被学校以荒唐的理由开除。离开牛津的保罗不久结识了上流社会贵妇马格特,并与其订婚。

在结婚前夕,马格特在南美洲从事妇女贩卖活动的行为曝光,保罗为了情人挺身而出,因而锒铛入狱。服刑期间,保罗神秘"死亡"。事实上,保罗在旧情人马格特的帮助下改头换面,重新返回牛津大学完成学业。小说借保罗的一连串离奇经历,讽刺了两次世界大战期间英国教育界、司法界、政界和上流社会的腐败,显示了当时英国社会的幻灭情绪。

《罪恶的躯体》不但进一步确立了沃在英国文坛上的地位,而且继续将第一次世界大战之后英国社会的腐败和荒诞现象作为嘲讽的对象。主人公亚当因为没钱,与女友尼娜的婚礼被迫延期。沮丧的他意外的赢得了1 000英镑,却把钱交给一个素不相识的醉汉少校去赌马,结果再也没把钱要回来。亚当原本计划向自己的岳父借钱,却被岳父捉弄。无奈之下,他做了一家报纸的专栏作家,因为出了差错被解雇。当他付不起旅馆费用时,把尼娜出让给了债主。小说结尾时,第一次世界大战爆发,亚当上了前线,在那里他遇到醉汉少校,他已摇身一变成了将军,但他的整个师团都牺牲在战场。在这本小说中,沃运用了黑色幽默来对社会中那些不负责任、渎职的人群进行讽刺和抨击,小说的讽刺意味更重,特别是在小说的后半部分,作者甚至不自觉地流露出对一战后英国社会道德沦丧、人际关系虚伪以及人们心灵空虚与荒凉的不屑。

《一把尘土》是沃最出色的社会讽刺小说,它以含蓄冷静的方式讽刺了第一次世界大战后英国社会伦理道德的沦丧,揭露了那种彬彬有礼掩盖下的残忍和愚蠢,虚伪和做作。主人公托尼和妻子布伦黛住在一座祖传的哥德式建筑海顿庄园里,然而这对夫妻对自己的家园却有着不同的看法。在托尼看来,这座庄园是英国士绅传统的象征,而在布伦黛看来,这是一座阴森森的修道院。不久布伦黛便一个人搬到伦敦并迅速地融入上层社会的社交应酬,她甚至还找到了自己的情人。老实的托尼却被蒙在鼓里,甚至还相当设法的省下开销为自己的妻子装修公寓。这段悲哀的婚姻在两人的儿子死后完全破灭,妻子要求离婚。托尼了解到妻子与人同居的真相后,大为震惊,决定与其分手。为了获得客观的赡养费,布伦黛逼迫托尼卖掉海顿庄园,托尼一怒之下拒绝离婚,并与人结伴前往巴西去寻找一座湮没在历史尘埃中的哥德式古城。在巴西的原始丛林里,托尼几欲死去,幸被一名老人相救,但他再也回到不自己的故乡。与此同时,布伦黛也被自己的情人抛弃,转而嫁给了别人,而海顿庄园也被托尼的堂弟继承。

二、A. L. 赫胥黎的小说

A. L. 赫胥黎(Aldous Leonard Huxley,1894—1963)出生于英格兰一个颇有名望的知识分子家庭,因为家族中出现了很多学界名流,所以他从小与学界名流的交往接触便比较频繁。1908年,14岁的赫胥黎进入伊顿公学,开始了自己迈向生物学家的里程,然而就在同一年,一场眼疾几乎让他成为盲人,也中断了他的生物学习。再加上母亲的去世、兄长的去世,一连串的打击,使赫胥黎倍感人生难测,命运无常,从而无意识中给他的心理烙下了悲观主义和神秘主义的印记。几年后,眼疾有所好转的赫胥黎进入牛津大学学习英国文学,毕业后从事教师工作。第一次世界大战结束后,赫胥黎失业,转而开始从事文学创作。接连创作了《克鲁姆庄园》《滑稽的环舞》等小说,逐渐积累了一些名气。1928年,《旋律与对位》的出版使赫胥黎广受瞩目,这部作品也被认为是他早期作品的巅峰之作。从此,赫胥黎终于摆脱经济的困窘,得到经济上的真正保障。1937年,赫胥黎移居美国加州,1963年,他在洛杉矶去世,享年69岁。

《克鲁姆庄园》开启了赫胥黎专门从事小说创作的道路。小说以一座古老的乡村别墅为背景,以讽刺的笔触展现了一群聚集在这座乡村别墅中的年轻知识分子的失败。小说主人公丹尼斯是一位年轻诗人,对人生充满厌烦的情绪,他应邀参加在克鲁姆庄园举办的聚会,在这座古老的乡村宅邸里,丹尼斯看到形形色色的宾客,他们矫情、做作,终日高谈阔论,在艺术、教育、农业、宗教、实用科学、性爱等诸多问题上都要发表看法,一个个唯我独尊。丹尼斯对庄园主的侄女安怀有感情,但安却对他一副不想理睬的样子,这让他自卑而羞怯。匆匆回到伦敦后,才发现安其实对他也有情义,只是藏在心里而已。小说开头的一段心理描写,已经奠定了作品的基调:

> 唉,这一段路程!从他的生活中白白丢失了两个小时。本来这两个小时可以做许
> 多事情——写一首妙诗或读一本好书。而现在,他倚身坐在车上,靠垫发出的难闻气味
> 几乎使他作呕。

这段描写以讽刺性的笔触展现了一群当时在英国颇具代表性的知识分子的形象,他们自命不凡却又精神空虚,他们有着“像圆顶硬礼帽般毫无表情”的面孔,他们知识渊博、能说会道,并不时流露出一些时髦用语和新潮观点的知识分子,然而他们在本质上都是一群庸人。

《滑稽的环舞》进一步发展了第一部小说的主题,而且明显的带有闹剧性。作家谈到小说主旨时说:“近几年的社会悲剧已经过去了这么远,留下的只是当作一场大规模的滑稽戏供人观赏。”小说的主人公冈布里尔是一个小学校长,因上教堂总是坐硬板凳感到腰腿酸疼,便发明了一种带有气垫的裤子,于是放弃了学校的工作,去经营自己的专利裤子生意。他本来很羞涩、胆怯、不自信,为了做生意,特意将自己装饰了一番:戴上假发和假须,头顶海狸皮帽,身穿宽衣大袍,俨然一个得意洋洋的大商人。因为他知道,现代社会到处虚伪成风,在很多场合外表比实质更重要。同时他还周旋在两个女人之间:一个是单纯的爱米丽,她继承了维多利亚时代妇女的道德情操,把和冈布里尔的关系神圣化、理想化了;一个是老于世故的维韦什夫人,她美貌惊人,嘲弄古典爱情,在她眼里,“时间将扼杀一切,它将扼杀欲望、扼杀悲哀,最终还要扼杀感觉时间的头脑,使人的躯体在生活着时就变得皱纹累累、虚弱不堪,使它像山楂子一样衰朽腐烂,最后死掉”,因此,她全部的生活意义就是到处勾引男子寻欢作乐,借以消遣自己的无聊。面对着两个女人,冈布里尔虽然明白爱米丽是自己的救赎,却依然投入了维韦什夫人的怀抱,因为他们在精神上更为相近。赫胥黎借小说人物的对比和选择,剖析了现代社会赤裸裸的丑恶和腐败,展现了上层中产阶级社会及其知识分子的精神萎靡,表面上的戏谑衬托出了潜在的悲观。

《旋律与对位》以尖刻与讽刺的笔调对 20 世纪 20 年代的伦敦社会作了漫画式的描绘,讽刺了第一次世界大战后英国知识分子的堕落行径和病态心理。小说的人物主要来自三个家庭:夸尔斯和沃尔特来自两个中产阶级家庭,露西则来自贵族家庭。主人公夸尔斯是一位小说家,像赫胥黎一样,正在写一部“理念小说”,而且也在设想利用音乐概念来建立叙事框架。他正在仔细观察周围的各色人物,搜集写作素材,出现在他视野中的有画家、杂志编辑、勋爵以及他们的家人,他们不断地夸夸其谈,谈的最多的是如何挽救社会,认为现代化发展会引起战争和革命,而要逃避这样的灾难,只有回到过去的时代,或者回归自然。其中有一位崇尚武力的法西斯主义者,这是在 20 世纪 20 年代欧洲常能听到的声音。这些无所事的人在背后都过着纵情声色的日子,有的甚至与各种各样的女人搞精神恋爱,以打发空虚的时间。夸尔斯终日绞尽脑汁构思作品的行为几乎使妻子埃莉诺投入一个名叫埃弗拉德的亲法西斯主义者的怀抱。埃莉诺的兄弟沃尔特是一名多愁善感的新闻记者,他曾经与一个有夫之妇姘居,随后又与水性杨花的露西厮混。然而,沃尔特从露西那里获得的只是精神上的痛苦,露西不久便弃他而去,到巴黎去寻欢作乐。与此同时,小说中的其他人物也在一片虚无之中穷奢极欲,过着荒淫无度的生活。好色的文学编辑伯莱

普与其女助手纵情淫欲,而滑稽可笑的夸尔斯的父亲与一女子暗中私通,最终落得声名狼藉的下场。在所有这些人物中,最走极端的是浪荡公子莫里斯,他因为怨恨母亲再婚,便将自己投入过度的纵欲,然后是厌倦,最后就去杀人寻找刺激,小说就在其自杀中达到高潮。作家用蒙太奇的手法剪接并列出一幅幅堕落和怪僻人物的群像图,旨在表现社会的颓废和堕落。

三、乔治·奥威尔的小说

乔治·奥威尔(George Orwell,1903—1950)出生于英国中下阶层,青少年时期曾靠奖学金进入英国著名的贵族学校——伊顿公学。在学校里,他切身感受到了阶级差别。毕业后,他从事过许多工作,但一直处于社会中下层。随着英国社会形势的日益恶化,与当时其他作家一样,奥威尔也受到社会主义思想影响,仇视资本主义和帝国主义,同情工人阶级的疾苦,同情悲惨的印度人民,但是他所信奉的社会主义实质上是一种小资产阶级的社会主义,强调正义、公平、体面,主张免除贫困,保持个人自由,反对“极权统治”,害怕无产阶级专政。早在写作生涯开始时,奥威尔就在他 1934 年出版的小说《在缅甸的日子里》等作品中表现出对帝国主义和殖民主义的谴责。《向卡德罗尼亚致敬》是作者参与西班牙内战的经历的真实记录。1950 年,奥威尔死于肺疾,享年 47 岁。奥威尔是 20 世纪 30 年代和尔后的讽刺作家中最具政治倾向的一个。

奥威尔短暂的一生,疾病缠身,颠沛流离,一直被视为危险的异端,郁郁不得志。他认为文学和政治是不可分割的,“尤其在我们时代,当直接带有政治性的恐惧、仇恨和忠诚成了人们意识中首当其冲的东西,就不可能有非政治性的文学了”。奥威尔创作的两个基本主题是贫困和政治,它们是“使每个现代人感到困扰的孪生噩梦,即失业的噩梦和国家干预的噩梦”。在西班牙内战时期,支持共和政府各派进步力量之间的政治斗争对奥威尔是个巨大的震动,使奥威尔从一个对资本主义充满义愤的人变为对共产主义抱有疑虑甚至仇视的人。从此以后,奥威尔的创作重心便从前期揭露资本主义社会的贫困转入抨击斯大林时期社会主义的所谓弊病。他的这种抨击集中体现在他后期两本影响最为广泛的政治讽刺作品《动物庄园》和《1984》之中。他将悲喜剧融为一体,以先知般冷峻的笔调勾画出人类阴暗的未来,使作品具有极大的张力,令读者心中震颤。

奥威尔早期的小说多为贫困题材的小说,写的多是下层人民困顿流离的生活。奥威尔的贫困题材小说具有明显的现实主义倾向,是 20 世纪 30 年代现实主义文学复苏的表现之一。如 1933 年,奥威尔出版了《巴黎伦敦落难记》,这部作品出版时第一次使用乔治·奥威尔这一笔名。小说是他对自己这一段困顿流离的生活的真实记录。1934 年出版的小说《缅甸岁月》也描写了帝国主义对殖民地人民的压迫和剥削,表现出对帝国主义和殖民主义的谴责。1935 年出版的《牧师的女儿》描写了牧师的女儿离家出走,沦落漂泊,在行乞、教书和狱禁的过程中目睹宗教的腐败、社会的黑暗和教育的堕落。1937 年出版的《通向威根堤之路》讲述奥威尔前往英格兰西北部煤矿区威根考察工人失业情况,真实描写了英国煤矿工人的悲惨境遇,讨论了为什么社会主义不被人民接受的原因。

1939 年,《游上来吸口气》出版,小说讲述的故事发生在 1938 年,乔治·保灵是一家保险公司的中层管理人员,人到中年,身体开始发胖。他与妻子缺乏共同语言,家庭生活压抑。为了躲避家庭,乔治突发奇想,瞒了妻子,驾车回到阔别 20 年的家乡下宾非尔德去度假,以寻找平和、安静。但他发现故乡已面目全非,乔治记忆中的下宾非尔德是个世外桃源,原本想回到故乡,“上来透口气儿! 但是现在是没空气了”。他自己的家被改成了茶室,儿时钓鱼的池塘水被抽干,成了垃圾场,河里流的尽是脏水,昔日的情人变成了拱肩曲背的母夜叉,面对面相遇却未能认出他。他在镇上溜达时,一架轰炸机误投炸弹,掀掉了街头房子的一角,还炸伤了行人。人们惊恐万状,以为是德军开始空袭。小说以第一人称叙述的方式,真实地描写了英国社会在战争前夕山雨欲来风满楼的景象,描写了在经济危机横扫欧洲、世界大战迫在眉睫的岁月里,人们生活在贫困和恐惧之中,为逃避现实,小说的主人公重返故乡去寻找他童年时代的绿荫清溪、金凤花和大鲤鱼,看到的却是工业社会侵吞乡村田野所留下的污泥浊水、废铁罐和垃圾堆。故乡之行使他意识到第一次世界大战之前那种旧的生活方式已一去不复返了。小说反映了第一次世界大战前后英国社会生活的剧烈变化,为奥威尔第一次赢得声誉。这部小说上承作者 20 世纪 30 年代的贫困小说,下启 40 年代的政治讽刺小说,语言通俗流畅,幽默风趣,无论在题材和风格两方面均是前期的写实作品和后期的讽喻小说之间的过渡作品。

奥威尔从来不会隐藏自己的政治倾向。他认为文学和政治是不可分割的,"尤其在我们时代,当直接带有政治性的恐惧、仇恨和忠诚成了人们意识中首当其冲的东西,就不可能有非政治性的文学了"。1946 年,他在《我为什么写作》一文中说:"1936 年以来,我所写的严肃作品的每一行都直接或间接地反对极权主义、支持我所理解的民主社会主义。在我们的时代认为人们可以回避写这种主题,在我看来这是胡说。"他声称:"没有哪本书会真正摆脱政治偏见。认为艺术应当与政治无关的观点本身就是一种政治态度。"同时,奥威尔也十分重视自己作品的艺术性,他认为作家表达政治倾向并不应该以牺牲艺术性作为代价,《动物农场》就体现了思想性与艺术性的完美结合。

1943 年,奥威尔担任工党刊物《论坛报》文学编辑,同年开始创作《动物农场》,并于 1945 年出版。《动物农场》采用了动物寓言故事的形式,讲述的是临死前的公猪"长者"召集动物开会,向他们述说了他梦中所见的没有压迫和剥削、平等友爱的乌托邦动物乐园景象,号召动物们起来推翻人类的统治。"长者"的话影响了动物们的行动,农庄上的动物遵照"长者"的遗教,推翻了人类统治,驱逐了主人琼斯,开始平等美好的生活。不久,猪群中的两个首领"拿破仑"和"雪球"开始争权夺利,"拿破仑"驱除恶狗将"雪球"赶出了动物农场,继而在农场上展开了大清洗,所有心怀不满的动物都遭到了屠杀。他还全面修正和篡改"长者"的遗教,作为"革命"时期写在谷仓墙上的"革命原则""所有动物一律平等"也被改成了"所有动物一律平等,但有些动物较之其他动物更为平等"。最后,农场上出现了特权阶级和极权统治,群猪开始用两条腿走路,不仅不工作,手里还拎着鞭子,指挥其他动物并掠夺他们的劳动成果,并用"精彩"的言论来为他们的特权合法性辩护:

> "同志们!""告密者"尖叫着,"我希望,你们不至于认为我们猪群是出于自私和特权才这样做吧?我们中很多猪不喜欢牛奶和苹果……牛奶和苹果含有对猪的健康绝对必要的物质(同志们,这一点科学已证明)。我们这些猪是脑力劳动者。这个农场的整个经营管理都依赖我们……是为了你们的原因,我们才享用那些牛奶和苹果。你们知道,如果我们不能履行职责,将会发生什么?琼斯会重新回来!……无疑地,同志们,""告密者"几乎申辩似的尖叫着,一边还跳来跳去、拂动着他的尾巴,"无疑你们中没人愿意看到琼斯回来是吧?"

庄园里的动物除了猪群和他们豢养的恶狗,又都回到"革命"前的状态,回到了受剥削和奴役的深渊。

　　《动物庄园》以动物寓言的形式讽喻人类社会，它的创作意图是抨击苏联的事业，具有明显的反斯大林性质。奥威尔扮演了一个以资产阶级民主个人主义为思想核心的和反无产阶级专政的"社会主义者"，以农庄上的斗争影射苏联的历史，攻击他的"独裁专制"和"以操纵语言歪曲真理"的做法。该书于1945年出版后引起很大反响，也使奥威尔开始摆脱困顿生活。在战后的冷战年代里，《动物庄园》被人们用作反苏的炮弹。

　　1949年，奥威尔的另一部重要作品《1984》问世。《1984》是一部比《动物农场》影响更大的小说，也是奥威尔的最后一部小说。作为一本反面乌托邦小说，《1984》描绘了一幅未来社会在极权统治下阴森恐怖的景象。奥威尔将《1984》的主要背景设在伦敦，将小说中的独裁政治理论基础构想为 Ingsoc，即英语中英国社会主义，有其独特用意，表明小说中所指涉的不仅仅是苏联，也可能是英国或是其他国家。在奥威尔笔下，1984年的世界只剩下大洋国、欧亚国和东亚国，它们之间常有两国结盟与第三国交战。伦敦属于大洋国。大洋国的人分为三类，首先是内层党，其次是外层党，最后是无产者。在那个社会里，"老大哥"是内层党和国家的首脑，他通过种种手段控制了这个国家：爱情遭到禁止，婚配由国家安排，宣传机构"真理部"随时改写历史，"思想警察"随时将能独立思考的"思想犯"化为灰烬，国家使用"新话语"，通过改变词义来限制和操纵思想。党的三句著名口号，"战争即和平""自由即奴役"以及"无知即力量"时时刻刻在唤起人们的注意。这个国家还使用一种"新语"，通过改变词义来限制和操纵思想，使人们无法表达独立思想和不同政见。奥威尔认为这种"高度集中"的制度"在共产主义和法西斯主义统治下已经部分实现了"。偏有一个长反骨的人史密斯·温斯顿，他是"真理部"的一员，富有独立思想和反抗精神。他不仅躲开一切监视偷偷记下"反党日记"，还与一个姑娘悄悄约会并密谋反党，最后他们都被捕了。在严刑拷打中，史密斯招了供并背叛了那个姑娘，事实上，那姑娘早就背叛了他。史密斯最终彻底屈服，还发现"他战胜了自己，他热爱老大哥"。

　　同《动物农场》一样，《1984》一出版便轰动一时，小说描写了极权主义对人类思想自由的威胁，奥威尔将社会主义苏联和法西斯德国相提并论，这说明他彻底走上了反对苏联和反对斯大林主义的道路。

第七节　现实主义戏剧的辉煌

　　进入20世纪以后，随着世界形势的变化，大英帝国的实力逐渐被削弱，再加上大范围的对外扩张也给本国和他国人民带来巨大的灾难，从而不断受到国内各种舆论的攻击，国内工人运动也不断高涨。所有这一切，都给文学以巨大的影响，英国出现了许多揭露统治阶级腐朽、表现下层人民苦难生活的作家。他们把矛头纷纷指向当时社会的文化、道德、宗教和哲学。因此，在20世纪初的英国文学中存在着一股强大的现实主义潮流，这股潮流不仅在诗歌、小说等领域都有显著表现，而且在戏剧领域也有展现，其代表便是"新戏运动"。这场始于19世纪90年代、于20世纪前叶达到高潮的英国戏剧运动强调戏剧的社会影响力，重思想性、文学性，轻娱乐性和盈利性；它认为戏剧的任务不是美化生活，而是反映生活。它在探索新的戏剧形式的同时，力图摆脱传统剧僵硬模式的束缚。"新戏运动"的代表人物主要有哈利·格兰维尔-巴克（Harley Granville—Barker, 1877—1946）、乔治·萧伯纳（George Bernard Shaw, 1856—1950）和高尔斯华绥，他们的戏剧作品对当时社会进行了辛辣的讽刺，对当权阶级进行了无情的鞭挞，给当时沉闷保守的剧坛吹进了一股清新的气息。

一、哈利·格兰维尔-巴克的戏剧

哈利·格兰维尔-巴克（Harley Granville-Barker, 1877—1946）出生于伦敦的一个中下层家庭，幼年便接触到了戏剧方面的内容，15岁登台表演。通过戏剧，他结识了一批志趣相同的演员和剧作家，并透过这些作家获得了扮演易卜生和萧伯纳戏剧中有相当难度的角色的机会，使他有幸施展作为戏剧导演的才能。进入20世纪以后，巴克结合当时的社会情形，开始陆续进行一些戏剧作品的创作，这些作品大都探讨社会问题，抨击虚伪、偏见及陈规陋习，具有较深刻的思想性，因此，他也是新戏运动的代表作家之一，并被萧伯纳评价为"当代戏剧界最出色、最有素养的人士"。

《安·利特出嫁》是巴克的第一部成功之作。这部四幕剧以18世纪一个叫利特的家族为背景。卡纳毕·利特是位投机政客，他曾把大女儿萨莉许配给托利党的一位大臣，使自己成功地从辉格党转到托利党，这种政治婚姻并没有给萨莉带来幸福。现在利特想回到重新得势的辉格党内，于是打算利用尚未出嫁的次女安来达到自己的目的。一次社交聚会为他提供了机会。约翰—卡普勋爵与人打赌，说安的胆子很小，如果让她走过那个黑暗的花园就肯定会喊叫。为了取胜，卡普在黑暗中偷吻了安，结果使安惊叫起来。第一幕就以她的惊叫开场。卡普勋爵意识到自己违反了打赌规则，便立即向安道歉。卡内毕·利特则巧妙地抓住这一机会要卡普勋爵娶安。偷吻侵犯了安的自尊，同时也唤起了她的情欲，起初她似乎同意这桩婚事，但理智又很快使她改变了主意。她从姐姐萨莉失败的政治婚姻中明白了父亲的用意，也想到了自己的将来，便毅然违抗父亲的旨意，自己做主嫁给了地位比自己低的花匠艾布德。婚宴后这对新人冒雪步行9英里来到艾布德的农舍安家。利特家族从此衰败，庄园也出让给了他人。

在这个剧本中，巴克通过卡内毕·利特的所作所为暴露了18世纪英国政坛的内幕。对卡纳毕·利特这样的政治投机分子来说，政治就如同一场赌博，无忠诚与原则可言，趋炎附势是他们的人生哲学。利特视女儿为自己的投机资本，为达到政治目的，他不惜牺牲女儿的幸福，以她们的婚姻作为跻身于政坛的手段。与萨莉不同，安是一位有主见、有勇气的新女性的代表，她对姐姐甘当牺牲品的做法不以为然："我差一点陷入你目前的处境，甚至更糟，但我没有做出这样的选择。"与易卜生的《玩偶之家》中的娜拉不同的是，安·利特不是走出，而是走进了一个"不般配"的婚姻。

巴克还以大量的象征手法来表达新旧社会力量的更替。前三幕利特家族的花园由于几个星期没有雨水而变得荒芜，泉眼已干涸，水塘污浊，几乎没有任何象征生命的草木生存。当安拒绝嫁给卡普勋爵，以及她同艾布德举行婚礼的前夕，甘雨从天而降，预示了生命力的复苏。再如，以打赌作弊象征政治投机等等。巴克这部早期作品中所包含的主题思想，如政治手段、婚姻自主、道德标准等问题，在他后来的作品中得到了进一步的发挥。

同样以一个中产阶级家庭为背景的《沃伊齐的遗产》，探讨了遗产继承者的良心与责任。沃伊齐先生是一位银行家，他告诉将要继承自己事业的儿子爱德华，他们的公司在处理客户的资金上一直存在欺骗行为,有部分客户的投资甚至已经被花费一空,这些花费里包括了爱德华及其兄弟的培养教育费用。具有强烈道德感的爱德华对这突如其来的秘闻十分惊讶和反感。沃伊齐死后,爱德华继承了父亲的产业,也遇到了如何对待家族的欺骗行为这一难题。他起先决定光明正大地宣布公司破产,公开承认父亲的过错,并偿还一切债务。然而不久他便发现这样做是不明智的,实际上他对公司和公司雇员所承担的责任比维护自己的道德观念更加重要。于是他步父亲的后尘,千方百计掩盖公司的违法行为。不料,一位叫布恩的客户突然决定抽回自己的资本以投资他处,以致事发。这时的爱德华面对坐牢的可能性反倒显得平静轻松,因为他不再被道德与责任问题所困扰。他的成熟使其女友倾心于他,决定随他渡过难关。

《沃伊齐的遗产》揭露了中产阶级的伪善和不可告人的内幕,描绘了人的道德准则和良心在法律与传统价值观念之间的摇摆。爱德华意识到,道德观念和准则只能对自己的个人行为负责,当面临传统势力的挑战时,他只好屈服。该剧在技巧方面明显受到易卜生和萧伯纳戏剧的影响。例如,巴克采用了易卜生的追溯性叙事方法,即导致剧情发生并推动其发展的因素在戏剧开始前就已发生。而子女突然发现自己的教育与舒适生活的费用都来自父辈非正当的收入这一情节,又与萧伯纳的《鳏夫的房产》和《华伦夫人的职业》十分相近。

格兰维尔-巴克的另两部作品《荒废》和《马德拉斯商行》,则以妇女的社会地位和价值作为探讨的主题,其观点同易卜生的《玩偶之家》基本一致。《荒废》中的艾米·奥康内尔是位富有个性的女子,因害怕生孩子而离家出走,在一次社交聚会上与亨利·特莱贝尔偶然相遇。特莱贝尔是位成就卓著的律师,获在野的托利党的青睐。他通过该党在议会通过了一项使教会与政府分离的议案,主张用花在教会上的政府资金兴办教育。特莱贝尔为艾米的姿色所迷而很快占有了她,导致她怀孕。尽管特莱贝尔答应给她经济上的一切帮助以保住胎儿,艾米还是不愿生育,尤其当她了解到特莱贝尔并非真心爱她时,更是悔恨不已。她请一位江湖医生做非法的堕胎手术,结果送命。托利党的影子内阁得知此事后开除了特莱贝尔,他的政治生命就此结束,最后以自杀了结了一切痛苦。剧本题目《荒废》即指艾米及其未出世的孩子的毁灭,又指特莱贝尔及其教育投资计划的失败。

按照英国法律,艾米私自堕胎的行为是要受到追究的。但作者无意这样做,而把她塑造成追求妇女独立人格的新女性,最终成了他人的牺牲品。艾米反对把妇女放在从属于男子的地位,而要妇女同男子一样享有受教育的权利。"妇女除了婚姻以外还受到什么教育呢?"这是她对社会提出的质问。她同样坚信妇女自己应当拥有生育或不生育的决定权。她离开了仅视她为生育工具的丈夫,却落入另一位具有同样观点的男子之手。她与特莱贝尔的相遇是偶然的,而她的不幸命运又是那个社会的必然产物。特莱贝尔是个矛盾的人物,他一方面热心于社会改革,是位理想主义者;另一方面与艾米的丈夫一样把妇女的作用仅仅看作生育孩子。他自己承认对艾米的好感只是出于一时的欲望冲动,并没有真正的爱情。他的悲剧是他自己造成的。托利党对特莱贝尔的抛弃表面上是出于维护本党的名声,实际上还有着政治方面的原因。特莱贝尔有关政府应当停止资助教会而投资于教育的计划,在托利党的影子内阁中有两种对立的看法。为避免在大选中失利,他们将党派利益置于国家利益之上,采用了保守的政策。因此,对特莱贝尔的排斥实际上是党内两派妥协的结果,艾米事件只是他们的借口而已。从这个意义上看,特莱贝尔又是政治斗争的牺牲品。《荒废》于1907年发表后,直到1936年一直被政府禁演,除该剧涉及非法堕胎外,剧中所含的政治讽刺也是个原因。

如果说《荒废》反映的是以男人为主导地位的社会对妇女的态度,那么《马德拉斯商行》则以相反的手法探讨妇女的社会地位问题。剧中的男主角菲利普·马德拉斯实际上只起到连接剧情的作用，或者称之为"视点"。他的观点和态度受到周围妇女的影响。菲利普是经营时装的马德拉斯商行的老板，他打算卖掉商行投身政治，竞选市议员以帮助推行社会改革。在实行这一计划的过程中，他听说商行女雇员玛里恩·耶茨没有结婚就怀孕了。玛里恩拒绝披露胎儿的父亲是谁，并决定离开马德拉斯商行，独自将孩子抚养大。当菲利普得知父亲康斯坦丁就是胎儿的父亲时，他的自尊心和传统价值观念受到很大冲击。使他震撼的另一件事是他妻子杰西卡提出了离异的要求，因为她觉得菲利普并没有尊重她的人格。最后菲利普意识到，改善妇女地位的根本途径是进行彻底的社会改革。他将商行卖给一位美国商人，并决定同妻子重归于好，和她一起为社会的进步而斗争。

二、乔治·萧伯纳的戏剧

乔治·萧伯纳(George Bernard Shaw,1856—1950)出生于爱尔兰都柏林的一个下层家庭，他很早就体会到英国讽刺作家勃特勒所说的"贫穷就是罪恶"：因为父亲无力养家，不得不小小年纪便辍学回家，开始从事各种工作。1876年，年轻的萧伯纳不能再忍受自己平庸的生活，于是离开爱尔兰前往伦敦，到伦敦后，萧伯纳目睹维多利亚朝繁荣的消逝。19世纪80年代不断产生的资本主义经济危机使知识分子受到了猛烈的震撼，伦敦出现了各色各样的标榜社会主义的小团体。萧伯纳也被这些团体所举办的演讲和辩论吸引了，他参加了关于经济、科学和宗教的讨论，经常出席公众集会的讲演。在以后的活动中，萧伯纳阅读了马克思《资本论》的法译本，接受了一些社会主义思想，并开始进行戏剧创作。在最初，风靡伦敦文坛的是"世纪末"的颓废文学，戏院里上演的尽是法国派的色情戏，即"妥帖剧"，易卜生式的揭露社会现实的新剧根本得不到上演的机会，即使偶一上演，也立刻受到伦敦各资产阶级报纸的恶毒咒骂。对此现象，萧伯纳坚决拥护易卜生，并将其看作是伟大的伦理哲学家和社会批评家——这正是萧伯纳后来在戏剧创作及社会生活中所追求的目标。1892年，萧伯纳投身戏剧创作，并找到了一条适合自己的道路。他在半个多世纪里创作了50多部剧本，有些现在仍经常搬上舞台。

萧伯纳是一位高产的戏剧作家，从他写第一个剧本《鳏夫的房产》算起，在58年的时间内，他共写了51部剧本，甚至在他逝世前不久，都不曾放弃写作。他一生中都充满高昂和热情的创作精神，他的作品不仅数量多，而且质量上乘，至今仍有不少优秀戏剧在舞台、银幕、书本和广播上出现，这是萧伯纳给全世界人民留下的丰厚文学遗产。

萧伯纳早期的戏剧作品主要收录在《不愉快戏剧集》《愉快戏剧集》和《为清教徒写的三个剧本》中，一共有10部剧作，这些作品旨在揭露存在社会中的迫切、尖锐的问题，讽刺资本主义制度的虚伪、丑恶。

《鳏夫的房产》是萧伯纳的开山之作，讲述的是出身贵族的青年哈里·屈兰奇与贫民窟的房产业主的女儿恋爱的故事，在剧中作者说道："体面的中产阶级和贵族青年子弟，正如粪上苍蝇一般，靠剥削住在贫民窟的穷人而自肥。"指出贵族和资本家同是剥削穷人而生活，深刻暴露出当时的社会问题，这部剧在上演时引起了巨大轰动，不仅仅是其突破传统的戏剧场面、舞台效果，更重要的是这个剧本大胆的揭露了资本主义制度的丑恶。

《华伦夫人的职业》是萧伯纳早期剧本中的杰作，是对资本主义制度更加极度的讽刺。华伦夫人因为生计与乔治·克罗夫勋爵合伙开妓院，获得巨大的经济利益，而华伦夫人的女儿薇薇并不知情,当她知道自己上学的钱是如此来历时,薇薇和母亲决裂,决心凭自己的劳动独立生活。这部作品极其鲜明地指出资本主义社会人与人之间的金钱交易,脉脉温情下掩盖的虚伪和腐败的面孔,以及在资本主义社会中妇女所遭受的不公平待遇,这部剧在当时甚至遭到禁演和打压,但是时间终会显示出这部作品的价值和意义。

在《愉快戏剧集》中,萧伯纳则发挥了他的喜剧天赋,其中的《武器与武士》是萧伯纳首次用喜剧的方式把舞台与现实相结合,讽刺了资产阶级对地位、财富、爱情、战争的各种幻想。《康蒂旦》是其中最重要的一部,作者精心刻画了一位热情、真挚、善良、有理想、有能力的女性,同时又运用艺术表现手法将女主人公的性格特点和变化完美地表现出来,标志着作者已经具有了高超的艺术才能。这部剧轻松、愉快,在西方也是最受欢迎的喜剧之一,反响强烈,经久不衰。

在《为清教徒写的三个剧本》中,《凯撒和克里奥佩特拉》是为了对抗莎士比亚历史剧的创作方法,用历史题材影射现实社会,直接或间接的抨击当时的统治者。《魔鬼的门徒》则是以美国的独立战争为背景展开情节,嘲笑清教徒的虚伪和自私,揭露英国统治者的残酷殖民统治以及对崇尚自由、勇于献身的英雄的赞美。

经过早期的锤炼,萧伯纳的剧作越来越成熟,在第一次世界大战之前,萧伯纳的创作进入一个高峰期。此时,他的作品艺术性已经越来越高,在思想上也出现一些更为深入和大胆的尝试,引入了一些更加哲学化的概念。

在 1903 年发表的《人与超人》中,萧伯纳仍然保持其现实主义传统,但是他又提出唯心主义"生命力"理论以及"超人"理论,包含着晦涩难懂的成分,作者称这部剧为"包含着哲理的喜剧",把社会改革的重任寄托在"超人"的产生上。一年后,萧伯纳又完成了《英国佬的另一个岛》,描述英国人博饶本来到爱尔兰,通过欺骗的手段愚弄民众,进行殖民掠夺,全剧贯穿着萧伯纳对故国的热爱,也流露出崇拜"超人"的思想。

《巴巴拉少校》是一部反映重大社会问题的力作。剧中女主人公巴巴拉是军火商安德鲁的女儿,由于想救济穷人而参加了救世军的活动,任了"少校"。她为了拯救人类的肉体,在大街上向穷人施舍,不使他们挨饿受冻。她更要拯救人们的灵魂,劝告父亲放弃军火制造,参加救世军弃邪归正。单纯的巴巴拉以为自己所参加的救世军是十分高尚的,因此十分乐意参加救世军的活动。为了替救世军募集捐款,巴巴拉到处找人募捐,并严词拒绝了父亲的钱。后来,她发现救世军原来是她父亲一类的资本家出钱兴办的,她的幻想也就破灭了。巴巴拉的男朋友库欣原本和巴巴拉一样都十分反对安德鲁的行为,后来在与安德鲁的交往过程中,逐渐改变了自己的意志,并自动坦诚自己"弃儿"的身份成为安德鲁的继承人。这出剧虽然情节并不复杂,但却充满了相互矛盾的人物、事物。其中最突出的一对矛盾就是救世军与安德鲁的军火工厂:从中我们鲜明地感觉到饥饿与富足、理想与现实的对比。这组对比也充分说明了像安德鲁这样的军火商决定着英国的经济,掌握着政府的实权,他们才是英国真正的统治者。

萧伯纳的《匹格梅利翁》是他最优秀的喜剧之一,也是戏剧史上的经典之作,受到广大好评。该剧的剧名来源于一个古希腊故事。在古罗马诗人奥维德的代表作《变形记》中有一位名叫皮格马利翁的雕塑家,他对现实生活中的女性不屑一顾,转而雕刻了一尊心目中最完美的女性雕塑。结果他爱上了这尊雕像,并祈求爱神把这尊雕像送给他做他的妻子,最终爱神同意了他的请求,皮格马利翁也与自己心目中的美人幸福地生活在一起。萧伯纳的这出剧虽然剧名来源于希腊故事,但情节却与其完全不同。剧中的故事发生在 20 世纪初的伦敦。某个雨天的晚上,卖花姑娘伊丽莎趁歌剧散场后不少观众在圣彼得教堂的门廊下避雨等车之际而向人们兜售鲜花。不久,这位衣衫褴褛、满口伦敦下层社会土腔俚语的贫苦卖花女就发现等车人中有一位男士很注意听她的讲话,并在小本子上记着什么。开始大家把他当成警察局的暗探,但他自我介绍说他叫希金斯,是一个语音学家。希金斯声称他可以根据每个人的发音,判断出讲话人的出生地,而且他夸口说他三个月就能够使来自下层社会的卖花姑娘就像贵妇人一样讲话。为了证明自己的能力,希金斯将伊丽莎留在家中,训练她学会上层社会的语音语调,终于使她变成了一个谈吐优雅的女士。训练结束时,伊丽莎在上流社会得到了人们普遍的认可,在各种晚会和宴会上,她被当成是一位异国的公主,因为她的英语达到了近乎完美的程度,而本国人是基本上做不到这一点的。对于这次试验的成功,希金斯洋洋自得,他完全忘记了伊丽莎自己的努力,只记得自己的成功。由于这个问题,伊丽莎一气之下离开希金斯,希金斯这才注意到经过这几个月的相处,他已经完全爱上伊丽莎了。剧终时,伊丽莎和希金斯之间若即若离的样子也很难推测出他们之间的关系最后能发展到哪一步。萧伯纳通过此剧力图证明,贫穷女子与上流社会女子之间的差别仅仅是英语发言的不标准和举止的不文雅。通过训练,伊丽莎这位穷苦女子的外表虽然有所变化,但其内在文化、内在美德却是其成长的那个贫民窟和日夜劳动的环境中养成的。因此,这出剧也体现了人们的外表,特别是表现在所谓有教养阶级的人们虽然面似风度翩翩,却不一定和真正的内在的文化相符合。此外,该剧虽然是一出轻松的喜剧,但却寓意深刻,因为在剧中萧伯纳对作为英国社会基石的传统观念——比较轻松、能为观众提供娱乐的剧目往往要比那些比较严肃、带有悲剧色彩的剧目低一个层次——做出了挑战。

在第一次世界大战期间,萧伯纳的创作进入下一个时期,他继续对英国当权者进行一贯的犀利批评,谴责帝国主义的暴行,支持人民,这一时期他的作品集有《战时杂剧集》。

《伤心之家》被认为是萧伯纳最优秀、最有代表性的剧本之一。他自称是在俄国作家契科夫的影响下写的,副标题就是"俄国风格英国主题的狂想曲"。脾气古怪的老船长肖特非家有一群满腹牢骚却又什么也改变不了的房客,他们对社会现实不满,却又无能为力,他们满怀忧虑,却又看不到未来,最后,"伤心之家"的人失去一切信念,在飞机轰炸时选择死亡,但是却意外炸死了两个想活下去的人。《伤心之家》象征着大战前夕英国乃至整个欧洲的社会面貌,一切都摇摆不定,人们生活空虚,精神堕落,社会道德的败坏和精神危机使人们失去了希望和信心,"伤心之家"就是"无依无靠的家,是伤心落泪的家"。

历史剧《圣女贞德》是萧伯纳仅有的悲剧作品,讲述的是在英法百年战争时期,一位法国的乡间姑娘带领民众与英国侵略者英勇斗争的故事。贞德是萧伯纳戏剧中最优秀的妇女形象之一,萧伯纳把她塑造成一位保卫家园的民族英雄,一位机智聪敏的少女,一位英明果敢的领导者,与之对应的是萧伯纳挖苦讽刺那些虚伪、可鄙的侵略者。作者通过《圣女贞德》表达自己对正义、民族主义的理解,对真正人民英雄的崇拜,对侵略者、黑暗势力和反动势力的憎恶。

从 1929 年至萧伯纳逝世,是他创作的最后一个阶段,此时他的社会活动大为减少,作品数量也不如以前,但仍然以他惯常的手法,用喜剧讽刺社会问题和政治斗争,用一生的创作实践自己的信念。

《苹果车》是萧伯纳的又一力作,其副标题是"政治狂想曲",讲述的是内阁与国王之间的权力斗争,以及国家之间的政治斗争,揭示出资本主义国家的民主只不过是一个幌子,只不过是当权者用来骗取财富的一种手段,统治集团的内部当权者为了争权夺利,用各种"高尚"的借口掩饰他们所使用的卑鄙手段。同时,此剧也涉及英美之间的矛盾,极其敏感地把握了英国和美国未来的关系走向,作者指出资产阶级民主的危机,用辛辣的讽刺揭开了现实生活中政治的真相。

在《真相毕露》中,萧伯纳继续探求资本主义世界中的精神危机,在剧作中,作者通过一群持有各种奇怪观点和行为的人表现现实世界中人们心灵的空虚。剧中的人物遭受到心灵的创伤,找不到出路,痛苦折磨着他们,他们也深刻认识到这种情况,却找不到解决的办法,这种情况象征着战后资本主义国家中知识分子精神世界的彷徨,也提出了新的问题:在新的世界中,人们应该如何去做,如何面对未来。

已经进入垂暮之年的萧伯纳仍然进行不间断的创作,这段时期还有《搁浅》《乡村求婚》《意外岛上的傻子》《日内瓦》《好国王查理统治下的黄金时代》等,从这些作品来看,此时萧伯纳无论在艺术创作的水准,还是思想的深刻程度上,都达到了一个相当高的水平,当之无愧为20世纪的著名戏剧作家。

萧伯纳早期的三个戏剧集就已经奠定了他在当时戏剧界不可动摇的地位,他的新戏剧表现出与以前戏剧的不同之处,形成自己独特的风格和特点。

首先,从一开始,萧伯纳就显示出其关注现实,善于发现社会问题并进行挖掘和批判的现实主义精神,这也是贯穿其整个创作生涯的特点。这种现实主义的批判并不是温和的,而是带有强烈的讽刺性。因为经历过失业和贫苦的生活,又因为研读马克思的《资本论》,所以萧伯纳具有敏锐的观察力,他的戏剧作品往往能一针见血地指出社会和经济问题,并毫不客气地进行嘲讽,具有很强的时代性。但是他又是个资产阶级改良主义者,虽然能指出社会问题,却不能给出合理的解决方法,他的剧本结局并不包括最后的道德教训,而只是提出问题。

其次,萧伯纳的成功之处还在于其高妙的语言艺术。他是位擅长舞台对话的文学巨匠,特别重视对话和对白。他突破了以往戏剧靠着故意编排曲折离奇的故事情节以吸引观众的做法,让人物通过机智、幽默、俏皮以及似是而非的对话达到目的。这种语言才能大多数是为了剧中的讽刺效果,在他的幽默和俏皮中隐藏着对资本主义社会的否定和指摘;在他许多似是而非的言论中,暗含着社会生活中的矛盾和冲突。这种幽默而犀利的语言令人忍俊不禁,而笑过之后又能给人带来深深的思考,这就是萧伯纳的语言魅力。

最后,萧伯纳的新戏剧还在于对传统戏剧的突破,探索新的戏剧模式。他打破了传统戏剧中上层人物担任主角的模式,选择普通人的普通生活,选取引人深思的社会问题,扩大戏剧的表现范围和深度;在创作过程中,萧伯纳更加注重前言,注释,舞台说明等内容,尤其是他认为舞台指导是非常重要的,认为写剧本和长篇小说的写作是不一样的,剧本不但是为观众写的,也是为演员服务的,这样能使表演更加富有内涵;在剧情安排上,他尝试使用新的结构模式,打破传统的"佳构剧"模式,用深刻的思想和情感来支撑,反对脱离现实、思想空洞的作品,擅长使用稀奇古怪、异想天开的情节,将日常的真实与虚构的荒诞结合起来,加上机智幽默的讽刺和说教,这就是萧伯纳式的特有风格。总之,萧伯纳为英国戏剧的再次复兴做出了重要贡献,促进了现实主义戏剧的发展,他的新戏剧成为20世纪英国剧坛上的主流。

20世纪初,尤其是第一次世界大战之前,是萧伯纳创作的黄金时期。这一时期,资本主义世界进入了帝国主义时期,英、德、法等国正在开展军备竞赛,但是世界大战还未爆发,社会大环境较为稳定,戏剧的卖座率较高。同时,萧伯纳的好友威廉·阿切尔接管了宫廷剧场,这也使他的戏剧有了一个演出的场地。再加上萧伯纳已经完全从易卜生的影响下走出来,更好地发挥着他的独创性。因此,萧伯纳很快便在伦敦名声大振。仅在1904—1907年三年间,宫廷剧场的988场演出中就有701场萧伯纳戏剧的演出,共11个剧本,其中有《巴巴拉少校》等。随着萧伯纳的名气不断攀升,那些商业化非常厉害的剧场也都开始上演他的剧作,此后如《皮格马利翁》等都陆续在伦敦上演,大受欢迎。

第一次世界大战结束后,萧伯纳的戏剧数量明显减少,并逐渐淡出戏剧舞台。虽然如此,他却是 20 世纪初英国剧作家中成就最高、影响最大的人物之一。除了英国国内,世界各地都有大量观众和读者热烈赞扬他,其中有我国的鲁迅、瞿秋白。

三、高尔斯华绥的戏剧

高尔斯华绥在发表小说《有产业的人》的同年,初涉剧坛。他的朋友加纳特建议他为巴克的宫廷剧院创作一个剧本,便用了五个星期的时间完成了自己的第一部剧作《银烟盒》,并在此后陆续完成了《斗争》《正义》等现实主义戏剧,从而奠定了其第一次世界大战前现实主义剧作家的地位。

总体来说,高尔斯华绥的现实主义戏剧成就与萧伯纳比虽然稍显薄弱,但是他的戏剧与当时萧伯纳的剧作一样,深受观众与评论界的赞赏。作为一名英国中上阶层的后裔,高尔斯华绥的戏剧深刻地体现了现实主义的特色,他的戏剧不仅像小说一样揭露了上层社会的腐朽颓败,同时还把当时社会各种矛盾以及工人阶级的斗争直接搬上舞台。

《银烟盒》的成功之处,主要在于作品揭露了法律对贫富所采取的双重标准。约翰·巴斯韦克是位有钱的议员,他的儿子杰克喝醉酒后偷了一位女友的钱包,由女仆的丈夫琼斯搀扶回家。琼斯没有工作,这天刚巧也是醉意七分。在杰克的请求下,琼斯拿走了那只钱包和一只银烟盒。第二天上午那位女友来到杰克家索回钱包,并威胁要对杰克起诉。杰克的父亲巴斯韦克为掩盖儿子的丑闻用钱收买了她。警察搜查了琼斯夫妇的房间,发现了那只银烟盒。琼斯夫妇因偷窃嫌疑而被拘捕。在法庭调查过程中,巴斯韦克议员担心儿子的事情败露影响自己的名声,便放弃了起诉,但琼斯还是被判了一个月的苦工,而且还背上了偷窃的坏名声。

从道义上说,杰克与琼斯犯了同样的过错,但法律放过了杰克而对琼斯进行了惩罚,原因就是前者有钱。巴斯韦克的家庭名誉可以用钱挽回,而没钱的琼斯夫妇可以被人随便猜疑,破坏了名声。把对等的事件放在不对等的标准中加以对比,使剧本的主题思想更加鲜明。这种以对称或平行的剧情结构展示主题的手法在《斗争》中应用得更加成功。

《斗争》以工人罢工为背景,展现了罢工领导人罗伯茨和公司董事会主席安东尼个人性格上的冲突。剧中,以罗伯茨为首的工人在英格兰和威尔士之间的一个炼锡工厂工作,他们为了提高工资而发动了罢工运动。安东尼作为董事会主席对工人罢工以提高工资的行为发出了"决不让步"的叫嚣,于是工人和管理者之间便展开了一场斗争。其中罗伯茨痛恨以安东尼为代表的雇主阶层,不赞成对他们作任何妥协。他坚持原则,性格刚毅,家庭的悲剧(他妻子安妮的去世)也未让他完全动摇。安东尼则一心为自身的利益打算,顽固不化。他蔑视工人,毫无同情心,认为要想管理好工厂,就需要施行铁腕手段。戏剧结束时,工人们背离了罗伯茨的领导,董事会也开除了安东尼,最后劳资妥协。高尔斯华绥以艺术大师的熟练手法创造了当代社会两个敌对阶级的人物形象,批评了极端主义,体现了劳资双方互相忍让、理解,并以此改良社会的主张。

在表达这一主题思想的过程中,高尔斯华绥采取的是同情而冷静的、不偏不倚的态度。斗争的结果告诉人们,劳资双方都有过错,这个过错就是缺乏忍让与同情。安东尼和罗伯茨的过错更为严重,罗伯茨之妻安妮是他们过错的牺牲品。在否定他们的极端主义的同时,作者并没有把这两位固执己见的人物描绘成反面角色。相反,他们被刻画成各自阵营中最出色的人物。例如,董事会的成员不是昏昏欲睡,效率低下,就是只顾自己利益,缺乏整体观念。大罢工这一方,除罗伯茨外,其他人在谈判中畏首畏尾,吵吵嚷嚷,目光短浅,最后甚至把自己的发言权全部交给了工会,这与罗伯茨的自我牺牲精神和雄辩的口才形成鲜明的对比。

在这个剧本中,作者成功地运用了对称式结构,对劳资双方作了对等的描写。例如,代表劳资双方的罗伯茨与安东尼有着同样的个性——固执、自信,同样的口才和演讲效果,最后遇到了同样能被伙伴抛弃的命运。他们的不同之处仅仅在于社会地位和政治观点。劳资双方各有一位敢说敢为的女性代表,其他人则显得平庸而务实。在平衡的双方之间,罗伯茨的妻子安妮在客观上起着特殊的作用。一方面她的不幸为罗伯茨和他所领导的罢工赢得同情;另一方面,罗伯茨与安东尼一样,都因她的死而受到责备。结果观众或读者的感情天平就像剧的结构一样达到了平衡。

如果说《斗争》所表示的是作者冷静的态度,那么他第二年创作的悲剧《正义》则显示了鲜明的社会导向。《正义》中,高尔斯华绥继续深入探索社会的不合理现象。律师事务所高级职员福尔德为了使一位女士摆脱他凶恶的丈夫,伪造了一张支票,结果被戳穿了并被送进监狱,身陷囹圄被单独囚禁3年后,他获得了一次假释的机会。假释后却长期找不到工作,因为他的名誉已沾上了污点,无奈之下的福尔德只能跳楼自杀。

剧本提出了法与情的问题。福尔德的行为是出于对一位受丈夫虐待的女子的同情,但法律是无情的。他的精神十分脆弱,经受不了由单独囚禁而产生的巨大压力和痛苦,以致走上了自我毁灭的道路。高尔斯华绥并不想通过该剧谴责法律或监狱制度,而是仅仅把问题提出来供人们思考。果然,《正义》一剧上演以后产生了巨大的社会反响,据说当时新任内政大臣的丘吉尔观看此剧后感到震惊,他与高尔斯华绥作了交谈,批准缩小实施单独囚禁的范围,并缩短了单独囚禁的期限,这事成为英国戏剧史上的一段佳话。

第一次世界大战期间高尔斯华绥的文学创作主要是小说,其间也写过几部短剧,如《小家伙》《失败》等,前者以列车旅客忘我照顾一个婴儿的故事象征人类跨国界的友谊,后者描述一位英国军官同德国少女之间的爱情如何被战争所毁灭。1920年发表的悲喜剧《骗局》标志着高尔斯华绥戏剧创作第二个高峰期的到来。这是他最叫座的剧作之一,在伦敦和纽约连续上演一年。

该剧描写两个家族之间为争夺土地而发生的争斗。暴发户霍恩布洛尔受贵族邻居希尔克里斯特的冷落,萌发报复念头。他买下了与希尔克里斯特庄园邻接的土地准备盖工厂,以影响希尔克里斯特家的周围环境。霍恩布洛尔的儿媳克洛婚前曾在饭店出卖过色相,希尔克里斯特发现了这一隐私,便胁迫霍恩布洛尔以低价将土地出让给了自己。但丑闻还是被泄露了,克洛自杀未遂,霍恩布洛尔家族脸面丧尽,只得迁居他乡。希尔克里斯特虽然赢得了胜利,但他很快意识到自己的所作所为违反了自己所信奉的道德准则,与遭他歧视的霍恩布洛尔没有什么两样,赶走对方的代价是自尊的丧失。

战后,高尔斯华绥的另外两部戏剧同样获得了成功。《忠诚》通过一次偷窃事件反映英国上流社会对犹太人的偏见与不公。赛马会期间,犹太富豪德莱维斯和一批英国绅士同住在一位朋友家中度周末。德莱维斯发现自己的一大笔钱被窃,一开始几乎所有房客都同情他。当他以充足的证据对其中一位叫丹西的客人提出指控时,大家的态度发生了根本改变,宗教的差异使他们本能地站到了犹太人的对立面,宗教与阶级的偏见胜过了正义感。他们在对朋友"忠诚"的同时,违反了他们自己所信奉的道德准则,这正说明了这种道德准则的虚伪性。具有讽刺意义的是,丹西最后承认了自己的偷窃行为,并因羞愧而自杀。德莱维斯并没有索回被窃的钱,因为澄清事实已使他感到满足。作者所表达的观点同《骗局》的思想内容十分一致：以贵族或绅士为代表的上流社会只有靠"骗局"或"忠诚"来维护自己的利益，这恰恰与他们的道德观背道而驰。

关于良心与道德的主题在《逃跑》中得到了再现。马特·德南特在海德公园与一位漂亮女子交谈时，便衣警察把她当作正在拉客的妓女拘捕。马特为救该女失手将警察打死。剧本主要描写马特从监狱逃跑后的三天经历，他遇到许多同情他、愿意帮助他的人。有位牧师还为掩护他而说谎，具有骑士气概的马特于心不忍，就主动向警方自首。像《正义》中的福尔德一样，马特最初想帮助别人，结果自己成了罪犯，因为对于恪守传统道德标准的人来说，最终还是逃不出良心与道德的束缚。《逃跑》在风格上颇有流浪汉喜剧的特色，作者通过马特的逃亡经历描绘了当时英国社会生活的许多方面，提供了一幅现实主义的风俗画卷。

第八节　爱尔兰民族戏剧的崛起

从 18 世纪中叶到 20 世纪初，英国戏剧宝库的一个重要组成部分离不开来自爱尔兰剧作家的辛勤耕耘；直到 19 世纪末，还未出现过真正表现爱尔兰民族文化的戏剧。虽然萧伯纳的一出《英国佬的另一个岛》把爱尔兰作为描写背景，但其表现的程度也相当有限。萧伯纳同他的前辈剧作家一样，尽管出生在爱尔兰，却是地道的英国作家。一直到 19 世纪末 20 世纪初，爱尔兰才在以叶芝为代表的知识界人士的带领下，进行了一场力图表现本土传统文化、发掘本土创作题材和运用本土创作语言的新爱尔兰戏剧运动。叶芝是爱尔兰戏剧运动的核心，他创作的剧作大都取材于古老的民间故事和英雄传说，带有浓厚的爱尔兰民族色彩，这正应了这次运动为复兴爱尔兰传统文化的初衷。同时，约翰·米灵顿·辛格(Jhon Milling Synge，1871—1909)冷静直率的现实主义剧作也唤起了爱尔兰民族意识，传播民族语言和文化，从而为赢得民族独立起着推波助澜的作用。依莎贝拉·奥古斯塔·格雷格利夫人(Lady Isabella Augusta Gregory，1852—1932)鼓励、培养和保护了许多作家，给爱尔兰戏剧指明了发展方向。肖恩·奥凯西(Sean O'casey，1880—1964)以描写战争和革命时期的都柏林贫民窟的现实主义悲喜剧而闻名，在爱尔兰文艺复兴中占有重要地位。

一、叶芝的戏剧

威廉·巴勒特·叶芝是爱尔兰文艺复兴的代表人物，也是爱尔兰民族戏剧运动的领导者之一。叶芝一直致力于创建属于爱尔兰自己的民族戏剧，他的戏剧多取材于民间的古老传说，使用爱尔兰民族语言，带有浓厚的爱尔兰民族文化色彩，与爱尔兰文艺复兴运动相呼应。

虽然一提起叶芝，人们首先想起的是他的诗歌，但是叶芝也十分倾心戏剧创作，他一共写下26 部剧本，这贯穿了他生命的始终，其中也不乏质量上乘之作。他提出爱尔兰戏剧的改革要求，即布景简单，不能转移观众的注意力，表现风格要简练朴实，突出戏剧的语言美。

叶芝的戏剧创作可分为前后两个时期，前期创作是从 1889—1909 年，这一时期的代表作品主要包括《凯瑟琳伯爵夫人》《心愿之乡》《万事皆无》《皇帝的门槛》《黛德尔》等；后期创作是从1910—1939年，这一时期的代表作品主要有《在鹰井旁》《爱玛唯一的嫉妒》《涤罪》等。

《凯瑟琳·尼·霍利安》是叶芝1902年的作品，该剧作的演出由于其进步的号召力而获得巨大成功。在这部戏剧中，剧作家把爱尔兰描绘成一个贫穷但神秘的老妇人，她对那些愿帮助她从陌生人手中将属于自己的土地夺回来的人许诺报以荣耀和富贵。当时法国军队正在帮助爱尔兰反抗英国，当老妇人听到法国军队在海岸登陆的消息时，她就像年轻姑娘一样"迈着女王的步伐"迎上前去。爱尔兰在一个到处流浪的老妇人形象中得到人格化的体现。老年的叶芝回顾此剧在观众中造成的惊人影响时还感慨万千。此戏是叶芝最简洁的民间故事，又是他古典主义意义上的完美杰作。他在戏中有力地拨动着爱国主义这根弦，其深深的激情比他的许多诗篇更为凝重；尽管剧中对话寥寥，但观众听到的却是民族感情中最纯净和最崇高的呼声。

独幕剧《心愿之乡》曾用作正戏演出前的开场小戏，内容同样以爱尔兰的民间传说为题材，而且富有浪漫的神话色彩。新婚少女玛丽·布罗瑛正在门旁读一本古书，故事讲的是爱尔兰的伊丹公主在五月某日的黄昏听到歌声，就如醉如痴地跟着歌声来到一个仙境——心愿之乡。在那里，谁也不会衰老，不会变恶。读到这里，玛丽看见一个老妇人向她招手，手里拿着一只杯子。她可能是渴了，玛丽便给她牛奶喝。接着玛丽又看见一个陌生老人向她打手势，要借火点烟斗，她便把火给了他。最后，一个仙童唱着歌来到门前，说这里有一个人必须离家随他而去。玛丽问仙童几岁了，仙童回答道，他比天下最古老的事物还要老，刚才玛丽看到的两位老人是他派来的使者，现在他亲自来邀请玛丽跟他去心愿之乡，那里青春永驻，欢乐常在。神父以天堂的诱惑劝阻玛丽，丈夫用双臂抱住她，不让她走。玛丽在去留两难之中倒地而死，仙童也突然消失。在大家的叹息声中，只听得门外传来一片歌舞声——玛丽正跟随仙童去心愿之乡。该剧描述了生活中两种对立现象，如老年与青春，异教与基督教，生与死，短暂与永恒，等等，颇有叶芝诗一般的戏剧风格。

《万事皆无》也是叶芝1902年的作品。在这部散文剧中，一个乡绅放弃自己的生活进入一所修道院，不料成了那里的异教徒，最后遭到驱逐并被一伙暴徒杀死。作者在刻画剧中主人公时显然受到尼采关于超人学说的影响。

《皇帝的门槛》是叶芝1904年的作品，该剧作讲述了一位诗人想成为真实世界的一部分，从而引出了关于国民生活中诗歌的位置的争论。剧中主人公为了这些主张甘冒生命危险，极力为诗歌的崇高性辩护，使简单的素材渗透出一种庄严和深挚的思想情感。

《黛德尔》是叶芝1907年的作品，该剧作被称为爱尔兰海伦的悲剧。剧中依约与康丘巴国王结婚的黛德尔其实并不爱他，在外逃时与英俊的年轻人劳伊斯一见钟情并嫁给了他。康丘巴设下圈套，假意答应他们，让他们返回宫中，但却食言杀死了劳伊斯。黛德尔假意默许国王，然后寻机自杀。劳伊斯因他人背信而丧命，黛德尔为守信而自杀，剧本在短短一幕中将两人之死所唤起的同情集中予以描写。剧中悬念丛生，诗歌带着美感，也带着凶险。这出戏代表了叶芝对易卜生、萧伯纳和所有自然主义戏剧的反叛。叶芝试图创立一种新的戏剧，吸引一批新的观众，这出戏体现了叶芝从未尝试过的戏剧结构，自然也是他剧作中的一部佳作。

《在鹰井旁》是叶芝受日本能剧影响的第一部作品。该剧舞台布景空空荡荡，三位化妆得像带了面具的乐师唱着抒情歌曲首先上场，然后将一块黑布仪式般地展开又合上。一位老人已在一口干涸的井旁守候多年，想喝井里的长生不老之水。他告诉刚刚来到这里的库丘林，只有当穿戴得像鹰一样的守井女郎出现并跳舞时，井里才会有水。但谁看她跳舞，谁就会被她的魔力所困。讲到这里,那位守井"鹰妇"出现并开始跳起舞来。库丘林被她迷住,随她而去,回来时发现井已干涸。这部剧中简洁的布景,仪式性的动作,以及面具、舞蹈和音乐的采用,都体现了日本能剧对叶芝产生的影响,不过在叶芝的剧中更增添了西方宗教和超自然的神秘色彩。

《爱玛唯一的嫉妒》是以库丘林传说为主题创作的剧作,剧中,库丘林已经奄奄一息,其妻爱玛唤来了他的情妇艾思妮·英久巴,希望英久巴的亲吻能唤醒库丘林。当他醒来后,他的身体被不和之神所控制,神答应让这位英雄复活,条件是爱玛必须放弃库丘林还爱着她的幻想。爱玛不愿,神便向她展现库丘林的灵魂受别的女子诱惑的情景。爱玛只得承认对丈夫不再抱有幻想,库丘林得以复活。

《涤罪》是叶芝最后一部被搬上舞台的作品,于1938年8月阿贝剧院戏剧节时公演,许多评论家认为这是叶芝最成功的作品。能剧的影响在作品中仍然可见,场景仅为一座破房和一棵秃树。一位老人和他的儿子从这里路过,老人告诉儿子,这座房屋曾是他父母居住的地方。老人的母亲在生他时死了,当马夫的父亲挥霍家产,不尽父亲的责任。母亲去世16年后的一天,父亲醉酒归来,放火烧毁了这座房子。老人接着叙述了他杀死父亲然后逃跑的经过。正在这时,他通过窗口看见父母的灵魂显现,在重演过去的悲剧。母亲为嫁给这样的丈夫,并为之生下弑父的儿子而悔恨交加。老人看到这里似有所悟。为避免悲剧在儿子一代重演,安慰母亲不安的灵魂,老人又杀死了自己的儿子。这一绝望的举动并未起任何作用,母亲的灵魂还是在过去的阴影中不得安宁。剧末,老人唯一能做的就是祈求上帝"抚慰生者的苦难,死者的悔恨"。

总之,作为戏剧家,叶芝终生都没有放弃对爱尔兰民族文化的热爱以及对戏剧艺术的美学追求。他的剧作充满了对多种风格的探索,其中有日本能剧的仿作《爱玛的唯一嫉妒》,有象征主义特色的《涤罪》等。这些风格各异的作品又多以爱尔兰民间传说为主题,以诗剧为主要形式,达到了整体上的一致。由于这些特点,叶芝与同一时期活跃于英国剧坛的新戏剧作家大相径庭,后者以易卜生的"问题剧"为榜样,继承了现实主义的文学传统。叶芝的作品表现出脱离现实的唯美主义倾向,带有浪漫主义色彩,这在一定程度上限制了爱尔兰题材的表现范围,给爱尔兰戏剧运动注入新的活力的是辛格与奥凯西。

二、约翰·米灵顿·辛格的戏剧

约翰·米灵顿·辛格(John Milling Synge,1871—1909)出生于都柏林郊区的一个律师家庭,幼年父亲去世,随着母亲在严格的新教徒环境中长大。后来进入都柏林三一学院学习语言和历史,在此期间他又考上了爱尔兰皇家音乐学院,后来到德国进行深造,但他发现自己并不适合学习音乐,于是转而学习文学。辛格来到巴黎学习有关文学方面的知识,并对凯特尔文明发生兴趣,在此期间,辛格结识了叶芝,据说叶芝给了辛格一些鼓励和想法,这些鼓励和想法对辛格的影响很大。1898年,辛格回到了爱尔兰,在阿兰群岛与当地的人们生活了很长一段时间,用自己的亲身体验作为写作的素材,这也成为他以后创作的重要源泉,后来这段生活记录在他的旅行纪实《阿兰群岛》中。

在辛格短暂的一生中共留下了6部剧本,但是不乏精品,也足够使他在爱尔兰民族戏剧运动中留下重要的一笔。辛格是爱尔兰文艺复兴运动中的第一位现实主义作家,他的戏剧最看重的是现实性,由于具有长时期的生活体验,在他的笔下,选择的是反映真实的爱尔兰普通农民的生活题材,塑造的是一个个活生生的人物,他甚至要求布景和道具也必须和现实生活一样。辛格戏剧的又一重要特点是其语言的创新性。他在戏剧中选择了方言,这是他在乡间体验生活时所发现的一种独特而潜在的语言。他认为,方言解决了作品创作过程中现实主义与艺术美之间的矛盾,方言赐予戏剧新的生命力,成为一种新的戏剧语言,它既具有诗歌般的韵律和音乐感,又有贴近大众的亲和力和活力,而要学习这种方言,就要深入现实,深入人们的生活中。

辛格一生中留下的 6 部剧本是《峡谷的阴影》《葬身海底》《圣泉》《西方世界的花花公子》《白铁匠的混乱》《悲伤的戴德尔》。这 6 部剧本都是在 20 世纪第一次世界大战之前完成的,在这里我们主要对《葬身海底》《西方世界的花花公子》以及《悲伤的戴德尔》进行简要分析。

《葬身海底》是一部情感深沉、描绘死亡的悲剧,再现了爱尔兰人民的生活和思想感情,是辛格最好的作品之一,可以称得上是 20 世纪最伟大的悲剧作品之一。在这部剧中,玛丽的丈夫和 5 个儿子都在出海捕鱼时全部葬身海底,最小的儿子不肯听悲痛欲绝的母亲的劝告,执意要在暴风雨中渡海,结果也不幸遇难。看到儿子的尸体,这位意志坚强的爱尔兰母亲只是平静地说:"没有人能永远活着,我们应该知足。"辛格在这部剧中描绘了险恶的自然环境下人们卑微的生活,面对死亡,人们却表现出坚强和无畏,所有的哀伤和悲痛都隐藏在无声的静默和严肃的气氛中,宛如古希腊悲剧般的浓厚和深沉。

《西方世界的花花公子》是一出喜剧。剧作中的老马洪是个恶棍,他羞怯懦弱的儿子克里斯第不愿接受父亲给自己安排的一门婚事,用铁铲击倒父亲,然后逃到了一个海边小村。村民们钦佩他的勇敢,视他为英雄。小酒吧老板的女儿佩吉恩爱上了克里斯第的英勇,毅然抛弃了她父亲和神父为她选择的未婚夫。当地所有的姑娘也视克里斯第为崇拜偶像。后来,老马洪终于找到了儿子并把他痛打一顿。这时村民们才发现,克里斯第以前并没有像所传的那样杀死父亲,于是便嘲笑他假充英雄,佩吉恩也不再理他。克里斯第因此再次将父亲打昏在地,以为此举能恢复村民的崇拜和佩吉恩的爱情,但让他没有想到的是,当村民们目睹了他的杀人行径之后个个惊恐万状,叫嚷着要对他处以私刑。最后老马洪再次苏醒,父子同斥村民愚昧邪恶。在父子双双离村时,父亲为儿子不再是个窝囊废而高兴。这部作品在阿比剧院上演后,招来了观众极大的抗议,他们认为此剧将"杀人犯"描写成英雄,是对爱尔兰人的污蔑,使剧院经理叶芝也不得不站出来为该剧辩护。剧中主人公克里斯第的所作所为其实也是其他人想做和正在做、或者暂时还不敢做的。从某种意义上说,村民对克里斯第的态度由钦佩变为恐惧,也表现了爱尔兰人反抗英国统治者的真正心理。克里斯第敢于反抗父亲的独断并把他"打死",村民对他的支持实际上表达了他们在潜意识中的反英愿望,但这种勇气只停留在言谈和想象之上,一旦变为现实,他们便会因此而感到恐惧,对于自己曾经想做的事退缩了。剧中的克里斯第在为争取独立,在成人的世界里竞争,去赢得爱,去取代他的上一代,通过一系列的事件,他成为真正的男子汉,最终走向了个性的成熟。本剧中存在着一个很大的特点,即其中对话的诗韵,辛格拾掇了爱尔兰语言中大量词汇,综合创造出了明快的旋律与和谐的韵味。《西方世界的花花公子》一剧使辛格跻身于爱尔兰英语喜剧的伟大作家的行列。

《悲伤的戴德尔》是辛格的最后一部作品,是根据爱尔兰的古老传说改编而成的。讲述的是年老的康诺巴王看上了年轻貌美的戴德尔,但是戴德尔倾心于勇敢善良的奈西,为了逃避康诺巴王的求爱和纠缠,戴德尔与奈西三兄弟逃往苏格兰,狡诈的康诺巴王设计杀死了奈西三兄弟,悲痛的戴德尔在墓前自杀,由此表达对奈西坚贞不屈的爱。这是辛格用现代爱尔兰语言把英雄史诗改编成剧本的一次尝试。

其实,辛格的作品在当时并不被大多数人所接受,也很少有人能理解他的真实想法。在《峡谷的阴影》上演时，就被保守的民族主义者指责为对爱尔兰妇女的毁谤。当《西方世界的花花公子》上演时，则在剧院里引起更大的骚乱，召来观众极大的抗议，甚至此剧在纽约、费城演出时也发生暴力行为。《白铁匠的混乱》写成后，叶芝觉得太有煽动性，直到辛格逝世后才搬上舞台。事实上，辛格只是一位严格的现实主义者，他把看到的事实的客观地表现出来，狭隘的民族主义者只关心爱尔兰的光辉形象，却忽略了辛格戏剧中更加深沉的思虑和忧患。

三、依莎贝拉·奥古斯塔·格雷格利夫人的戏剧

依莎贝拉·奥古斯塔·格雷格利夫人（Lady Isabella Augusta Gregory，1852—1932）出生在高威郡的一个贵族家庭，是一个典型的新教徒。1880 年，她嫁给了国会议员威廉·格雷格利爵士。通过丈夫的关系，格雷格利夫人结识了很多知名人士，像布朗宁、亨利·詹姆斯和威廉·格莱斯通。他们在柯尔的庄园成了文学民族主义者的自由聚会场所，她也由原来反对有利于爱尔兰的"自治法案"逐渐转变为一个民族主义者，并自愿充当叶芝的保护人，为叶芝成为一个诗人和剧作家创造了必要的写作和生活条件。1904 年，她和叶芝一起创立了爱尔兰文学剧院的前身——阿比剧院。此后，格雷格利夫人接连创作了《散布消息》《牢门》《月出》等剧作，成为爱尔兰民族戏剧运动的重要参与者。

在戏剧运动中，格雷格利夫人不仅是一位杰出的组织者，也是一位创作者。在运动初期，她就写些剧院需要的小喜剧作为开场戏。她的第一个剧本《二十五》是一部滑稽剧，1903 年在莫尔斯沃厅演出，得到了好评，增强了她的创作信心。她又写了滑稽剧《散布消息》，这部戏剧把巧合、误解和爱尔兰人对事实夸张的本领汇聚一起，将平凡单调的日常琐事夸大成一桩耸人听闻的谋杀案。这出剧是格雷格利夫人根据她在一个小镇生活中的见闻写出来的，剧中爱讲闲话的村妇塔培夫人和总靠经验行事、对周围发生的一切不闻不问的英国官员都具有滑稽剧的特征。这出戏剧反映了与外界隔绝的当地人的性格，他们不服外来的权威，也不顾事实的真相。

格雷格利夫人不仅写些喜剧，也写民间历史剧和儿童神奇剧。《牢门》《月出》都可以看出她对历史事件的高度敏感，能够写出有强烈感情的剧作。《牢门》描写了一位妇女等待丈夫出狱的焦急心情，暗含对英国殖民者的抗议。《月出》是一部鲜明的爱国主义剧本，讲述了一个政治避难者，也是位流浪歌手，因演唱自己家乡的歌谣感动了警察而获得帮助并得以逃脱的故事。这出剧与《牢门》都采用了讽刺手法，很像美国作家欧·亨利的讽刺小说。

总体上来说，格雷格利夫人的剧作多写一些民间传说故事。她对爱尔兰戏剧的贡献主要表现在以下三方面。

第一，她的早期剧作给爱尔兰戏剧指明了发展方向。

第二，她鼓励、培养和保护了许多作家，自愿充当叶芝的保护人等。

第三，她为很多阿比剧院的保留节目，包括叶芝的剧本在内，做了大量的润色工作。

因此，可以说，格雷格利夫人是爱尔兰戏剧和爱尔兰文艺卓越的捍卫者。

四、肖恩·奥凯西的戏剧

肖恩·奥凯西（Sean O'casey，1880—1964）是继辛格之后，又一位爱尔兰文艺复兴的重要戏剧家，他使爱尔兰民族戏剧运动又进入一次高潮。奥凯西出生在都柏林一个贫苦的新教徒家庭，

因生活艰辛以及患有眼疾,他中途辍学,没有接受系统的正规教育,但是她在姐姐的指导下读了很多文学类的书籍,为他以后的创作打下良好的基础。14岁时开始打工,挣钱买书用来自学,父亲去世后,为了谋生,他做过铁路工人、建筑工人、码头搬运工等等。一开始,他致力于小说创作,直到快40岁才开始进行戏剧的创作,但是到45岁他才成为一个职业作家。他很早就关心民族解放运动,并投身爱尔兰民族主义事业和工人斗争中,对社会主义产生兴趣。1909年,奥凯西帮助组织成立了爱尔兰运输工人总工会,并在1914年参加了工会组织的爱尔兰公民军,担任书记一职,不久因为奥凯西对公民军缺乏建设性纲领感到失望以及反对和代表中产阶级的义勇军合作,他退出了公民军,但是他并没有完全退出民族解放运动,仍然用自己的方式进行战斗。

奥凯西出身于贫民窟,对下层人民的生活有深刻的体悟,他经历过民族解放战争,知道战争的残酷和恐怖,他的戏剧来源于真实而不幸的生活,并深深根植于现实主义的基础上。他的戏剧与大多数爱尔兰文艺复兴者不同,他的作品充满激烈的战争,有很强的政治性,他相信工人阶级,把希望寄托在人民身上,这种观点使他和叶芝等人发生冲突,他的剧本也一度被阿比剧院禁演,一些剧本也在各界引起了广泛的争论。

奥凯西的创作以《银杯》为分割点,可以分为两个阶段,前期主要是为现实主义的创作,表现下层人民的喜怒哀乐,贴近生活,富有戏剧性和幽默感。奥凯西非常崇拜萧伯纳,而奥凯西也继承了萧伯纳的现实主义的创作手法,揭发和讽刺各种社会问题,但是他又用自己特有的方式表现出来。在后期的创作中,奥凯西在剧中加入了表现主义和象征主义的成分,虽然戏剧的本质仍是现实主义的,但是从表现手法上看,是一种新的艺术形式,体现了作者的创新精神。

《枪手的影子》是奥凯西上演的第一部戏剧,以爱尔兰共和军和英国殖民军之间的游击战争为背景,讲述一个自私胆小的诗人达沃林被错认为是一个共和军的枪手,当他发现自己可能会被英军抓住时,懦弱的本性便暴露出来,最后是一个爱慕他的少女用生命将他拯救出来,作者讽刺那些只会高谈阔论的伪爱国者,赞扬了那些真正为国牺牲的英雄。剧本通过人们对待这个事件的不同反应,成功地塑造了人物的性格——两个男主角只会高谈阔论但都是言行不一的胆小鬼和假英雄,而女主角话讲得很少,却能以实际行动表现自我牺牲的英雄气概。

《朱诺和孔雀》在阿比剧院上演时获得巨大成功,其故事讲述在爱尔兰内战时期,一个底层家庭的悲剧。朱诺的丈夫杰克·博伊尔虚荣自私,以为有一笔遗产可以继承,便挥金如土,结果欠下重债;女儿玛丽被骗怀孕,而后又被抛弃;儿子出卖战友,被处死;作为这个家庭的支柱,朱诺坚强的承担着一切变故,最后带着女儿离开一无是处的丈夫,开始新的生活。这是奥凯西的现实主义杰作,表现了爱尔兰底层民众的悲剧和深深的社会矛盾,也赞扬了勇敢而坚强的爱尔兰女性。

《犁与星》也是以爱尔兰当代的事件为故事背景,讲述在都柏林复活节起义时,发生在都柏林底层民众间的一系列故事,有失去孩子和丈夫的女人,被战争夺去生命的男人,有趁机抢劫的强盗,有积极参战的战士,作者用对比和隐含的嘲讽表现民族战争的不足和弱点,流露出作者对起义失败的悲哀。奥凯西在这个剧本里着重用对照和隐含的讽刺来表现这场民族解放斗争的复杂性。他还以"间离"的手法使观众不对个别人物的命运认同,从而能冷静地观察事物的整体,正如一位评论家所指出的:"诺拉的命运不过是动乱日子的一个插曲……,首要的是整个人民的悲剧。"戏剧中的第二幕酒吧这一场,奥凯西通过皮尔斯的讲话,揭示了民族解放运动受挫的症结。这位领导人号召义勇军和公民军为他们的国家而战,但他所讲的抽象的民族独立的原则和人民真正的需要是脱节的。对他的讲话,有人喊出"我们必须为自由而战!"但也有人喊出"自由有什么用,如果不是经济自由!"这次起义缺乏群众基础的例子在剧中也是屡见不鲜的,克里斯罗的慷慨陈词"爱尔兰比老婆还重要"表现了他为民族解放而献身的精神,但他并没有理解这场斗争的意义,也并不真正关心劳动人民的命运,或承担起对妇女、儿童的道义责任。奥凯西并不想在这里全面评价起义(在他的自传里对起义有详细的叙述),他只是批评起义的不足和缺点,希望人民在未来的斗争中克服它们。

以上的三个剧本已经让奥凯西成为一个有名的剧作家,奠定了他在戏剧舞台上的地位,而《银杯》的出现,则是奥凯西创作的转折点。"银杯"这两字本是苏格兰诗人彭斯的一首民歌的题目。歌中描写一位登船开赴前线的战士对他的情人的留恋,这首民歌在剧中第一幕的末尾出现。战士哈里本是一名足球健将,为足球俱乐部赢得了银杯,也赢得了女友的爱情。在第一次世界大战中他负了伤,成了残废。回国后,在为纪念足球俱乐部获奖一周年举行的舞会上,哈里受到情人和朋友的冷落,他气愤之下捏碎了银杯。那曾是象征"青春、力量和胜利"的银杯,如今却成了毁灭的象征。帝国主义的侵略战争给哈里带来了不幸,反对这场可恨的战争就成了这个剧本的主调。

为了烘托战争的残酷,奥凯西在第二幕里尽情渲染了战士精神上和肉体上的痛苦。舞台背景是坍毁的教堂,破损的十字架倒在一边,舞台中央是指向天空的黑色大炮,战士们跪在大炮前面,唱着祷诗,祈求上帝保佑。搜索敌人的探照灯划破夜空,战士们机器人似地装着炮弹,爆炸的炮弹闪闪发光却没有一丝声音。这一幕在舞台背景、对话、灯光的处理上都是表现主义的,没有英雄主义,没有浪漫的情调,只有刻骨的凄凉噩梦似的不真实感。战士们变成了只有简单连续动作的机器人。帝国主义战争的残酷不是通过"死"而是通过比"死"还要残酷的"生"来表达的。全剧共有四幕,其余三幕都是一般写实手法,只有这一幕用的是新的艺术手法,目的显然是为了更生动地表现主题。

奥凯西完全可以在前面三部剧本取得成功的经验的基础上继续使用贫民窟的题材进行创作,这似乎是既安全又方便的路子,而他却向自己提出了一个新的挑战。在以前的剧本里他从都柏林贫民窟妇女受害者的角度来描写爱尔兰内战,现在他可以站在战争的受害者——一个战士的角度,来写更有普遍意义的、规模更大的第一次世界大战。总的来说,《银杯》是前面几个剧本主题的延续,在写作技巧上,剧作者开始抛弃传统的现实主义,改用表现主义,特别是《银杯》的第二幕,表面上是现实主义的,实际上则是象征式的。表现主义是当时戏剧中一种非现实主义和超现实主义的艺术流派,它是斯特林堡和其他德国戏剧家在20世纪初发展起来的。为了更清晰地表现真理的本质,他们采用了扭曲真实和机械结构等新的技巧。奥凯西并没有机械地照搬这种技巧,而是根据需要加以改造使现实主义和表现主义有机地结合在一起。

此后,奥凯西发表了《大门之内》,这是一部表现主义的戏剧,作者表现了资本主义国家的经济和精神危机。剧中,年轻妇女珍妮斯从出生起就遭到不幸。她贫穷的母亲年轻时失身于一个神学院的学生,怀孕后就被抛弃。珍妮斯一生下就被送进孤儿院,在修女的精神和肉体的折磨下长大,直到后父(一个无神论者)将她领出。她要求好好生活下去,但资本主义社会逼她变成一个妓女。她在舞台上出现时已经身染重疾,最后在一个梦幻者手臂里死去。她在临死前也得不到安宁,还有主教、救世军军官来争夺她的灵魂。奥凯西在剧中以概括的手法,把人物称为"梦幻者""无神论者""救世军军官"来代表不同类型的人。他们争先恐后地来拯救珍妮斯的灵魂,反映了各种势力的斗争。在各种势力面前,她孤独而又坚强,她渴望摆脱困难的处境但决不因花言巧语的诱惑而接受违背她意愿的主张。她拒绝了梦幻者的求爱和他的诗歌,也不接受救世军军官提出的"走和平之路"的劝告以及主教要她搬到修女办的招待所去住的建议。珍妮斯和她母亲的悲惨命运告诉她,她的处境和公园里的芸芸众生是一样的,她并不指望国家和教会能给她提供任何出路。整个公园正是资本主义世界的一个缩影,那种萧条、压抑和绝望的气氛也就是20世纪30年代初席卷整个资本主义世界的经济危机的写照。奥凯西的矛头所向是显而易见的:资本主义国家和基督教会正是经济和精神危机的总根源。

总之,奥凯西一生都在战斗,寻求创新,他对于爱尔兰民族戏剧运动的贡献是非常大的,首先,他也和辛格一样,在剧本中大量使用爱尔兰的民族语言,表达爱尔兰民众的真实感受,不仅如此,他还使用贯串、双关、多音节词等修辞手法丰富语言的表达方式。其次,奥凯西也努力探索和丰富舞台的表现技巧,诸如象征、歌曲、诗歌、小丑表演,使戏剧表演更富有活力。最后,他的剧本能呈现出多样化的风格,甚至是截然相反的两种风格的完美融合,例如,现实主义与表现主义,悲剧和喜剧,悲观绝望与乐观主义。可以说,肖恩·奥凯西是自辛格以来最有特色的剧作家。

第九章　20世纪下半叶的英国文学

20世纪下半叶的英国文学,在诗歌、散文、小说、戏剧等方面都取得了很大的发展。诗歌方面,在多元思潮的影响下,呈现出多变的诗风;散文方面,在正式散文得到延续的基础上,非正式散文得到发展;小说方面,更是异彩纷呈,呈现出现实主义小说、现代主义小说、后现代主义小说以及少数族裔小说的多元格局;在戏剧方面,在荒诞派戏剧以及"新戏运动"的推动下,呈现出一派繁荣景象。本章将对20世纪下半叶英国文学进行具体分析。

第一节　多元思潮影响下的多变诗风

20世纪下半叶,随着战后英国文化事业的快速发展,诗歌领域呈现出多元化的发展,出现了宣扬理智的运动派诗风、植根地域文化的爱尔兰诗风、追求自我探索的女性诗风、争取社会认同的非裔诗风、反对自我表演的叙事诗风等。

一、宣扬理智的运动派诗风

运动派诗人作为一个诗歌流派而闻名首先是因为 D. J. 恩莱特于1955年编辑的诗选《五十年代的诗人》。其后,由英国著名诗人罗伯特·康奎斯特任主编的《新诗行》在1956年问世。这标志着英国诗坛一次新运动的到来,运动派诗人拒绝现代主义诗歌,极力宣扬理智的讽刺,注重英诗传统的韵律,他们的诗歌创作被称之为运动派诗歌,代表性的诗人有菲利普·拉金(Philip Larkin,1922—1985)、康纳德·戴维(Donald Davie,1922—1995)、丹尼斯·约瑟夫·恩莱特(Dennis Joseph Enright,1920—2002)等。

菲利普·拉金从中学开始就已经开始创作诗歌,并在学校的杂志上发表作品。1945年,拉金出版了自己的第一部诗集《北方之船》。虽然拉金一直没有停止诗歌的创作,但受到出版社的影响,直到1955年,才出版了第二部诗集《受骗较轻之人》的出版。这部诗集赢得了评论界和读者的普遍好评,拉金也因此成为当时英国最受欢迎的诗人之一。1964年,拉金的诗集《降灵节婚礼》出版,1974年,拉金的最后一部诗集《高窗》刊印发行。由于诗歌成绩斐然,1965年,拉金获得了女王诗歌金质奖章,并被评论界誉为"英格兰现有的最优秀诗人"。由于拉金曾拒绝受聘担任桂冠诗人,因此他又被称为"非官方的桂冠诗人"。晚年的拉金诗歌创作渐减少,只偶尔在杂志上发表诗作。

　　《北方之船》共收录了拉金在学生时代创作的 31 首诗歌,其中 23 首诗歌均属无标题诗歌,由数字加以编号,其余诗歌的标题亦不足以传达诗歌的主题气氛。他在回想当时写作《北方之船》的经历时指出,整整花 3 年时间努力仿效叶芝,并不是因为欣赏叶芝的个性,也不是与叶芝产生了思想共鸣,而只是着迷于叶芝的音乐美。在创作特点上,这些诗歌显示了其效仿叶芝诗歌的特点,但其技法却并不成熟,整部诗集平淡无奇,句法复杂,音韵单调,诗歌形式虽不僵化,但也未展现出拉金的独特个性,因此,并没有取得成功。

　　《受骗较轻之人》的出版标志着"运动派"诗歌的诞生。这部诗集共收录了 29 首诗,这些诗作充分体现了拉金对社会的细致观察和准确把握。在这部诗集中,拉金用灰色的笔调展现了现代社会中人的失望和失败的命运,以及工业化给现代社会带来的种种弊端。在他的笔下,世界充满了灰暗。诗集问世之后在社会上引起了强烈反响,评论界也给予了很高的评价。《受骗较轻之人》取得的成功使拉金成为公众瞩目的人物。《写在一位年轻女士相册上的诗行》《欺骗》《上教堂》《蟾蜍》和《出嫁前的名字》等都是这本诗集中著名的诗篇。下面以《前往教堂》为例对拉金的该诗集进行分析。

　　《前往教堂》是诗人参观教堂时的所思所想。诗歌开始部分以叙事和描写的笔法客观而细致地再现了"我"独自参观一座空荡荡的教堂的所见,第三至六节则写了"我"站在教堂里的所思所想,"我"对教堂在将来被废弃的假设进行了推测,人们会不会只保留几座教堂用于展览,其他的就任其受风吹雨淋,被羊群糟蹋?也许这些被废弃的会被人们认为是不吉利的地方而远远地避开,也可能会有迷信的女人带着孩子来摸教堂中某块特别的石头,或者是来采摘治癌症的药草,又或者是在某个夜晚来看死鬼走路。但迷信和信仰,总会有消亡的那一天。等到教堂的本来面目和用途越来越难以辨认的时候,最后还会有谁来寻找教堂呢?在这首诗歌的结尾,诗人称教堂是严肃的地球上的一座严肃的建筑,在其混合的空气里,我们的强烈愿望汇集在一起,得到承认,被冠以命运的美称。这一点永远不会过时:

　　　　它是严肃大地上的一处严肃的房舍,
　　　　在它混合的气氛中我们所有的冲动相遇,
　　　　得到认可,并被披上"命运"的外衣。
　　　　这一切永远都不会过时。
　　　　因为总会有人突然发现
　　　　自己渴望生活得更严肃一些,
　　　　心怀此意而被吸引来此圣地,
　　　　听说过这里益于人长智慧,
　　　　如果周围没有躺着这么多死者就好了。

　　可见,诗人在对教堂持肯定态度的同时,又想到它和死亡的联系。虽然孤独和死亡是必然的,但是我们仍将会有所追求,期望活得明智,这就是教堂之所以存在的理由。这首诗作刻画了一个感到迷惑、已经产生怀疑、将要失去但依然留恋信仰的人的形象。此人在信与不信之间徘徊,精神备受煎熬。虽有一丝微弱的肯定态度,这也在一定程度上减少了浓郁的阴沉,但诗的结尾给人的感觉是,诗人依然在怀疑和信仰之间挣扎。拉金的作品基调常常出现消极情绪,肯定态度薄弱,因而弥漫着淡淡的凄凉。这首诗在一定程度上反映出战后英国人民所经历的信仰危机。拉金在这首诗中将当时年轻人偶然进入教堂的内心感受,从开始的好奇到后来的严肃思考,描写得丝丝入扣，诚实可信。整首诗视角开放，观察敏锐，思考深刻，语言直白，被称为是拉金确立自己在英国诗歌中的地位的扛鼎之作。

《降灵节婚礼》这部诗集在主题、技巧和风格上基本上是对《受骗较轻之人》的延续，同时也进行了新的开拓。在语言的运用上，口语化的倾向更为突出，用语极为直白；在题材上，内容更加丰富，对外界和他人的关注明显增多。《家是如此悲伤》是这部诗集中较为出色的作品。

怀旧和感伤是拉金诗作的基调之一，但并非让人感到毫无寄托可言。《家是如此悲伤》共两个诗节，在第 1 节中强烈地表达出一种被遗弃后所感到的孤独、失望和萧索，以及浓重的怀旧感。诗人在诗中写道：

> 家是如此悲伤。它和被丢下时一样，
> 依照最后离开者的舒适而设计
> 宛似欲将他们赢回来一般。相反，在失去
> 取悦的人后，它竟无意忽视
> 这一偷窃，于是就这样萎缩下来。

在诗的第 2 节中，诗人指出当初布置这个家所做的努力，然而这种努力所造就的充满欢乐与希望的家与现在萧索的家相对照，却给人物是人非的感慨，表达出诗人对往昔的无限留恋，诗人这样写道：

> 再看看它开始时的状况吧，
> 那是一种让一切都理想的快乐的努力，
> 早就该实现了。你能看出那是怎样的：
> 看看那照片吧，那餐具。
> 那放在钢琴上的乐谱。那花瓶。

《高墙》是拉金的最后一部诗集，该诗集描写了更多的社会现象。在《政府赞歌》中，拉金对英国工党因财政危机而从海外撤军的做法进行了批评：

> 明年我们将生活在这样的国家
> 召回所有的军队只因为缺钱。
> 那些雕像还将矗立在同一个
> 浓荫覆盖的广场，看起来几乎一样。
> 我们的孩子不知道这是个不同的国家。
> 现在我们希望留给他们的一切就是钱。

在《老蠢货》中，拉金描写了老年人的生活境遇，在粗鲁的诗句后隐藏着诗人对即将来临的老年生活的恐惧和无能为力的愤怒。在诗歌的结尾，诗人写道："啊，/我们会知道的"，指出了人都会经历老年的命运。

总体而言，拉金的诗歌机智而又富有理性，反映出了 20 世纪五六十年代英国诗坛经历了现代主义风潮后的反思，因此有评论家称其为"运动派"诗歌的倡导者。

康纳德·戴维生长的家庭中充满了浓厚的宗教氛围，他 14 岁开始写诗，在后来进入剑桥大

学主修建筑学期间，他也并未终止对诗歌的兴趣。他在剑桥大学取得博士学位，开始在三一学院当讲师，并在此期间创作了一系列诗歌集。20世纪五六十年代，戴维频繁出国讲学，并在讲学之余从事评论和诗歌创作。晚年时期，戴维在写诗之余，还编辑、翻译了许多书籍，直到1995年去世。

发表于1955年的《理性的新娘》是戴维的第一部诗集，其中共收集了27首诗作，全部采用传统的音部写成，所有意象都体现出诗人对音韵的精巧运用及对用词逻辑的严密把握。在内容上，这部诗集大体都与道德相关，如诗集中的《花园宴会》明确地表达出阶级之间的矛盾。在诗歌的创作思想上，这部诗集中的诗歌大都遵循奥古斯丁诗歌中所体现的理性、稳定性和居中思想。

1957年，戴维发表了他的第二部诗集《一个冬日的天才及其他》。该部诗集共收入37首诗，这些诗语言含蓄、音韵平缓、机智风趣、刻画入微，充分显示出了运动派诗人与浪漫主义诗人截然不同的风格。此后，戴维又发表了《艾塞克斯诗集：1963—1967》《夏艾斯》《持异议的声音》等诗集，从而使他成为运动派诗人中具有代表性的诗人。

除了诗集之外，戴维对于诗歌的创作也有较大贡献，他在发表于1952年的《论英语诗歌措辞的纯洁》中，阐述了他对于诗歌技法运用、诗歌的道德作用和社会作用的看法。他认为诗人必须在理性的原则下从语言中选出最为精当的词语，不能为了获得某种效果和特点而选择东拼西凑，为此，他主张恢复18世纪那种个性鲜明的文学风格和优美的韵律。戴维的这部著作虽然评价的是过去的诗人及其诗作，但他在文中有关措辞和句法的观点对于研究其诗歌与他所处时代的诗人的诗歌也具有积极意义。

丹尼斯·约瑟夫·恩莱特也是运动派诗人的重要代表，他的诗擅长以平易浅近的语气，描摹出绘声绘色、栩栩如生的意象，表现出诗人对普通民众生活的同情和关切。他的诗歌中既没有晦涩的象征，也没有强烈地政治色彩，充满了对人性问题以及人生问题的关注与思考。恩莱特的主要诗集有《大笑的鬣狗》《可怕的剪刀——二十年代童年之追忆》等。

在《大笑的鬣狗》中，恩莱特认为艾略特所倡导的诗学不无缺陷。他认为诗歌不应该杜绝诗人个性，相反应该表现个人性格的特性。诗歌创作的目的在于能在混乱中营造出一些秩序，在残酷中寻找片刻的温存。诗歌不应是长在温室里的东西，不应是想象的博物馆里的奇花异草，真正的诗歌来源于真实的经验，应该出于战场，而不是图书馆。对恩莱特而言，能更好地代表文化与诗歌的东西，不是戴维的"想象的博物馆"，而是令人神往的东方景物。恩莱特反对浪漫主义诗歌的高调，他认为身处于周遭的残酷、疾病、饥荒和痛苦中，浪漫主义诗歌的高调显得既盲目又无知。

恩莱特在《大笑的鬣狗》中所表现的对人性的关注当时没有引起太多共鸣，其字里行间所体现的讽刺意味更令当时一些批评家难以接受，其中批评家G. S. 弗雷泽对该诗集的评论态度就极为冷淡。与此相反，运动派的另一诗人罗伯特·康奎斯特对《大笑的鬣狗》却大加赞赏。恩莱特在运动派诗人中具有极好的人缘。他在诗歌比赛中支持过康奎斯特，与拉金关系密切，曾是后者的诗集《诗二十首》为数不多的评论者之一，曾大力推举拉金，建议出版商多关注这个不断展现出诗歌天赋的诗人。这种支持对当时仍在奋斗的拉金来说尤为宝贵。

1973年，恩莱特发表诗集《可怕的剪刀——二十年代童年之追忆》。这部诗集大量回忆了诗人20世纪20年代童年时期的种种往事，可算得上是诗人的自传。诗集名称中提到的剪刀指的是诗人的祖父用于修剪教堂墓园花草的剪刀。与童年往事的回忆构成强烈反差的是，正如已故祖父修剪墓园的剪刀这个意象所暗示的，死亡在这部诗集中成为经常出现的一个主题。因此，虽然这部诗集中的一些诗作反映出诗人孩童时代的天真单纯,诗集的基调在许多场合都要比恩莱特之前的诗集来得黯淡和深沉。

恩莱特的诗歌作品对运动派诗歌发展做出了非常重要的贡献。除此之外,在生命的最后 30余年里,恩莱特为英国现当代诗歌乃至文学、文化的发展做出了同等重要的贡献。

二、植根地域文化的爱尔兰诗风

北爱尔兰诗人以北爱尔兰的社会、政治问题为创作素材,创作了植根于当地文化,但又能摆脱地域限制的诗歌,他们立足于整个社会,能够越过政治现象探索冲突的历史、语言和集体无意识的根源,从而在英国的诗歌史上产生了重要的影响。代表性的诗人有米切尔·朗利(Michael Longley,1939—)和谢默斯·希尼(Seamus Heaney,1939—2013)等。

米切尔·朗利凭借处女作《诗十首》迅速成名,与其他爱尔兰诗人不同的是,朗利始终坚持着"平衡"的诗学文化主张,倡导对话、斥责暴力。他一直在思考:我们在哪儿? 我们该去向何方?也正是因为这样,他的诗歌才获得了高度的评价,不仅在 1991—2001 年十年间,朗利连获惠特布莱德诗歌奖等五项文学大奖,并在 2007 年 9 月被推选为"爱尔兰诗人之椅"的继任者,2010 年他还被授予了英王乔治五世于所创立的大英帝国勋章中的司令勋章,这一系列的荣誉充分说明了朗利所提出的文化平衡主张所具有的价值。朗利代表性的诗集有《一个被粉碎的观念》《回音门:1975—1979 年诗集》等。

出版于 1973 年《一个被粉碎的观念》是朗利的第二部诗集,主要描写的是北爱尔兰社会和政治的动荡,同时涉及了诗人在分裂社会中的认同感问题,在语言上也更为精细、直接、清晰。在诗歌中,朗利更多的是怀疑诗人在这样一个因战争和仇恨而分裂的社会中所起的作用,他用讽刺的语言写道:

> 我们正设法让别人听到我们的声音
> 就像热恋中曲情人口说诲语,
> 就像被判刑的囚徒
> 在作最后的忏悔,
> 就像黑暗中大声哭叫的孩子。

由于诗歌的题材内容发生了变化,从而导致了诗歌语言形式上的变化,朗利抛弃了原来那种拘谨的结构形式,少了一些用词上的雕琢痕迹。

朗利开始意识到诗歌是通过语言和想象的力量来进行社会重建的,继而出版了诗集《回音门:1975—1979 年诗集》,他在《寻找救治方法》中写道:

> 然后在伤口上覆盖布各鸟酸浆
> 或泥炭藓。聚扰诗歌
> 草药,植物和祈祷以终止流血。

在这种认识的指导下,朗利的诗歌开始表达细腻的情感,并充分发挥了想象的能力。例如,《亚麻业》通过想象将一个传统行业与诗中人对其妻子的爱情联系在一起,诗中写道:

　　身穿亚麻的你显得更加美丽，

　　白色的衬裙，紧身胸衣上的饰结

　　恰似刺绣的花采中的一只蝴蝶。

　　总而言之，朗利的诗歌创作凭借严谨的诗歌形式和传统的特性，受到了众多读者的欢迎。

　　谢默斯·希尼于 1965 年出版了第一部诗集《十一首诗》，次年，他又出版了诗集《自然主义者之死》，这部诗集的出版为他赢得了包括毛姆文学奖在内的多项荣誉，奠定了他北爱尔兰优秀诗人的地位。1969 年，希尼出版的诗集《黑暗之门》同样获得了评论界的好评。此后陆续出版的诗集有《在外过冬》《北方》《野外作业》《朝圣岛》《山楂灯笼》《了解事物》《精神水准》等。1995 年，希尼凭借最新作品《地铁线》获得了艾略特奖。同年，因其诗作"具有抒情诗般的美和伦理深度，使日常生活中的奇迹和活生生的往事得以升华"，他获得了诺贝尔文学奖。

　　希尼的诗歌充满了地域色彩，通常是对农村生活的敏锐再现以及对乡间童年的深切怀念。他将个人和家庭的境遇放在了国家和民族的历史背景之中，从而将爱尔兰文学和英国文化传统结合起来，使其呈现出了明显的民族特色和高度的现实性。

　　在诗集《自然主义者之死》中，希尼展示了自己对生活的独到观察视角和对语言的准确运用。诗集的第一首诗《挖掘》是希尼流传最广的作品之一。诗人通过这首诗，表达出他对爱尔兰传统的尊重，对父辈的骄傲。诗歌开始于诗人听到窗外父亲用铁锹翻地的声音，这让他想起了自己小时候父亲也是这样劳作的：

　　他提起长长的锹柄，将闪亮的锹刃深锄地中

　　刨出我们拣起的新土豆

　　手里爱抚着它们的凉爽坚硬。

　　诗人的祖父也是这样，不停地在田地中劳作着：

　　我祖父一天挖的泥炭，

　　比特纳沼泽的其他人都多。

　　与父亲和祖父相对照，"我"的铁锹已经被笔所取代了，但是这种挖掘的精神却一直在延续。诗人写道：

　　在我的食指和拇指之间

　　夹着粗短的笔。

　　我将用它来挖掘。

　　诗人将祖辈赖以生存的工具——铁铲比喻为深植于自身的爱尔兰血统的传统。祖孙三代的挖掘体现出了对爱尔兰传统精神的继承，同时也揭示出了这种传统的变异。诗人意识到自己用笔写作、耕耘爱尔兰的历史文化，和祖辈用铁铲挖掘爱尔兰的土地延续民族的血脉是一样的。

　　诗集《在外过冬》是以爱尔兰宗教冲突为主题的。在这部诗集中，希尼多次用到儿时使用的爱尔兰方言和已经不复存在的"北爱"地名，从而隐晦地表达出了他对英国侵犯爱尔兰语言和疆土的沉痛与抗争。同时，他还有意识地超越了它自己早期那种个人化的、有关乡间童年生活的境界,走入了爱尔兰及史前人类遥远的历史中。

在《北方》中,诗人早期对诗歌主题和个人风格的探索趋于成熟,诗集不仅为诗人赢得了多项诗歌奖,确立了他在当代英国诗坛上的地位,同时也赢得了读者的赞誉。诗集探讨了北方的多重意义,其目的在于通过对语言、仪式和考古的体察来追寻历史与现实之间的纽带,从而探寻出宗教冲突的历史文化根源之所在,在这部诗集的诗歌中,充斥着北欧文化的诸多意象,并通过对暴力的展示来表现对爱尔兰历史的反思。诗集中最令人动容的是《惩罚》一诗,诗人将黑铁时代因为婚外情而被处死的女性和北爱尔兰因与英国士兵恋爱而蒙受打击的女性联系起来,诗人情绪复杂,孤立无援:

> 我无声地伫立着
> 当你那些叛变的姐妹,
> 抹着柏油,
> 扶着栏杆哭泣,
>
> 我也参与着
> 文明的暴行
> 但心里明白这正是
> 部落式的隐秘报复。

在《野外作业》中,诗人对家人亲戚、朋友和邻居予以了关注,表现了普通人的日常生活和社会问题。其中《伤亡人员》《比葛湖滨的沙滩——纪念卡伦·麦卡尼》和《悼念弗朗西斯·莱德维奇》三首政治悼亡诗以宏大的眼光探索了生命田地的意义,因此也最为出名。在这之后出版的诗集中,希尼对爱尔兰这片土地的思索更为深入,如《山楂灯笼》则通过“比喻岛”“泥泞的景象”表达出了他对爱尔兰性的解构与重构,并指出没有绝对的起源也没有清晰地结束。

总体而言,希尼的诗歌创作与他的故乡爱尔兰及他生存的环境密切相连。他厌恶暴力,同情人类,作为诗人的责任感使他不停地呐喊。他相信诗歌能够敦促人们以宽容的态度对待各种差异和冲突,在根本上解决发生在世界各地的恐怖主义。在对待爱尔兰的问题上,希尼以博大的人文精神来把握历史与现实,将爱尔兰民族的认同与北欧等其他民族的发展结合在了一起,他所采用的新颖的意象和对诗歌语言的准确把握,使诗歌的本土性、历史性和知性色彩有机地融合在一起,促进了爱尔兰诗歌的发展。

三、追求自我探索的女性诗风

女性诗人群体的出现与英国社会密切相关。20 世纪五六十年代以来,英国女性的地位不断提高,她们有了更多个人自由的社会空间,尤其是女性受教育程度的提高和工作权利的平等,使得 20 世纪下半叶的女性诗人群体获得较大发展,英国女性诗人们开始发出了她们有史以来最为嘹亮的声音,她们开始从抱怨父权社会对女性的压榨转向了对自我的探索。具有代表性的女性诗人有 U. A. 范索普(U. A. Fanthorpe,1929—2009)、卡罗尔·安·达菲(Carol Ann Duffy,1955—　)等。

U. A. 范索普毕业于牛津大学,其后在切尔特汉姆女子学院担任教师。1970 年,担任英语系主任八年之久的范索普放弃教职，重入社会，先后做过文员和医院职员等工作。范索普的职业选择一方面展现了英国社会中女性自主权的增大，一方面也为范索普的诗歌创作奠定了基础。1978年，范索普出版了自己的第一部诗集《副作用》，以自己在医院中的经历为题材，展现了人类的病与死。这部诗集的风格和技巧明显受到奥登和约翰·贝特杰曼的影响，但也有华兹华斯和丁尼生的风韵。

范索普的诗歌多关注普通大众在生活中遇到的种种无奈，尤其是女性在父权社会里所面临的各种压力和困难。如她所创作的《来自三楼》对女性作家在社会中的遭遇提出了自己的见解与看法，展示了女性作家的举步维艰。范索普以英国女小说家吉恩·里斯（Jean Rhys，1890—1979）的话作为诗的开始："想成为诗人，你必须自私。"这句话奠定了整首诗歌讽刺的基调。在诗中，范索普描述了从简·奥斯汀（Jane Austen，1775—1817）到吉恩·里斯的英国女性写作历史，指出了女性写作的艰难，暗示出她们是没有独立的写作空间的。关于简·奥斯汀，她写道：

> 简姨妈（指简·奥斯汀）在客厅乱涂乱画。
> 当客人到来时，她匆忙把作品塞到
> 记事本下，聊起天来。

可见，简·奥斯汀没有独立的写作空间和时间，她无法全身心地投入创作中，她的整个创作过程都是忐忑不安。此外，范索普还对伊丽莎白·克莱格本·盖斯凯尔（Elizabeth Cleghorn Gaskell，1810—1865）、乔治·艾略特（George Eliot，1819—1880）的写作处境进行了描述，盖斯凯尔只能在一间拥有"三扇门"的餐室里写作，而艾略特因为自己的恋情不为社会所容，承受着巨大的社会压力，与此同时，她还不得不去偿还结婚时所欠下的费用。弗吉尼亚·沃尔夫（Virginia Woolf，1882—1941）虽然拥有自己的房间，却始终没有得到和男性一样的地位，最后只能选择自杀。

卡罗尔·安·达菲是英国当代重要的女诗人，出版了六本诗集，获得多种奖项，也是"桂冠诗人"。1985年，达菲凭借诗集《站立的裸女》入围1985年的"第一本诗集奖"。两年后，她凭借《出售曼哈顿》先后获得毛姆奖和迪伦·托马斯奖。此后她的诗集大都获得诗歌大奖。由于在诗歌领域的出色表现，达菲于1995年获得官佐勋章，于2002年获得司令勋章，于2009年成为英国皇室的御用诗人。达菲的诗歌创作主题广泛，主要包括女性问题、种族冲突问题、宗教偏见问题以及政府对弱势群体的冷漠态度等。从诗歌韵律和结构上看，达菲的诗歌遵循着诗歌传统，但是在抒情方式上，达菲却进行了新的突破，因此，她被英国诗坛认为是一名"实验诗人"。诗歌体现了女性在社会中的地位，特别是对下层社会中女性地位的关注。

《站立的裸女》是她诗歌中的代表作。这首诗用一个体艺术家作裸体模特的女性自述的方式，对资本家和媚俗文化进行了辛辣的讽刺和嘲笑。诗中写道：

> 六个小时就这样站着，只为那几个法郎
> 小腹乳房臀部在透过窗户的光线下
> 他消耗着我的美貌。再朝这边站站
> 夫人。务必保持姿势。
> 我的像将被挂在伟大的博物馆里。
> 资本家们对这样一个娼妓

将会赞赏地低语。他们把这叫作艺术。

　　女模特对生活的困境迫使自己像一个娼妓一样来出卖身体的生活进行自述,这些由出卖的身体所作的画在资本家的眼里却成了艺术品。由此可见,资本家对艺术的欣赏事实上是建立在下层人民的痛苦之上的。诗中对处于下层的艺术家们生存充满了同情,而艺术家对女模特的态度也是带有同情色彩的,这个年轻的艺术家在作画的过程中经常走神:

> 有时他不专注于作画
> 我挨冻他有些紧张。男人们想起了自己
> 的母亲。
> 他的画笔挥舞之间便在画布上占有了我,
> 如此反复地着色。年轻人,
> 你拿不到我肖像的所值,
> 我们都很穷,在尽自己的所能谋生
>
> 他问我为什么要干这一行?
> 因为别无选择。别讲话。
> 我的微笑使他分神。这些艺术家们
> 拿自己太当真。夜晚我去酒吧
> 跳舞饮酒。结束时
> 他点燃了香烟,得意地给我看了那幅画
> 12 法郎,我拿起了披肩。它并不像我。

　　艺术家与女模特之间的对话是友好的,反映了二者之间的相互同情。达菲正是通过对女模特在当裸体模特时的心理活动的刻画表现了女性对自我身份的焦虑与否认。"它并不像我"暗示了在掺杂了诸多因素之后,画中的"我"已经不再是真实的"我"了,表现了达菲对女性命运的深度思索。

　　诗集《女性福音》从女性视角出发,对女性经验进行讴歌。诗人使用大量超现实意象,生与死、生命的轮回,尤其是月经、生育和老去等痛苦与欢乐并存的女性特有生命体验,都被涂上一层梦幻和童话色彩。在诗集中,诗人对叙事长诗表现出浓厚的兴趣,进一步确立了她的诗作的戏剧独白手法和平实的语言风格。

　　达菲的诗歌主题涉及语言和现实的再现、自我构建、性别、当代化,以及以各种形式呈现的异化、压迫与不公平。在题材上,她写自己和他人丰富的假想世界,也写普通人的日常生活。从特洛伊到好莱坞,从星河宇宙到胃肠等身体器官,从脱落的皮屑到百货商厦,从女性身份到气候变暖,从金融危机到反恐战争和暴力等全球关注的问题,她自由地穿梭于时空当中,视野时而具体细腻,时而宏大壮阔。在写作手法上,她的叙事诗惯于使用戏剧独白刻画人物的心理。她能潜入人物内心当中,从人物的性格出发,运用人物自己的语言开口讲话。她的戏剧独白对人物的把握敏感而准确,从而深刻地揭露了现代人的精神实质。

四、争取社会认同的非裔诗风

第二次世界大战后,大批的非洲裔加勒比移民来到英国。由于受到英国本土人民的歧视,非裔民众于1981年3月举行了英国历史上最大规模的非洲族裔示威游行——"黑人行动日",并在之后的几年中,频频爆发了种族冲突和暴动。在进行斗争的同时,一些非裔作家认识到了文学创作对于民众的影响力,特别是在诗歌领域,一些非裔诗人试图用诗歌来争取社会对非洲裔族群的认同,争取自己应得的社会地位与文化空间。正是在这样的一个背景之下爱,一批来自加勒比地区和圭亚那的黑人诗人逐渐以其独特的艺术风格和语言,在当代英国诗坛赢得了一席之地。这些非裔诗人主要有林顿·科威西·约翰逊(Linto Kwesi Johnson,1952—)、弗莱德·达圭尔(Fred D'Aguiar,1960—)等。

林顿·科威西·约翰逊于1952年出生在牙买加,1963年移民到英国,后毕业于英国伦敦大学。大学毕业后,约翰逊曾做过多种职业。1974年,他出版了自己的第一部诗歌、戏剧合集《生者与死者的声音》,次年,他的第二部诗集《恐惧、敲打和鲜血》出版,并逐渐奠定了在英国诗坛上的地位。20世纪90年代以后,约翰逊除了创作了一部诗歌《丁丁声与时代:诗选》之外,还灌录了八张唱片,包括《创造历史》《更多时间》等,广受欢迎,成为"配音诗歌"的代表。

约翰逊的诗歌技巧完美,语言独特,韵律流畅,感情充沛,对音乐和口头语言的运用恰到好处,对非洲族裔青年人的困境、渴望和抗争进行了准确的把握,以及非洲族裔群体对政治平等和文化独立的追求,显示出一种新鲜锐利的思想,并用"国家的语言"来表达自我。例如,《生者与死者的声音》用规范英语写作,但却显示出诗人对非洲裔移民受压迫的反抗,以及对暴力行动的思考。

约翰逊是非裔诗歌中"配音诗歌"这种新形式的开创者。"配音诗歌"是配合音乐朗诵的诗歌。诗人在诗歌的创作中将黑人音乐,包括爵士乐、灵魂乐、加力秀和牙买加流行乐里奇与西印度群岛的语言、英国非洲裔的街头俚语相融合,创造出了一种具有独特的节奏和韵律诗歌,表达了非洲族裔在白人种族主义者的统治下的焦虑和愤怒,以及对文化自主的奋斗和渴望。

从《恐惧、敲打和鲜血》中可以更加清楚地看到弗朗兹·范农和牙买加文化,特别是拉斯特法里教义的影响。诗歌将黑人音乐与西印度群岛的语言、英国非洲裔的街头俚语相融合,创造出一种独特的节奏和韵律,用不断重复的"恐惧""战争""鲜血"等词语描绘出英国非洲族裔在白人种族主义者统治下的焦虑和愤怒,以及对文化自主的奋斗和渴望。采用这种语言写作,其本身就是一种文化独立的追求和政治反抗,因为传统的评论家认为这样的语言是"不标准"和"原始的",但约翰逊却不仅用它表达出与白人主流文化的对抗,更生动地表达出处于边缘的非洲族裔青年人的内心感受。

弗莱德·达圭尔出生在伦敦,幼年在圭亚那度过,后来又回到英国伦敦上中学、大学。与约翰逊和杰弗里亚追求的文化自主不同,达圭尔对于英国性有自己的思考,他不喜欢"英国非洲裔文学"的提法,觉得这是将他和白人诗人区别对待。受到后殖民文化差异和文化多元的启发,达圭尔认为在今日多元的英国社会中,来自加勒比地区的非洲族裔并不是外来者,本来的英国身份中其实就包含着加勒比的因素。达圭尔的诗歌中充满了对英国身份的认同感,并认为在英国的文化中本身就存在着加勒比的因素,因此,他的诗歌是英国多元文化融合的产物,代表性的诗集有《妈妈·道特》《英国主体》等。

《妈妈·道特》分为三部分,第一部分以妈妈·道特这一人物喻示加勒比地区,生动地描绘出当地人民的生活。妈妈·道特的形象来源于达圭尔的祖母,但在诗歌中却成为加勒比地区的精神象征。诗集的第二部分用加勒比地区的口语和圭亚那英语写成,并附有相关词语的解释。第三部分是一首自传性的长诗,回忆达圭尔在圭亚那的童年岁月,用标准英语写成。从该诗集的安排可以看出,他所体现的是非洲族裔传统和英国主流文化的融合,在多元文化的前提下,发出非洲族裔的声音。

《英国主体》以英国城市日常生活为主题,探讨英国非洲族裔在社会中被边缘化、他者化的经历。诗作涉及种族歧视、暴力、加勒比狂欢节等,通过对历史和现实的思考来探讨英国性的问题。

五、反对自我表演的叙事诗风

20 世纪 80 年代,英国还出现了一批以写叙事诗著名的诗人,以詹姆斯·芬顿(James Fenton,1949——)为代表,这些诗人可能在政治、艺术、宗教等方面并不持完全相同的观点,但是都极力反对 20 世纪五六十年代美国"自白派"诗人极端的自我表演和他们把这种自我表演当成一种优越性的做法。在他们看来,要写出好诗并不需要事先去品尝自杀是什么滋味,感情的波折也不需要用自杀或其他极端的行动才能表现出来。总之,他们反对那种提倡"自白"性的表演癖。相反,他们希望通过客观的描写和叙述来折射他们的内心世界。

在诗歌领域,芬顿成绩斐然。他的诗艺精深圆熟,自由体和格律诗都写得无懈可击。他的诗作虽然数量不多,但文风奇特,感染力强。他的诗作一般是"讲故事",只摆事实,不做评说,让读者自己去理解。他在担任驻外记者期间,由于多次经历动荡的时局,深刻认识到世界与人生的负面景况,感受到其黑暗的可怕与可悲。这是他的诗作魅力的源泉。1982 年,诗集《战争记忆》的出版使他获得评论界的高度赞誉,并于次年晋身为英国皇家文学学会会员。1984 年和 1994 年,诗集《流放中的儿童》和《脱离危险》又分别获得费伯纪念奖和怀特布莱德诗歌奖。1994—1999年,他被聘为牛津大学诗歌教授。2003 年,他成为英国皇家艺术学会会员。2007 年,他荣膺英国诗歌最高奖——女王金质奖章,跻身于当代英国最杰出诗人的行列。

他的《德国安魂曲》以及以这首诗命名的集子都充满了这样的"戏剧性反讽"。《德国安魂曲》通过一个情景的描写反映了战争给德国人带来的深刻的心理影响。大批人每年手捧着鲜花去墓地悼祭亡灵,就像去参加一个可怕的"婚礼",一个可能使他们忘记过去的礼仪。战争的牺牲品是如此众多,以至于墓地构成了一座死者的"城市"。在他们的墓碑上,可能看到他们的住址和工作时间,因为他们死得如此突然、如此众多,以致石匠权且用他们的门牌作了碑文。在这首诗中,无论是这些事件的叙述者,还是它的好奇的询问者都可深深地感到这段纳粹历史给当今德国造成的心理压力。在这段表面的故事背后所隐藏的,正如诗人写道,"是你已经忘记,你必须忘记的东西。/你必须终身不断忘记的东西"。也就是说,诗歌想说的东西并没有直说,而是寄寓在所讲述的这个故事之中。与"自白派"诗人不同,芬顿和其他叙事诗人没有在诗中进行喧闹的表演,相反,他们躲到了故事的背后。他们的思想感情通过叙事折射出来,显得更加含蓄和意味深长。

第二节　正式散文的延续与非正式散文的发展

20世纪下半叶,复杂的社会文化和文学的历史背景对英国散文的发展产生了重要的影响。以往端庄文雅的正式散文虽然仍保持其一贯的传统,但进一步受到了挑战。虽然学府派的文人心目中的良好散文风格仍然是内容充实、文采斐然的模式,但在普通读者看来有时句子未免过分冗长曲折,典雅有余而简朴不足。丘吉尔的政论文、学府派的文雅、报刊文的创作都代表着正式散文的延续。

丘吉尔(Churchill,1874—1965)是20世纪英国极有声望的政治家,他在第二次世界大战时期所讲的话当中就有许多成为名言,这些名言给人留下了深刻的印象,但只能稍稍表现他的散文的面貌。除了作政治场合上雄辩滔滔,他还写了大量传记和历史,都是既有见地又有文采的。他的英文是地道的英国英文,有许多传统的优良品质,如善用最朴素的基本词汇,句子结构合乎习惯而不求表面上的逻辑性;他也很会修辞:排比、对照、平行结构、形象化说法、节奏和音韵上的特殊效果,等等无所不能,但是首先做到的一点是清楚准确地达意。这似乎是一个起码要求,但是多少人能真正做到? 特别是在当时英国的政界,多的是含糊其辞的政客,一度担任首相的麦唐纳尤其以冗长、模糊为人所病,清楚达意的文风就变成一种难得的品质了。

丘吉尔的风格大体上也是英国高等学府中人的风格,虽然各人表现不同,不同时期也有一些变化,但总的说来,学府中人特别是牛津、剑桥这两所古老大学出身的人总像是在用同一支笔写作似的,他们喜欢的引语、掌故,他们爱开的玩笑也如出一辙。他们心目中的好的散文风格是言之有物而又有文采。他们一般支持平易,文必须是文雅的平易。他们之中有不少人能做到这一点,但也有许多人写得浮泛或仅仅俏皮,另外有些人则书卷气太重,拉丁引文过多,又成为"学府体"的一种毛病。文学教师似乎应该都能写一手出色散文,实际却并不都是这样。不少情况是同一人笔下,好次并陈,主要问题在于他们写的内容是什么。世纪初的圣茨伯里教授(George Saintsburv,1845—1933)能把他对于英、法文中优美风格的热爱传染给读者,对于散文节奏也很有研究。但是后人却对他本人的文风提出批评,或认为他过于着重个人印象,或认为他的句子太曲折、太啰唆。实际上他的曲折和啰唆在于想对事物进行细致区分或对自己所说提出各种限制。

20世纪后期,报纸杂志依旧是英国散文赖以发展的主要阵地,报刊发行量的增加进一步促进了散文的繁荣。如《泰晤士报》既刊载简短而醒目的新闻,也有较长的文章,如报道、特写、专栏等。星期天各家报纸纷纷刊载书评、剧评、影评、艺术评论之类的文章。《泰晤士报文学副刊》登载的文章更加五花八门,远远超过文学范围,包括历史、经济、政治、哲学、科学、法律、社会学、人类学、考古学、语言学、艺术、建筑、音乐等。就以文学而论,又有诗歌、小说、译作、传记、书信、日记、文学批评、文学翻译等不同类别。再以《经济学者》这一杂志为例,在1990年中就有下列栏目:社论、世界时事、经济、财政、商业、科技、书评、艺评、读者来信等等。

在20世纪后期的英国散文中非正式的文体,尤其是小品文,仍占有很大的比重。这也是英国散文的传统。生动、幽默、个性化,无话不谈,坦诚相待,依然是这类散文的特征。当代散文如果失去了这些特点,则很难引起一般读者的兴趣。随着广播电视的普及,散文的形式也有相应的变化。有些散文是专为广播电视而作,同时还有插话和提问,让人即席发挥,形式生动活泼。电视节目里还有一种是专题系列演讲,电视台邀请专家学者就一专题系统地发表见解,分期播放。其他电视节目还有专人采访、专题采访、特写文章等等。总之广播电视的普及,促使有声化散文的创作与传播更加广泛,使散文文体更加平易化、大众化、清晰化、简明、易懂。

英国式小品文发达的国家,第二次世界大战以后报刊上较多的是用随意笔调写的文论、影评、艺评之类和"每周日记"。"日记"目前在《新政治家》和《听众》等期刊杂志上是一常规项目,有一直是一个人写的,也有轮换着人写的,大抵每篇若干则,互不关联,内容可以从当前时事和新闻人物一直谈到执笔人近来所遭遇的某事以及感想之类,文笔也各有不同。从风格着眼,第二次世界大战以来的众多非正式散文作家之中,有两个表现特色较多——而且恰好是形成对照的十分不同的特色。

西里尔·康诺利(Cyril Connolly,1903—1974),他主编的《地平线》是第二次世界大战及其以后一段时期伦敦的主要文学杂志,发表过一批新颖作品,吸引了不少读者。康诺利本人常在上面写前言和随笔式文章,例如,在一期美国专号上发表了他访问纽约、旧金山等地的日记,记录了街景、建筑、饭馆、所见的人物和他们的谈吐,等等。康诺利通过感情色彩极浓的笔调,短句的罗列,带给读者或愉悦或伤感的联想,这是一种恣意渲染的风格,作者不仅自我表演,而且还自我放纵。与康诺利的文字相对照的是乔治·奥威尔(George Orwell,1903—1950),他主张写得清楚,有什么写什么,不用大字、抽象字,他写过大量的书评,篇篇写得明白晓畅,篇篇都有自己独特的见解。

第三节 小说创作中的现实主义与现代主义"钟摆运动"

有人认为,20世纪上半叶的英国文学呈"钟摆运动",时而偏向"写什么",时而偏向"怎么写";当"钟摆"偏向"写什么"时,往往是偏重作品内容含义的写实主义占上风,而当"钟摆"偏向"怎么写"时,则往往是偏重作品形式革新的实验主义占上风。这种晃动于"写实"和"实验"之间的"钟摆运动",在20世纪下半叶的英国文学中依然存在,特别是在20世纪五六十年代。

一、小说创作中的现实主义

20世纪50年代,文学的"钟摆"又摆向了"现实主义"一端,在继20世纪初和30年代的两次"回归"之后,"写实"再次成为文学主流。这次"回归"除了以格雷厄姆·格林(Graham Greene,1904—1991)为代表的重要现实主义小说家的创作,主要以50年代中期涌现出来的一批被称为"愤怒的青年"的小说家以及查尔斯·珀西·斯诺(Charles Percy Snow,1905—1980)等人的"长河小说"的创作为主力。所有这些小说家都有一个共同点,那就是更关注作品内容的当代性和

"意义"，采用的形式往往是传统的、写实的。

(一)重要的现实主义小说家——格雷厄姆·格林

20世纪下半叶以来，英国的现实主义小说创作有了很大的发展，出现了一些重要的现实主义小说家，以格雷厄姆·格林(Graham Greene,1904—1991)为代表。

格雷厄姆·格林是20世纪英国最重要的小说家之一，对于格林的小说创作，布莱德伯里曾这样评价："格林不仅对战争年代驾轻就熟，而且能够'继续把握战后岁月的脉络，即一种对阴谋和背叛的道德焦虑和敏感'。"①格林在20世纪上半叶已经创作了大量的小说作品，如《内在的人》《斯坦布尔列车》《布莱顿硬糖》《权力与荣耀》等。20世纪下半叶，他又创作了《恋情的终结》《麻风病例》《荣誉领事》等优秀作品。

《恋情的终结》讲述了小说家莫里斯·本德里克斯因为创作需要结识了政府公务员亨利·迈尔斯的妻子萨拉，两人在被法西斯的闪电战摧残着的伦敦开始了一段恋情。这段婚外恋最终以萨拉不辞而别告终。在萨拉与"我"断绝关系两年之后，苦苦追查萨拉不辞而别的真相的"我"终于从萨拉的日记中得知，她选择离开是因为在空袭中"我"生死不明，她祈祷上帝显示奇迹，并发誓愿意忍痛与"我"分离以确保我安然无恙。当"我"得知她依然关心"我"时，"我"决定劝她重新回到我的身边，但那时她已经身患重病，不久便离开了人世。这部小说以第一人称的口吻进行叙述，可以说是格林带有自传性质的小说。萨拉的日记是小说的重要组成部分，它记录着莎拉与上帝的对话，以及她如何想要逃离上帝的爱、盘算违背誓言而与莫里斯重修旧好。虽然小说也运用了第一人称叙述、意识流、时序颠倒、倒叙、象征、梦魇等现代主义小说的技巧，但小说的主人公始终处于世俗和宗教两种现实层面的挤压下，现实和宗教的内涵始终占据着主导地位，而且小说的故事性也很强，所以，从根本上说，这仍是一部具有现实意义的现实主义小说。

《麻风病例》的名字取自医学术语，指的是丧失手指和足趾后病势得到控制的麻风病人。小说讲述的是比利时殖民地刚果某地的一个行为失当的天主教徒奎瑞的故事。奎瑞曾经是个著名的建筑设计师，有过辉煌的历史，但现在他变得内心一片混沌，黑暗占据了心灵，麻木主宰了他的精神世界，他对人世间的善恶美丑都认为无所谓，丧失了感知和认识的能力，成为现代社会中一个四肢健全、精神残疾的人。当地教士和科林医生发现奎瑞是个行为失当的天主教徒后非常担心，于是就用自己的行为去感化他。在他们的影响下，奎瑞明白了真正的同情和理解以及痛苦和不幸。于是，奎瑞开始慢慢地做一些自己力所能及的事情。但是，一个喜欢刨根问底、文笔庸俗的记者帕金森打乱了他平静的生活，奎瑞被他渲染成了一个"想当圣徒的人"。这一消息引起了连锁反应，奎瑞以前放浪形骸的事情都被重新挖了出来。一天晚上，帕金森看到奎瑞与当地棕榈庄园主安德烈·利克尔的妻子玛丽在同一家旅馆安歇，便臆造了一段桃色新闻。玛丽的丈夫利克尔是一个喜欢刨根问底的人，他不断地追问自己的妻子，玛丽一气之下竟然说他们的孩子是奎瑞的。克尔听后怒不可遏，于是便开枪杀死了奎瑞。这部小说情节完整，引人入胜，格林特别注重对人物性格的刻画和气氛的烘托与背景的选择，充分体现了格林小说的特点。

《荣誉领事》是格林的政治小说中最有份量、最出色的一部，有着非常明显的消遣小说或惊险小说的特征。小说讲述的是发生在南美阿根廷北部某省一个死气沉沉的小镇中的故事。这部小说共分为五部分：第一部分写巴拉圭的革命者为营救被当局关押的政治犯设计绑架美国大使，却

---

① 侯维瑞、李维屏：《英国小说史》(下)，南京：译林出版社，2005年，第685~686页。

错将酩酊大醉的查理·富特纳姆误认为是美国大使将其绑架,其妻克拉拉向情夫普拉尔求救;第二部分写普拉尔回忆自己与克拉拉在富特纳姆茶树庄园中相识的情景;第三部分写普拉尔与克拉拉以及警察局长商讨如何营救查理;第四部分写普拉尔到布宜诺斯艾利斯的英国大使馆请求他们从中调和将查理释放,返回小镇后又试图建立一个敦促国际舆论让巴拉圭政府接受革命者的条件组织;第五部分约占全书的三分之一,写普拉尔来到查理的囚所向利维斯神父寻求帮助,当他出来向警察局长转达条件时被人枪杀,而利维斯神父为了救他也被射死。小说采用冷静的现实主义手法,以20世纪六七十年代的南美某国为背景,以绑架这一政治性的事件作为故事的主要内容,对第三世界国家内部错综复杂的政治斗争进行了深刻地描写。在小说中,格林将宗教与政治进行了融合,充满着各式各样的讽刺,如利维斯神父打算通过结婚同教会一刀两断,但他的恋人正因为他是神父才与他相爱的;普拉尔自己害怕各种形式的爱,因此认为克拉拉也是一个性冷淡者,导致克拉拉只得假装对性爱很冷淡;查理对妻子克拉拉与普拉尔有染的事没有丝毫的察觉,因此煞有介事地将妻子托付给了普拉尔;等等。结尾也颇具讽刺意味,被绑架的人幸存下来,但营救他的人却中弹身亡,种种讽刺进一步提升了小说所要表现的主题。在艺术特色上,小说情节构思和叙述方式简单,但风格典雅,主题深邃,语气渲染恰当,气氛营造得体,人文色彩浓厚,人物摆脱了俗套的政治脸谱,是格林艺术魅力的重要代表作。

纵观格林的小说创作,不难发现,作品中充满着对人性的关怀和人类情怀。"在格林撰写的作品中,读者看到的并不是艾略特诗作中那种一片干旱的荒原,而是一个被评论家称作'格林之原'的世界,一个由多种信仰,多种性格,多种经历的人组成的错综复杂、扑朔迷离的精神世界。"①格林的小说创作始终没有脱离现实主义手法。正如他本人所说:"我一上手就想拿语言做此实验。后来才发现写得简明才是正道。直截了当的句子,不用复杂的句型,没有模棱两可的话。不用太多的描写,描写不是我的所长。把故事讲下去。经济而准确地表现外部的世界。"②

(二)"长河小说"

"长河小说"即长篇系列小说,是19世纪现实主义小说的一个重要品种,初创者是法国的巴尔扎克和左拉。在英国,最早创作"长河小说"的作家当推19世纪中叶的安东尼·特罗洛普,他的"巴塞特郡小说系列"包括六部长篇。20世纪初,约翰·高尔斯华绥的长篇家族史小说《福尔赛世家》三部曲也属此类。"长河小说"在20年代遂呈颓势,很少有人再写。但到了50年代,却呈复兴之势,一下子出现了好多种,这也是现实主义"回潮"的一个标志,主要以查尔斯·珀西·斯诺(Charles Percy Snow,1905—1980)为代表。

查尔斯·珀西·斯诺是英国20世纪50年代影响最大、成就最高的现实主义小说家。他在文学的创作原则上反对实验和形式革新,主张回归现实主义传统,因此,他的小说创作有着强烈的时代精神,准确、客观地描摹着现实,关注社会和道德问题,在更广阔的层面上对英国社会中存在的政界权力斗争、人的情感和理性的对立等问题进行探讨,对政界、学术界、科学界等领域中的人对权力的滥用进行表现。《陌生人与兄弟们》这部系列小说是斯诺的代表性作品,下面主要对其进行简要阐述。

《陌生人与兄弟们》的题意是,在既需相互依赖又有彼此竞争的社会中,直面相对的个人可能

① 王佐良,周珏良:《英国二十世纪文学史》,北京:外语教学与研究出版社,1994年,第667页。
② 侯维瑞,李维屏:《英国小说史》(下),南京:译林出版社,2005年,第695页。

形同陌路,也可能情同手足。小说探讨的主要问题是在这个追名逐利、你争我斗的世界中人们如何才能达成谅解与共识。这一系列小说在某种程度上继承了现实主义小说的传统,通过路易斯·艾略特的人生经历和观察,表现了个人在现实大潮中起伏沉浮的命运,"展现了一个社会阶层的世态人情,记录了一个时代的历史图景"①,揭示了人与人在当代社会的冷漠关系,"呼唤一种由陌生人转变为亲兄弟的理想的人际关系"②。

《陌生人与兄弟们》的前三部是路易斯·艾略特以主人公的身份自述经历,其余八部是他叙述他人的经历。按照小说的内容,这十一卷小说可以以中间一本自述小说为界,分为两个部分。第一个部分包括《希望的年代》《乔治·巴桑特》《富人的良心》《光明与黑暗》《院长们》和《新人》;第二个部分包括《回家》《权力通道》《沉睡的理性》和《结局》。

《希望的年代》由路易斯自述自己从童年开始到28岁的个人故事,并逐步由自我叙述转为自我发现。路易斯是一名律师,在事业上十分成功,但是随着事业的发展,他开始遇到了各种问题,不仅有事业上的,也有感情上的。在认识自己感情和事业的危机的同时,路易斯也看到了与别人结成紧密联系的必要与希望。他也发现,如果要与另一个人建立深厚的关系,自己应该而且必须做什么。《乔治·巴桑特》是斯诺的系列小说的第一部,叙述了乔治·巴桑特的悲剧性生活经历。巴桑特是一个狂热的理想主义者,充满理想,富有激情。他利用自己的魅力和才气带动一大批青年(其中有路易斯)去追求一个充满自由和希望的理想王国,但最后却成了对本能和欲望的释放。这种理想与现实的落差揭示出人类本性中的弱点之间存在着巨大的矛盾。《富人的良心》以第一人称手法叙述了路易斯与查尔斯·马契的故事,对英国犹太人的生活世界进行了探索,表现了富裕的马契一家中两代人的不同观念、生活态度以及年轻一代对传统的背叛。斯诺把人物对传统、对家庭、对犹太族裔性的叛逆编织进实际的生活当中,使小说具有了强烈的可读性。《光明与黑暗》描写了主人公心理危机以及参加第二次世界大战的过程,反映了第二次世界大战前后英国部分知识分子的政治态度和精神状态。小说的主人公罗伊是叙述者艾略特在英国大学的同事,因为精神处在极度的危机之中,罗伊选择了参军,并在执行任务中不幸牺牲。小说在描写主人公的心理危机及发展过程方面极为成功。《院长们》讲述的是剑桥学院因院长选举而发生的一场校园权力斗争,对各种力量为一己利益而投机取巧、分化组合的众生相进行了形象的勾画,笔触十分犀利。小说中,由于老院长即将去世,因此学院中的13名研究员为了争夺新院长的职位而费尽心机,玩尽手段。斯诺对他们的丑恶嘴脸进行了深刻的揭露,并进行了讽刺与嘲弄。《新人》讲述了一批从事原子弹研究的科学家本着只信奉科学真理的态度从事研究,直至看到他们的成果可大规模杀戮人类,才认识到道义上的责任。小说揭示科学家们的道德困境,反映了广岛之后英国乃至整个西方社会对随时可能爆发的核战争的恐惧心理。小说结尾,主人公马丁主动放弃原子弹研究工作,明显表明小说家对人类研究和使用核武器的态度,也表明了小说家的道德取向。小说还通过对马丁和路易斯的兄弟情谊的描写,揭示了科学家和政客在道德和社会问题方面所采取的对立态度。

《回家》续接《希望的年代》,路易斯自述在1938—1951年间的故事,表现了人类的情感及其面临的现实问题。路易斯已跻身政界,他第一次回家,是和妻子希拉一起,由于路易斯没有正确的婚姻观念,导致希拉最终自杀身亡。路易斯第二次回家是和他的第二个妻子玛格利特,这次路

---

① 侯维瑞:《英国文学通史》,上海:上海外语教育出版社,2006年,第875页。

② 侯维瑞、李维屏:《英国小说史》(下),南京:译林出版社,2005年,第697页。

易斯寻找到了自己想要追寻的幸福。小说用第一人称叙事手法把一个人的全部生活展示在了读者面前，构成了一幅第二次世界大战后的全景图。《权力通道》围绕着第二次世界大战后的热核战争危险，对英国社会高层之间的政治和权力斗争进行了描写。主人公奎夫是路易斯的朋友，他是一位年轻的保守党议员，后来升任国防大臣，利用权力成功地聚集了一批科学家、文职官员以及实业家，并力主裁减核军备，放弃核竞赛，避免热核战争。他的主张遭到了议会的强烈反对，并因此断送掉了自己的政治生涯。这部小说在揭示第二次世界大战后热核战争的危险以及西方政治的权力斗争方面，有着强烈的现实感和时代感，国家的权力最终掌握在谁的手中，是小说留给人们思考的问题。《沉睡的理性》是一部探索社会问题的小说，在这部小说中，路易斯以冷静的旁观者的身份观察了整个事件的审判过程，讲述了两个年轻的同性恋女子虐待男童的故事。通过对这个故事的讲述，揭示了人类理性的重要性，斯诺认为，理性沉睡的时候，人内心深处的兽性就会迸发出来，产生危害。《结局》是这个系列小说的最后一部，也是路易斯的第三部自述经历小说，此时的路易斯已走到死亡的垂暮之年，他的儿子查尔斯则思想激进，充满活力。查尔斯和剑桥学生一起参加了 20 世纪 60 年代风起云涌的学生示威和游行活动，并反对校方和共同研究细菌战。最后，查尔斯成为一名记者，并去了中东。路易斯虽然十分担心查尔斯的所作所为，但是对查尔斯的选择，路易斯还是十分尊重和理解的，对于查尔斯，他选择了淡然处之，静静地期待着"明天的到来"。在这部小说中，斯诺对人物之间的关系，尤其是两代人之间的关系进行了深入的探讨。

　　总体来说，斯诺的系列小说以平铺直叙为主，文笔优美，关注人的道德本性。他的创作始终坚持传统，对伟大的现实主义小说传统进行了延续，小说的内容涉及政府、大学、实业界等领域，描写社会各个阶层的人物，在反映当代英国社会方面所具有的深度和广度方面具有重要意义。

　　(三)"愤怒的青年"

　　"愤怒的青年"这一名称始见于 1951 年莱斯利·保罗的《愤怒的青年》一文，但这篇文章说到的是当时的一种社会现象，和后来的那些年轻作家并无关系。1954 年，金斯利·艾米斯(Kingsley Amis，1922—1995)的小说《幸运儿吉姆》出版后畅销一时。由于这部作品塑造了当代青年中的"反英雄"人物形象而引起评论界的关注，于是"愤怒的青年"便成了概括这一文学现象的常用术语。1958 年，一部专门研究"愤怒的青年"现象的著作，即《愤怒的 10 年：20 世纪 50 年代文化反叛要要》深受学术界重视。至此，那些在作品中表达了"愤怒的青年"情绪的小说家才在英国文学界确立了自己的地位。

　　"愤怒的青年"小说家在 20 世纪 50 年代短短的几年中就创作了大量作品，这些作品代表了现实主义小说在英国的又一次"回潮"，但这次"回潮"并不意味着完全"回归"到英国现实主义小说传统，只能说他们在很大程度上继承了传统现实主义的写实风格，就如批评家拉宾诺维兹所说，他们"满足于传统的表现手段，反对文学形式上的试验，抵制技巧风格上的变革"[①]。金斯利·艾米斯曾说："那种认为'实验'是英国小说命根子的想法是很难绝迹的。在这一语境下，无论在结构上还是在风格上，'实验'都可以归结为'挡不住的怪僻'。但我们并不觉得在主题、(创作)态度和风格上的冒险真有那么重要。"[②]他认为实验小说的时代已经一去不复返，再来宣扬实验

---

① 侯维瑞：《英国文学通史》，上海：上海外语教育出版社，1999 年，第 880 页。
② 刘文荣：《当代英国小说史》，上海：文汇出版社，2010 年，第 7 页。

小说的特性显然已经过时了。

"愤怒的青年"小说家在创作实践中不约而同地使用传统写实小说的形式。"传统写实小说的形式",其主要特点就是"讲故事"。在他们的小说中,有中心人物,有性格刻画,有典型环境,有故事情节,有景物描写,有时间顺序,有跌宕,有波折,有开始有结局,就是没有现代派小说的形式实验;就如有人指出的,他们的小说"根本没有实验技巧的痕迹。他们的文风是浅显的。他们的时间顺序是顺时性的,他们没有使用神话、象征,或意识流内在叙事。他们的小说风格是现实主义的,文献性的,甚至是新闻报道式的"①。

此外,"愤怒的青年"小说家大多出身中下层家庭,对社会底层有着切身的体会和感受,因此在描写劳工阶层的小人物和出身底层的年轻人时非常贴近生活。他们的作品主要揭示第二次世界大战后出身底层的年轻人的追求和奋斗,以及他们的"愤怒"、不满、反抗和最后的消沉或妥协。这也在很大程度上继承了 19 世纪现实主义小说的社会批判传统。这一时期代表性的"愤怒的青年"有金斯利·艾米斯(Kingsley Amis,1922—1995)。

金斯利·艾米斯自 1961 年起开始进行文学创作,先后创作了小说《幸运儿吉姆》《捉摸不定的感情》《带上像你这样的姑娘》等。

《幸运儿吉姆》发表后立即得到了社会的广泛关注和好评,从而一举奠定了艾米斯在英国文坛的地位。在这部小说的创作中,艾米斯不仅出色地继承了现实主义叙述手法和成功地运用了讽刺喜剧手法,表达了一种冷峻的幽默格调,而且还通过作品塑造了一个在战后英国具有一定典型意义的"小人物",表达了这些平凡的、生活在下层的"小人物"对社会现实和现代文明的强烈不满。小说的主人公吉姆在一所无名的地方大学历史系任教,他是出身于中产阶级下层的大学讲师,思想激进,对现存制度持尖锐的抨击态度,甚至主张把它推翻;对于假冒伪善、装腔作势、玩弄权术都极其反感。历史系主任韦尔奇教授趾高气昂,十分自负,吉姆一方面十分讨厌他的为人,另一方面又为了能续聘,不得不在韦尔奇面前低三下四、忍气吞声,努力去讨好他。与此同时,吉姆还主动和一位颇有地位和影响的女同事交往,企图借此跻身他们的社交圈。为了晋升他还得发表学术文章,但他的论文却被别人剽窃据为己有。诸多的不顺让吉姆内心既苦闷,又烦躁。不久,吉姆受韦尔奇的邀请参加其乡间别墅的家庭音乐晚会,见到了韦尔奇的儿子伯特兰德,伯特兰德自称是个画家,其实是个花花公子和势利小人,他的女友克丽斯汀清纯漂亮,对吉姆表示理解和同情,并在吉姆因喝醉忘记熄掉烟蒂烧焦了韦尔奇家的地毯时,挺身为其掩护,吉姆因此对克丽斯汀心动。不久后,吉姆在历史系一名讲师的妻子卡罗尔的撺掇下,对克丽斯廷展开热烈追求,却也因此惹怒了伯特兰德,怒火中烧的伯特兰德不顾斯文,对吉姆拳脚交加,还警告他不能再靠近克丽斯汀。在一场以"可爱的英格兰"为主题的演讲中,因饮酒过量,吉姆的演讲语无伦次,他还在当权者和听众面前模仿校长和系主任的讲话,将自己的各种愤怒趁着酒劲儿发泄了出来,并最终醉倒在讲台上。受此影响,吉姆失去了大学的讲师职位,但他的演讲却得到了青年人的认可,并赢得了克丽丝汀的芳心。在小说的结尾,吉姆得到了一生孜孜以求的舒适工作和漂亮的女人。

批评界将《幸运儿吉姆》视为"愤怒青年"派作品的先声,它引导和标志着"愤怒青年"这个文学流派的产生,而它的作者艾米斯则成为"愤怒青年"派的重要代表作家。小说一开始就有一段吉姆与韦尔奇的对话,韦尔奇正在谈论一场音乐会,他用了许多深奥复杂的语言来表达一件很简

---

① 刘文荣:《当代英国小说史》,上海:文汇出版社,2010 年,第 8 页。

单的事和很贫乏的思想,使读者明显地感到他在卖弄自己的音乐知识。吉姆的语言却恰好与韦尔奇教授的语言形成了鲜明对照,吉姆的语言粗俗,夹杂着可笑的方言,思想也完全出自一个下层人物,朴实无华。作者有意把吉姆塑造成一个可笑的小丑、乡巴佬,以此来讽刺韦尔奇所代表的知识分子的虚伪"高雅"。吉姆非常鄙夷自负的韦尔奇,因此,他不想把自己也伪装成韦尔奇式的人物,但为了女人和房子等现实生活目的,他又不得不设法跻身于韦尔奇的行列,这正是他的悲哀所在。随着情节的发展,吉姆"幸运地"获得了一个高级职位,并娶到了一位出身于上层社会的新娘,过上了舒适优裕的日子。他的不平衡心理似乎应该得到了补偿,然而,他对于所背弃的、他自己出身于此的下层社会却难免有些许负疚感,他现在所拥有的生活方式又毕竟是他曾经鄙夷的,这时他对韦尔奇厌恶的真实性就变得模糊了,并附上了个人主义的因素。艾米斯为吉姆营造了浓郁的喜剧气氛,他对吉姆的态度显然是同情有余而批判不足。

《捉摸不定的感情》与《幸运儿吉姆》有着类似的主题,讲述的是一个出身低微的(矿工)年轻人到一座大城市的图书馆工作、最终跻身上层社会的故事。《带上像你这样的姑娘》写的是一对青年男女之间的感情和道德观念的冲突。小说的触角深入道德伦理观念讨论的范畴。之后,艾米斯的社会和政治观念随着其涉世的日益深入和地位的改变逐渐转向了保守,对社会和生活的观察、表现也有了偏差成见。这时候的艾米斯作为一个志满意得的中年和老年人,实际上已成为当年"愤怒的青年"猛烈攻击的对象。

约翰·布莱恩(John Braine,1922—1986)也是"愤怒的青年"小说派的代表作家之一,他和其他几位"愤怒的青年"派作家一样,主张文学应尊重生活,取材于生活,忠实于生活,反对现代小说晦涩的文风,认为现代派小说偏嗜于描写人性中丑陋的一面,这种丑恶一经现代派作家扭曲后夸张地表现来,就更令人作呕。他认为小说应该真实、自然、平和,而不应刻薄、古怪、晦涩。因此,他主张小说应描写普通人的平凡生活和真实情感。布莱恩的小说的确为读者塑造了一系列平凡的小人物形象,向读者展示了下层人纯朴的一面。最能体现他这一思想的小说作品除了《跻身上层》之外,还有《上层社会》《沃迪》等。

《跻身上层》是布莱恩的代表作,对英国第二次世界大战之后的社会现实问题进行了深刻地探索。小说的主人公乔伊·莱普顿是个雄心勃勃的外省人,出身工人阶级,等级森严的社会制度让他感到不满,但又处心积虑、不择手段地向上层社会爬去。为了达到自己的目的,他一方面勾引一个富裕的工业家的妻子艾丽斯,一方面用各种招数勾引最富有的工业家的女儿苏珊,使她怀孕,并迫使苏珊的父亲同意他们的婚事。乔伊最终实现了他挤入上层社会的目的。乔伊虽然跻身上层社会,但却并没有因此获得幸福。首先他对艾丽斯的背叛使他的灵魂深处产生了沉重的负罪感,他不仅背叛自己生存的阶层,也背叛了自己的感情。他受到良心和道德的谴责,尤其是在艾丽斯因车祸丧生后,这种负罪感变得更深重、更持久了。其次,他身处上层社会的感觉是复杂的,因为这个阶层既是他所向往的,同时也是他所痛恨的。他的出身、文化背景使他与富人社会格格不入,上层社会对他来说始终是陌生的,他始终感觉自己是个局外人。作品通过故事情节的展开,揭示了爱情与金钱的冲突,感情与理智的冲突。乔伊在做一笔交易,一笔道德与财富的交易,他得到了财富却失去了一个正直的人所应有的道德。乔伊的经历和感觉在当时的英国社会代表着一群来自中下层的小资产阶级知识分子,颇具典型性。

继《跻身上层》之后,《上层社会》对乔伊在进入上层社会后的种种经历进行了记述,并对他在进入上层社会后内心的痛苦和矛盾进行了深刻的刻画。《沃迪》的出版时间恰好在《顶层的房间》和《顶层的生活》之间,而且就作品本身而言亦无独到新颖之处,因此,没有产生较大的社会影响。

它主要描写一位住在结核病医院的病人迪克·科维自卑、忧郁的心境。令人压抑的白色病房使他在幻觉中总感到有一股势力企图摧垮他，而这一恶势力在小说中显然象征着社会的不公正。

20世纪60年代末至70年代初，随着"福利国家"种种弊端日趋明显，英国公众对工党的信心逐渐丧失，布莱恩的政治倾向有所改变，从原先倾向于工党而转向支持保守党。这一转变在其《哭泣的游戏》和《和我一起直到天明》等作品中有所体现。

二、小说创作中的现代主义——实验小说

进入20世纪60年代后，创作风气又变了，"钟摆"又开始摆向"怎么写"，文学中的实验和"形式革新"又活跃起来。新的文学理论开始出现，实验主义开始向现实主义传统发起挑战。人们对小说的走向感到困惑，英国小说徘徊在"十字路口"，面临选择的困境：一方面，英国有着和欧美其他国家不同的历史和传统，现实主义传统在英国根深蒂固，20世纪50年代的现实主义回归就是其明证；另一方面，当时发生在法国和美国的小说实验运动声势浩大，英国小说家不可能对此无动于衷，尤其是对战后年轻一代小说家来说，放弃传统、大胆革新似乎更具"诱惑力"。结果是，就如在20世纪初一样，英国小说界再次分化：一方面，传统仍在继续；另一方面，出现了反传统的实验小说，代表性的作家有艾丽丝·默多克（Iris Murdoch，1919—1999）、克里斯汀·布鲁克-罗斯（Christine Brooke-Rose，1926—2012）。

（一）艾丽丝·默多克的怪诞哲理小说

艾丽丝·默多克从1963年起开始投身写作，创作了《钟》《砍掉的头》《独角兽》《意大利女郎》《红与绿》《天使时节》《黑王子》《神圣、亵渎的爱情机器》《大海呀，大海》《好学徒》《著作与哥儿们情》《绿衣骑士》等作品，偶尔去一些大学演讲。默多克是个多产作家，并横跨小说、剧本、评论、哲学多个领域。她喜爱哲学，深受哲学思想的影响，她的小说大多掺有复杂的两性关系（尤其是高层知识分子之间的两性关系），故事情节具有一种歌剧式的特征，将滑稽、怪诞和恐怖巧妙地编织组合成富有象征和启示意义的结构图景，代表作有《在网下》《钟》《黑王子》等。

《在网下》通过主人公杰克·多那格的思索及其生活经历揭示了真实世界的实质。杰克是一个自诩为"有才能，但也懒惰"的作家，对于生活毫无任何明确的目标可言，很少自己进行创作，而是选择通过较为容易的翻译工作来赚钱。为了省下房租，他和女人相爱，搬去女人的住所。虽然杰克试图寻找他满意的生活道理，但是无论他怎样编织生活方式的网，生活都以不同的姿态对他的方式进行了拒绝。对于事实的辨认不清，导致他屡次碰壁。在感情上，杰克认为雨果喜欢安娜，可是事实却是雨果喜欢萨蒂。萨蒂喜欢杰克，杰克却喜欢安娜，安娜喜欢着雨果。混乱的感情关系让杰克不仅认识错位，而且角色错位，致使他形成了极其悲观的人生观，对任何所爱的女人都抱有怀疑的态度。小说通过杰克对往事的追忆，展示了他的生活历程，把心理描绘和流浪汉传奇结合起来，形象地描绘了主观臆想与社会现实之间的矛盾冲突。小说中的网不仅是生活方式的网，也指情网，在默多克看来，情网是人性不可逃脱的命运，也是人们在爱情道路上的宿命循环，既不能靠理论推理演绎，也不受理性控制，这些观点深受萨特的影响。

《钟》围绕着女主人公朵拉在印勃寻找人生意义的心路历程，记述了一所修道院的塔尖上更换大钟这一小事，展现了前前后后发生的一连串的事件。在格洛切斯特郡一个信奉英国国教的郸伯考特社区里，一所修道院的塔尖上的钟被移至门道后，突然落入水中，从此消失得无影无踪。

这里的人们本来齐心协力追求幸福,创造美好的生活,但人们意识中对于性与宗教的观念的冲突动摇了这一社区的平静和安宁,随着大钟的消失,原本脆弱的平静遭到了破坏。社区的领袖人物米切尔·米德因有同性恋的劣迹而没能继续成为该教区的教士,他曾一心想要改变自己,但现在他又一次陷入到了诱惑当中,与一位在校学生托比展开了恋情;艺术家保罗的妻子多拉因为惧怕丈夫离家出走,数月后才回到了家中。小说从现实主义和象征主义两个层次上探讨作者的思想,大钟的形象代表人道和宗教意义上的爱以及为获得这种感情而进行的努力。

《黑王子》主要描写主人公布赖德利的疯狂爱情故事。58岁的布赖德利原本是一名税务稽查员,闲暇时喜欢写作。退休之后,他想幽居起来写一本惊世之作,但是他的作家朋友巴芬夫妻的争吵使他结识了他们20岁的女儿朱丽安,两人迅速陷入热恋。后来,巴芬夫妇再度发生争吵,在争吵时,巴芬太太杀死了丈夫,并栽赃给了布赖德利,布赖德利甘心蒙冤入狱。他却在狱中完成了一部自己梦想的著作,并写出了他的忘年之恋。著作用的是第一人称叙述角度,布赖德利在前言中宣称将使用一种"现代"手法,旨在写下事件发生时当时当地他的心理状态。但是故事中与此有涉的其他四个人物看了这部著作后一致断定这纯属虚构谎言,并各自写了一篇后记加以声明。布赖德利在完成了著作的同时也实现了性格上的改变,在寻得真理之后,随即死于癌症。这是一本回忆录式的小说,采用了布赖德利的第一人称男性叙述视角,讲述了他分别与前妻、妹妹及妹夫、阿诺德一家之间错综复杂的故事,揭示了爱与真理之间的双重关系。小说的叙事手法颇有新意。由于布赖德利是故事的叙事者,他一开始表现出的封闭、褊狭、自私和性恐惧把他的叙事置于相当不利的位置,极为容易误导读者。而且故事中当事人的后记与布赖德利的叙事显然相抵触,为此,默多克创造的那位假托编辑成为她为小说添加的最后、最保险的一道参照体系,使小说的叙事艺术与主题思想紧密联系,形式与内容完美结合。

默多克积极地关注与思考"自我"、艺术与非理性的关系、道德和人际关系等主要问题,并艺术性地把自己的哲学思考融进小说创作中,她笔下的人物大多从迷恋权力、唯我主义、幻想等噩梦中走了出来,感受到了能够指向真理和现实的太阳光辉。

（二）克里斯汀·布鲁克-罗斯的实验探索小说

克里斯汀·布鲁克-罗斯曾在牛津大学攻读英语,但深受法国的结构主义和俄国的形式主义的影响。在她的小说创作中,故事情节被淡化了,小说叙述的顺序和人物塑造方面深受乔伊斯和法国新小说的影响。她还进行了结构布局、语言形式以及时间处理等方面的实验,探索着语言的主题。大量的科技术语也被她引入了小说创作,意识流和自由联想的创作技巧在她的小说中也被大量的运用,代表性的作品有《外面》《如此》等。

《外面》写的是发生在未来某个时代的事。小说开始时,一场骇人的核战争刚刚结束,整个世界满目疮痍,一片狼藉。核辐射使五彩缤纷的世界变成一片灰白,于是,色彩成为人们鉴别健康的标志,也成了决定一个人社会地位的标志。主人公是这场灾难的目击者也是受害者,作品通过他的所见所闻,向人们展示了面对这种灭顶之灾时,人性意味着什么。布鲁克-罗斯笔下的主人公不乏人类的情感与特征,他在看待外在世界所发生的一切时不是无动于衷,而是掺入了他的思想和感受。作者尝试用非形象思维的形式来塑造具有思想情感的人物,并证明在科学的语言表象之外也有丰富的意蕴。

《如此》运用的完全是科学家的语汇和视角,叙述的也是科学研究的论题。在这些表象背后,作品的终极关怀却显然是人类的现实生活,它探讨的社会问题和道德问题均是当时英国社会的焦点,如道德的沦丧,人与人之间的隔阂和冷漠,人们为找不到自身的社会价值而苦恼等。小说的主人公是一位天文学家,他眼中的现实生活就如同他从望远镜中所看到的天文现象一样,冰冷,没有感情,而且很遥远。他在一次从望远镜中观测天体现象时死去了,然而又通过他内心的通道回到了现实生活中。他冷静地回顾了他作为科学家的一生,他没有对自己的一生做出评判,但读者完全可以做出评论,这正是布鲁克-罗斯所用的隐喻手法,即留待读者去完成一个完整的意象和概念。小说虽然在形式上晦涩离奇,但由于在内容上对现实问题的关心,使它仍具有一定的可读性。可以说,布鲁克-罗斯的尝试取得了一定的成功。

布鲁克-罗斯在创作技巧上进行大胆创新,一反传统的现实主义叙述方法和正常的时序结构,淡化人物和情节,采用一些非规范化的语言来表现某种现象,常常不分句子和段落,也没有标点,有时把词汇搭成一座塔的形状,有时又拼成一座桥。她凭借出色的语言功底,把语言学、符号学等方面的知识在小说中运用得淋漓尽致,因此获得实验主义小说作家的名号。

第四节　后现代主义思潮在小说中的实践

后现代主义是20世纪70年代后被神学家和社会学家开始经常使用的一个词,进入文学领域后,在20世纪七八十年代形成了后现代主义文学高潮。事实上,后现代主义文学是现代主义文学的发展和延续,主要是通过新的价值取向与传统伦理道德观念发生决裂,反映现代生活中的情感享受、物质追求和底层人们生活的合理性。受到后现代主义思潮的影响,英国小说家开始将后现代主义手法运用到了小说创作中,涌现出了一批具有代表性的作家和作品。20世纪下半叶,具有代表性的英国后现代主义小说家主要有安东尼·伯吉斯(Anthony Burgess,1917—1993)、约翰·福尔斯(John Fowles,1926—2005)和多丽丝·莱辛(Doris Lessing,1919—2013)等。

一、安东尼·伯吉斯的后现代小说实践

安东尼·伯吉斯早期创作的三篇小说——《老虎时代》《毯中之敌》和《东方之床》在1972年被合为一部,以《马来亚三部曲》的形式出版发行。这三部作品奠定了伯吉斯在英国文坛的地位。20世纪60年代以后,伯吉斯陆续发表了30多部小说和其他类型的作品,其中以1962年出版的《发条橙子》最负盛名。伯吉斯的作品具有丰富的艺术魅力,特别是他把很多后现代的艺术手法运用到了极致的程度。他在小说的创作中,主要运用到的后现代叙事技巧有黑色幽默、潜文本、元叙事、涂抹、延宕、闪回、时空交错、梦语、醉言、疯语、自由间接引语、自由直接引语、视角转换、语言游戏、戏仿、外来语等。而众多后现代艺术技巧的运用也使伯吉斯的小说具有对当时现有理论与思想的颠覆性。

出版于1962年的《发条橙子》是伯吉斯对当时国际社会,特别是英国社会现实和社会思潮进行深刻思考的结果。从第二次世界大战开始到20世纪60年代末,世界形势始终处于极大变动

之中,殖民地国家的纷纷独立、世界范围内社会主义革命的风起云涌、社会主义国家内部的社会运动、资本主义国家内部的社会革命和政治斗争,与科学技术和社会思想理论的蓬勃发展交相辉映,推动着知识分子对众多信仰问题、人性问题、社会发展问题和如何管理社会等众多问题的探究和思考。《发条橙子》以政府如何消除社会上的犯罪行为为例,探讨了什么样的政府才算是合适的政府,政府应该采用什么样的方法来管理社会等当时亟须解决的理论问题。

《发条橙子》被拍成电影,并在欧洲社会引起一定的风潮,为此,伯吉斯对《发条橙子》的创作目的进行了"坦白",也是他对小说《发条橙子》所做的最正式最权威的解说。他的坦白让人感到雾里看花,处处是伏笔,处处是遮掩,欲见故藏,但其中确切清晰地留有让读者解读的路标。他把原因推给作家的天生怯懦,因此,强调作品的道德目的,却说道德说教不好,缺乏艺术性;抨击政府自由意志,却强调个人自由意志的天赋不可剥夺;作品直指社会运行制度和政府管理民众的方式,却强调个人成长的自然规律不可违;作品清晰地解剖政治和党徒的本质,却偏说人的原罪;作品明明白白迎接现实新问题,却说是传统的基本问题;作品非常明显的审视政治伦理,却说是观察道德选择。所以,"作家的怯懦"和"语言的干预"是作品解读的指路明灯,是多重能指。

小说中,15岁的阿列克斯在一个冬天的晚上和他的朋友处于无聊而进行了一系列的暴力行为,他们先是殴打了一个教书先生模样的行人,然后抢劫了一家小店,拦路打伤了一个酒鬼,与另一伙小流氓拳脚相见。接着,4个人又去偷了一辆小汽车,横冲直撞地向郊外开去。在一幢别墅中当着被缚的男主人的面对女主人施暴。后来,阿列克斯因无故杀害一个老妇人后锒铛入狱。在狱中,阿列克斯接受了"路德维克疗法",这种疗法就是通过"联想法"让犯人的身体对暴力行为产生反射性的反感,从而达到不再从事暴力行为的目的。经过治疗之后,阿列克斯果然开始厌恶暴力,成为一个带发条的橙子。该部小说探讨了有着自由意志的邪恶之徒是否比一个无自由意志的"好"公民更可取这样一个具有哲理性的问题。书中的阿列克斯被认为是当代小说中最典型的暴力形象之一。他毫无道德观和犯罪感,以施暴为乐,是一个令人忧虑的反道德文明产物。伯吉斯对阿列克斯这一小恶棍反社会的心态和行为作了生动的描写,并为其安排了一个十分传统的结尾:改邪归正的阿列克斯长大了,想结婚生子,"翻开新的一章"。

在叙事手法上,小说运用了众多的后现代主义技巧,这些技巧主要有以下几方面。

第一,小说运用了生造生词,这也是《发条橙子》独具魅力的重要原因之一。伯吉斯在小说中运用了200多个生造词语,这些词语虽然脱离了正常构词的方法,但在表达效果上却恰到好处。同时,这些词语在所有的英语辞典中都查不到。尽管英语作家中也有造词的,如詹姆斯·乔伊斯和美国作家罗素·康韦尔·霍班,但是,就词语而言,很少有哪个作家的作品像《发条橙子》那样需要读者付出很大的努力才能读好。第二,小说运用了元叙事、涂抹、延宕等叙事技巧。元叙事、涂抹和延宕的艺术功能是使所指尽可能扩大,而扩大的目的还是让读者在经过游离之后更确切地解读叙事者的叙事目的。在《发条橙子》中,伯吉斯专门在多处撒下种子帮助读者多层次地解读他的作品,构成意义的多样回还,从而实现了其特有的表达效果。第三,小说运用了闪回的叙事技巧。闪回是逻辑性叙事技巧,也是独立的叙事技巧,它常常和其他叙事技巧一起使用。闪回在后现代作品中使用非常多。时常与闪回共同使用的叙事技巧有梦语、醉言、疯语、癔症、时空交错等。《发条橙子》中的闪回主要是通过癔症展示出来的,即作者利用了医学上的癔症症状来表现主人公某种身体体验和心理感觉的反反复复地出现,即闪回。作品中多次运用闪回使闪回的景象和感觉变成了宛如切实感受的景象和感觉,使叙事变得更生动,更如亲临其境。

二、约翰·福尔斯的后现代小说实践

约翰·福尔斯在 1963 年发表了小说《捕蝶者》，并大获成功，一举成名。在出版了第二部小说《魔法师》之后，福尔斯在英格兰南部一个小镇过着隐居的生活。福尔斯认为"文学一半是想象，一半是游戏"，因此他戏仿神秘小说、维多利亚时代小说和中世纪故事等传统形式，拒绝使用全知的叙述者，强调现实是虚幻的、可改变的，其作品的结局是不明确的、开放的。"这种不提供令人满意结局的做法常常令习惯于阅读传统小说的读者生气。但福尔斯认为，作为艺术家，他的责任是使人物在他们有局限的范围内有选择的自由和行动的自由。"这种做法与他"真实的"人类的概念完全一致，他所谓的"真实的"人类是那些通过行使自由意志和独立思考而抵制一致性的那种人。他用挪揄、多层的小说探究自由意志与社会约束之间的紧张，甚至嘲弄传统小说的叙述常规，在创作中制造神秘性和模糊性，拒绝提供作者的解释，促使读者积极参与对答案的寻求，追踪语言自身价值的本文拆解和重新组合活动，从而发现意义的多重性和本文意义无限多样的解释。福尔斯与其他后现代主义作家们一起"创造了一种特殊的语言，人们必须懂得这一语言，才能理解他们的文本"。后现代主义作品在句法学方面抛弃了等级模式，其文本的片断性规则支配了句子与论说性、叙述性和描写性结构之间的关系。无选择性和机遇性的观念使后现代主义文本在句法上摒弃了连续性，出现了间断、累赘、加倍、增殖、排比等手法。排比（或并置）是一种"离开中心"的后现代主义表现手法。

《捕蝶者》是福尔斯的处女作，可以说是一部心理惊险小说。这部小说讲述了弗雷德里克·克莱格把自己心仪的女子米兰达·格雷像蝴蝶标本一样占有、禁闭，并最终毁灭的故事。小说采用了弗雷德里克的自述与米兰达的日记相互交叉的形式：前半部由弗雷德里克叙述自己的痴恋和绑架计划；后半部分是米兰达幽禁时的秘密日记。小说中，弗雷德里克是一个性格孤僻、心理变态、有着收集蝴蝶标本兴趣的小职员，他暗恋着一位天真烂漫、朝气蓬勃的艺术系学生米兰达。他将米兰达当成了自己喜欢的蝴蝶，每日看着米兰达从他工作的大楼前的街道走过，并做了关于米兰达的观察日记。之后不久，弗雷德里克中了大奖，他用奖金买了一辆篷车，并在一个偏僻的地方买了一间有地下室的房子，切断了房里的电话线，赶走了房子里的园丁和村里的牧师，又布置好地下室。当准备好这一切之后，他回到了伦敦，又对米兰达进行了十天的观察，然后在米兰达看完电影独自回家的那一天，用浸过迷药的布迷昏了米兰达，把她绑到了货车上，带到了乡下的那栋房子，把她锁在了地下室里。弗雷德里克想尽办法讨好米兰达，但米兰达仍对他抱有敌意，并三番五次地竭力逃脱弗雷德里克的魔掌，但都没有成功。米兰达的生命之花最终还是在阴暗窒息、冷酷可怖的气氛中萎蔫凋谢了。在米兰达死后，弗雷德里克没有丝毫的内疚，在埋葬了米兰达之后，他又在街上发现了一个很像她的女孩，心里又开始盘算着这次他应该怎么做。

在小说的创作手法上，福尔斯采用了双重叙事的手法，将两个人物的心理过程和他们之间的矛盾冲突充分展示出来，从而能够让读者从不同角度思考故事本身所蕴含的意义。作为一个蝴蝶收藏者，弗雷德里克自私、卑微、残忍，只知收藏，从不与他人共享。然而对于收藏另一种蝴蝶——"米兰达"，他又表现出两种态度。一方面，他是一个残暴的上帝，他监禁米兰达，把她深藏在地下室，剥夺她应该享受的自由；他不仅在肉体上是无能者，而且在精神上也根本不可能与米兰达进行交流，思维与想象能力极其有限，无法流畅清晰地表达自己的思想情感。另一方面，他对米兰达又出奇的好，就像一个唯命是从的卑微仆人，他愿意为她做一切事情，米兰达也终于弄

清弗雷德里克不是一个强奸犯、敲诈者,也不是一个精神病患者,他只是用非人道的手段实现他自己的愿望——与心爱的人在一起。而米兰达为了获得人身自由也曾经绞尽脑汁。福尔斯在小说中注入了两种力量,弗雷德里克代表的暴力和米兰达代表的生活美好光明的精神力量,而最终前者压制了后者,上演了一出当代社会难以避免的生存悲剧。

《魔法师》的主人公尼古拉斯像捕蝶人一样生活在感情的真空内,对人世和人的本质感到迷惘困惑。小说的主人公尼古拉斯是一位出生在中产阶级家庭的英国青年,他对自己的出身和社会现实都有很多不满,对生活感到厌倦,对所处的中产阶级氛围不屑一顾,总是试图逃脱。

尼古拉斯涉世不深,为人处世、思想认识都是从自我出发,非常自私,也解释了他的不成熟。尼古拉斯从牛津大学毕业后,放弃了在政府高薪部门工作的机会,选择了在东英格兰的一所较小的公学教书。在这里,他认识到了学校的本质:"学校充满了言不由衷、虚伪和无能为力的无名的火","这所貌似体面却毫无活力的学校,实际上是整个国家的缩影,离开这所学校而不离开这个国家是可笑之举"。于是为了寻觅真正的自我和真实的爱,他决定离开英国去希腊弗莱克索斯岛上的拜伦勋爵学校执教。异乡客地的孤独感将他推到自杀的边缘,只有牧羊女的美妙歌声才使他重新鼓起生活的勇气。后来他遇到"魔法师"莫瑞斯,莫瑞斯为他设计并导演了各种"上帝游戏"。在这个游戏中,莫瑞斯通过"上帝游戏"开导尼古拉斯:"魔法之外没有真理。"让他也从中感悟到了生活的真谛:生活的真理只在生活之中,而不在生活之外。小说中的"上帝游戏"为不成熟的青年提供了临时的庇护所,随时为他们正视现实、拥抱现实的成长和成熟做好准备。小说也正是在这里带上了神秘主义的气氛和类似于魔幻现实主义的色彩。福尔斯将诸如自我、生存以及个人自由选择等存在主义命题都融入了尼古拉斯和魔法师之间的"上帝游戏"之中。

《魔法师》将弗莱克索斯小岛与莎士比亚《暴风雨》中的普洛斯帕罗小岛相联系,通过隐喻等多种艺术手法,编织了一个五彩缤纷的虚幻世界,折射出关于人生价值、性爱和道德意识的主题,涉及对自我、生存和个人自由选择等存在主义式的关怀。

三、多丽丝·莱辛的后现代小说实践

多丽丝·莱辛曾获得了多个世界级的文学奖项,也曾多次获得诺贝尔文学奖提名,并在2007年荣获诺贝尔文学奖。莱辛的小说题材广阔,涉及种族主义、女权主义、共产主义、神秘主义等20世纪重要的思想和重大的问题。女性和政治是她小说创作的两个基本主题。她偏爱描写那些生活中因失去丈夫而支离破碎的女人。渗透在她作品中的政治因素也使她和同时期的其他女作家拉开了差距,她的作品一针见血且咄咄逼人。莱辛的创作承袭了现实主义,又在此基础上进行了形式方面的创新,她的作品以罕见的广度和深度表现着女性的生存境况及她们的精神世界。下面对莱辛的代表作《金色的笔记本》进行具体分析。

《金色的笔记本》发表于1962年,是莱辛最杰出的小说作品,小说讲述的是已经取得相对独立的女性地位的主人公安娜·伍尔夫进行的更为艰巨和隐蔽的左派政治斗争。安娜生于伦敦,曾在战中的罗得西亚参加左派政治活动,也曾有过短暂且不幸的婚姻。战后重返英国,并成为著名作家,此时的她仍然保持着共产党组织成员的身份。安娜表面看来具有了之前女性不可能会有得自由和独立,她可以和东欧的一个难民保持性伙伴关系,但她在意识层面还没有获得完全的解放。她面临着严峻的精神危机,也需要接受精神治疗,她对一个美国作家的欲望和她要控制自己命运的要求之间的冲突几乎将她推到精神分裂的边缘。这部小说也有着奇特的形式,五本以第一人称撰写的笔记本叙述了安娜的一生。小说中还有着复杂的叙述视角,人物的角色不断地变化重合,叙述者也不断地转移变化,事件的组合也没有时间顺序,这种破碎的拼合形式是对人生经验散乱的折射,也显示着作者的精心组合和严格控制。

在《金色的笔记本》中,莱辛还巧妙地使用了一些后现代主义艺术技巧,颠覆了传统小说的叙事风格,给读者以形式上耳目一新的感觉,更加深刻地突出了小说的主题。其中,运用得最出色的后现代主义技巧主要有拼贴和蒙太奇两种。

拼贴是后现代主义小说家常用的一种艺术技巧,是指将其他文本,如文学作品中的片段、日常生活中的俗语、报刊文摘、新闻等按照新闻短片的方法组合在一起,使这些毫不相干的片段构成相互关联的统一体,从而打破传统小说凝固的形式结构,给读者的审美习惯造成强烈的震撼,产生常规叙事方式无法达到的效果。在《金色的笔记本》中,莱辛充分运用了零散、片段的材料,使读者在阅读过程中产生一种移动组合的感觉,大大丰富了作品的内涵和外延。此外,莱辛在《金色的笔记本》中利用了纯文字拼贴技巧使作品仿佛成了一个由碎片组成的组合物,此时作品又呈现出一种仿真效果,"真实"在"虚幻"中蠢蠢欲动。这样的一个结构给读者留下的整体印象就是"乱",使得真实与虚幻表现得相互交织,无法区分。

蒙太奇也是后现代主义小说的写作特征之一。蒙太奇原为建筑学术语,意为构成、装配。现在蒙太奇是影视作品创作的主要叙述手段和表现手段之一。简单而言,就是电影将一系列在不同地点,从不同距离和角度,以不同方法拍摄的镜头排列组合起来,叙述情节,刻画人物。但当不同的镜头组接在一起时,往往又会产生各个镜头单独存在时所不具有的含义。在文学创作中,蒙太奇也可以算得上是一种组合,但不同于拼贴,它不是偶然拼凑的无意识的大杂烩,而是后现代主义小说中有意识的组合。但它又与拼贴一样,表现的都是后现代的一种"非连续性"的时间观。在《金色的笔记本》中,莱辛灵活巧妙地运用这一技巧,将一些在内容和形式上并无联系、处于不同时空的画面和场景衔接起来,或将不同文体、不同风格特征的语句和内容重新排列起来,采取预述、追述、插入、叠化、特写、静景与动景对比等手段,来增强对作者感官的刺激,取得强烈的艺术效果。

《金色的笔记本》打破常规叙事模式的元小说形式亦为作品增添了浓郁的后现代主义气息,通过人物、语言和文本把小说创作的人为性和虚构性充分地展现出来,从而跨越了虚构与非虚构、艺术与生活、小说与文学批评的界限,也打破了读者的传统阅读期待,从关注小说内容转向关注小说的创作过程。

第五节 移民运动与族裔小说的兴起

第二次世界大战后,为满足社会发展需要,英国实行了新的移民政策,形成一种移民潮流。其中一部分人留在了英国从事文化学术工作,成为英国文化经验中的重要组成部分,他们或他们的子女不断需求着自己的社会地位,试图在自己的文化民族根源和所在国之间寻找到合适的位置。

一、移民运动

第二次世界大战后,英国移民主要来自英国前殖民地,如印度、巴基斯坦、牙买加以及其他一些加勒比地区岛屿。这一时期英国出现移民高潮主要有以下几方面的因素。

第一,英国综合实力对移民的吸引。大规模的跨国人口流动,其根源在于国家间政治经济发展不平衡,英国综合国力与移民的母国相比具有明显的优势。政治上,英国很早便确立了资本主义代议制度;经济上,英国率先完成工业革命,使其取得了无可争辩的经济霸权;英国还在海外建立了广阔的殖民地,世界上大约四分之一的陆地划入英国的版图,号称"日不落帝国"。英国在整个 19 世纪掌握着世界霸权,拥有强大的经济实力。然而殖民地国家通常是政治制度落后、经济欠发达的地区,且在近代遭受了长期的奴役和掠夺,这使其经济状况更加恶化。正是这种国家间的不平衡发展,从根本上导致了人口由殖民地国家流向英国。作为前殖民地的人民对英国有了一定的认识,在对比了英国和自己母国的发展水平之后,很容易便意识到英国的富庶、发达是自己母国无法比拟的。英国的福利政策也是相当完善的。英国的富裕与移民母国的贫穷落后形成了鲜明的对比,英国富庶对前殖民地国家的人民有很大的吸引力。在这种巨大心理落差的驱使下,战后许多前殖民地的人口为了寻求更好的生活环境而来到英国。

第二,英国经济恢复和重建对劳动力的需求。作为移民输出地区,前殖民地的人民对于移居英国有着强烈的渴望,但是这只是为战后英国移民潮的出现提供了一种可能,并没有必然的联系。作为移民目的地,英国的态度非常关键。从经济层面上来看,无论是第二次世界大战期间还是第二次世界大战以后,英国都面临着劳动力资源严重不足的问题,英国劳工部不得不在其殖民地招募部分人口来填补这一缺口。这些移民通过在英国的生活和工作,他们不难发现自己母国与英国之间的巨大差异。

第三,英国对移民的政策保障和诱导。从政治层面来看,英国的国籍法和移民法也为有色移民进入英国提供了强有力的政治保障。首先,英国在海外殖民扩张时期,许多英国人在参加扩张的过程中对英国的先进有着真切而又深刻的体验,他们殖民的国家和地区远远落后于英国,这就导致了他们的种族优越感,认为盎格鲁撒克逊人优于其他人种,这造成了英国浓厚的排外传统。其次,第二次世界大战后英殖民体系迅速走向瓦解,就英国而言,要维系英联邦,就必须依赖于广大的亚非拉民族和地区的支持。因此,保持前殖民地国家与英国的特殊关系,鼓励他们加入英联邦就构成英国联邦理想的主要内容。这两大因素集中地表现在战后两部重要的法案中,即《1948年英国国籍法》和《1962 年英联邦移民法》。

这一时期移民更多的是"链条移民",当一部分先到达英国并站稳脚跟后,其亲属、好友、乡邻等相继尾随而至,形成移民链。其中以带着孩子来到英国的妇女为主,移民子女在移民人口中占据着很大的比例,所以这一时期又被称为"家庭重聚时代"。

二、移民运动影响下族裔小说的兴起

移民中有一些通过文学创作的手段表达出了作为少数族裔的社会感受,他们富有特色的表现素材和手段,给英国创作注入了新的活力,代表性的作家主要有 V. S. 奈保尔(V. S. Naipaul,1932—   )、萨尔曼·拉什迪(Salman Rushdie,1947—   )和石黑一雄(Kazuo Ishiguro,1954—   )等。

（一）V. S. 奈保尔的写实主义"后殖民小说"

V. S. 奈保尔是著名的英籍印度裔作家,他出生于特立尼达岛的一个印度家庭,1950年获政府奖学金进入英国牛津大学攻读英国文学,并在文学创作上取得突出成就。2001年,他获得诺贝尔文学奖。从20世纪50年代起,奈保尔就登上了文坛,先后发表多部作品。他的作品主要涉及的是异质文化间的冲突和融合以及后殖民主义时期,宗主国对第三世界尤其是非洲国家的控制和破坏,同时也表现了殖民统治对这些国家语言、政治文化价值观等的持久影响。

奈保尔进行文学创作主要依靠的是他童年时代的记忆,他凭着丰富的想象表现了特立尼达印度移民边缘化的生活。相关的作品主要有《神秘的按摩师》《米格尔大街》《毕司沃斯先生的房子》等,其中,《米格尔大街》因具有鲜明的特立尼达岛国特色,同时表现了普遍的人性,于1961年获得了毛姆奖。20世纪70年代以来,奈保尔又创作了一系列的小说。创作于1971年的《在一个自由国度里》是一个中短篇故事集,其中的"引子"和"尾声"取自叙述者中东之行的日记,还有《许多人中的一个》《告诉我要杀谁》等作品。

作为来自前殖民地国家的作家,奈保尔始终将关注的焦点放在了发展中国家的社会政治问题上,并在作品中表现出了右翼政治倾向。在他看来,西方殖民主义统治的终结并没有如人们期望的那样给前殖民地带来主权、安全和进步,新成立的民族国家的统治者也没有肩负起他们应该肩负的重任。这在他1979年创作的小说《河湾》中有着突出的表现。《河湾》以殖民文化和本土文化、现代性和传统主义的交锋为主线,以非洲一个刚刚独立的国家为背景,尖锐地批判了第三世界国家的社会和政治,他用冷峻的口吻叙述了主人公萨利姆在河湾生活的经历,也展示着非洲国家独裁统治的腐朽和暴政。萨利姆的祖先是来自印度西北区的穆斯林,在非洲大陆东海岸定居经商。1963年,年轻的萨利姆驾车前往非洲中部,在那里的河湾小镇买下一个店铺,准备独闯生活。小镇是当地的贸易中心,萨利姆抓住战后恢复的时机,加上经营有方,生意做得不错。他发现自己生活在"不友好的世界":他是一个"外来者,既不是定居者,也不是游客,而是没有更好去处的人",心头挥之不去的是孤独感。后来,萨利姆的生意受到了这个国家动荡不安的局势影响,多年之后,他的商店被国有化。为逃避警察的勒索和迫害,萨利姆最后在朋友的帮助下乘坐轮船逃离河湾。

在《河湾》中,奈保尔无情揭露了非洲国家独裁统治的暴政和腐败,在后殖民语境中深化漂泊无根的主题,赋予了作品深刻的社会政治意义。小说涉及了非洲国家的种族、教育、传统文化、现代性等诸多问题,同时也塑造了各种人物,包括从英国留学回来的同乡、给新总统当顾问的白人等,并揭露出没有自己的传统的国家,其从殖民统治下获得民族独立地位的愿望是无法实现的这样一个残酷的事实。与多数的后殖民小说一样,《河湾》也是以本土文化与殖民文化之间的交锋为主线,但与其他殖民小说不同的是,奈保尔认为,第三世界国家在面临现代世界时,根本无法保持其传统的价值观,被殖民的个体和文化即使在获取民族解放之后,也仍然拒绝自己的历史传统,而一味模仿殖民者的生活与文化。在《河湾》中,独裁者"大人物"模仿的是西方的一种政治生活,照着他在西方见到的样子展示权力,凡事都要找一个仿效的榜样。就连他向自己顾问的妻子问候的做法,也是从戴高乐那里学来的。按照萨林姆的说法:"他正在创造一个现代的非洲。他正在创造一个让世人瞩目的奇迹。他正在绕过真实的非洲,到处是丛林和村庄的困难重重的非洲,要创造出一个可与世界上任何国家相媲美的非洲。"正是因为这样,河湾迎来了它新的命运,在欧式郊区的废墟上建立起了"新领地":一个由欧洲教师教育非洲青年的地方。"大人物"本想建得"更为壮观"的新领地最终免不了衰败的命运,因为它的建立原本"只是一场骗局",是"没有信心"的标志。奈保尔试图通过这部小说来表明,人们对从殖民统治下获得民族独立的国家的美好愿望,最终只会是竹篮打水一场空。究其原因就在于这些国家没有自己的传统可言,他们只是在模仿欧洲殖民主义的做法,而没有建立起属于自己的政治观念与社会秩序。

奈保尔在创作于1987年的《到达之谜》中,讲述了一位来自加勒比地区的作家,在经历多年漂泊无定的生活之后,终于在英格兰找到了归家的快乐的故事。与《河湾》相比,《到达之谜》不再是冷峻的批评,而是变成了一种近乎沉思的口吻,讲述了作者的发现以及他不断变化的人生观。这部小说共分为五部分,即《杰克的花园》《旅行》《常春藤》《白嘴鸦》和《告别仪式》,讲述了旅人的生活经历和感悟。整部小说叙述构思精巧,小说的标题来自叙述者在杰克家藏书中发展的契里科(意大利画家)早期的一副同名绘画。这幅画画的是一个典型的地中海图景:古老的船坞、城墙、城门、远处有依稀可见的桅杆,近处是行人稀少的街道,只有一两个蒙着头巾的人,这个画面看起来"荒凉神秘,讲述着到达的秘密"。之所以选择这幅画作为小说的标题,是因为"其标题以一种间接诗化的方式涉及了我自己经历中的某种东西"。

可以说,《到达之谜》是带有自传性质的。初到伦敦时,叙述者本以为到了一个自己早已从文学作品中熟知的城市,但结果却"出乎意料地"发现这是一个"陌生、未知的城市"。在经历了一系列的波折之后,当他功成名就,有资格租住在一座乡间别墅时,他才看到了一些优秀作家笔下的英国,此时的英格兰的乡村风让他笼罩在了浪漫主义的光环之中,此时,他平生第一次感到自己已经与英国自然风物融为一体,觉得"杰克、他的花园、鹅、别墅,以及他的岳父,好像全都是从文学、古迹和风景中飘逸而出一般"。可以说《到达之谜》表现了边缘人的身份转换。在西方世界生活了多年的奈保尔,最终理解了"到达"的意义,对他来说,到达的意义不在于其作为一个事件的存在,而是在于它在隐喻层面所负载的信息。从这个意义上来说,《到达之谜》标志着奈保尔完成了由后殖民作家向英国作家身份的转变。

总的来说,奈保尔以一种类似传统现实主义的写实风格,以一种独特的方式对第三世界国家人民的生存状态进行着关注,向人们展现了后殖民世界的部分真相。同时,他的笔触探入了人们"灵魂、心灵、记忆的最深处",他在作品中将虚构的故事、写实的叙述、自传性的文字融合在一起,出色的表现了现代人缺乏归属感的生存状态。

(二)萨尔曼·拉什迪的实验主义"后殖民小说"

萨尔曼·拉什迪生于印度孟买的一个穆斯林家庭,但他本人不信仰宗教。他的父亲是一位富商,曾毕业于剑桥大学商业系。14岁时,他被父亲送到英国读书,中学毕业后,他进入剑桥大学国王学院,攻读历史。1969年,他获得了硕士学位,之后,他们全家都迁居到巴基斯坦。但他不满一年就再次回到英国并加入英国籍。

作为移民作家,拉什迪的小说大多以他的出生地印度(或邻近印度的巴基斯坦)的现实与历史为题材。在拉什迪笔下,"后殖民"时期的印度虽获得了独立,但许多社会问题并没有得到解决,社会生活的方方面面仍然没有根本变化;到了20世纪六七十年代,印度的社会问题甚至变得更为严重,"政治的天空聚集着黑云:在比哈,腐败、通货膨胀、饥饿、文盲、没有土地主宰着一切……;在古加莱特,发生骚乱,火车被焚烧……;在孟买,到处是"警察骚扰、饥饿、疾病、文盲"等等。可以说,他在表现印度的现实和历史时的创作视角具有复杂的双重性:一方面,他对印度怀有割舍不断的血缘情感与文化情结,"无根"状态下对"根"怀有强烈的渴望;另一方面,他在英国接受的教育又使他对自己的本土文化具有一种西方化的批判意识,并用西方的方式讽刺和揭露了印度的现实。因此,有人甚至认为:"在过去的十年中,没有哪一个西方作家比东方人的后裔萨尔曼·拉什迪更能够有效地使用西方文学的传统了。"

1980年,拉什迪创作的《午夜诞生的孩子》获得了布克奖,使他一举成名。之后,他又创作了《羞耻》《撒旦诗篇》《哈伦与故事海》《摩尔的最后叹息》《她脚下的土地》等。下面对《午夜诞生的孩子》进行具体分析。

《午夜诞生的孩子》发表于1980年,讲述的是31岁的叙述者萨利姆向一家酸辣酱工厂里的青年妇女叙说自己身世的故事,进而展现了一幅有关印度社会的波澜壮阔的画面。这部小说可以划分为三个部分,前后跨越了63年,既是萨利姆的家史,又是一部印度独立前后的近代史。小说的第一部分是从1917年开始的。这个时候,萨利姆的外祖父在德国学医结束,回到克什米尔家乡当医生。他女儿阿米娜嫁给皮货商人艾哈迈德后,随丈夫搬迁到德里。后来,印度反穆斯林运动极端分子烧了艾哈迈德的货栈,他和妻子阿米娜不得不前往孟买,改做房地产生意。1947年8月15日零点,萨利姆出生,此时正是印度宣布独立之时。7天以后,印度总理尼赫鲁给萨利姆一家发来贺信:"我们将密切关注你的生活;在一定意义上,你的生活将反映我们这个国家的生活。"小说的第二部分展现了萨利姆从童年到18岁的生活。事实上,萨利姆是一个印度歌唱艺人的孩子,在医院的时候,接生护士玛丽把艾哈迈德的孩子搞错了,而艾哈迈德的孩子,则被取名湿婆跟随卖艺人过着颠沛流离的生活。后来,在萨利姆11岁时,接生护士玛丽到他们家里当保姆,说出了搞错孩子的事,艾哈迈德知道后非常恼火,硬要阿米娜带着孩子离开。这样萨利姆便随母亲一起到了巴基斯坦。后来,萨利姆说,到了1962年9月,也就是印度和中国发生战争的时候,他母亲收到从孟买打来的电报,说他父亲艾哈迈德得了心脏病,要他们回印度。萨利姆说,也许是因为战争,也许是因为心脏病,反正这之后,他的父母和好了,而且全家人移居到了巴基斯坦的卡拉奇。小说的第三部分讲述了萨利姆参军以后的故事。已经成为一名军人的萨利姆在1971年3月15日被派到东巴基斯坦去执行任务。在印度军队的帮助下,东巴基斯坦独立,成立孟加拉国。1971年12月15日,巫女帕瓦蒂——也是午夜诞生的孩子——随印军到达卡,然后她把萨利姆藏在她的柳条篮子里,将他带回印度。在印度,萨利姆与杂技艺人一起住在旧德里的贫民窟里。杂技艺人是共产党,受他的影响,萨利姆投身到了政治活动中去。后来,萨利姆和帕瓦蒂结了婚,但是他却拒绝和帕瓦蒂同房。于是,帕瓦蒂用魔法召来湿婆,此时,湿婆已经在印巴战争中立下战功,并成为英雄,军衔已到上校。帕瓦蒂怀上了湿婆的孩子。1975年6月25日,英迪拉政府实行紧急状态,这个时候帕瓦蒂的儿子出生。之后,印度政府开始推行城市美化计划,要把贫民窟铲除,在与政府进行对抗的过程中,萨利姆被抓了起来。1977年3月,萨利姆得到了释放,他开始寻找杂技艺人和儿子的下落,并最终找到了他们,这时帕瓦蒂已经死去。萨利姆带着儿子回到出生地孟买,在酸辣酱瓶的标签上他发现了玛丽的地址,原来,她现在正在经营一家酸辣酱厂。于是他找到了玛丽,留在她的厂里帮她管理工厂,并同她的员工帕德玛结了婚。

在《午夜诞生的孩子》中,故事的地点从克什米尔转移到德里、孟买、卡拉奇,展现出了南亚次大陆丰富多彩的社会画面,小说的语言也十分丰富,神话、寓言、传说、双关语和市井俚语混杂在一起,栩栩如生地传达出了民间传统、宗教冲突、都市生活的途径,展现了光怪陆离的社会现象,让整部小说有了深刻的内涵,有人认为这是一部魔幻现实主义的作品,鉴于小说的成就十分突出,1993年,《午夜诞生的孩子》荣获为纪念布克奖设立25周年而颁发的"25年来晟佳小说布克奖"。评委会主任比尔·韦布说:"我们选择了《午夜诞生的孩子》,因为这部小说能改变我们理解这个瞬息万变世界的方式。"①

总之,拉什迪的小说艺术是一种混合艺术。这种艺术,拉什迪自己认为是一种新颖艺术。他曾说:"新颖是大杂烩、杂七杂八、东一点西一点。"确实,对他来说,新颖就是混杂,因为他所要表现的就是一种新颖的"大杂烩"文化,即"后殖民"时代的多元混杂文化。换言之,他用一种"大杂烩"手法阐释一种"大杂烩"文化,以求形式与内容的和谐统一,从而营造了一个神奇的小说世界。就这一点而言,他确实不同凡响,正如评论家比尔·布福德所说:"拉什迪具有上帝赐予的口才,是位口若悬河、滔滔不绝的故事讲述者。他单枪匹马,使英语返回到魔幻现实主义的传统:那条充满魅力的线索,从塞万提斯经过斯特恩,一直延伸到最近的米兰·昆德拉和加布里埃尔·马尔克斯。他相信'为了理解一条生命,你必须吞下整个世界',从这一点讲,他创作了一种最高品级的小说:具有魔幻性、艺术性和紧迫的政治性。"

(三)石黑一雄的跨文化国家化小说

石黑一雄出生于日本长崎,5岁时随家人移居英国,是著名的日籍英国小说家。和拉什迪、奈保尔一起被称为"当代英国移民文学三杰",但他却以"国际化作家"自称。对他而言,小说乃是一个国际化的文学载体,因而他写小说的目的,就是要突破地域疆界,写出不受文化背景限制的国际化小说。他不仅多次获奖,还曾获得由英国王室授予的"文学骑士"称号,以及由法国颁发的"艺术文学骑士勋章"。

石黑一雄也是在英国娶妻成家的"移民作家",但他比拉什迪、奈保尔更自觉地想摆脱这种身份。他曾说:"我是一位希望写作国际化小说的作家。"他认为他的小说不应称作"移民小说",而是"国际化小说",他说:"我相信国际化小说是这样一种作品:它包含了对于世界上各种不同文化背景的人们都具有重要意义的生活景象。它可以涉及乘坐喷气飞机穿梭往来于世界各大洲之间的人物,然而他们又可以同样从容自如地稳固立足于一个小小的地区。"他认为,"如果小说能够作为一种重要文学形式进入21世纪,那是因为作家们已经成功地把它塑造成为一种令人信服的国际化文学载体"。可见,石黑一雄的创作理念就是致力于小说的国际化。因而,要说他的小说风格,首先就是国际化风格,主要包括两个方面:一是小说题材的国际化;二是小说叙事的国际化。

除了追求国际化风格,黑石一雄小说的另一个明显的特点就是具有一种沉重的历史感。回忆是黑石一雄最常用的叙事手法,或者说他的小说几乎都是以主人公回忆的形式进行叙述的。他创作的小说主要有《群山淡景》《长日余辉》《无可安慰》等。

《群山淡景》采用第一人称进行叙述。女主人公悦子是一名中年妇女,她跟随自己的丈夫从日本移居英国。悦子对过去以及死去的长女的记忆是由她的第二个孩子抵达英国引起的。乡间离群索居的生活,让悦子开始回忆第二次世界大战结束时她在长崎的一段生活岁月。虽然悦子的故事看起来是在专注于讨论她与幸子及其女儿茉莉子的友谊,但小说实际上暗示了幸子就是悦子,茉莉子就是悦子的女儿,整部作品弥漫着孤寂凄凉的哀愁。

《长日余辉》是石黑一雄的成名作,也是一部他自我感觉不错的"国际化小说",故事发生的背景在英国。小说的主人公史蒂文斯是一名英国贵族的管家。小说开始时,庄园主人选林顿励爵已经去世,庄园让一个美国商人买走,史蒂文斯被继续留用。1956年7月,他开着主人的车,去

---

① 王守仁,何宁:《20世纪英国文学史》,北京:北京大学出版社,2007年,第247页。

英格兰西部探望当时的女管家肯顿小姐。在这六天的行程里,他在回忆中,重新构建了已经消失的过去,并通过一系列的琐事展现了欧洲在 20 世纪 30 年代的重大历史时期和事件。叙述者史蒂文斯是过去世界的幸存者。他的悲剧性在于他所依附的世界已经消失,给予他生命意义的世界已不复存在,但他还活着,他把一生都奉献给达林顿勋爵,但达林顿勋爵所做的事情却并不都是正确的。例如,希特勒在欧洲迫害犹太人,小说则安排史蒂文斯解聘犹太女佣的细节。史蒂文斯把道德责任推到达林顿勋爵身上,他信赖主人的判断力,盲目服从他。在小说中,石黑一雄以独特的方式表现了负罪感、道德责任、自我认识等。可以说《长日余辉》其题材是英国人的,但思想主题却是属于日本人的。在艺术手法上,这部小说赢得了众口一致的称赞。确实,就如小说刚出版时《纽约时报》书评栏所称,"这是一部充满梦幻的小说,作者以消遣性的喜剧手法妙不可言地对人性、社会等级及文化进行了异常深刻和催人泪下的探究"。

《无可安慰》没有明确具体的国家,但从叙述的内容来看,很可能是德国。小说的主人公名叫赖德,是一位举世闻名的钢琴家,他应邀前往该市在星期四晚上发表演说并演奏。小说采用第一人称叙述,由赖德讲述了他从星期二下午抵达该市至星期五凌晨两天半的经历。当他到达该市时,那里的人们都向他求助,因此赖德的日程被一个接一个突然冒出来的请求打断:一是古斯塔夫要和他的女儿沟通;二是旅馆经理霍夫曼要和他的妻子克里斯廷和解,儿子斯蒂芬想讨父母喜欢;三是音乐指挥布罗波基要和离异的妻子柯林斯小姐重归于好。赖德感觉到:"人们需要我。我来到一个地方,发现许多可怕的问题,人们对我的到来,非常感激。"但是他的努力无济于事,未能提供他们所需要的安慰。最令人失望的是,城市里的人邀请赖德星期四晚上作讲演并演奏,但是当赖德登上台时,音乐厅里却空无一人,连座位都没有。事实上,从赖德跨进电梯时起,他就进入一个梦幻般的超现实世界。行李工古斯塔夫在电梯里提着行李却不放下,滔滔不绝地给他介绍行李工的职责。小说中,还有很多不可思议的情节,例如,古斯塔夫为解决和女儿索菲之间不说话的问题,请赖德帮个忙,到市中心的咖啡馆去找她,做她的工作。赖德丢下自己的日程就上了街。见面后,索菲说她正在找房子。赖德觉得她的面容越来越熟悉,后来索菲就变成他的妻子。又如赖德乘坐电车,检票员却是他童年的伙伴。再如音乐厅舞台后面有一只奇高的橱,直达屋顶,钻进橱可以俯瞰整个音乐厅等,让整部小说充满了卡夫卡式的荒诞。小说结尾时,赖德坐在环城运行的电车上,电车上有冷餐供应,时间是凌晨,这象征着他所经历的只是一场梦,他在城里梦游。石黑一雄在一次访谈中说到了这部小说人物的特征:"让人出现在一个地方,在那儿他遇到的人并不是他自己的某个部分,而是他过去的回声、未来的前兆、害怕自己会成为什么样子这种恐惧的外化。"这是理解小说荒诞情节、人物之间内在联系的关键。也就是说,小说人物是他过去的影子,未来可能的存在。

总之,在石黑一雄的小说世界里,主人公总是游荡于各国之间,总是在回忆中不胜唏嘘,而唏嘘之余,他们似乎总想表明,世界的未来也许就是这样,人人都是"移民"——即便不是实际上的移民,也是心理上、文化上的"移民"——因为世界早就变了;国家、民族、文化、传统,早就变得含糊不清了。当然,这也可以说是石黑一雄为"移民作家"身份开脱,他力求表明,"移民作家"就是未来作家,"移民文化"就是未来文化。

第六节 戏剧创作中的荒诞思潮与"新戏运动"

20世纪下半叶,随着戏剧大师萧伯纳的逝世,英国戏剧领域毫无生气,几乎处于沉寂的状态,直到塞缪尔·贝克特的名作《等待戈多》第一次用英语在伦敦公演,将欧洲大陆荒诞思潮引入英国才有所好转。之后,对戏剧进行创新的呼声再次兴起,一批剧作家开始有意识地对戏剧进行实验创新,给英国戏剧界注入一股新的活力,从而开启了20世纪下半叶的新戏运动。

一、戏剧创作中的荒诞思潮

荒诞派戏剧是第二次世界大战后旅居法国巴黎的一批剧作家开创的一种戏剧潮流。对于20世纪下半叶的英国戏剧创作而言,这种荒诞性思潮在塞缪尔·贝克特(Samuel Beckett,1906—1989)的创作中有着明显的体现。塞缪尔·贝克特是荒诞派戏剧的重要代表人物。就像所有的荒诞派剧作家一样,贝克特选择荒诞这一形式作为自己戏剧的主要创作手法显然是深受当代社会生活和哲学思潮影响的。20世纪上半叶社会的动荡,世界大战给广大民众带来的灾难,法西斯的暴行等无不给贝克特的生活创作以及人生观以巨大的震撼,使他的作品中充满了悲观主义色彩。贝克特的所有作品,不论是用英文还是用法文创作,是小说还是戏剧,都以荒诞的形式描述生活于这个世界上的人类的悲喜剧。其荒诞手法运用贯串全剧,达到了非理性的程度。他的戏剧摒弃了传统创作方式,力图以残缺的人生影射这个残缺的世界。与品特等人的荒诞主题相比,贝克特所描绘的人生场面更加黑暗和荒谬。

贝克特创作于1948—1949年间的《等待戈多》是"荒诞派"戏剧的代表作。1953年在巴黎的公演,使他在戏剧界名噪一时。对此,曾有评论家认为,这个剧与贝克特本人的一个亲身经历有关。1938年,贝克特在巴黎街头被一个下层社会的人勒索钱财,并且用刀刺伤他的肺部。事后,贝克特去监狱探望他的刺客,当问起对方行刺的原因时,其答:"我不知道。"这句"不知道"所反映的中心思想可谓贯穿了《等待戈多》的始终。

从该剧的内容上看,《等待戈多》可以说毫无情节,全剧一共分为上下两幕。两幕的时间、地点、人物几乎完全相同,都是以黄昏中,爱斯特拉冈(狄狄)、弗拉季米尔(戈戈)、波卓、幸运儿、小孩的行为来演绎整个故事。第一幕中,两个不明身份的流浪汉爱斯特拉冈(狄狄)、弗拉季米尔(戈戈)在黄昏的枯树旁等待戈多。为了消磨时间,他们试着找各种话题,做各种无聊的事情,途中,他们将波卓和幸运儿当作了戈多,结果后来来了一个黑人小孩,他告诉爱斯特拉冈和弗拉季米尔戈多今天不来了,明天一定会来。这一幕中,在等待的过程中,爱斯特拉冈和弗拉季米尔无所事事,一会儿是两手使劲儿拉,一会儿是脱靴子,一会儿是喘气,一会儿是摘帽子。他们的对白没有逻辑,也不连贯,简直就是不知所云。

两个流浪汉胡言乱语,大脑似乎不大清醒,但是谁都又不想先去上吊,不想先死。他们的对白,如同意识流小说的人物独白一样,富有深意地表现了人物内心意识流动的过程,真实表现了那些特定环境下的人的精神状态和思想情绪。人物逼真和夸张的怪诞语言,传递了独特的舞台情感信息,突显了荒诞派戏剧鲜明的特点。

第二幕中,爱斯特拉冈和弗拉季米尔如同前一天一样,在枯树旁等待戈多的来临。等待途中依然百无聊赖,爱斯特拉冈和弗拉季米尔依然东拉西扯,一切事情与昨天几乎没有什么差别,只不过枯树长出以几片叶子,波卓变成了瞎子,幸运儿成了哑巴。黄昏时分,一个小孩再次捎来口信称戈多今天不来了,明天准来,这让爱斯特拉冈和弗拉季米尔非常绝望,决心赴死,却没有死成,想要离开这里却站着不动。该剧突出的是一种"等待意识",并由此派生出人的焦虑、不安、无奈与绝望。爱斯特拉冈和弗拉基米尔把全部希望都寄托在"戈多"身上,但这个"戈多"是谁呢?爱斯特拉冈和弗拉季米尔并不清楚,戏剧上演时,导演曾向贝克特询问"戈多"具体指的得是谁,不料贝克特回到自己不知道。然而不管贝克特究竟知不知道,都充分显示了该剧"戈多"的模糊性,这种模糊性给人们理解该剧所表达的意思带来了很大的困难,但却为我们解读该剧提供了更大的审美空间。

《等待戈多》中的人物没有什么个性,只是人的一种原型,象征了人类的本能属性。他们都处在人生尽头的黑暗里,智商是低能的,行为是木偶式的,是那般的空虚、无聊、可悲。正如作者贝克特自己所说:"我的人物一无所有。我是以机能枯萎、以无知为材料的。"后来,西方评论界对"戈多"的含义做了各种猜测。当人们认为等待的是上帝时,贝克特马上反对道:"倘若受难者希望上帝出来援助他,他就大错特错了,只有虚无在等待他。"可见,在贝克特看来,人生就是一种无可挽救的终生流放和苦役,既无目的又无意义。

就《等待戈多》的人物形象而言,贝克特首先以两个主人公——爱斯特拉冈和弗拉季米尔的行为寓意了现代人类的生存状态。其中,"流浪汉"爱斯特拉冈和弗拉季米尔是现代西方人的代表,象征着人类的历史就是精神流浪的历史,自从人被抛到这个世界上,特别是当上帝(精神的父亲)死亡了之后,他们就成了流浪儿。剧中这两个流浪者嗅臭靴子、闻破帽子、想上吊自杀等无聊的举动,只能证明人(人类)还活着;他们语无伦次的言辞,表达了人类的思想探索、精神探索,不过是"说话"这个动作而已。贝克特通过这些方面表现了现代资本主义社会中人的幻灭、无所皈依、绝望痛苦的精神状态,即人类被资本主义世界压榨而失去了人的本质,失去了人的能力与乐趣,失去了价值观,他们是人又不是人,表达了人类已经走到了黑暗的境地。该剧的剧情发生在"荒郊野外"的一条乡间小路上,其中"荒郊野外"寓意着精神的荒原,而"乡间小路"隐含着不确定性,暗示了剧中人不可能找到真正的归宿,只能做毫无希望的精神流浪者。

剧中的波卓与幸运儿是对爱斯特拉冈和弗拉季米尔这两个流浪汉形象的补充与对照,他们从另一个角度渲染了人生痛苦、毫无意义的主题。这是一对关系十分奇异的主仆,他们彼此互相依赖,又彼此在精神上折磨对方。波卓扬言要赶走幸运儿,实际上他要做任何事情都离不开幸运儿的帮助,没有幸运儿他根本无法生存。幸运儿虽然深受波卓的羞辱,却不断讨好主人,唯恐自己被赶走。同时,波卓虽然不断折磨幸运儿,却很怕他"谋杀"自己。实际上,波卓与幸运儿的关系从存在主义哲学的视角来看,体现了现代西方社会中人与人之间的关系的异化。在现代西方社会中,每个人都存在一定程度的"奴役"他人的欲望,认为只有这样才能获得相应的存在感。他们并不在乎自己的精神领域是否已经趋近荒原,而只想要证实自己存在的价值,受其影响,他们急急忙忙赶赴前程,仿佛在自己的痛苦中自有一种"充实",不过这"充实"同样毫无意义。从第一幕到第二幕,波卓和幸运儿走了一圈又转回原地,一个成了瞎子;另一个成了哑巴,在剧本的临终时期,他们再次跌跌撞撞地启程了,说明他们的这种悲剧的生存方式依然会不断地继续下去,这也说明了现代西方社会中，人们关系的这种悲剧性的生存方式也会继续下去。从这一层面来说，以波卓和幸运儿为代表的现代西方社会实际上与爱斯特拉冈和弗拉季米尔一样在继续等待"戈多"来临，等待着上帝的拯救。

在《等待戈多》之后，贝克特的戏剧作品还有《结局》《克拉普的录音带》《美好的生活》《喜剧》《余火》等，所有这些剧本在内容和形式上都以荒诞性著称。他通过一系列的荒诞剧作，塑造了各种形态丑陋、性格畸形的人物形象，借此展现了人生的虚无与绝望，实实在在地演绎了存在主义的"世界是荒诞的，人生是痛苦的"哲学思想。加上各种原始简单的道具，把荒诞不经、情节怪异的舞台形象定格起来，使若干喜剧性画面包含的悲剧色彩更浓重。

二、"新戏运动"

第二次世界大战期间的剧坛以现实主义为主导，以艾略特为代表对戏剧进行创新的诗剧，曾受到人们的热烈追捧，到了战后开始消退，并发出了再次革新的呼声。20世纪50年代中期，为响应社会的呼声，有一批剧作家开始有意识地对戏剧进行实验创新，给英国戏剧界注入一股新的活力。为区别于20世纪40年代的戏剧，人们称这些实验创新的剧作为"新戏"，代表性的剧作家有约翰·奥斯本(John Osborne,1929—1994)、哈罗德·品特(Harold Pinter,1930—2008)、爱德华·邦德(Edward Bond,1934—　)等。

约翰·奥斯本创作的《愤怒的回顾》于1956年第一次在伦敦皇家宫廷剧院里上演，被誉为"五十年代最生动的一出英国戏剧"，他从此正式开始了自己的职业剧作家生涯。

《愤怒的回顾》让奥斯本名声大噪，作品中主人公杰米·波特的怨愤发泄可谓代表了整整一代人的情绪，特别是对过时的社会结构和政治事件的不满。主人公杰米和他的妻子艾莉森住在英国中部一套顶层阁楼公寓里，两人来自不同的社会阶层。艾莉森出身于前驻印度陆军中校家庭，而杰米出身于工人阶级，身份卑微。在杰米的童年里，看到了在西班牙内战中受伤回家后的父亲，倍感凄凉，因此自小就明白了"什么是愤怒——愤怒与无助"。

杰米上过大学，却没有正经的职业，迫于生计，在别人的资助下勉强开了一家糖果店。单调乏味的生活让杰米感到非常压抑，如同"生错了时代"的人，在现实生活里无法实现自己的人生价值，感觉自己已经被社会抛弃，脾气变得暴躁起来。他抵触现存社会体制里的一切，包括阶级差别、国家利益、宗教伦理，甚至责难自己的妻子。面对着生活的沉闷和丈夫的喋喋不休的抱怨，艾莉森以良好的家庭教养回避。但是，她仍然受到杰米无休止的攻击，两人的婚姻似乎演变成了一场阶级斗争。其间艾莉森的朋友海伦娜不时来做客，目睹了艾莉森的委屈后，就艾莉森的情况告知了杰米的岳父。最终，有孕在身的艾莉森被父亲接回了家。不可思议的是，当艾莉森流产回家时发现杰米居然与海伦娜同居。海伦娜选择了离开，剩下艾莉森和杰米面对这破碎的辛酸生活，面对一个心酸的将来。戏剧的结尾，夫妻俩又玩起了以前经常玩过的大熊和松鼠的游戏，幻想着逃避残酷的社会现实，但是他们这种孩童式的游戏是无法逃避现实的，只是一种幻想里的弥补。

相比前人的客厅剧、音乐剧和滑稽剧，《愤怒的回顾》在结构上虽然没有什么突破，但在舞台布景的设计上真实地反映了当时底层家庭里的简陋设备：煤气灶、天窗、倾斜的墙壁、陈旧的家具，给观众的视觉、听觉带来相当大的冲击性。整日埋头看报的杰米和辛勤熨烫旧衬衣的艾莉森，是当时困境中的一代青年人的社会写照。一个欲望与现实相矛盾的当代社会里，奥斯本借主人公杰米之口，愤怒地批判了中产阶级表面有教养其实冷酷无情的伪善。作者以传统的现实主义戏剧手法进行创作,让一个底层的却又具有较高学历的知识分子直接表达自己的愤怒,这在英国剧坛里尚属首次。《愤怒的回顾》的成功对同代的、后一代的剧作家都产生了很大的影响,汤姆·斯托帕德就曾说:"每个与我同年代的人都想写戏剧。"阿诺德·韦斯克甚至因此从攻读电影技术转向了创作戏剧。

《愤怒的回顾》成功后,奥斯本于1957年专门为当时的著名演员劳伦斯·奥立弗(Laurence Olivier,1907—1989)创作了《杂艺演员》。该剧的主人公阿奇·赖斯已经过了40岁了,苦苦经营着一个处于经济萧条、几乎要关门的杂艺剧院。这个杂艺剧院是他父亲比利一手打造的,当年还是如日中天,到了阿奇这代就到了落寞的地步。与《愤怒的回顾》里的杰米相比,阿奇已经不年轻了,有心无力,忍受着事业失败挫折感和身体垂老的担忧。迫于剧院的继续经营,只好用裸体女郎布里坦尼亚娱乐观众。老比利、阿奇经营的剧院和布里坦尼亚由此具有了极强的讽喻意味:老比利象征了昔日的大英帝国,阿奇经营的剧院和布里坦尼亚象征了苏伊士运河危机里的英国,辉煌不再。而阿奇的儿子和女儿也没能过上幸福的日子,一个"为国捐躯",一个加入政治抗议行列。最后赖斯为逃避税款无奈逃往了加拿大。和杰米一样,阿奇在舞台上以满腔激情发泄对这个社会的不满。该剧让观众从中年一代的落败中叹息上一代的辉煌,对年轻的一代愈感绝望、迷惘,延伸到了对一个帝国的可悲感伤。奥斯本打破了传统的戏剧结构模式,以布莱希特的较为松散的史诗剧创作形式展现了赖斯一家三代的生活和其经营剧院的场景,歌舞片段杂糅,相互交叉,震撼人心。

继《愤怒的回顾》之后,奥斯本又创作了《路德》《不能接受的证据》《苏伊士以西》《老雪茄的末日》《眼看它倒下》等二十多部戏剧。他终其一生在创作题材不断拖拽,一共创作了20多出戏剧,变换了多种手法展现当时社会、政治和经济秩序,"愤怒"是他的创作主旋律,所喷发而出的怒火令观众大为振奋。

哈罗德·品特在反犹主义思潮的影响下,逐渐走上了创作戏剧的道路。他早期创作的《房间》《送菜升降机》《看管人》等作品被归为荒诞派戏剧。这些剧在布景上很简单,同奥斯本的风格类似,一样地出现底层普通人物家庭里的厨房、洗碗水槽。在情节上,开始无伤大雅,后来就逐渐变换成荒诞的局面,人物的行为也令人不甚理解。实际上品特正是深受贝克特的影响,并与其结识成为深交。品特也积极对戏剧进行革新实验,打破传统,很快加入了新戏运动的浪潮里。

20世纪六七十年代以后,品特的戏剧作品由荒诞转到了政治化,篇幅短小,言辞犀利、激进,如《山地语言》《温室》《送行酒》《聚会时光》等。另外也有中产阶级人物出现较为频繁地以记忆、时间为主题的《风景》《沉默》《虚无乡》《往昔时光》《背叛》等,得到了公众的普遍肯定。品特的作品取材偶尔也选自自己的个人经历片段,但是非常谨慎,几乎没有明显的自传或者半自传色彩。品特的剧本以高度的现实主义手法,刻画日常生活细节和人物语言,以此深入地挖掘出人物心理的冲突。品特厌恶战争和政治上的腐败现象,在20世纪80年代的戏剧作里就鲜明地表明自己这样的立场,把国家机器对底层人民实施的暴力和摧残极力表现出来,如1988年的《山地语言》就特别有代表性。该剧通过底层家庭里的母亲和妻子去监狱探望儿子或丈夫时遭到狱卫的阻挠和为难,而且她们被告知不能使用自己的方言,必须使用首都地区的语言,以此揭示了专制政治的黑暗。

在《山地语言》等几部政治剧里,作者毫不掩饰地表达了自己对社会黑暗与不公的愤怒,而对受歧视、受侵害者又充满了悲悯之情。这些政治剧体现了一个艺术家所应具备的社会良知,对劳苦大众的人道关怀。品特的创作生涯长达40多年,他在民间广泛地撷取素材,在语言上追求洗练、明了,让动作和视觉形象化,不断发展作品的思想和主题,并表现出独特的连贯性。1995年,品特被授予大卫·科恩文学奖,次年又被授予了"戏剧界终身成就奖"。2005年,品特荣获了诺贝尔文学奖。

爱德华·邦德从小在伦敦的一个工人家庭中长大。他在1962年创作了自己的第一部剧作《主教的婚礼》,在皇家宫廷剧院上演,之后成为该剧院的专业剧作家。1965年,《被拯救》在伦敦上演,轰动一时。20世纪60年代末到80年代初,邦德相继推出了《清晨》《进入北方腹地的狭窄道路》《李尔》《大海》《赢了:有关金钱和死亡的特写》《傻瓜:有关面包和爱情的特写》《女人:有关战争和自由的特写》和《夏天》等作品。

与其他剧作家相比,邦德在自己的作品中赋予明显的政治背景,以批评家的态度指明了剧作的教育意义,直接明了地把批评指向了当今的英国甚或是西方社会。他曾做了这样的时评:

> 我们这种社会离开了剥削和贪婪就无法存在。因此,为了这个社会能维持运转,我们不仅需要采取反社会的行动,而且当我们试图开辟一个未来时情况会变得更糟糕。当资本主义的哲学思想和现代技术的灵活性结合在一起的时候,最终的结果根本不是文化,而是野蛮。科学和智慧作为工具为人性中最原始、最荒谬的成分所操纵和利用,这不仅将导致浪费资源和毁灭我们的生态环境,而且也造出了足以摧毁全人类的氢弹。

在这个充满剥削和贪婪的社会里生活,邦德认为一个作家就应该担当起这样的责任:"分析和解释社会现象,并说明今后可能发生的情况",邦德的戏剧不乏详尽的暴力描写,这也是他所为评论界争论的地方。

在《被拯救》中一个婴儿被乱石砸死,在《李尔》中李尔的双眼被挖,在《大海》中,一名男子被淹死后漂到自家院子并终挂在树上;这名男子的妻子和孩子在房顶上等待援救,无法避开眼前漂浮的尸体。这些场面给观众视觉上的很大不适感,也因此遭到了评论界的攻击和反对。对此,邦德称自己并不是在感官上追求所谓的刺激。他认为,资本主义的工业化"文明"程度越高,为满足私欲使用的暴力频率就越高,这所谓的"文明"已经让人失去了自我,失去了人性,人和人之间的关系已经被物化、异化,而暴力就是这种物化、异化的产物,它足以摧毁整个人类。

1965年,《被拯救》被搬上舞台,并轰动一时。该剧描写的是一群出身工人家庭的青年,他们在伦敦南部的工人居住区生活。每天游手好闲,没有精神、文化或情感的支撑,只靠社会福利维持生计。一个名叫弗雷德的青年和自己的伙伴,亲自砸死了童车里的婴儿,只是为了寻开心,不拿生命当一回事,并且弗雷德也不认为那是自己的儿子。令观众嘘唏的是,婴儿的母亲帕姆竟然粗心到没有发现婴儿已经死掉,哼着曲子把婴儿带走了。实际上,帕姆也不敢肯定这个婴儿的父亲就是弗雷德,因为她也没有弄清楚自己究竟和几个人发生过关系。剧终时,帕姆的男朋友或者说是男朋友们当中一个——列恩,其在帕姆家里正专心地修理一把椅子。邦德设计这个修复椅子的情节,意图是对一种全新的生活的象征,蕴含了一种新希望。观众感到的更多是对社会的绝望,修复椅子只是列恩个人生活的微弱光明而已。

1973年上演的《李尔》与莎士比亚的悲剧有着根本的区别,它有着强烈的政治色彩,可以被看作是20世纪政治权力之争的一个缩影。该剧的背景是3100年的英国:年老的李尔为了抵御北部诺恩公爵和康沃尔公爵的侵犯,强迫他的百姓修筑一座万里长城。为了加快进度和制止怠工破坏,李尔亲手枪杀了一个无辜的工人,以儆效尤。这个做法激怒了李尔的两个女儿博迪丝和丰坦尼尔,她们当场宣布她们已经和父亲的宿敌诺恩公爵和康沃尔公爵秘密结为夫妻,并号召人们起来推翻李尔的暴政。当李尔行着纳粹军礼检阅他的军队时,他的首席内阁大臣沃林顿告诉他,博迪丝和丰坦尼尔分别给他写信,许诺要干掉她们各自新婚的丈夫,与他结婚,并由他来取代李尔。但是,战争并没有完全按照她们的计划进行,默守陈规的李尔被打败,沃林顿被俘,而两个公爵则躲过了对他们的暗算。心怀鬼胎的两姐妹割去了沃林顿的舌头,用脚踏烂了他的双手,又用毛衣针捅穿了他的耳膜。李尔躲到山村的一座小木屋,被好心的掘墓工收留,对此,他的妻子考狄利娅颇为不满。博迪丝和丰坦尼尔的军队来到山村,他们打死了掘墓工,强奸了已有身孕的考狄利娅,抓走了李尔。两个女儿的统治并没有维持多长时间,以考狄利娅和她的情人木匠为首的起义军不久攻克了城堡。在监狱里,李尔目睹了丰坦尼尔被枪杀后又被肢解和博迪丝被刺死的惨状,紧接着他被套上一种新发明的刑具,他的双眼被挖了出来。双目失明的李尔在掘墓工的鬼魂的搀扶下又一次进了那个山村。几个月后,李尔成了一个远近闻名的鼓动家,许多陌生人聚在他的身边,听他讲颇有针对性的寓言故事,很快便引起了新上台的统治者考狄利娅的注意,她和木匠前来警告李尔。听说考狄利娅又开始修复那座长城,李尔开始意识到长城代表了一种社会制度,在这种制度下——无论是在他统治时期还是在新政权下——人们被剥夺了最基本的权利。然而当他想废除时已经来不及了,并且落到了被士兵打死的下场。对于老李尔的下场,邦德曾经这样解释:

> 我的李尔表示愿意为他自己的一生负责,同时付诸于他的行动……他的这一举动不应被看作是最后的行动,不然的话我的这个剧就会被认为是"荒诞派"戏剧的一部分,而这一点——如同被曲解的科学一样——会被认为是非文化的一种反应。人类的状况并不荒唐,荒唐的是我们的这个社会,李尔很老了,总归是要死的,他的这一姿态是做给那些学着如何活下来的人看的。

看得出来,长城也象征了一种暴力。无论是哪一方曾经是多么极力地反对它,一旦自己成为统治者时却又极力地维护它。足见这部戏剧在20世纪所蕴含的现实意义了。和同代剧作家相比,邦德戏剧艺术的最大特点就是既有现实主义的艺术手法,也有继承欧洲大陆剧作家的反现实主义的一面。作为一个社会评论家,在他的剧作中其运用现实主义和意象主义相结合的方法,在英国的舞台上塑造了一个腐败的死亡中的西方社会的缩影。

下篇　美国文学发展导论

第十章　殖民地时期的美国文学

1776 年,北美十三个殖民地宣布成立美利坚合众国。自此,美国独立了。作为非常年轻的一个国家,美国的文学也产生较晚,不过发展很快,现已屹立于世界文学之林。殖民地时期主要指的是 1776 年美国宣布独立之前的一段时间。在这段时间,美国文学主要表现为印第安人口头文学、清教主义影响下的美国早期文学,此外,早期戏剧也开始在此时萌芽。

第一节　枯窘的时代

美国殖民地时期对应的英国历史主要是 17 世纪和 18 世纪,有一个半世纪之久。在这一时期,英国文坛已经相当繁荣,出现了弥尔顿、屈莱顿、蒲伯、斯威夫特、笛福等文坛巨擘。反观美国,其真正的具有美国特性的文学还没有出现,是一个枯窘的文学时代。当然,立足于荒野的北美殖民者在开创新生活的同时也在努力地创造着新的文化和文学。

美国文学萌芽于印第安人的口头文学,它包括神话、传说、故事和抒情歌谣,内容丰富多彩。"印第安人"这个词由航海家哥伦布最先使用。他指的是 1492 年 10 月在美洲巴哈马群岛发现的土族人。这是他的误解,他一直以为他发现的新大陆是亚洲。不过,学界仍将错就错,称美洲尤其是北美的原住民为印第安人。在第一批欧洲人到达美国以前,印第安人在北美洲已居住了数百年。他们有五百多种不同的部族和语言,有自己的印第安文化,但没有书面文学。他们是土生土长的原住民,跟基督教和欧洲文化的传统有联系。西班牙入侵墨西哥之前,中部印第安人有阿兹特克文化和相当发达的玛雅文化。西班牙占领墨西哥时,玛雅文化开始衰落,可是,它已发明了书写体例、日历和数学。当地土族文化还是通过口头文学流传下来。

印第安人口头文学反映不同部族的社会生活和宗教信仰,既有纳瓦佐游牧狩猎文化的叙事故事,又有定居美国西部村落阿库玛族从农的故事,还有北部大湖区奥兹瓦族和落户沙漠地带的荷必族的传说。有些印第安故事表达对大自然的崇拜,将大自然作为精神上的母亲。他们认为大自然是生机勃勃的,充满精神的力量。故事中的主人公可以是某种动物或植物,常常跟部族、群体或个人的图腾联系在一起，他们对大自然的神圣意识植根于几代人的心目中。但他们这么多宗教圈里，没有独尊一个至高无上的神明，也没有长期仅信奉一个神。有时，他们常有关于一个巫师创业和航海的故事以及文化英雄如纳瓦佐族的玛纳波佐或奥兹瓦族的科约特的传说。他们不分好人与坏人，有些人物在一个故事里是英雄，在另一个故事里则又笨又自私。

如果从体裁上来说的话，美国印第安文学有圣歌、神话、童话、抒情曲、幽默轶事、谜语、格言、史诗和历史故事等各种不同的体裁。当然，这与欧洲成熟的文学中的体裁是有区别的。美国土族文学主要用口头表述。从内容上来看，印第安口头文学包括三个方面：一是关于世界的起源，人类是怎么产生的？印第安人用他们朴素的思想来说明人与自然、人与动植物的关系。但他们从没有写下来或编成书。这些故事有点像《圣经》的《创世记》。所有的部族都有他们祖先最早的开天辟地的故事，如美国北部伊洛科伊族的《开天的故事》，西南部彼玛族人的《世界开创的故事》等。不过这些是欧洲史料保存下来的。二是关于骗子的故事。这些故事里的骗子往往住在世界的边缘地带。他们有时候是人，有时候变成动物，如土狼、乌鸦、白兔和貂。他们机智聪明而大胆，经常故意违反现存社会的习俗和规定，也贪爱食物和美色。他们又善变玩点子，一会儿引诱鸭子跳舞，然后伺机杀之，一会儿装得很驯顺，乘其不备占了上风。有时，骗子变成小丑，充满了幽默色彩。三是关于历史的故事。各部族常记下本族发生过的重要历史事件。这些事件围绕一些人物为中心将历史事实和各部族信仰的想象结合起来。如居住在东南部的伍茨斯族有个故事讲到白人是从大西洋的水底下冒出来的。

在印第安人口头文学的基础上，美国文学获得了进一步的发展。除了在殖民地时期的文学中占据着相当重要位置的日记、札记、游记、布道文稿、书信、稗史等各种形式的私人文字外，美国这一时期还出现了早期的作家，如纳撒尼尔·沃德（Nathaniel Ward，1578—1652）、威廉·布列福德（William Bradford，1590—1657）、菲利普·潘恩（Philip Pain，？—1666）、约翰·梅森（John Mason，1600—1672）、约翰·温思罗普（John Winthrop，1588—1649）、安妮·布雷兹特里特（Anne Bradstreet，1612—1672）、约翰·塞芬（John Saffin，1632—1710）、本杰明·汤姆森（Benjamin Tompson，1642—1714）、柯顿·马瑟（Cotton Mather，1663—1728）、爱德华·泰勒（Edward Taylor，1644—1729）、约翰·伍尔曼（John Woolman，1720—1772）等，他们忠实地模仿和移植了英国文学的传统形式，创作了美国早期的文学作品。

从内容上来看，殖民地时期的文学作品有对各殖民地状貌的描绘，如乔治·阿尔索普（George Alsop，1638—？）对马里兰的描写，威廉·潘恩（William Penn，1644—1718）对宾夕法尼亚的介绍等；也有对印第安人的最初记载文字，如约翰·乔斯林（John Josselyn，1638—1675）的《印第安女郎（The Indian Girls）》、玛丽·怀特·罗兰森（Mary White Rowlandson，1635—1678）的《被俘和获释》以及约翰·梅森的《佩克特战争简史》等；也有阐述人与自然之间关系的重要文献，如约翰·伍尔曼《札记》中的《论青年》《实业与良心》等篇章以及他的《关于蓄奴的考虑》，塞缪尔·丹佛斯（Samuel Danforth，1626—1674）的《慧星的性质和含义》，约翰·温思罗普的《关于地震的演辞》，柯顿·马瑟的《基督在美洲的丕绩》等。

第二节　宗教文学的主流

　　在这一时期,受到清教主义的影响,不少作品都与宗教信仰有着密切的关系。清教主义起源于英国,在北美殖民地得以实践与发展。其因信称义、天职思想、山巅之城等核心理念,虽然构成宗教行为规范要素,却在很大程度上起到了消解禁锢人们思想与行为的主流教会传统的作用,促进了社会世俗化进程。它在早期的美国推动了人们的个性解放,促成建立现代劳动、职业和财富观,以宗教的理想勾勒出国家未来追求的目标。从 17 世纪 20 年代至中期的 30 年是第一代清教徒奠定清教信仰基础的时期,他们的作品以其动人的使命感而著称。从 17 世纪 60 年代至 18 世纪初的 40 年间,清教的神权政体经历了由盛转衰的痛苦阶段。世俗之风日益强劲,人们的注意力日益从圣坛转向充满各种物质诱惑力的大千世界。上帝对其选民的爽约开始震怒:印第安的"菲利浦王"的屠杀,英王的吊销殖民地特许证,以及其他种种苦难。这一时期的文字记载几乎无一例外地充满责备声,有自责,也有对世人堕落和叛教行为的申饬和劝导。进入 18 世纪以后,"圣经国"已不复存在,清教的精神大厦危如累卵,险象环生。一些清教神学家们竭尽毕生精力,准备和推动了北美"大觉醒"运动,以使自己的信仰免遭泼天大祸。他们的作品具有极其浓厚的宗教色彩。

　　清教徒不喜欢世俗的娱乐,反对跳舞和玩牌。他们认为这些活动与贵族奢侈的生活和不道德的享乐有关。阅读或创作这些休闲的书籍也是同样不好的。他们集中精力写些非小说或宣扬上帝恩惠的祈祷词、诗歌、神学祭文和历史故事。他们也写些日记或沉思录,以表露自己对紧张劳动的自省和自悔,向上帝倾诉丰富的内心活动。

　　就美国殖民地时期宗教的文学主流来看,威廉·布列福德、约翰·温思罗普、柯顿·马瑟、安妮·布雷兹特里特、爱德华·泰勒等人做出了重要的贡献。

　　威廉·布列福德是美洲新大陆第一位殖民地的史学家和清教徒文学家。他是清教主义内部分离教派的重要成员,生于英国约克郡。为了寻求信教自由,避免英王的迫害,净化基督教教义,1609 年,他移居荷兰,在莱顿住了 11 年,后来感到子女难以成才和保留身份。1620 年,他协助组织"五月花号"航海至美洲新大陆,登陆后建立了种植园,形成一个独立的政治单位。他帮助选址建区,订立《五月花契约》。经历了第一个灾难性的寒冬以后,1621 年,他被一致推选为总督,后来一直连任 30 多年,直到 1656 年。他兼任大法官,亲自抓农业和贸易以及土地的分配。他为人忠厚,善于筹划,管理能力强,帮助移民克服了许多天灾人祸的难题。他提出了自治和宗教自由的原则,后来英国政府将这些原则和政策推广到其他美洲英国殖民地。

　　布列福德虽然没有受过正规的教育,但具有较高的文学天赋。他在从政期间不忘记录早期移民定居的历程,经多年积累成一本《普利茅斯种植园史》,可惜在他去世时仍未出版,直到两百多年后的 1856 年才问世。

　　《普利茅斯种植园史》生动地记述了"五月花号"到达美洲新大陆经历的种种困难和挫折,描写了殖民地创建初期的过程。作为一个虔诚的清教徒,他不断地提醒他的"香客"千万不要忘记他们的宗教使命,一刻也不能放松上帝交给的任务。他的散文风格简洁明白,深受《圣经》(日内瓦版)的影响,字里行间不乏幽默和反讽。例如:

> ……因此,过了大洋,也熬过了许多困难……此刻,没有朋友欢迎他们,也没有旅馆招待他们或让风雨吹打过的他们的身体恢复疲劳,没有房子,更没有城镇可逛或求助……凶恶的野蛮人随时准备用箭射穿他们的两侧。由于是冬天,他们知道当地的天气,知道冬天寒风凛冽暴烈,还有凶猛的暴风雨……他们用饱经风霜的脸面面对这一切。整片地区,森林密布,抹上一笔粗野的色彩。

布列福德还在这部作品中记录了殖民地自治政府在新大陆的第一个文件《五月花契约》,那是登陆前香客们在船上起草的。契约尊重教徒的自由和权利,不区分世俗与信教,主张人人平等,相互尊重,互相关心。由此可以看出,这部作品的意义是非常大的。有些学者甚至认为,其中的民主思想是美国《独立宣言》的先驱。

约翰·温思罗普生于英国塞福尔克的某庄园,父亲是个律师,母亲是个贸易商的女儿,家境富裕。他虽然不是分离教派成员,但他希望从英国国教内部进行宗教改革。他曾想当个牧师,后来成了律师。他曾入读剑桥大学两年,后来成了清教徒。1629年他加入《剑桥协定》,同意跟一批清教徒去新英格兰实行自治。1628年,他帮助组织了马萨诸塞海湾公司。1630年4月8日他率领700多移民在新英格兰登陆,组建了殖民地,成了第一任总督,后来发展成波士顿。据说,在出发前或航行中,温思罗普在他乘坐的“阿贝拉号”船上发表了题为《基督教博爱的典范》的祈祷词,宣布此行赴美洲新大陆的目的是以自己的方式建立崇拜上帝的真正的宗教社会,呼吁每个上船的人要成为基督教事业成功的榜样或失败的教训。这部作品是这样结束的:

> 所以,让我们选择生活,
> 忠于上帝,服从上帝
> 的声音、我们和我们的种子
> 才能生存,因为
> 上帝是我们的生命和
> 我们的繁荣。

他还提出了创建“山顶之城”的计划。“山顶之城”是古以色列王大卫在圣山锡安上建的供奉主约柜的圣城,即天国的别称。温思罗普在马萨诸塞海湾殖民区建立新的管理体制,使殖民区逐步发展成为英国在北美最大最富的殖民地。

温思罗普反对与牧师分享权力,缺乏民主倾向。他对反对清教主义的人起先很宽容,后来在1636—1638年强烈反对持不同意见的女作家安娜·哈特钦森和她的追随者。1643年,他领导新英格兰联合殖民地公司反对印第安人。1645—1646年,他为英国议会干涉殖民地事务辩护。他的著作《新英格兰史:1636年至1649年》(共三卷)全是他亲身见闻的日记,内容非常丰富生动,文笔流畅,简洁易懂,充满了浓烈的宗教气息。

安妮·布雷兹特里特是第一位出版诗集的美洲作家。她生于英国的诺桑顿,原名达德利,自幼受清教主义教育,16岁时嫁给剑桥大学毕业生、清教徒西蒙·布雷兹特里特。两年后,她跟丈夫和父母乘温思罗普的“阿贝拉号”一起到达马萨诸塞海湾殖民地,成了第一批移民。她父亲托马斯·达德利和丈夫先后成了总督。她在家照料子女,抽空写诗。1647 年,她的姐夫背着她,悄悄地将她的诗稿带回英国出版。她的第一部诗集《美洲最近出现的第十个缪斯》就这样问世了,很快就成了伦敦的畅销书。她受到英国诗人斯宾塞、锡德尼和其他人的影响,特别钟爱玄学派诗歌。她爱用精巧的意象和延伸的比喻,但模仿的痕迹比较明显。她的长诗《沉思录》就是用斯宾塞的韵律写成的,连诗的主题、时间与变化也是斯宾塞常用的。她还非常崇拜法国诗人巴尔塔斯,曾模仿过他"四个"的思路进行创作,如四季、四个时代、四大王朝、四种液体等。

布雷兹特里特的诗作具有非常浓烈的宗教气息。作为虔诚的清教徒,她的思想世界是由上帝主宰的。对上帝的崇拜,对天国的憧憬和描绘,对原罪的认识,对死和永生的思虑,清教徒的虔诚和自我剖析,构成了包括她的最动人心腑的家庭诗在内的诗作基本内容。对于天国,她充满向往之情,不止一次地在诗作中勾勒它的状貌。在《关于她的孩子》一诗里,她对孩子们说:我为你们做了母亲应做的一切,你们已长大成人,犹如雏鸟羽翼业已丰满,而我的时日却行将结束,我就要从树梢展翅飞向肉眼看不见的地方,在那里老态立即换新颜,和天使一起放声歌唱.没有严寒,没有暴风雨,春天常在,直至永恒。在《灵与肉》中,她对天国进行了最具体、最动人的描绘。在天国里,灵对肉说,我的眼睛透过天空,所望到的你无法看见;我的衣服并不是丝绸和精金,也不是尘世间所有的废品,我要穿的是皇袍,比璀璨的太阳还要炫目,我的皇冠不是钻石、珠玑和黄金,而是和天使们展现出的一模一样。接着,在灵的脑海中呈现出《圣经·启示录》中对上帝的圣城的描述,因为她绘声绘色地对肉说:

> 我希冀栖身在一城中,
> 尘世无以与之相伦比;
> 雄伟的城墙高大而坚固,
> 用贵重的碧玉砌成;
> 富丽的珠门又明净,
> 天使做阍者伫立在门庭;
> 街道都用精金铺设,
> 肉眼从未见识过;
> 汩汩晶莹河水流,
> 发源于羔羊的宝座。
> 那一定是生命之水,
> 溪流永远明澈。
> 没有太阳,没有月亮,它们没有必要,
> 因为有上帝的荣耀照射。
> 没有烛光,没有火炬,
> 没有夜的漆黑。
> 他们永不会患
> 病痛和痼疾;
> 永不再有凋残的老朽,
> 长在的是澄莹光洁的美。

对于布雷兹特里特来说,上帝的圣城是逼真的,敬拜上帝的人的名字都会被写在羔羊生命册上,进入圣城和上帝同在。这种虔诚业已渗入她的全身心,因此便自然地充溢在她的作品中。例如,她的《写在我家失火之际》《疲乏的朝圣者》及《沉思录》等诗作,都反映出了她殷切敬奉上帝、向往天国和圣城的心情。

从布雷兹特里特的诗作中,我们也能窥见到北美清教移民富于人情的一面。女诗人所生活的年代恰是新英格兰初建神权政治和清教主义炽盛的年代,是后世所称宗教狂热和偏执登峰造极的年代。作为一个总督的女儿、另一个总督的妻子,女诗人的感情世界,应当更加拘谨和古板,更缺少自然成分。然而,布雷兹特里特与丈夫之间的感情显然是恩爱融洽、绸缪缱绻的。《献给我亲爱的丈夫》一诗就情真意切,洋溢着多彩的生活气息,令人倍感亲切:

> 假如两人情同一人,那就是你和我,
> 假如妻子疼爱丈夫,那就是你;
> 假如丈夫让妻子幸福,
> 啊女人,你敢跟我比?
> 我珍惜您的爱,胜过整座金矿,
> 或东方人拥有的所有珠宝。
> 我的爱,江河阻挡不止,
> 你的爱,我难给你补偿。
> 你的爱,我无法回报,
> 我求上天给你加倍奖励。
> 那么我们活着时,在爱情里久久相依,
> 到我们去世时,我们也永不分离。

这首以爱情为主题的诗带有东方的意象和当时欧洲流行的对比手法。尽管当时清教主义主宰社会环境,但诗中的真情流露还是引起了读者的共鸣。

柯顿·马瑟生于波士顿,家境富裕。18 岁时,他获哈佛大学硕士学位。1685 年他被封为公理教会牧师。他到他父亲的波士顿北部教堂当牧师,一直到去世为止。他成了著名的清教徒领袖和作家。马瑟的著作颇多,且具有较大的影响力。他的《巫术和财富难忘的天佑》描述萨拉姆地区巫术的歇斯底里狂热,虽然他并不赞同他们的过激行为。《看不见的世界奇观》评述一些人生苦难。《论做好事》劝导清教徒弃恶从善。《美国珍品》表露了丰富的新大陆自然历史知识。

马瑟写了 450 部书,内容涉及新英格兰的方方面面,其中最出名的是《基督在美洲的丕绩》。这部著作通过一系列传记,生动地展示新英格兰殖民地的编年史,全书贯穿了清教主义思想。这部巨著的结构独特,由一些有代表性的美洲圣人的一生交替变化组成。他雄心勃勃,热情地自夸实践了自己的诺言,"我从欧洲的被剥夺到美洲的困境写出了基督教的奇迹"。此书有一章谈到"萨拉姆的巫术审判",他从清教徒的观点描写那些巫师身上有许多超自然的烦恼和不少看不见的世界的鬼怪造成的凶残的煎熬。许多巫术表明,它不仅使移民变得歇斯底里,而且形成心里怕鬼。这说明清教主义崇拜诸神论正在走向衰落,而马瑟是个崇拜诸神论的辩护师。他的著作使今天的读者了解 17 世纪的清教徒相信巫术中存在鬼怪和精灵,它们像撒旦那样,为纯洁和正直的人们的灵魂进行神圣的战斗。

爱德华·泰勒是个北美殖民地时期最著名的诗人。他生于英国考文垂一个自耕农家里,当过小学老师。他信守公理教会的原则,拒绝宣誓效忠圣公会,不得不放弃教职,1668 年移民新英格兰海湾殖民区。他入读哈佛大学，像哈佛出身的许多牧师一样，掌握了希腊语、拉丁语和希伯来语等多种语言。1671 年毕业后，他到马萨诸塞西部威斯菲尔村当牧师和医生，历时达 58 年，直到逝世。

泰勒的手稿《诗作》，除一首诗的一个片断以外，他生前都未发表过。1883 年，他的孙子、原耶鲁大学校长艾兹拉·斯泰尔斯将他的手稿捐赠给耶鲁大学。这 400 页的手稿经过挑选一部分于 1939 年出版。诗集问世后很受欢迎，泰勒立即被认为是美国 18 世纪最优秀的诗人。

泰勒知识渊博、研究过教会历史、政治、神学、医学、金属学和自然科学。他的主要诗作有两部：一部是诗剧《上帝的决心》，描写上帝的恩惠和伟大，交织着对于犯罪和赎罪的评说；另一部是《受领圣餐前的自省录》，包括 217 首长短不一的诗作。此外，他还创作了各种题材的诗。有些诗作他常用于布道，以增加演说的效果；有些是写给朋友或自己欣赏的。泰勒还写墓志铭、抒情诗、挽歌和一部 500 页的诗歌形式的《基督教史》（实际上是一部殉难者的书）。

泰勒是个十分虔诚的清教徒，灵魂里浸透了加尔文教义，其诗作犹如诗化的《圣经》。他过着单纯而朴实的清教主义牧师的生活，相信原罪说，相信上帝的慈悲和拯救灵魂的威力。他反对罗马天主教和英国国教礼拜仪式中的浮夸和奢侈，希望恢复耶稣创教时的纯洁和朴实。他以自己的诗笔，纵情地赞美上帝使他那"愚蠢的想象力"表达闪亮的主题，使主的恩惠光芒万丈，普照人间。上帝就是他的一切，他的一切都是为了上帝，离开了上帝，他的想象就暗淡无光，他的诗就黯然失色。在他的代表作《受领圣餐前的自省录》的《总序》里，诗人是这样开篇的：

主啊，一块泥巴能比地球重？
高过山峰和透亮的天空？
它会珍惜和描绘无限的神圣？
对啦，握住这支笔，它的墨水会
以光荣和荣誉引向
你永恒的辉煌。

泰勒坦言，他就是这块泥巴，它是他专门设计的，目的是使他的笔只歌颂上帝。他那"愚蠢的想象力"在耶路撒冷苏罗门神殿的宝石上磨过以后豁然开朗。上帝的英明让他的诗笔闪亮，思想闪光、盛赞上帝的荣耀。

泰勒的诗歌从总体看酷似一个大型比喻，它形象地表现出一个罪犯自出生到被捕、受审、获得新生的完整过程。在诗人看来，人的本性便是污秽和丑恶的："天国之鸟"啄食了禁果，因而陷入"精神饥饿"状态（《受领圣餐前的自省录》：第一辑八）。他来到这个肮脏的世界上：这里的亮光已被熄灭，炫目的白日已变成子夜，四周射出鲜艳的光的太阳已被埋葬，生被死击败，地府代替了天堂；在这里到处是罪孽、死亡和魔鬼，把人赶向地狱（《受领圣餐前的自省录》：第一辑十九）。生活在这样的地方，人只能会愈益堕落，人心只能愈益蜕化。诗人痛切地认识到了这一点，他的哀鸣直接发自于他的心底：

我仍然抱怨；我仍在抱怨。
唉！伤心啊！可曾有心和我的一般？
一个污臭的猪圈，一槽肮脏洗衣水，
一个粪便坑，一片污泥滩，

一窝毒蛇,一窝黄蜂刺,

一袋毒药,一大盒罪庆。

从这几句诗歌可以看出,诗人对人心可谓痛恨至极,为形容它的污秽,他穷竭心计,把他所知的尘世的一切龌龊东西都搜罗在一处,依然意犹未尽,因此,他咬牙切齿般地骂自己的心又坏又黑又恶,比魔鬼的心更黑,地狱里也没有可与之相比的东西。他把它视为各种罪过的训练所。

在《受领圣餐前的自省录》中,有200多首诗都对上帝进行了歌颂。泰勒常常引用《圣经》,但不单纯模仿《圣经》。他有许多自己的联想,但跳跃度较大,令人难以跟踪,具有英国玄学派诗歌的特点。在《受领圣餐前的自省录:第一辑八》中,诗人引用《圣经·约翰福音》第六章第五一节的一句为副题:"我是生命的粮。"这里的"我"指的是耶稣;这一节说,这生命的粮是从天上降下的,人若吃了这粮,就会永远活着,耶稣所赐的粮就是他的肉,是为世人的生命所赐的。耶稣的血成为"生命的水",供世人饮用。显然,诗人是很爱用比喻修辞的。在短诗《家务》中,他将纺车比作上帝的工具:"主啊,将我做成你完美的纺车吧,你的教诲做线杆,我的激情做梭子,我的灵魂做线轴,我的谈话做线筒,将纺出的线卷起……"这个形象的比喻颇有特色。在短诗《体验》中,诗人流露了自己激动的心情,他希望自己纯洁的心变成上帝的钢琴,以仁慈和荣耀调正音律,以最高的调位和最美妙的音乐赞美上帝。这些诗内容不离说教,有点单调乏味,但比喻清新,令不少教徒和读者入迷。

第三节　在压迫中萌芽的早期戏剧

在殖民地时期,在北美洲大陆上,戏剧演出是被严格禁止的。在宾夕法尼亚、纽约和马萨诸塞等殖民地,制定了禁止戏剧活动的法律,如果有违犯者,将会受到严厉的制裁。1665年8月27日,威廉·达比(William Darby)和他的两个合伙人就受到了弗吉尼亚法庭的传讯,法官让他们在法庭上表演他们上演过的剧本《赤裸者与幼狐》,因为有人控告了他们的演出活动。这常常被认为是美洲大陆上最早的一出戏剧。不过,其并没有被流传下来。

北美洲的戏剧活动虽然遭到严格的禁止,但在当时并没有消失。这与很多演员坚持不懈的努力是分不开的。他们千方百计地绕过法律的禁区,进行演出活动。例如,大卫·道格拉斯(David Douglass,? —1786)曾把《奥赛罗》分解成五部分,进行"伪装"演出。此外,在北美洲殖民地大学校园里是提倡和鼓励业余戏剧演出活动的,虽然他们很少演出全剧,只是演出一些片断,无疑对学生产生了深刻的影响。1702年,在威廉-玛丽学院曾演出一部"田园对话",这是北美洲有记录的最早的学院戏剧演出活动。1756—1757年期间,在费城学院上演过《艾尔弗雷德的假面舞会》。威廉·史密斯院长曾撰文说,学生"时常在大批观众面前发表适合时宜的演讲,在我们的最优秀剧作中扮演角色,赢得了热烈的掌声"。他的文章证实了学生参加戏剧演出活动的史实。在哈佛、耶鲁、布朗等学校是不鼓励戏剧创作和演出的,因而很晚才出现职业性戏剧活动。英国巡回演出的演员安东尼·阿斯顿于1703年和1704年期间曾在美国进行演出,被认为是在美国舞台上出现的第一个职业演员。他到过纽约,进行"演出,写作,求婚,跟那个冬天作斗争"。他在日记中曾写道:"我们到过查尔斯顿,到处是虱子、耻辱、贫穷、赤裸和饥饿。我成了演员和诗人,写过一部关于乡村题材的剧本。"从上述可以看出,在殖民地时期,美国戏剧已然萌芽。这一时期还出现了一些戏剧作家有罗伯特・亨特(Robert Hunter,?—1734)、罗伯特・罗杰斯(Robert Rogers,1731—1795年)、汤姆斯・福雷斯特(Thomas Forrest,1736—?)等。

罗伯特・亨特在1710—1719年是英国皇家驻纽约和新泽西的殖民总督,后来又任过牙买加总督。他在英国就是有一定知名度的作家,曾经受到英国著名小说家乔纳森・斯威夫特的青睐。他把戏剧创作看作是一种讽刺的手段,看作是自己政治上受挫折时发泄感情的一种途径。他的传记性的政治讽刺剧《安德罗博罗斯》出版于1714年,是在美国出版的第一个剧本,现在保存在加利福尼亚亨廷顿图书馆里。

这是一部三幕剧。第一幕写参议员开会的情形:参议员一方面赞扬安德罗博罗斯勇敢、谨慎,但他实际上并不具有这种品质,而他的名本身就有"食人者"的含义;另一方面他们又对亨特总督进行猛烈攻击。第二幕写参议院解散,变成了宗教法庭,对宗教又进行了猛烈的抨击。第三幕写滑稽主人公安德罗博罗斯成了众矢之的,受到了无情的嘲弄和奚落。他把自己神化了,一些人看不见他,另外一些人听不见他的声音,绝大多数人只能嗅到他的气味。剧本结束时,所有的人,包括安德罗博罗斯在内都落入了对方的陷阱。

该剧以幽默的情趣讽刺了省议会、宗教政府和他的政敌弗兰希斯・尼科尔森总督等人。剧中共有15个人物,其中有13个是纽约政界的人物,安德罗博罗斯就是尼科尔森的化身。令人吃惊的是,他的这部"传记性滑稽剧"出版,成功地使他的政敌哑口无言。不过,可能由于这部剧中有些情节过于轻率,文学价值不高,所以从来没有上演过。

罗伯特・罗杰斯出生于马萨诸塞州,居住在新罕布什尔地区,曾参加过反对法国人和印第安人的战争,但他作为一个军人,曾被控告跟印第安人有非法贸易来往。他写的《庞蒂亚克》被认为是写印第安人问题最优秀的剧作。这部剧作于1766年在伦敦出版,是美国第一部写当地题材的悲剧,但从来没有上演过。罗杰斯同情印第安人,跟印第安人首领庞蒂亚克有过交往,有过跟印第安人做生意的亲身经历,这为他创造出庞蒂亚克这个"高尚的野人"悲剧人物形象打下了坚实的生活基础。剧中主题揭露了白人残酷迫害,甚至杀害印第安人的罪行,他们像猎手一样,随意杀害红皮肤的人,把杀人当作是一种游戏和运动,而"长官"并不去制止,导致许多无辜成为受害者。此剧是一出悲剧,但又穿插着爱情故事,经常受骗的庞蒂亚克和他的儿子菲利普和契基坦计划对陷害他们的人和英国士兵进行报复,但在印第安人首领中间产生了矛盾,他让菲利普去劝说亨特亚克首领,结果以杀死其女儿来激起他对英国人的仇恨,契基坦发现自己钟爱的姑娘被杀,他杀死了菲利普后便自杀了。庞蒂亚克是一个英勇的人物,但最后被英国人打败成为一个受害者。这部剧本以散文为主,也掺杂着一段段的无韵体诗行;语言较为夸张,换布景频繁。由于剧中揭露了英国人对印第安人的暴行,因而在伦敦刚出版时,并没有获得评论家较高的评价。

汤姆斯・福雷斯特是宾夕法尼亚人,后来参加了独立战争,成为上校。他的剧本《失望》以笔名安德烈・巴顿发表。这部剧本来宣称于1767年4月20日首演,但却于4月16日突然宣布由于个人的原因撤销了演出计划,使它丧失了作为当地美洲人剧作的第一个在美洲上演的时机,让位于4月24日上演的《安息王子》。但它依然是美国的第一部叙事歌剧,是一部讽刺费城政界人物的滑稽歌舞剧。它是第一个运用"扬基傻瓜"歌曲的剧作,也是第一部塑造爱尔兰人舞台人物形象的剧作,也许还是第一个用方言写黑人人物的剧作。如果不是原来的演出计划突然撤销,它定会成为真正美国戏剧的开端。这部剧作主要写的是哈姆等 4 人寻宝的故事,但最后发现是一场骗局,宝物柜里装的全是石头。这部剧在 1796 年的修改稿中,增加了讽刺总统和国会的内容。

汤姆斯·戈弗雷出生于费城,13 岁时父亲去世,他当了一个钟表匠学徒。费城学院院长威廉·史密斯发现他是一个有天赋的孩子,替他解除了学徒合同,向他提供助学金,使他获得了受教育的机会。史密斯院长在学校里是非常重视、提倡和鼓励发展艺术事业的,特别是戏剧。戈弗雷在史密斯的引导下,受艺术气氛的熏陶,爱上了戏剧事业,他可能参加过学校的《艾尔弗雷德的假面舞会》一剧的演出。戈弗雷也喜欢诗歌。1758 年,他曾多次向《美国杂志》投稿。他的诗的风格有些效仿乔曳等人的诗风。1758 年,他加入了宾夕法尼亚民兵部队,曾赴前线参加战斗,被提升为中尉。1759 年之后,他多年住在北卡罗来纳的威尔明顿,后来病殁在那儿。

戈弗雷一生中留下了唯一一部剧作,即《安息王子》。这部剧于 1759 年完成,是由美国职业演员于 1767 年 4 月 24 日在美国费城上演的第一部由美国人写的剧作。这是一部五幕剧的悲剧,主要以爱情和荣誉为主题。剧中故事围绕着国王阿塔巴纳斯和 3 个儿子阿萨希斯、瓦丹尼斯和戈塔泽斯之间的关系展开。野心勃勃的二儿子瓦丹尼斯阴谋篡夺王位,便诬告战功赫赫的兄长阿萨希斯有叛国行为,借父亲的手把他关进监狱,之后又让手下人杀死了父王,他的恶行遭到了年轻但有高尚情操的弟弟戈塔泽斯的反对,他兴兵打败了瓦丹尼斯,救出了阿萨希斯。阿萨希斯得知自己钟爱的伊娃丝公主因误信他已在战斗中被杀的谣传而服毒自杀,他随后也自杀了。最后,戈塔泽斯继承了王位。

这出美国悲剧的主题和艺术风格都是英国式的,使人想起了英国王政复辟时期的戏剧,想起了英国 18 世纪的古典悲剧,莎士比亚剧作影响的蛛丝马迹更是显而易见。此剧的故事情节比较简单,但却是戈弗雷独立构思的,而他剧中一段段的语言令人联想起莎士比亚的剧作。剧中主人公的被救以及理想的毁灭像是出自《朱立叶·凯撒》;国王要退位,面临着 3 个儿子当中谁来继承王位的问题,以及瓦丹尼斯用一封假信欺骗国王,陷害阿萨希斯的手法等,都能在《李尔王》一剧中找到雷同之处;阿拉伯国王贝萨思跟女儿伊娃丝的狱中会面与李尔王跟小女儿科德莉亚的团聚相似;国王阿塔巴纳斯的"鬼魂"的出现制止皇后杀害儿子阿萨希斯的场面跟《哈姆雷特》一剧中第三幕里哈姆雷特——格特鲁德——鬼魂对峙的场面相似;女主人公伊娃丝误信传言服毒自杀以及阿萨希斯来晚一步随后自杀的格局跟《罗密欧与朱丽叶》剧中朱丽叶和罗密欧由于误会和时间差异而相继自杀的格局又极为相似。

这部剧作反映了中产阶级的哲学思想,尤其是剧中触及的政治主题对当时十分关心自由民主和反对独裁专治统治的当地人来说是很有意义的。遗憾的是,这部剧没有直接写当代的美国人所关心的政治和社会主题。不过,尽管如此,这部剧也是殖民地时期美国具有代表性的一部戏剧作品。

第十一章　独立革命时期的美国文学

18世纪的美国经历了两场革命，一场是独立战争，另一场是启蒙运动。独立战争，诞生了一个国家，使美国得到了空前的发展。启蒙运动，一场文化运动，革新了美国的文化结构，使美国摆脱了清教主义的局限。此外，美国真正的民族文学就是起源于这场伟大的独立战争，它的开端正是在这场革命风暴空前猛烈地席卷整个北美大陆之时，因此，完全可以说：没有独立战争就没有美国，没有独立战争也就没有美国的民族文学。

第一节　文化三巨匠——爱德华兹、富兰克林和杰弗逊

自18世纪中期至19世纪初，这几十年的美国文学得到了长足的发展。这期间的作家与作品开始表现出一定的"美国味"。但总的说来，这一阶段模仿性强、依赖性强，真正意义上的美国独立文学的形成还需要至少一两代人的努力。下面将从这个时期美国的文化三巨匠入手分析，他们分别是乔纳森·爱德华兹（Jonathan Edwards，1703—1758），本杰明·富兰克林（Benjamin Franklin，1706—1790）以及托马斯·杰弗逊（Thomas Jefferson，1743—1826）。

一、爱德华兹

乔纳森·爱德华兹生于康涅狄格州东温莎镇一个宗教世家，其父、祖父、外祖父都是牧师。他从小就在家接受教育，13岁升入耶鲁大学，20岁获硕士学位。他学习勤奋，严格要求自己，在校时每天清晨四时起床，一天读书13个小时，并坚持锻炼身体。1726年毕业后他曾去纽约两年，后到他祖父任职的教堂当助手。1729年，祖父去世，他顺利接班，成了教区唯一的牧师，并在此一共任职了24年。1740年至1742年，英国牧师乔治·怀特菲尔德（George Whitefield，1714—1770）的布道之行点燃了北美所有殖民地"大觉醒运动"之火。爱德华兹与他真诚合作，一起到各殖民地布道讲演。1758年，爱德华兹接到邀请，应聘至新泽西大学（后改为普林斯顿大学）担任院长。到任后三个月，他因注射天花疫苗不幸去世。至此，一位文化巨匠就此陨落。

1729年，爱德华兹发表了他的第一篇祈祷文《忏悔作品中对上帝的盛赞》，这篇文章主要是为了针对一些人强调宗教和道德的自我满足，谴责新英格兰地区的道德弊病。1734年，他又进行多次布道演讲《只为信仰辩护》，使1734年至1735年冬春沉闷的宗教充满了生机。随后的《上帝惊人作用的真实记述》在欧洲和北美造成很深远的影响。他通过许多皈依上帝的类型和阶段，

详细描述皈依上帝的经历,劝导教徒毕生笃信上帝不疑。

1740 年至 1742 年,他的著作《发怒的上帝手中的罪人》就成了"大觉醒运动"的重头戏。在这场运动中,爱德华兹与英国牧师乔治·怀特菲尔德真诚合作,一起到各殖民地布道讲演。他在这部著作中指出:未履行契约的人,犹如可厌的小虫,定会扑向地狱的烈火。他还写了其他几篇文章,为"大觉醒运动"申辩并回击了一些牧师对此运动的批评。他的布道和论文激发了这个时期新的宗教热情,使不少人皈依了公理会,促进北美"大觉醒运动"的深入发展,恢复教堂权威的地位,维护了他祖父在教区的多年声誉。

1750 年,因为他想恢复早年入教的严格要求,允许只有那些公开声明被上帝拯救的人才能接受圣礼,从而引起了小镇民众的反对。6 月 30 日,经投票表决,最终出现了两百票对二十票的情况,爱德华兹被解除教职,随后,他默默地离开了这个工作多年的地方。后来,他去马萨诸塞西部印第安小镇斯托克布里奇当牧师,并在那里潜心写了许多论著如《意志的自由》《伟大的基督教教义的原罪说辩》和《关于上帝创造世界的目的》。他自己为"意志"界定了含义,重申加尔文教义的严肃性,他还吸收牛顿和洛克的新思维,并在一定程度上修正了加尔文教义,既保持清教主义上帝的荣耀,又指出人的行动应负的责任。他既想维护宗教的虔诚、激情和理想主义,又想使这一古老的传统恢复活力,他把一切都献给了上帝,但过去的历史难以再现,清教主义已盛极而衰,难以为继。随着启蒙时代的到来,爱德华兹显得力不从心,幸好他意识到这一点,不自觉地接受了洛克和牛顿的认识论,将人世间的一切放在思考的范围内,从自身的体验和发现来认识上帝。这些现代意识使他成了 19 世纪爱默生和梭罗超验论的先行者,对后世的创作起到了很大的影响。

从 1740 年至 1745 年,在"大觉醒"宗教复兴运动中,爱德华兹自始至终都发挥了其重大的作用。他将布道的重点放在提醒教徒认清上帝的权威和荣耀以及无限的爱。另外,从爱德华兹后期哲学著作《意志的自由》中就可以看出,爱德华兹已经清楚地意识到"大觉醒"与启蒙主义的冲突,也就是对清教主义的虔诚与理智的冲突,二者通过不同的道路走向类似的目标。他采取将加尔文主义与启蒙主义相结合的妥协态度,深信美洲将成为实现上帝意志的乐土。

此外,新英格兰僵化的清教主义环境和对神职的高度责任感共同造就了爱德华兹的性格。使得他在面对周围不断扩大的自由主义势力,坚决捍卫严格而郁闷的加尔文主义。他最有名的布道文《发怒的上帝手中的罪人》强调确实有地狱,上帝的审判是肯定的,有罪一定要赎。他用生动的形象描绘罪人被扔进地狱的可怕情景:

　　……上帝将你提在地狱上面,正像人提着一只蜘蛛或可厌的小虫在火的上面,憎恨你,被你激怒了。他对你的愤怒像火一样燃烧。他盯着你,好像你一文不值,只配扔进火里。

紧接着爱德华兹又说:

　　啊! 罪人! 想想你处在可怕的危险中:一个愤怒的大熔炉,一个宽广无底的深坑,充满了怒火。你被上帝的手提在大熔炉上面。上帝被激怒了,更加反对你……

他为了歌颂上帝,不惜贬低人,给人大难临头之感。他的演讲词如此夸张又激昂,常常使许多公理会教徒心灵受震撼,激动得痛哭流涕。爱德华兹捍卫的加尔文主义在长时间内几乎令许多教徒产生异化感,变得荒唐、无情和歇斯底里。18 世纪启蒙主义的曙光已经来临。爱德华兹中世纪式的布道文和生硬的教条已经不适合新英格兰殖民主义者的需要,也就不那么受民众的欢迎和接受了。他去世后不久,一个强大的宽容自由的新潮流便出现了。

二、富兰克林

富兰克林出生在波士顿一家贫穷的以制造蜡烛和肥皂为业的制造匠家庭。如他在《富兰克林自传》中所说,他"穷而卑贱",幼时只上过两年正规学校。然而他勤奋好学,书成为他与"成功"谋面的引荐人。他 12 岁时辍学,当了同父异母哥哥的徒弟,学排字印刷。16 岁开始以笔名"静行善"发表评论波士顿社会生活的文章。1723 年,他因嫌哥哥专横自己到费城闯天下。1724 年他去伦敦,因找不到工作,两年后,返回北美殖民地,他抓住印刷文化发展的机会,自办印刷厂。1729 年,他收购了《宾夕法尼亚公报》,自任编辑兼出版人。他的事业兴旺发达,他设法扩展了社会服务,办了一家医院、一个图书馆、一个消防队和一所学校(后来升格为宾夕法尼亚大学)。1736 年至 1751 年,富兰克林在殖民地议会工作了 15 年。1748 年,他转向科学试验,发明了富兰克林炉子、远近两用眼镜和著名的避雷针等。1757 年至 1762 年他代表宾夕法尼亚出使伦敦,为土地税问题向英国政府申辩。1764 年,他再次出使伦敦,为废除印花税帮助抗争。

回到费城后,他被选为第二届大陆会议的代表,并成为《独立宣言》起草小组的成员,与杰弗逊等人起草了《独立宣言》。1776 年,他又去巴黎寻求军事和财政援助。作为新大陆的首任使节,他受到法国人民的盛大欢迎。独立战争快结束时,他被选为外交代表之一,与英国进行谈判。1778 年,他代表刚成立的美利坚合众国去巴黎与法国签订了联盟条约。1783 年他又作为美国政府三人委员会成员之一到巴黎签订和平条约,结束历时八年的独立战争。回国后,他被选为宾夕法尼亚议会议长。1787 年,他成了制宪会议的代表,推动了美国宪法的通过,他为建立和巩固美利坚合众国贡献了毕生的精力。1790 年 4 月 17 日,这位传奇式的巨人在费城离开了人世,有两万人参加他的追悼会。富兰克林就这样走完了他人生路上的 84 度春秋,静静地躺在教堂院子里的墓穴中,他的墓碑上只刻着:"富兰克林——印刷工人"。

富兰克林是人类历史上不可多得的天才人物。他把思想和意志、才能与技艺、力量和恬静、幽默与优雅等因素融于一身。他的一生犹如多位卓越人物的生命的总和,他是出版家、邮政总长、作家、科学家、政治家、哲学家、政治经济学家、大使等。小说家麦尔维尔这样夸耀他,说"他的国家的典型和天才"。法国经济学家杜尔哥为他写下了这样的赞语:"他从苍天那里取得了雷电,从暴君那里取得了民权。"

在漫长的岁月里,富兰克林写了许多文章。他的文集有四十多卷。他是个自学成才的多产作家。他的文集虽有 40 余卷之多,但是他在文学上的地位主要是由他的两项文学成就《穷理查历书》和《富兰克林自传》(以下简称《自传》)确定的。《穷理查历书》1732 年问世时,用的是作者杜撰的名字理查·桑德斯。这本历书印发持续长达 25 年之久,极受读者欢迎,每年销售量达一万册。在宾夕法尼亚州几乎每几家中就有一本。这本历书最核心的部分在于它的文学部分:诗歌、散文以及印在历书空白处的许多国家的成语箴言。这些富于生活哲理、体现智慧、语言诙谐的成语格言很快便家喻户晓,其中许多成为当时及后世为人处世的座右铭,最引人注意的成语格言是有关发财致富方面。1757 年,富兰克林把历年历书中的格言的精华部分选编成一本题为《致富之路》的小册子,至 19 世纪初它在欧美已有上百种版本,被译成多种文字。即便是在今天的读者的心目中，它也依然能引起反响，发挥某种指导作用。苏格兰哲学家大卫·休谟称他是"美国第一位伟大的作家"。

在《穷理查德历书》中，理查德·桑德斯是作者虚构的主人公，书中记录许多有趣的人物，介绍主人公发家致富之路，每年都给读者提供简要的格言和有用的警句，激励他们艰苦拼搏自力更生，改善自己的生活。《穷理查德历书》里原先有《致富之路》，介绍神父阿伯拉汉姆是个普通而干净的老人，有个白发结，他在某商店门口对众人演讲。此书发表时富兰克林是个普通的印刷商。《穷理查德历书》像其他年历一样，预报了日出日落，出入作息，涨潮退潮，随遇而安的自然规律。它的文学价值在于富兰克林塑造一个幽默的穷理查德和各页正文旁边的箴言。这部历书记录他二十多年每年的大事，展现他的生活轮廓。他从卖历书到赚了钱，抽出一部分给他的出版商。他跟老婆布里基特常发生口角。并且人们常向他们诉说他们的不幸，这使他十分烦恼。另外，书里的箴言与其说是理查德的，不如说是富兰克林的心得体会。他收集了许多有名的成语和格言，这些大都出自名家手笔。许多箴言明显是他改编的，而且比原来的简练优美。此外，《致富之路》是1758年《穷理查德历书》的"序言"，问世后多次再版，极受欢迎。

富兰克林的《致富之路》是一篇富有哲理的成语和格言的讲话。主要记载的是一个虚构的白发智者亚伯拉罕在一处商品拍卖行门口对众人发表的讲话。亚伯拉罕所描绘的理想形象是一个精力充沛、积极进取的资产者。这位资产者洁身自好、勤俭积财。"自助者天助""天堂归有德行的人"是他的名言，他忌色、酒、骗、赌，牢记"小漏洞可沉大船"的道理，深谙"谁借钱谁就难堪"的世态，"起得早，睡得早，富裕、聪明、身体好"是他的起居指南，"水滴石穿""小切小砍，斩断大橡树干"是他的行动原则。他祈求上天的保佑，念念不忘"记住约伯先受罪、后发迹"的圣训。显然，他是富兰克林《自传》主人公的翻版。从历史角度看，《致富之路》是《自传》的简明总结，《自传》是《致富之路》的详细注脚。白发智者的议论很多，比如"主人眼睛干的多于双手干的"，"漫不经心的害处胜过孤陋寡闻""懒惰抽我们两倍的税，骄傲抽我们三倍的税，愚蠢抽四倍的税"，等等。

富兰克林的《自传》是自传体文学的上乘佳作。这篇文章是作者写给儿子威廉的，只包括他早年的生活经历，所以他从来不称"自传"，而说是他的回忆录。全书包括四个部分。他曾从头到尾作了修订，但直到他1890年去世时仍未写完。全书有个统一的结构，文字准确流畅，句子简洁、风格朴实，富有幽默感。主要讲述了美国第一位自力更生、白手起家者由穷苦卑微而跃至富有、闻名、发达的故事，忠实地记录了他光辉灿烂的一生的变迁，第一次把美国梦的实现过程落笔于纸上。"一个仅17岁的男孩子，既不认识当地的任何人，也没有一封介绍信，口袋里仅有少量的金钱，到了一个离家几乎300英里之遥的地方"，这个事实在某种意义上说乃是"清教徒前辈移民"和"清教徒移民"在17世纪20年代和30年代远渡重洋寻觅乐土的历史创举的再现。这个孩子风尘仆仆，口袋里装满了衬衫和袜子，"两肋下各夹着一个面包，一边走，一边嘴里吃着另外的一个……样子十分尴尬可笑"，吃完又跑到码头上去喝河水止渴。他进入费城的这种形象，在美国文化与文学史上具有一种典型的象征意义：它标志着一个典型的美国成功故事的诞生，显示出美国梦的具体形态和历史内涵。富兰克林是惠特曼所讴歌的亚当后裔的杰出代表，是克里夫古尔所推崇的"世界上目前存在的最完善的社会"中"新人"的完美形象。这个形象第一次迈入文学的殿堂，就成为美国文学作品的固定人物形象之一。《自传》所宣扬的自助精神，源于清教伦理，这在19世纪萌发成爱默生的超验主义"个人发展无限论"，而美国梦想，在后来的杰克逊（Andrew Jackson，1767—1845）总统时代又进一步发展，后来又经过不同的失望和绝望阶段，似乎随着"后日富兰克林"——"了不起的盖茨比"——的悲剧而消失了。

此外,富兰克林的《自传》还是一部有着 18 世纪美国断代史意义的著作。它具有美国在启蒙和理性时代的文化思想史的价值。《自传》中最著名的部分就是作者提到的 13 种美德以及他如何将这些美德应用于日常生活中。另外,他坚信自然神论关于崇拜上帝的最佳途径是对人类行善的信条:"上帝最喜悦的贡献是对人行善"。他笃信理性的重要,笃信启蒙运动关于秩序的根本思想,认为"生活秩序一项的含义要求每件日常事务有一定的时间"。为自己制定了 13 种要培养的美德,包括:节制、沉默、有序、坚决、节俭、勤勉、真诚、正直、中庸、清净、安静、朴实和谦逊。这些美德是在清教主义倡导的勤勉、俭朴和谨慎的基础上发展起来的。富兰克林既不脱离清教主义传统,又不受它束缚,而是汲取英国启蒙主义思想,理性地看待生活,刻苦努力,改变自己的生活环境和社会地位,同时关注社会群体。另外,他不自私,42 岁时赚了不少钱后便为社会做好事,如兴资办学,办图书馆,宣传新的思想。这 13 种美德,既是他的理想,又是他努力实践的信条。他在青年时代就严格要求自己,每周抓一种美德,每天记笔记,做了什么事,自己对照,做得不好的,记上一个黑点,下周改进。每年循环 4 次,修身养性,身体力行,以达到尽善尽美的境界。他认为出身不能决定一个人的命运,出身贫穷,并不可耻,出身高贵,对于快乐、美德或伟大并不必要。"一个有相当才能的人可以造成巨大的变化,在人世间干出伟大的事业。"他这种自由、民主和平等的信念挑战了"上帝主宰一切"的旧思想,使许多下层出身的人看清了自己的努力方向,在美洲新大陆靠自己的扎实努力发家致富,取得成功。《自传》是作者成才和成功之路的生动总结。它成了美国几代人的生活教科书,为 19 世纪后半叶"美国梦"的形成铺平了道路,直到今天,它仍是美国青年个人奋斗和成功的行动指南,具有无可比拟的历史价值和现实意义。

整体来说,《自传》文字通畅、准确、直截了当,所用意象皆取自于普通生活,读来绝无艰涩之感。富兰克林的语言以幽默见长,让人在捧腹之余而又有所得。他的文体充分表现出清教文风的特点,对后代作家产生了深刻影响。如 19 世纪的马克·吐温(Mark Twain,1835—1910)以及 20 世纪的海明威(Ernest Hemingway,1898—1961)等人的文风,都可以看到富兰克林的痕迹。《自传》这本书自问世以来已被译成多种文字,富兰克林的形象随之也深入世人的生活中,在"改进全人类"方面做出了他的贡献。因此,他被称为是美国文化的一大巨匠。

三、杰弗逊

杰弗逊是美国《独立宣言》的主要起草人、第一任国务卿和第三任总统。1743 年,他出生于弗吉尼亚州中部的一个富足之家,年轻时代曾在威廉和玛丽学院攻读法律,毕业后当上律师和种植园主。学习期间他开始藏书,陆续达到一万余册,为后来的国会图书馆奠定了一定的基础。到 20 岁时,他已成为他所在殖民区内涉猎最广的人。1769 年他被选为弗吉尼亚议会议员。1774 年,他的论文《英属美洲权利概述》,大胆地抨击英国国会为美洲英属殖民地制定法律的怪事,最早倡导美国独立。因此,他一举成名,备受重视。不久,他作为弗吉尼亚的代表,出席费城第二届大陆会议。大陆会议鉴于他丰富的政治哲学知识和他精炼隽永的文笔,挑选他为主笔起草《独立宣言》。1779 年至 1781 年,担任弗吉尼亚州战时州长。1789 年,华盛顿总统任命他为美国第一任国务卿,后来因与汉密尔顿意见不合而辞职。1797 年,约翰·亚当斯当选总统,杰弗逊成了副总统,为期 4 年。1801 年至 1809 年,他出任美国第三任总统,采取了一系列民主措施,并扩大美国的版图。他禁止政府为他祝寿,不许在钞票上印他的头像,反对官员特殊化。他购买路易斯安那州,使版图增加近一倍。他创建美国民主党,签订了禁运条例,避免卷入拿破仑战争。1809

年,他退休回家,继续在哲学、科学和建筑学方面搞科研,并于 1819 年创建弗吉尼亚大学。他早年爱收藏图书,1812 年,国会图书馆毁于大火。他捐赠的数万册图书成了国会图书馆的核心。1826 年 7 月 4 日,杰弗逊在弗吉尼亚的蒙蒂切罗与世长辞。他的墓碑上刻着:"美国《独立宣言》的起草人、弗吉尼亚宗教自由法的作者、弗吉尼亚大学的创办人托马斯·杰弗逊"。这些铭文是他生前为自己撰写的,反映了他毕生的光辉业绩。对后世影响深刻、意义深远,杰弗逊将会永远活在美国人民的心中。

《独立宣言》不仅是杰弗逊最高的成就体现,也是杰弗逊思想的全面反映。它指出一个民族有权摆脱另一个民族的政治束缚"所有的人生来平等是不言而喻的真理",生存、自由和追求幸福是天赋的人权,任何人不可侵犯。任何形式的政府如果破坏了这些权益,人民就有权改变或废除它,成立新政府。这不仅是人民的权利,也是人民的责任。接着,《独立宣言》回顾了英王对美洲殖民地的不公正和掠夺的历史,罗列了英王极端专制独裁的 20 条罪状,并指出英王对殖民地人民的正义呼声一再置若罔闻。因此,联合大会有权以人民的名义宣布成立自由和独立的国家,并断绝与英国的一切政治关系。美利坚合众国享有关于战争、和平、结盟和财政等一切独立国家的主权。

《独立宣言》全文内容简练朴实,说理有力,逻辑性强,令人信服。它是一篇战斗的檄文,也是一篇极其优秀的散文,被誉为美国文学史上政论文的典范。

《独立宣言》具有伟大的历史意义,马克思说,它是人类的"第一个人权宣言"[1] "最先推动了18 世纪的欧洲革命",它不但为美国独立战争鸣锣开道,而且"开创了资产阶级革命胜利的新纪元",成了法国《人权宣言》的思想基础,推动了法国资产阶级大革命。由此可见,《独立宣言》具有划时代的世界意义,在人类历史上发挥了进步作用。

另外,杰弗逊在《自传》中说,在他起草的《宣言》初稿里,有一长段是关于废除奴隶制的,在国会讨论时,因南方诸州种植园主议员的反对而被删掉了。以下这段文字是杰弗逊反对蓄奴制一贯主张的明确体现:

> 他(指英王——笔者)发动战争,反对人类本性,侵害一个从未招惹他的远方民族人民最神圣的生命和自由权利,捕捉他们,把他们运到另一半球去做奴隶,或在运输途中使他们致死。这种海盗战争,这种非基督教权力的耻辱体现,是大不列颠的基督教国王发动的战争。他决心开放可买卖人的市场,滥用否决权,压制一切旨在防止或限制这种可恶的买卖的立法努力。

接着他又说到英国人唆使黑人反对白人,用屠杀一个种族的罪责去偿付剥夺另一个种族的自由的罪责。

在担任弗吉尼亚州战时州长期间,他写完了这一时期北美最重要的政治和科学文献——《弗吉尼亚笔记》。《弗吉尼亚笔记》主要回答了一位法国外交官的问卷,这部著作实际上是他对法国政府关于美国地理、资源、人口及文明的一系列调查问题的回答。谈了他对艺术、教育、奴隶制、小农经济、自然科学和学术研究的看法,体现美国启蒙时期的理想和打算,揭示他的爱国热情和

---

[1]　中共中央马克思恩格斯列宁斯大林著作编译局,编译,《马克思恩格斯全集》(第 16 卷),北京:人民出版社,2007 年,第 20 页。

民族自豪感。全书内容涉猎很广，观点明确，思想进步。杰弗逊主张彻底解放黑奴，实现社会公正、民主和自由，并发展基层的民主；他提倡重农主义，在文学文化方面宣扬民主和平等，弘扬美国精神，反对种族歧视，重视科学技术，促进国际交流等等。他的一系列主张概述了美国的发展模式，意义重大。

总之，杰弗逊在文化与文学方面，不仅自身的创作深刻、意义深远，而且对后世的影响也是巨大的。如杰弗逊对稍后一代文化巨人爱默生、梭罗及惠特曼的影响是显而易见的。爱默生的学说所体现出的人的尊严、梭罗的思想所体现的实乃维护独立小农经济的本质，以及惠特曼所讴歌的民主与平等，都是这种巨大影响的表现。从根本上讲，杰弗逊为他们创造了一种不可缺少的大环境，为美国文学独立奠定了基础。

第二节　美国诗坛的先行者——菲利普·弗瑞诺

菲利普·弗瑞诺(Philip Freneau,1752—1832)是美国诗歌的奠基人、浪漫主义诗歌的先驱者。他的诗歌，虽然尚有浓厚的"英国味"，但他是第一位把目光转向美洲的重要诗人。他的代表作在不少方面开了美国诗歌创作的先河。此外，他曾积极参加独立战争，讴歌美国革命，因此，被誉为"美国革命的诗人。"

一、菲利普·弗瑞诺的生平

1752 年，弗瑞诺出生在纽约一个富有的酒商家庭，16 岁入普林斯顿大学，1771 年毕业时与后来的小说家布拉肯里奇合作写出《美洲新兴的荣耀》一诗，并在毕业典礼上诵读。美国独立革命开始后，弗瑞诺的文学和诗歌天才得到初步发挥。在这期间，他创作出尖刻的爱国讽刺诗和反蓄奴制的诗篇，参加了独立革命的民兵队伍，在穿越封锁线的舰艇上当过水兵和船长。1780 年被英国海军抓获，在纽约英国"蝎子号"船上关了六周，后来作为战俘交换，他才获得自由。这使他更加憎恨英国殖民统治。这痛苦的经历也使他写了《英国监狱船》，揭露殖民主义者的狰狞面目，谴责英国想用鲜血沾满全球。获得自由以后，他赴费城为《自由人报》撰稿，锐利的笔锋直指英国政府及殖民地保皇分子，充溢着饱满的爱国热忱。因此，他获得了"美国革命诗人"的美称。

独立革命后，他为谋生而出海 6 年。1786 年他的首部诗集面世，1790 年重操旧业为杂志撰稿。翌年，在国务卿杰弗逊的支持下入国务院经办《国民报》，成为自由派民主政治的坚定支持者。战后两年中，他连续发表攻击华盛顿总统的联邦派支持者的文章，华盛顿总统怒不可遏，称弗瑞诺为"那个无赖弗瑞诺"。1793 年他回新泽西务农。1803 年再度出海谋生达 4 年之久，后回新泽西，祖产渐被变卖一空，以偶尔做零工或走村串镇补锅为生，最后竟落到乞取独立革命者年金的境地，晚景颇凄凉。1832 年的一天，他从酒肆回家因遇暴风雪迷路，仆地不起而丧生，终年80 岁。他在离世前许多年似已被遗忘，后来到 19 世纪后半叶，人们才逐渐对他的诗作又产生兴趣，开始认识到他对美国诗歌发展曾做过的贡献，承认他是 18 世纪最伟大的美国诗人。

二、菲利普·弗瑞诺的创作

弗瑞诺的诗歌大体可以分为两类:抒情诗和社会诗。一般说来,前者是诗人的艺术自我得到充分表达的诗作,而后者则是诗人的社会自我为社会与公众服务的诗作。他在西印度群岛 3 年里写了不少赞美大自然的抒情诗。"在孤寂的山谷里出现大片甜蜜的橘林,"但是,家乡的革命斗争使他心里不能平静。所以,1778 年,他回国投入火热的独立革命运动,写了许多社会诗,为独立大造舆论。

在《致托比爵士》一诗里,弗瑞诺一开头就指出:

> 假如真的有地狱存在,情况就很清楚,
> 托比爵士的奴隶们享受这份殊荣。
> 这里没有烈火熊熊的硫磺湖——真的,
> 但太常点燃甜酒像蓝光,
> 有的魔鬼憎恨人的本性,
> 沾染上托比的商标,
> 在奴隶卡乔胸上做个记号。

诗人去过牙买加,并亲眼看到托比爵士甘蔗园里奴隶手上戴着手铐,胸上烙有铁印,头顶烈日在皮鞭威逼下干活,过着牛马不如的生活,如有反抗,轻则挨打,重则被处死。这么残暴地对待黑人奴隶,是谁给的权力?更惨的是一些女黑奴。她们背着孩子,手中拿着锄头和装水的葫芦,12 人一组扣在一起,脖子上又套上铁圈,急忙赶着去劳动,这活生生的场面岂不像人间地狱?

在《纪念英勇的美国人》和《论潘恩先生的人权》里则以满腔热情歌颂 1781 年在尤托斯普林斯战役中重创英军的革命军司令格林将军。格林时任南方军总司令,军事地位仅次于华盛顿。诗人还沉痛地悼念在战斗中牺牲的将士们,祝他们远离尘世,在美好的福地永放光芒:

> 壮士们在河边献身,
> 尸骨已被黄土掩埋,
> 热泪洒满了河水,
> 下面长眠着英雄们。

此外,在《政治祷文》和《康华利伯爵将军的失败》里,弗瑞诺则嘲笑英军的无能和可耻下场。康华利伯爵在弗吉尼亚约克敦最后决战中投降了。这位英国将军在北美殖民地杀害了不少无辜。1787 年,他彻底失败了。诗人反问道:"他是个英雄?"他认为他是英国殖民主义者派来的恶魔,而英国是个罪恶之地,才能哺育出这种没有人性的爬虫。诗人寥寥数语,表达北美人民反英抗英的愤怒情绪。

由此可以看出,弗瑞诺的诗作有几个方面在美国文学史上都可谓"第一"。比如他对北美的风物兴趣极浓,率先摆脱模拟英国 18 世纪新古典诗作的羁绊,直接观察和描绘四周的一切。美洲大地的风貌,它的一花一草,它的平凡的生活经历,都能引起诗人的联想。弗瑞诺善于捕捉倏忽即逝的遐思,并借以为框架,巧妙地遣词用字,写出抒发自己胸臆的诗歌,他的著名的《野忍冬花》便是最好的例子。当他漫步田间看到树影荫庇下盛开的野忍冬花时,诗人似乎心有所动,从造化的恩惠,联想到美的短暂,颇有感叹人生旋踵即逝的意味。诗人观察得细致入微。花俏而无人抚摸,枝嫩而无人欣赏,诗人身心入境,推己及"人",矜悯之心溢于言表。造化又如此惠爱,素装淡抹,以树荫庇之,既逃过贪婪的凝视,又可免风雨的肆虐,又有涓涓细流为伴,溪水平添了一层静谧,夏日在静寂中逝去,花儿也面临秋霜而凋萎。诗人感叹霜之冷酷,秋之凌厉,无奈之余转而以笑脸对花,软语以慰其受伤害的心灵。娇小的花呀,你细想想,你来之无根,去之无影,原无得失可言,还是顺其自然吧。诗的最后两句,似对花说,又似诗人自言自语,令人颇费回味。美是那么短暂,人生或许亦莫过于此吧。言尽而意犹存,让人怅然若失。弗瑞诺从本国风物寻觅灵感的做法,影响了后代作家,是他对美国独立文学的诞生所做的贡献。

再者,弗瑞诺也是最早提出"高尚野蛮人"概念的作家之一。在他一生的文学创作生涯中,弗瑞诺不仅写诗,而且还写过大量散文。在他的诸多散文形象里,有一个名为托莫·吉齐的印第安人。这个人物形象是弗瑞诺艺术想象的又一出色体现。托莫·吉齐是"高尚野蛮人"哲学家,他是林中智者和北美土著观察家的巧妙结合。在诗歌中,弗瑞诺也以赞许的口吻描绘印第安人的风俗习惯。他所写的《印第安人墓地》是美国文学中把印第安人理想化的最早的文学珍品之一。在《印第安人墓地》一诗里,诗人表露了对印第安人的友好情谊,体现了他对北美少数部族人的自由平等的态度。他在诗注里说,"北美印第安人让死者坐着,尸体上挂着贝壳含珠和鸟兽的偶像,如果是个武士,则挂弓、箭,石斧和其他武器饰品,然后埋葬。"1787年,他去瞻仰一个印第安人古墓有感而作:

> 这片土地的古人不一样,
> 印第安人离开了人世,
> 仍与他朋友聚坐,
> 同享快乐美味盛宴。

弗瑞诺将印第安人奇特的习俗写成优美的民间故事,他称他们为"高尚的野蛮人",尊重他们千年流传下来的习俗。这么正面地描写印第安人的生活,以前从没见过,学界认为弗瑞诺开创了美国诗歌的新传统,为以后诗人朗费罗描写印第安人民间故事的长诗《海华莎之歌》铺平了道路。

纵观美国文学史,写"死"的诗作不算少,特别是在19世纪浪漫主义时代,著名诗人坡(Edgar Allan Poe,1809—1849)、惠特曼及狄金森等,都在这方面有不朽之作传世。然而,在美国,第一首专事描写这一抽象题材的重要诗篇是弗瑞诺的《夜之屋》。从某种意义上讲,《夜之屋》开了美国诗歌写"死"的先河,并且进一步探讨了"死"的问题。这首诗,诗人写于午夜一所孤零的屋子,屋子的主人是个年轻人,落落大方,待人和善。他不久前丧妻,悲伤难言。诗人将他当朋友,请一位医生帮他治病。这屋子以前有过欢乐,如今却成了收容所和死神的住处,笼罩着沉闷的气氛……诗的叙述者回忆午夜的见闻,仿佛见到死神光临的可怕情景,死神跟他对话。死神面目可憎,双眼无神,声音低沉,头发散乱,呈现行将死亡的丑态,忽然对他说:"我将尽量体面地消失,未完成的事留给助手乔治。"乔治指的是当时英国国王乔治三世。当时,北美民众把他当魔鬼。弗瑞诺在诗里写乔治成了死神的助手,一点也不夸张。它生动地表达了人民的心声。

弗瑞诺的诗风格朴实自然,更偏向于口语化。他的诗大多是写给民众朗读的,大部分先在报刊上发表,所以不论社会诗或抒情诗都很普及。一些抒情诗情景交融,感触真切,具有新古典主义的特色。他用的是美国素材,社会诗结合独立革命,发挥了积极作用,抒情诗也有美洲风光的特色。一些短诗还有地方色彩,如《烟草的美德》涉及南方经济支柱的当地种植的烟草;《酒壶》则描述西印度群岛一种甜酒。它是早期美洲各地贸易的一种主要产品和新大陆的出口商品。诗人将这些关系国计民生的生活必需品写进诗里,反映从迷信神到关注世俗生活的巨大转变。这也是他对美国诗歌的一大贡献。

此外,弗瑞诺还富有远见地描写了美国向西部拓殖的运动。《向美洲移民颂》就是一首内容丰富、情绪高昂的描写西部拓殖运动的诗作。诗人洞察到西部拓殖者"驯服大地,播种技艺"的深远意义。另外,从《杰克·斯特劳,或林中美男》一诗中,可以体会到诗人的自豪情绪。杰克的言行滑稽,但不无尊严,林中生活简陋,但不无快活,把一个拓殖者的自豪心境酣畅淋漓地表达出来。此外,弗瑞诺绘景抒情的诗作也颇令人称道。这位曾做过船长的诗人经常借用与海有关的比喻,喜欢描绘人与海之间的搏斗,赋予海与航行某种象征意义。其中最为突出的就是《飓风》及《海上航行》。

在《飓风》和《海上航行》中,他将飓风狂啸与黑暗和死亡联系起来,感慨在遇到灭顶之灾时友谊和安慰有什么用?他还将航程比喻人生,大海的风浪像人生中的艰难险阻。一个人要活得辉煌,取得成功,要勇于接受风浪或死亡的洗礼。这些生动的比喻使他的想象更有浪漫主义色彩。他的政治诗里的战斗激情与抒情诗中的浪漫主义想象都是弗瑞诺科学的自然神论的反映。

另外,弗瑞诺的社会诗内容丰富。这部分诗占了他诗作的大部分。一般说来,18世纪七八十年代弗瑞诺是抒情诗人,90年代以后他在风格方面显然不同了:他的诗歌的社会性增强了,于是不少批评家认为,"1786年后诗人弗瑞诺死了";1786年是他早期诗歌集出版的一年。弗瑞诺的社会诗虽有应景性质,但是作为一名严肃的艺术家,他在构思及遣字用词方面总是一丝不苟的。他的诗歌创作实践,他的诗作所表现出的社会、心理及艺术复杂性,都显示出一位自觉的艺术家的独特意境。这些诗就内容来讲,虽稍显陈旧,但它们是研究和理解诗人弗瑞诺不可或缺的环节,也是研究那个社会的很有价值的资料。弗瑞诺的社会诗有揭露英国殖民统治之作,如《政治祷文》及《康沃里斯伯爵将军的败北》;有歌颂独立革命领袖人物的,如《悼念纪念华盛顿将军》《悼念托马斯·潘恩》;有关于民主政治的,如《沉思》;有歌颂爱国将士为国捐躯的,如《纪念英勇的美国人》;有关于蓄奴制和法国革命的,如《致托比爵士》《苏弗里埃尔山脚下所写》《论潘恩先生的人权》等。他创作的关于自然神信仰的诗作,如《论自然宗教》及《论自然神的普遍性及其他特征》,等等,都应被视为他的社会诗的重要组成部分。

纵观弗瑞诺的一生,大起大落,吃过大苦,受过重用,晚景十分凄凉。他还没去世就已被遗忘。他感到怀才不遇,十分不满和痛心。这在他晚期的诗如《观红纹大苹果有感》和《致一位新英格兰诗人》里都有直接流露。他感慨他为之催生的国家"趣味粗俗",缺乏诗意的想象,政客当道,只懂钢铁生产,不问诗人的安危。一个诗人写作一周所收入,还不如一个苦力一天的工资。世态炎凉,学界无情,令他伤心至极。弗瑞诺的不幸结局反映当时社会对文人的忽视。到了19世纪末,弗瑞诺又引起学界的重视。文学史家们肯定他是18世纪伟大的美国诗人,特别是杰出的美国独立革命的诗人和浪漫主义运动的先驱者。因为诗人参加革命的缘故,称他为"美国革命诗人"。

第三节　在散文基础上发展起来的早期小说

美国独立战争之后，以鼓动人民起来进行斗争为目的的革命散文也逐渐在社会上减少了影响。1790年，富兰克林去世，潘恩出走欧洲，杰弗逊就任政府要员，这似乎意味着他们过去所写的革命散文已不再成为社会和人们注目的中心了。此外，1787年制定了三权分立的联邦宪法，1789年华盛顿就任第一任总统，两党制的大资产阶级政权的确立和资本主义经济的逐步发展，使城市不断增多，市民阶层人数骤然膨胀。新的形势发展要求有一种能够与之相适应的新的文学作品，这就促进了美国早期小说的产生。

大约在18世纪七八十年代至19世纪之间，以男女之情为内容或以传说中的神怪、豪侠为主角，以道德训诫、因果报应、劝人为善或是神怪奇事为主要题材的作品开始在市镇中出现。这些作品是伴随着美国早期戏剧的产生而同时出现的。对于哪一部作品可以认定为美国本土的第一部小说，文学史家多有争议，目前比较公认的是威廉·希尔布朗（William Hill Brown，1765—1793）所写的书信体小说《同情的力量》，可以视为由美国本土居民创作的，以美国生活为题材的第一部美国小说。《同情的力量》以贵族妇女霍尔姆斯夫人的书信的形式书写，以规劝青年女子哈丽奥特如何不被男子的感情所诱惑为线索，写出了当时贵族平民之间、男人女人之间的爱情矛盾。此外，还值得一提的小说《风尘女子》，主要描写了一名沦落风尘产后感染而死的无名女子的悲剧。她对当地富家子弟求爱的拒绝，表明了作品提出的男女平等、妇女尊严问题的意义。如果说，罗亚尔·泰勒（Royal Tyler，1757—1826）的世态喜剧《对比》的上演，开创了美国人写剧本进行演出的新历史，那么这些故事的诞生，则是开辟了美国小说创作的新纪元。它们往往是先有口头传说，而后出现文字脚本，并带有很大的模仿性。英国14世纪小说家乔叟的《坎特伯雷故事集》和17世纪小说家斯威夫特的《格利佛游记》以及《堂·吉诃德》《十日谈》的英文译本等都成了仿效的对象。这是一种明显地带有封建主义和资本主义混合色彩的市民文学，主要的读者对象是城市中的手工业者、商人和居民。这些作品随着市镇经济的繁荣而不断扩展市场，成书的也好，不成书的也好，都以一种虚幻的、夸张的手法来迎合读者的口味，因而也杂糅着不少糟粕。由上述内容可见，这些作品具有以下特点。

第一，仍然带有明显的外来文化和封建意识影响的痕迹。

第二，思想平庸。

第三，艺术手法低劣。

但无论如何，它们都是美国早期小说的雏形，是19世纪二三十年代资产阶级浪漫主义小说高潮所由产生的源泉。在这一时期，最早进行小说创作并且影响较大的作家是休·亨利·布雷肯里奇（Hugh Henry Breckenridge，1748—1816）和查尔斯·布罗克登·布朗（Charles Brockden Brown，1771—1810）。

一、休·亨利·布雷肯里奇

休·亨利·布雷肯里奇出生于英国苏格兰一个神职人员的家庭,五岁时随父母移居到美国宾夕法尼亚州,1768 年进入普林斯顿大学读书,并在那里他成为诗人弗瑞诺和后来当选为美国第四任总统的詹姆斯·麦迪生的同班同学。1772 年,由于在大学毕业典礼上朗诵了表达理想的、具有强烈民族意识的长诗《美洲光荣的升起》而闻名于社会。他在大学里学的是神学,1774年他在母亲的启发下写了一首名为《一首神学革命的诗》的诗。在独立战争期间,他担任了牧师职务,并在业余时间写了两部具有爱国主义情绪的剧本,分别是《高地堡垒上的战斗》和《蒙哥马利将军之死》。这两部作品虽然没有达到一流水平,但也表现了布雷肯里奇的爱国热忱和创作信念。后来他把这两个剧本连同 1778 年写的《六篇政治演讲》寄给了进步的《美国杂志》发表,并在1779 年应邀担任该杂志的编辑。为了抵制政府的某些法令和社会上某些人对他激进思想的批评,1781 年,他放弃了牧师职务,到匹兹堡郊区的乡村里隐居起来。当然,在那里,他在政治上还是十分活跃的,处处显示出一个贵族民主主义者的思想风度。在著名的威士忌酒案起义①发生后,他充当起起义者与政府之间的调停人。这一经历,他在《宾夕法尼亚西部的造反事件》一书中有过详细的描写。后来布雷肯里奇就开始创作小说,他把自己的小说整个看成反映当时政治和社会思想状况的镜子。《现代骑士》就是被作者视为时代的镜子的一部作品,同时也是美国最早出现的一部长篇小说。1799 年,布雷肯里奇被委任为宾夕法尼亚州最高法院的法官,直至 1816年 6 月 25 日去世。

布雷肯里奇的代表作是《现代骑士》,《现代骑士》不仅是布雷肯里奇一部著名的作品,同时也是美国最早出现的一部长篇小说。它以流浪汉的冒险事迹为主要题材,是美国小说中第一次以广泛的乡村生活为背景进行描写的一部传奇小说。第一、二部出版于 1792 年,第三、四部分别出版于 1793 年和 1797 年。并且于 1805 年出版修订本,最后的增订本共分为六卷,出版于 1815年。另外,从小说中可以很明显地看到塞万提斯的《堂·吉诃德》、斯威夫特的《格利佛游记》和菲尔丁的《大伟人江奈生·魏尔德传》的影子,可见作者受其三人的影响比较深。

《现代骑士》主要讲述了约翰·法勒戈和他的仆人蒂格·奥莱根离开了自己在宾夕法尼亚西部的农庄,出发去游历。他们骑马穿过乡村和城镇,观察和体会了老百姓的生活方式的故事。作者塑造了两个不同类型的主人公,其中,法勒戈是一个有主见的民主主义者、杰弗逊主义和民族独立的拥护者②,倾向于托马斯·潘恩的思想观念。而蒂格则是一个红头发、高个子的爱尔兰移民,有点傻乎乎,又有点流氓习气,同时出于自身的愚昧,还颇有点盲目的、无约束的自信心,他们主仆俩在旅行途中由于偶然的原因失散了,于是各自又有一段不平凡的经历。蒂格侥幸地遇上了一位总统,他居然靠自己胡说八道的诡辩成了一帮政治家、贵妇人和学者们崇拜的偶像;接着他又被委任为税务官,成为一个上层人物。可是好景不长,由于蒂格不懂上层社会的规矩,更不懂当官的窍门,结果在他前任的办公室里让别人浑身涂上柏油、粘上羽毛,受到了惩罚和羞辱。在那个社会里他像一头奇怪的动物,让别人指手画脚地评论、围观。后来他去到法国,又尝到了

① 1795 年发生于宾夕法尼亚州西部的一次农民起义,起因是政府对私人酿威士忌酒征以过高的税收。
② 杰弗逊主义是指托马斯·杰弗逊就任总统后提出来的施政原则,包括联邦政府减少对地方的管理,个人权利不可侵犯和发展乡村农业经济等。

柏油和羽毛的滋味,仅仅穿了一套单衣逃离出境,而他却还自以为是一个英雄。在1815年出版的增订本里,布雷肯里奇描写法勒戈和他的朋友最终建立了一个模范的民主村社,实现了理想。但这部分明显地缺乏作品前半部的喜剧因素和讽刺色彩,主要是为了宣扬作者自己的民主主义观念,而以说教的形式来唤起人们对他政治意图的注意。

此外,作者用自己本人为模板塑造了法勒戈这样一个正派的资产阶级代表人物。从法勒戈身上可以看出作者的思想、言论、行动、政治立场。在这一点上,法勒戈不同于那位与风车作战的堂吉诃德先生。而蒂格倒真像塞万提斯笔下的人物,他既有正直的一面,同时又是那样的自信、可笑。他能言善辩,很有点小聪明,也在冒险的经历中靠自己的本领捞到一点好处,但最终在资产阶级社会里却被别人欺侮、作弄,成为受侮辱和受压迫者。从他身上,我们似乎看到了堂吉诃德与桑丘·潘沙两个人重叠在一起的影子。可见,作者在人物塑造上受到塞万提斯的影响比较大。

通过对《现代骑士》的研读,可见其思想价值是显而易见的。在作品中,作者通过约翰·法勒戈和蒂格·奥莱根这两个人物的各种游历经历来反映当时的社会面貌,与此同时加入作者本人的政治观念。从这一点上来说,小说具有一定的现实主义因素和进步意义;但作品的描写基调、情节安排都建立于虚构的、冒险的基础上,因而又削弱了它的主题深度和艺术力量。小说在方言的运用、讽刺性的夸张,以及对边疆风土人情的描写上取得不可抹杀的成就。公正地说来,《现代骑士》开创了美国本土小说的历史,成为美国早期民族文学的重要组成部分,这正是布雷肯里奇在美国小说创作中的历史性贡献。并且在他的影响下,美国小说正在蓬勃的往更好的地方发展。

二、查尔斯·布罗克登·布朗

查尔斯·布罗克登·布朗是第一位将英国哥特式小说美国化的作家。1771年1月17日,查尔斯·布罗克登·布朗生于费拉德尔斐亚,父母是教友派成员。1786年读完中学后进入亚历山大·威尔考克斯学院学法律;1787年,他给费城一个律师当学徒。但他从小爱好文学,后与几位好友组成文学社团。1792年毕业后曾做过一段时间的律师,随后不久迁居纽约,参与那里的社交活动并成为一个职业作家。1793年,他放弃法律,全心投入文学创作。他发表一篇论妇女权利的论文后,写了四部哥特式的长篇小说:《威兰德》《奥尔蒙德》《埃德加·亨特利》和《亚瑟·默尔文》(共两卷)。后期由于经济拮据,稿酬菲薄,难以为继,他不得不弃文从商,返回费拉德尔斐亚进入他哥哥开设的贸易公司任职,接着又独立经商到1806年。在那段时间里,他写了《威兰德》的续篇《卡温传》,并在1803年至1805年的《美国文学杂志》上连载。1807年,布朗进入该杂志编辑部工作。他的晚年穷困潦倒,不幸早逝,年仅40岁。他生前既不参与任何政治斗争,也不属于什么教派,他潜心写作,注意发掘美国素材,揭示北美的社会问题,引起世人的关注。

以上这些"哥特式"小说体①的作品,是作者在戈德温的直接影响下的产物,是他为了达到道德上的某些意图而精心编排出来的。从题材上来说,是属于纪实性的社会小说;从情节上看,则又是属于荒诞型的神怪小说。此外,理查逊的感伤主义和偏执狂的心理学也对布朗的创作带来了一定影响。

此外,从上文中可以看出,布朗主要作品是在三年内完成的。他的作品多以书信体写成,结

---

① 所谓"哥特式"小说体,是指专以恐怖、凄凉、衰败为特征的小说作品。

构有时显得松散。他的描写性文字简练、生动,但比较浮华。布朗在创作中师承了欧洲和英国的文学传统,如哥特式小说传统和理查逊(Samuel Richardson,1689—1761)的柔情小说传统;在思想上他接受了威廉·哥德温的影响。他的小说缺乏幽默和讽刺。布朗在美国文学史上,尤其是小说史上的地位是不容忽视的。他是美国第一位职业作家。他第一个把哥特式小说美国化,使之在美国生根,并经过坡、霍桑、麦尔维尔、马克·吐温、亨利·詹姆斯和斯蒂芬·克兰的努力,而延续到 20 世纪海明威(Ernest Hemingway,1898—1961)和福克纳(William Faulkner,1897—1962)等作家的作品中。他的作品不仅影响了坡和霍桑,而且越过大洋而得到英国诗人雪莱(Percy Bysshe Shelley,1792—1822)夫妇的赏识。霍桑曾把他同荷马、莎士比亚、菲尔丁和司各特的半身像并列在他的"奇人馆"里。可见,布朗在美国文化中的地位是很重要的,并为美国文化发展做出了重大的贡献。

布朗的代表作《威兰德》又名《变形记》,以书信体写成,采用的是第一人称叙事手法。是一部书信体的"哥特式"长篇小说,主要讲述了这样一个故事:老威兰是一个德国的神秘主义者,后移居到美国宾夕法尼亚州,在他自己的庄园里建立了一个神秘的教堂。一天晚上,庄园自动起火,把老威兰烧死了,不久他的妻子也死了。他们的儿子小威兰和女儿克拉拉,几年来一直与邻居的少女凯塞琳·普耶尔保持着友谊。后来,小威兰就与凯塞琳结了婚,克拉拉也跟着爱上了凯塞琳的哥哥亨利·普耶尔,但亨利曾与一个女子在德国订过婚。这时,在他们幸福的小圈子里,突然闯进一位名叫卡温的神秘流浪汉。从此以后,他们几乎每夜都能听到一种连续发出的神秘的声音。这个声音能讲出各种过去的和未来的事情,就在亨利和克拉拉热烈相爱之际,这个声音就说,亨利在德国的未婚妻已经死了,说他马上可以跟克拉拉结婚。但事态至此却发生了急剧的变化,亨利在一次偶然的机会发现克拉拉与卡温之间已有了私情,他一气之下抛弃了克拉拉去寻找未婚妻,但未婚妻已与别人结了婚。在绝望之中,亨利出走了。与此同时,威兰由于继承了他父亲狂热的神秘主义信念,又被这神秘的声音追得几乎发疯,他认为庄园中了邪,有妖精作祟,在疯狂中杀了妻子和孩子,被送进疯人院关了起来。庄园里只剩下卡温和克拉拉了。有一天,威兰从疯人院里逃出来要杀克拉拉,又是卡温那种神秘的声音指挥威兰放弃这个企图,不幸的疯子终于自杀了。后来,在当地司法部门的追查下,卡温才供认了他与克拉拉之间有过私通的关系,也供认了他在"有害的精灵"的引导下,为了试验他享受家庭幸福的勇气,用口技制造了这种神秘的声音。接着卡温就离开了宾夕法尼亚,到一个遥远的地方去了。而亨利在他续娶的妻子死后,又回到家乡与克拉拉结了婚。

从上文中《威兰德》的故事内容可以看出,布朗的神怪小说,实际上也是社会小说、市民小说的一个组成部分。以恐怖、虚幻的故事情节来反映资本主义社会中人与人之间的关系是这类小说的特点,与后来的英国小说家爱米莉·勃朗特所著的《呼啸山庄》同属一类。布朗的小说固然思想境界不高,不过作为美国早期的小说家,他对美国小说的发展还是有一定功劳的,至少为 19世纪初期浪漫主义小说的异峰突起起到了探索的作用。

《威兰德》的叙事方法颇有独到之处,小说采用第一人称,叙述者简介自己转入正题。叙事人克拉拉具有左右读者思想的非凡能力,由于她不完全相信自己感官传递的信息,她似不愿读者对她亦步亦趋,叙述中不时与读者沟通发问,调动读者的判断力,颇有新颖之处。小说以纽约州一个真实的事件为基础,揭露"大觉醒运动"宗教复兴以后宗教情绪的失控和迷信的恶果。作者暗示威兰德自杀的结果,是他迷信自己的感官体验,他不是个宗教狂,但他并不怀疑自己耳朵听到神的启示。小说质疑洛克认识论的价值,但更多的是反映当时社会和人性变化的混乱景象。此外,小说中出现的梦中行走,神秘的腹语术和突然剧变等技巧,表明布朗对科学和假科学很感兴趣。通览全书,应当说克拉拉是一位可靠的叙事者。全部事件经过她的头脑的过滤,因而不免带有浓厚的个人色调,但是,事实真相并未因此而受到歪曲,她请读者注意她的缺欠,这是作家调动读者全部注意力的手法之一。克拉拉向"不可靠的叙事者"的方向迈出了一步,这是一小步,但却是很有意义的一步。

布朗的另一部小说《亚瑟·默尔文》是他的凌云壮志的最佳体现,它标示着作家文学创作生涯的高峰。这部小说和《威兰德》一样,取材于美国现实生活,主要讲了自 1793 年费城黄热病流行的故事,它的情节比《威兰德》复杂。《亚瑟·默尔文》的情节可谓纵横交错,扑朔迷离,它一部分由人物之一的史蒂文斯医生叙述,一部分由亚瑟·默尔文讲出。小说的第一部宛如一个圆圈,自一点开始绕一周后又返回原处,艺术构思之精巧令人赞叹,它自成一整体,淋漓尽致地叙述了善恶相斗的全过程。就叙事角度而言,默尔文是继克拉拉·威兰德之后的又一位近似"不可靠叙事者"的故事叙事人。默尔文向"不可靠性"又迈进一步,增加了读者判断的美学距离。这应当说是布朗小说创作艺术的又一成就。此外,布朗的小说还有《克拉拉·霍华德》《简·塔尔博特》、未写完的小说《塞萨洛尼亚》《卡索尔史略》和《卡里尔人和奥尼姆人史略》等。他的作品大部分是为报纸或者杂志写的,分期发表,再出单行本。他的小说多数以书信体形式出现,结构参差不齐,有的比较松散。小说语言生动,描写细腻,文字简洁,气氛浓烈。他特别善于营造哥特式气氛,有时刀光剑影,十分恐怖。但是,人物对话较差,缺乏口语化的精练,有时太华丽,令人费解。此外,与18 世纪英国小说家相比,他的小说虽然缺乏讽刺和幽默色彩,但他大量采用美国本土素材,通过丰富的想象写出长篇小说,形成自己的写作风格,这对于独立战争前流行的模仿英国作家风格是个可喜的突破,布朗在这一点上是功不可没的。

从上文中可以看出,布朗不仅继承了前人的文学为社会服务的写作传统,还是一位取材方面的先驱人物。他一贯相信,善意的智者有责任鼓励人们坚持理想,促进社会进步,布朗决定用自己的笔提醒人们警惕社会政治生活中所存在的危险。他的作品力求寓说教于戏剧性叙述和描绘文字之中,这有助于把美国作家的社会责任感作为一种传统传递到下个世纪及其后的文学作品中去,这是他的不容磨灭的历史贡献,对随后的美国小说发展有着意义深远的作用,并且影响着一代又一代人。

第四节　表现战时人们政治热情的戏剧创作

1774 年 9 月 5 日,在独立战争爆发前夕,费城召开了第一次大陆会议,发表声明限制殖民地里的戏剧演出,但却没有限制戏剧创作。伴随着战争的不断逼近和爆发激发了人们进行创作的热情,他们通过戏剧形式表达自己的政治观点,这些剧作多数不是为了上演而写的,但它们被迅速印刷出来,成为再现战争年代里人们政治热情的历史文献。他们在戏剧中表达的观点截然不同,一种是爱国主义观点,一种是亲英观点,也还有人不偏不倚,持中间态度。此外,从事戏剧创作中的人当中既有当地殖民者,也有英国人。从文学标准来看,这些剧作情节的构思和人物塑造还不是那么成熟,剧作家多匮乏戏剧天才,他们的宗旨主要是通过讽刺真人真事,来引导读者的思维倾向。但是这也锻炼了一批美国剧作家,特别是罗亚尔·泰勒和威廉·邓拉普(William Dunlap,1766—1839)的崛起。

一、罗亚尔·泰勒

美国第一部写当地题材的喜剧《对比》的作者就是罗亚尔·泰勒。1757 年 7 月 18 日。罗亚尔·泰勒出生于波士顿一个相当富裕的家庭里,先在拉丁语学校受过 7 年的传统教育,15 岁进入哈佛学院学习,1776 年获学士学位,1779 年获法学硕士学位,翌年当了律师。他曾经向后来成为美国总统的约翰·亚当斯的女儿艾比盖尔求婚,由于一开始就受到亚当斯的反对,他逐渐心灰意冷,于 1794 年跟玛丽·亨特·帕尔默结了婚。他从 1783 当了最高法院的律师,1801 年被选为佛蒙特最高法院的法官,在 1807 年至 1813 年期间任首席法官。在 1802 年至 1813 年期间他曾当佛蒙特大学的托管人,随后,在该校任法学教授。泰勒无论是在法律学界,还是在文学界,都为新崛起的美国做出了贡献,但他的晚年很不幸。他从 1813 年离开了公共事业岗位,从此之后,一直遭受面部癌症的折磨。到了 1822 年,随着他病情的日益恶化,他跟妻子贫穷得已是囊空如洗,靠公共慈善组织维持生计,并于 1826 年 8 月 26 日病逝。

泰勒终生是一位杰出的律师,一位受人尊敬的法官,以从不偏袒和有雄辩才能而闻名。而文学事业只是他的"副业",他从 1793 年就开始写诗,常向各种杂志投稿,直到 1807 年不断有诗作发表。从 1794 年,他跟人合办评论专栏,发表了大量讽刺文章,包括文学批评文章,对当时和后来的美国新闻写作均有较大影响。

泰勒之所以进入剧坛,主要是因为他在作为林肯将军的副官去纽约执行军事任务时观看了当时正在上演的莎士比亚的《无事生非》、谢立丹的《造谣学校》等剧目,使他的创作灵感受到了启迪。此外,他结识了美国剧团的主要领衔喜剧演员汤姆斯·威奈尔,后者给予他鼓励。于是,他在 3 个星期里赶写出《对比》一剧,并于当年 4 月 16 日在纽约市约翰街剧院由从事职业戏剧演出的美国剧团首演,获得了成功。4 月 18 日的《每日广告报》上发表了署名"公正"的一位评论员的文章,称此剧是"天才人之作",剧本以"生动流畅的笔触抒发了一位正直的爱国者心中的激情"。1792 年在波士顿上演时海报上称它是"分成五部分的关于道德的演说"。在 1787 年至 1804 年期间,美国剧团演出此剧达 38 场之多,还有其他剧团也上演过。他的第二部剧作《镇上的五朔节》于 1787 年 5 月 19 日在约翰剧院上演,但不是很成功,只演了一场,剧本没有保存下来。据当时的评论家分析失败的原因时说,剧中女主角是一个泼妇,这是当时纽约市妇女最讨厌的人物。在他的其它剧作中,《佐治亚州的投机事业》是讽刺当地土地投机买卖的一部剧作,于 1797 年和 1798 年先后在波士顿和纽约上演。但这两部剧本都遗失了,被保留下来的其他 4 部剧作均被收入《美国遗失剧作》第 15 卷,得到出版,但从未上演过。其中三幕滑稽剧《巴利塔里亚岛》是其中最为优秀的。

从《对比》中可以看出,该剧深受 18 世纪英国喜剧的影响,受谢立丹的《造谣学校》一剧的影响更为明显。剧本以轻微嘲讽的方式探讨了爱情中的阴谋、社会时尚和人们的自命不凡等问题。《对比》剧本以范·罗夫先生要把女儿玛丽娅嫁给亲英分子狄姆皮尔为线索展开,但狄姆皮尔要抛弃玛丽娅,打算要娶夏洛蒂,因为他看中了她的美貌,或者娶利蒂希娅,为的是她的财产。最后,他的阴谋被揭穿,玛丽娅并不爱他这个"外表光"的家伙,而准备跟夏洛蒂的弟弟曼利上校结婚,利蒂希娅等人也从中得到了教训。此外,《对比》的首场和结尾时的"屏后场面"都使观众联想到谢立丹的剧本,夏洛蒂和利蒂希娅谈论朋友的"轶事"和寻找其中的"丑闻",所谓的"丑闻"也只不过是"用我们朋友的过失、缺点、愚昧和声誉来自我取乐"而已。仆人乔纳森是作者在《对比》中塑造最成功的一个人物形象,同时也是该剧有别于英国喜剧的一个标志。此人的出现使该剧有了美国特色,是一个有创造性特点的人物;其他人物多是模仿英国世态喜剧重新创作出来的人们所熟悉的类型人物。美国佬乔纳森十分伶俐,有一副好心肠,乐于助人,有爱国心,但异常天真,是个"乡巴佬",对杰萨米愚弄他的行为没有任何提防。乔纳森从一开始就不承认自己是一个"仆人",说自己是一个"真正自由的儿子",他认为没有人能做他的"主人",他父亲"跟上校一样有一个像样的农场",也就是说,他一直把自己看作是普通的美国人中的一员。他从一个受嘲笑和愚弄的美国乡巴佬角色逐渐发展成为一个聪明伶俐、天真无邪的人物,成为美国佬舞台人物形象的化身,到19世纪中叶又成了美国滑稽喜剧中的重要角色,成为滑稽人物的象征,从他的衣服和谈吐上看,他又像是一个流浪汉人物。这也正是泰勒对美国喜剧发展做出重要贡献的一个标志。

此外,泰勒的《对比》这部事态喜剧中充满了不同思想观点的对比、不同情人的对比、不同仆人的对比和不同时尚的对比,等等,成功地塑造了真正的美国佬人物形象。首先,剧中人物类型对比鲜明,他们大致可分成两组截然不同性格的人物:女主角夏洛蒂·曼利小姐快活、轻浮、好卖弄风情,与头脑清醒、保持着旧风尚、小心谨慎的玛丽娅小姐形成鲜明对比。受过英国教育的比利·狄姆皮尔是一个世故并且善于向任何女人献殷勤的人,而曼利少校是一位稳重的军人,一个勇于为国家事业献身的人。两个仆人也截然不同,杰萨米是狄姆皮尔的化身,自命不凡,也是一个花花公子之类的人物,而曼利上校的"服务员"乔纳森出身农家,性格直率,自称是"真正美国出生的自由的儿子",对时尚、求婚和城市生活一无所知。其次,剧中情节结构的安排也是服务于突出美国人的坦率性格跟欧洲人装腔作势自命不凡行为之间的差异。

在《对比》中,乔纳森的一举一动都为剧本提供了很多精彩的喜剧性场面,并且卓有成效地突出了作者的主题:美国人的天真坦率性格优于欧洲文化的复杂而虚伪的社会准则。这更表明了此剧是受美国独立战争时期革命精神和爱国热情影响的产物,是一部很有上演价值的作品,其演出效果比剧本本身感人得多。迄今为止,《对比》一剧不断被搬上舞台。1972年,它被改成音乐剧在纽约市上演,一些教育剧院把它列为1976年美国独立二百周年纪念演出剧目之一。任何看了《对比》演出的人,都会被它的艺术魅力所感染,为它感到自豪。同时,这也是泰勒的集大成之作,对随后的邓拉普的创作也起到了很大的影响。

二、威廉·邓拉普

威廉·邓拉普被戏剧评论家称为"美国戏剧之父",他是美国第一个职业剧作家,对早期美国戏剧的发展做出了巨大贡献。1766年2月11日,他出生于新泽西州珀思安博,是一个小商店主的儿子,小时候右眼被一块木柴扎伤,失去了视力。他从童年起就热爱绘画,1784年到伦敦跟着本杰明·韦斯特学习绘画,17岁时有人让他画一幅乔治·华盛顿将军的像,他对这位美国第一任总统是十分尊崇的。随后,被伦敦戏剧的魅力所吸引,并于1787年回国后立即开始了戏剧创作,写了《朴实的士兵》一剧,作者自己阐述,他剧中的人物借鉴了《对比》剧中的一些喜剧类型人物,但剧团对上演此剧并不热心,并且也没有出版社乐意出版此剧。

邓拉普吸取上部剧失败的经验,创作了他的第二部剧《父亲》,在这部剧中可以看出作家已经意识到了演员的重要性。也正是因为剧团负责人约翰·亨利在这部剧中发现了其中一个角色很适合他扮演，所以《父亲》被剧团接受。此外，这部剧是根据劳伦斯·斯特恩的长篇小说《特利斯特拉姆·杉迪》改编的。剧中的拉克特太太受到丈夫的冷落，故意跟兰特调情以激发丈夫的情绪，而兰特一心想跟拉克特太太的妹妹——卡罗琳结婚，图她有钱，可他的上司霍勒连长和他的长期不知去向的父亲邓肯上校的突然到来，使他的计划破产，拉克特夫妇最后也重归旧好。1789年9月7日纽约市约翰街剧院上演了这部剧作，演出十分成功，受到市民的欢迎，演出了7场。它是由职业剧团上演的美国当地人创作的第二部喜剧，同年得到出版，是美国出版的第一部喜剧。它的成功奠定了邓拉普作为一个前途无量的戏剧家新秀的地位。《父亲》于1806年再版时，作者对剧本进行了修改，使人物的发展更合乎情理，内容更富有道德寓意。自此，邓拉普就开始以剧作家的身份被世人所熟知。

　　《致命的欺骗》是邓拉普的一出传奇悲剧，于1794年开始上演。因为剧中故事是围绕着利希斯特勋爵展开的，因此，在1806年出版时改名为《利希斯特》。该剧主要讲述了利希斯特从战场回家的路上救了达德利·希塞尔，然而他的新娘玛蒂尔达在家却正跟达德利的弟弟亨利私通。对丈夫的归来感到惊慌失措的玛蒂尔达唆使亨利去杀死自己的丈夫，结果误杀了他的哥哥，她也疯了，在毒死丈夫的计划失败之后便自杀了。利希斯特决心报仇，而亨利因为深感内疚，表示愿意死在对方剑下，利希斯特饶恕了生命垂危的罪人。作者写复仇主题和疯的场面有声有色，但它的结构松散以及悲剧气氛的压抑又损害了剧本的艺术魅力。可见，邓拉普早期的戏剧还不够成熟。

　　1828年11月28日，《尼亚加拉之行》在鲍威利剧院首演，并且成为邓拉普的剧作中演出时间最长的一部戏，演出长达37天。从剧本的文学价值来看，这部喜剧或许微不足道，但它也有自己的特色，舞台上的壮观场面给观众留下了深刻印象。作者独辟蹊径地运用了活动画景，制造了前台的人和物都在运动中的幻觉，为这种布景剧院用了2 500平方尺的画布，画了从纽约港，到伊利运河，最后到达尼亚加拉瀑布的全部旅行过程，布景缠在卷轴上，随着剧情的发展，布景在舞台后部被展开，不停地向前转动，造成人物在其中活动的"错觉"。这部剧被分成了三幕，每幕中又分成若干场，便于转换布景。这种特殊的布景设计，即新颖的活动布景吸引了大量的观众，作者也认为此剧的成功归于"布景画家的创作"。剧本内容在一定程度上也反映了社会现实问题。剧中出现了四类有影响的民族人物：美国佬、法国人、爱尔兰人和黑人。布尔是前两类人的代表，他先以法国人汤森先生的面目出现，后又扮演了美国佬角色乔纳森，是以《对比》中的乔纳森为模型的，通过他来迫使温特沃思的转变，即对美国看法由坏变好的转变。黑人人物界布，杰利森的出现最有意义，他是城市旅馆的服务员，他的出现标志着美国首次试图在美国戏剧舞台上塑造出一个真实的，受过教育的，聪明伶俐的自由黑人人物形象。杰利森感到自己身上有奥赛罗的高贵，称自己是一个业余的莎士比亚戏剧俱乐部的成员。他处处表现有自己的尊严，做事小心谨慎，从不叫任何人为"主人"。邓拉普能塑造出这样一个自由黑人形象正是他一贯反对蓄奴制和尊重黑人自由思想的体现。剧中最后一幕还出现了库柏的《拓荒者》描述的传说中的皮袜子人物形象，增强了剧中美国边疆地区大自然神奇莫测的气氛。一方面说明邓拉普和库柏这对朋友之间情谊之深厚，同时也是邓拉普对库柏为美国这个新兴国家文学发展做出的贡献的认可和赏识。另外，剧中的阿米莉是邓拉普所有剧中塑造得最成功的一个女性人物形象。至此，邓拉普的戏剧正在逐渐成熟，并越来越受世人欢迎。

　　邓拉普的最佳剧作莫过于他的历史剧《安德烈》。此外，《安德烈》还是美国第一部写当地主题的悲剧,1798 年 3 月 30 日由邓拉普在公园剧院亲自主持上演,一开始观众的反应并不强烈,或许是因为剧本描写的事件刚刚过去的缘故。但是,作者预言,过些年之后再上演此剧,从历史的角度回头来看这一事件就会深刻得多。剧本素材来源于 1780 年 10 月美国绞死英国间谍约翰·安德烈事件。剧本主要讲述了安德烈与本尼迪克特·阿诺德合谋要把西点交给英国司令官亨利·克林顿爵士的事情,但是,对于他的策划过程、被捕经过和被判刑的情况剧本中却没有提及,剧本只叙述了安德烈即将被处决的命运以及美军上尉布兰德千方百计搭救他但却枉费心机的过程。此剧的成功最主要的原因是剧中洋溢着爱国主义激情,为了革命的彻底成功,为了国家的利益,以华盛顿为代表的美国革命者对敌人丝毫不妥协,不手软,坚持处死间谍安德烈。美国军队中的布兰德上尉前来求情,因为安德烈对他有救命之恩;布兰德太太和她的孩子们前来求情,因为她丈夫老布兰德在英军手中作人质,准备交换安德烈,否则就要杀死他;安德烈的情人霍诺拉也来为他求情。他们的求情都富有浓郁的人情味,并且存在着一定的理由,但都被顾全大局和维护国家利益的将军给断然拒绝了。老布兰德充满了一片爱国激情,捎信来要将军"恪守职责",不要顾及他布兰德的命运如何,这显示了一个新兴国家的成熟,一个民族的成熟,为了国家利益而不讲私情,勇于献身的精神。剧本不仅赞颂了革命者的爱国热忱,同时也赞颂了人面对死亡的勇气。安德烈自知自己犯了死罪,但对死亡毫无畏惧,从不求饶免死,唯一的请求是改绞刑为枪毙。当他获知布兰德的父亲将被英军处死作为报复时,他决定给他的司令官写一封信,请求免老布兰德一死。他临死还要救别人一命,这更显示出了他高尚的情操。老布兰德被救了,而他却被押上了刑场。剧中人物塑造得栩栩如生,真实可信,增强了剧本的艺术感染力。不同的人物对目前这种严峻的形势持不同的态度,布兰德上尉以友情为重,认为政治是第二位的,应当饶恕他的朋友,而麦克唐纳却是正统观点的代表,丝毫不肯让步。安德烈为自己的犯罪行为产生的内疚也从来没有任何怀疑。另外,剧本故事情节的构思独具匠心,没有任何矫揉造作的痕迹。这部剧体现了邓拉普的最高艺术造诣,可见邓拉普的创作已经很成熟,并具备了一代戏剧大师的风范。

邓拉普一生写了 52 部剧作,其中有世态喜剧、爱情悲剧、历史悲剧和写爱国主义题材的剧作。此外,作为戏剧史家,他撰写了美国第一部戏剧史《美国戏剧史》,有翔实的史料和较高的学术参考价值;作为剧院经理,他不仅为自己的剧作,也为他人的剧作提供了演出舞台,并且他十分重视戏剧的内容,认为戏剧要有艺术责任感和道德责任感,无论是对自己的剧作,还是挑选其他剧作家的剧作,都要看其是否真正反映了新国家的伦理观念和政治思想观点,他还为此做了大量的工作,为的就是鼓励美国人以当地题材和主题创作剧本。另外,他还是传记作家、画家和评论家。邓拉普为美国戏剧的发展坚持不懈地奋斗,贡献出了自己毕生的精力,做出了不可磨灭的贡献,是当之无愧的"美国戏剧之父",并且对后世的创作和美国戏剧的发展起到了很深刻的促进作用。

第十二章　浪漫主义时期的美国文学

自 19 世纪 20 年代起,美国文学的发展进入了它的浪漫主义阶段。到了 19 世纪三四十年代,随着英国一些浪漫诗人的去世,英国浪漫主义已经过去,姗姗来迟的美国浪漫主义运动发展到了高潮,这一时期美国文学取得显著发展。

第一节　美利坚民族浪漫诗歌的大爆发

19 世纪,美国诗歌创作受浪漫主义影响较大,并取得突出成就,这一时期代表性的诗人有拉尔夫·瓦尔多·爱默生(Ralph Waldo Emerson,1803—1882)、沃尔特·惠特曼(Walt Whitman,1819—1892)、艾米莉·狄金森(Emily Dickinson,1830—1886)等。

一、美国文化独立的旗手——拉尔夫·瓦尔多·爱默生

拉尔夫·瓦尔多·爱默生出生于新英格兰一显赫牧师家庭,他幼年丧父,家境清贫,但他的母亲决心为孩子创造良好的学习条件。1817 年,爱默生在哈佛大学就读。在校期间,他阅读了大量英国浪漫主义作家的作品,丰富了思想,开阔了视野。1821 年,爱默生从哈佛大学毕业后协助自己的兄弟在母亲的家中设立了一所给年轻女性就读的学校。1832 年,爱默生辞去教堂牧师的工作,开始游历欧洲。在旅途中,他遇到了威廉·华兹华斯(William Wordsworth,1770—1850)、塞缪尔·泰勒·柯勒律治(Samuel Taylor Coleridge,1772—1834)等人。1835 年 9 月,爱默生和其他志趣相投的知识分子创立了"超验俱乐部",从而掀起了新英格兰超验主义运动,开启了美国文学史迄今最为繁荣的一个时代。1936 年,爱默生匿名发表了《论自然》,这部作品把美国浪漫主义推向一个新的阶段,亦即它的高潮阶段——新英格兰超验主义阶段。新英格兰超验主义标志着美国文化史上一个重要发展阶段。它实乃一场思想解放运动,在精神上为"美国文艺复兴"做了充分准备。它对美国文学的发展所发挥的巨大推动作用是显而易见的。它影响和激励了整整一代作家的文学创作。

爱默生在美国文化与文学史上的最大功绩在于,他坚决主张建立独立的民族文化与文学。他反对蹈常袭故,步人后尘。他在《论自然》的序言中开宗明义地说,"为什么不能有一种凭直觉而不是依靠传统的诗歌与哲学? 为什么不能有一种不是依据他们的历史传统而是直接启示我们的宗教呢?"他慷慨陈词,以一个新国家新民族所特有的自信口吻说,"我们何必要在毫无生气的

历史废墟中摸索,让当代人穿着褪色过时的服装去出丑呢?今天的太阳也在闪耀。这里的地里有更多的羊毛和亚麻。这里有新的土地、新的人、新的思想。我们要求有我们自己的作品、自己的法律和自己的宗教。"这实际上是在宣布新大陆的精神独立。1837 年,爱默生以《美国学者》为题发表了一篇著名的演讲辞,宣告美国文学已脱离英国文学而独立,告诫美国学者不要让学究习气蔓延,不要盲目地追随传统,不要进行纯粹的模仿。另外这篇讲辞还抨击了美国社会的拜金主义,强调人的价值。被誉为美国思想文化领域的"独立宣言"。1844 年《散文第二辑》问世,标志着爱默生思想已臻完善,其中《论诗人》对美学问题进行了深刻而透辟的分析,既有理论阐述,又有实际经验,既指出美国文学的现状,又先知般地预言了美国未来伟大诗人应具备的特点。

对于诗歌的形式和语言,爱默生的主张极其明确。他认为内容决定形式,内容先于形式。"不是格律,而是决定格律的主题造成一首诗——一种思想如此热烈、活生生的,它宛如一棵植物或一个动物的精神具有自己的构造,以一种新事物点缀自然。思想和形式……以生成的先后而论,思想先于形式。"爱默生同当时欧洲的浪漫主义作家一样,主张创作奉行有机整体原则,即内容和形式有机统一的原则。在《论智力》一文中,他指出,诗人要既能把握思想,又能通过象征予以充分表达,两者必须达到和谐与统一,艺术品——诗歌——必须是一个有机整体。这就是欧美浪漫主义作家们所遵奉的有机整体原则。只有独到的见解,而没有使之得到完善发挥的艺术结构,便没有真正的艺术可言。爱默生的这种艺术观源于他的自然观。

爱默生的诗歌大部分是以直接陈述的手法写成的,字里行间无不传递着他的超验主义思想,但也时常运用暗喻等手法。爱默生的诗歌可以说是他思想的引申。虽然他一直以诗人自诩。而且在诗歌创作形式上,如在诗行和声调方面都有革新,但总的说来,他的诗歌成就不算出类拔萃。1847 年、1860 年他曾出版过两册诗集,尔后又坚持诗歌创作,现在留在人们记忆中的也不过那么屈指可数的几首,如《两条河》《日子》《一个与全体》《问题》《杜鹃花》《梅林》等。这些诗经常采取自由体有机形式以表达他对人—自然—超灵的观点。例如《两条河》:

> 你被锁在狭窄的两岸当中,
> 而我喜爱的小溪却无拘无束地流动,
> 穿过江河、海洋和苍穹,
> 奔向生命,奔向光明。

> 我的小溪流呀流呀愈益空灵清润,
> 饮者亦再不会感到口干;
> 任何黑暗也玷污不了他的均匀的光辉,
> 千秋万代宛如雨滴坠入其间。

可以从这首诗中明显地看出,诗人所指的两条河流,一条实有其物,一条存在于诗人思想里,表现出了浪漫主义色彩。《日子》用无韵体写成,是诗人最满意的诗作,诗人写道:

> 时间的女儿们,虚伪的日子,
> 头戴围巾,哑然不语,宛如苦行僧,
> 排成无穷尽的单行走,
> 手里带来王冠和木柴。

照每人的意愿送礼，——

面包、王国、星辰或包罗一切的天空。

我在枝叶纷拨的国内望着这盛况，

忘记了我早晨的愿望，急忙

拣起几株青草和苹果，而日子

默默转身离去。我，太迟了，

在她的发带下看到蔑视的目光。

　　这首诗虽然短小，但却蕴含了深刻的道理，体现出了"一寸光阴一寸金，寸金难买寸光阴"的道理。诗中的"我"头脑里杂乱无章，宛如一处枝叶纷拨的园子一般，"早晨的愿望"说明"我"幼时有志，但显然没有得以实现，之后只能匆匆忙忙拣了几株青草、几枚苹果，于人于己都无足轻重，到头来当然只能遭时间的白眼。

　　在《民族的力量》中，诗人写道：

不是黄金，而是它的人民；

才能使一个民族伟大强盛；

为了真理，为了荣誉，

他们坚定不移，不怕牺牲。

有人在酣睡，他们在忘我劳动。

有人望风而逃，他们却奋勇冲锋

是他们建造了支撑民族大厦的柱石，

使之拔地而起，高耸云层。

　　这首诗热情地讴歌了民族的中坚力量：那些为了真理和荣誉而无私无畏地奋斗着的人们，语言简单朴素，韵律优美。爱默生的诗歌充满了浪漫主义的色彩。他在诗歌中努力摆脱传统格律的羁束，秉承内容决定形式的理念。

二、开创美国民族诗歌新时代的《草叶集》

　　沃尔特·惠特曼出生于纽约长岛的一个教友派家庭里。由于家境贫寒，11 岁辍学，走上了独立谋生的道路。19 世纪 40 年代以后，惠特曼连续在民主党的刊物《民主评论》上发表文学作品，获得了初步的文学声誉。1846 年，惠特曼担任了当时东部著名的《布鲁克林鹰报》的编辑。1848 年，由于和民主党发生了冲突，惠特曼结束了编辑生涯，前往南方的新奥尔良。这次旅行给了他无数的灵感。经过一段时期的沉淀后，惠特曼开始了诗歌创作。1855 年，《草叶集》问世。最初，《草叶集》只有 12 首诗，随着再版，诗的数量逐渐增减，原来的诗作和标题经过重新编排、分组，到 1892 年最后一版时，已有 400 多首。美国内战爆发时，惠特曼的诗歌主题转向了反对一切战争、爱一切人上。1861 年，他写了《黎明的旗帜之歌》，之后相继又写出《啊先唱唱开始曲》，《1861 年》《敲呀！敲呀！鼓啊！》《父亲，赶快从田地里上来》《敷伤者》《在我下面战栗而摇晃的一年》等。美国内战结束之后，惠特曼患了中风，但这时他的写作速度和质量都保持着较高的水平，他坚持在根据自己的理论所筑成的诗坛上加添新砖新瓦，创作了《昂扬的暴风雨的音乐》《啊，法兰西之星哟》及《到印度去》等作品。

《草叶集》是美国文学史上一部划时代的杰作。翻开《草叶集》的目次细阅，会发现它是一首地道的史诗。它是 19 世纪美国的编年史，是诗人对祖国、对人民、对生活、对世界的历史进程，出于热爱和关心而发自心底的喟叹和评论的忠实记录。从根本的意义上讲，它同时是诗人思想发展的忠实记录，是诗人的精神自白和自传。1855 年《草叶集》初版的开卷作《自我之歌》是诗人经过艰苦的"长期准备"而渐臻成熟的历史记录。诗人时年 37 岁，已经在沉默中做过深思熟虑，已经游历过祖国的山川，目睹美洲大陆生机勃勃的生活，亲耳听到美国在歌唱，深谙外部世界迫切了解美国的心情，因而下定决心从长岛开始，放开喉咙，歌唱一个新的世界，新的人，写出"物质的诗歌"，"最有精神意义的诗歌"，"我的肉体和不能永生的常人的诗歌"，"我的灵魂的和永生的诗歌"，把自己的草叶奉献给亲爱的读者。初读《自我之歌》，一般现代读者、特别是外国读者，接受反应比较复杂。有些内容一目了然，容易理解，有些则有如读天书般，很难理解。

《自我之歌》是初版《草叶集》的开卷作。全诗内容相当繁杂，涉及反蓄奴制、自由、平等、性爱、劳动、生死和灵魂等，自始至终贯串了诗人超验主义的思想发展过程，语言模糊难懂，令人难以捉摸。

第 1 节讲诗人要歌颂自我和大众，要"毫无顾虑，以一种原始的活力述说自然"；第 2 节讲自我和自然的融合，以爱默生《论自然》开首时的语气表达思维独立、认识独立的决心；第 4 节讲诗人对生活的投入式观望；第 5 节讲诗人的宣言或信仰——"造化的骨架便是爱"等。前五节中除第 3 节及其他各节中个别令人莫名其妙的"疯话"之外，做到一般的表面的理解并不困难。第 6节从草叶论及生死与永恒，跳跃的跨度不小，然而人们能够接受；第 7 节有些生涩的诗行；第 8 节写诗人环顾四周；第 9 节写诗人凝视一处；第 10 节说诗人进山出海、和包括印第安人及黑人在内的一切人交结；第 11 节写男女在海边沐浴；第 12 节写屠夫、铁匠的操作；第 13 节写赶车的黑人、树荫下的牛群、天空盘旋的野鸭、榧鸟动听的歌声、栗色马感人的一瞥；第 14 节诗人讲自己最热爱户外生活，热爱动物和人，可以说，诗人心目中的"丰厚的报酬"是充实自我、实现物我的结合。第 15 节展现出一个极目四顾的开放的自我，随着空间无限地延伸，认真地观察着，严肃地投入着，诗人的认识发生质的飞跃，我与物完成初步融合，在思想上已做好准备，"编织出自我之歌"。在第 16 节中，诗人为"多面性"的自我、充满矛盾而又和谐的自我画出一幅清晰的自描。第 17 节虽短，但其承上启下作用显而易见。诗人开始以全新的目光看待他的世界。一切在传统看来互不协调的对立事物在他的思想中变成为整体中的谐和成分。胜利者和遭受失败的人都成为他的讴歌的对象（第 18 节）。恶人和正直的人共用一餐（第 19 节）。人、我、你同属一体，因而"我是不死的"，我是唯一醒觉着的世界（第 20 节）。于是，肉体和灵魂，天堂和地狱，男人和女人，大地和海洋，在"我"身上都合二为一（第 21 节，22 节）。"我不单是善的诗人，我也并不拒绝作一个恶的诗人"（第 22 节）。我和全体，过去与现在，科学与精神（第 23 节），肉体的欲望与精神的期求（第24 节），都能混合扭结在一起。第 25 节的嘴在喊；第 26 节的耳在听；第 27 节至第 30 节的肉体在交媾，精神在升华；第 31 节中的平凡和伟大，已知和未知，熟悉的和陌生的事物可相提并论；第32 节中"我想我能和动物一起生活"。这些诗节虽是对"多面性自我"及充满矛盾而又和谐的自我的进一步描绘，但是这个自我在拥抱生活和体验生活的基础上，提高了自己的认识层次和思想境界。

在第 33 节中，自我已超越时间和空间。他已随着自己的幻想前进。大千世界就伏在下面，我如断线的风筝，"飞着一种流动的吞没了一切的灵魂的飞翔"，居高临下，一览无余。在这一节的后半,自我似突然从高耸的云端降至地狱和绝望的渊底:"我"穿上了苦恼的服装,成为受伤者。创伤使我痛苦。这一经历使"我"承担起世界的痛苦和绝望,承担第 34 节中所讲的失败和悲剧后果及第 35 节、36 节中所讲的胜利的悲剧后果,灵魂经历了黑夜的洗礼,蒙受了耻辱和痛苦:"求乞者将他们自己和我合为一体,我也和他们合为一体,/我举出我的帽子,满脸羞愧地坐着求乞"(第 37 节)。诗人在自己身上看到了殉难的耶稣和他的复活,获得了生命、精力和至高无上的威力(第 38 节)。他成为耶稣式野蛮人,语言朴实,表情纯真,超过了文明而且支配着它:诗人和耶稣和野蛮人融为一体,获得了文明人已失掉的神圣性(第 39 节)。信仰和爱的结合扩展了诗人的思想疆域。"我"爱一切,"所给予人的是整个我自己"(第 40 节)。"我"接受一切各种各样的信仰,"接受了这粗糙的神圣的速写使它在我的心中更加完整,然后自由地赠给我所遇到的每一个男人和女人";于是普通人——建筑工人、消防队员、机器匠的妻子、收割庄禾的农夫、红发缺牙的马夫,普通物——牛和小虫、粪块和泥土,都具有了神圣性。诗人用生命起誓,自己已成为一个造物者(第 41 节)。作为造物者的诗人,其诗作将囊括宇宙的一切人和物(第 42 节)。在他的新的思想高度上,诗人拥抱一切时代的宗教和信仰,自信自身的精神活力将会触及古今的一切(第 43 节)。

在第 44 节中,"我"洞见到"未知"或超现实,开始意识到自我与时间的关系,自我与永恒的关系,永恒存在于自我之中,二者共同攀登时间的阶梯,自我无时不在。在第 45 节开首,自我的兴奋溢于言表,自青年至壮年至老年至未来,自我的信心充分而坚定。它清楚地意识到自我和空间的关系。自我业已体察到宇宙的奥秘,已和宇宙、上帝齐肩,占有最优越的时间和空间。"我"的发展没有止境,"我"走着永恒的路。"我"为别人指路、带路,已不能代替他们走路(第 46 节)。人们应当依靠自我的力量:这是"我"要告诉所有人的启示(第 47 节)。诗人至此已悟出"自我最为重大"的基本道理,自我是上帝的一部分,人的灵魂可冷静而镇定地站立在百万个宇宙之前(第 48 节)。死亡并不可怕,它是自我融入绝对和超越之境的途径,是发展与再生的途径:"无疑我自己以前已经死过了一万次"(第 49 节)。诗人的"妙悟"过程业已完成,疲乏之后酣睡良久,虽然不能确切呼出体验的"名字",但已清楚地看到:"它不是混沌不是死亡,——它是形式,融合,计划——它是永恒的生命——它是幸福"(第 50 节)。诗人内心充满传布自己的启示的激情(第 51 节),在世界的屋脊上发出粗野的呼声,将自己遗赠给泥土,再从草叶中生出,鼓励人们保持勇气,寻觅超越的自我(第 52 节)。

《自我之歌》尽管内容庞杂,但它显然是诗人思想成长过程的艺术再现。惠特曼猎涉古今,过滤生活,思想在长时期内宛如将沸而未沸之水,不断地"冒泡,冒泡,冒泡"。他在悉力观察和理解当时的现实,爱默生的超验主义吸引了他,使他终于"沸腾"了。《自我之歌》所记述的就是这一不断"冒泡"到最后"沸腾"的全部过程。诗中讲到许多内容,如民主、平等、反蓄奴制、赞美劳动、性爱、生、死、灵魂、永生等等,因而有人称惠特曼是伟大的民主的诗人,革命的诗人,或描述死亡的诗人等等,这都是有其道理的。《自我之歌》涉及的许多内容,在诗人后来的诗作中都有更为详尽的描述。但是,《自我之歌》52 节诗的主线则是诗人超验主义思想的发展过程。当超验主义体现在某些诗行里时,现代读者——尤其是现代国外读者读起来便感到艰涩了。

可以说,歌颂劳动人民是《草叶集》的一个重要内容。第一版里的《我听见美国在歌唱》和《斧头之歌》中对于劳动人民都有精彩的描述。前者写了机器匠、泥瓦匠、木匠、船长、水手、伐木者和耕田者等许多普通劳动人民唱着快乐而响亮的歌,诗人听了他们的歌特别兴奋和激动。后者赞扬普通工人农民以闪亮的斧头开山劈水,伐木盖屋,建设新城市。他们是美国土地的开拓者,新世界的建设者。他们的歌声表达了美国的声音。他们是国家发展的主力军。

惠特曼歌颂新世界重建伊甸园的努力。新伊甸园的平等和民主,普通劳动者的自强不息,他们的尊严和快活,成为诗人颂扬的主题。惠特曼是新亚当的歌手,是"西部新乐园"的歌手,他在《亚当的子孙》一组诗中清楚地宣布了这一点。这一组诗包括 16 首诗作,如念珠一般用"亚当在伊甸园"这一神话传说贯穿起来。整个世界展开在新亚当的面前(《大路之歌》)。这个世界的一切都成为他讴歌的对象(《职业之歌》)。他歌颂那些前进的开拓者们(《斧头之歌》),歌颂自由、民主、美国的灵魂(《在蓝色的安大略湖畔》)。《有一个孩子向前走去》及《横过布鲁克林渡口》等名诗把诗人个人的成长描绘成国家发展的象征。孩子向前走去,所经所见的一切都变成他的成长的营养,他每日向前走去,现在走,永远向前走,走许多年或持续不断许多世代。《横过布鲁克林渡口》描绘一个处于永恒运动之中的变幻无穷的世界,世间的一切如同念珠一样贯串在他的最微小的视听上,他在每日所有时间里,从万物中得来无形的食粮。

《林肯总统纪念集》组诗共有四篇,各篇都感情恳挚,其中尤以《当紫丁香最近在庭园中开放的时候》为上乘。从内容上讲,这首诗的内容核心是典型的惠特曼主题:爱与死。林肯卒世,全国哀悼。诗人在有着艳丽花朵和心形绿叶的紫丁香花丛中,摘下带着花的一个小枝,献给缓缓走过的棺木,唱起颂扬"你神志清明而神圣的死"的赞歌。庭园中艳丽的花朵和强烈的芳香,使他感受到紫丁香的吸引力。其后他意识到一只隐藏着的羞怯的小鹅鸟在唱着咽喉啼血的歌。紫丁香花丛象征着物质存在,而鹅鸟的歌声则是精神存在的体现。诗人的身心在受到两者的招引,他认识到,融爱于生死之中,视死为精神的再生的发端,诗人逐渐从死亡的悲哀中恢复过来而意识到林肯的精神存在及不朽。

《草叶集》里另一首名作《从永久摇荡的摇篮里》通过讲述一个极简单的经历,而说明一个意蕴深邃的道理。许久以前在春光明媚的一天,一个孩子在海边漫步时,突然听到一雌一雄两只小鸟在一起快活地歌唱着。然而它们未在一起待多久。一天,雌鸟消失了,雄鸟孤苦而痛苦地吁请大地还给他的伴侣。然而大地没有回答,所见到的只有逐渐消失的月亮、喃喃私语的大海和吞没了一切的黑夜。孩子心有所动。这位成长中的诗人一阵狂喜,在灵感突然发光的一刻,意识到自己此生的使命。他要知自己的命运,要从海浪中得到"线索"。在水陆交界的岸边,他听到大海在歌唱"死,死,死,死"。他顿悟到这是"最美的歌"和"一切的歌"。他成为一位成熟的诗人。此诗可分成三段:理想的爱和幸福、失落与孤独的爱,以及死为精神再生的开端。当孩子意识到这一深奥道理时,他已成为悲和喜、今天和未来、深谙人生与宇宙奥秘、讴歌自然循环与永恒的歌手。这应当是该诗以摇篮始、以摇篮终的用意所在。一个平凡的事件成为表达诗人生涯中一个至关重要的顿悟经历的重要媒介。

《草叶集》的最后一首诗写于 1891 年。这一年既是一个时代的终结,也是一个新时代的开始。美国移民自 17 世纪初至 19 世纪中,《草叶集》初版问世时 200 余年间曾怀有的乐观情绪,在《草叶集》成长的近 40 余年中热度逐渐降低到失望,到诗人辞世而去时,梦已寂灭,绝望开始袭击人心,再过不足一年,美国历史上第一次经济恐慌便开始了。诗集通过"自我"感受和"自我"形象,热情歌颂了资本主义上升时期的美国,是美国文学史上第一部具有美国民族气派和民族风格的诗集,开创了一代诗风。

三、美利坚民族女诗人的代表——艾米莉·迪金森

艾米莉·狄金森出生在马萨诸塞州阿默斯特镇,她的祖父是阿默斯特学院的创始人,父亲曾是该镇首席律师,后做过阿默斯特学院司库,也曾当选过国会议员。狄金森从小接受了良好的教育,在家庭氛围与教育环境的影响下,艾米莉成长为一名有着正统基督教信仰与良好教养的女子。从 19 世纪 60 年代开始,她潜心读书和创作,并营造了一个属于她自己的自由、丰富的精神世界。她从小研习经典,这不仅开阔了她的视野,也给她带来了创作的灵感。她的诗歌创作也对社会传统价值体系提出了质疑与挑战。

狄金森一生创作了 1 775 首诗,她主张描写自己熟悉的,尤其是内心世界的活动,感情真挚是她诗歌的显著特征,她努力挖掘人们内心深处的隐痛和希冀,描绘她在一封信中所说的“精神的风景”。她的诗所表现的有悲有喜,但总的来说,悲多于喜。狄金森根据主题可分为关于爱情的诗、关于自然的诗、关于死亡的诗、关于宗教的诗。

在关于爱情的诗歌中,常常是悲多喜少。狄金森虽终身未嫁,然而并非如死灰槁木之人。她的诗如《狂风夜！狂风夜！》《我委身于他》《怀疑我吧,我的朦胧的伙伴！》和《既然是你使我心碎我感到骄傲》,等等,都表现出女诗人胸内燃烧着炽烈的爱的火焰。《狂风夜！狂风夜！》表现出男女性爱的如胶似漆。《我委身于他》表明诗人等待的迫切和对爱的向往。《怀疑我吧,我的朦胧的伙伴！》极可能是写单相思,诗中所说的“朦胧的伙伴”可能是仅存在于自己心里的爱的对象;这首诗把一个准备奉献自己一切的女人的状貌勾勒得非常细腻。《既然是你使我心碎我感到骄傲》用“心碎”“疼痛”“满足的夜”“你的激情”等精妙的词语,把一个女人在接受美妙的爱情表示以后的感受与心态刻画得酣畅淋漓。

爱情和痛苦是孪生子。狄金森热烈地爱过异性,一次是在她刚过豆蔻之年时,一次是在她去世前五六年。对她个人生活与诗歌创作生涯影响最强烈者是她的初恋经历。她全心全意地爱上了她深知不能与之结为终身伴侣的查尔斯·沃兹沃恩。这使她有机会体验了异性爱的多个微妙的感情起伏阶段,有机会对爱情的各个侧面进行大胆却是准确的幻想和臆测。她的爱情诗的大部,可能多与这桩爱情经历有关。诗人爱得如此深刻,她付出的代价是鲜血:“我”情愿付出鲜血,但“他”得亲自数一数“每一点每一滴的鲜血”。当她回首往事、再现那一段美好的经历时,美好之外又添上一层愁云和苦痛。在《你留给我的,亲爱的,两件遗物,——》里,诗人喟叹道,她所爱之人留给她的两件遗物是爱和无限痛苦。《我的——根据白色选举的权利！》表现出爱的热切,甚至疯狂,对爱的天长地久永存的渴求,揭示出一个干涸良久盼甘霖的内心世界的情状。也正是这种热切、疯狂的渴求情绪给这首诗涂上一层悲色,读来似挽歌,又像深情的妻子在悼念亡夫。《如果在它死后我能得到它》写爱和死亡紧相连接的令人不寒而栗的现象:生时不可得,死后也宝贵。爱被葬入墓中,而独“我”有入内的钥匙。

在关于自然的诗歌中,狄金森一生所创作的自然诗约有 500 余首,笼统写自然的有 34 首,写花鸟虫鱼、日出日落、一年四季、太阳和风雨等的共有 345 首。她的自然观与自身的生活阅历以及情感体验密切相关。她对自然世界的描写,不仅具有充满活力与丰富的想象,也具有忧郁、悲伤、颓废,甚至恐惧的情绪。诗人在描绘一个快活的自然现象时,有时会突然哼出一声低沉的悲调,让人措手不及,开始深思。例如,《一只鸟从甬道上走来》写一只小鸟啄虫饮露、自由跳跃状,细腻而逼真,使人心旷神怡;然而它双目圆睁,举止表现出一种出于畏惧的警觉,尽管“我”小心翼

翼地善意地赠它一点面包渣,它却展翅飞去。鸟去了,留下"我"惆怅、感喟:鸟和人虽同是大自然的居民,可二者难以沟通。又如,《草丛中的细长家伙》,诗笔婉约,通篇三弯九转,虽无一词说到蛇,但那个"细长家伙"指的就是蛇。诗的最后一节很发人深省:"我"每逢和蛇相遇,神经总是紧张,骨子里冒出一股寒气,可见物我的隔阂难以克服,悲油然而生。望夏天,它似悲伤一样无声无息地逝去;看冬日,它射来一道倾斜的光,它去时,好比遥望死亡的路程。在这里,悲进而到死了。狄金森认为自然既慈祥又残忍,她的观点近似丁尼生对自然的看法,《显然不是冷不防地》等诗便是很好的例子。

"死"是狄金森诗歌创作的主要题材之一。死的想法萦绕在诗人的心头,她三分之一左右的诗歌都是写死的,死位于狄金森诗歌世界的中心地位。狄金森写了死的多个侧面,探讨了死的深刻蕴含与影响,她的诗作表现出她对写死所显示的迷魔之情。她的一些诗作也表明生的愿望。人并不愿死,是害怕死的,如《当我正怕它时,它来了》所说的,"我"长时间地害怕死的到来,一生不得安宁。诗人深感到失去亲朋的悲痛,只有当失去时,方感到所失的可贵可爱。诗人惊恐不安地期待着不幸的再来,如她在《我的生活曾两次关门》所说,永恒还会向我暴露第三次。她接下去说,前两次事件(即她年轻时的两位挚友牛顿和汉弗莱的卒世)对她来说是那么巨大,那么难以想象,她竟绝望地说,生离死别乃是天堂的全部含义,是我们对地狱的全部要求。死别的痛苦如此深刻,在《我从未失去这么多但有两次》又谈及此事时,诗人称自己两次如乞丐立在上帝的门前,称上帝是"窃贼"。狄金森认为,死和永生相连,死导向永生,死是生的开端,死与生形成一种自然循环。在一首诗作中,诗人说自己的小屋是墓,自己为管家,把客厅整理好,给短暂分开的两位(意指生与死)摆上茶水,那可能是一个周期,直至永生把它们紧紧地合在一起。一个人死了,生活依然在继续。当我们知道自己躺在菊花丛里时,紫罗兰仍在亭亭玉立,商业在继续不断,买卖在兴隆发达,心里多么乐融融啊!它使离世变得安静、美妙。诗人对永恒是怀有信念的。《因为我不能停下等待死神》表明,诗人相信死和永生的不可分割性。在诗里两者都被人格化了。死神是亲切的车夫,他停住等"我"上去,车里还坐着"永生"。"我"被死神的和蔼和礼貌所感动,于是放弃工作和休息,随他悠闲地穿过学生课间休息的学校(象征人的童年阶段),越过成熟庄稼的田地(象征成年),看到夕阳西下(象征晚年),感到夜里衣薄体寒(尸骨之寒),在坟墓中待了数世纪,第一次认识到,死神的马车是走向永恒的。人虽死而灵魂犹生。这反映出爱默生超验主义思想的影响,她的生死观显现出爱默生思想的深刻烙印。

诗人相信来生,相信此生不是终点。虽然未和上帝讲过话,未造访过天堂,但确知天国在何方。《今晨被从人间拉走》描绘了天堂的情状,它似伊甸、客人满堂、地处极远云云,足见诗人迷恋之深,想象之丰富。死乃是一种权利或特权。狄金森的诗有时表现出一种强烈的死的愿望。在《放下木闩,啊死神》一诗中,诗人乞求死神打开栏门,让疲倦的人们进入,这样,他们便可停止哭诉,停止流浪;死神的夜最恬静,它的地方最安全,而且近在咫尺不用寻找。死像漫漫长眠,不用盼清晨,不用抬眼皮,在石屋里度过数个世纪也不必抬首望午时景状。

诗人对死的渴望和迷魔使她创作出一系列描绘死的过程、死的景象和死后世界状况的诗歌来。她似乎有过多次心理体验,似乎深知死的全部内情。比如在《剧痛之后有一种程式化感觉》写人由警醒到僵化的感觉过程,宛如某种固定的程式,腿木了,心凉了,"铅的时刻"到了,像雪中冻死的人一样,先是"冰冷",再是"弥留",再就是松手伸腿了。有时诗人把自己置放在垂危者的位置。于是"我"死时听到一只苍蝇嗡嗡不停地叫;室内一片沉寂,"我"周围的人已哭干眼泪,屏息静气地望着气息奄奄的"我",等待死神的最后一击:"我"在清醒的一刻在心里把纪念品默默分赠众人;然后渐渐弥留,又听到苍蝇的叫声,死者眼前一片蓝色,显然视觉已变弱,继而听觉又退化,那叫声已时断时续,时高时低,窗户已模糊不清;最后是一片漆黑。这首诗把听觉和视觉的两种意象合而为一,诗人的妙笔堪称神乎其神了。诗人的另一首诗作《我脑里感到在举行丧礼》内容雷同,也是写人死时外部的动景,人们在来回走动,在为死者祈祷,然后盖棺抬入墓地,同时钟声响彻天空,死者独自一人安息了。诗人有时也写墓地的景状,如《把床做大些》。在这里死者似在自言自语,又似在对生者讲话:床大些,褥直些,枕圆些,别让晨晖来打搅,等待美妙公平的判决的到来。

在关于宗教的诗歌中,由于受家庭环境影响,狄金森的很多诗歌都体现了她对宗教的矛盾态度。一方面,19世纪是传统清教禁锢文化盛行的时代,狄金森对主流文化充满了反叛,对宗教也采取了一种蔑视的态度,如《篱笆那边》以一个纯真无邪、活泼好动的乡下女孩带些戏谑的口吻来描写和调侃"上帝"。诗人责怪上帝,认为是"上帝"约束人们的行为、禁锢人们的思想,她认为上帝如果是小孩,他也会爬过篱笆摘草莓的。

另一方面,她又弘扬了宗教中的博爱精神。"她不肯随波逐流,反对教会体制的虚伪和武断,对人生来就受到诅咒、上帝在选择救赎方面的绝对权威等说法表示怀疑。同时,她却受到了当时的超验主义思潮影响,尝试通过自身的精神体验与内心省察在大自然中感知神性存在,上帝在她眼中不仅是严厉的生死判官,而且也对人类怀有同情和怜悯之心。"[1]

狄金森诗歌的最突出的特点是独创性。她渴求自由,不愿受任何传统形式的束缚。她承认,"我生活中没有君主,也不能统治自己";在寻求创作自由方面,她确是无法无天的。她大概也深感到传统和社会要求就范的压力,她说"疯极是最神圣的清醒","过于清醒是极疯",多数总是占上风,少数会成为危险人物,"被铁链锁起"。她无视语法、句法、大写、标点等传统文字表达规则,她无视英诗传统格律,她在这一切方面的"突破"是众所周知的。甚至某些词语,如果她的表达需要,她也会毫不犹豫地改变其词性或切掉其碍事的尾巴。

狄金森重视运用意象。她认为诗歌应通过具体形象体现思想,诗人应以生动的意象表达抽象概念。狄金森擅长运用视觉、听觉等意象,立意新颖深刻,想象奇特,寓情于境,比喻常出人意表,给人一种怪诞感觉。她的诗多是具体事物的巧妙排列,或并排,或重叠,或相互交融,不少时候,意象之间没有常有的连接,读来颇有中国古典诗歌的韵味。狄金森的诗作言简意赅,语言朴素,不事雕琢,简短、直接和普通。诗作短小精悍,最长者也不过50行。不少只含有一个主导意象。在她的作品中,每一个字都是一幅图画。她成为英美20世纪意象派诗人崇拜的先驱者。现代诗人威廉·卡洛斯·威廉斯称她为"圣恩主"。

第二节　文艺复兴的配角——新英格兰诗人

19世纪80年代初以前,波士顿一直是美国文化的中心,美国"文艺复兴"浪漫主义文学运动

---

① 陈晓兰:《外国女性文学教程》,上海:复旦大学出版社,2011年,第168页。

的主要作家多在波士顿附近生活和创作。这些人主要可以分为两类,一类是爱默生等人,要走全新的路,独创的路;另一类则是新英格兰诗人,他们愿把新酒装在旧瓶中,他们的酒有时也欠新味,代表性的新英格兰诗人有威廉·卡伦·布莱恩特(William Cullen Bryant,1794—1878)、亨利·沃兹沃斯·朗费罗(Henry·Wadsworth·Longfellow,1807—1882)等。

一、美国浪漫主义诗坛的先驱——威廉·卡伦·布莱恩特

威廉·卡伦·布莱恩特出生于马萨诸塞州偏僻林区的卡明顿。约在 1813 至 1814 年间,布莱恩特写出了《关于死亡的感想》一诗,1817 年发表后一跃成为诗坛名人。

布莱恩特对美国诗歌的主要贡献在于用诗笔描绘美国的乡土景色。他写小鸟、黄色的堇香花,而不写夜莺和水仙花,因为他认为只有亲眼所见、亲身经历的事物才能激励诗人的灵感与想象。他的诗主要是自然抒情诗,写土地,写小溪,写森林和花草,触景生情,借景抒发胸臆,巧妙、自然、浑然天成,虽有说教意味,但以绘景为主,故有美国自然诗人之称。有人称他为"美国的华尔华兹",虽有些过分,然而却也表明了他的诗的主要内容。他的《十四行诗:致赴欧的美国画家》似总结了他的主要题材,表达了他热爱乡土的赤子之心:

> 你的眼睛将看到远方天空的光:
>
> 然而,柯勒,你的心将带给欧洲海岸
>
> 你本国的活生生的影像,
>
> 如显现在你自己的光辉画面上的一般。
>
> 静寂的湖——野牛游荡的大草原——
>
> 饰满夏季花冠的山丘——肃静的小溪——
>
> 荒漠雄鹰盘旋尖叫的天空——
>
> 无垠际丛林的烂漫春花和灼热秋晖。

他在这首写给挚友托马斯·柯勒(Thomas Cole,1801—1848)的十四行诗的后六行中说,你在欧洲可能会见到美丽的景色,美丽然而却不同,人的举止、道路、房屋、墓地、废墟,从低谷到山巅,一切都会不同,尽情地欣赏,直至泪水盈眶,然而,要永保本国的荒野形象又明又亮。

布莱恩特的自然诗不时流露出华兹华斯的明显影响。这大体表现在两个方面:一是微观性的,寓情于景,借景抒情;一是宏观性的,视自然为人的滋补剂。前者在他的名诗《水鸟》《黄色的堇香花》及《啊!最美丽的乡下姑娘》等诗中有充分体现;后者可以《入林处碑文》及《丛林颂》为服人的佐证。《水鸟》诗是诗人心有所感之作,题材取自于日常生活,很有华兹华斯的《我们是七个》及《西蒙·李》等诗中那种平淡中见奇崛的"顿悟"意味。诗人自己回忆说,有一次他独自一人走在路上,心头感到一股凄寂、悲凉,茫茫天地间唯有他自己,于是他手足无措了。突然抬头望见一只水鸟独自在空中泰然自若地飞翔,心里突然悟出一条道理:"教你在辽阔高空,/平安地翱翔的上帝,/在我漫长的旅程中,/也将给我以指示。"他的路像弗罗斯特的《雪夜驻足在林边》中的路一样,突然由具体的土路变成抽象的人生之路了。布莱恩特的美国堇香花虽然不像英国的水仙花给华兹华斯带来欣慰和快乐,然而却教给了他一个重要的处世为人的道理:"你们这些发了财的人,就这样/忘记在厄运中受苦受难的朋友。/我曾效仿了他们,但我后悔/竟然以骄傲之徒为榜样。"

《关于死亡的感想》是布莱恩特的传世之作。这首歌颂死亡的诗表现出明显受到"墓地诗人"的影响。死在这里变成为宇宙运行之必然，不像基督教所宣扬的死后入天国那样快乐，或下地狱那样可怕。死是自古以来的现实存在，上至王公、预言家，下至一切平凡的男女，都必然会"一个个被收集在你的周围"：

> 从岁月开始以来，数以百万计的人
> 已长眠在那些孤寂的地方——唯有死人
> 统治的地方，你也将安息在那里。……
> 所有生者都将与你共此命运。
> ……
> 活下去，以便当你被召唤
> 去加入那不计其数的旅队，
> 向神秘的王国行进，每人将
> 在死的静寂的厅里各就其位，你别像夜间采石的奴隶，
> 被鞭打着走入地洞去，而要在坚强信任
> 的支持和安慰下，走近坟墓，
> 宛如人以床帷裹身，躺下做美好的梦。

在布莱恩特笔下，死极具异教风貌，对死的态度很有自然崇拜的意味；人最终要同大自然的形体相融合。在《丛林颂》中，这种思想又向浪漫主义的生死观迈进一步。布莱恩特认识到，死不是造物的终结，人是永恒的，一切都不免老朽和死亡，紧跟在枯朽之后，快活而美好的青春出现了，人自上帝的胸中生来，将永无休止地延续下去。死不是终点，而是开端，是再生的开端。

布莱恩特主张诗歌应有教育意义，他的诗歌多为加强世人的观念或成见而作，也确实达到了教育和适应读者的目的。布莱恩特的世界是一个被其读者的敏感度所封闭的世界。他高于他的读者，但不是很高；他比他的读者深沉，但不是很深沉。总的说来，他比他们聪明，话讲得顺耳，理说得透辟。然而，他算不上高瞻远瞩，文意不算幽婉，道理不算玄远。一个和读者相去不远的作家很难做到言近旨远，也很难和未来沟通，这也是他作品的局限性。

二、新英格兰诗人的杰出代表——亨利·沃兹沃斯·朗费罗

亨利·沃兹沃斯·朗费罗出生于缅因州波特兰市，他自幼富于想象，喜爱文学，13 岁时便曾在《美国文学报》上发表诗作。他的故乡波特兰，充满传奇色调，民间传说、移民的故事、印第安人神话等，深深根植于诗人童年的头脑中。在学习外国语言和文学的同时，朗费罗一直从事诗歌创作。1839 年他生版第一部诗集《夜籁集》，其中收进《人生札赞》这首 19 世纪最受欢迎的诗作。1842 年面世的第二本诗集《歌谣及其他》包括了诸如《乡村铁匠》等有口皆碑的诗篇。他的声望与日俱增。1847 年他的《伊凡吉琳》问世。他成功地把欧洲格律移植于美国，运用古典希腊音步形式，述说不久前发生在北美的动人的伊凡吉琳的故事。1855 年，他发表《海华沙之歌》，运用芬兰民歌韵律颂扬印第安人的传说。他的《迈尔斯·史坦迪什求婚记》及《路边客店故事集》分别于1858 年及 1863 年问世。朗费罗一生写过多首十四行诗、抒情诗，并以此而著称。可以说，朗费罗是新英格兰诗人中最著名的诗人，也是当时最受欢迎的诗人。

《人生礼赞》写成于 1838 年,副标题为"青年人的心对歌者说的话"。这是《夜籁集》中的一首名诗。他的诗充满了一种乐观向上的精神。这或许是诗人自己对生活的体验;更重要的是,他的诗作反映出时代的精神。朗费罗生活在美国独立以后蓬勃向上的发展时代。一个年轻的国家的生机显然感染了思想敏锐的诗人。坚韧不拔、知难勇进是其诗作的主旋律。例如,诗中写道:

> 我们命定的目标和道路
>
> 不是享乐,也不是受苦;而是行动,在每个明天
>
> 都要比今天前进一步。

在诗人看来,世界是一个辽阔的战场,在人生的营帐中,人要做战斗中的英雄。他指出,不要指靠未来,让过去成为永恒的过去。

他的十四行诗《造物主》传达出一种肯定的信念:

> 慈爱的母亲,当天色已晚,
>
> 牵着手儿,领孩子上床歇息,
>
> 孩子半情愿、半勉强地被领去,
>
> 仍然从敞开的门口回头看
>
> 那些留在地上的破玩具,尽管
>
> 妈妈答应给新的玩具来代替,
>
> 还是不十分放心,不十分惬意——
>
> 新的虽说更好,他却未必更喜欢。

造物主是可信赖的;她是我们的妈妈。有她的照料和惠顾,我们完全可和童稚一般无忧无虑地"玩耍",甚至不必"问明白/未知的究竟比已知的超越多少"。把造物主比做母亲,这种譬喻毫无新意,但诗人能用细腻、亲切的诗笔,给渴求的灵魂传递去一种自信心和安全感,为人生的快乐奠定了坚实的心理基础。

《迈尔斯·史坦迪什求婚记》取材于美国殖民早期历史上一个动人的故事。清教徒史坦迪什上尉和他的好友约翰·阿尔登同时爱上了美丽的姑娘普里斯西拉。史坦迪什请阿尔登代他去求婚,友谊和爱情于是在阿尔登心中开始了一场貌似简单但蕴含深刻的拔河赛:

> 周围一切安静,然而他的内心却在动荡和冲突,
>
> 爱情与友谊在抗争,自我与每一个慷慨的冲动。
>
> 他胸中思潮此起彼伏,汹涌澎湃,
>
> 宛如一艘沉船的每一升降,
>
> 伴着苦涩的海,无情的大洋波涛的拍击!
>
> "难道我必得放弃一切,"他发疯般痛苦地喊着,
>
> "难道我必得放弃一切,快乐,希望,幻梦?
>
> 我难道就为这而爱、期待、默默地崇拜?
>
> 难道就为这而尾随着那飞似的双脚和身影
>
> 越过冬天的大海而到新英格兰荒凉的岸边?"

尽管如此,阿尔登还是把信息传递到了姑娘手中,不料姑娘竟钟情于这位信使。年轻的阿尔登终于做了炽烈的爱情的俘虏,一时之间,友谊被乌云遮住。史坦迪什上尉盛怒之下不辞而别,离去参加一次印第安战争,不久传来消息,他在战斗中丧生。阿尔登和普里斯西拉准备结婚,不料上尉突然回来参加他们的结婚典礼,三人言归于好。这是一首歌颂纯真的友谊和爱情的故事。

《海华沙之歌》是朗费罗在诗歌创作上的壮举,这应该说是美国文学史上描写印第安人的第一首长诗。这首诗共22章,以细腻、翔实、富于想象的诗笔描述和记录了印第安人的历史、风俗、社会文化状貌和传统,表现出这个民族的崇高的性格,勇敢和勤劳的品质,以及他们对理想的执着追求,对未来的美好的憧憬。它从海华沙奇异的降生说起,叙说他的奇异的生平,讲他如何为印第安人各族的繁荣和富强、为使他们团结向前而禁食、祈祷、生活和劳动,倍尝千辛万苦的动人肺腑的故事,同时也表现出诗人的坚强信念:

> 在古往今来的多少年代里,
> 凡是人的心灵都具有人的特征,
> 即使是一个野人,
> 他虽然不明白美好的未来,
> 也会对美好的未来怀着
> 渴望,祈求,为它努力奋斗

《海华沙之歌》字里行间透露出诗人对印第安人的强烈同情。虽然他所记录的只是一种不准确的口头传说,但是他依然视之为珍宝,视之为美国的民族传奇和民间歌谣的一个有机组成部分,并用壮烈的史诗形式和语言加以咏诵。这首诗也表现出浓郁的浪漫主义的格调,自首至尾令人感受到想象的强大威力。

朗费罗是一位很有抱负的诗人。他热切希望建立"一座诗歌之塔","一座璀璨的诗歌之城",由灵魂深处奏出一曲曲"美妙动人的音乐",像一支支箭,"从头到尾藏在朋友的心间"。他认为,诗是灵魂的呼唤,是长着翅膀的语言,是灵魂在高空翱翔。诗人的歌应似灯塔,其炽耀的光辉永不黯淡,其高燃的火炬永不熄灭。一般说来,朗费罗的诗作大多遵循一个明显的格式:叙述故事,描绘景物,点出含义。有些诗句令人读来颇有画蛇添足之感。此外,他满足于道听途说,因而他的诗作缺乏惠特曼那种参与者的热忱及对生活的认识的深度。

第三节 美国式小说的诞生

一、美国式小说诞生的背景

从19世纪开始,美国的资本主义经济发展逐步走上了正轨,从而进入了这个世纪第一个大规模的经济腾飞时期。1801年,托马斯·杰弗逊就任第三任总统标志着资产阶级民主派(即非联邦派)在美国的胜利,他在政治上执行了一条更符合国家、民族和民众利益的路线,使当地的资产阶级民主空气为之一振;在经济上强调发展包括广大农村在内的资本主义生产,开拓边疆,活跃市场,为以后全国范围内的大规模发展打下了基础。1814 年,第二次独立战争的胜利,最后扫除了殖民主义势力在美国的残余,为确保这个年轻的资产阶级共和国走上一条独立自主的、稳步发展的道路提供了主权上的保证。按照美国史学界的一般划分,自 1814 年第二次独立战争的胜利至 1861 年南北战争爆发前夕,是美国资本主义经济发展的第一时期。在这 50 年左右的时间里,美国经济飞速发展。同时,多年来不断扩张领土,大规模的开发西部地区,广泛吸收外来投资。大批接纳移民,扩充国内外市场,建立商品粮基地等等,这些关键性的、行之有效的措施,为资本主义经济的飞跃发展开辟了广阔的道路。

19 世纪上半叶,处于资本主义上升时期的美国,也就成了美国浪漫主义文学产生和发展的土壤。美国独立初期正赶上欧洲启蒙主义、浪漫主义席卷世界文坛,美国迎合了这个潮流,以一个新兵的资格加入到浪漫主义文学的伟大行列之中。同时,美国在建国前,几乎是没有什么文学的,这就使得它从赢得独立自由的那天起,便以崭新的手法来反映上升时期资本主义的社会面貌,表达了资产阶级的热烈感情;所以,美国的浪漫主义文学的产生和发展,一是立足于本身的需要,二是符合于世界的潮流。美国浪漫主义文学的发展经历了一个稳定的、健康的过程。首先是以笔记小说和历史传记闻名于世的华盛顿·欧文(Washington Irving,1783—1859)的崛起,为美国文学第一次赢得了世界声誉。他和稍后的詹姆斯·费尼莫·库柏(James Fenimore Cooper,1789—1851)开创了新一代的浪漫主义文风。他们扎根于 18 世纪末热烈高涨的民族主义感情,而在艺术上则前进了一大步。他们也是使欧洲人,特别是英国人再也不敢嘲笑美国人写不出文学作品来的第一代美国作家。与此同时,美国进入了它民族文化的灿烂时代,在小说方面取得了巨大的成就,以 30 年代为高峰,以小说为主要形式的浪漫主义文学掀起美国建国以来文学发展的第一个高潮。从此,美国式小说诞生了。

所谓美国式小说,是指它完全摒弃了外来文化影响的痕迹,没有任何殖民地色彩,也没有封建主义的残余。它是在民族生活、民族思想和民族题材的基础上,以民族的形式来进行描绘和叙述的,具有纯粹的美利坚民族的特色。换言之,就是美国小说家以美国社会为背景,以美国人民的生活为题材。用美国人民乐于接受的艺术手段而写出来的美国小说。这种美国式小说自欧文开创以来经库柏的努力实践,至霍桑臻于完善。

美国在 18 世纪的最后十几年时间里,由于经济的加速发展,城市人口的迅猛膨胀,形成了小说产生的社会基础。这种社会基础的不断扩大造成了对小说发展的刺激,而且这个基础的不断扩大对文学提出了新的要求。因此,进入 19 世纪之后,开创新的一代民族文学的重任已经历史地落在当时的美国作家身上。可以说,美国式小说的诞生和发展绝不是由于偶然的因素形成的,它是适应时代发展、社会需要应运而生并进而发达兴旺起来的一种文学现象,它的发展过程本身就是一部伟大的历史。

二、美国式小说的创作

美国式小说经过华盛顿·欧文(Washington Irving,1783—1859)的开创,詹姆斯·费尼莫尔·库柏(James Fenimore Cooper,1789—1851)的具体实践,到纳撒尼尔·霍桑(Nathaniel Hawthorne,1804—1864)逐渐发展完善。

（一）"美国文学之父"——华盛顿·欧文

华盛顿·欧文出生在纽约市一个富有的商人家庭中。他自幼酷爱读书,从小就以写作诗歌、散文和戏剧为乐趣。1815 年后,欧文开始专心进行文学创作并最终写出了让他声名大振的《见闻札记》,其后又创作了《布雷斯布里奇田庄》和《游人的故事》等作品。他被称为"美国文学之父",也被人称为"美国第一位作家""新世界派往旧世界的使者",可以说他的文学创作对美国文学的影响是极为深远的。

下面对欧文两篇极具代表性的短篇小说《瑞普·凡·温克尔》和《睡谷的传说》进行具体分析。

《瑞普·凡·温克尔》的某些素材来自德国民间故事《彼得·克劳斯》,但是瑞普与彼得之间存在着一定的差别。彼得在《彼得·克劳斯》中只是支撑起散文框架的一个人物而已,而瑞普在《瑞普·凡·温克尔》中则被塑造成了一个有血有肉的人。《瑞普·凡·温克尔》的故事发生在英国殖民地时期哈得逊河旁边的一个小村子里。故事的主人公瑞普是一个农民,他心地善良,助人为乐,颇受邻居的好评。但是他的妻子对他却很不满意,因为他的收入有限。他的妻子经常对他进行指责,以至于他十分不愿意回家。有一天,为了躲避妻子的唠叨,瑞普背着猎枪,带着一只名叫"狼"的狗进山打猎。他一直爬到卡斯基尔山的最高处。快下山时,他突然听到有人喊他。不久,他见到一个穿着荷兰古装的老汉带着一桶酒。他们两人一起到了一个空谷,那里有些人在玩游戏。老人叫瑞普等他们喝完酒,也请他喝一杯。瑞普喝了酒后立即沉醉不醒,等他醒来的时候,他发现那些人不见了,自己的猎枪也锈烂了。他摇摇晃晃地下山,回到村里大吃一惊,觉得整个世界都变了,过去的房屋已不见了踪影,老朋友们也似乎全都消失了。昔日他同知己喝酒聊天的小酒馆已被门前星条旗迎风招展的宏伟的"联盟旅馆"所替代。对于这些变化,瑞普一脸茫然,不知所措。就在这时,他被一些老友认出,才知道自己这一觉竟然睡了 20 年。在这 20 年里,他的妻子已经过世,儿女们都已经长大成人,也有了自己的家庭。瑞普被儿女领回家同住,他还像20 年前那样悠哉地生活。

这个故事蕴含深邃。首先,瑞普睡去的 20 年正是独立革命的年代。回村后生活所发生的变化并不总随他心愿。他更喜欢战前生活的悠闲、平和,不喜欢独立后的政党之争和加快的生活节奏。瑞普并不为国家摆脱英国殖民统治的枷锁而感到欣喜;他更为自己挣脱了婚姻的桎梏而乐不可支。或许,这个故事在某种程度上表明欧文的立场,即变革和革命打乱生活的自然秩序,表明他对现代民主的美国持有某种保留。

瑞普这个文学形象,也反映出一种民族心态或行为模式。这个寓言式故事讲到一个脱离主流生活者的心境。由他妻子体现出的世间风行的统一价值观,使他感到窒息。他不满现状,有遁世倾向。他到山里去寻找解脱和理想的生活。"寻求某种理想"成为瑞普的深层心理要求,这也在客观上反映出美国这个国家和民族的历史经历。17 世纪初的移民以及其后长时期内的向西拓殖,可被视为美国民族不断追求的精神表现,瑞普身上流露出了相似的心态。这是瑞普的形象能在人们头脑中扎根的基本原因之一。瑞普还反映出人类逃出苦海、留恋过去、拒绝变化与改革的普遍性深层心理倾向,这是这个故事被译成多种语言传遍世界的原因之一。从美国文学传统角度看,严肃的文学作品一向对政治和生活采取批评态度,对传统和统一价值观怀有一种逆反心理。这种态度和心理反映到文学作品中,便是一系列反主流或逆主流人物形象的出现,以瑞普·凡·温克尔为代表。

《瑞普·凡·温克尔》除了在主题上显示出了欧文对美国社会的思考外,也在描写上显示出了欧文的文字功力。欧文也十分善于用景物来烘托人物的心情,例如在描写瑞普在山上远眺时的情景时,他便通过瑞普所看到的景物烘托出瑞普远离烦恼之后的一种心态。除了运用景物烘托人物的心情外,欧文也常常通过对其他事物的描写来烘托人物。

《睡谷的传说》和《瑞普·凡·温克尔》一样,除从德国传说中撷取一点启示之外,完全是充溢着"美国味"的美国作品。这篇名作的故事情节说来也极其简单。在哈得逊河边一个被称为"睡谷"的地方,流传着一个令人毛骨悚然的无头骑士的故事。传说在美国独立战争时期的一次战役中,一个赫塞骑兵的头被炮弹打飞了。死后,他的阴魂常骑马在夜间飞驰,到战场上去寻找他的头颅。在睡谷有位从康涅狄格州来的教师,名叫伊卡包德·克兰,他对那些离奇的传说笃信不移。他看上了当地一位殷实的荷兰农夫的独生女儿卡特林娜·凡·塔塞尔。但他有许多情敌,其中最可怕的是一个名为布鲁姆·凡·布兰特的乡村小伙子。一天晚上,伊卡包德去参加凡·塔塞尔家的晚会。布鲁姆也在场,并讲到他半夜遇到无头骑士的故事,伊卡包德听了头皮发麻。晚会后他独自骑马回家,在小河边同无头骑士相遇,被那骑士用手中拿着的头打昏倒地。从此伊卡包德再也没有露面。次日人们在桥头发现了他的帽子和一个碎得稀烂的南瓜,以为他已死去。几年后,一个到过纽约的老农说,伊卡包德还活着,并且做了法官。而布鲁姆在伊卡包德失踪后不久就和卡特林娜结了婚。每当人们提起那个南瓜的事,他就捧腹大笑,使人不能不怀疑他同那件事有瓜葛。

伊卡包德这个人物和瑞普一样发人深思。他在当时西部边地的小村里是一种人的代表,即通权达变的新英格兰人,他在村里是个城市滑头,一种欲行欺诈的破坏性力量。他聪明反为聪明误,最后被赶出本不属于他的村庄,于是边地小村又恢复平静。布鲁姆一介村野之夫,粗鲁、精力充沛,生在边地自食其力。由此看来,伊卡包德和布鲁姆的情场之争又具有某种边地两个群体之间的历史性较量的意味。而这个历史性争斗是美国在长时间内向西拓殖运动中所特有的现象。

欧文的叙事方法属讲故事类。读他的书有一种听故事的感觉。他的故事叙事者有时也立在幕后,犹如木偶大师,偶或钻出头来,以"我"或"我们"的称谓讲话。《睡谷的传说》自首至尾"我"一口气讲下来,几乎没有一处"戏剧场面";而《瑞普·凡·温克尔》也只有一处例外,那是在瑞普睡后回村和村民会面的时候,只在那一瞬间,"我"闭上了嘴巴,让人物登台自己念台词。运用这种讲故事方式要求作家有深厚的文字功底。这种小说,与其说以情节取胜,不如说是以娴熟的文字勾勒画面而扣住听众心弦的技巧取悦于人。

(二)美国式小说的实践者——詹姆斯·费尼莫尔·库柏

詹姆斯·费尼莫尔·库柏出生在美国新泽西州伯灵顿一个富裕家庭中。他于1820年发表了小说《戒备》,这部小说写的是他未曾经历过的英国上层社会的生活,因此并没有获得成功。之后,库柏对自己的创作进行了反思,他意识到自己需要在自己所熟悉的生活中寻找素材。于是他改变了创作方向,写出了《间谍》,开创了革命历史小说这一类型,确立了他在美国文坛的地位。其后,他又创作了《拓荒者》和《舵手》,其中《拓荒者》是"皮袜子五部曲"的第一部,是边疆冒险小说的典型之作,《舵手》则开创了海上冒险小说的类型。1826年,库柏出任美国驻法国里昂的领事,并到意大利和英国旅行,除了写海上冒险小说之外,他还写了反映欧洲生活的三部曲:《刺客》《黑衣教士》和《刽子手》,表现了教权和封建势力在资本主义兴起之前已日趋腐朽和衰落。1835年,库柏回到美国,创作了《归途》和《家乡面貌》,这两部作品不仅讽刺了美国社会,还讽刺了一些人物的伪善和愚蠢。

詹姆斯·费尼莫尔·库柏在30年的创作生涯中写了50多部小说和其他著作,他的小说中有着浓厚的浪漫主义色彩,《皮裤子五部曲》是库柏思想最明确的体现。下面对其中代表性的作品《开拓者》《最后的莫希干人》进行具体分析。

《开拓者》描述了北美大陆开发早期边地生活的全貌。法官坦普尔取得埃芬厄姆家的地产而成为纽约州一个边界小镇的首富。有一天他打猎时误伤猎人纳蒂·班波的年轻朋友奥利弗·爱德华兹。法官对他表示友好,并请他做主管。爱德华兹依然继续与纳蒂·班波及印第安人秦加茨固的密切而神秘的往来。有一次,纳蒂·班波在林中从豹爪下救出法官的女儿伊丽莎白。后来他因在严禁狩猎的季节射鹿而被捕入狱,同法官发生直接冲突,但最后被释放。纳蒂·班波在一次森林大火中救出伊丽莎白。后来发现,爱德华兹是埃芬厄姆家的孙子,纳蒂·班波曾在老埃芬厄姆上校手下当差。爱德华兹与伊丽莎白订婚,得到法官的一半家业。

《开拓者》以相当大的篇幅描述了法官同纳蒂·班波的冲突。作者对这一冲突的双方都用心做了富于同情的描写。“皮裤子”纳蒂·班波是精神应更高尚一些的新世界文明的象征。他的形象对在开拓地里刚建立的欧洲式“文明社会”所显露出的种种弊端,是一种有力的针砭。这一点在五部曲中得到充分体现。坦普尔法官代表“文明”“法制”,坚持“没有法律便没有文明社会”的观点。猎人和法官在法庭上的对话,表明作者对文明和大自然的矛盾态度。两种形象代表两种主张,像是最初移民在同大自然拼搏以求生存的斗争中的两个侧面。因此,“开拓者”(英文字为复数)可能指纳蒂·班波和坦普尔法官两者。

《最后的莫希干人》是《皮裤子五部曲》中最出色的一部。无论从作品构思到性格塑造到具体情节,都表现出作者的艺术匠心。小说所讲的故事以18世纪50年代末英法争夺北美的“七年战争”为背景。英军上校蒙罗在威廉·亨利堡率军坚守,他的女儿科拉和艾丽斯由年轻的邓肯·海沃德少校陪同穿过荒野前去同他会合。在他们走过的森林中,同时也有三个人在活动,他们是猎人“鹰眼”(纳蒂·班波的又一绰号)以及他的朋友、印第安人莫希干族酋长秦加茨固及其子恩卡斯。海沃德在出发前曾拒绝一个名叫麦格瓦的印第安人的领路要求,在林中遇到“鹰眼”之后,猎人告诫他警惕麦格瓦的阴谋诡计,以及林中到处埋伏着的不怀善意的胡龙族印第安人。麦格瓦同“鹰眼”相遇,虽险些丧命,但还是狡猾地逃入森林。“鹰眼”同意带领少校和两位姑娘走出丛林。但是,恰在此刻,麦格瓦所率领的胡龙族印第安人在一巨瀑处把他们包围。科拉临危不惧,劝“鹰眼”和莫希干族父子从水路脱险;麦格瓦如愿以偿,俘虏了其他几人。在印第安人押送他们回村的路上,“鹰眼”和他的印第安人朋友又舍命把他们救出虎口,在酣战中麦格瓦再次得以脱身。“鹰眼”最后终于把少校和两位姑娘送到威廉·亨利堡。英军正处于法军的包围中。蒙罗上校孤军无援,无奈投降,法军司令蒙卡姆答应英军安全撤退。麦格瓦的印第安人乘机大开杀戒,白人横尸遍野。科拉和艾丽斯再次落入麦格瓦手中。“鹰眼”、他的莫希干朋友、海沃德及蒙罗一起追寻两位姑娘的下落。他们追踪到胡龙人集居的村庄里。麦格瓦来到村里把科拉带走。恩卡斯和“鹰眼”在林中尾随,在战斗中,科拉和恩卡斯(最后的莫希干人)丧生。“鹰眼”射杀麦格瓦。林间举行了科拉和恩卡斯的葬礼。莫希干族印第安人最后一名武士躺下了。

在《最后的莫希干人》中,作者巧妙地安排了总体与细节的结构比重。库柏有大笔勾勒和快速白描的非凡能力。他只用了一章的篇幅就把小说的历史背景、部分人物及故事的大体走向交代得一清二楚,他能把一天所发生的头绪繁杂的事件压缩到不足半页纸的篇幅之内。小说情节的发展格局是从抽象到具体,从朦胧到明晰,从主干到末节,场面逐步由大到小,战斗逐步由巨到细,最后集中到一个村庄、一处丛林,呈现在读者脑际的只有几个短兵相接的主要人物。这种叙事方法给人一种整体感、自然感。

《最后的莫希干人》表现出库柏的几个特点。第一,他编织故事的能力极强。他主要以独特的情节取胜。通阅全书便会发现,这一情节主要是沿着"奔逃—被俘—追寻—交战—奔逃"周而复始的圆周模式发展的。第二,库柏善于描写美国风物。他笔下的原始森林,它的湖泊和山峰,小溪和巨瀑,仿佛是一种神秘的力量,在故事中发挥着归拢作用。第三,库柏善于描绘宏伟的场面,他笔力的清晰与道劲颇有巴尔扎克和亨利·詹姆斯的韵致。一场血腥的战斗在他的笔下既有概貌也有细节,令读者如身临其境一般。

(三)美国式小说的成熟——《红字》

纳撒尼尔·霍桑是美国 19 世纪最著名的浪漫主义小说家,在英美文学史上被公认为心理分析小说的鼻祖,他擅长剖析人的"内心",主张通过善行和自忏来洗刷罪恶、净化心灵,从而得到拯救,小说中也有着浓重的宗教气氛。不仅如此,他的作品还想象丰富、结构严谨,多用象征主义手法。《红字》《带七个尖角阁的房子》《福谷传奇》等都是霍桑的代表性作品。而《红字》被公认为是霍桑最杰出的代表作,也是整个美国浪漫主义中最有声望的权威作品。

在《红字》中,霍桑以新殖民时期严酷的教权统治为背景,讲述了一个背叛了加尔文教规的女性海丝特·白兰的爱情悲剧故事。海丝特的丈夫离他而去,使得渴望爱情的海丝特投入到了牧师狄梅斯代尔的怀抱,并且生下了女儿珍珠。因为海丝特不肯向教会说出女儿的生父是谁,海丝特被判通奸罪,她所穿的衣服上必须要有象征着"通奸"的红色字母。在世人异常的眼光中,海丝特独自抚养着女儿,已经改名为齐灵沃斯的海丝特的丈夫乔装成一名医生接近海丝特,希望能够查出奸夫是谁,而牧师狄梅斯代尔对自己所犯下的罪行一直不敢承认,使得负罪感始终折磨着他。在生命快要结束的那一刻,狄梅斯代尔终于说出了事情的真相,获得了道德上的自新。齐灵沃斯在疯狂的复仇过程中,变成了恶毒的撒旦式的人物,因为没有了生活的信念,最终也死去了。海丝特带着女儿坚强地度过了多年的耻辱生活,渐渐赢得社会的谅解和他人的尊重。她死后葬在了牧师墓旁,墓碑上刻着一个鲜红的 A 字。

在这部小说中,霍桑表达了自己对罪恶的看法,他认为,海丝特虽然有罪,但"具有宗教机构神圣性"的官方和"公正的、相貌冷酷的圣人",都没有"资格裁判一个犯罪的女人的心和分辨善与恶"。每个人必须正视、毫不隐瞒自己的罪恶。只有这样才能荡涤罪恶,得到拯救。小说中红字 A 贯穿全书,具有多种象征意义。人们对它的内涵可以并且已经做出多种解释。它最初意为"通奸"或"淫妇",从这个意义来看,A 字实际上是人类始祖的一种原罪,它是整个人类的罪恶,而非个人的罪恶。亚当、夏娃偷食禁果而被逐出伊甸园标志着从天真到经验,由无知到多知,由神性向人性的转变。因此,将 A 从"通奸"演绎为"禁果"的原罪意识,反映了人类生态发展变化的艰难历程。后来随内容的发展,它的词义逐渐发生变化。海丝特的一双巧手使她成为一个"能干"的人。加之她热心公益事业,众人最终原谅了她,并觉得她如"天使"一般。A 字由静静卧在女人胸前的位置,一跃至人间,再跃至天空,一静一动之间标示出海丝特的枯与荣、沉与浮。A 字在海丝特的女儿珍珠又获新的含义,珍珠代表了新的一代,其身上充溢着的奔放蓬勃的精神,正是新生的美国("America")的标志。另外,在当代西方女性主义激进派看来,这红色的 A 字又可视为西方女性主义的象征体。女性主义者在试图梳理构建一个文学传统遭受挫折后,她们又重新去发掘男性作家笔下的女性体系,"对女性心理及象征体系颇感兴趣,试图赋予那种过去充耳不闻的内在主观性的、有形的经验以一种语言",并"致力于对'符号动力'的探究"①。女性主义批评家伊莱恩·肖瓦尔特在《妇女写作与写妇女》一书中,将《红字》中的海丝特·白兰称为"以背叛为准绳的女主角",认为她与《亚当·比德》中的赫蒂之间有着鲜明的道德区分,因为后者只是属于"被男人背叛的妇女"。②"以背叛为准绳"这一女性意识构成了海丝特行为的鲜明标志,它在应时性与超时性相统一的过程中,受到西方女性主义者的青睐。

在篇章结构上,小说《红字》小巧玲珑而寓意深刻。全书 24 章可分为两个对等部分,第 12 章是两部分的分界。每部分的 12 章中,除有一章分别为序幕或尾声外,均有一章(即第 11 章)将故事情节发展到高潮。每部分中间各有两章作为过渡,即第 7、第 8 章和第 17 章、第 18 章。第 2章、第 12 章和第 23 章中四个人物三次同时出现,巧妙地把故事逐渐推向高潮。这三章在艺术构思上发挥了统领全篇的关键作用。此外,小说注意刻画了主要人物复杂的内心世界,甚至在一些章名上直接表露人物真实心境。

---

① 张京缓:《当代女性主义文学批评》,北京:北京大学出版社,1992 年,第 353 页。
② 玛丽·伊格尔顿:《女权主义文学理论》,长沙:湖南文艺出版社,1989 年,第 334 页。

第十三章　20世纪上半叶的美国文学

在经历了南北战争之后,美国形成了统一的联邦政府和统一的国内市场,工业迅速发展,城市日益扩大。进入20世纪以后,美国更是经历了由传统农业社会向现代工业社会的转变。这一转变更是使美国牢牢占据世界超级大国的位置。当然,在美国经济和政治飞速发展的同时,国内也出现了不少的社会问题,如劳资关系紧张、贫富两极分化严重、种族矛盾和民族冲突加剧等。在这样的社会背景之下,美国文学迅速崛起,以崭新的面貌进入20世纪。20世纪20年代,美国开始了"第二次文艺复兴",涌现出了许多优秀的小说家及长篇小说。1930年,辛克莱·路易斯(Sinclair Lewis,1885—1951)荣获诺贝尔文学奖,这使得美国文学真正屹立于世界文学之林。20世纪30年代的大萧条时期促进了美国现实主义文学的长足发展,黑人文学也登上美国文坛。现代主义思潮蔓延,使得现代主义与现实主义交织在一起,共同促进了美国本土文学的独特发展。总的来说,在20世纪上半叶,美国诗歌、小说、戏剧都进行了一定的发展。其中,小说的发展最为突出,诗歌次之,戏剧缓慢发展,但出现了对美国戏剧发展有划时代影响的剧作家——尤金·奥尼尔(Eugene O'Neill,1888—1953)。

第一节　意象主义诗歌运动与芝加哥文艺复兴

一、意象主义诗歌运动及美国诗歌发展

意象主义诗歌运动出现于20世纪初年,是英美现代诗史上出现的一次重要革新运动。这个运动由一些英美年轻诗人发起。这些年轻诗人发现,传统诗学已不能充分表现新的时代,诗歌创作急需革新。他们聚在一起,研讨和切磋,希望找到诗歌创作的新途径、新方法。这个运动虽然短暂,却是美国现代派诗歌的发轫。

意象主义诗歌运动从英国伦敦开始。1908—1909年,以英国诗人休姆(T. E. Hulme,1883—1917)为首的年轻诗人组成一个"诗人俱乐部",每周三在伦敦索豪区一处会餐和讨论诗歌问题。其间主要是休姆谈诗歌技巧,强调"绝对准确的表达而无任何啰唆"。美国著名诗人埃兹拉·庞德(Ezra Pound,1885—1972)有时在场,介绍法国普罗旺斯诗人的诗歌。休姆指出,诗歌已不再主要表现英雄行为,而应着重表达诗人思想中倏忽即逝的念头,诗的技巧也应能巧妙地记录一瞬间的印象,而最有效的表达方法是运用外界物体的形象作为诗的"主导意象"。意象主义

新诗运动便由此而得名。在休姆看来,每一字词都必须是能看到的意象。意象是对实在物体的表现,要让读者能这样去认识它:每一诗句都应是实在的一块,一块泥土,一个可看到的影像。休姆指出,诗人要找到自己的具体的实在的语言去进行艺术表达。遗憾的是,休姆的诗才未能得以施展,便在第一次世界大战中丧生,但他生前几年的活动已足以使他获得"意象主义诗歌理论家"的称谓。休姆的所谓"倏忽即逝""一瞬间"都是现代生活缺乏秩序和整体感的反映,而他的"意象"则很有"客观相关物"的意味,区别在于他要求一首诗内只有一个"主导意象"。在这一阶段,意象主义诗歌作品并不多。

1909年以后,庞德作为实际的领导者,使意象主义诗歌运动的声势逐渐高涨起来。庞德思想敏感而活跃,精力充沛。他曾影响过大他20岁、业已功成名就的爱尔兰诗人叶芝,曾"发现"和扶持过现代作家艾略特、弗罗斯特、乔伊斯等人,故有现代诗鼻祖之称。庞德认为,意象即"描绘一瞬间出现在脑际的复杂的思想与感情"。1912年,他和美国女诗人希尔达·多利特尔(Hilda Doolittle,1886—1961)等人发表意象派诗歌三原则:一是直接描绘主观的或客观的"事物";二是决不使用无助于表达的任何词语;三是关于节奏,依附于音乐性词语的顺序,而不是依照节拍的顺序进行写作。第一个原则旨在反对19世纪"丁尼生式"诗歌中抽象的道德训诫与浮华之风,反对任何解释和说明,主张用鲜明的意象,直接表达诗人的感受与体验。第二个原则言简意赅,主要是指剔除与意象无关的任何多余的成分。第三个原则指出,在韵律上,诗歌创作要突破英诗传统格律五步抑扬格的限制,追求一种更灵活的自由体;诗的音乐美在于句中字与字之间的错落起伏,而不是行与行之间的重复押韵。三年后,美国女诗人艾米·洛厄尔(Amy Lowell,1874—1925)把三原则扩充为六原则,但基本精神未见大变。意象派诗歌通过"意象"——即客观的具体事物的排列,重叠或穿插,收到相互映衬的效果,使内心外现,抽象变具体。它要求诗人摆脱五步抑扬句的传统的羁束,运用自由体。诗句可不合辙押韵,可以长短不齐,以给诗人更多的表达自由。由于强调对瞬间经验的感性捕捉,意象派诗歌多以短小见长;也由于诗人剔除了诗中所有的解说成分,甚至必要的关联词,意象派诗歌往往表现出很大的歧义性:读者所面对的,只是一个或数个客观意象,而对其中的象征意义,不同的读者则难免有不同的理解与联想。这便要求读者在阅读中充分调动自己的创造性思维及想象力,尽可能设身处地地去体会诗中的意境与情感,然后再将这些感性的体验归结为理性的认识。要求读者的积极参与,正是现代诗歌的基本特征之一。

1915年以后,意象主义诗歌运动的影响力开始下降。在艾米·洛厄尔(Amy Lowell,1874—1925)的领导之下,意象派诗人每年出版一本"意象派"诗集,但一共只出版了三本就终止了原来的计划。至1918年,洛厄尔领导的"意象派"团体自行解散。洛厄尔的贡献在于扩大了"意象派"在美国的影响,使得美国成为"意象派"的中心。

意象主义诗歌运动顺应时代潮流而产生,在实践的基础上形成了自己的一套诗歌理论,虽然很快就偃旗息鼓了,但它促进了美国新诗运动的发展,其影响持久而深刻。

总的来说,意象主义诗歌的特点主要表现为以下几个方面:第一,意象是诗歌的灵魂与核心;第二,强调捕捉和描述瞬间浮现在脑际的复杂的思想和感情,在类似绘画和雕塑的意象呈现中去除了解说与评论的成分;第三,反对冗词赘句和浮华的措辞,强调语言简洁凝练、干净利落、精确具体,以便使感情含蓄克制,给读者留下欣赏、品味的空间;第四,强调诗歌节奏的音乐性,注重乐感,打破传统格律,提倡自由诗体。

美国意象主义诗歌的代表人物主要有埃兹拉·庞德、希尔达·多利特尔、艾米·洛厄尔、约翰·古尔德·弗莱彻(John Gould Fletcher,1886—1950)等人。他们共同推动了美国诗歌的大力发展。以下对庞德和多利特尔,以及他们的意象主义诗歌进行一定的分析。

(一)埃兹拉·庞德

庞德生于爱达荷州海利市,在宾夕法尼亚州长大。他在汉密尔顿学院和宾州大学读书,主修罗曼司语言,饱读古典文学。1905 年,他又回到宾夕法尼亚州立大学攻读同一专业的硕士学位。不久,他远赴意大利、西班牙研究西班牙剧作家瓦格。回国后,庞德先后在宾夕法尼亚州立大学和印第安纳州瓦伯什学院从事教学和研究工作。1908 年,他离开美国再赴意大利。同年,又前往英国伦敦,立下了矢志革新诗坛的决心,由此真正开始了他的艺术人生。1908 年,庞德在威尼斯发表了他的第一部诗集《灯光熄灭之时》;1909 年,出版诗集《人格面具》和《狂喜》;1910 年,出版《普罗旺斯》和《罗曼诗歌的精神》;1915 年,出版译著《华夏集》(这是他所翻译的一部中国古诗集。另外,他还翻译了我国唐代诗人李白的《长干行》),并在同年着手准备和创作他的鸿篇巨制《诗章》。此后,庞德还先后发表了《向赛克斯特斯·普罗佩提乌斯致敬》《休·塞尔温·莫伯利:生活与联系》和《诗集:1918—1921》等等。其中,《休·塞尔温·莫伯利:生活与联系》被认为是诗人早期的代表作。这时的庞德在诗坛十分活跃,已经成为一位举足轻重的人物。1925 年,庞德又一次回到意大利,并长期定居,但这却铸成了他后半生的悲剧。由于盲目崇拜墨索里尼,在第二次世界大战前及战争期间,他多次发表亲法西斯的演说,在政治上犯下严重的错误。这也直接导致他在 1945 年以叛国罪被捕并被押回美国受审,后来在他结识的一些文学名流的多方努力之下才得以获释。在遭到囚禁和被释放后的日子里,庞德仍笔耕不止。他在比萨的监狱里完成的《比萨诗章》还获得了 1948 年的博林根诗歌奖。与此同时,经过长达半个世纪断断续续的酝酿和写作,他的封顶之作《诗章》也终于宣告完成。1972 年 11 月,庞德在威尼斯去世。

庞德最著名的意象主义诗歌是《在巴黎地铁站上》,这首诗开创了意象主义诗歌的先河。1913 年的某天,诗人从巴黎的协约车站走出潮湿幽暗的地铁。他在忽明忽暗的熙攘的人群里,看到了几个美丽的面孔,几个女人和儿童的美丽面孔。这一场景给他留下极为深刻的印象。他开始搜索枯肠,几经努力,曾写成 130 余行的诗,终因不如意而销毁。后来他才写下了两行充满内在活力的日本俳句式的诗:

> 人群里忽隐忽现的张张面庞,
> 黝黑沾湿枝头的点点花瓣。

在诗中,诗人用阴湿的树枝比喻潮湿幽暗的地铁,用鲜艳的花瓣形容人的美丽脸庞,从而捕捉住事物的形象,寥寥数笔便勾勒出一幅气氛融洽的影像。“面庞”和“花瓣”这两个意象的叠加远远超出了它们各自本来的神韵,给人一种影绰重叠之感。

庞德的长诗《诗章》是他非常重要的代表作。《诗章》由 120 余章组成。这首诗耗费了诗人的大半生,是庞德“1915 年后的思想日记”。它记录了诗人在长达半个世纪时间内的经历和见地。恰如交响乐的乐章一样,它可分成不同诗组。《诗章》在不少方面体现出现代诗的共同特点。面对以混乱和支离破碎为特点的现代生活的挑战,现代诗人在其诗作中都表现出一种寻求秩序和意义的强烈愿望。《诗章》具有史诗般的长度,由许多在形式上似无联系、但内容却统一的独立部分组成,每部分都表现某种凌乱的经历、事件或情景,其效果宛如交响乐一般,“寻求”的主题在各部分反复出现,给混乱带来秩序,使支离破碎状态呈现为新的整体;《诗章》又和不少其他现代诗作一样,借用过去传统来烘托和加强“寻求”的气氛。因此,这首由 120 诗章组成的长诗便产生了如艾略特在其《荒原》第 5 章内所说的"这些片断我用来支持我的残垣断壁"以及他所说的现代作家应当"通过古今对比给当代生活无能和混乱的巨幅全景以形式和意义"的艺术效果。

在《诗章》中，庞德不仅使用了优美的抒情笔墨和铿然有力的辩辞，还将多种文化之长熔为一炉。通篇用典，多种语言的出现，在增加诗的韵味和创设诗的意境的同时，也自然增加了理解该诗的难度。仅在第 4 诗章，诗人就融入了特洛伊战争、古希腊诗人品达的奥林匹克颂的序诗、希腊神话女神雅典娜对古底比斯城的建造者卡德摩斯的讲话、古罗马诗人奥维德及其《变形记》、希腊神话中的马身人面怪、爱神维纳斯、酒神狄俄尼索斯、菲洛米拉的故事、宙斯与达那厄的故事、亚克提庸和月亮女神黛安娜的故事、希腊名将阿基里斯的故事、古罗马抒情诗人贺拉斯的诗作、古罗马诗人卡特拉斯的新婚曲、普罗旺斯传说、圣母玛利亚、中世纪法国的传说、小亚细亚古国利底亚王的传说、罗马皇帝戴克里先的斗技场、日本的传说、日本传统的"能剧"、中国古代楚国作家宋玉的《风赋》、古大米底亚国的记载等，不一而足。

（二）希尔达·多利特尔

多利特尔也是意象主义诗歌的主要代表人物之一。她于 1886 年出生于宾夕法尼亚州伯利恒城，与庞德、威廉斯是大学同学，并曾经是庞德早年的恋人，庞德的诗作《少女》很可能就是为她而作。1911 年，多利特尔前往欧洲，在伦敦重遇庞德，并加入了以他为首的意象主义诗歌流派。1913 年，她与英国的"意象派"诗人阿尔丁顿结婚。1916 年，她发表了第一本个人诗集《海园》，其中的《海玫瑰》是一首著名的意象主义诗歌。她的其他重要作品还有《热》《山林女神》和《果园》等。她的诗歌恪守意象派诗歌创作原则，灵巧精致，语言简练，意象清晰，其直接、具体、明朗的诗风为她赢得了"最意象主义的意象派诗人"的称号。从 20 世纪 30 年代起，多利特尔的诗风发生了变化，作品中开始渗透进某种神秘主义色彩。1960 年，她获得美国文学艺术学院颁发的诗歌劳绩勋章。1961 年逝世。

《山林女神》作于 1914 年，是庞德很欣赏的一首"意象派"诗歌，也是一首常被提到的"意象派"代表作，它集中体现了"意象派"诗歌的创作特点。全诗如下：

> 大海，旋翻吧，——
> 旋起你针松般细浪，
> 溅起你松树般巨浪
> 拍打我们的岩石，
> 把你的碧波绿浪向我们投来，
> 用你冷杉般漩涡把我们覆盖。（李正栓译）

这首诗是描写山林的，但诗人却把山林比作大海，把松涛当作绿色的波浪，这种确切的比喻给人造成意象层叠之感。整首诗篇幅短小，用词准确细腻，毫无累赘，使得读者好像身临其境一样，真切地领会到风中密林的画卷之感，有着强烈的视觉效果。

二、芝加哥文艺复兴与美国中西部诗人

"芝加哥文艺复兴"运动发生在 1912—1925 年间，维切尔·林赛（Vachel Lindsay，1879—1931）、埃德加·李·马斯特斯（Edgar Lee Masters，1869—1950）和卡尔·桑德堡（Carl Sandburg，

1879—1967)是这一运动的代表人物。他们和其他以芝加哥为文艺中心的文学家与艺术家一道，把芝加哥造就为一个文艺中心,在诗歌领域内增强了正和"风雅派"诗歌作生死搏斗的新诗歌的战斗力。

芝加哥作为《诗刊》和《小评论》这两份重量级刊物的出版地,其当仁不让地成为当时新文艺和新文化运动的一个桥头堡,也因此成就了史书上称之为"芝加哥文艺复兴"的辉煌。"芝加哥诗派"诗歌的特点概括起来主要有三点:一是在形式上突破了传统格律诗的约束,多采用散文体写作;二是在诗歌语言上注意广泛吸收西部俚语和城市平民的土语,作品具有浓郁的民族特点和生活气息;三是在内容上一般以表现以芝加哥为中心的美国中西部地区的社会现实和人民的日常生活为主。"芝加哥诗派"给美国诗坛注入了新鲜活力,拓展了诗歌的广阔空间,大大提升了新诗歌的内涵和影响力。

(一)维切尔·林赛

林赛比较接近社会底层的生活,热衷于社会改革。从某种意义上讲,他是个理想主义者,梦想着能把美国建成为世界上最好的处所,希冀能看到一个宗教、平等和美占主导地位的社会。他的诗作如《威廉·布斯将军进天堂》就表现出诗人是一位幻想家,他相信人世无法实现的理想,上帝可以帮助使之成为现实。他的成功诗作《刚果河》及《圣菲路》奠定了他在诗坛的地位。

《刚果河》有 150 多行,分三部分。该诗是林赛受到牧师一次布道的启发写成的。诗人相信自己真正彻底认识了黑人的民族性,其实他是从殖民主义者的角度看待黑人的,这在诗的第三部分表现得特别明显:

　　　　沿着那条长河,放眼千里
　　　　是被砍伐的藤艾缠绕的一排排树,
　　　　拓荒的天使们开辟了道路
　　　　为了建立刚果天堂,为了孩子们幸福,
　　　　为了神圣的城市,为了圣洁的庙宇。

这群"拓荒的天使们"显然是去非洲的美国传教士,诗人把他们比成向美国中西部开发的、残杀印第安人的白人拓荒者。这首诗节奏明快,音乐性强,一直是美国青少年喜爱背诵的诗篇之一。

林赛在公共场所朗读他的诗篇,歌唱他的诗歌,成为人民大众的喉舌。1920 年前的几年是他的创作高峰时期,之后他的作品的质量明显露出下坡倾向。再加上当时艾略特和庞德等人的诗歌遥居领先地位,而林赛的作品评论界和读者又褒贬不一,个人生活方面也不可人意,这些使他感到沮丧,竟于 1931 年服毒自尽。纵观林赛一生,应当指出,他在当时反对风雅派统治方面是做出了不可磨灭的贡献的。

(二)埃德加·李·马斯特斯

马斯特斯以他的诗集《斯朋河集》而著名于世。这个诗集共包括 200 余首诗歌,多是墓志铭性质的短诗,形成一个囊括 200 余个人物画像的艺术长廊。在这里读者可看到生前住在斯朋河乡下小镇上的几乎各行各业的人,工人、农民、士兵、职员、知识分子、牧师、法官等,听到他们的灵魂从墓地探出头来对自己的一生的回顾,他们的追求、理想、愿望、爱与恨,他们的喜怒哀乐,他们的谋杀或自尽,灵魂的隐私,社会的腐败与丑恶,此外还有令人极感兴趣的民情习俗及社会变革等。诗集出版后的及时效果是,它给当时风雅派诗歌所粉饰的太平的后背插入一把利刃,叫人很有耳目一新之感。如今时过境迁,生活在今天的读者如再阅读此作,便不仅对当时的社会生活有所认识,而且对人、人生及人性都能进一步加深体会。这是马斯特斯诗作的不朽之处。后来他又创作了大量作品,包括多部诗集、小说、戏剧等等,但没有一部作品再能达到《斯朋河集》的水准。

(三)卡尔·桑德堡

在芝加哥文艺复兴运动中,桑德堡是最著名的一位。他是美国现代诗人及传记作家,出身于贫寒的瑞典移民家庭,未受过正规教育,一生做过流动工人、勤杂工、士兵、记者和市长秘书等工作。卑微的身世与丰富的阅历为他的创作生涯提供了丰富的经验与素材。作为一位社会主义者和民主战士,桑德堡创作的目的是"为朴素的人民写朴素的诗"。他生活的最崇高理想是成为"人民的声音",以诗来表达普通人的思想、感情和愿望。他一生同民众保持着密切联系,热情讴歌他们,受到他们的爱戴与欢迎,是20世纪二三十年代最受读者喜爱的诗人之一。

桑德堡早在大学期间便开始写诗,出版过名为《心醉神迷》的诗集。1916年他的《芝加哥诗集》由全国闻名的霍尔特、莱因哈特及温斯顿出版公司出版,桑德堡便从此而扬名。他早期和意象派新诗运动颇有联系,在其影响下写过诸如《雾》《失落——》以及《港口》等著名意象诗。他的一些长诗也表现出意象诗的影响。桑德堡对民歌也极感兴趣,20世纪20年代他在旅行中注意收集牛仔、流浪汉和黑人的歌曲,并登台演唱。这些歌曲后来被他收集在《美国歌集》中。桑德堡还写了6卷《林肯传》、1部自传和1部历史小说。

桑德堡的诗歌和惠特曼的诗歌有颇多相似之处。在他的诗歌中,能看到现实生活中的丑恶现象,读一下他的《港口》便可得知:这里到处是罪恶和失意,拥挤丑陋的茅屋,出卖肉体的娼妓,恣意杀人的枪手等令人目不忍睹的现实。他的一些诗作表现出他对穷苦人民的同情。在另外一些诗如《清冷的墓》中,他的情绪是低沉沮丧的。然而桑德堡的写作目的在于给人民带来希望。在同代人中,应该说他最了解人民大众的重要性。人民是创造者,他们终有一天会成为自己命运的主人。桑德堡的诗作《我是人民群众》及《人民,是的》充分表现出他的这种信念。因此,桑德堡是乐观主义者。他洞察美国未来的状况。他对美国工业机械文明的态度也有别于其他人。钢与机器虽然给人带来痛苦,但这些既是人民生产的,就最终会为改善人的境遇服务。

桑德堡的创作和现代诗歌的发展息息相通。他运用自由体写诗,作品中充满着活力充沛的口语和俚语。他的文笔有时粗犷豪放,有时又绮丽多姿。他对美国文学中口语风格的发展做出了卓越的贡献。

桑德堡的作品曾获得美国诗歌奖和普利策奖。他的其他作品还有《剥玉米机》《烟与钢》《早安,美国》和《诗集》等。

《芝加哥》是桑德堡的成名作。1914年它出现在《诗刊》中时曾引起激烈的争论。它那不平常的节奏、造词及艺术形象似乎有意同传统诗歌决裂,诗歌的结构也很随便。桑德堡喜欢芝加哥,这座城市新鲜、粗犷,充满希望,它无视过去,而憧憬未来。

在这首诗中,诗人把新兴的芝加哥描写为汗流浃背、精神抖擞的劳动者:

> 供应世界猪肉的屠夫,
> 工具匠、囤积小麦的搬运工,

铁路交通总指挥,货物运输管理人,

乱哄哄,闹嚷嚷,一片沸腾,

啊,这双肩宽阔的城市……

如果芝加哥象征目前和未来,那么桑德堡则是歌颂那些时代的诗人。诗的开首5行描绘该城的状貌,以第5行为总结,表明城市的威力。6至8行写出该城市的阴暗面,以第9行为转折,开始为它的缺陷做辩护。19至23行辩词趋向高潮,说明它的力量克服了前面诗行中所描绘的苦楚与肮脏,最后一行重复开首几行的描绘,令人感到芝加哥的骄傲,听到它的笑声。在这首诗中,惠特曼的影响是显而易见的:火一般的激情和节奏、惠特曼式的平行结构及长句等。

《雾》是一首典型的意象派小诗。它将雾描写为一只潜行的小猫,雾的运动也恰似猫的匍行,它的消逝也如猫一样,来无影,去无踪:

白雾走来了

迈着小猫的步伐。

它坐下来眺望

城市和海港

它蹲着不吭一声

然后又迈步向前

《港口》一诗描写的也是芝加哥市。桑德堡说过,"诗源于心境。我并非每日都以一种情绪描写同一题材"。《港口》和《芝加哥》对同一城市的描写就迥然不同。这里出现在读者面前的不是一座快活和充满希望的城市,而是肮脏和丑陋的景象。桑德堡看到的是饥饿和贫穷。在诗中城墙的限囿和大自然的开阔形成对比,丑恶的、令人失望的城市和美好的、未经破坏的大自然相互映衬,从侧面表达出诗人的怅惘和忧愤。

第二节　跨越世纪门槛的三大小说家
——马克·吐温、豪威尔斯和詹姆斯

随着城市工业化和欧洲移民的迅速发展,美国文学中出现了内容丰富多彩的具有民族特色的新作品。在19世纪的最后20年,涌现出大量的新作家和新读者。在这些新作家的作品中,出现了新的题材、新的背景、新的主题和新的形式。进入20世纪前夕时,美国文学从思想内容到艺术风格都发生了显著的变化。新英格兰和古老的南方民间故事那种一本正经的典型的道德说教都没有了;小说中那些衣着讲究、文质彬彬、道貌岸然的贵族式的主人公不见了;小说的背景不再是远古时代具有异国情调的地方;文学作品的读者也不再局限于美国高雅的中产阶级妇女了。小说的主人公开始以社会大变革中涌现的新人为主,如工厂的工人、农村里雄心勃勃的小商人、有冒险精神的西部拓荒者、到城市寻找机遇的流浪者和妓女、默默无闻的士兵等。此外,反映社会改革和揭露黑暗的文学作品和社会学、哲学和心理学等方面的力作开始大量地出现在美国文学界,现实主义之风盛行。在这一时期,成功跨越 19 世纪门槛,进入到 20 世纪的三大著名小说家是马克·吐温(Mark Twain,1835—1910)、威廉·狄恩·豪威尔斯(William Dean Howells,1837—1920)和亨利·詹姆斯(Henry James,1843—1916)。他们是当时美国现实主义文学的主将。

一、马克·吐温

马克·吐温,原名萨缪尔·朗赫恩·克列门斯(Samuel Langhorne Clemens)。他生于密苏里州佛罗里达村,在河边小镇汉尼巴尔长大。他父亲是个乡村律师和小店主,雄心勃勃,但一事无成。萨缪尔 12 岁时,其父就去世了。萨缪尔只好在其兄开办的印刷厂干活,维持自己的生活,也帮助家里。1853 年,他到过圣路易斯、纽约、费城和辛辛那提等地,靠当印刷工度日,游荡了 3 年。1846 年,他乘船去新奥尔良,在密西西比河的轮船上当学徒,干了 18 个月以后,他成了名副其实的舵手,圆了他童年的梦。接着,他从事商业性航运,直到内战结束水路交通中断。1861 年,他开始为报刊写些自己经历过的幽默故事,但仅有 3 篇被采用。后来,他又给报刊投稿,开始采用马克·吐温的笔名。这个名字取自他当水手时常用的"两浔深"或"安全水域"的意思。他爱模仿当时流行的幽默的报刊文章,这使他能够逐渐把握短篇小说的写作技巧,试写多种不同题材和不同模式的文章。在西部期间,他有幸结识了作家布列特·哈特、著名的大学讲师阿特莫斯·华德和讲故事能手吉姆·基利斯。他进一步学会记下别人说的话和做的事,以不同的时空观和丰富的细节表述出来,尤其是掌握了西部口头文学的幽默手法。

1869 年,马克·吐温的书信体故事集《傻子国外旅行记》问世,大受读者欢迎。书中记述了他去欧洲和地中海旅游的见闻,非常生动有趣。作者将幽默和讽刺结合起来,嘲讽欧洲旧世界的虚伪、颓废、不民主、宗教的愚昧和美国游客的无知。1870 年陆续发表的短篇小说《竞选州长》《哥尔斯密的朋友再度出洋》和《百万英镑》,则将笔锋指向美国,讽刺美国的"民主选举""自由平等"和认钱不认人的社会恶习,用夸张和滑稽的手法揭示普通人的醒悟过程。他的作品虽已闻名全国,但他还没有立志做个专业作家。

从 19 世纪 70 年代初开始,马克·吐温迎来了文学创作辉煌的后半生。他与纽约富家小姐奥莉维娅结婚后定居康涅狄格州的哈特福,陆续发表了许多有分量的长篇小说。例如,与华纳合写的《镀金时代》,描绘了美国内战后的社会腐败和投机风尚,小市民的发财梦、政客的买卖选票和商人的巧取豪夺成了当时的时代特征。《汤姆·索亚历险记》写了南北战争前南方某镇的孩子汤姆·索亚的冒险经历,将天真活泼的童心与刻板陈腐的社会环境相对照,用儿童的眼光来揭示社会的虚伪和没落。它标志着马克·吐温创作的新飞跃。《密西西比河上的生活》记录了作者青少年时代在这条大河上的艰辛生活。《哈克贝利·费恩历险记》更是马克·吐温的传世佳作。它描写了黑奴吉姆和白人小孩哈克贝利互相帮助,向往自由,共同与社会恶势力搏斗的故事。作者从完稿到修订出版花了 8 年时间。小说出版后大受欢迎,至今 100 多年仍历久不衰。它充分体现了马克·吐温的艺术风格:朴实无华的口语文风、富有诗意的描写、多姿多彩的幽默、对不分肤色的自由平等的追求和对密西西比河谷内战前已消失的生活方式的记录。作者的幽默具有乐观色彩,对美国社会民主抱有幻想。这部长篇小说震撼了美国几代人的心灵,影响遍及全世界。在这部小说之后,马克·吐温虽年近50,但创作依然不停。他开始以揭露封建专制和教会的恶行为主题进行创作,写下了《王子与贫儿》《傻瓜威尔逊》《败坏了赫德莱堡的人》等优秀作品。

1900年10月,马克·吐温旅居欧洲近10年后,携家眷回国,受到社会各界的热烈欢迎。随后,他发表了多篇有名的政论作品,抨击美国帝国主义的侵略行为,同情被压迫的国家和人民,如赞扬我国义和团运动、反对八国联军侵略中国的《给坐在黑暗中的人》,作者对中国人民的反帝斗争无比同情,祝愿义和团的爱国斗争取得胜利,这是十分难能可贵的。此外,还有批评美国残酷镇压菲律宾人民独立运动的《为劳斯顿将军辩护》,揭露沙俄向外扩张的《沙皇的独白》,反对西方列强非正义战争的《战争祈祷文》等。同时,马克·吐温还写了《人是什么》,辛辣地嘲笑了某些人的贪婪、愚蠢和愚昧。《神秘的来客》反映了作者对有产者的失望情绪。晚年,他身体不好,由他亲自口授,请秘书笔录的《自传》成了他生前一部最重要的作品。1910年4月21日,马克·吐温病逝于康涅狄克州。

《哈克贝利·费恩历险记》是一部脍炙人口的世界文学名著,它最能反映马克·吐温的小说创作特点。这部小说讲的是19世纪中期前后美国发生的一个故事。故事展现在人们面前的是一个蒸蒸日上的国家,它有明显的民族缺陷,充满暴力和残忍,而同时尚能保持纯洁、天真、和平的美德。故事发生在密西西比河上。这条大河由北向南纵贯北美,盯视着人生的苦辣酸甜、荣枯浮沉。两岸沃野无垠,林木参天。在它宽阔的水面上漂流着一只小木筏,上面坐着两个年龄、肤色都不相同的人,一个是愚昧的目不识丁的黑奴吉姆,30岁左右,另一个是胸无点墨的小流浪汉哈克贝利·费恩(简称哈克),大约十三四岁的光景。吉姆听说女主人要将他卖掉,便跑出来,逃往北部,去寻找自由,中途遇到流浪在外的哈克,两人同乘木筏,沿密西西比河顺流而下。他们沿途逃避追捕,经历了种种奇遇,接触过五花八门的人,诸如寻衅闹"族争"的地方望族、杀人越货的强盗、伪装国王和公爵的骗子,等等。最后,哈克终于帮助吉姆获得自由。小说所刻画的人物和描述的事件多在南方现实生活中有底本可言。小说一扫当时存在的伤感主义的文风,描述平常的、普通的、一般的人和事。作者熟练地运用南方的几种方言,轻松自然地寓尖锐讽刺于阔侃之中。在小说中,马克·吐温激烈地抨击了上升时期美国社会的黑暗面,对蓄奴制进行了尖刻的批判。在他的笔下,黑人吉姆被描绘成一个浑厚、善良、总的说来不卑不亢的可爱形象。他有反抗精神,内心希望得到人的自由和尊严,不承认蓄奴制的合理性,因而有毅然逃走的勇气和智谋。

这部小说体现了以下几个突出的特点。第一,细腻的人物心理刻画。哈克对黑人的态度与观点的转变,他对社会成规、积习的认识过程,他决心悖逆宗教训戒和社会道德规范,宁下地狱也不出卖朋友的行动,小说都以活泼的语言,生动而形象地刻画出来。第二,利用一个未成年、无文化的孩子做叙事者。在小说中,哈克还未来得及长大,他的"自我报道"几乎没有经过充分时间的过滤及成熟思维的审校,行文不施脂粉,浑然天成,读来别有一样味道。哈克的自我剖析,乃是一种童稚之见,对也天真,错也天真,贵就贵在它的"客观"上。以孩子做叙事者对读者和作家的要求都高。既属天真,便极需读者加以过滤和审校,以克服可能存在的不可靠性。马克·吐温叙事、写景用的全是孩子的语言,所有的比喻、拟声手段都限定在一个孩子的语言本领力所能及的范围内。第三,小说以未受过多少正规教育的美国人的通用语言写成,为美国小说的语言带来意义深远的变化,奠定了美国文学口语化风格的基础。在小说前"说明"中,他明确表示他在力求表达准确方面所做的认真努力:"这本书里用了多种方言土语,如密苏里州的黑人土话、边远林区西南部最地道的方言、普通的'派克县'方言,还有'派克县'方言的四个变种。这些不同色彩的方言不是杂乱无章或全凭臆测写下来的,而是殚精竭虑、煞费苦心,以作者亲身对这些方言的谙熟作为可靠的指南和支柱写下来的。"

二、威廉·狄恩·豪威尔斯

威廉·狄恩·豪威尔斯生于俄亥俄州的一个村庄里。他先在他父亲办的印刷厂学排字，没有上过正规的学校，但母亲鼓励他自学成才。他酷爱读书，涉猎广博，排字之余，阅读了莎士比亚、狄更斯、萨克雷、欧文等人的作品，并自学了几种外语。青年时代，他试着为报刊投稿。1860年，他作为记者访问了新英格兰地区，受到当时著名的诗人和小说家洛厄尔、爱默生和霍桑的热情接待。1861年，豪威尔斯写了一篇林肯传记，协助林肯竞选总统，引起重视，受命为美国驻意大利威尼斯领事。此时，他的思想和文艺观开始发生变化。他反对浪漫主义和感伤主义，形成现实主义文艺观点。

豪威尔斯的文学生涯真正开始于1866年。这一年，他写了一系列书信体游记《威尼斯生活》，在东部文学界出了名，回国后先后任《国家》和《大西洋月刊》杂志的编辑。他担任《大西洋月刊》的主编，历时达10年，至1881年为了专门从事小说创作才离开。此间，他曾试写了7部长篇小说，包括《他们的结婚旅行》《未被发现的国家》等。这些小说情节简单，充满激动人心的冒险，迎合中产阶级妇女读者的口味。进入19世纪80年代，豪威尔斯的创作更为成熟。长篇小说《一个现代的例》描写一对夫妇草率结婚，酿成了悲剧，揭示了南北战争后城市化促使南方社会的解体。3年后，他的最著名的小说《赛拉斯·拉法姆发家记》问世了。

当豪威尔斯发觉资本主义的发展造成了社会的动荡和不安时，他开始在小说里对一些政治上和经济上的反常状态和不公正的现象进行直接的批评。他相继发表了长篇小说《新财富的危害》《来自奥尔特鲁里亚的旅客》《穿过针眼》等。1886年，在成为《哈泼斯月刊》的撰稿人时，他极力提倡现实主义，反对当时盛行的浪漫主义。他认为现实主义无非是对普通的男男女女的行为和动机的真实描写。他抨击描写虚情假意的感伤主义，坚持在长篇小说里，作者的观点要客观而富有戏剧性，必须以讲生活中男女的语言和令人信服的真人真事为基础，忠实于特定的现代的时间和地点，克服虚构的事件或歌剧效果的影响，做到伦理上和美学上完美无缺。可以说，豪威尔斯的小说理论和实践对美国新一代作家产生了深远的影响。他为现实主义在美国文学界的扎根做出了宝贵的贡献。

《赛拉斯·拉法姆发家记》是豪威尔斯的传世佳作。这部小说写了一个商人赛拉斯自食其力，从一个佛蒙特农场主、退伍的上校变成富裕的油漆商。他在波士顿成家，催促妻子帕莉斯、两个女儿潘勒罗帕和伊琳娜进入上流社会。后来，女儿与花花公子汤姆恋爱失败，赛拉斯投机受挫，面临破产。他以前的股东罗杰斯强迫他将一个选矿厂卖给英国一家联合企业，遭到他的拒绝。最后，他破了产，返回佛蒙特。他的社会地位降低了，道德上却升华了。

在小说中，主人公赛拉斯被刻画成典型的普通美国人形象。他未受过正规教育，身上还保留着一种未经雕饰的天真和纯朴。他参加过内战，曾晋升为上校。他们一家四口生活美满、幸福，他对自己在事业上的成功感到自豪。他每天快活地赶着马车去公司，快活地在家中和妻子与女儿闲谈，坐在新宅里满心欢喜，在上层社会家庭里做客时出洋相，在荣枯沉浮关头表现出矛盾心态。这一切都显得那么平淡普通，无咎无誉，浪漫主义和伤感主义作品中屡见不鲜的魁奇、非凡或戏剧性，在赛拉斯身上毫无影踪。这是豪威尔斯的现实主义文笔的绝妙之处。

小说的象征主义手法耐人寻味。比如，华丽的公馆，象征着工厂主的成功、他欲跻身于上流社会的美梦。在赛拉斯夫人看来,大屋实乃她丈夫的自私自利、见利忘义的心态的标志。显然,她想到了被赶出公司的罗杰斯,她代表着赛拉斯的良心。赛拉斯在思想和道德上的胜利开始于他在物质上和金钱上的失败,两者都通过新宅的被夷为平地这一骇人的场面而戏剧性地表现出来。这一场面也是豪威尔斯对人和社会所持的理想主义观点的体现。他对美国机械文明所呈现出的物质主义和拜金主义很不以为然。

小说的情节安排也非常巧妙,由主线、次线并行穿串发展。主线写赛拉斯的荣枯升降,而次线述说的是一个动人的爱情故事。这段爱情故事从几个方面和主线相互映辉。比如,从次线中引导出的"减少痛苦"的行为模式,即"一人代替三人苦恼"的模式,是为使读者能接受主线结局所做的一种思想准备。汤姆爱潘勒罗帕,然而妹妹伊琳娜却误以为他爱自己。潘勒罗帕苦恼,愿牺牲自己而成全妹妹。但是,她的痛苦并未能换来其他两人的快乐。汤姆为不能得其所爱而愁眉不展,伊琳娜也为不能如愿以偿而郁郁寡欢。牧师对潘勒罗帕指出,与其三人受煎熬,不如两人享欢愉。这就是基于功利主义原则的"减少痛苦"的行动模式。塞拉斯后来决定,自己一人承受破产的灾难,而不让一批英国人代己受苦,其原则如出一辙。

三、亨利·詹姆斯

亨利·詹姆斯生于纽约市。他父亲是个自食其力的有钱的哲学家和空想的宗教家。他哥哥威廉·詹姆斯是美国第一位著名的心理学家和最有影响的哲学家。詹姆斯的童年是在纽约市度过的。12岁时,他随父母去欧洲。父亲要求他接受丰富的美感教育,带他去参观画廊、图书馆、博物馆和剧院,涉足英国、瑞士和法国等地,历时4年。他没有接受系统的学校教育,但迅速掌握了法语,并开始阅读法国文学作品,完全接受了欧洲旧的环境的熏陶。他从小就意识到传统社会结构的复杂性。青年时代,他对文学和创作的兴趣更加强烈。1864年,他开始在一些美国主要报刊如《大西洋月刊》《北美评论》《银河》和《国家》等发表评论和短篇小说。1862年至1864年,他在哈佛大学法学院读书,结识了小说家豪威尔斯。两人成了忘年之交,他的感情生活丰富,创作热情旺盛,辛勤耕耘50载,写出了许多传世佳作。

詹姆斯的创作生涯大体可分为三个时期。在第一个时期(1865—1881)里,他开创了"国际小说"和"国际题材",刻意描写美国和欧洲新老世界不同的素质并加以比较。他颂扬美国人的"天真"和"纯洁",不满欧洲人的世故和颓废,并指出由此而产生的精神及心理影响。这个时期的代表作使他获得国际声誉,其中包括《苔瑟·密勒》《美国人》《贵妇人的画像》等。在《贵妇人的画像》这部小说里的心理分析和叙事的角度,为他后来文学创作的题材和技巧确立了方向。在第二个时期(1882—1895),詹姆斯着重描写现实社会生活的某些侧面,如《波士顿人》旨在讽刺波士顿的妇女解放运动,《卡萨玛西玛公主》描述伦敦无政府主义者和贵族的故事,这两本书明显地表现出詹姆斯的政治保守态度。1890年后詹姆斯开始戏剧创作的尝试,前后达5年之久,最后以失败告终。1895年又开始写作"国际小说"。在第三个时期(1895—1916)的前5年里,詹姆斯写了一些关于青少年的意识的中篇小说和故事,其中尤以《梅吉的见闻》和《拧螺丝》为上乘。20世纪初的前4年,詹姆斯接连创作了3部长篇小说:《鸽翼》《专使》和《金碗》。在这些小说里,心理分析更加细致,单一的叙事角度更为突出。这些作品代表詹姆斯创作艺术的顶峰,构成他文学创作生涯的"主要阶段"。

《专使》是詹姆斯认为最"完美"的一部著作。小说描写了斯特雷瑟赴巴黎欲把查德带回美国的滑稽故事。全书洋洋几十万言,但故事并不复杂。中年丧偶、膝前无嗣的斯特雷瑟受已和他订婚的寡妇纽瑟姆夫人之托,前往巴黎召回她的久居不归的儿子查德。不料一到法国,他本人受到法国生活方式的诱引,竟改变了初衷,转而支持查德在巴黎待下去。他自己内心也燃起一种不可名状的欲火,回首往昔,感慨万千,对前半生的无味生活悔之不及,然而毕竟是晚了。由于没有完成使命,他失去了他要娶的女人和同女人相连的一切益处。后来迫不得已才向巴黎告别。欧美两种文化在一个人物的头脑的战场上交火,一决雌雄。詹姆斯在这里对欧洲文明持明显的褒扬态度。

《专使》的叙事角度是非常独特的。詹姆斯以第三人称叙述,然而又不是萨克雷式第三人称,而是选择其中一个人物——斯特雷瑟——作为"意识中心",把读者的视野和知识面限制在这个人物的视野和知识范围内。作者只写这一个中心人物的思想变化过程,至于书中其他人物、其他景象都是通过他的眼睛和思想呈现在读者面前的,都同他的思想活动有紧密关系。于是人物开始相互辉映。比如,小说的前三章中有三个人物出现,他们的不同形象相互烘托。作家不是让主人公用第一人称自报姓名、年龄、身世或来法国的使命:他在斯特雷瑟住入一家旅馆后,立刻导演了三个人物间的一场喜剧。其间斯特雷瑟和玛利亚相互映衬,他们又衬托魏玛什,而魏玛什又反过来映带他们。这是小说创作中的戏剧手法,书中人物成为台上演员,读者成了观众,取得集戏剧表演和文字描述两种艺术之大成的美妙效果。从第四章起,小说逐渐转入斯特雷瑟的内心,通过他的意识而展现巴黎的风貌和诱惑力,披露他的使命的滑稽和荒唐。这样作家在无声无息中退出讲台,留下读者观赏剧情。这些对后来欧美作家和创作产生了深远的影响。

第三节　揭丑派文学运动与现实主义的深化

一、揭丑派文学运动

1902年,波士顿杂志《竞技场》首先揭露私人企业牟取暴利与市、州和联邦政府的腐败现象,拉开了揭丑派运动的序幕。紧接着四年内,各地报刊纷纷响应,揭丑派运动遍及全国各个角落。

"揭丑派"一词出自英国17世纪小说家约翰·班扬的长篇小《天路历程》。罗斯福总统引用这个故事,意在批评揭丑派记者们以偏概全。后来他读了厄普顿·辛克莱(Upton Sinclair,1878—1968)的小说《屠场》后,不得不承认芝加哥屠宰场恶劣的卫生条件是令人无法容忍的。他在白宫接见了辛克莱,肯定他揭丑的重要意义。揭丑派运动受到肯定,在社会各界引起轰动效应。

在揭丑派运动中,扮演主要角色的报刊有《麦克克罗尔杂志》《人人》《独立》《柯立尔》和《四海之家》等,纽约的《世纪报》和堪萨斯市的《星》报给运动提供了物质援助。一批著名的记者和文人是:林肯·斯蒂芬斯、艾达·塔贝尔、欧文·威斯特、马克·萨利文和路易斯·布兰德斯等。已成名的小说家弗兰克·诺里斯、厄普顿·辛克莱和杰克·伦敦也置身其中,写了不少杂文和小说,尤其是辛克莱的长篇小说《屠场》将揭丑派运动的精神写进小说,在欧美各国反响巨大。

揭丑派是些什么人?他们的宗旨是什么?1908年,厄普顿·辛克莱在《独立报》上回答了这些问题。他认为:从个人来说,揭丑派都是一些心地善良、生活简朴的人,没有高贵之处。他们中有玄学家、伦理学家、诗人、小说家和宗教界人士。他们成为揭丑者,不是因为他们喜欢社会腐败,而是他们对社会腐败深恶痛绝。揭丑派一开始活动,并无什么理论纲领。他们只是洞察政界和商界的内幕,抓住那些丑闻不放,然后加以综合和分析,将事实公诸于世。辛克莱强调指出:揭丑派"是革命的先驱者",像一切革命者一样,他们可能成功,也可能失败。如果失败了,他们被统治者战胜,仍将保持叛逆性格,做"社会流言的传播者"。但他们会让人们相信:他们为国家和民族做了好事。

揭丑派运动其实是时代的产物。20世纪头10年,垄断资本主义经济迅速发展,社会财富越来越集中在少数人手中,资本家巧取豪夺,工人劳动条件差,女工、童工的报酬微薄,而政府官员对此熟视无睹,甚至官商勾结,窃取国家财富和资源,加上司法界的腐败,社会治安恶化,引起民众的强烈不满。揭丑派的作品表达了民众的呼声和改革的愿望,因此,他们获得了人民的广泛支持。他们所揭露的种种社会黑幕,既教育了各阶层的读者,又教育了知识界自己。

揭丑派运动于1911年达到了高潮。他们通过各种畅销报刊揭露政界和商界腐败的大量事实,成了全国人人关注的热门话题,触动了各级政府的神经中枢,使政府不得不作一些让步和调整。但由于他们缺乏明确的政治纲领和理论指导,又没有扎实的群众基础,所以,随着第一次世界大战的爆发,随着老罗斯福时代的结束,揭丑派运动就宣告结束了。

二、现实主义小说的深化

揭丑派文学运动开创了美国新闻史上新的一章。它继承和发扬了美国的民主主义传统,充分发挥了报刊舆论的威力,无情地揭发和抨击时弊,呼吁社会改革,使新闻报刊反映民众的声音,使作家们主动关注社会问题。它从纪实文学发展到暴露文学,有力地推动了美国现实主义文学的发展。在20世纪初期,现实主义小说得以深入发展。当时,美国文学界著名的现实主义小说家有厄普顿·辛克莱、大卫·菲力普斯(David Phillips,1867—1911)、西奥多·德莱塞(Theodore Dreiser,1871—1945)、杰克·伦敦(Jack London,1876—1918)、辛克莱·路易斯、约翰·斯坦贝克(John Steinbeck,1902—1968)等。以下对厄普顿·辛克莱、西奥多·德莱塞和辛克莱·路易斯的小说创作进行一定的说明。

(一)厄普顿·辛克莱

厄普顿·辛克莱生于巴尔的摩市,家境清寒,父亲酗酒。他从小随家人迁往纽约,入读文法学校,15岁时便试写十美分小说,以维持生活,不久就读于纽约市立学院,后来成了哥伦比亚大学研究生。这期间,他接连写了《春季与收获》《哈根王子》等五部长篇小说,但评论界不屑一顾。1906年有个社会主义周刊约他写芝加哥屠宰场的调查报告,他便写了长篇小说《屠场》。但遭好几个出版商拒绝,他只好自费出版。没料到,小说问世后立即上了畅销书榜,引起全国读者强烈反应。他的名字传遍欧洲各国。揭丑派运动以后,辛克莱继续发表好几部揭丑派系列小说,如《煤炭大王》《油啊》《波士顿》等。但这些长篇小说不像《屠场》那么受读者欢迎。辛克莱试图用马克思主义观点评析美国文化。他深刻地抨击金钱腐蚀了美国的文化和教育,指出大学、教会和报刊都沦为资产者奴役大众的工具，呼吁他的同胞醒悟起来，与这些丑闻做斗争。进入20世纪40年代，辛克莱出版"兰尼·巴德"系列小说共十一部长篇小说。内容涉及兰尼·巴德的爱情、婚姻和冒险经历，涵盖第一次和第二次世界大战结束前重大历史事件。其中，《龙牙》曾荣获普利策奖。

《屠场》是辛克莱最重要的代表作。小说情节并不复杂。主人公哲基斯·拉克斯从立陶宛移民到美国，去芝加哥后娶了奥娜姑娘。他在屠场打工，工资很低，劳动条件差。后来发生工伤事故，他被炒了鱿鱼。他愤怒地揍了工头，结果被捕入狱，好不容易熬到出狱，料不到等待他的是新的灾难接踵来临：妻子难产而死，大孩子被街上洪水溺死。他付不起房租，四处流浪，沦为小偷。有一天，他在街上撞见奥娜的表妹马丽娅，知道她被迫为娼，非常失望，他迷迷糊糊往市区走，误入一个会场，听到工人们在发言，个个慷慨激昂，使他突然清醒，深受感动。他终于认识到社会主义是脱贫的出路。

虽然小说中主人公哲基斯的思想转变有点突然，结局也不太自然，但《屠场》大胆地揭露了芝加哥肉类食品工厂恶劣的卫生状况和资本家对移民工人的残酷剥削。屠宰场为牟取暴利，竟将臭肉、腐肉推往市场。这些特别激起公众的愤怒，大小报刊同声声讨，朝野政客坐立不安。罗斯福总统召辛克莱入白宫面谈，肯定他及时提出了关系民众健康的重大问题。国会终于在1906年通过《关于纯净食品和药物法》。由此可见，《屠场》的社会意义已大大地超出文学的范围。

辛克莱的小说大都体现了他简洁、明快、尖刻和坦率的风格。他的语言通俗易懂，富有戏剧性，读者容易理解和接受。《屠场》被誉为美国自然主义的第一部无产阶级小说。

(二)西奥多·德莱塞

德莱塞出生在印第安纳州一个破产的小业主家庭。童年是在苦难中度过的，中学没毕业就去芝加哥独自谋生。1889年，进入印第安纳大学学习，一年后再次辍学。1892年，开始了记者生涯。1895年，德莱塞寓居纽约，正式从事写作，同时编辑杂志。1900年，德莱塞发表了第一部长篇小说《嘉莉妹妹》。这部小说因被指控"有破坏性"而长期被禁止发行，但一些散发出去的赠阅本却引起了许多有影响的作家的注意。1911年出版了《嘉莉妹妹》的姊妹篇《珍妮姑娘》。这是以他父母和兄弟姐姐的辛酸遭遇为蓝本写的，但因为主人公珍妮在诸多事情上违背了当时的道德伦理准则，如未婚生子、做人情妇等，所以仍然激起了很大的争议。1912年和1914年，德莱塞分别发表了《欲望三部曲》的前两部《金融家》和《巨人》，这奠定了德莱塞在美国文坛的地位。1915年，他出版了《天才》。1925年，他发表了以真实的犯罪案件为题材的长篇小说《美国的悲剧》，由波尼与莱弗赖特出版公司正式出版，立即轰动美国。1945年8月，74岁高龄的德莱塞加入了以福斯特为首的美国共产党，同年12月28日病逝。

《嘉莉妹妹》是一部反映时代急剧变化的长篇小说。它打破19世纪末的浪漫主义文学传统，直面贫富日益悬殊的现实生活，开创了小说创作的一代新风。这部小说大胆挑战清教主义的清规戒律。嘉莉年轻漂亮，家里贫困、她没文化，又没专长可找个好工作，更不可能做生意赚钱。但她不相信命运，不安于现状，独自闯荡芝加哥，想混出个模样。到了大城市，她看到富人穷奢极侈，也看到当牛做马的工厂女工和失业的流浪汉。她不想像姐姐那样艰苦一辈子。她不顾一切地挤进上流社会，享受现代的物质文明。她不同于以前美国小说中的人物形象。她成了美国文学中第一个"美国梦"的追求者。这部小说的"新"还表现在：嘉莉妹妹为了实现自己的愿望，不惜违背当时流行的道德观。她是个未婚的妙龄姑娘，竟先后当了杜洛埃和赫斯特伍德的情妇。作者根本没给她什么惩罚,反而让她过关斩将,成了幸运的大明星。这个"堕落的女人"竟成了小说的女主人公。这不但抛弃了宗教的"原罪"说,而且违背了 19 世纪末流行的小说观。这对当时美国社会习俗和文学思潮提出大胆的挑战。当然,正是这种大胆的挑战使得这部小说发表后并没有获得很好的销量。

《美国悲剧》是德莱塞最优秀的一部代表作。它以 1906 年一则真人真事谋杀案的报道为基础。小说并非再现原案的侦探小说,而是一部严肃的社会悲剧。主人公克莱德·格里菲斯为了娶富家小姐宋德拉,设计谋杀了怀孕的女友奥尔敦,最后受到了法律的制裁。小说以克莱德的生活经历为主线,分三个部分。主人公的活动舞台从堪萨斯城到芝加哥再到法庭,线索清楚,脉络分明,其他的人物和场景都围绕这条主线展开,整个社会背景像一个庞大的网络,严谨而细密。

克莱德的悲剧具有双重性,既是个人的悲剧,更是时代和社会的悲剧。克莱德出身低微,他以为在美国人人都能升迁发财,找个有钱的女人为妻,就可以变成有名有钱有势的"人上人",实现自己美丽的"美国梦"。可是,铁的事实粉碎了他的美梦。所以,《美国悲剧》就是"美国梦"幻灭的悲剧。小说通过描写克莱德的"美国梦"的产生和幻灭,他的利己主义思想的形成和发展,他的苦闷、挣扎、追逐和毁灭,对资本主义社会提出了强烈的控诉。

这部小说不但具有深刻的思想性,而且还有强烈的艺术感染力。其艺术感染力首先来自质朴无华的真实感。作者在力求细节真实的同时,也注意描写广阔丰富的社会背景。其次大量采用反差鲜明的情景和场面的对照,在人物性格塑造和小说构思上均有很大作用。德莱塞曾说过,"我只是想按照生活的本来面目描写生活",《美国的悲剧》就是遵循这种现实主义原则创作出来的成功之作。

(三)辛克莱·路易斯

辛克莱·路易斯生于明尼苏达州的索克新特镇。父亲行医为生,他 6 岁时母亲不幸去世。不久,他父亲再婚,继母待他还好。17 岁时,他进了芝加哥大学预科,后来转入耶鲁大学,去过两次英国。23 岁时耶鲁大学毕业后,他当过记者。1912 年,他开始在报刊上发表小说,后来快速地出了六部长篇通俗浪漫小说,这些为挣钱养家写的小说很快被读者遗忘。1920 年,第七部长篇小说《大街》问世,他才引起文艺界的好评,连续再版二十八次,成了 20 世纪美国出版史上最轰动的事件。成名以后,路易斯到美国和欧洲各地游览。1922 年,长篇小说《巴比特》出版后,他的声誉达到了高峰。1923 年发表的《阿罗史密斯》,翌年荣获普利策奖。但作者拒绝领奖。接着,他的《艾尔默·甘特利》和《多兹华斯》相继问世。这些长篇小说终于把他推上诺贝尔文学奖的领奖台。这是美国作家以前从未获得过的殊荣。欧洲终于不得不承认独特的美国文学。美国文学进入了崭新的时代。1951 年 1 月 10 日,他突发心脏病,在意大利罗马去世。他的骨灰运回家乡安葬。

《大街》描写女主人公卡罗尔·米尔福德大学毕业后,来到中西部戈佛草原的小镇,想改变那里的落后面貌,跟医生威尔·肯尼科特结婚成家。她开一个小剧院,不久就倒闭了。她去图书俱乐部,听到有人在非难英国古典诗人,气得溜走。当地牧师心胸狭窄,愚弄民众,自以为是。小镇居民对新思想格格不入,排斥卡罗尔的一片好意。卡罗尔待不下去,只好告别丈夫,离开小镇,到华盛顿当个职员,过着平静的生活。她渐渐明白:追求物质享受、文化平庸的戈佛草原小镇,美国到处都有。这就是现实,谁也逃避不了。最后,她决定返回小镇丈夫身边,适应小镇的陋习。她改造小镇的宏大计划失败了,但仍保持自己的信念:妇女不能满足于当家庭主妇,要为改造社会出力。

在作者笔下,这部小说就是20年代美国的缩影,诚如小说开篇写道:

> 这是一个坐落在盛产麦黍的原野、掩映在牛奶房和小树丛里、拥有几千人口的小镇——它就是美国。在我们的故事里提到的这个小镇,名叫"明尼苏达州戈佛草原镇"。但它的大街却是各地都有的大街的延伸。

最后,女主人公卡罗尔革新的理想破灭了,旧传统习惯何时改变? 美国这么下去怎么办? 作者敏锐地提出了这发人深思的问题。

《巴比特》是路易斯最优秀的代表作。它对城市的中产阶级的描写和讽刺更深刻有力。主人公乔治·巴比特是作者成功塑造的中产阶级形象,富有典型意义。"巴比特"一词被收入《韦氏英语大词典》,成为现代美国自私势利和浮夸虚荣的中小实业家的同义词。小说主人乔治·巴比特是津尼斯市一个46岁的地产经纪商。他生于卡巴托村,后入州立大学,毕业后从商,常常出入于该市和纽约社交界。他一切活动只有一个目的:赚钱。他采取所有手段来达到这个目的。他加入远足高尔夫乡村俱乐部,借用它的势力,增加自己的顾客。他巴结富豪,广交政客,成了该市出席全州房地产联合会大会的唯一代表。他积极参与政治活动,成了选区的领袖,从他所支持的普劳特当选市长后捞了不少好处。他装扮成虔诚的教徒,带妻女上教堂。他喜欢美国的物质生活,将机器设备当作"真与美的象征"。他强烈地主张将津尼斯市一切东西都标准化,做"标准化公民"。他要"作为有代表性的实业家站起来"。他认为:"这就是美国人!"这就是标准化美国公民的规格,也就是新一代的美国人。他野心勃勃,精通投机手段,对未来信心十足。他想使津尼斯市成为"美国最稳定、最伟大的城市"。

事实上,津尼斯市是个人口仅36万的中小城市,市内烟囱林立,新建筑物成群,主要盛产炼乳、奶油、纸盒和灯具。生意人拉帮结伙,相互勾结,牟取暴利,商业广告到处充斥。金钱就是一切! 报刊广告大号标题写着:钱! 钱!! 钱!!! 家庭自学辅导班的广告用一大排美元构成的花边来招揽生意,鼓吹学了他们课程,周薪可成百倍地增长。政府部门招工也突出"收入丰厚"。结果,有人靠不法手段发了横财,有的青年工人失业后开枪杀死妻子后自杀了。电话员和奶品厂工人闹罢工,生活没有保障。文化商业化成了这"巨人的城市"一大特色。

津尼斯市其实就是20世纪20年代美国社会的象征。作者通过这部小说深刻地揭示了当时严重的社会问题。美国有不少像巴比特一类的"巨人",自诩他所在城市的"巨大":巨大的高楼、巨大的机器,巨大的运输系统和巨大的社会关系网。其实,他们在物质财富上是"巨人",在精神文化上则是"矮子"。这种没有文化、没有理想的现代化城市是很渺小的。连陶醉于发迹享乐的巴比特,生病一两天时,也痛感生活的空虚和工作的单调。他离不开他的家和他的办公室,离不开津尼斯市。他在激烈的竞争中享受过短暂的自由,但更多的是孤独和害怕。作者通过巴比特的心理变化,讽刺20世纪20年代美国社会风尚的丑恶和中产阶级的市侩习气。

路易斯的获奖理由是:他充沛有力、切身和动人的叙述艺术,和他以机智幽默去开创新风格的才华。没错,路易斯以刚健有力的笔调和讽刺幽默的对比手法,描绘了20世纪20年代美国中西部小镇的社会生活,成功地塑造了一系列人物形象。此外,他巧妙地将中西部语言引入小说,具有浓郁的生活气息,促进了美国英语的发展。

第四节　现代主义思潮的蔓延与现代主义小说的发展

一、现代主义思潮的蔓延

从文艺复兴开始,强调逻辑推理能力的理性主义就在西方哲学中开始占据优势,以黑格尔、费尔巴哈为代表的资产阶级古典哲学不再成为主流。理性与感性、知觉、本能的欲望等是相对立的,人们能够依靠理性认识世界和真理。一直到19世纪中期,理性主义都是西方哲学的主流。不过,随着西方社会的发展和资本主义矛盾的深化,19世纪中期以后,各种非理性主义的哲学思潮逐渐成为西方社会的主要思潮。尤其是叔本华的唯意志论、尼采的超人哲学、弗洛伊德的精神分析学说、柏格森的生命哲学、萨特的存在主义哲学等,为20世纪西方文学提供了思想基础,促进了20世纪西方现代主义文学的发展。

1901年德国哲学家尼采提出"上帝死了",反映西方现代人的精神危机。第一次世界大战后欧洲的衰败使知识界弥漫着对西方文明的失望情绪,人们对过去的文化传统和道德观念产生了怀疑。1922年,诗人艾略特发表长诗《荒原》,描绘欧洲几大名城的衰落景象,引起读者的共鸣。"荒原时代"成了战后欧洲岁月的代名词。

法国汇集了西方各种现代主义思潮,文化气氛活跃,作家创作自由。巴黎成了现代主义文学的发源地,吸引许多英美青年作家。现代主义包括先锋主义、达达主义、超现实主义和未来主义等流派。战前艺术界开展了先锋派运动。1916年法国诗人特利斯唐·查拉倡导达达主义,公开反对一切传统和现成的规章制度,反对有意义的文艺作品;1924年诗人布勒东发表超现实主义宣言,主张潜意识和梦是超越现实的艺术组合形式。"意识流手法"成了一种新的艺术手段。奥地利心理学家弗洛伊德和法国哲学家伯格森的理论影响着作家的创作。来自意大利的未来主义则鼓吹机器时代的"灵"与"力"。总之,现代主义文学在欧美迅速发展起来。

从思想内容方面来看,欧美现代主义文学主要是尽力突出人们对现代资本主义社会的深切的危机感,着重进行强烈的文化批判,表现社会中各种异化关系。从艺术手法方面来看,欧美现代主义文学具有以下几个方面的突出特点:一是善于运用象征手法,反对现实主义的典型化和浪漫主义的感情,而主张用具体形象表达内心深处的思想和抽象的概念,用有物质感的形象表现微妙的、隐蔽的感情;二是普遍采用意识流的艺术手法,重视表现主观世界,重视心理描写,运用内心独白和自由联想表现人物复杂微妙的心理活动,往往将现实和梦幻、今天和明天、意识和潜意识联结起来,将时间的顺序颠倒,将空间的界限混淆,企图获得更大的真实性;三是经常使用荒诞的艺术手法,即将事物夸大到极端,或通过荒诞的手法、漫画式的夸张,怪异的情节,巧妙地揭示作品的主题和事物的本质。

美国在第一次世界大战期间虽派兵去欧洲参战,但伤亡很少,经济上大发横财。战后从多年的债务国变成债权国,一跃成了全世界的经济中心。军事实力大大增强,在国际事务中更有发言权。但是,到欧洲打仗的许多青年发现自己受骗,打了一场毫无意义的战争。他们感到这场战争并不是威尔逊总统所说的"为和平而战"或"为结束一切战争而战",而是列强为瓜分弱国的战争。结果,凡尔赛条约成了掠夺战败国的分赃协议。美国民众感到憎恶,受到极大的精神创伤。有些青年英勇打仗,获得军功奖章,回国后却受到政府和民众的冷遇,到处找不到工作,一切信仰都动摇了。明天怎么办? 他们感到迷惘、失望和悲观。与此同时,第一次世界大战也造就了美国新一代青年。许多人去欧洲打仗,见到法国人潇洒而浪漫的风度,欣赏他们自由自在的生活,回国后便刻意模仿,男青年穿着浣熊皮夹克,背着旅行水壶,女青年烫了头发,穿着超短裙,行为衣着不受传统的约束。新的流行时尚冲击清教主义的社会习俗。1919 年,美国通过禁酒第十八修正案,1920 年生效,但年轻人根本不予理睬,他们学巴黎人纵情喝酒。白酒销量大增,鸡尾酒会更多,夜总会应运而生,新的传媒出现了,股票交易畸形发展,社会治安恶化,暴力事件不断,诈骗犯罪和走私卖酒成了新行业。美国历史上出现一个狂饮享乐、追求物质享受的新时代。这个时代自然毫无悬念地促进了美国现代主义文学的发展。美国现代主义时期以第一次世界大战为起点,经历了大萧条一直延续到二战。

美国现代主义文学表现在两个方面:一方面是长期客居巴黎的一些作家吸取了欧洲象征主义、表现主义和存在主义等创作方法和艺术技巧,在自己的小说中大胆进行了实验(有的作品被称为"实验小说");另一方面是美国哲学家和心理学家威廉·詹姆斯的"意识流"理论、弗洛伊德精神分析法以及荣格的集体无意识体系拓展了美国作家的思路和表现手法,使他们重视人物内心深处的心理活动,尤其是无意识的描写,运用梦幻、内心独白、多层结构、复合基调、象征、重组和怪诞等多种艺术手法来表现西方现代人在资本主义自由竞争条件下所造成的苦恼、困惑和悲观的"自我"。这两方面的因素又分又合,给 20 世纪美国文学注入了新的活力。

美国现代主义文学强调个人的价值和自由,热衷于表现至高无上的"自我",显示人生的飘忽不定和社会对个性的压抑。在这些作家心目中,传统的价值观念消失了,现代人陷入了难以解脱的精神危机中,终日被一种无形的敌对的势力包围着,成了现实生活中孤独的流浪者,游离于现实与梦幻之间,找不到精神上的归宿。尽管诱人的"美国梦"也许还有几分魅力,但在追寻"美国梦"的道路上充满了荆棘,能否实现,毫无把握。在一个"人人为自己"的自由竞争的社会里,人与人之间的关系十分冷漠无情,"美国梦"难以治愈看不见的精神创伤。因此,对"美国梦"的苦苦求索与对现实社会的失落感相互结合在一起,这成了 20 世纪初美国文学中现代主义的一大特色。它比欧洲现代主义文学中的孤独和悲观,也许多了一点盲目的乐观情绪。

二、现代主义小说的发展

美国现代主义文学是从诗歌开始的,但逐渐波及小说,并很快促使美国小说在 20 世纪上半叶呈现出辉煌的面貌。在美国现代主义小说家看来,现实不仅是表面的、客观世界的人和事,它还包括人的内心世界,因为人的潜意识和无意识活动是一种比外部世界的真实更重要、更本质的真实。因此,小说的根本任务在于表现日常生活表象掩盖下的人的内心活动。因此,在现代主义小说中,对外部环境以及发生于其中的事件的描写缩减到了最低限度,大部分篇幅被用于表现人对外在的混乱荒诞的现实的体验、感受和反思,深入人的潜意识和无意识,探索人的内心隐秘,揭示人的绝望和危机感、世界的荒诞和人生的无意义等。这样现代主义小说舍弃了故事情节的完整性和戏剧性,不再有性格鲜明的主人公和人物。人物被从不同的角度、被置于不同的情境下观察,显得模糊、破碎,而且人的内心世界不受现实时空的束缚,因此,现代主义小说逐渐推翻了现实主义小说的表现原则(模仿现实)和方式(叙述故事),在小说的结构、技巧和语言方面进行了内部革新。美国现代主义小说家有很多,其中,格特鲁德·斯坦因(Gertrude Stein,1874—1946)、欧尼斯特·海明威(Ernest Hemingway,1899—1961)、弗朗西斯·司各特·菲兹杰拉德(Francis Scott Fitzgerald,1896—1940)、舍伍德·安德森(Sherwood Anderson,1867—1941)等人对于美国现代主义小说的发展做出了重要的贡献。下面对他们的小说创作进行一定的介绍。

(一)格特鲁德·斯坦因

格特鲁德·斯坦因是一位犹太女作家。她生于美国宾州奥勒更尼市,在奥克兰度过童年。祖父是来自德国的犹太人。她出世时,家境富裕。父母文化不高,但并不保守。家有七个兄弟姐妹,她排行最小,特喜欢哥哥列奥。两岁时,她随家人去法国和奥地利。她先后学了德语、法语和英语。回国后,全家迁往加利福尼亚州。她上中学时,父亲不幸去世。1892年,她跟哥哥去哈佛大学旁的拉德克立夫女子学院学哲学,后转往霍普金斯大学攻读医学。1902年,她和列奥去巴黎,开始收集印象派绘画,由列奥负责出售。她和立体主义绘画大师毕加索成了好朋友。1903年,斯坦因写了《情况如此》,描写她跟两个女友搞同性恋的故事,奠定了她的作家声誉。1906年至1911年写成《美国人的成长》。她在书里作了许多前所未有的试验,令同仁叹服。她将家人和朋友的故事变成不连贯的曲折叙述,不时插入即兴的议论,大谈人性和人对时间、距离和生活的看法,形成了奇特的风格。

在小说语言上,斯坦因喜欢重复使用相同的词句,如"Rose is a rose is a rose is a rose"("玫瑰是一种玫瑰是一种玫瑰是一种玫瑰。"),大量运用现在分词,以强调所描述的事件的连续性。在离题的议论中,她喜欢突出自己的观点,像印象派的画作,画面布满不同的色彩,突出鲜明的主题。同时,她学习了威廉·詹姆斯的意识流理论,认识到记忆对概念的重要性、思想与感情的连贯性。她感到话语中的重复或再现,可以表达个人身份和经验的"深层本性"。这种"再现"可能不是准确的"重复",但微小的变动像心灵闪烁的火花。一系列"再现"的短语可说明一个"再开始,再再开始"的过程,或将延长的现在时变成现在进行时。这就是她的语言风格。

斯坦因是多产作家,包括小说、诗歌等形式,虽然其中大部人们今天已不再阅读,她在当年却曾拥有许多读者,曾享誉欧美文坛。她的主要作品是《三人传》《软纽扣》《三幕剧里的四仙人》《美国人的成长》《写作指南》等。

《三人传》是斯坦因的处女作。这是关于三个女佣人的生平的故事。其中《好人安娜》中的安娜是个女管家,《温和的丽娜》里的丽娜和一个父母是德国人的人结婚,《米兰克莎》中的米兰克莎是个混血儿,她的情人是个医生。小说在艺术上可能粗糙一些,有时有走题偏辙之嫌,而且也不是完全讲故事的来头,然而它却为读者提供了一幅严肃的生活画面。它说的是这三个女人的简单、鄙微、无声无息的生活状况,表露出她们的激情、感触和内心世界。她们都被生活所累,都在黑暗中摸索出路。阅读此书,人们会感到三个灵魂赤裸裸地显现在面前,当自己审视她们的精神世界时,实际也在洞察自我的感情世界。书宛如一面镜子。比如安娜,她为人和善,乐于助人,同时又和她所服侍的人有矛盾和斗争。她的生活是再平淡、普通、枯燥不过了,然而她的内心却荡漾着人的情感的涟漪。她在医院去世,人们为之落下同情与理解的热泪。人们了解她的缺陷,但还是爱她,因为大家都是人。

这部小说是在美国文坛出现最早的现代文学作品之一,它的一些特点让人立即能觉察出它的"新"处。比如它对字词或结构的重复。就说重复，重复作为小说人物性格的塑造手段一点，当时就很令人感到出奇：作家通过不断地重复人物内心的思想与感情而勾勒出人物肖像来。例如，在米兰克莎这个人物形象的塑造过程里，三个主题不断出现，即她渴望和追求安静，她总是遇到麻烦，而通过经验学得聪明一些。三个主题在她与杰夫的关系中时时出现。他们经常相会交谈，相互磨合，直至后来米兰克莎失去耐性，而改和杰姆相好。可是杰姆把她抛弃，她最后在医院死于肺病。故事很单纯，叙事中多有内心活动的描述，主要表现人际间努力连接然而又因个性及缺陷而失败的过程。

《软纽扣》也是一部被公认的成功之作。在这部小说中，意象和短语通常以让人出乎意料的方式联系在一起，就像立体主义的绘画作品。"软纽扣"意味"蘑菇"，因为斯坦因将蘑菇称为"软纽扣"。全书是按"实物""食品"和"房间"三大部分来安排的，没有统一的句法或可以释义的意思，仿佛是用词汇构成的拼贴画或油画。比如：

黄　瓜

　　一把剃刀不少，不是一把剃刀，滑稽透顶的布丁，红的而且转租的放进去，稍作停留，依靠一次渺茫进去选择，依靠依靠白的拓宽。

"剃刀"与"黄瓜"毫无关系，作者将它们联系在一起，似比喻非比喻，显得有点荒谬。黄瓜可以做"布丁"，但放进去的"红的"是什么？"白的拓宽"指的又是什么？令人摸不着头脑。但斯坦因给读者展示了视觉形象和绿、红、白三种颜色，让读者自己去寻找结论。当然，读者往往是找不到结论的。

在斯坦因看来，语言充满迷人的魅力，运用语言的优势来展现人物的心态，是现代作家的职责。这种独特的创作原则在《软纽扣》中表露无遗。这部作品兼备散文和寓言的特点，具有西方立体主义绘画领域的艺术效果，将日常生活中很普通的东西写得似是而非，朦胧模糊，亦真亦幻，倾注了作者个人情感，令读者随意联想，吸取教益。

（二）欧尼斯特·海明威

欧尼斯特·海明威是"迷惘的一代"作家的杰出代表。他生于伊利诺斯州橡树园镇，离芝加哥不远。父亲克拉伦斯是个医生，母亲格雷斯酷爱音乐。海明威排行老二，上有一个姐姐，下有三个妹妹和一个弟弟。他从小随父钓鱼和打猎，酷爱运动，爱好写作。高中毕业时，谢绝父母要他上大学的主意，1917年到《堪萨斯市星报》当见习记者。1918年初，他作为红十会救护队司机赴意大利战场。同年7月8日，他被敌军炮弹炸成重伤，回国疗养。1920年至1924年，海明威去加拿大《多伦多之星》报任记者，第二年与哈德莱结婚。婚后不久，他带着安德森的介绍信携妻子去巴黎找斯坦因。作为《星报》驻外记者，他采访了一些国际会议，报道希腊与土耳其的战争。他结交了庞德、菲兹杰拉德和福德等作家，决心成为作家。不久，首部作品《三个短篇小说和十曹诗》问世。1924年，他在巴黎出版短篇小说集《在我们的时代》，翌年在美国出了新版，比巴黎版略增了几篇。少年尼克·亚当斯成了几个短篇小说的主人公，他质疑人的生与死问题。后来有人将它整合为《尼克·亚当斯故事集》，尼克的形象和简洁的文笔引起评论界的重视。

1926年，海明威发表第一部长篇小说《太阳照常升起》，扉页上印着女作家斯坦因的一句话："你们全是迷惘的一代"。随着这部小说的流传，"迷惘的一代"便成为20世纪20年代一批青年作家的代名词。海明威则是"迷惘的一代"的代言人。《太阳照常升起》这部小说描写第一次世界大战造成一代青年精神上和肉体上的创伤,使他们对未来感到迷惘,不知往何处去。主人公杰克·巴纳斯是个青年记者,在战争中受伤,失去了正常的性生活能力,无法与女主人公英国姑娘布莱特结婚。他和一群参战过的青年在法国、意大利和西班牙流浪,看斗牛、玩拳击、出没酒吧和舞场,寻欢作乐,追求刺激,情绪消极颓废。小说题材不宽,但反映了时代的精神危机,引起欧美社会各界广泛重视。

1929年,海明威的长篇小说《永别了,武器》出版,这部小说受到热烈的欢迎。小说以他自己在意大利战场的亲身经历为基础,描写第一次世界大战中,志愿到意军服役的美国青年亨利与英国护士凯瑟琳在战地相爱的故事,嘲讽第一次世界大战的荒唐和所谓"光荣""英勇"和"荣誉"的无聊。亨利为意军出生入死,在一次大溃退中差点被意大利武警枪杀。最后,他和凯瑟琳在某一天夜晚乘船逃往中立国瑞士,不幸,凯瑟琳死于难产,留下亨利孤单单一个人。小说结构紧凑,语言精练,对话简洁,细节生动,十分成功。

1936年7月爆发西班牙内战。四年内战期间,海明威四次访问了西班牙。作为战地记者,他不畏艰险,亲临前线各地,及时向美国读者报道战况。他站在民主政府一边,反对佛朗哥法西斯政变势力,写了不少精彩的作品,其中有剧本《第五纵队》和短篇小说《蝴蝶与坦克》《决战前夕》等。他写了与荷兰名导演伊文思合作的纪录片脚本《西班牙大地》。1937年,他在全美国作家代表大会上发表演说,题目是《法西斯主义是个骗局》。他呼吁支援西班牙人民的反法西斯斗争。他还亲自赴好莱坞电影城募捐,为西班牙人民送去医药和救护车。他从"迷惘的一代"的代表变成一位坚定的反法西斯民主战士。在20世纪30年代,海明威还创作了《胜者无所得》《死在午后》《非洲的青山》《有钱的和没钱的》《第五纵队与首批四十九个短篇小说》等。可见,其勤于创作。

1940年,《战地钟声》与读者见面。这部小说描绘一位美国大学青年讲师罗伯特·乔登志愿到西班牙,与山区的农民游击队并肩战斗,最后英勇献身的壮丽画面。乔登奉命深入敌占区与游击队去炸毁一座桥,游击队长巴布罗犹豫动摇,他妻子彼拉坚决支持。乔登在游击队驻地的山洞里爱上双亲被杀的姑娘玛丽雅,两人真诚相爱三天又三夜。后来游击队出发去炸桥,老猎手安斯勒摩炸了桥光荣牺牲了。撤退时,他们撞上敌人,乔登不幸身负重伤,仍坚持狙击敌人,掩护游击队员安全转移,最后英勇献身。小说塑造了美国青年乔登的国际主义战士的光辉形象,揭露德国、意大利和佛朗哥残杀无辜的暴行,同时刻画了一群爱国抗敌、不畏强暴、不怕牺牲的西班牙劳动人民的群像,尤其是老猎手安斯勒摩和女游击队长彼拉。他们给海明威的人物画廊增添了光彩。

《战地钟声》出版后,轰动了美国读书界。评论界认为此书弥补了海明威30年代作品的不足,提高了他的声誉。左翼人士则批评书中歪曲国际纵队司令官的形象。不过,这并不能改变它是一本真实而伟大的作品的事实。小说的反法西斯主题和主人公乔登的献身精神,引起广大读者的共鸣。第二次世界大战中,赴欧洲打仗的美国官兵几乎人手一册,其影响之大,鲜有其他作品可比。小说紧紧围绕炸桥这个中心来展开情节,揭示各种矛盾与冲突,首尾呼应,结构特别紧凑。人物性格鲜明,细节描写生动,语言简洁有力,具有强烈的艺术魅力,虽然存在一些缺陷,仍不失为美国文学史上不可多得的传世佳作。

其实,海明威的《老人与海》是真正征服读者的一部小说。这部小说让海明威获得空前一致的赞扬,并于1954年获得诺贝尔文学奖。

《老人与海》描写穷困的古巴老渔民圣提亚哥的故事,他接连84天没捕到鱼,毫不气馁,再度独自出远海,捕到一条大马林鱼,在返航途中遇到一群鲨鱼的袭击,吞食他的战利品。他奋力抗击鲨鱼,仍无济于事。最后,他回到岸边时,马林鱼只剩下一副骨架,老人精疲力竭,躺下就睡着了。他在梦中见到非洲的狮子。小说揭示人与自然的关系,颂扬圣提亚哥坚忍不拔、虽败犹荣的顽强性格。老人成了海明威笔下最典型的硬汉子形象。他的名言:"人可以被毁灭,但不能被打败",鼓舞无数青年读者去迎战困难,争取事业上的成功。海明威简洁、清新的语言风格在小说中得到最充分的体现。

海明威对美国文学最主要的贡献是他形成了适应新时代的"海明威风格"。他继承马克·吐温的优秀传统,将中西部语言引入小说,达到简洁、明快、含蓄的效果。他倡导"冰山"创作原则,"冰山在海上移动是很宏伟壮观,这是因为它只有八分之一露出水面",意指读者所看到的文本仅是作家想说的"八分之一",而"八分之七"是需要读者去理解、品味和解读的。他的文风一反詹姆斯的晦涩难懂,独树一帜。他采用电报式的短句,删去可有可无的形容词,直截了当,平白易懂,对话简洁凝练,具有朴实的美感。他又善于用光、色和声构成纯真而深沉的意境。正如瑞典皇家科学院在颁奖词中所说的:"海明威作为我们这一时代伟大文体的创造者之一,在近25年的美国和欧洲的叙事艺术中,具有明显的重要性。这一重要性,主要在于他那生动的对白、语言增减恰到好处,既使人易懂又达到令人难忘的境界。他又以精湛的技巧,再现了口语中的一切奥妙……"颁奖词最后指出:海明威是"我们这个时代最伟大、最诚实而大无畏地创造了我们这个苦难时代中真实人物的作家。"

(三)弗朗西斯·司各特·菲兹杰拉德

弗朗西斯·司各特·菲兹杰拉德生于明尼苏达州圣保罗镇。父亲是个南方贵族,后来从商不顺。靠母亲继承的一笔遗产维持生活。母亲从小溺爱他。1913年秋入普林斯顿大学读书,可惜身体不好,成绩欠佳,没有念完。1917年美国加入第一次世界大战,他应征入伍,被派往亚拉巴马州军营进行训练,爱上当地富家少女泽尔姐·塞尔。1919年他退伍后到纽约,想靠写作发一笔大财,与泽尔姐结婚。结果屡遭退稿,收入微薄,泽尔姐便取消婚约。他失望地回故乡修改旧稿。1920年,第一部长篇小说《人间天堂》终于问世,稿酬不薄,他喜出望外,又向泽尔姐求婚,她接受了。两人到纽约结婚,婚后生活奢侈,入不敷出。他赶写许多短篇小说,先后出版短篇小说集《少女与哲学家》和《爵士乐时代的故事》。1922年出了第二部长篇小说《美人与丑鬼》。1924年夫妻双双去巴黎,经常出入社交界,偶尔回国小住。1925年《了不起的盖茨比》问世,备受各界欢迎,奠定了他的小说家地位。随后十年,泽尔姐精神分裂症多次发作,分散了丈夫不少精力。1934年菲兹杰拉德勉强出版长篇小说《夜色温柔》。泽尔姐长期住院,弄得丈夫债台高筑,开始酗酒,郁郁寡欢,靠为好莱坞写剧本还债。1940年12月21日,他心脏病发作,猝死于好莱坞。

《人间天堂》使菲兹杰拉德一下子蜚声文坛。这部小说可以说是作者个人生活的写照,它主要描写主人公阿莫瑞·布莱恩曲折的成长道路。小说反映了美国大学生一代青年对金钱和地位的追求与失败后精神的崩溃。主人公布莱恩留恋特权,不信任有钱人,又想赚钱,分享富豪的高贵和魅力。他讨厌穷人,恨穷嫉富,感情直露。他是来自破落家庭的"迷惘的一代",失落感特别明显。小说生动而真实地揭示了时代的特征。

《了不起的盖茨比》是菲兹杰拉德最为优秀的一部代表作。它以完美的艺术形式展现了美国梦幻灭的主题。小说的叙述者尼克·卡拉威是个青年商人。他从中西部到纽约搞股票投机,长期寄居长岛。他的邻居盖茨比是个神秘人物,天天大摆酒宴,宾客盈门,气派非凡。一天,尼克应邀赴宴,盖茨比吐露真情:他想跟尼克的表妹戴茜重温旧梦。原来大战前他们二人曾相爱,盖茨比太穷,戴茜嫁给了有钱的汤姆,但婚后两人不和,汤姆另与默特尔勾搭。盖茨比与汤姆会面时,当场与汤姆大闹起来。他要戴茜离开汤姆,她不吭声。大家不欢而散。戴茜精神沮丧,开车途中压死了汤姆的情妇默特尔。盖茨比替她承担责任。汤姆挑唆死者的丈夫威尔逊开枪打死了盖茨比。尼克为盖茨比办丧事时门庭冷落。戴茜和汤姆不来,过去的宾客也没人到场,唯有尼克和盖茨比的老父。世态竟如此炎凉,人们这么无情无义,令尼克感慨不已,决心离开纽约回老家去。

主人公盖茨比来自社会底层,原先默默无闻,家境清寒,戴茜拒绝了他。后来他参了军,退伍后搞走私发了财。他以为有了钱就能恢复过去的一切。他错了。戴茜跟以前大不一样了。她的话音里带着铜臭味,既没理想,又无情操,她爱盖茨比,更爱汤姆的百万家财。盖茨比为她被杀,她竟无动于衷,一走了事。上层社会的道德情操已丧失殆尽。盖茨比痴心追求的,竟是一个没有灵魂的美女!他终于铸成无法挽回的悲剧。这就是"美国梦"幻灭的悲剧。

这部小说成功地采用"双重视野",第一人称和第三人称交替使用,结构新颖而紧凑。盖茨比在开篇时迟迟未出场,富有悬念,增加了故事的神秘色彩。小说塑造了盖茨比和戴茜的人物形象,展现 20 世纪 20 年代纽约长岛区富人生活的风貌。作者善于用颜色和"灰谷"来象征人物的心态和环境的气氛。那码头上的绿灯象征着美国梦,首尾出现,相互呼应。小说语言简洁优美,字里行间交织着讽刺和浪漫色彩。

(四)舍伍德·安德森

安德森是"迷惘的一代"的作家中年纪最大的一位。他汲取弗洛伊德的精神分析法,在作品里展示西部小镇各种各样的人在商品经济大潮冲击下的畸形心态,成了美国现代系列小说的鼻祖。他生于俄亥俄州克姆顿镇。父亲是个穷小贩,安德森从小就去卖报,打杂工,中小学读读停停。20 岁时,母亲病逝,家里更困难,他到芝加哥当临时工,业余抓紧自学。1891 年至 1912 年美国与西班牙战争时,他应征入伍,表现出色,回国后获奖学金,到威坦堡大学预科学习。后来,他结婚成家。自办小油漆厂,白天做生意,晚上写点诗。快到 40 岁时,他离厂到芝加哥当作家。他曾写了几部长篇小说,反应平平。他便前往巴黎,接触欧洲文艺新潮,研读弗洛伊德和劳伦斯的作品,尤其是与女作家斯坦因接触,受益匪浅。1916 年,他以俄亥俄故乡为背景,写了一系列故事,在杂志上陆续刊载,后汇集出版,取名《小城畸人》,获得文艺界的好评,奠定了小说家声誉。1921 年,他又出版短篇小说集《鸡蛋的胜利》,再一次轰动文坛。随后,新作接连问世,如短篇小说集《马与人》、自传体小说《讲故事的人的故事》和《沥青:中西部的童年》以及短篇故事集《林中之死》。安德森大器晚成,勤奋创作,一跃成为一个最优秀的短篇小说家。1941 年,他赴南美作亲善旅行,在告别宴会上误吞了牙签,手术中不幸去世。

《小城畸人》是公认的安德森的代表作,在美国文学史上占有重要地位。这部小说原名叫《俄亥俄州温斯堡镇》,写的是这个虚构的小镇居民的生活。主人公乔治·威拉德是当地《温斯堡之鹰》报的记者,通过他的所见所闻,将二十六篇故事组成"系列小说"。每个故事又相对独立,各有自己的主人公,同时为其他故事提供了背景,各篇集中起来形成统一的主题,展示中西部小城因笼般的生活和普通人共有的孤独感。讲故事的小城畸人包括一个个变态的作家、经纪人、黑人姑娘、母亲、医生、哲学家、农场主、律师、店员、画家、富家子弟、教师和浪荡者等,几乎涉及各阶层的人。这些小城居民原先都是纯朴的平常人,后被机械化的洪流冲得晕头转向,成了孤独而变态的

"畸人",出现了种种精神上的病态。安德森第一个描绘美国农业现代化给中西部小镇带来的暴力活动、居民性格的扭曲和感情的压抑,创造了形式新颖的系列小说。

《小城畸人》书里的《怪诞篇》《手》《虔诚》《上帝的力量》《教师》《冒险》《母亲》《古怪》和《没有说过的谎言》等已成了名闻遐迩的名篇。欧洲读者读了以后耳目一新,感到第一次接触到美国"一个新的小镇""一种新的语言"和"一种新的观点",令人回想起青少年时代的喜怒哀乐,倍感亲切。小说艺术风格独特,采用中西部口语,叙述简洁明快,含蓄而富有诗意,善于运用对比和象征手法,揭示人物的性格特征和环境的气氛。虽然戏剧性的场面不多,个性化的对话少见,但故事富有浓烈的乡土气息,美国味十足。

第五节　哈莱姆文艺复兴

一、哈莱姆文艺复兴运动

哈莱姆文艺复兴运动又称新黑人运动或黑人文艺复兴运动。它既是美国黑人文化历史上重要的转折点,又是美国文化历史上不可忽视的一章。

哈莱姆文艺复兴运动在20世纪20年代的兴起有着深刻的社会文化背景。1918年结束的第一次世界大战给美国社会带来了巨大的物质财富和空前的经济繁荣,但与此同时,它也在人们的思想上引起了极大的震撼。与之相对应,20世纪20年代的美国文学出现了以海明威为代表的"迷茫的一代"。这批生长在喧嚣与骚动的时代的年轻人玩世不恭,希望冲破过去一切旧的东西,创建一个全新的世界。这种骚动和不安也深深地影响着黑人群体,他们希望改变黑人逆来顺受的"汤姆叔叔"的形象,塑造一个全新的"新黑人"形象。此外,第一次世界大战之后,世界各地出现了民族解放运动的、高潮。在内外两种因素的作用下,黑人群众开始觉醒,于是他们积极投身争取真正民主和自由的运动之中。他们意识到,尽管时代在前进,但自身的状况却没有得到根本性好转,不平等的种族歧视仍然存在。而唯一的出路就是唤醒更多沉睡的黑人,共同为实现自身价值而努力。

当然,哈莱姆文艺复兴运动的兴起还有着广泛而深厚的群众基础。由于第一次世界大战的刺激,北方的工业迅速发展,迫切需要大量的廉价劳动力,这就促成了历史上有名的美国黑人大迁移。对于黑人而言,南方种族隔离猖獗、生存环境正在逐步恶化,而私刑的合法化更使黑人的生活变得越来越没有保障。当时,黑人大批迁入北方的城市(其中以纽约为最,并且主要聚居在纽约的哈莱姆和曼哈顿两处),目的是逃避南方仍然十分明显的种族歧视,寻求更好的生存环境。这不单是一次简单的地理迁移,而是黑人群体由农村转向城市、完成由思想上的混沌转向具备清晰的主体诉求的一个开始。大城市的开放风气使黑人受到了各种各样的教育和启迪,开阔了眼界,增长了学识。正如洛克所言,这是一次"思想解放运动"。随着大批黑人源源不断地进入哈莱姆,这一地区逐渐变成了黑人的天堂,客观上也为黑人的文学创作提供了广阔的空间。

哈莱姆文艺复兴运动以黑人学者阿莱恩·洛克出版的流行作品选《新黑人：一种阐释》为开端。他在这部作品选的前言中说："新黑人"不是指那些符合社会学家、慈善家和种族领导人的原则招摇过市的人，而是"具有新的心态、朝气蓬勃的年青的一代"。因此，在黑人群众中出现了一种新的精神即自尊和自立的精神。它创造了内部的轻松的活力，以补偿外部的压力。黑人接着创办了自己的杂志，如《危机》《信使》《机遇》等，这为黑人文学的崛起和发展起到了推波助澜的作用。《危机》的主编杜波依斯（Williams E. B. DuBois，1868—1963）是黑人运动的领袖，在他担任主编的 24 年间，他为黑人文学的发展，尤其是黑人诗歌的革新做出了巨大的贡献。另外，白人主流社会较小型的文学刊物也是黑人发表作品的园地之一，这些刊物对于扩大黑人诗歌的影响也起了较大的作用。这些向黑人学者们敞开大门的期刊和杂志主要有《诗刊》《日晷》《新群众》和《文学概观》等。

哈莱姆文艺复兴运动止于 1930 年的经济大危机。对此，哈莱姆桂冠诗人兰斯顿·休斯（Langston Hughes，1902—1967）在他的自传《大海》中曾有这样的描述：

> 这确实也是哈莱姆新黑人时期快乐时光的终结。这一终结始于 1929 年经济大崩溃，从那时起，白人花在自己身上的钱比从前大为减少，他们几乎没钱花在黑人身上，因为经济衰退使大家的经济收入每况愈下，而黑人则更觉得度日艰难。

二、哈莱姆文艺复兴运动影响下的黑人作家及其文学创作

哈莱姆文艺复兴运动产生了一大批新的黑人作家，除了兰斯顿·休斯外，还有克劳德·麦凯（Claude Mckay，1889—1948）、康梯·卡伦（Countee Cullen，1903—1946）、左拉·尼勒·赫斯顿（Zora Neale Hurston，1891—1960）、乔芝亚·道格拉斯·约翰逊（Georgia Douglas Johnson，1880—1966）和小说家理查·赖特（Richard Wright，1908—1960），大大地推动了 20 世纪美国黑人文学的发展。这里对兰斯顿·休斯的诗歌创作和理查·赖特的小说创作进行一定的说明。

（一）兰斯顿·休斯的诗歌创作

兰斯顿·休斯是哈莱姆文艺复兴运动的中坚人物和杰出代表。他反对种族歧视的坚定立场以及他在文学创作上的卓越成就使他早在 20 世纪 20 年代就荣获"哈莱姆桂冠诗人"的称号。休斯出生在美国密苏里州，在纽约哥伦比亚大学就读一年后开始独立谋生，曾当过水手、厨师，在旅馆做过勤杂工。后来受到诗人维切尔嘛赛的鼓励和赏识立志献身文学事业。1926 年，他的第一部诗集《萎靡的布鲁斯》问世。1927 年第二部诗集《献给犹太人的好衣裳》出版，同年入宾州林肯大学就读，两年后毕业，专门从事文学创作。休斯是优秀诗人、小说家和剧作家，一生创作了十几部诗集，一部长篇小说《不是没有笑声》，短篇小说集《白人的行径》，讽刺小品集三部曲《辛普尔倾吐衷情》《辛普尔集锦》《辛普尔的山姆叔叔》。辛普尔三部曲塑造出美国文学中一个令人难忘的可爱的人物形象。他还写了自传《大海》《我徘徊，我彷徨》，以及一些剧本和儿童文学作品。晚年他编辑了大量黑人作家的作品。

休斯的诗歌表达了非裔美国人要求自由、平等和民主的愿望，以极大的同情描写了自己同胞的苦难和悲惨，坚决抨击了白人统治者的种族歧视政策，在提高黑人觉悟方面发挥了重要作用。他善于吸取黑人奴隶歌曲、布鲁士哀歌和爵士乐的优点，喜欢热情地歌颂黑人和一切被压迫民族

的勇敢精神和崇高品德。他的诗最富有黑人的种族特色,热情奔放,格调新颖,通俗易懂,音乐感强,适宜于大众街头朗诵。他使诗歌走出象牙之塔,与读者打成一片,有力地促进了黑人诗歌向纵深发展。

《黑人谈河》和《我长大的时候》是休斯的两首代表诗作。

《黑人谈河》是休斯学生时代写的作品。他中学毕业后乘火车去墨西哥见父亲。当火车缓缓地通过密西西比河的一座大桥时,他从车窗望着湍急的河水,思索着密西西比河对于黑人意味着什么。早年非洲的黑人被奴隶贩子运往美国南方的新奥尔良一带,再沿密西西比河北上被卖到沿岸各地。他又记起林肯曾乘坐木筏沿河南下到新奥尔良,沿途目睹奴隶们生活的惨状,决心从美国的生活中铲除奴隶制。休斯同时还想到哺育人类文明和黑人文化的其他河流如刚果河、尼日尔河、尼罗河等。想着想着,一个诗句便油然而生,"我知道河流"。他顺手从衣袋里掏出一个信封,只用了 10 分钟便写出这首有名的诗:

> 我知道河流:
> 我知道那如天地般古老的河流,它们比人类血管中流淌的鲜血
> 更为古老。
>
> 我的灵魂变得和河流一样深邃。
>
> 当晨曦初露,我沐浴在幼发拉底河。
> 我在刚果河畔盖起我的小屋,它催我醺醺入睡。
>
> 我凝视着尼罗河,在它的上方建起了金字塔。
> 我听到亚伯·林肯南下新奥尔良时密西西比河的歌唱,我看
> 到它那泥泞的胸膛在落日中
> 融成一片金碧辉煌。
>
> 我知道河流:
> 古老的,黝黑的河流。
>
> 我的灵魂变得和河流一样深邃。

这首诗集中了几乎所有休斯作品的重要元素:精练、凝重、雄浑,还透着强烈的历史沧桑感。诗句虽看似简单,但却包含着亘古的道理。诗歌的主体部分循序渐进地提到了四大河流,首先是幼发拉底河,接下来是刚果河,接下来是尼罗河,最后是密西西比河。"我的灵魂变得和河流一样深邃"指出黑人种族像那些古老的河流一样,历史悠久,为人类文明做出了贡献,在世界文明史中占有重要地位。整首诗语言简朴易懂,然而在这简朴易懂的语言中却蕴藏着真挚的感情。这种感情表面舒缓、平静,而内心却蕴藏着奔流的激情和深不可测的力量。它表达了休斯对自己民族深沉的热爱之情。

《我长大的时候》是休斯用自由体写的一首短诗,收在 1926 年出版的第一本诗集《萎靡的布鲁斯》里。诗人站在被压迫黑人的立场,运用比喻、象征和浪漫主义的手法抒发对种族歧视和种

族隔离的愤懑心情,号召黑人依靠自己的力量起来斗争,冲破黑暗去迎接光明和自由。这首诗充分表达了诗人对未来的憧憬。"我的梦"在这首短诗里多次出现。在休斯的诗里,"我的梦"是一个重复出现的主题。在另一首短诗《梦的变幻》里,他这样写他的梦:他张开双臂,在充满阳光的地方整日翩翩起舞,当温柔的像他一样黑的夜降临时,他在凉爽的微风中坐在一棵大树下休息。休斯对光明、自由与欢乐的这种憧憬直接影响了20世纪五六十年代美国黑人民权运动。1963年8月28日,当黑人民权运动领袖马丁·路德·金率领25万人的游行队伍向首都华盛顿挺进,发表著名的演讲时说:"我有一个梦,我梦想终有一天偏见与隔离的罪恶会被消灭。"他的梦和休斯的梦一脉相承。

(二)理查·赖特的小说创作

理查·赖特是20世纪三四十年代美国杰出的黑人作家。他出生在密西西比州纳齐兹镇附近一个生活极度贫困的黑人佃户家里,祖辈都是奴隶。赖特在恐惧和耻辱中度过苦难的童年,受尽种族歧视的凌辱,在逆境中养成了倔强不屈的性格。在自传体小说《黑孩子》里,他生动地描述了17岁以前在南方的生活情景。他在非人的生活环境中努力和挣扎,如饥似渴地读书。他读过德莱塞、菲茨杰拉德、刘易斯和门肯的许多著作。1927年,赖特为摆脱南方白人统治的桎梏,寻求发展自我的机会,来到芝加哥,开始接受马克思主义学说,认清资本主义的现实和本质,认识到资本主义和种族主义是黑人的敌人,这对他的思想和文学创作都产生了积极的影响。1932年,赖特加入左派组织"约翰·理德俱乐部",在《左派前哨》《国际》和《工人日报》等进步刊物上发表文章和诗歌。后来他参加了美国共产党。1937年,赖特赴纽约任美共机关报《工人日报》哈莱姆区编辑。后因种族问题与共产党发生分歧,于1942年退党。自1938年至1945年,赖特先后发表中篇小说集《汤姆叔叔的孩子们》、长篇小说《土生子》和自传《黑孩子》。这些作品曾轰动美国文坛,受到文学批评界的好评。尤其是后两部作品,以空前深刻的笔触和充满激情的描述揭示出生活在白人社会里黑人紧张、恐惧和仇恨的复杂心理,愤怒声讨了种族歧视现象和种族隔离政策。1947年,赖特离美赴法定居,直至1960年病逝。

除了上述提到的小说作品外,赖特还创作了《局外人》《野蛮的假日》《黑人的力量》《今日的主》《美国的饥饿》等,以及短篇小说集《八个男人》。赖特后期的作品试图从描写被压迫黑人的痛苦生活与反抗转到描写所有被压迫人民的痛苦与斗争,但因他有些脱离美国生活的现实,所以多数作品缺乏早期的那种感人的激情和震撼人心的力量。

《土生子》是赖特最重要的代表作。这部小说的出版标志美国黑人文学的成熟。这部小说发表于1940年,是一部描写一个黑人青年的觉悟成长的故事。全书分三部分:《恐惧》《逃跑》和《命运》,以20世纪30年代的芝加哥为背景,描写一个名叫比格·托马斯的黑人青年,因无意中杀死白人小姐玛丽·道尔顿,最后被判处死刑的故事。比格全家4口住在黑人区一间老鼠成灾的小屋里,因比格失业而生活无着,家庭终日笼罩在阴沉、紧张的气氛里。在街上,他经常与无业黑人青年厮混,结伙抢劫。白人的种族歧视把他变成社会生活的局外人。他挣扎在穷困、恐惧、耻辱和仇恨之中,不仅憎恨白人社会,也怨恨自己、家庭和其他黑人。后经慈善组织介绍,他为一个富有的白人道尔顿先生开车兼烧锅炉。一天夜里,他开车送道尔顿的独生女玛丽小姐回家,玛丽因喝酒过量醉得不省人事,比格只好将她抱回房间。此时,双目失明的道尔顿太太出现在房间门口,比格一时惊恐万状,一旦被人发现,便会背上半夜闯入白人小姐房间的可怕罪名,后果将不堪设想。于是,为了防止玛丽出声,他用枕头堵住她的嘴。不料因用力过猛,玛丽被憋死。他急中生智,将玛丽的尸体背到锅炉房,塞进炉堂焚尸灭迹。然后,为了制造假象,他又写了一封匿名信,把怀疑的目标引向玛丽的男朋友、共产党员简·厄尔隆,说他绑架了玛丽。当事情真相败露以后,比格畏罪潜逃,继之而来的是一场全城大追捕,最后,警察在一幢楼顶上将比格抓获。在审判过程中,虽然有共产党员律师麦克斯为他辩护,比格终不能逃脱被处以电刑的命运,因为他的命运和其他黑人的命运一样,早已注定要被种族大歧视的社会所吞噬。

在这部小说之前,黑人小说中的黑人几乎都是在白人统治的社会里被侮辱、被损害的形象,他们忍受着饥寒交迫的生活和种族社会的歧视与侮辱,他们向往平等、自由和美好的生活,到头来还是逃不脱被压迫、被奴役的结局。《土生子》则不同,这部小说中没有出现白人种族主义者或白人残酷欺压黑人的形象。这部小说中的比格·托马斯单枪匹马向整个白人社会发动了一场战争。他杀死的虽然只是一个白人小姐,但他的行为却震撼了全芝加哥、全美国,使白人统治者惊慌无措,瞻望前景,不寒而栗。他为此而感到高兴和自豪,因为他终于发现了自我,一个在白人眼里不是人,而只不过是一个"畜牲"的他,终于找到了自身的价值。此时的比格·托马斯已不再是白人的奴隶,他已经变成了自己的主人、自己的上帝。比格是美国现代文明的产物,他的行为和结局是美国社会及其歧视黑人的法律造成的。他在美国土生土长,尽管受到歧视,他也完全是美国本乡本土的土生子。

这是一部极为引人注目的作品。它宛如一颗炸弹一般在当时读者的心目中爆炸。它以崭新的方式来描写美国最棘手的种族问题,人们读后很难忘怀。它给美国全社会都发出了明确的信息。它对黑人说,他们是人,应有人的尊严,如果没有其他方法能使他们获得尊严和身份,采用暴力手段是合法的。它对白人说,他们应当接受他们的黑人同胞的时刻已经到来,如果他们思想尚未做好准备,那么他们应当抓紧时间,否则便应当承担一切后果。比格·托马斯代表着黑人的新的人格。他性格叛逆,在他生活的环境中,从未感到舒服过。在他身上突然爆发的暴力行为,是冰冻三尺非一日之寒,它从几个世纪以前他的祖先被掳掠到美洲做奴隶时起,已经在他的种族的痛苦意识中酝酿了300余年。黑人种族饱受煎熬,他们的耐性和受屈辱的限度不是无限的。如果社会拒绝给予他们应得的承认,他们无疑将诉诸暴力,以求公正待遇。从这个意义上说,比格·托马斯代表了黑人的心愿,标志着黑人种族意识提高的新水平和新阶段。从他身上,黑人看到了自己的影子和希望,而白人也应发觉自己的愚蠢和责任。

在艺术手法上,赖特博采众长,锐意创新,颇有特色。他对心理描写和缠绵情调颇感兴趣,而在营造气氛上,则明显带有哥特式小说的痕迹。他善于渲染犯罪的场景和后果的恐怖气氛,但用得过多会产生副作用。在《土生子》中,他运用象征手法,增加故事的悬念,拓展读者的联想。小说结构严谨,语言粗放有力,黑人日常话语新鲜生动,人物对话富有戏剧色彩。情节变换迅速,叙事生动,感情真切,很有吸引力。

赖特的小说大大地促进了20世纪美国黑人文学的发展,而他自己也被评论界称为"美国现代黑人小说之父"。

第六节 现代美国戏剧的发展与尤金·奥尼尔的贡献

一、现代美国戏剧的发展

与诗歌和小说相比,美国的戏剧发展要缓慢得多。19世纪美国戏剧大多是一些为适应观众娱乐需要的浪漫剧、英雄剧等,没有出现具有恒久艺术价值的上乘佳作,也没有出现多少优秀的剧作家。直到20世纪20年代,尤金·奥尼尔在美国剧坛的崛起,才使戏剧真正成为美国文学的一部分,并开始与欧洲戏剧相媲美,跻身于世界戏剧之林。

19世纪末20世纪初,欧洲批判现实主义剧作家易卜生、斯特林堡、萧伯纳、契诃夫等创作的社会问题剧传入美国,并对美国的戏剧创作产生了极大的影响。一批美国剧作家致力于以现实主义手法创作出反映美国社会问题的现实主义戏剧,向当时盛行于美国的商业化戏剧提出了大胆的挑战。这批剧作家成为美国现实主义戏剧的先驱。詹姆斯·赫恩(James Herne,1839—1901)创作的剧本《玛格丽特·弗莱明》真实地揭露了纨绔子弟玩弄民女的无耻行径,对美国戏剧描绘复杂的社会现实产生了深刻的影响,被认为是一部划时代而具有美国特色的剧作。克莱德·菲茨(Clyde Fitch,1865—1909)创作的《向上爬的人们》揭露了纽约上流社会疯狂的金融投机现象,是一部易卜生式的美国社会问题剧。

20世纪初,一些有志于戏剧改革的戏剧界人士认识到,美国戏剧要赶上世界戏剧的水平必须掀起一场全国性的群众运动,真正的美国戏剧必须由人民来创造。1911—1919年,在美国戏剧史上很有影响的"小剧场运动"迅速开展起来,不以营利为目的的、执意追求戏剧艺术性的小剧场如雨后春笋般地在全国涌现,其中成就最为突出的是普罗文斯顿剧社(Provincetown Players)、芳邻剧场(Neighborhood Playhouse)以及华盛顿广场剧团(Washington Square Players)等。这些小剧场为敢于探索的青年剧作家提供舞台,尤金·奥尼尔的剧作就是从普罗文斯顿剧社的小剧场脱颖而出,并走向美国大剧坛的。与此同时,各大学里的戏剧活动也如火如荼,最著名的是哈佛大学乔治·贝克教授开设的"47戏剧写作实验班",培养了一大批像尤金·奥尼尔、菲利普·巴里(Philip Barry,1896—1949)、西德尼·霍华德(Sidney Howard,1891—1939)这样的戏剧人才,成为优秀剧作家的摇篮。

20世纪20年代,美国戏剧进入发展阶段。尤金·奥尼尔率先崛起,其他一大批剧作家陆续登场。这些剧作家们运用现实主义、自然主义、象征主义、表现主义和意识流等各种戏剧手法进行创作,其中表现主义的影响最为卓著。表现主义手法与传统的现实主义方法背道而驰,不强调生活表面的真实,甚至不惜扭曲现实,以力求反映人物心理活动的真实性。

20世纪30年代,美国遭遇经济大萧条,严峻的社会现实导致工人戏剧、左翼戏剧等社会现实主义戏剧应运而生,并迅速蓬勃发展起来。这些戏剧以劳工问题、政治腐败、反战情绪等社会现实问题为主题,形成了美国现实主义戏剧的第一次高潮。工人剧社纷纷成立,上演的工人戏剧主要有阿伯特·马尔兹和乔治·斯克拉的《和平降临大地》、斯克拉和保尔·彼得斯的《码头装卸工》、马尔兹的《黑矿井》、劳森的《进行曲》等。左翼戏剧最杰出的代表是克利福德·奥德茨,其反映工人罢工的剧作《等待老左》和揭露美国梦破灭的《金童》等剧作弘扬了现实主义传统,取得了突出的艺术成就。另一位在左翼戏剧运动中有不俗表现的剧作家是丽莲·海尔曼,她最成功的剧作《小狐狸》以辛辣的笔触揭露了新兴资产阶级的贪婪和无情。此外,罗伯特·舍伍德创作的反战剧《傻瓜的乐事》、西德尼·金斯利反映纽约贫民窟生活的代表作《死巷》、保罗·格林揭示黑人苦难生活的《献给初升太阳的颂歌》等都是颇具影响的左翼戏剧佳作。

二、尤金·奥尼尔

在20世纪上半叶,尤金·奥尼尔的出现可以说是改变了美国戏剧徘徊几十年的局面,逐渐赶上了世界戏剧的水平。他是美国文学史上的一座丰碑,其戏剧创作卓有成就,被誉为"美国戏剧之父"。

奥尼尔生于纽约百老汇大街的巴雷特旅社三楼的一间偏房里。父亲是受人欢迎的浪漫派演员,母亲受过良好的教育,笃信天主教。但由于奥尼尔出生时难产,庸医大量注射吗啡使她不幸染上毒瘾,抱恨终身。奥尼尔从小就和母亲、哥哥,伴随在美国各地巡回演出的父亲走南闯北,生命的头七年大多在旅馆和火车上度过,学生时代也不得不以寄宿为主,在成长岁月中奥尼尔很少享受到家庭的温暖。1906年6月,他以优异的成绩从贝茨预科学校毕业,同年进入普林斯顿大学,1907年奥尼尔提出退学,离开学校,开始尝试各种各样的职业。他做过商行秘书,曾到洪都拉斯探金矿,还当了一阵剧团副经理。后奥尼尔作为水手出海航行,去了阿根廷、英国。回美国后,他做过短期的轻歌舞剧演员,之后担任一个小镇报纸的记者。1912年,奥尼尔得了肺结核,在圣诞节前夜被父亲送往盖洛德疗养院。在休养期间,奥尼尔第一次真正思考自己的一生,阅读了大量书籍,其中包括各类哲学著作和文学作品,尤其得到了瑞典著名剧作家斯特林堡剧本的滋养。1913年秋,奥尼尔开始写作剧本。1914年春,他写了《东航卡迪夫》,剧中台词、对白诚实而坦率,给人留下了深刻印象。1914年秋,奥尼尔进入哈佛大学,师从乔治·贝克教授学习戏剧技巧,受益匪浅,从此走上戏剧创作的道路。

奥尼尔是位多产作家,一生创作独幕剧21部,多幕剧28部,4次荣获普利策奖。除了《啊,荒野!》,他的其余剧作都是悲剧,所写题材之新颖,涉及领域之广阔,揭示哲理之深邃,艺术风格之多彩,在美国戏剧史上前无古人。难怪1936年的诺贝尔文学奖授奖辞这样表达对他的敬意:"本奖金授予他,以表彰他的富有生命力的、诚挚的、感情强烈的、烙有原始悲剧概念印记的戏剧作品。"一般认为,奥尼尔的戏剧创作可分为三个阶段。

第一个阶段是1913—1919年。在这一阶段,奥尼尔主要从事独幕剧的创作,倾向于运用浪漫主义、自然主义和现实主义的艺术手法。这一时期的作品从题材上可分为两类,一类表现婚姻和家庭,如《终身之妻》《奴役》《流产》《救命草》等;另一类描写海上生活,如《渴》《雾》《警报》《东航卡迪夫》《捕鲸记》《画十字的地方》《交战》等。总体上,这些剧作具有浓郁的自然主义色彩,人物性格刻画上粗糙,缺乏深度,艺术手法较单一,题材偏于狭窄。

《东航卡迪夫》是为奥尼尔赢得声誉的第一部成功的作品,同时也是奥尼尔第一部公开上演的剧本。该剧打破了以情节剧为代表的商业剧院统治美国剧坛的现象,对美国严肃戏剧的发展起到重大的推动作用。

第二个阶段是1920—1938年。在这一阶段，奥尼尔进入了多幕剧的创作。他超越现实主义手法，兼收并蓄，开始广泛借鉴现代戏剧的各种流派，向着多元方向发展，大量运用了自然主义、象征主义、表现主义以及意识流等各种艺术表现手法，从不同的视角对人生的终极意义进行了探索和追寻，创造出一大批多姿多彩的实验悲剧，取得了辉煌的成就，连续三次获得了普利策奖，并于1936年荣膺诺贝尔文学奖。这一时期是奥尼尔戏剧创作的黄金时代，主要作品除了悲剧《天边外》和《悲悼》三部曲之外，还包括易卜生式的现实主义戏剧《安娜·克利斯蒂》和会通多种艺术手法的《榆树下的欲望》、两部表现主义代表作《琼斯皇》和《毛猿》、加入面具和合唱队的剧作《上帝的儿女都有翅膀》、描写人格分裂的《大神布朗》、采用旁白和心理独白的《奇异的插曲》，以及唯一的喜剧作品《啊，荒野！》、两名演员扮演同一角色的《无穷的岁月》等。

《天边外》是奥尼尔的第一部多幕剧，是一部理想主义者的悲剧。该剧在百老汇的演出轰动了美国剧坛。这部剧作分为三幕，每幕两场，一场在室外，一眼看到天边；一场在室内，看不到天边。这两种场景交替出现，表明理想与现实之间距离的遥远。剧作充分反映了作者对待人生的消极态度。这部剧作不仅标志着奥尼尔创作中期的开始，而且还确立了奥尼尔作为美国现代戏剧领军人物的地位。在这一时期的剧作中，奥尼尔实验了种种舞台表现手段，诸如面具、合唱队、内外景混合布景以及内心独白和旁白，采用九幕剧和三部曲等形式，大大拓展了美国戏剧的天地，全方位、多角度、多层次地呈现了美国社会生活的广阔图景，揭开了现代美国戏剧发展史的新篇章，影响了其后一大批美国戏剧家和许多海外的剧作家，包括中国的戏剧家洪深、曹禺、马彦祥、胡春冰等。

《榆树下的欲望》被誉为美国第一部重要悲剧，可代表奥尼尔一生的艺术成就。它是一部为了占有财产所引起的悲剧，也是一部关于情欲的悲剧，在剧中，这两种欲望交织在一起，导演了一出家庭伦理悲剧。在戏剧中，人的自由本能和原始欲望得到了真实而充分的描写。对田庄的争夺推动着剧情的发展，引发父子、夫妻、兄弟间激烈的伦理冲突，终于酿成伊本和继母爱碧乱伦的严重后果。最后，爱碧为了向伊本证明她的爱情，竟然亲手掐死了与伊本所生的婴儿。在戏剧结尾处，伊本被爱碧所感动，自愿同爱碧一起承担法律的责任。剧中最后一句台词绝妙地点明了奥尼尔的中心主题：贪婪的欲望是每个人心中的罪恶源头。

在这个反映美国家庭内部的恐怖故事中，奥尼尔剥去每个人物的层层外衣，露出了他们赤裸裸的可憎面目，而且让他们的阴谋都遭到了惨败。通过这出悲剧，奥尼尔实践了他的悲剧美学的重要原理："我认为悲剧的意义就是像希腊人所理解的那样。悲剧使观众们变得高尚，使他们生活得越来越充实。悲剧赋予他们对事物深刻的精神感受，使他们摆脱日常生活琐碎的贪欲。当他们看到舞台上的悲剧时，他们感到仿佛是把他们自己毫无希望的希望体现在艺术中。"

值得一提的是，在《榆树下的欲望》中，奥尼尔创造性地对舞台布景进行了革新。他运用分隔演区的方法来表现人物复杂的内心情感，产生了一种类似心灵感应的效果，使得剧本既沉重地渗透着古代希腊的悲剧意识，又烙下了现代心理分析学的印记。这种分隔演区表现人物心灵感应的手法是奥尼尔最有影响的舞台艺术革新之一。

第三个阶段是1939—1943年。在这一阶段，奥尼尔迎来了艺术生涯的全盛时期。这一时期的作品主要包括《送冰的人来了》《月照不幸人》《进入黑夜的漫长旅程》《诗人的气质》和《休伊》五部作品。在艺术手法和主题方面，这些剧本传承了奥尼尔以往的多姿多彩的风格和形式，但无疑有所超越和创新。他越来越关注小人物的命运和他们的日常生活，不再热衷于实验各种前卫流派和表现手法，开始了向写实主义的回归。其剧作的戏剧冲突趋于平淡，剧本情节变得淡化，人与人之间剑拔弩张的对立与矛盾被理解与同情、宽恕与和解所取代,宗教意识有一定增强。

《进入黑夜的漫长旅程》是一部自传体悲剧,主人公蒂龙一家的原型就是奥尼尔一家。在这部作品中,奥尼尔以血泪交织的笔触,忠实而客观地将全家人的悲惨命运一一揭示了出来。它被评论家认为是奥尼尔所有作品中唯一一部具有真正诗意对话的剧作,是剧作家的诗的遗嘱。

这部剧作使奥尼尔第四次荣获普利策奖。这部剧中的主要人物詹姆斯·泰伦是奥尼尔的父亲,艾德蒙·泰伦是奥尼尔自己,还有詹姆斯的妻子玛丽、长子詹姆斯和女佣人卡斯琳。幕启时家庭出现了善意的争论,家庭正走向瓦解。玛丽抱怨婚后生活漂泊不定,想出家当修女。詹姆斯终日酗酒,想当个职业演员,生活安定些。小詹姆斯成了个酒鬼,33岁还靠父亲供养。他劝比他小10岁的弟弟跟他混日子。艾德蒙身体不好,但努力想当个作家。他跟父亲发生争论。他同情和支持母亲。他父亲向他坦言家庭贫困的原因和演戏的艰辛,父子达成了谅解。艾德蒙最后离家去闯荡世界。他父亲改变了对他的看法,相信他完全会成为一个诗人。

在这部剧中,奥尼尔以多种表现手法揭示剧中人物的复杂心态,充分利用景物衬托他们内心的喜怒哀乐,情景交融,魅力四射。剧中引用不少名诗佳句,舞台效果极佳。结局充满感伤情调和人文主义色彩,具有非常高的艺术水平。

第十四章　20 世纪下半叶的美国文学

20 世纪下半叶的美国,成为一片空前富裕的土地,文学创作也得到进一步繁荣。在诗歌方面,黑山派、垮掉派、自白派与纽约派等战后新一代的诗人逐渐崛起,同时后现代派诗歌与少数民族诗歌也获得了进一步的发展;在小说方面,深受后现代主义思潮影响的小说与其他族裔小说共同存在,并获得了快速发展;在戏剧方面,呈现出了多元化的发展趋势。在本章内容中,将对 20 世纪下半叶的美国文学创作进行详细阐述。

第一节　战后诗坛的新一代
——黑山派、垮掉派、自白派与纽约派诗人

在第二次世界大战后的美国文学创作中,诗歌始终居于一个重要的地位。而且,在这一时期,涌现出了一批新的诗歌创作流派,影响较大的有黑山派、垮掉派、自白派和纽约派。他们的诗歌创作相比第二次世界大战以前的诗歌创作来说,无论是在内容还是在表现形式方面都发生了惊人的变化。

一、黑山派诗人

黑山派是在 20 世纪五六十年代美国社会中"反文化"思潮的影响下出现的一个诗歌流派。黑山派诗人都是一些开拓创新、标新立异的人,他们往往喜欢留长发,蓄长须,穿蓝布工装裤,赤足或穿黑长袜,写自由诗,抽大麻烟,搞自由性爱。不过,对于他们如此这般奇特的装束和异于常人的言谈举止,我们却不能一味地斥之为颓废。他们之所以选择以这样的面目来面对社会,恐怕与五六十年代美国社会的大背景有很大关系。那个时期的美国社会商品经济高度发达,物质生活空前繁荣,但与此同时,各种弊端和矛盾也尖锐地暴露了出来。反映在人们的日常生活中,就是享乐主义盛行,腐败、吸毒和各类犯罪现象层出不穷,社会整体的道德水准出现滑坡。另一方面,美国国内种族歧视和压迫、对女性的偏见和不公等问题,以及国际上核战争的恐怖阴影等也如挥之不去的毒瘤考验着人们的灵魂。作为敏锐的观察者和思想上的激进分子,面临如此的精神压力,"黑山派"诗人和其他的知识精英一样也试图找到一剂改变现状的良方,但结果却是无能为力。因此,为了表达自己对社会现实的不满,也为了宣泄自己心中郁积的愤懑,他们拿起笔对着这陷入病态的社会发出了怪异的呐喊,同时也以他们怪异的装束和行为加入了更大规模的"反

文化"的洪流之中。

　　黑山派诗人的产生与黑山学院有着十分密切的关系。黑山学院是一所具有独特风格和鲜明特色的艺术院校,它不提倡传统的教学模式,而是在进行理论讲解的基础上鼓励师生多参与实践,并从实践中得益。在这样一个较为宽松的教学氛围中,使得师生逐渐形成了创新精神,并在黑山学院院长奥尔森的领导下围绕黑山学院及其周围形成了一个力求摆脱传统的学院派和形式主义诗歌的束缚、追求形式和语言的自由开放的新诗歌流派,即黑山派。不过,由于生源不足和办学资金紧张,黑山学院最终被迫于1956年停办。而黑山学院的停办,导致不少黑人派诗人流向了纽约和旧金山等东西部的大城市。

　　黑山派诗人的诗歌创作,是以奥尔森提出的"投射体诗"为理论依据的。所谓"投射体诗"理论,简单来说就是"诗歌是一种'能量的结构,能量的投射'。诗人作诗的过程就是把他从社会和自然界中获得的'能量'以'气韵'或'呼吸'的方式'投射'出来并最终到达读者"①。另外,黑山派诗人的诗歌创作,不论是在内容上还是在形式上,都呈现出革命性的突破。就内容而言,黑山派诗人强调个性化,即将个人的经验和顿悟融于诗歌之中,并追求在"投射体诗"创作理论下的"个性化"来展现诗人创作的心境和"呼吸"。莱弗托夫的诗歌创作,就体现出其作为女性的丰富而独特的感情。比如,她的《婚姻之痛》《亚伯的新娘》《永远离去》等诗作表现了她的婚姻观,即婚姻是妖怪,而且男人相比女人来说感情不够专一。就形式而言,黑山派诗人认为诗歌形式只是诗歌思想的延伸、诗歌内容的呈现,因此诗歌创作应该是自发的、即兴的、自由的,并允许诗人跟随自己的心灵感受去选择合适的诗歌形式。

　　黑山派诗人中,代表者有查尔斯·奥尔森(Charles Olson,1910—1970)、罗伯特·邓肯(Robert Duncan,1919—1988)、丹尼丝·莱弗托夫(Denise Levertov,1923—1997)、罗伯特·克里利(Robert Creeley,1926—2005)等,其中影响较大的是奥尔森。

　　奥尔森出生于马萨诸塞州伍斯特市一个移民家庭,父亲来自瑞典,母亲是爱尔兰裔美国人。他曾就读于耶鲁大学和哈佛大学,后在哈佛大学和北卡罗莱纳州的黑山学院任教。1950年,奥尔森发表了《投射体诗》一文,被认为是黑山诗派的宣言书。1970年,奥尔森因患肝癌不幸去世。

　　奥尔森可以说是黑山派的创始人和领路者,主张诗歌应既是高度能量的合成物又是高度能量的释放,在将音节、音响、诗行、意象等要素融为一体的同时,也要将诗人从社会和自然中获得的能量投射给读者;主张诗歌形式应自由开放,并要追随自己片刻的心灵感受去大胆实验。以其《翠鸟》一诗的一个诗节来说:

　　　　我想起了石块上的E字形,和毛的讲话
　　　　曙光
　　　　　但是翠鸟
　　　　就在
　　　　　但是翠鸟向西飞
　　　　前头!
　　　　　它胸脯上的色彩
　　　　　染上了炽热的夕阳!

---

① 唐根金等:《20世纪美国诗歌大观》,上海:上海大学出版社,2007年,第134页。

在这个诗节中,诗人运用了长短不一的诗行,并即兴进行安排,忽左忽右,有时一个词也成了一行。而诗人之所以会这样安排,主要是为了方便地对自己的思想感情进行表达。

奥尔森在进行诗歌创作时,对长诗情有独钟,而且他的长诗也是结构自由松散,形式不拘一格,诗行有长有短,还十分讲究语言的运用。《麦克西姆斯诗集》可以说是奥尔森最为重要的一部抒情系列长诗。

在这首长诗中,诗人以公元 2 世纪的腓尼基神秘主义者为第一人称的叙述者,集中描绘了自己的家乡格洛斯特滨海小城的过去和现在,并通过诗中人对格洛斯特的回忆和联想表明了自己对资本主义工业化带来的弊病的不满和苦闷,以及自己渴望返璞归真、重建过去乌托邦式的和谐的社会风尚的愿望,还对美国现实中的"腐败统治"进行了强烈抨击。另外,全诗结构松散,前后不连贯,灵活的句法中穿插了不少古词,诗意朦胧,神秘莫测。但是,过于松散的结合、过多的古词运用也使得诗歌晦涩混杂、单调乏味。

总的来说,黑山派诗歌不论是其诗歌理论还是其诗歌实践,都对美国诗歌的发展产生了重要的推动作用,并且对具有美国特色的诗歌的形成产生了重要的影响。

二、垮掉派诗人

垮掉派诗人是伴随着 20 世纪 50 年代爆发的轰轰烈烈的"垮掉运动"而诞生的。垮掉运动是美国的民主传统和麦卡锡主义、个性自由和清教主义、大众文学同学院派文学激烈冲突的产物,同时既是美国文学发展的必然,也是美国社会发展的必然。自第二次世界大战爆发后,美国在国际上开始与苏联进行激烈的军备竞赛,战争一触即发,这使得美国人民感觉自己所生活的环境毫无安全感可言。与此同时,美国国内麦卡锡主义盛行,进步知识分子受到了严重迫害,这使得美国人民的危机感进一步加剧,终日生活在极度紧张的精神状态之中。在其影响下,美国知识分子的心灵遭到了极大伤害。他们不再信任政府和他人,原本的世界观、人生观和价值观也发生了重大改变,异化感也日益增强。所有的这些,都导致了垮掉派的逐渐产生。

垮掉派诗人是一群特立独行的离经叛道者,他们"渴望自由,渴望能在和平中生存,然而,所有这一切都在战争中破灭,他们不得不混迹于黑市交易、沉湎于爵士音乐、吸毒、性放纵、打零工、醉心于阅读萨特的著作"①。事实上,对垮掉派诗人而言,这些只是他们躲避世俗理智的一种方式。在他们看来,一个违背世俗律例的人才是一个完全回归人类本性的人。因此,他们完全脱离社会生活秩序而回归到自己的个人生活,信奉个人主义而非集体主义。他们不参加集体的公共活动,不行使政府赋予公民的权利,也不履行公民应尽的义务,在国会选举中不支持任何一方,完全采取一种超然的态度。但是,他们主持正义、倡导人人平等、参加反战游行、支持民权运动并致力于环保。

垮掉派诗人所具有的这些特点,也使得他们的诗歌创作呈现出一些鲜明的特点。垮掉派诗歌以绝望中的真实为主要基调,诗中充满了绝望的气息和无法改变社会的无奈感。而且,垮掉派诗歌在形式上冲破了形式主义诗歌的束缚,恢复了惠特曼的诗歌创作传统,采用自由诗体和平民口语,将美国大众诗传统的修辞风格与充满激情的个人智慧结合在一起;在表现手法上对庞德和

---

① 文楚安:《"垮掉一代"及其他》,成都:四川大学出版社,2001 年,第 36 页。

威廉斯的开放式诗风十分推崇,并向读者敞开心扉,坦率地讲述自己的人生和隐私,因而读之往往令人动容。

垮掉派诗人中,代表者有肯尼思·雷克斯罗斯(Kenneth Rexroth,1905—1982)、艾伦·金斯堡(Allen Ginsberg,1926—1997)、威廉·艾沃森(William Everson,1929—1996)、加利·斯奈达(Gary Snyder,1930—　　)、格雷戈里·科索(Gregory Gorso,1930—2001)等。其中,影响最大的是金斯堡。

金斯堡出生于新泽西州,在佩特森市读完中学后进入哥伦比亚大学学习,后因故曾被开除一段时间,最后于1948年毕业。金斯堡年轻时做过多种工作,同时认真研读了他所喜爱的诗人惠特曼和布莱克的诗作,还通过吸毒来体验精神状态的变化。1956年,城市之光出版社出版了他的诗集《嚎叫及其他》,立即取得了巨大成功,奠定了他在当代美国诗坛的重要地位。之后,他又出版了《凯地什及其他》《空镜子》《现实的三明治》《行星消息》《美国的衰亡》《精神呼吸》等诗集。1997年,金斯堡由于肝癌医治无效去世。

金斯堡在进行诗歌创作时,常常以自身意识的流动为源泉,并借助自由体的形式和丰富的意象对自己所处时代的美国进行了猛烈抨击,对美国社会对美国最杰出的一些人的疯狂摧残进行了无情披露,对美国工业文明所产生的精神痛苦和绝望情绪进行了深刻揭示。与此同时,金斯堡在进行诗歌创作时,并不重视诗歌节律,也不以韵脚而是以呼吸或一个意象的长度来划分诗句,因而有大量的长句充斥在诗歌之中。此外,金斯堡的诗歌在语言方面,深受惠特曼和威廉斯的影响,主张言语平直朴实,不加修饰;在艺术上,对意象主义进行了发展。金斯堡特别推崇意象主义对现实的真实描写,使诗歌言之有物、能打动读者,但他却反对"意象派"诗歌的过度"客观化"。"意象主义,在完善诗歌媒介的同时,把金斯堡感兴趣的'个人经历的具体化'全部扫出诗外。"①金斯堡更喜欢将主观化的东西写入诗中,使其成为诗人情感的发泄渠道。他喜欢用近乎自传的方式进行创作,强调个人经历和真情实感,其直抒胸臆的诗歌特点对后来的"自白派"也产生了一定的影响。另外,在诗歌的形式方面,金斯堡受到了各种各样的影响。"爵士乐、抽象绘画、禅宗与俳句,一些诗人作家如威廉·卡洛斯·威廉斯、凯鲁亚克、阿波里奈与阿托德罗克与聂鲁达等,都将影响他,使他开掘出一种新的音步,使之更接近人体呼吸而不是抑扬格的人造节奏。"②

《嚎叫》是金斯堡最为著名的诗歌,也最能代表他的诗歌创作特色。在这首诗中,他通过自己的亲身经历,对忍受着贫穷、孤独、异化、精神失常甚至自杀痛苦的垮掉的一代借助于酗酒、纵欲、爵士乐以及同性恋等来冲破物质至上的美国强加给他们的精神枷锁的无奈进行了深刻反映。

全诗由三部分组成,在第一部分中,诗人就对被发疯的时代疯狂摧残的一代精英即"垮掉的一代"的生存现状进行了生动描写。他们酗酒、偷窃、吸毒、自暴自弃,无休止地寻欢作乐,而这对于他们来说是对美国社会进行强烈反抗的重要途径:

> 我看见这一代俊杰毁于疯狂,饿着肚子
> 歇斯底里地脱得精光,
> 天亮时拖着脚步穿过黑人街区找一针愤怒的毒品,
> 脑袋像天使的嬉皮士们渴望将古老的天堂和这

---

① 李斯:《垮掉的一代》,海口:海南出版社,1996年,第246页。
② 李斯:《垮掉的一代》,海口:海南出版社,1996年,第245页。

机械之夜如繁星闪烁的发电机相连，

他们贫困、衣衫破旧、双眼凹陷，高高地坐在只供应冷水的

公寓那超自然的黑暗中吸毒飘过

城市上空思索着爵士乐

……

在诗歌的第二部分中，诗人借助于"火神莫洛克"（被古代腓尼基人所信仰，以孩童为献祭品，而在诗中是以美国的一代精英为献祭品）这一意象，对美国社会、体制和现实进行了无情鞭挞，继而表达了自己强烈的愤怒与憎恨之情。到了诗歌的第三部分，诗人又用平和的语调对自己的朋友卡尔·所罗门的内心世界以及他与莫洛克做斗争的坚忍不拔的英勇品格和殉道精神进行了叙述，并表达了自己将与卡尔同甘苦共命运的立场。全诗的基调是立足在"愤怒"二字上的，诗人运用了无数个意象来表达这种愤怒。同时，诗中充满了触目惊心的、刺耳的、赤裸裸的粗俗语言，从而更好地将美国的黑暗以及知识分子的愤怒衬托了出来。

总的来说，垮掉派诗人的思想和行为举止是对当时社会的一种病态的反叛，虽然无法以绵薄之力改变整个社会的大环境，但他们至少通过文学的形式得以宣泄自己郁积的情绪。他们曾怀有过希望，也经历了希望破灭后的彻底失望。然而，虽然失望，他们却没有彻底"垮掉"。正因为如此，他们向着这个世界传递着愤怒的呼声。

三、自白派诗人

自白派诗人出现于 20 世纪五六十年代，而他们的诗歌创作可以说是第二次世界大战后美国人民异化情感的产物。自第二次世界大战后，美国的社会生产力有了快速发展，经济也日益呈现出繁荣局面，并逐渐进入了高度现代化的社会。在这样的社会里，轰鸣的机器在很大程度上取代了人们的劳动，人们对成功的追求也越来消极。在其影响下，人们开展追求消费与享乐，并逐渐表现出了物质享受丰富而精神空虚贫乏的矛盾。面对这一矛盾，一些人开始思考自我存在的意义以及自我所具有的价值。与此同时，面对美国在朝鲜、越南等战争中的失利以及美国国内日益高涨的反战运动、罢工运动、黑人民权运动以及女权运动等，美国社会逐渐陷入了失落与绝望之中，美国人民对美国社会的不满情绪以及对于美国社会以及自身的不信任情绪也日益高涨，并因此而陷入了极度困惑、焦虑与痛苦之中。面对这种情况，一些诗人感到了对自我进行重新审视、确认与找出的重要性。于是，自白派诗歌应运而生了。此外，自白派诗歌的产生，还深受盛行于20 世纪五六十年代的精神分析和存在主义的影响。由于那时的人们已不再钟情于基督或上帝，客观上促成了弗洛伊德主义在美国的苗壮成长。当人们的心理变得暗淡和脆弱之时，他们开始求助于精神分析大师弗洛伊德。弗洛伊德因此成为人们谈论的中心，他的理论也成为高于一切的"纲领"。而且，弗洛伊德的心理需求分析与自白派诗歌的主旨是十分接近的。同时，德国存在主义哲学的盛行使得美国人民意识到要想自我的存在和价值得到实现，就必须要经历焦虑、痛苦甚至死亡的体验。

自白派诗人的诗歌创作，最为显著的特点便是突出强调个人性和主体性，坦白自我、揭露自我。此外，自白派诗歌中始终弥漫着痛苦、绝望和近乎癫狂的情绪，而这些痛苦和绝望的感觉是诗人在生存中所遭遇到的，是由家庭、婚姻、事业等多方面带来的；将死亡意识作为诗歌创作的始

终主题,而且不少代表性诗人都最终走上了自杀的道路;不再注重完美的形式、句式的工整以及韵律的和谐,而是越来越重视形式的自然,并努力拉近诗人与读者之间的距离;常常运用戏剧性的独白手法,从第一人称角度单刀直入、直抒胸臆地对自我进行大胆的袒露。

自白派诗人中,代表者有罗伯特·洛厄尔(Robert Lowell,1917—1977)、约翰·贝里曼(John Berryman,1914—1972)、安妮·塞克斯顿(Anne Sexton,1928—1974)、西尔维亚·普拉斯(Sylvia Plath,1932—1963)以及桑德拉·霍克曼(Sandra Hochman,1936—   )等。其中,影响较大的是洛厄尔。

洛厄尔出生于波士顿一个新英格兰名门望族之家,血液里流淌着丰厚的文学养分。他的堂祖父是19世纪著名的诗人詹姆斯·拉塞尔·洛厄尔,他的堂姐是著名意象派诗人艾米·洛厄尔。1935年,洛厄尔进入哈佛大学学习。在此期间,洛厄尔开始接触诗歌,并尝试写了许多传统诗和自由诗。然而,命运弄人,在接下来的几年里,洛厄尔遭遇了一系列的挫折和磨难,先是弗罗斯特拒绝收他为徒,后来学业上也遇到了不顺,再加上与父母的关系紧张,使洛厄尔的精神和心理都陷入了危机。1937年,艾伦·塔特成为洛厄尔的救星,艾伦帮助他在诗歌创作上做出了一次重大的转折。为此,洛厄尔毅然转入肯庸学院,在那里接触到了"新批评"的理论,并抄录了许多诗作,完成了向形式主义诗歌的转变。1940年,他从肯庸学院毕业并留校任教,和罗马天主教徒、小说家简·斯塔福德结婚,改信罗马天主教。1941年,他前往路易斯安那大学攻读了一年研究生课程,后来在纽约一家天主教出版公司任助理编辑。1942年,他同艾伦·塔特合编了一部16世纪与17世纪的英国诗选。之后,他不断进行诗歌创作,一直到1977年去世。

洛厄尔被认为是自白派诗歌的创派诗人,他的诗歌创作犹如荡秋千一样,早期尝试形式主义诗歌,中期曾转向自由体诗,而后又采用了十四行诗,只是这些尝试持续的时间不长、收效也不大,最后他又回到了自由体诗的创作中。同时,洛厄尔的诗歌创作注重对自我进行分析与表现,并将自我的背景、传统、愿望、幻想、隐私甚至是精神苦闷等都袒露或者说无情地暴露出来。这在其采用口语化的自由诗体、对其来说具有里程碑意义的诗集《生活研究》中有着鲜明的体现。

《生活研究》可以说是一部自我坦白、自我揭露的经典之作,他巧妙地运用"双重自我",分别从"儿童时代的我"和"成年的我"两个角度,对自己的父母、自己的家庭、自己的童年生活经历、自己的现在生活以及自己的心理历程和心理痛苦等进行了坦率的、赤裸裸的展现与表达。诗集共包括四个部分,第一部分由四首诗组成;第二部分是自传性的长篇叙事散文《里维尔街91号》,是对他青少年时代的回忆及家庭状况的描绘;第三部分写了他所推崇并影响他的几位诗人,分别是马多克斯·福特、乔治·桑塔雅那、哈特·克兰和施瓦茨;第四部分是整部诗集的核心和精华,诗集的名字也由此标题而来。作者在诗歌中记录了个人的生活经历和心理活动,描写了在婚姻、家庭、精神病院中所遭受到的痛苦和折磨。这部诗集也体现了洛厄尔诗歌创作的另一个重要特点,即不一味盲目地追求和营造独特的意象,也不枯竭心智去探究事物的客观性、真理性,而是倾向于把自身的经验作为诗歌创作的起点,从自己对日常生活的所感和所想中去挖掘、拓展自我。

《臭鼬出没的时候》是《生活研究》中最为闻名的一首诗歌,也是诗人的得意之作。在诗中,诗人通过对自我的坦白和揭露,毫无保留地将自己的精神孤独、痛苦、恐惧与悔恨等展现在了人们面前:

> 一个暗夜,
> 我的都铎式福特车爬上山坡;

> 我注视着情人们的车子。车灯熄灭，……
>
> 我生病的灵魂在每个血细胞中抽泣，
>
> 仿佛我的手扼住了它的喉咙……
>
> 我自己就是地狱；
>
> 无人在这里——

在这首诗中，诗人还表达了自己对人类、生活以及自己的不自信，并指出"死"对于自己来说是最好的出路。

洛厄尔的诗歌创作，也始终弥漫着痛苦、绝望和近乎癫狂的情绪。在《夫妻之间》一诗中，他就吐露了婚姻的危机及给双方带来的痛苦。诗中写道：

> 我们被弥尔镇征服，躺在母亲的床上；
>
> 冉冉升起的太阳把我们染成战争的红色；
>
> 大白天镀金的床柱闪闪发光；
>
> 我们纵情行乐，如痴如狂。
>
> 终于马尔博罗大街上的树一片翠绿，
>
> 我们的木兰花
>
> 用五天杀气腾腾的白色点燃了黎明。
>
> 你那爱怜的飞快的无情的
>
> 老一套的滔滔不绝的话语
>
> 像大西洋的波浪冲击着我的思绪。

洛厄尔的诗歌创作，还注重借古讽今，对现实社会进行讽刺。这在其诗歌《献给联邦死难者》中有着鲜明的体现。这首诗从表面上看是一首悼亡诗，表达了诗人对英勇就义的罗伯特·古德·肖及其他阵亡将士的怀念。但实际上，诗人是在借古讽今，批判现实社会的种种不如意之处，表达对冷漠、机械化和充满暴力的现实社会的绝望。

四、纽约派诗人

纽约派从广义上来说，是在20世纪50年代前后，由一群诗人、画家和音乐家在纽约城形成的一个非正式的团体。而其作真正作为一个诗歌流派引起评论界的重视，是在20世纪60年代。但是，纽约派诗人只是因具有一定的联系而聚集在一起的，因而他们只是一群志趣相投、目标相近的实验主义者。不过，纽约派诗人的出现，对当代美国诗歌的繁荣产生了十分重要的影响，并使得纽约派成为当代美国诗坛最为突出的诗派之一。直至今天，纽约派诗人仍然活着，且还在有所发展。

纽约派诗歌的产生，是美国社会政治、经济和文化等发展变迁的结果。在20世纪50年代，随着科技的日新月异和经济的繁荣，美国社会迅速跨入了后工业时代。在这一时期，时尚和娱乐成为人们津津乐道的话题。与此同时，内忧和外患却也在考验着人们的神经和心智。当时，朝鲜战争的阴影尚未完全散去，麦卡锡主义又似幽灵一般渗透进了社会生活的各个层面。人们特别是文人显然感受到了前所未见的精神压抑。他们开始竭力寻求应对之策，希望在物质的繁荣和精神的荒芜、颓唐之间找到某种平衡。弗洛伊德和荣格的心理学说给了他们一定的启发,但真正使他们为之一振并孜孜以求的则是法国先锋派艺术。先锋派追求的是支离破碎的完美,是一种在荒诞不经的表象之下的和谐与契合。而这正为那些处于物欲和精神的压抑双重包裹中的纽约派诗人们找到了一个方向。从此,他们的目标开始变得明晰起来。他们固然是现实生活的一分子,固然对个体、社会、未来和各种思潮、倾向有着自己的理解和看法,但他们却不会像洛厄尔或金斯堡那样对政治和社会问题表现得如此热衷,也不会像奥尔森那样关注神话,或者像斯奈德那样试图从宗教中去寻找感觉。他们选择了"欲进先退"的策略,把自己沉入艺术思考之中,从艺术出发踏上心灵的探求之路,在艺术的天地里谋取对现实的解读。此外,纽约派诗歌的产生还深受美国本土抽象表现主义的影响,不仅吸收了抽象表现主义的原则,而且按照诗歌的需要对此进行了改造和发展。他们认为正如表现主义者宣称绘画应该表现抽象和平实一样,诗歌也应该如此。

纽约派诗人的诗歌创作,显示出他们挑战权威和正统的勇气和决心。他们坚决反对正统的、一本正经的学术。对于他们来说,一首诗不一定要在传统意义上有意义才有意义,因为他们认为诗歌本身就已经具有某种意义了。他们还反对传统的对诗歌的评价方法,认为诗人彼此才是最终的仲裁者。当然,这并不意味着纽约派诗人完全反对传统。实际上,他们十分尊重传统,只是不愿意以懈怠的态度去简单地复制传统,而是希望通过他们的个人才能来扭转和改变这个传统。因此,他们认为"一切皆可入诗",即使是无意中听到的别人的谈话,或者是从某一本书中任意选取的一行文字,都可以写进诗歌;认为所有的诗行都应该是抽象的、非传统的,因而常常采用抽象的拼贴艺术以及超现实主义的"高雅的尸体"形式(即"一群诗人来写一行诗,每个人在不知其他人写什么词的情况下,只写一个词"[①]),从而使诗歌呈现出明显的片段性与迷离色彩。

纽约派诗人中,代表者有詹姆斯·舒亦勒(James Schuyler,1923—1991)、弗兰克·奥哈拉(Frank O'Hara,1926—1966)、约翰·阿什贝里(John Ashbery,1927—)等。其中,影响较大的是阿什贝里。

阿什贝里出生于纽约州罗切斯特市,早年即显示出诗歌方面的天赋。他曾先后在哈佛大学和哥伦比亚大学学习,毕业后前往法国研修,一去10年。1965年,他回到纽约,出任《纽约先驱论坛报》《国际艺术》和《艺术新闻》等报刊杂志的撰稿人,后开始在大学任教。阿什贝里从20世纪50年代初开始进行诗歌创作,到目前为止已发表了《一些树》《山山水水》《凸镜里的自画像》《三首诗》《住水上屋的日子》《狭窄的火车》《四月的大帆船》《波浪》等20多部诗集。

阿什贝里的诗歌有着强烈的实验性,可以被称为是"关于诗歌的诗歌"。这在其诗作《悖论与矛盾》中有着鲜明的体现。这首诗非常具有深度,不仅对语言如何产生意义进行了深入探讨,而且融合了诗人和读者在创造和决定意义过程中所扮演的角色等问题。另外,这首诗的意境非常梦幻,在喃喃细语中成功地把诗人、诗歌和读者之间微妙的关系,诗歌的创作过程以及诗歌的阅读过程交融在一起,仿佛一首低调撩人的爵士乐。这首诗主要讲的就是一个悖论,诗歌是为了读者而存在,但是语言作为构成诗歌的媒介,一方面使交流成为可能,另一方面却又阻碍了沟通,使得读者不能完全拥有诗歌。而诗歌里这种悖论和矛盾却让诗人和读者得到了一种充满张力的享受。因此,这是一首为诗歌而作的诗

同时,阿什贝里的诗歌创作深受超现实主义、抽象表现主义等的影响,因而拒绝传统的现实主义,采用联想性意象、意识流和即时创作的方法,使他的诗歌晦涩难懂,极富歧义性;由于受现

① 唐根金等:《20 世纪美国诗歌大观》,上海:上海大学出版社,2007 年,第 196 页。

代行为艺术与拼贴艺术的影响,他的诗歌关注写作行为及其创作过程,试图揭示诗人的内心世界;善于捕捉日常生活中的随意性和偶然性,以及语言在表达这种随意性时所起的作用,这种随意性传递了20世纪后半期美国现实生活中的真实性和鲜活性。这在其诗歌《一些钱》中有着十分鲜明的表现:

> 我说我是笨拙的。
> 我说我们愚弄了我们的生活
> 为了一点小钱和一件外套。
> 大树,一旦长成,即告消失。
> 我说你可以赶上所有古怪的活动。
> 这时候孩子在干扰你。
> 你从未被要求和狗一起回来
> 钓鱼竿斜靠在台阶上。
> ……
> 没有比这更大的钢笔了,对象说
> 仿佛要躲开一步
> 在狭窄的走廊里亲吻我的心肝
> 在它之前是战争年代,寒冷终止在
> 那个音符上。

在这首诗中,诗人将一系列相互之间没有必然的联系甚至还有些怪异的意象并置在一起。从表面上来看,这些并置的意象是毫无意义的,但正是这些毫无意义的意象生动形象地展现出诗人真实的、处于原生态情况下的思想状况。此外,这些散乱的、毫无顺序可言的意象,也使得诗歌能够在视觉和感官上给读者造成较强的冲击力,继而引发读者的思考。

《凸镜里的自画像》被认为是阿什贝里的峰顶之作,全诗长达552行,共分为六个诗节,表达了六个相互联系而又循环往复的主题,即艺术总是歪曲现实,现实不可能被艺术准确地表现出来。这种观点应该说是具有一定的道理的,但也有失偏颇,因为它忽略了一个重要事实:现实虽然时时在,但不是瞬息万变,它也有相对稳定的特点,现实的这种稳定性恰是艺术创作的根本和基础。

第二节　后现代派诗人——布莱、赖特等

在20世纪60年代中期,随着越南战争的爆发,一些诗人在创作上转向了20世纪20年代崛起于法国的超现实主义,从而形成了新的诗歌流派,即新超现实主义诗歌,又称后现代派诗歌。后现代派诗歌是诗人将诗歌技巧与自己的后现代思维相结合而产生的,因而诗中处处充满了"自我"的影子,并常常用"自我"的口吻说话。同时,后现代派诗歌中的"自我"充满了多重性与距离

化,而这使得后现代派诗人得以通过实现自我的"多重性"和"距离化",对诗歌的社会价值进行探寻。另外,后现代派诗歌后现代派诗歌往往从孩子的视角出发对诗歌的主题进行探讨,并往往运用大量的意象以及梦幻般的语言来实现个体之间的交流。在当前,后现代派诗歌已成为美国诗坛一支十分有影响力的诗歌流派,并通过多不同诗歌技巧的借鉴而向着多元化的方向发展。而在后现代派诗人中,影响较大的有伊丽莎白·毕晓普(Elizabeth Bishop,1911—1979)、罗伯特·布莱(Robert Bly,1926—)、查尔斯·赖特(Charles Wright,1935—)、格雷戈里·奥尔(Gregory Orr,1947—)、威廉·斯坦利·默温(William Stanley Merwin,1927—)、詹姆斯·迪基(James Dickey,1923—1997)、杰特鲁德·施纳肯伯格(Gertrude Schnackenberg,1953—)等。这里着重分析一下布莱、赖特、默温和迪基的后现代诗歌创作。

一、罗伯特·布莱的后现代诗歌

布莱出生于明尼苏达州麦迪逊的一个农家,第二次世界大战期间在美国海军服役,后退伍。先后到哈佛大学和依阿华州立大学攻读学士学位和硕士学位。毕业后,他定居纽约,并创办《50年代》杂志,后随着时间的变化改为《60 年代》《70 年代》和《80 年代》。1966 年,他和戴维·富共同编辑了《反越战朗诵诗集》,并创立了"美国作家反战同盟"。同时,他积极尝试诗歌创作,从1962 年发表第一部诗作《雪野的宁静》开始,陆续发表了《灵光遍体》《跳下床来》《牵牛花》《躯体由樟木和香槐制成》《爱两个世界的女人》等多部诗集。

布莱是后现代派的旗手,为后现代诗歌流派的确立、宣传和实践做出了重要贡献。他将超现实主义和意象派结合起来,提出"深层意象派诗"。同时,他在进行诗歌创作时,巧妙地融入了荣格的"集体无意识",对人的无意识中的潜在意义进行探索,捕捉原始意象,挖掘内在的语言,以强烈的情感产生连续的美感和魅力,从而为美国诗歌开创了新天地。

布莱是个多产的诗人,而且他的诗歌创作风格多变,从初期的田园诗变为了后来的政治诗和散文诗。

《雪野的宁静》是布莱的一部田园诗集,着重对其故乡的田园生活和秀丽风光进行了歌颂。诗人漫步在玉米地里,望着那宁静的森林、田野和小动物,心情轻松自如、怡然自得,生活轻松自如,月色荡漾,令人神往。诗作就通过诗人在平凡而宁静的环境中的主观感受、领悟和突发的奇想,产生了巨大的艺术魅力。代表诗作如《三章诗》:

> 一
> 啊,清晨,我感到自己将永生
> 快乐的肉体将我裹住,
> 宛如青草裹在它的绿云里。
> 二
> 从床上起身,我做了梦
> 梦见骑马驰过古堡和火热的煤堆
> 太阳开心地躺在我的膝上
> 我熬过了黑夜,幸存下来
> 漂过黑暗的流水,像一片草叶。

三

黄杨树的大叶片

在风中摇曳,呼唤我们

投身于宇宙的荒原里

那里,我们将坐在树下

像尘土,永远活着。

《灵光遍体》是布莱的一部政治诗集,诗中主题鲜明,反对暴力,反对侵越战争,反对专制政治,充满战斗的激情以及奇特的想象,引起了读者的很大共鸣。这部诗集也表明,布莱已经走出个人的内心世界和生活的孤寂困境,投身于广阔的大千世界,成为一名坚定的反战斗士。《爱两个世界的女人》是布莱的一部散文诗集,诗中以爱情为主题,对当代的爱情进行了探索。

布莱不论是进行田园诗创作,还是进行政治诗和散文诗创作,都始终坚持对深层意象派艺术手法的探索,强调对于流动着的心理能量的把握。

二、查尔斯·赖特的后现代诗歌

赖特出生于美国南方的田纳西州,曾在爱荷华大学的创作班就读研究生课程。赖特的诗歌创作成果丰硕,至今已出版了《乡村音乐》《黑色黄道带》《颓废的蓝色》等20多部诗集。

赖特崛起于20世纪50年代,注重对新超现实主义进行创新,而且格调不同凡响。主要诗作有《绿墙》《基督教犹太》《折不断的树枝》《我们将在河边相会吗?》《两个市民》《意大利之夏》《走向一棵鲜花盛开的梨树》和《这次旅行》等。

赖特的诗歌善于从大自然的一草一木,或是日常生活中的一人一事激发自己的灵感,表露他对小人物和小东西真挚的同情,并对社会的丑恶进行揭露,进而鼓励人们生活的勇气。而且他的后现代派诗歌是充满跳跃意象的自由体诗歌,运用的是美国口语,长短不一,但意象深奥,并将诗向意识的深层拓展,形成了多角度多层次的交错,游离于现实与超现实之间。与此同时,他的诗歌风格简洁、平易,注重清新的意象和白描手法,运用"主观意象",实现无意识的、跳跃式的从现实到超现实的跨越,革新了诗的表现手法,如其代表性的诗作是《春的意象》:

两个运动员

在风的圣殿里

跳舞。

一只蝴蝶落在

你绿色话音的枝头。

小羚羊

在月光的余烬里

走进梦乡。

赖特的诗歌虽然多取材于他的个人生活,但他在诗歌中却没有对自我过分地突出,因而他的诗歌中出现的"我"既可以是真实的自我,也可以是包含很多非个人性的特点多层面的"我"。这里以《彩虹伸错的那端》一诗为例进行具体说明:

我在沉寂中凿开一个小洞,很小

只是一个字的空间

当我从死亡之境升起,我将说出那个字,无论那是

何年何月,而此刻我还记不起那是何字

不过,当西北风从喀利勃山上吹来

那个字也将回到我的记忆

在那一天,我会从死亡之境升起,无论那天何时来临

在这首诗中,诗人对多层面的"我"进行了生动而形象的展示。但是,诗中的"我"不仅仅是普通意义上的自我,而是将诗意和超验有机融合在一起的"我"。

赖特的诗歌也有着丰富的表现力和很强的音乐性,同时在对传统的艺术形式进行吸收消化的基础上不断进行新的尝试。例如,赖特写成的诗集《中国踪迹》中收录了很多优秀的短诗,并在诗歌的形式和语言上深受中国的绝句和律诗的影响;创作的长诗《在水一方》以叙事为基础,并有意使诗篇和适航向散文化方向自然的发展,但不变为散文;创作的日志性诗歌《区域日记》将诗行不断地推向会话性方向,并尽可能对诗行进行了延长。

三、威廉·斯坦利·默温的后现代诗歌

默温出生于纽约一个牧师家庭,从小酷爱诗文。1947 年,他从普林斯顿大学毕业后,到纽约担任《民族》周刊编辑,并尝试进行诗歌创作。他在 1952 年发表了第一部诗集《两面神的面具》,1954 年又发表了第二部诗集《跳舞的熊》,这两部诗集中诗歌形式是传统的六节六行诗或民歌式的押韵,内容涉及很广,从古希腊到古代中国和巴勒斯坦,采用民间传说和神话为素材,对人类的生与死及复活、魔法、信仰和冒险等进行了探索,但缺乏新意。1954 年,他又发表了长诗《东方的太阳与西边的月亮》,展现了一个神奇的梦幻世界,将神话、传说和寓言熔于一炉,富有象征主义色彩,语言有音乐性,受到了人们的关注。自 20 世纪 60 年代开始,默温的诗歌创作逐渐转向了新超现实主义,创作了《移动的目标》《虱子》《扛梯子的人》《为一次没有完成的伴奏而作》《写给我的死亡纪念日》《罗盘之花》《找到小岛》《旅行》等后现代主义诗作。

默温是将超现实主义带进美国诗歌的主要代表之一,也是当代非常有影响的后现代派诗人。他在进行诗歌创作时,注重将存在主义和超现实主义融入其中,通常表现出虚无、死亡和再生的主题。同时,在诗歌创作中追求简洁的开放形式,常常运用断裂的句法、不规则的节奏和无标点的对话对人的无意识进行描写,对个人的生活经验以及大自然的奥秘进行挖掘。

默温的后现代派诗歌,也充满了幻觉,富有哲理性、预言性和暗示性,还善于将东方的诗风融入其中,或是给诗作加上很长的标题,或是使诗作的标题比较模糊,或是借小动物来写人等。比如,诗集《虱子》描写幻觉中的美国,像一片凄凉的荒原,象征上帝的牧羊人死了,羔羊(指西方现代人)失去了保护。

默温在进行诗歌创作时,也常常使用意象,如其诗作《房屋的地平线》:

房屋产生的时间很短

而今我们只在下雨下雪天

或傍晚与旁人一样

感到身处同样的黑房间

在久远的年代还不曾有房间

而今多少人已然忘却天空的模样

最早的房间由石头和冰砖筑起

还有一棵倒下的树

屋内一颗搏动的心

与之回应的是一排冰砖

因为有了房间生命就诞生

在房间

于是生命把一切都看作是房间

甚至周围的景观

······

只要有一处房间

我们就知道这里曾有过某种不平凡的从前

由于极大的幸运

我们继续生活在变成现今模样的房间

在这首诗中,默温多次使用房屋意象。一方面,诗歌从最初的房屋,即人类文明的开始入手,传递了房屋出现的时间、形成的方式以及给人类以庇护和对人类文明发展的促进。诗人从时间跨度和空间地域上表述房屋,用朴实的语言传达了房屋作为人类文明庇护所的贡献。同时,通过描述带有回声的冰墙,体现了文明发展初期,人与自然关系的融洽。另一方面,文明发展后,房屋的蔓延却侵蚀了自然的地域边缘,自然的界限不仅在现实社会中受到挤压,而且在人类的意识中,自然的概念也被其他思想所取代;昔日的美景已逐渐消失在人们的视线中,有时人们只能从儿时的记忆中体会自然的美感,表现出对先前自然的怀旧之情。另外,房屋的阻隔使人与自然也渐渐疏远。在房屋里,人类的举动单调乏味,睡觉或在房间无所事事地走来走去,反映出面对没有特色的人造空间,人类那种梦游一般的状态。由于与自然的隔离,人类的精神也被套上无形的枷锁。因此,默温通过房屋这一意象,揭示出人类有幸在房屋保护下发展文明的同时,也要保持清醒,只有亲近自然,才能在浮华的物质世界获取心灵的宁静。另外,默温在这首诗中还一反后现代派无节制宣泄无意识的手法,运用简练、朴实的语言,摒弃隐语、神话、押韵及标点的运用,话语间只有时间与空间上的精巧逻辑安排。

在当前,默温坚持不懈地进行后现代诗歌的创作与探索,力求达到完美的艺术境界,在未来的天空里自由翱翔。

四、詹姆斯·迪基的后现代诗歌

迪基出生于佐治亚州亚特兰大市,先后在范德比尔特大学获得了学士学位和硕士学位。毕业后,他长期为《西瓦尼评论》撰稿,并进行诗歌创作,主要诗作有《进入石头》《同别人一起淹死》《踢踏舞者的选择》《彪拉》《布朗温》等。1997 年,迪基去世。

迪基也是一位对后现代派诗歌进行了顽强探索的诗人,并从理论上和实践上促进了美国后现代派诗歌的发展。迪基热爱大自然,热爱"上帝造"的世界胜过"人造"的世界。同时,他抨击新批评派的封闭式诗歌,推崇罗思克的新浪漫主义,以自我为中心,注重想象和幻觉。因此,迪基也被称为是浪漫主义的后现代派诗人。

迪基的后现代派诗歌的语言优雅朴实,含意深刻机智。同时追求诗行的断裂,有时用散文诗长行的形式,以空格断开,表示停顿和节奏,省去标点符号,以奇妙的力度产生强烈的艺术魅力,如《私通》:

> ……叫喊的人
> 决不会死在这里　　决不会死
> 决不会死　亲爱的　　心肝
> 下周我进城时
> 一定来看你　可能的话　我一定
> 打电话给你　请抓住　别
> 哎　上帝　别再这样　我受不了……

迪基的后现代派诗歌,有时用荒诞的意象对异化的环境进行表现,有时用幻觉对抗击死亡的力量进行揭示,将不规则的诗行和跳跃的诗节拼贴起来。而且,他喜欢与动物交流,寄托自己的心思,将现实世界与幻想世界连成一片,对他那神秘的浪漫主义情调进行表露。

第三节　少数民族诗坛的声音——安吉罗、奥蒂兹等

在第二次世界大战后,随着国内民权运动的发展以及越南战争的爆发,美国少数民族的种族意识和文化身份得到了大大加强,并开始发动大规模的反对种族歧视运动。在这种氛围之下,少数民族诗人开始在诗坛发出响亮的声音,黑人诗歌、印第安人诗歌和华裔诗歌等族裔诗歌由此得到了快速发展,并诞生了一批又一批优秀的少数民族诗人,如玛雅·安吉罗(Maya Angelou,1928—2014)、丽塔·达夫(Rita Dove,1952—　)、西蒙·奥蒂兹(Siman Ortiz,1941—　)、约瑟夫·布鲁夏克(Joseph Bruchac,1943—　)、姚强(John Yau,1950—　)、施家彰(Arthur Sze,1950—　)、李立群(Li—Long Lee,1957—　)等。在本节中,将着重分析一下安吉罗、达夫、奥蒂兹和李立群的诗歌创作。

一、玛雅·安吉罗的诗歌

安吉罗是著名的黑人女诗人,原名是玛格丽特·安妮·翰逊,出生于密苏里州圣路易斯市的普通家庭。安吉罗从 1966 年起开始进行文学创作,有诗集《我死以前只要给一林冷饮》《我还站起来》《沙柯,为何不歌唱》《现在斯巴唱歌了》和《永不被感动》等。

安吉罗的诗歌擅长挖掘人性中的真善美,强调以一颗爱心融入社会生活。同时,她的诗歌饱

含激情、乐观向上,充满了对生活的热爱和对未来的憧憬。这在其代表作《地平线升起来了》中有着鲜明的体现:

> 大山、大河、大树,
> 接待久已消亡的巨大的生灵。
> 恐龙,留下说明它们
> 曾经停留在地球上
> 冷冰冰的遗迹。
> 它们仓促毁灭时震天动地的恐慌
> 已消失在尘埃和几个世纪的忧愁里

诗中有着鲜明的政治激情、铿锵的节奏和宏伟的气势,对时代精神也有着生动的体现。安吉罗曾应克林顿总统的邀请,到白宫朗诵了这首诗作,不仅受到了克林顿总统的高度赞赏,而且成为在白宫朗诵自己诗歌的第一位黑人女诗人。

由于安吉罗既对种族歧视进行抨击,也对性别歧视进行反对,因而她的诗歌呈现出明显的自主意识和社会责任感,有着鲜明的黑人和女性意识。在这其诗作《非凡的女人》中有着十分鲜明的体现:

> 漂亮女人欲知我美丽的秘密。
> 我并不可爱,也不塑身打造,
> 以符合时装模特的标准。
> 但当我开始告诉她们,
> 她们却认为我在撒谎。
> 我说
> 是我胳膊的长度
> 我臀部的跨度,
> 我脚步的幅度,
> 我嘴唇的卷曲。
> 我是一个非凡女人。
> 非凡的女人,
> 这就是我。
> ……

在这首诗中,诗人塑造了一个在种族以及性别的夹缝中依然顽强奋起、自信非凡的黑人女性形象,并以此来鼓励所有的黑人女性要勇敢地摆脱自己在传统观念中的形象,努力成为具有鲜明的女性和黑人意识的新黑人女性形象。在这首诗中,诗人还运用了有着十分浓厚的黑人民族色彩的布鲁斯音乐的元素,试图为诗歌打上黑人民族的文化烙印。

二、丽塔·达夫的诗歌

达夫也是一位著名的黑人女诗人,而且是当今美国诗坛年轻一代中的代表。她从 1977 年起开始进行诗歌创作,有《街角上的黄房子》《诗七首》《天上唯一的黑点》《曼陀林》《博物馆》和《托马斯与比尤拉》等多部诗集。1993年5月18日,达夫被选为美国国会图书馆的桂冠诗人,既是第一位黑人桂冠诗人,也是最年轻的美国桂冠诗人。

达夫的诗歌创作不受时代的局限以及自身种族身份的束缚,既生动展现了在政治和社会变动中黑人的生活和思想变迁以及黑人丰富的内心世界,又着重探讨了人生、宇宙和感知等抽象性主题,如诗集《托托马斯与比尤拉》中一首很受欢迎的短诗:

> 她最爱早晨——托马斯已离家
> 去找工作,她在咖啡里冲了牛奶,
> 屋外秋天树木已红,叶子飘落,
> 她怀孕七个月,望不到脚,
> 她从一个房间仿佛飘到另一个房间
> 鞋子叽叽响,恐惧地逃到屋角。当她
> 倚在门柱上打呵欠时,她的身子完全消失。

在这首诗中,集中展现了平凡生活中日常事务的美好以及其中所蕴含的深意,而且注意诗歌的形式以及意象等技巧手法。

达夫诗歌的语言十分平易,故事动人,人物形象栩栩如生,抒情色彩十分浓烈,从而形成了独特的风格。另外,达夫的诗歌有着浓厚的女权主义思想,往往以一位女性所特有的本质和天性来关注女性的命运和内心,用平实的、为人所熟悉的意象和细节来体现女性的声音。这在其诗歌《白天的星星》中有着鲜明的体现:

> 她想要一点思索的空间:
> 但婴儿的尿布正在绳子上冒热气,
> 一个布娃娃跌倒在门后。
>
> 于是趁着孩子们午睡,
> 她拖把椅子坐在车库后。
>
> 有时候还是有些东西可以瞧一瞧——
> 一只消失的蟋蟀被折断的盔甲,
> 一片飘落的槭树叶。另一些时候
> 她呆呆地出神,直到确信
> 当她闭上眼
> 就会看见自己生动的血。
>
> 她有个把小时,顶多,不久莉兹
> 就会撅着嘴出现在楼梯口。
> 妈妈又在屋后
> 怎么对付那些田鼠?咳,

　　她在建宫殿。后来
　　那个晚上当托马斯翻过身
　　猛地进入她,她会睁开她的眼,
　　想起那个曾属于她
　　一小时的地方——在那儿
　　她什么也不是,
　　纯粹的虚无,在一天的正午。

　　在这首诗中,诗人从简单的生活细节出发,温婉细腻地描写了一个被日常琐事缠绕却仍然渴望思考空间与内心自由,并积极寻找属于自己的思想空间的黑人女子。她由于家务琐事和照顾丈夫和孩子每天机械地忙碌,但她并没有为此而麻木,而是抓住时机建造完全属于自己的思想城堡。由此,诗人生动地展现了黑人女性温和婉转的内心世界以及对自由和独立思考的强烈渴望。

三、西蒙·奥蒂兹的诗歌

　　奥蒂兹出生于新墨西哥州阿尔伯克基,在阿科马斯印第安人飞地念完中小学后升入依阿华大学,获硕士学位。他曾入伍服役,退役后开始进行诗歌创作。

　　奥蒂兹热爱大自然,眷恋着生他养他的印第安人居住的地理环境,自称站在美国的暴风雨中反映土著"异客"的艰难处境。因此,他的诗歌几乎都取材于印第安人口头流传下来的故事。其中,诗集《求雨》详述了阿科马斯人从开天辟地到现在的神话;《愉快的旅行》是部叙事诗集,描述了阿科马斯族的生活和他们的风俗习惯;《反击》是部诗和散文合集,生动地展示了新墨西哥金矿地区普布洛族、纳瓦约族和安格族等多民族的生活和他们共命运同生死的画卷;《来自山德小河》以科罗拉多老战士医院为背景,揭露了殖民者在山德小河畔杀害 133 个土族居民,而且大部分是无辜的妇女和儿童的罪行,进而对美军在越南战争中对平民的大屠杀进行了强烈的抨击。

　　奥蒂兹从自己的成长中亲身感受到当代美国社会的混乱、丑恶和冷淡,但他对未来的生活充满信心,并期盼着印第安文学能够有新的突破。

四、李立群的诗歌

　　李立群是当代美国最重要的华裔诗人,他出生于社会骚乱、政治动荡的印尼首都雅加达,后由于印尼总统迫害华人而辗转到了美国。同时,他由于自小就被父亲培养了对文学的热爱,因而长大后热衷于文学创作。

　　李立群的文学创作以诗歌为主,而他的诗歌多以他的家庭尤其是他的父亲为主题,并通过对家庭与父亲持续不断的回忆,书写自己、家庭及种族历史,探索自我身份,用抒情的"我"发出美国华裔诗人独特的声音,展示自己既区别于中国人也区别于美国人的双重文化身份。以其代表诗作《清晨》来说:

　　当大米粒在水中
　　逐渐变软,从炉灶的文火上

发出汩汩声,在
冬季的腌咸菜切成薄片
做成早餐之前,在鸟儿鸣唱之前.
母亲用象牙梳子
滑过她的头发,浓密
而又乌黑犹如书法家的墨汁。

她坐在床头。
父亲注视着,倾听着
梳子划过头发的
美妙声音。

母亲梳理着,
把头发向后拉
紧,缠绕在
两根手指上,在脑后
用发夹别起了盘成圆形的发髻。
半个世纪来她都如此。
父亲喜欢就这样看着。
他说这样整洁。

但我知道
那是因为当他拉开发夹
母亲的头发倾泻下来时的
那份潇洒。
自在流畅,犹如窗帘
在夜晚松开的刹那。

　　在这首诗中,诗人既以平实的语言描绘出一幅井然有序的生活画卷,又以婉转忧伤的笔触勾勒出一种流散民族的自我意识,即脱离了自己民族之根的失落与孤独。这种孤独既有被主流文化排斥的落寞,也有对自己原有民族文化的保留与坚持。前一种孤独是作为被主流社会边缘化而感受到的被动与无奈,后一种孤独则反映出主体在建构自我身份时的积极、主动与坚持。另外,在这首诗中,诗人运用了大量的东方意象,向人们展示了他所理解与热爱的中国文化。比如,诗人描写了母亲清晨梳头的场景,核心意象就是母亲的头发。通过将母亲的头发比作墨汁,诗人将她的头发与亚洲人的身份和文化联系起来。通过将头发梳成圆髻,母亲体现出一个具有抑制、理性与有序等古典美特质的中国传统女性形象;父亲对母亲梳头场景的欣赏表现出中国文化中特有的两性间的融洽。

第四节　后现代主义思潮影响下的小说创作

后现代主义思潮影响下的小说,即后现代主义小说。所谓后现代主义小说,就是产生于 20世纪 50 年代,运用隐喻、荒诞、超现实的笔法,实现将社会现实以及人们的内心世界用曲折的形式揭露、反映出来的目的。而为了实现这一目的,后现代主义小说常常通过对现实进行讽刺、夸张甚至歪曲的方式对世界的本质进行揭示,而结果多是一切都被颠倒了,即美感被丑陋所代替、真理被荒谬所隐喻。后现代主义小说自产生后,便受到了不少小说家的欢迎,如基米尔·纳博科夫(Vladimir Nabokov,1899—1977)、科特·冯尼格特(Kurt Vonnegut,1922—2007)、约瑟夫·海勒(Joseph Heller,1923—1999)、约翰·巴思(John Bath,1930—　)、威廉·加迪斯(William Gaddis,1922—1998)、埃德加·劳伦斯·多克托罗(Edgar Lawrence Doctocow,1931—　)、罗伯特·库弗(Robert Coover,1932—　)、托马斯·品钦(Thomas Pynchon,1937—　)、威廉·伏尔曼(William Vollmann,1959—　)、道格拉斯·考普兰(Douglas Coupland,1961—　)等。在进入 20 世纪 90 年代后,由于后现代主义热潮已过,后现代主义小说的影响逐渐减弱,但后现代主义小说仍在不断发展。在本节内容中,将着重分析一下海勒、库弗和品钦的后现代主义小说创作。

一、约瑟夫·海勒的后现代主义小说

海勒出生于纽约市布鲁克要区柯尼岛的一个俄国移民家庭,父母都是犹太人。第二次世界大战爆发后应征入伍,在美国第十二飞行大队服役,执行飞行任务 60 多次,这段经历为他之后创作《第二十二条军规》提供了素材。第二次世界大战结束后,他退役,并先后在加利福尼亚大学、纽约大学、哥伦比亚大学和牛津大学学习。从 1952 年起,先是在宾夕法尼亚大学讲授写作和文学,后任职于《时代》《展望》等杂志。1961 年,他发表了第一部长篇小说《第二十二条军规》,轰动了整个文学界,并揭开了 20 世纪 60 年代"黑色幽默时代"的序幕。之后,他有陆续发表了长篇小说《出了毛病》《好得不得了》以及剧本《我们轰炸纽黑文》《克莱文杰的考验》等。1999 年 12 月 12日,海勒因心脏病突发在家中逝世,终年 76 岁。

海勒是后现代主义小说尤其是黑色幽默小说的代表性作家。最早提出"黑色幽默"这一观念的是法国超现实主义代表人物布勒东,他在评论英国讽刺小说家斯威夫特的作品《一个谦逊的建议》时,认为"黑色幽默"是超现实主义的一个重要手法,主张对社会现实的描写要采用幽默可笑的手法,以揭露社会上存在的荒唐面目,表现出作家内心的愤懑、忧郁和痛苦,故以"黑色"称之。所谓黑色幽默,就是痛苦的、绝望的、荒诞的幽默,是用怪诞的喜剧手法来表现 20 世纪 60 年代美国社会的悲剧性事件,揭示社会的畸形和人性的扭曲。因此,它也被西方评论家称为"病态的幽默""变态的幽默""大难临头的幽默""绞刑架下的幽默"。

黑幽默小说是"黑色幽默"在小说方面的表现。黑色幽默小说用一种非常规的方法来揭示生活的实质,它的主题基本上是严肃的,对生活现实的描写也具有一定的艺术魅力,这就是黑色幽默小说之所以能成为"后现代派"的主要代表并在美国文坛上造成重大影响的原因。具体来说,黑色幽默小说在内容上,以荒诞的幽默、夸张的嘲讽来揭示西方资本主义国家丑恶、混乱的一面,具有强烈的批判作用,这些批判虽然带有消极的成分,如对人类命运过分悲观,甚至认为整个世界都是丑陋荒诞的等,然而它的主流是积极的,以非现实主义的手法来写尽西方社会的本质现象,给读者以震撼力量;在叙事手法上,一反现实主义的叙事手法,以非常的结构、非常的题材塑造出非常的人物,揭示出重大的主题,这对于打破20世纪50年代以来美国文坛在麦卡锡主义阴影笼罩下万马齐喑的沉闷局面起到了重要作用,甚至可以说黑色幽默小说的出现使得美国文坛获得了重新振兴的力量;在人物塑造上,人物大都个性复杂,思想混乱,受到社会和时代的种种影响,充满着内心的惆怅和痛苦,具有"反英雄"的鲜明特征;在艺术上,注重运用夸张、幽默、虚幻的手法来表现作者对世界充满怀疑和绝望的心情,把严肃的与可笑的、现实的与虚幻的糅合在一起,形成混乱、颠倒的情节线索,以此来达到抨击社会、讽刺时弊的目的。

海勒的小说《第二十二条军规》是黑色幽默小说的最杰出代表,这篇小说的发表也标志着黑色幽默小说已进入美国文坛的主流。小说以奇特的艺术手法,描写了第二次世界大战中一支美国空军中队官员与德国军官勾结赚钱的腐败现象,揭露了美国官僚机构随心所欲地解释军队的规定,设下骗局,谋取私利,坑害别人的丑行。

小说由42节组成,每节重点写一个人物,但主人公是约塞连。他服务于美国第256空军轰炸机中队,他既不想升官也不想发财,只想快点完成规定的32次飞行任务,然后回家。可是,他已经按照命令,飞往法国和意大利执行了48次轰炸任务,但仍像其他飞行员一样马上还得去战斗。卡斯卡特空军上校要求飞行员不断增加飞行次数,对此约塞连很生气,并为了保全自己的性命,逃离这一疯狂的世界。可是,他的逃离行动被军队中的第二十二条军规紧紧箍住了。第二十二条军规规定,飞满了32架次的人可以不再执行任务,但又规定下级必须服从司令官的命令,而且只有疯子才可以停止飞行。约塞连很想去问清楚第二十二条军规,但要去问的话,就说明他头脑正常。如果头脑正常,他的拒飞就没有根据。如果他再去飞,他就会发疯了。小说里写道:"第二十二条军规并不存在,这一点他可以肯定,但这也无济于事。问题是每个人都认为它存在。这就更糟糕了,因为这样就没有具体的对象或条文,可以任人对它嘲弄、驳斥、控告、批评、修正、憎恨、辱骂、唾弃、撕毁、践踏或烧掉。"因此,它像是一条约束每个官兵的军规,但军官往往可以对它作任意的解释,所以它成了一纸空洞的条文,变为军官瞎指挥的圈套和愚弄士兵的骗局,堂堂的军规如同儿戏,令人哭笑不得,而其愚蠢的推理更是十分荒唐可笑。最终,约塞连领悟到第二十二条军规表面上看是一条约束每个官兵的军规,但它并非是白纸黑字写下的条文,军官还可以对它作任意的解释,因而它实际上是一个永远也摆脱不掉的"很妙的圈套":

> 这里面只有一个圈套,这就是第二十二条军规。这条军规规定,面临真正的、迫在眉睫的危险时,对自身安全表示关注,乃是头脑理性活动的结果。奥尔疯了,可以允许他停止飞行。只要他提出请求就行。可是他一提出请求,他就不再是个疯子,就得再去执行飞行任务。倘若奥尔再去执行飞行任务,那他准是疯了,如果他不肯再去,那他就没有疯,可是既然他没有疯,他就得去执行飞行任务。倘若他去执行飞行任务,他准是疯了,不必再去飞行,可是如果他不想再去,那么他就没有疯,他就非去不可。尤索林觉得第二十二条军规订得真实简单明了至极,所以深深受到感动,肃然起敬地吹起了一声

口哨。

"这个第二十二条军规倒真是个很妙的圈套，"他说。

在小说的最后，约塞连干脆拒绝再次飞行，并在同伴的鼓励和帮助下不顾一切地逃到了中立国瑞典，逃离了第二十二条军规像天罗地网一般罩住的世界。

小说中摒弃了传统的现实主义的创作手法，使整个作品没有一条完整的情节发展线索，也没有突出的人物形象，充满着混乱、喧闹、疯狂的气氛，但海勒所强调的是一种"严肃的荒诞"。小说显然以美国军队来比喻整个美国社会，从它内部的肮脏、腐败、堕落可以判断出它的本质，尤其是那些高踞于众人之上的统治者，如司务长米洛、上校卡斯卡特等。同时，小说中充满了合乎情理的逼真的画面，与荒诞的插曲巧妙地融为一体从而用荒诞的手法在小说中表现了荒诞的主题。

这部小说从整体内容上来看，是一部进步的抗议小说。在美国现代社会里，权力的新形象是工业寡头、军方和行政当局相互勾结的官僚体制。《第二十二条军规》像德莱塞的《美国悲剧》和斯坦贝克的《愤怒的葡萄》一样，将讽刺的矛头指向美国的权力中心，具有深刻的现实意义。同时，这部小说反映出当代美国人的普遍内心世界。不过，这部小说的结构散乱，缺乏主要线索，有些琐事写得太细，但这并不影响其所具有的重要意义。

在《第二十二条军规》之后，海勒又创作了《出了毛病》《像高尔德一样好》《结局》等小说，都是运用喜剧性的漫画手法、怪诞的形象和笑话来嘲讽现实的丑恶，注重表现人物的内心世界和精神状态，从而使黑色幽默闪烁着批判的威力和感人的艺术魅力。

二、罗伯特·库弗的后现代主义小说

库弗出生于依阿华州查尔斯市，后随父母迁往了伊利诺州的赫林子镇。1953年，他于印第安纳大学获得学士学位后应征入伍，参加了海军，被派驻欧洲3年。退伍后，他返回家乡，开始进行文学创作。同时，他于1965年在芝加哥大学获得了硕士学位后，先后在美国多所大学任教，现在仍任教于布朗大学。

库弗是当代美国一位主要的后现代派作家，他的后现代主义小说创作深受作家塞万提斯、博尔赫斯以及贝克特的影响。他佩服塞万提斯有勇气在浪漫主义走向衰落的时期摆脱陈旧的传统，探索新的路子；佩服博尔赫斯以及贝克特敢于打破旧的传统，创作新型的小说。而他自己的小说，也敢于冲破旧的传统，形式新颖，品种多样化。

长篇小说《公众的怒火》是库弗最为著名的后现代主义小说，也使他在美国文坛占有了重要地位。在这部小说中，库弗运用超现实主义的讽刺手法，对罗森堡案件的人和事进行了激烈抨击。

小说共包括28章，前面有个"序曲"，后面有个"尾声"，集中描写了1953年6月19日青年科学家罗森堡夫妇被电刑处死前两天两夜的情况，而作者故意将刑场移到在纽约市著名的时报广场，罗森堡夫妇在那里受电刑而死。行刑当天，全市许多市民到那里看热闹。尼克松曾怀疑罗森堡夫妇向苏联出卖原子弹秘密的间谍案是无中生有，有关官员都在自欺欺人，可为了国家的利益，他还是信其真，罗森堡夫妇便成为悲剧性的牺牲品。以上所述的内容只占小说的一半篇幅，另一半的篇幅对水门事件后美国政坛的演变进行了讲述。因此，罗森堡夫妇受电刑无疑成了全书的核心，但它的副标题也许可以说是"一个总统的成功"。

　　这部小说的叙事很有特色,尼克松是这部小说的主要人物和叙述者,他是一个富有同情心的人物,但又具有双重角色,既当官方的小丑,又成了中间协调人。他谦逊和蔼,但又自以为是,追求权力,野心勃勃。作者借用真实的素材,描写了尼克松从青少年时代到入主白宫的曲折历程,真实的细节描写十分生动精彩。再加上作者以漫不经心的态度,将尼克松的真实材料与虚构的小丑表演相结合,让他在家里扮演玩具狗的丑态,搞得全身是狗屎;让他在山姆大叔面前装疯卖傻。最后,他竟然光着屁股走上时报广场的行刑台,呼吁在场的人们为了祖国脱掉裤子。可以说,作者对官场的嬉笑怒骂到了入木三分的地步。在罗森堡夫妇面前,这一幕幕官场现形记,给人留下了深刻的印象。

　　但是,这部小说并不是为含冤而死的罗森堡夫妇唱挽歌,而是企图利用美国历史上关键的一天来对美国的概貌进行反映,并借此揭露出美国官僚政治的凶残。因此,在小说中,作者并没有提罗森堡夫妇的罪行,而是要求起诉者来说明。历史地来看,这些起诉者几乎就是美国的全体人民,因为官方在给罗森堡夫妇定罪时代表的是全体美国人民。因此,这部小说涵盖的面相当广,反映了各种各样的人物的内心感受和想法,充满戏仿、嘲讽和幽默,不愧是后现代主义小说中的杰作。

　　这部小说从表现手法方面来说,是一部"元小说"。它"自我揭示虚构、自我戏仿,把小说艺术操作的痕迹有意暴露在读者面前,自我点穿了叙述世界的虚伪性、伪造性。小说的基本立足点就不可能再是模仿外部世界或内心世界而制造逼真性。基于这样一种信念,'掩盖虚构的企图越是煞费苦心,虚构就变得越是吱嘎作响'"[①]。而库弗在强调这部小说的虚伪性与伪造性时,在表现形式上采用了蒙太奇、戏仿、并置等手法;在语言上运用了大量的修辞戏仿、故意与语法不符的言语表达、深奥且难懂的字谜游戏和双关语,以及斜体字、电影字幕、省略法、印刷图案等各种各样的图式成分,从而向人们揭示了这部小说创作的虚构性以及它所反映的现实的虚构性。

　　《符点与旋律》是库弗非常著名和典型的一部短篇小说集,在这部短篇小说集中,他运用后现代主义的创作手法,让读者的注意力集中在艺术手段上而不是内容方面。而且,小说集中的很多故事选用了德国格林兄弟的童话和《圣经》故事作为小说模型,但在此基础上颠覆和篡改了原故事内容,完全改变了原来的意思,从而呈现出新的思想内容。比如短篇小说《门》是根据《小红帽》进行的重写,可小红帽的爸爸又是《杀巨人的杰克》中的杰克,奶奶则是《美女与野兽》中的美女。在这个故事中,作者运用意识流的手法,重叙了这三个叙述者的思想。父亲和奶奶在看到了小红帽的成长,便回想起了自己年轻时对生活的天真想法。父亲想到,男人长大后工作艰苦,可不像年轻时以为养一只会生金蛋的鹅就能过日子,而且老婆年轻时再漂亮,年老后也会变丑的。同时,他也因只告诉了小红帽怎样过好日子而没有教育她为生活中的各种现实问题作好思想准备感到内疚。奶奶和以前相比变得实际了,过去嫁给野兽是希望他能够变成王子,但他始终没有做到,现在她老了,一切幻想都破灭了。小红帽站在门外准备敲门时,意识到过了门槛就是她生活中的一个转折点。这篇小说意在说明,小红帽需要且只有经历了这些成长阶段,才会看穿许多年轻时的幻想。又如《保姆》一篇,讲述塔克夫妇要去参加晚会,便请来了一位十几岁姑娘当临时保姆,照顾家中的孩子。而保姆来后,出现了十几种可能发生的结局:被陌生人强奸了;在给孩子洗澡时把最小的淹死了;与男友在做爱;被塔克先生诱奸;被男友杀了等。在这里,小说的结局不像通常小说里只能选择一种结局,而是有多个,且一切都发生了。

───────────

①　陈世丹:《美国后现代主义小说详解》(中文版),天津:南开大学出版社,2010年,第101页。

三、托马斯·品钦的后现代主义小说

品钦出生于纽约市长岛。1953 年,他进入康奈尔大学英文系学习,后因服海军军役两年而中断大学学业。服役结束后,品钦又回到了康奈尔大学继续学业。毕业后,他在西雅图波音飞机公司当科技作家,后辞职,专心进行文学创作。

品钦是 20 世纪 60 年代从美国文坛崛起,后来突然从文坛消失多年,之后又发表多部巨著的后现代主义小说的杰出代表,对后现代主义小说的发展产生了多方面的广泛影响。

品钦的小说创作深受《亨利·亚当斯的教育》的影响,"亚当斯最早在文学上提出以牛顿热力学第二定律解释人的思想活动,认为所有事物都向混乱无秩序、无用的废物方向转化,而'熵'就是用来测定不能再用来做功的热能数量的总合单位,'熵'可以表现为秩序的破坏、造成能的乱扩散,到最后成为惰性、静止状态。"[①]。"熵"是品钦小说世界的基础,也就是说他把这一理论运用于社会,说明人类社会正日趋混乱和衰竭。另外,品钦的小说题材非常广泛,涉及许多学科,就像一部百科全书;故事发生的地点遍及五大洲;故事人物从将军、士兵、政治家、科学家、特工至妓女、非洲土人等。而且,他通过将人物的行动与他的议论、喜剧因素与电影技巧、音乐与科幻色彩巧妙结合,形成包罗万象、时空交错、历史与虚构相结合的后现代派艺术风格,文本的不确定性与中心的消解正是它的核心。

《V》和《万有引力之虹》是品钦最重要的两部后现代小说作品,也奠定了他在美国文坛的地位。

《V》围绕着女主人公赫伯特·斯坦索尔在不同的时间和地点追寻"V"而展开。赫伯特的父亲以前是英国情报局特务,1919 年时在马耳他领海遇难。赫伯特 1945 年读父亲的日记时,发现父亲经常提到一个"V"字。她极想揭开这个"V"究竟代表的是什么,于是整天研究日记找线索,最终发现"V"大概指的是女特务维多利亚。维多利亚在发生国际政治危机时总会出现,而且经常变装,1899 年的维多利亚在 1913 年变成了巴黎的同性恋"V";1922 年又在德属西南非以薇拉·梅罗文出现,这时她配了假眼珠,后来扮演坏神父,轰炸时被压在倒塌的房屋下,大家发现这是个女人。但在小说的最后,赫伯特还在寻找"V",这说明作家留下许多问题没有解决。

这部小说将史实与虚构、有生命的人与无生命的机器人混合组成一个荒诞的世界,从而展示了现代生活的不确定性以及不可知性,隐喻了人的生命是毫无代价的结束。另外,从小说的主题可以看出,品钦将亚当斯"热寂说"的理论用于社会。他认为任何东西都会把能量消耗到其他物质上,最后能量消耗完了,趋向死亡,成了反物质。物质世界如此,人类社会也是如此,将日趋混乱、衰竭以至走向死亡。

《万有引力之虹》是《V》的续篇,有些人物如皮格、波代恩和克特·蒙道津重新出现,许多《V》的思想得到进一步发展。而且,这部小说被认为是后现代派"开放的史诗"和"时代的启示录",还被一些评论家称为后现代派的《尤利西斯》。

小说由"零度之外""一个士兵在赫尔曼·戈林赌场度假""在基地内"和"对抗力"四个部分组成,故事发生的时间在 1944 年 12 月到 1945 年 9 月,即第二次世界大战的最后 9 个月,出场的人物大约有 400 个,情节也非常庞大。在《圣经》中,天上的虹是上帝惩罚人类后与人和好的象征,

---

① 吴元迈:《20 世纪外国文学史》(第五卷),南京:译林出版社,2004 年,第 33 页。

而在小说中,万有引力之虹却是杀人武器在空中形成的弧,是死亡的象征,也是现代世界的象征。小说从英国开始,围绕着德国向英国疯狂地发射 V-2 火箭展开。英美军事情报机关都想了解火箭的秘密,经过调查发现,火箭的落点和美国驻伦敦的情报军官泰洛恩·斯洛思罗普与某女人做爱的地点完全一致,只要是他做过爱的地方就会在两到十天内遭到火箭的袭击。原来,泰洛恩的性行为与导弹有感应。对此,军情部门进行了追踪调查。心理战术的负责人派泰洛恩到法国去寻找新式的德国火箭,并指定特务监视他,尤其是他的性生活。后来,有几个特务向泰洛恩暴露了自己身份,但此后他们不是死就是失踪,这使得泰洛恩斯非常的恐惧。于是,他逃到了瑞士,并冒充战地通讯记者,从德国人的档案中了解了自己的情况。原来,他父亲已经将他的特异功能情况出卖给了当年在哈佛大学访问的德国火箭专家,从而使得现在的纳粹能够利用他的性行为对火箭的攻击进行引导。后来,泰洛恩在德国遇到了苏联情报官切车林的情妇洁丽,而且洁丽的纯洁爱使他感到平静。几经曲折,泰洛恩了解到了新式火箭就在斯威纳蒙德,于是乘船到达那里。这时,他突然感到自己有些不对头,感情与欲望都变得淡薄了,也开始忘记过去的事情。后来,他和另一名盟军交换了衣服,英国情报局的特务以为抓到了他,且为了解他的条件反射而阉割了他。其实,泰洛恩早已乘气球逃走,当天上出现彩虹时,他乐极生悲,身体分解不见了,变成了一个十字路口。从此,泰洛恩等于没有了,读者也许会感到失望:泰洛恩的严肃追寻怎么没有结尾?原因在于,在品钦心目中,世界不是有秩序的、理智的而是混乱的,因此问题不应该得到解决。这就是品钦之所以反对现实主义和现代主义手法的真谛。

小说有着深刻的现实意义和警世作用。在《圣经》中,天上的虹是上帝惩罚人类后与人类和好的象征,而在小说中,"万有引力之虹"是导弹发射后形成的弧形抛物线,象征着死亡,也象征现代西方世界。品钦精心选择第二次世界大战即将结束的欧洲为背景,将在这次大战中发生的一场侦察与反侦察的斗争写成一出扭曲而绝望的闹剧,并描写了战后欧洲的混乱和崩溃,世界在走向大熵化。如此下去,世界末日指日可待。

小说出版后引起了文艺界的热烈争论,有人认为它是当代欧美文学的顶峰,曲折地反映了当代的社会现实;也有人认为小说杂乱难懂,像是一部预告世界末日的启示录。不过,品钦刻意描述美国人在欧洲大难临头时的思想和感受,体验欧洲盟友的敏感和分裂,揭示战争的恐怖和灾难,劝导人们将先进的科技用于为人类谋福祉。

总的来说,后现代主义小说是 20 世纪下半叶的美国小说创作中影响较大的一个小说流派,并深刻影响了日后小说的创作。

第五节　多元化的民族构成与族裔小说的崛起

美国是一个由来自世界不同种族、民族和族群的移民组成的国家,因而其在文化方面呈现出了多元化的特点。而自第二次世界大战以来,伴随着美国国内不断高涨的民权运动和民主运动,各种族、民族的觉悟日益提高,对自我和种族进行表达的热情也空前高涨。在其影响下,族裔小说获得了空前的发展,并取得了十分卓越的成就。

一、多元化的民族构成

美国是一个移民国家,而且在移民的来源上具有多源性特点。在不同的历史时期,美国的移民群体是很不同的。移民始祖基本上是西欧人,特别是盎格鲁-撒克逊人,后北欧人、中欧人、东欧人、南欧人大量涌入美国,同时非洲人也被迫作为奴隶迁居美国,进而亚洲人、拉丁美洲人纷至沓来。他们或是因经济危机而到新世界谋生,或是因革命失败而流亡移美,或是因向往美国优裕的生活条件,或是因慕自由民主美名的,或是因追求美国高度发达的科学技术的,或是被迫迁居的,或是为了摆脱个人不幸命运的等,不一而足。就这样,美国成为一个由多元化民族构成的国家。不过,随着时间的推移,美国移民的结构逐渐发生变化,移民的文化程度与经济状况也有了很大不同。

移居到美国的移民,虽然移居的目的各不相同,但都是为了改变自己的处境,寻求新的更好的生存环境而离开自己熟悉的故土。而且,他们往往具有追求新生活的强烈愿望与进取性,较其他安于现状的人群具有更大的勇气,更强的进取性,更浓烈的追求新生活的精神。此外,他们还往往具有不畏惧逆境的勇敢精神。

移居到美国的移民,也深受跨文化的熏陶。他们在祖籍国接受过一定的文化熏陶,来到新环境后又身处另一种不同的甚至是相反的文化氛围,因此"他们在新世界为新生活奋斗时大都会经历一种'文化震荡',因介于若干不同文化如东、西方文化的边缘感受'边缘人'的甘苦"①。不过,这也使得移民群体中的知识分子能采用不同的文化视角观察社会与生活,吸取多文化的养分而产生灵感、进行文学创作。因此,相较于美国白人文学来说,族裔文学也呈现出十分繁荣的局面。

二、族裔小说的崛起

在 20 世纪下半叶的美国族裔文学创作中,成就和影响最大的是族裔小说。而在族裔小说的创作中,又以黑人小说、犹太小说、华裔小说和印第安小说的成就最大。

(一)黑人小说

第二次世界大战以来,黑人小说的创作日益繁荣,托妮·莫里森(Toni Morrlson,1931—)、波勒·马歇尔(Paule Marshall,1929—)、艾丽丝·沃克(Alice Walker,1944—)、伊斯梅尔·里德(Ishmael Reed,1938—)等一批黑人小说家异军突起,使黑人小说在美国文坛的地位得到进一步的提高。而他们在进行小说创作时,注重黑人在当代美国社会的生存与发展以及他们的命运进行深入的探索,并注重从黑人群体的心理世界中去发掘适应时代发展需要的素质特点,以反映黑人民族在融入美国整体社会中的复杂过程;着重于将黑人民族在社会发展过程中的自身表现与整个美国社会的关系进行切实的、具体的比较,并注重于写出导致黑人民族遭到歧视与压迫的根本原因;关注黑人的历史,孜孜不倦地追索着他们的祖先从黑非洲来到新大陆的悲惨历史,以及当时令人感伤和悲哀的心路历程,并企图显示出黑人民族丰富的历史渊源,提高黑人在美国

① 余志森:《美国多元文化研究:主流与非主流文化关系探索》,上海:华东师范大学出版社,2012 年,第 25 页。

社会的文化品位和人文背景；逐步吸收了后现代主义的风格技巧，强化了人物内心的心理演变，并在情节安排、环境设计、语言运用上表现出与现代小说创作技巧逐步融合的趋势，从而使这一时期的黑人小说展现出独特的魅力。这里着重分析一下莫里森和沃克的小说创作。

莫里森出生于俄亥俄州北部罗兰镇的一个种族仇恨很深的黑人家庭中。1953年，她在霍华德大学获得英美文学学士学位后，到康奈尔大学英文系读研究生课程，研究福克纳和弗吉尼娅·伍尔夫。1965年起，她在兰登书屋做编辑，编辑了不少的书籍，其中最有影响的是《安吉罗·代维斯自传》和《黑人书选》这两部介绍黑人历史和文化的选集。1970年，她发表了第一部小说《最蓝的眼睛》，在文坛引起极大的反响。之后，她又陆续发表了小说《苏拉》《所罗门之歌》《宠儿》《沥青娃娃》《天堂》等。1993年时，莫里森获得了诺贝尔文学奖。

莫里森是当代美国最著名的黑人女小说家，她的小说反映了黑人在美国社会中对自己生存价值及意义的探索，但小说的背景和题材不仅仅局限在故乡的黑人社区范围内，而是涉及其他美国城市，直到加勒比海之滨。她笔下的人物形象既有黑人儿童、女孩、姑娘，也有黑人青年和妇女，且个个刻画得栩栩如生，洋溢着浓烈的生活气息。此外，莫里森认为小说是继承传播黑人民间文化传统的有力工具，而黑人文学不只是黑人写的作品，或有关黑人的作品，或使用了黑人喜用的词语的作品，还应该是同时包含了黑人民族与文化传统中特有成分的文学。因此，她的小说根植于黑人文化传统，同时将黑人特有的传统表达方式和精湛的叙述技巧相结合，使紧扣美国黑人历史和现实的作品具有了强烈的感染力。这在其小说《最蓝的眼睛》中有着鲜明的体现。

《最蓝的眼睛》奠定了莫里森小说家的声誉，描写的是一个黑人小姑娘的不幸命运。小说的女主人公佩柯拉·布里德拉夫年仅11岁，看到父母经常吵架，心里很难过。她一心希望家人和同学能够给她爱和温暖，但得到的却只有蔑视。由于看到肤色白皙的同学总是受到宠爱，她便认定自己的一切不幸都是因为自己皮肤太黑，没有一双人见人爱的秀兰·邓波儿娃娃那样的蓝眼睛，因此她非常渴望自己能有一双最蓝最蓝的眼睛，这样她就会变得美丽可爱，父母就会爱她，再不会打闹，家里就安静多了，邻居的小孩也会爱跟她玩，长大后可以有个好职业。但这仅仅是她天真的幻想。佩柯拉的父亲科利身强力壮，本想从南方迁居北方后能够找个好出路，但到了俄亥俄州后却感到很失望，社会上对黑人另眼看待，而妻子葆琳又整日和他闹别扭，还越来越看不起他。他既没爱情，又没友谊，终日酗酒来混时光。有一天，他醉醺醺地回家后强奸了佩柯拉，而佩柯拉也因此怀孕，但分娩时婴儿却死于胎中，她也因此发疯了。此后，她就生活在了一个虚幻的世界中，在那儿，她有一双最蓝的蓝眼睛，成了最可爱的姑娘。

这部小说的情节结构是独具匠心的，作者运用了20世纪60年代流行的读者反映论来构建小说的文本，让读者参与，将秋、冬、春、夏四大板块串起来，形成了社会与自然、人生与季节合一的框架结构。四季代表了小说的四大部分，前两部分又称葆琳部分，葆琳是佩柯拉的母亲，但她对女儿没有半点爱心；第三部分是科利部分，科利有过不幸的童年，之后流浪街头变坏了；第四部分是牧师部分，老牧师切奇是个骗子和好色鬼，当佩柯拉向他寻求帮助时，他因她又丑又黑而看不起她，使佩柯拉大失所望，不久就疯了。故事开始于秋季，先回顾了1940年秋天镇上的人对佩柯拉怀孕的事议论纷纷。到了春天，正是佩柯拉被她生父强奸的事发生之时，前面是倒叙，后面交代了原委。夏天来临了，佩柯拉的肚子越来越大，招来阵阵非议。她仍到处找人，寻求一对最蓝的眼睛，连教堂的神父那里都去过了。可她太年轻了，敌不过流言蜚语。她疯了，绝望了，陷入一场无望的幻想之中。蓝色的眼睛成了她生活的中心，因此，作者在小说中多次强调女主人公的梦想和追求是蓝色的眼睛，而蓝色的眼睛同时成了小说艺术结构的核心。此外，小说的语言富有诗意,有时还带有黑人口头用语的色彩,但比较规范化,简洁明快,具有抒情性。

莫里森的小说,还着重对黑人妇女的不幸命运进行了关注。在小说《苏拉》中,她通过对两个生活在20世纪二三十年代一个极为贫穷的黑人聚居区的黑人姑娘苏拉和内尔的友谊和成长的描写,对黑人妇女在种族和性别双重歧视下的生活现实以及黑人妇女中存在的不同生活观即是因袭还是突破进行了生动展现。

沃克也是美国当代著名的黑人女作家,她的小说创作给美国黑人文学带来新的突破,也在美国文学史上写下新的一页。沃克出生于美国南方佐治亚州伊顿镇的一个黑人佃户农家,在大学期间便开始了诗歌和小说的创作。1965年,她发表了第一部诗集《一度》,不久又发表第二部诗集《革命的牵牛花》。之后,她便转向了小说创作,先后发表了《格兰奇·科帕兰的第三次生命》《梅丽迪恩》《紫色》《我那小精灵的殿堂》《拥有快乐的秘密》《在我父母微笑的灯光旁》等长篇小说以及《爱的烦恼》《在爱情与麻烦中》《你征服不了女人》等短篇小说集。

沃克的小说主要反映了黑人妇女的不幸,并着重表现了她们受到的迫害、她们精神上的重负、她们的坚定忠贞以及战胜逆境的勇气。这在《紫色》这部小说中有着鲜明的体现。

《紫色》被公认为是沃克最好的一部小说作品,小说的背景是美国南方某小镇和乡下,时间则是从20世纪初一直到第二次世界大战结束,描写的是一个黑人女子从童年到中年的遭遇中获得感情上和性格上新生的故事。女主人公茜莉是个14岁的黑人农家女孩,她从小喜爱紫色,天真可爱,却屡遭不幸。她的父亲受私刑而死,母亲再婚后患了重病。茜莉孤苦伶仃,终日忙于家务,劳累不息,后遭继父奸污成孕,生下两个孩子,后被继父夺走送人。后来,继父将她嫁给一个死去妻子且有四个孩子的阿尔伯特,婚后,她经常受丈夫打骂,仍逆来顺受,默默地操劳着,把家务事安排得好好的,将农活照料得挺不错,但她得不到丈夫的理解,内心非常苦闷,只好不断地给上帝写信,诉说自己的不幸和悲伤。不久,阿尔伯特将情妇莎格带回家中养病,茜莉的悉心照料令她感动,她教茜莉懂了许多道理。茜莉日夜思念着为了逃避阿尔伯特纠缠而离家出走的妹妹艾蒂,莎格不断给予她安慰和启导,并且制止阿尔伯特对她的打骂。后来,茜莉鼓起勇气,抵制丈夫的大男子主义思想,跟莎格离家去孟菲斯开裁缝铺独立谋生,感受生活的自由和乐趣。随着手艺的提高,茜莉的生意越来越好,在经济上完全获得了独立,性格上也逐渐坚强起来,终于发现了生活中"自我"的价值。在小说的最后,茜莉的继父死了,她得到了生父留下的遗产。同时,她也原谅了阿尔伯特,两人言归于好,平等相处。另外,失散多年的艾蒂跟丈夫带着茜莉的一男一女从非洲平安归来。全家一起欢庆大团圆,愉快地走向新的生活。

这部小说的重点并不在于重复地展现黑人与白人的不平等关系,而在于探讨了黑人的自我、黑人的家庭关系和黑人男女之间的关系,揭示了黑人的大男子主义、丈夫对妻子的虐待和道德的沉沦,提出了因袭了既是黑人又是女子这双重不幸的重负的黑人女子,要想实现自己作为一个人的价值,首先需要从自身对妇女地位的错误观念中解放出来,从对上帝的迷信中解放出来,通过自己的奋斗实现自己的解放,而在这一过程中,女性间的相互支持与爱极为重要。

这部小说的形式也有很多的创新,采用了书信体结构,全书由92封信组成有机的整体。另外,小说以倒叙破题,直叙与插叙相结合,形成多角度的叙述,而第一人称和第三人称交叉使用,使整个故事有起有伏,引人入胜。小说在语言风格上也很有特色,采用了美国南方黑人农民的口语,乡土气息浓,人物对话简洁,富有个性。

（二）犹太小说

美国犹太民族的历史，与美国的历史一样都是较为短暂的，他们是在近一两百年来从欧洲、中东等地迁居到北美新大陆后而逐步形成的。在人数上来说，美国犹太民族所占的比例并不高，但其在政治、经济、文化、科技、文学、艺术等各个领域都有着十分突出的地位与影响。就文学来说，涌现出一批优秀的犹太文学家，而以犹太小说的成就最大。

犹太小说在20世纪下半叶以来，呈现出欣欣向荣的局面，并逐渐融入美国文学的主流。同时，在这一时期，一批杰出的犹太小说家崛起，包括伯纳德·马拉默德（Bernard Malamud,1914—1986）、索尔·贝娄（Saul Bellow,1915—2005）、辛西娅·欧芝克（Cynthia Ozick,1928—　）、罗纳德·苏克尼克（Ronald Sukenick,1932—2004）和菲利普·罗思（Philip Roth,1933—　）等。他们虽然构思、风格、笔法、哲理思辨各不相同，但都通过自己的创作展示了犹太移民在美国大陆生存、发展、融入的经历，显示了一个具有悠久文化传统的少数民族群体在这个新兴的资本主义国家环境中的奋斗历史，以及美国犹太人的命运；塑造了一系列犹太人尤其是中低层犹太人的典型形象，包括小店主、流浪儿、中小知识分子以至乞丐、街头艺人、妓女等，他们是整个犹太民族在美国社会生存、奋斗过程中磨难的化身，同时作者在对其进行塑造时，注重将他们置身于美国社会的各个具体环境中，描绘他们潜在的观念意象、人物品质，尽管在外表上淡化了人物的犹太化生活细节，却也写出了犹太民族深层次的文化本质意义；以真实动人的细节叙事刻画了作为流浪民族的犹太人在美国丰裕社会强大的物质生活诱惑下面临被同化的危险和强烈的归人意愿，展现了生活在现代物质文明与本民族流浪特性的矛盾之中的犹太人的困惑；展示了古老而有生命力的犹太文化与现代西方文明碰撞与交融的历史价值，显示了世界犹太文学生命长河在美国本土的艺术魅力。下面具体分析一下马拉默德和罗思的小说创作。

马拉默德出生于纽约市布鲁克林区的一个俄国犹太移民家庭。1936年，他于纽约市立学院毕业后进入哥伦比亚大学学习，并获得了硕士学位。毕业后，他一直从事教书工作，并进行文学创作。1952年，他发表了处女作小说《天生的运动员》，写得十分成功。1957年，他发表了代表作小说《店员》，得到了评论家的高度认可。之后，他又发表了《新的生活》《费尔德曼的肖像》《杜宾的生活》《基辅怨》《房客》《上帝的恩惠》《部族人》等长篇小说以及《魔桶》《白痴优先》《拉姆布兰特的帽子》等短篇小说集。1986年3月，马拉默德因心脏病突发不幸离世，终年72岁。

马拉默德是一个最富有犹太味的小说家，是犹太少数民族的代言人之一。他熟悉德国纳粹对犹太人种族继续的灭绝的大屠杀，也牢记着自己犹太人的身份，在小说中成功地表现出了"犹太味"。同时，他"又超越自己这个成功的层面，追寻不分种族和信念的现代人的神话"①。同时，他的小说以丰富而生动的细节，对美国的犹太人和白人的种族冲突以及犹太人和黑人的种族纠纷等进行了深刻的描述，展现了一幅幅令人动情的生活画面。此外，在他的小说作品中，主人公都是犹太人，但这些犹太人和普通的人一样，都艰难地挣扎在生活的激流中。这在其代表性的作品《店员》中有着极其鲜明的表现。

《店员》是马拉默德最为成功的一部作品，奠定了他在美国文坛的地位。这部小说对犹太人的生活以及性格特点进行了集中描写，表现了马拉默德小说创作的中心主题，即"在'只有爱才能

---

① 杨仁敬：《20世纪美国文学史》，青岛：青岛出版社，2010年，第519页。

照亮'的污秽的世界赎罪而获得新生"①。

　　小说的背景是 20 世纪 30 年代的美国大萧条时期的纽约市犹太移民的贫民窟,通过描写主人公莫里斯·鲍伯在纽约的艰难生活经历,对欧洲移民到美国追求美好生活的理想的幻灭进行了深刻揭示。莫里斯是从俄国沙皇军队逃到美国的犹太人,在与艾达结婚后,在纽约布鲁克林区开了一家小杂货店。他终日起早摸黑,劳累不息,但生意却日益萧条,面临倒闭的危险。为了维持一家人的生活,莫里斯终日在简陋的小店中度过空虚而又漫长的时间,只有午后上楼小憩的片刻才能使他得到一丝安慰。莫里斯在一天晚上要关店门时,两个抢劫犯进到店中,抢劫了小杂货店,还因嫌钱少用手枪打伤了莫里斯的头。之后不久,来自意大利的浪荡青年弗兰克·阿尔拜来到莫里斯的小杂货店,希望能被雇为店员。莫里斯一开始拒不收留,但当他发现了弗兰克的不堪的生活状况后,同意他到店里工作。弗兰克对顾客和气,生意有所改进。但莫里斯的妻子艾达和女儿海伦却对他很有戒心。弗兰克有一天在钱柜偷钱时被莫斯发现而被辞退,与此同时,莫里斯的小店因为一家新经营的更大的店铺而受到破产的威胁。后来,莫里斯因煤气中毒住进医院,此时弗兰克又返回店中进行经营,并向莫里斯承认自己是之前的抢劫者之一,但莫里斯却说早已知道,可仍因不能原谅他在店里偷钱而又将他辞掉。莫里斯不久死于肺炎,弗兰克再次回到店里,做夜工支撑小店和莫里斯一家。慢慢地,他的表现愈来愈像莫里斯,仿佛已变成另外一人。他后来行了割礼,在逾越节后成为一个犹太人,皈依了犹太教。

　　小说中出色地刻画了莫里斯这一人物形象,他是一个心地善良、待人诚恳、忍受生活煎熬的诚实犹太人。他在社会上受歧视,但他对自己的不幸遭遇逆来顺受,受苦就成为他生活的一个主要特点,"他在为人类赎罪而受苦。这是他本性的善的部分。倘若他不善良,他早已像他的犹太邻居那样在物质生活方面富裕起来了"②。莫里斯虽然在小店的经营上失败了,但在精神和道德方面获得了成功,弗兰克在他的影响下的转变就是最好的佐证。

　　另外,这部小说的艺术结构十分严谨,情节也非常生动,还巧妙地运用了犹太人的幽默渲染了莫里斯世界的犹太气息。马拉默德选用了犹太民间素材,并用具有双重用途的荒诞性讽刺将它表现了出来,收到了希望和绝望、乐观和悲观相互作用而达到某种平衡的精妙效果。而且,这部小说的对话简洁,诙谐幽默,有着浓厚的犹太语味道,还巧妙地将依第绪语的节奏和风趣的习语融入现代英语,又吸取了海明威式的简洁明快的风格",阅读后会给人回味无穷的感觉。

　　罗思是继马拉默德之后的又一位美国犹太作家巨擘,是"最有才气的,最有争议的,对同化的复杂情形以及(犹太)特性最为敏感的作家"③。他出生于新泽西州的纽瓦克,自幼在纽瓦克市的犹太人聚居区长大,是犹太移民的后裔。他的祖父母来自奥匈帝国,而父亲是保险公司的推销员。罗思 1954 年毕业于巴克内尔大学,一年后进入芝加哥大学获得了硕士学位。毕业后在美国陆军中服役一年,之后便进入芝加哥大学任教和写作。

　　罗思的小说一直都在关注犹太人的生存处境,边缘人的命题成了他最为突出的话语。同时,他的小说不像其他美国犹太裔作家那样标明自己的犹太人身份,也从不把犹太主义、犹太复国主义、反犹主义等挂在嘴边,他只是通过对小说中人物的日常生活的感受和言行来表达自己的见解。因此,他在小说中从不把犹太人理想化,也不把犹太人提高到神圣的地位,而是将他们作为

　　① 常耀信:《精编美国文学教程》,天津:南开大学出版社,2006 年,第 322 页。

　　② 常耀信:《精编美国文学教程》,天津:南开大学出版社,2006 年,第 324 页。

　　③ 吴元迈:《20 世纪外国文学史》(第五卷),南京:译林出版社,2004 年,第 36 页。

有血有肉的人来叙述他们的人生中的成功和失败。这在他的代表作《波特诺的怨诉》中有着鲜明的体现。

《波特诺的怨诉》是一部带有自传性质的长篇小说，罗思带有供认性质的自白在这部小说中达到了极致，而他的喜剧才能和讽刺笔调也得到了充分体现。

小说运用第一人称的手法，以一种不间断的独白形式展开，通过对陷入苦恼之中的犹太青年波特诺的性变态心理和行为的描写，揭示和讽刺了纽约的犹太中产阶级的丑态，同时刻画出了犹太人没有家园，追求同化，最终忍受异化之苦的心灵怨诉。特诺是一个"病态"的青年，他讨厌自己的犹太名字和犹太脸蛋，羡慕白人的一切，因此他将成为一个美国人作为自己的最高愿望。为此，他搬出犹太人居住区，想尽一切办法成为美国人中的一份子，但现实的社会却使他处处受挫，他始终未能实现成为美国人的梦想。于是，他开始叛逆，沉迷于手淫以宣泄自己的压抑与愤懑，并且本能地以完成对美国姑娘的征服来实现他的"美国梦"。波特诺也是一个极力丑化母亲的犹太儿子，极为反感母亲想要控制他的企图，于是和犹太母亲发生了严重的冲突。实际上，犹太母亲是犹太传统的象征，而反叛犹太传统的儿子已趋于美国化，是年轻一代的犹太人向往"美国现代文明"的代表，因此两者的冲突是文化和理念的冲突。最终，波特诺在两种文化的冲突中陷入了精神困境，他犹豫徘徊，最终失却了精神上的归属，成了一个没有心灵家园的人。由此，作者也对轻一代犹太人与老一代犹太人在文化和理念上的冲突、犹太文化与美国白人文化之间的冲突以及犹太人因此而产生了信仰危机进行了讽刺。对此，可以波特诺的一段心理独白看出：

> 这就是我的生活，我的唯一的生活，然而我却在一个犹太笑话里度过。我是犹太笑话里的儿子——只是它并不是什么话！

这部小说在出版后，因有悖于犹太人的宗教信条，在性描写方面达到了毫无节制的地步，且犀利地刻画出了犹太人没有家园、追求同化、最终只能忍受异化之苦而给犹太人社会带来了空前的震惊，引起了犹太人社会的普遍关注。

（三）华裔小说

美国华裔小说的创作，萌芽于20世纪初期，但直到20世纪70年代以后，华裔小说的创作才进入了一个新的繁荣与发展阶段，涌现了一批优秀的华裔小说家，如汤亭亭（Maxine Hong Kingston，1940—　）、赵建秀（Frank Chin，1940—　）、谭恩美（Amy Tan，1952—　）、任璧莲（Gish Jen，1955—　）、伍慧明（Fae Myenne Ng，1956—　）等。他们通过自己的创作，对华人的美国梦、华人在美国的奋斗史以及中美文化的冲突与融合进行了生动展现。这里着重分析一下汤亭亭和谭恩美的小说创作。

汤亭亭是当代美国华裔小说创作的代表性作家之一，她以无可争辩的才华跻身于美国名作家行列，使华裔小说大放异彩。她出生于加利福尼亚州斯托克顿市，祖母原籍广东新会市。1962年，她于加州伯克利大学毕业，之后在夏威夷大学任教多年，并从事文学创作，发表了《女勇士》《中国佬》《引路人孙行者：他的即兴曲》等小说作品。

汤亭亭的小说创作，侧重在传统中国文学的基础上融入一些新的美国元素，进而对中国文学原著中的经典人物进行再创造。同时，她的小说在叙述华裔在美国的奋斗史时总是采用中国移民及其后代的角度。这在其代表作《女勇士》中有着鲜明的表现。

《女勇士》对于华裔美国文学的发展来说是一个里程碑式的作品，一问世就获得了广泛好评，

"(由于)有了这一本书,亚(华)裔作品进入了主流,既吸引了普遍读者又吸引了学术界的注意,在流行出版物、星期日副刊以及专业文学刊物中都引起了反响"①。

小说通过第一人称自叙形式以一个女孩子的视角叙述了包括自身在内的五位女性的命运故事:姑妈无名氏与人私通后不甘屈辱投井自尽的悲剧故事(第一章"无名女子");女英雄花木兰代父从军,杀敌雪耻的传奇故事(第二章"白虎山学道");母亲勇兰在父亲赴美后独撑家门,以高超医术救助乡民的艰辛故事(第三章"乡村医生");姨妈月兰遭到丈夫抛弃后因妄想而发疯,最终死于疯人院的不幸故事(第四章"西宫门外")和"我"自小因不喜欢用英语表达而保持沉默,直到后来终于成为全校出类拔萃的优秀学生的成长故事(第五章"羌笛野曲")。

小说冠以"女勇士"的名字,意在强调中国的女性虽然受到多重的压迫,但仍具有勇敢的反抗精神、自强自立的牺牲精神和坚韧的奋斗精神,从而以女性主义角度批判了中国的封建传统文化。另外,小说中创造性地运用中国的传统文化对自传和神话进行了巧妙的结合,通过插进花木兰的神话故事表明自己对种族压迫和妇女压迫的反对。

这部小说在出版后,使汤亭亭一跃成为华裔文学中的佼佼者,但在美国主流社会的好评如潮中也不乏以猎奇的心态来看待东方文化的酸腐与落后。因此也有评论家认为作者是以曲解中国传统文化和丑化中国男人来达到讨好主流社会和美国读者的目的。对此,汤亭亭声称她所写的不是一部关于中国的书,而是"一部美国书",并指责这些批评家"把你们的无知当作我们的费解"。

谭恩美是继汤亭亭之后又一位崭露头角的华裔女小说家,她出生于加州奥克兰,属于第二代华人。她曾先后在圣何塞州立大学、加州大学伯克利分校读书。毕业后,她从事了开发残疾儿童语言能力的工作,并积极进行文学创作。1989年,她发表了第一部长篇小说《喜福会》,引起了文坛的关注。之后,她又发表了《灶神娘娘》《通灵女孩》《正骨师的女儿》《拯救溺水的鱼》等长篇小说。

谭恩美的小说着重于表现母女之间的思想隔阂,但都以女儿与母亲之间实现心灵沟通为结局,表明作者希望分离于东西方文化影响的两代人能最终相互交融相互理解的愿望。这在其代表作《喜福会》中可谓表现得十分明显。

《喜福会》写的是四个华人母亲移居美国经历抗日战争时失散的经历和她们女儿在美国社会生活中的苦恼。四个家庭主妇背景不同:一个是抗战时从上海逃亡到桂林和重庆的国民党军官太太吴宿愿;一个是上海富家小姐;一个是来自南京的小寡妇和另一个国民党军官太太。她们四人组成了打麻将的"喜福会",轮流坐庄,互相请客,过着偷闲的生活。后来,吴宿愿逃往美国,生了女儿吴精妹,找了三个有钱的华人主妇打麻将混日子,将各人所赢的钱买股份,盈利同分。她一直寻找逃难中失散的双胞胎女儿未果,忧郁而死。在吴宿愿死后,吴精妹与"喜福会"的另外三位麻将牌友,并在牌友的劝说下替代了母亲的位置,与她们一起按打麻将的顺序轮流讲述四户人家四个母亲四个女儿共八个女人过去的故事。在此期间,吴精妹了解到母亲由于找不到早年在大陆失散的一双女儿,内心愧疚忧郁病逝的内情。当年,这四名牌友曾约定将赢得的钱购买股份大家共享赢利,如今她们又把吴宿愿的愿望告诉了吴精妹,并将股份所得的红利分给她去上海寻找同母异父的两个姐姐。这事感动了精妹,令她消除对母亲的误解,深感内疚。

在小说中,作者采用了拼贴、时序颠倒的现代主义技巧手法,对四个妇女在旧中国的坎坷遭

---

① 毛信德:《美国小说发展史》,杭州:浙江大学出版社,2004年,第528页。

遇和到美国后与女儿产生代沟的苦闷心情进行了描写,并折射出时代变迁的历史烙印、两代人之间的思想冲突和中美文化的巨大差异。正如学者所言:"《喜福会》……详尽地讲述了四位母亲移居美国之前在旧中国的种种苦难经历以及她们各自的、在美国长大而学有所成的女儿在现代化社会生活中遇到的烦恼。通过这八个人物的故事,小说探讨了由中美两个不同世界造成的母女两代人之间的关系以及由此产生的中美两种文学的冲突和差异。"① 这可以说是这部小说最为重要的意义。

(四)印第安小说

在美国文学的相当长一段时期内,印第安人一直是被扭曲的形象,描写他们的并不是印第安人出身的作家,因而作品中对印第安人善恶的判断只是与白人作家充满偏见的想象相符,但与印第安人自己的标准相差甚远。为了对这一状况进行扭转,印第安人开始注重自己的文学创作,并创作出更贴近印第安人且更富有活动的印第安人形象。在进入 20 世纪下半叶后,印第安文学特别是小说的创作进入了较为繁荣的局面,一些印第安青年作家走上文坛,包括史科特·莫马戴(Scott Momaday,1934—　)、詹姆斯·韦尔奇(James Welch,1940—2003)、莱斯莉·马尔蒙·西尔科(Leslie Marmon Silko,1948—　)、路易斯·厄尔德里奇(Louise Erdrich,1954—　)等。他们刻意对印第安人的"身份"和"归属"问题进行探讨,促进了印第安小说创作的繁荣,重建了印第安文学。这里着重分析一下莫马戴和韦尔奇的小说创作。

莫马戴是印第安文学的开拓者,他出生于俄克拉何马州洛顿镇。他曾留学国外,后在斯坦福大学获博士学位,近年来在亚利桑那大学当教授,并为一些大杂志写撰写诗歌和评论。莫马戴既是小说家,又是诗人和画家。1965 年,他发表了《弗列德里克·戈塔德·塔克温诗歌全集》以及《通往雨山之路》《黎明之屋》两部小说。之后,他又陆续发表了诗集《众鹅的天使》《葫芦舞者》、自传《名字》以及长篇小说《古代孩子》《文字之人》等。

莫马戴通过自己的小说创作实践,使得印第安小说有了重大突破。而他在进行小说创作时,侧重于运用蒙太奇的手法,表现印第安人的身份认同问题。这在其代表性作品《黎明之屋》中有着鲜明的表现。

《黎明之屋》讲述了一个印第安青年艾贝尔在第二次世界大战后从海外回到故乡,却很难融入自己的家庭或白人社会的故事,进而对印第安人的自我发现与现代性以及本土美国人文化认同的艰难历程进行了探讨。

小说的主人公艾贝尔是一位印第安青年,他对于自己族群的生活方式难以认同。他从不知道自己的父亲是谁,母亲和兄弟也在他参军以前就已经去世。第二次世界大战结束后,他返回家园,却发现自己已经不再习惯印第安人集居地的部落生活,而把他从小带大的祖父早就与部族的生活融为一体。艾贝尔找了份工作,为一个叫安吉罗的女白人当砍柴工。安吉罗是从洛杉矶来到此地开温泉浴池的,但主要还是为了从落寞中振作自己,艾贝尔与她发生了关系。后来,艾贝尔与一个印第安白癜风病人斗殴,并将对方杀死。于是,他受到了审讯,并判了 6 年监禁。出狱后,他进入了一家工厂做工。在厂里,他和一个叫本的纳瓦霍人结为了朋友。一次,两个人被一个名叫马丁内兹的恶警拦截,并把本的工钱抢走,将没有钱的艾贝尔揍了一顿。至此,艾贝尔对进入白人社会已不抱任何幻想,于是到处寻找马丁内兹以求报复,结果自己反被打得奄奄一息。

---

①　董蘅巽:《美国文学简史》(修订本),北京:人民文学出版社,2003 年,第 695 页。

本将奄奄一息的艾贝尔送到了医院,安吉罗也闻讯赶来探望,此时的艾贝尔开始确信他人生道路的最佳选择就是回到祖父身边。他见到了不久于人世的祖父,在老人弥留的最后六天尽心服侍,老人也充分利用这最后的六个清晨,向孙子传授了必备的本土文化精华,以使他能够在自己去世前重新融入印第安人的生活之后。经过这次的再教育,艾贝尔向祖父做出新保证,他会重新认识印第安人和印第安文化,并真正融入印第安群体之中。

这部小说的写作形式是十分独特的,运用了蒙太奇手法,将主人公的经历反复再现,结构奇特,意象丰富;抛开了时间概念,打乱了时间顺序,全书由一个引子和"长发人""太阳祭司""黑夜吟唱者"和"黎明赛跑者"四个篇章组成。第一章和第四章以"熊村"这个吉米斯集居部落为背景,中间两章则以洛杉矶为背景。每章都穿插有许多的倒叙和回忆,读者不易搞清先后次序,因而每章都标有故事发生的时间,借此帮助读者理清全书内容的时间框架。

此外,在这部小说中,作者生动地描写印第安部族的风土人情、宗教礼仪以及印第安的历史、神话和文化。比如,艾贝尔的祖父曾参加并夺魁的狩猎与收割竞赛、以斗鸡比赛为开场式并以鞭打一名参赛者为获胜奖励的圣地亚哥大会餐、带佩克斯的斗牛表演的珀辛古拉的大宴会、印第安人为祭祀神灵所进行的一年一度的猎鹰活动、可使人精神康复的纳瓦霍夜曲(如本唱给艾贝尔听的歌),还有用木炭在比赛者双肩及双臂涂满色彩的拂晓赛跑等。通过这些描写,读者就可以对印第安人的传统文化有更为深入的了解。

总的来说,这部小说极为真实地表现了印第安人在美国现代文明的冲击下顽强生存、同时努力成功地保全自身传统与民族个性的不屈精神。同时,小说中频频出现的"黎明"意象,就象征着印第安人对生活的希望。

韦尔奇出生于蒙大拿州的黑脚族。他曾在印第安保留地上学,后升入蒙大拿大学。毕业后,他先后在蒙大拿大学、康奈尔大学任教。韦尔奇在进行教学工作时,也积极进行文学尤其是小说的创作,已发表了《流血的冬天》《吉姆·洛尼之死》《骗乌鸦族的人》和《印第安人律师》等多部小说作品。

韦尔奇的小说多以蒙大拿州的广阔平原为故事背景,以传统与现代生活方式的冲突作为基本素材,并表现出悲观的基调。

《骗乌鸦族的人》是韦尔奇最为重要的一部小说,也是一部历史小说。作者将虚构与史实相结合,描写了1870年白人对印第安皮库尼部族的大屠杀。但是,小说并不旨在再现历史,而是旨在对全人类的发展进行关注。

小说的主人公是名叫"白人之犬"的年轻人,他长到18岁了也没有娶上媳妇,更没有属于自己的马群和房子,而他的同伴"快马"却什么都有,还继承了父亲的职位,负责看管部落里最值钱的海狸皮药包。一次,大家决定去宿敌"乌鸦族"的营地盗马,名叫"黄腰子"的盗马队长带上了"白人之犬"和"快马"。但"快马"不听指挥,向假装睡着的"乌鸦族"人傲慢地叫嚷,结果暴露了秘密,导致盗马行动失败,队长"黄腰子"也被抓,受到了"乌鸦族"人的百般虐待。而"白人之犬"却在这次行动中表现出了忠诚可靠的品质,开始受到大家的拥戴。此外,当"黄腰子"一去不返之时,他还与"黄腰子"的家人一起分担丧亲之痛,帮他们从悲哀中解脱出来。慢慢地,部落将更多的责任托付给了他,他也逐渐成长为了一名成熟、受尊敬的部落成员。后来,他带领着部落与"乌鸦族"进行了一场决战,他将对方的头人杀死,并博得了"骗乌鸦族的人"的美称。之后,他娶了"黄腰子"的女儿为妻,并生下一个儿子。而此时,他的同伴"快马"却因为遭到打破族人鄙视而失去了继承权。当"黄腰子"意外逃生回到营地后,他却跑出去加入了一个背叛者的团伙。他后来承认自己对"黄腰子"的受难负有责任,虽然他将昏迷不醒的"黄腰子"送回了家多少弥补了一点自己的罪过,但他始终没有勇气再回到族人中去。

小说的故事在进行讲述时,采用了印第安人的文化视角,这通过贯穿全书的"梦的象征"就可以看出。小说中所讲到的梦,几乎都可以在印第安人的文化里找到解释。比如,"鹰之肋"梦见了一匹白色的死亡之马,这代表着入侵的白人征服者,他们从不把土著人当人对待,也不承认他们享有合法的权益。又如,"白人之犬"曾梦到他在雪地上行走,忽然看见一只黑色的狗出现在面前,他还跟着狗走进一间躺着几个白面孔、赤身裸体的女子的屋子,其中一个勾引他过去,他正朝那女子走近时梦就醒了,这个梦使他本能地感到那个诱惑他的女子意味着一种逼向自己和全族人的危险,并预示着印第安人一旦被白人的东西腐蚀就难逃厄运,因此必须要带领族人坚守自己的文化与传统。

此外,小说站在印第安人的视角,对历史上曾经导致大批印第安部落灭绝的天花肆虐、白人对北部大平原的疯狂抢掠以及对玛利亚斯的种族屠杀进行了重现。小说中写道,"白人之犬"路遇一小群劫后余生者,紧接着目击了一幕惨不忍睹的景象,揭露了白人对印第安人世界毁害之重、蹂躏之深:在"疾跑者"的部落,"疾跑者"已被杀死,所有的房屋都被夷为平地,而雪地上尸体横陈,还冒着烧焦的糊糊味。此时,"白人之犬"惊恐地意识到,虽然有少数的人已经死里逃生,但是却没有一个孩子生还,因而这个部落实际上已经宣告灭绝。面对亡族灭种的可怕情景,"白人之犬"也突然明白了很多道理,他越发充分地领悟了本族传统生活的价值,体会到了作为一个尽责的成员参与部落生活对他来说是多么的生死攸关。在目睹了这一切后,他的个人命运开始紧密地与全族人联系在一起,他时刻提醒着自己绝对不能够辜负众人的期望。最终,他肩负起了解救全族的使命,在白人制造的废墟中隐约感到了希望的种子会从中发芽,而这也预示着复苏与新生将会发生。

总的来说,族裔小说是 20 世纪下半叶的美国文学创作中不可忽视的一支重要力量,并促使美国文学向着多样化的方向不断发展。

第六节 战后现实主义戏剧的延续与荒诞戏剧的崛起

自 20 世纪下半叶以来,美国戏剧获得了多元化发展,其中影响最大的是现实主义戏剧和荒诞戏剧。

一、现实主义戏剧的延续

在第二次世界大战后,美国现实主义戏剧仍有一定的发展,其中最有代表性的剧作家是阿瑟·米勒(Arthur Miller,1915—2005)、田纳西·威廉斯(Tennessee Williams,1911—1983)和萨姆·谢波德(Sam Shepard,1943—)。

(一)阿瑟·米勒的戏剧

米勒出生于纽约市一个犹太人家庭,父亲是相当富裕的服装制造商。他成长于经济大萧条时期,目睹了父亲的破产,感到现代生活毫无保障。1938年大学毕业后,米勒回到纽约从事广播剧创作。1945年,他的长篇小说《焦点》问世。他的话剧《全是我的儿子》于1947年公演,受到欢迎,获纽约剧评家奖,使他一举成名。米勒通过这个剧探讨了家庭和社会道德的问题。该剧的主人公、机器制造商乔·凯勒在第二次世界大战期间向美国空军出售残次部件,导致21名飞行员机毁人亡,后他又将罪责推给合伙人。当他得知遇难的飞行员中有自己的次子拉里时,受到良心的谴责,终于负疚自杀。《推销员之死》被公认为米勒最成功的剧作,确立了他在美国戏剧史上的重要地位,并使他饮誉海外。《炼狱》(The Crucible)是米勒的又一部重要剧作,于1953年公演。该剧以1692年在马萨诸塞州的塞勒姆镇发生的驱巫冤案为素材,表现黑暗宗教势力与普通人的良心的斗争,讴歌了人间的浩然正气。当时正值美国反动的麦卡锡主义猖獗时期,这个剧无疑是对非美活动调查委员会审讯共产党人事件的影射和抨击,其影响超越了美国国界。2005年,米勒与世长辞。

米勒是美国当代著名的戏剧家,他在进行戏剧创作时曾从挪威著名作家易卜生的剧本中汲取了营养,后来又继承了尤金·奥尼尔开创的美国现代社会剧的传统,并在此基础上对戏剧理论进行了探讨。同时,他一反古希腊哲学家亚里士多德的悲剧定义,指出普通人与帝王同样适合于作为崇高的悲剧的题材,而且悲剧是一个人竭力要求公正地评价自己而产生的后果,那么他因此而遭到的毁灭就揭示出他生活环境中的缺陷或邪恶。不过,他主张悲剧的最终结局应加强观众对于人类所持的最光明的见地。

米勒不仅对戏剧理论进行了丰富与革新,还对戏剧的表现方法进行了革新。比如,他设计了多功能的舞台,既减少了频繁换景的麻烦,又丰富了戏剧的表现力;采取了浓缩时间的方法,使过去、现在和将来交织在一起;注重运用意识流手法,对人物的内心世界进行深刻揭示等。

《推销员之死》是米勒最为重要的一部戏剧作品,并确立了他在美国戏剧史上的重要地位。该剧讲述了一个普通美国人被"人人都能成功"的梦想所戕害的悲剧,有着深刻的社会意义。

这部戏剧的主人公是威利·洛曼,他是纽约的一个推销员,但一直不能正视现实,一直生活在梦的世界之中。他笃信依靠个人的魅力和不懈的努力便可获得成功。但事与愿违,他为老板辛劳一生,竟在年老时因体弱、推销不力被老板解雇了。他走投无路,但仍天真地相信通过自己的手段可以给儿子留下2万美元的人寿保险金,这样自己期盼成功的梦就可以在儿子身上得到实现。于是,他选择了撞车自尽。可以说,威利做了一个完全不切合实际的梦。而通过他的梦的破碎,他儿子比夫意识到人必须正视现实,不能继续在谎言、幻想和虚假的价值中生活下去。

在戏剧开始时,威利已进入他一生的最后一天,作者巧妙地运用意识流手法,把威利最后一天在"他本人为何失败"和"他的儿子比夫为何30多岁仍然一事无成"这两个问题上的思想活动展现在观众面前。据此,作者向观众和读者揭示了资本主义社会中推销员的悲惨命运以及现代社会中普通劳动者的家庭悲剧,继而证明了美国梦的虚假性。

这部戏剧在艺术技巧方面也颇有独到之处。比如,在塑造人物性格时,巧妙地利用次要人物衬托主要人物。中心人物威利是个性格复杂的人,他热爱城市,也喜欢大自然,有些冒险精神。琳达和海辟体现威利热爱城市的一面,而本恩和比夫烘托他向往大自然和冒险精神的一面。另外,戏剧中巧妙地运用了意识流的手法和虚实结合的多功能布景,将威利的回忆和幻想呈现于舞台上,造成现在与过去、现实与想象交相呼应的局面,深刻地揭示了威利的内心世界。

(二)田纳西·威廉斯的戏剧

威廉斯生于密西西比州哥伦布市,12 岁时随家人移居圣路易斯城。1929 年,他进入密苏里大学学习,但在 1932 年时因贫穷被迫辍学,到一家鞋厂工作,在仓库里度过了 3 年"虽生犹死"的时光。后来,他再次入学,并于 1938 年在衣阿华大学获得了学士学位。毕业后,他开始专心进行戏剧创作。1942 年,他将自己的一部名为《来访的先生》的剧本改写成《玻璃动物园》发表,在美国剧坛引起了轰动。之后,他又发表了《欲望号街车》《打闹悲剧》《地球王国》《东京旅馆的酒吧》《向小船发出的警告》等多部剧作。1983 年 2 月 25 日,威廉斯在纽约去世,终年 72 岁。

威廉斯是 20 世纪下半叶崛起的美国戏剧作家,而且是一位卓尔不群的现实主义剧作家。他的戏剧大部分都以美国南方为背景,写南方的没落,充满了怀旧情绪,即对南方美好的过去十分眷恋,而对它的败落感到惋惜和痛心。同时,他的剧作很少写英雄人物,而是集中写"反英雄",即南方中下层社会中的小人物,不得志的小人物,他塑造的失意的南方女性更是栩栩如生,鲜明感人,这是他对美国戏剧的一个重要贡献。这些人物多是一些不合时宜的人,敏感而脆弱,体现着时代的精神、梦想、理想和爱,但他们在那个莽林世界中孤军奋战,等待他们的只能是灭顶之灾的厄运。有些人即使对那腐朽的世界采取回避态度,以"逃亡者"面目出现,但最终也很难不成为那个丛林世界的受害者。此外,威廉斯在进行戏剧创作时,还敢于突破戏剧传统,独辟蹊径,大胆进行戏剧艺术上的探索,同时又匠心独具地把电影技巧和其他手段移植到戏剧舞台上。

《玻璃动物园》是威廉斯最为重要的一部现实主义剧作,也奠定了他美国剧作家的地位和影响。

《玻璃动物园》以 20 世纪 30 年代美国大萧条时期为背景,通过描写一家三口人的悲惨遭遇,对资本主义社会中的家庭危机问题进行了深入的探讨。在西方社会里,随着物质文明的发展,传统道德观念消失殆尽,人与人之间的关系逐渐被金钱关系所代替,家庭解体的危机给人们造成思想上的恐惧和不安。剧中的女主人公阿曼达沉湎于对她结婚之前的幸福生活的回忆之中,她不能忘记过去幸福生活的情景,她总是津津乐道自己年轻时一个星期天下午就有 17 个倾慕者来访的这种她以为光荣的罗曼史,并且谈起来手舞足蹈。但这对她只不过是一种心理安慰,因为她丈夫抛弃了她,多年前已经离家出走;儿子汤姆不满家庭现状,也想挣脱家庭牢笼的束缚,到外地去寻觅新生活;瘸腿的女儿罗拉心灵脆弱,羞于见人,惧怕外部世界,找不到工作,找不到丈夫,只得蛰居家中,与玻璃动物为伍。阿曼达意识到了她这个家庭已经到了崩溃的边缘,但她并不气馁,因为她是一位坚强的母亲,千方百计地要把这个濒临崩溃边缘的家箍在一起,她盼望着丈夫突然归来,再三劝儿子留下来挣钱养家糊口,同时积极替女儿寻找出路,寻找未来的归宿。但是她仍然感到,他们虽然眼前还有个家,但不会存在很久了,一旦儿子出走,她自己衰老,这个家就名存实亡了,到那时没有自立能力的女儿罗拉就会成为无家可归的人。正像阿曼达所描绘的那样,"我十分了解那些不结婚又没有工作能力的女人会有怎样的下场。我在南方就看到过这样可悲的情况,忍气吞声的老姑娘靠着姐夫或弟媳的吝啬的恩惠过活——住耗子笼似的小房间,还被亲戚赶来赶去——像无巢之鸟,一辈子都得低声下气,吃人家的残羹剩饭"。这一幅凄惨的景象,令人不寒而栗。作者通过阿曼达成功地塑造了一个坚强的、令人同情的南方母亲形象,但同时在她的心中无时不存在着一种家庭即将毁灭的危机感。

这部剧作从表面来看,写的貌似都是日常的琐碎事情,全剧始终未发生过重大事件,但掩卷闭目,人们又觉得很有动人之处。这就值得深思和挖掘了。这家人生活在"永恒黑暗"的神秘宇宙里,三个人都感到难以承受的精神苦恼。对于他们来说,现实生活是可怕的,欲生存则必须寻觅某种逃脱,以获得某种喘息的机会,使精神得到某种补偿,从而能从疲惫和绝望中振作起来,再正视人生。由此看来,"逃避现实"乃是该剧的主题,而且剧中的人物多以自己独特的方式实现某种暂时的解脱。

这部剧作也有着明显的自传成分,威廉斯从自己家庭的经历中汲取了许多素材,他所写的就是他的母亲、姐姐和他本人的生活情况。他的母亲是一位温文尔雅的南方淑女,他父亲则性情暴躁,怪僻。父母亲感情不和,最后离了婚,全靠母亲领着威廉斯两兄弟和姐姐露丝艰苦度日,支撑着这个家庭。阿曼达跟作者母亲的处境是极为相似的,她是南方种植园主的后裔,生活在幻觉世界跟现实世界交错的矛盾之中,既眷恋南方过去的富裕生活,又不能不面对严峻的现实。丈夫已离家出走多年,只有他的相片还挂在客厅墙上,全家的生活重担都落在了她一个人身上,领着儿子和残疾的女儿在生活的苦难中挣扎。威廉斯的姐姐露丝因头部受伤变成弱智,一生都在医院度过。作者在剧中描写的罗拉的房间正是他姐姐露丝住过的房间在舞台上的再现。罗拉姑娘决心要把自己与世隔绝起来,这也是作者姐姐露丝的人生思想。剧中人汤姆是作者根据自己的经历塑造出来的,作者最痛苦地在鞋厂工作两年的经历通过汤姆再现出来,表达了他对这项工作的极端厌恶情绪。作者让汤姆像自己过去所做的那样,离开家庭,到外地寻找新生活。他们又都像年轻时的奥尼尔一样,希望将来做诗人。由于戏剧中的人物和故事基本都来源于现实,因而会让人感觉描绘逼真、情节感人。

在这部剧作中,威廉斯还突破了现实主义的框架,运用不同艺术手段创造出了一种"不真实"的气氛,写成了一出"回忆剧"。比如,剧中运用了大量的象征主义手法,剧名《玻璃动物园》本身就是象征着罗拉梦幻的世界,她为了逃避残酷的现实世界而退缩到了这个狭小的天地中;剧中运用了电影手法,利用吉姆家的客厅后墙当银幕,不时地在关键时刻打出字幕或形象,以更好地对人物的内心世界进行揭示等。

(三)萨姆·谢波德的戏剧

谢波德出生于伊利诺斯州,在加州长大。他曾上过一年大学,后参加一个巡回剧团到各地演出。1963年,他移居纽约,并尝试写了一些独幕剧,有着丰富的独白意象,但对话断断续续、主题较模糊。不过,他的这些剧作却很受观众的欢迎。于是,他在戏剧创作方面笔耕不辍,已发表了《芝加哥》《艾卡拉斯的母亲》《红十字》《杀手的头》《天使的城市》《B套房里的自杀》《饥饿阶级的诅咒》《埋掉的孩子》《真实的西部》《爱情傻瓜》《旅店纪实》《西姆帕蒂克》《已故的亨利·莫斯》等多部剧作。

谢波德的戏剧善于对人的下意识进行探讨,对人的被压抑的精神世界进行挖掘。因此,谢波德戏剧创作的一个重要主题就是失败的、可怕的、极难处理的家庭关系。在他看来,世人在经历痛苦的异化过程中其自身是紧张和压力的主要来源。最有代表性的剧作是发表的《埋掉的孩子》。

这部剧作通过写美国中西部地区一个家庭里祖孙三代人之间的思想隔膜,反映了家庭这个最小社会单位的败落,以及人际关系的冷漠,甚至是残酷无情。年轻的文斯带着女朋友一起回家,但家里的祖父、祖母和父亲对他和女朋友没有热情,而且三个人好像都心事重重,相互之间没有任何的沟通。祖父坐在电视机旁喝着闷酒,祖母因死去的孩子而伤心不已,父亲则忙着将后院的蔬菜搬到屋内,而屋外就埋着那个死去的孩子。这样的剧情似乎是在暗示,死后的孩子很有可能是因祖母和父亲的乱伦而出生的,因而这个孩子是对目前影响深重的过去的罪孽的象征。同时,婴儿的被埋掉象征着年轻一代被一个乱伦、呆痴、虐待狂和死亡的美国家庭埋葬掉了,实际上这个家庭本身也被埋葬掉了,即完全解体了,消亡了。

这部剧作给人印象最深的,应该是痛苦产生的根源是家庭和家人,家人之间宛如路人,挣扎在没有感情和理解的氛围中,他们虽然感到信仰的重要,但却始终信不起来,只能是代代重复历史,直至最后的解体。

二、荒诞戏剧的崛起

美国在 20 世纪初时,就已经有了荒诞戏剧的萌芽,但直到 20 世纪 50 年代末期,美国才陆续出现了一批有鲜明的荒诞剧艺术特色的剧作。这一时期的荒诞戏剧可以说是对美国荒诞社会的深刻反映,着重对美国社会战后的阴郁气氛,即"荒诞感"进行了揭示。爱德华·阿尔比(Edward Albee,1928—2016)、杰克·盖尔伯(Jack Gelber,1932—2003)和阿瑟·考皮特(Arthur L. Kopit,1937—　)可以说是美国荒诞戏剧最有代表性的作家的戏剧创作有着鲜明的体现。这里注重分析一下阿尔比和考皮特的荒诞戏剧创作。

(一)爱德华·阿尔比的戏剧

阿尔比出生于首都华盛顿,后被百万富翁的后裔里德·阿尔比夫妇抚养。他曾在条件优越的寄宿学校学习,并对音乐和戏剧发生了兴趣。1943 年,他因故被寄宿学校开除,转入军事学院读了一年。后来,他在康州读完高中,并升入该州的三一学院,但只念了一年就离开了,到广播电台找了一份工作,负责编写每周音乐节目。从 20 世纪 50 年代末开始,阿尔比尝试写作戏剧,主要剧作有《动物园的故事》《沙盒》《贝西·史密斯之死》《美国著名剧作家和美国青年剧作家》《美国梦》《谁害怕弗吉尼娅·沃尔夫?》《脆弱的平衡》《一切皆已过去》《海景》《列数途径》等。2016 年,阿尔比与世长辞。

阿尔比在进行戏剧创作时,始终表现出他的幽默感以及扣人心弦的对话,始终以感人的笔墨对现代人的心理和实际生活中的暴力表现以及现代人的精神空虚症进行生动的描绘和分析。这在其代表作《谁害怕弗吉尼亚·沃尔夫?》中有着极其鲜明的表现。

《谁害怕弗吉尼亚·沃尔夫?》是美国荒诞戏剧的典型作品之一,由"玩笑和游戏""狂欢"和"解除符咒"三个部分构成的一部三幕剧。剧中通过描写一对没有子女的中年夫妇乔治和玛莎的孤寂、空虚生活,生动地反映了 20 世纪 60 年代美国社会的精神危机,进而抨击和讽刺了世态的炎凉、道德的虚伪、文化的平庸和精神的荒芜。

乔治和玛莎已到了人生的中年,但一直没有子女,而没有子女使他们感到生活空虚。他们及时行乐,但在内心深处却始终都蕴存着一种没有勇气正视现实的失落感。他们似乎已经达成了一种默契,就是假装自己已经有一个年过二十的儿子,只是谁也不许和外人谈起他。在他们儿子21 周岁生日的前一天晚上,他们邀请了尼克与哈妮这一对年轻的夫妇前来和他们一起饮酒作乐,参加他们荒诞而可怕的"游戏"。四个人见面时已经接近清晨两点,因为对他们来说,生活是如此荒诞,夜晚似乎已替代了白昼,理性已让位于自由想象,下意识已占据统治地位。他们不断地饮酒,很快就开始醉了。玛莎在无意间向哈妮透露了关于他们的儿子的事,这使得乔治怀恨在心,不断寻衅和她争吵。哈妮喝得酩酊大醉,躺在卫生间的地板上熟睡过去。而一直似乎清醒的尼克后来也终于失去理智,他内心的痛苦也使他行为失常:他竟然想在厨房与卧室中和女主人"做爱"。原来,他和哈妮也没有孩子,他们的生活也和乔治和玛莎一样的孤寂与空虚。大约到了清晨四点,四个人开始清醒过来,尼克夫妇突然领会到乔治和玛莎生活的真相,在凄惨的气氛中告别主人离去。而玛莎终于承认自己害怕正视现实,和乔治和解,闭户休息。

"谁害怕弗吉尼亚·沃尔夫"是20世纪30年代美国大萧条时期对一首民谣里的一行的改写,原词是"谁害怕这只大恶狼"(Who's afraid of the big bad wolf)。"这只大恶狼"原意指的是某种可怕的事物,而作家出于一种荒诞的幽默感,再加上"沃尔夫"与"狼"在英文里谐音,于是在剧中将词改做"弗吉尼亚·沃尔夫"。在剧里吓倒所有人的"弗吉尼亚·沃尔夫"象征着延伸在他们面前的失意和绝望,也就是他们生活的真实面目,害怕它就是害怕面对现实。剧中所有的人都害怕直接面对他们的现实,而他们在结尾处似乎都认识和接受了生活的荒诞性,这是他们正视生活的开端。"弗吉尼亚·沃尔夫"还有另一层含义,玛莎和弗吉尼亚·沃尔夫有些相似之处,两人都读书多、对语言持某种尊重态度。玛莎之所以害怕弗吉尼亚·沃尔夫,是因为她最后自杀而死,而玛莎也同样地绝望,假如没有某种幻象(即假设自己有儿子)的支撑,她肯定也会步其后尘。

在剧中,作者还巧妙地运用了荒诞派戏剧的技巧,用没有孩子这一事实来象征生活的荒诞和精神的空虚。乔治是新英格兰一所学院的历史教授,他的生活从一开始便被蒙上了一层"弑父"的阴影。他和院长的女儿玛莎结婚,有着做院长继承人的前景,但后来人们发现他条件不足。在战争期间,他曾任历史系主任,但显然是不成功的。因而可以这样说,乔治的生活是失意、失败和绝望的记录。作为历史教授,他能够预见到"文化和种族最终将会消失……蚂蚁将接管世界",因而他在逃避中、在幻想中寻觅慰藉。他在家里制造了一个有儿子的幻象,自欺自娱地生活着。但他心里明白那只是幻梦,因而内心极其痛苦。同样,玛莎的内心也是极其痛苦的,她发自内心地说:"我一直在哭,但只是在内心深处,因而没有人看到。我一直在哭。乔治也一直在哭。我们俩都一直在哭……"当然,尼克和哈妮的内心也是无比痛苦和空虚的,哈妮曾歇斯底里地尖叫:"我想要一个孩子!"但最终,这一幻象破灭了,他们剩下的只有绝望和对继续生活下去的畏惧心。

(二)阿瑟·考皮特的戏剧

考皮特出生于纽约市,1959年毕业于哈佛大学,后住康涅狄格州。他是一位有多种剧作风格的剧作家,有荒诞剧作、现实主义剧作、布莱希特式的史诗剧和皮兰德娄式的剧作,以及受意识流影响的剧作。他的多部剧作获得了不同名目的戏剧奖;他于1971年被选入美国文学艺术院,1982年成为剧作家协会委员会委员。

考皮特的荒诞戏剧常常运用荒诞手法,通过塑造神话似的人物,对美国社会中存在的畸形现象进行激烈的抨击和鞭挞。

在《啊,爸爸,可怜的爸爸,妈妈把您挂在衣橱里,我是多么伤心呀》这部荒诞戏剧中,他塑造了一个有着强烈的专制欲望的母亲形象。剧中主人公罗森伯特太太为了表示自己在家中拥有绝对权威,把自己的丈夫害死,将其尸体吊在自己卧室里的衣橱里,因为她感到没有比死人更听话的了。她还将儿子禁闭在家中,但儿子却不幸被保姆所勾引,她盛怒之下又将保姆掐死。在她身上,表现除了强烈的"掌权"欲望,而这正影射着社会上普遍存在着的统治者残酷压迫被统治者的现象。在《卧室音乐》一剧中,他以一所疯人院为背景,写8个疯女人杀死自己当中的一个人以向男人们示威的故事,由此表明美国社会中存在着的无形的恐怖和威胁时时刻刻在袭击着人们的心灵。

第七节　少数族裔戏剧的发展

自第二次世界大战以来,少数族裔戏剧的创作日益崛起,并逐渐成为美国剧坛的一个鲜明特色。而在少数族裔戏剧的发展中,黑人戏剧的发展最快,且已经走向了成熟。此外,亚裔戏剧、犹太裔戏剧、印第安裔戏剧、墨西哥裔戏剧等也获得了一定的发展。在这里,着重分析一下黑人戏剧、亚裔戏剧和犹太裔戏剧。

一、黑人戏剧的创作

自第二次世界大战结束之后,美国黑人戏剧得到迅速的全面的发展;剧作家思想水平不断提高,戏剧作品的内容愈来愈富有深度;黑人剧作家像白人剧作家一样独辟蹊径,大胆对戏剧艺术手法进行试验和探索,他们在艺术上的执着追求促使他们戏剧作品的艺术形式日臻完善,有较大影响的戏剧作品与日俱增,获重要戏剧奖的作品已是屡见不鲜,近年来且有逐渐增多的大好趋势;才华出众、有锦绣前程的黑人剧作家纷至沓来,显然已经形成一支朝气勃勃的黑人剧作家队伍,成为当今美国剧坛上的一支力量不可低估的生力军。同时,美国黑人戏剧运动方兴未艾,必将为推动美国戏剧的繁荣和发展做出崭新的贡献,他们新的戏剧成就必将为美国戏剧增添新的光辉和异彩。

在 20 世纪 50 年代,黑人戏剧着重对黑人在美国社会中的地位问题以及种族歧视进行了探讨,并构成了酝酿中的黑人革命的一部分。比如,威廉·布兰奇(William Branch,1927—　)的剧本《授予威利的奖章》,对美国政府的伪善以及愚弄黑人的行为进行了无情揭露与抨击,从而使黑人与白人之间的尖锐地对立呈现在人们面前。在《光辉的错误》一剧中,布兰奇通过对美国废奴运动领袖约翰·布朗和美国黑人废奴运动领袖弗雷德里克·道格拉斯在废除蓄奴制斗争中存在的分歧,暗示了 20 世纪 50 年代人们在黑人革命方面所持有的不同态度。洛夫顿·米切尔(Loften Mitchell,1919—2001)的剧本《大河彼岸的土地》,通过描写主人公约瑟夫神父为了让黑人儿童享有与白人儿童相同的受教育权利而进行的种种斗争,展现了美国社会中存在的黑人歧视及其给人造成的不良影响。洛雷因·汉斯贝里(Lorraine Hansberry,1936—1965)的剧本《太阳下的一粒葡萄干》,通过描写贫穷的黑人沃尔特一家在芝加哥的谋生故事,展现了美国种族歧视的无处不在。

到了 20 世纪六七十年代时,黑人戏剧力图借助于戏剧艺术来唤醒广大黑人群众的觉悟,因而有着鲜明的黑人特征和很强的战斗气息。比如,勒洛伊·琼斯(Le Roi Jones,1934—2014)在剧本《荷兰人》通过讲述黑人青年在地铁里被白人女子杀死的故事,对白人和黑人之间存在的尖锐种族对立进行了深刻揭示;在剧本《贩奴船》中,通过描写黑人被贩卖的真实情况以及现代宗教的伪善,对黑人中存在的强烈反白人情绪进行了表达。艾德·布林斯(Ed Bullins,1934—　)在《死亡名单》一剧中,通过描写黑人革命家将支持以色列的黑人列入名单处死,表示了美国黑人对于阿拉伯民族斗争的大力支持。阿德里安娜·肯尼迪（Adrienne Kennedy,1931—　）在剧本《黑人的开心馆》中,通过对黑人和白人两类人物的塑造,对黑人与白人的种族冲突以及黑人文化与白人文化的冲突进行了生动展现。

到了20世纪80年代以后,黑人戏剧获得了较快发展。查尔斯·富勒（Charles Fuller,1939—　）、奥古斯特·威尔逊（August Wilson,1945—2005)等是这一时期著名的黑人戏剧家。他们的戏剧创作在对美国社会的现状进行反映的同时,对美国黑人为自我意识的觉醒进行的抗争以及对文化根源的探究进行了深刻的表现。

威尔逊可以说是黑人剧作家中影响最大的一位,他出生于美国宾夕法尼亚州匹兹堡市,童年时期一直在黑人贫民窟里生活。威尔逊在匹兹堡天主教中心中学学习期间,是班上唯一的黑人学生,也是一位各门功课全优的学生。但他由于不能接受学校里的人对他另眼看待,便自动离校,进了一所公立中学。可是,他在公立中学中遭遇了同样的对待,于是再次离开学校,从此开始干各种体力活来养活自己。这一时期,他对美国黑人劳苦大众的状况有了亲身体验,从而为日后的戏剧创作提供了宝贵素材。威尔逊虽然离开了学校,但从未停止学习,且开始尝试戏剧创作。20世纪70年代末,他发表了第一部剧作《吉特尼》,这是一部描写匹兹堡市一个出租汽车站的故事的现实主义作品。之后,他又陆续发表了多部剧作。2005年,威尔逊去世。

威尔逊的剧作通常是以描写黑人生活来反映美国社会现状的:写种族主义对人格的伤害这一传统主题,写非洲黑人世世代代向外迁居题材和非洲宗教仪式的消失,写美国黑人不断地从南方向北方的迁徙和工业化社会跟农业社会的冲突,写黑人为争取民族自决权而进行斗争的情形。这在其剧作《莱妮大妈的黑臀舞曲》和《栅栏》中有着鲜明的体现。

《莱妮大妈的黑臀舞曲》以1927年的芝加哥为背景、以号称"布鲁斯之母"的黑人歌星莱妮大妈的亲身经历为基础,讲述了一家破烂的录音棚里发生的故事。莱妮大妈准备录制几个标准唱片,在她的四个伴唱人员中,他们跟她的经理(白人)和录音室主人(白人)之间发生了一系列矛盾和冲突,种族主义气氛笼罩着全剧始终,小号手莱维是剧中的一个中心人物,过去家中有过遭受白人血腥屠杀的悲惨经历,使他对白人社会充满了仇恨和敌视,同时也对任何跟他有接触的人动辄就发火,潜藏在他心中的愤怒导致他采取了暴力行动。

这部剧作通过讲述莱妮大妈为资本家灌制唱片受剥削的故事,揭示出黑人艺术家命运多舛、遭受嗜血成性的资本家残酷剥削的真实状况,他们想反抗,但又无能为力,只有向自己的同伴发泄自己心中的不可压抑的怒火和愤懑。因此,在剧作始终,都笼罩着种族主义的气氛以及严酷的种族矛盾。

《栅栏》是一部希腊悲剧式的戏剧作品,通过描写20世纪60年代一个美国黑人家庭中发生的故事,对美国社会中的种族关系问题以及它对黑人家庭生活产生的巨大影响进行了深刻的揭示。剧中的主人公托比虽然曾经是赫赫有名的棒球运动员,但他在那个有种族歧视的社会中际遇不佳,因而对白人社会耿耿于怀,不相信白人会给自己的在足球方面很有特长的儿子克利奖学金,不同意儿子去某一大学读书,父子之间因此发生龃龉,并由此引起夫妻之间的隔阂,妻子罗斯虽然钟爱丈夫,但却冷落了他,丈夫有了外遇,突然将他跟另一个女人生的女婴抱回家,善良的妻子虽然怒不可遏,还是答应收养这个失去了母亲的女婴,但却离开了丈夫。这个家庭濒临破裂的边缘,父子之间、夫妻之间思想上无法沟通,像有一道栅栏那样把他们隔离开来。

总体来看,威尔逊的剧作中的故事写得颇有节奏,情趣横溢,富有诗意。而且,剧作的语言丰富,生动,显然形成了自己独特的风格。

二、亚裔戏剧的创作

亚裔戏剧是在黑人戏剧的影响下产生和发展起来的,但相比黑人戏剧来说发展得较为缓慢。这一时期的亚裔戏剧致力于提高亚裔群体的族裔意识、唤醒亚裔人的民族自豪感。而在亚裔戏剧的创作中,影响较大的剧作家是黄哲伦(1957—)。

黄哲伦的英文名是大卫·亨利·黄(David Henry Hwang),出生于加利福尼亚州洛杉矶的一个华侨之家,是 20 世纪 70 年代末期 80 年代初期崛起的一位剧作家新秀。

黄哲伦虽然自幼受到的是美国文化教育,但他也深受中国传统文化的熏陶,这在他的戏剧创作中有着鲜明的体现。他的戏剧总是在展现美国华侨苦难的经历以及她们在美国经济和社会发展中起到的重要作用,同时揭示了中美文化的冲突以及中国传统文化对美国文化发展所产生的重要影响。另外,他的剧作善于将中国传统文化、神话故事、曲艺表演与欧美现代派和后现代派的艺术技巧熔于一炉,深入揭示人物的内心矛盾,使剧作具有独特的风格"。代表性的剧作是《刚下船的人》和《舞蹈与铁路》。

《刚下船的人》是黄哲伦的首部剧作,揭示了华人美国梦的破灭。斯迪夫因轻信了白人花言巧语的许诺而来到了美国寻找人间的"天堂",他原本怀揣着美好的希望,但一踏上美国便感到了失望,发现白人曾经的许诺全是空话,他找不到工作,温饱都是问题,因而对美国白人的欺骗行径充满了憎恨,这也标志着华人"美国梦"的彻底幻灭。

另外,这部剧作通过对刚下船的移民斯迪夫与早已在美国定居的移民格雷斯和戴尔在交往中产生的思想冲突的描写,也揭示出华人新老移民之间产生的冲突以及中美文化间的冲突。早来的移民因害怕后来的移民抢走自己的工作而将他们看作敌人,这实际上是因为刚去的华人与早到美国或在美国土生土长的华人在文化上产生了冲突。

这部剧作从艺术风格上来看,是一部现实主义剧作,但同时也娴熟地运用了表现主义手法,如多次运用了"闪回"手法,揭示了斯迪夫来美前后的思想活动,即他的美好理想、心中的矛盾与失望,以及理想破灭后的痛苦心情,使此人物形象富有立体感。另外,作者还成功地运用了象征主义手法,如他独出心裁地把中国妇孺皆知的关公和花木兰引入戏中,即使这两位中国古代英雄来到了美国也无用武之地,以此来说明勤劳的中国人在美国跋前疐后的处境。作者要把此剧"献给我家乡的勇士",他称关公和花木兰是中国的"勇士",实际上是要对那些像"勇士"一样奋斗不息的华裔美国人进行热情的歌颂。

《舞蹈与铁路》是一部独幕剧,以 1867 年修建横贯美洲大陆铁路以中国化工要求同工同酬而发生的大罢工事件为背景,通过对两个性格迥异的华人"苦力"形象的塑造,对中国华人在现实和理想之间产生的矛盾以及他们"美国梦"的破灭进行了揭示,同时对中西文化冲突进行了生动的展现。

剧中的人物只有两个,其中一个叫龙约翰,是中国传统文化的捍卫者。他在被卖为苦力来美之前曾在国内学过 10 年京剧,这一技之长使他感到自己是一位艺术家,虽然跟其他华人苦力一样每天干着挖山填土的重体力活,但他自持清高,不愿"屈尊俯就",跟铁路工人为伍。他常常在工余时间独自跑到山顶上练功,奢望着有一天能利用自己的"精湛艺术"特长使自己摆脱受奴役的地位,故对山下的罢工漠不关心。他身在异国他乡,却妄想从中国传统文化中为自己找到出路,却不知谈何容易。这说明了他对中国传统文化的热爱和眷恋,以及对西方文化的不适应。另一个叫马子，是一位否定文化传统、天真烂漫的空想家。他只有 18 岁，来美国只有 4 个星期，除了干活之外，就随其他工人酗酒、赌博，依然耽于"美国梦"的遐想之中，认为美国是一座金山，会把他变成富翁，将来回国后至少娶 20 个老婆。罢工期间他发现龙约翰在山顶练功，就拜他为师，开始学艺。后来罢工结束，给华工增加 8 美元工资，实行 8 小时工作日。龙约翰认为罢工者胜利了，而马子却感到太便宜了资方，便离开了龙约翰，下山回到了工人中间。而实际上，马子回到工人中去的真正原因，是他发现罢工的结局并不能促使他的发财梦变成现实。

在这部剧作中，作者不仅对中国传统文化在美国到底有多少价值这一问题进行了探讨，而且在演出时运用了中国戏剧舞台的很多程式，并运用想象对动作进行模仿，从而对人物命途多舛的生活以及内心的隐痛进行了深刻形象的表现。这种超现实主义的动物形象表演，也在很大程度上活跃了舞台的气氛，使观众观看戏剧的情绪得到大大提高。

近年来，才华横溢、锋芒毕露的黄哲伦不断有新的剧作问世，他作为一个成熟剧作家的地位已经得到认可。同时，他的戏剧着重写华裔生活题材，写东西方文化冲突和相互影响，写理想跟现实的冲突，为五彩缤纷的美国戏剧又增添了一枝绚丽的花朵。

三、犹太裔戏剧的创作

相比黑人戏剧和亚裔戏剧来说，犹太裔戏剧的发展相对要慢一些，但也获得了一定的发展。同时，犹太裔戏剧相比其他族裔戏剧作家来说，在数量上是比较少的。阿尔弗雷德·尤里（Alfred Uhry，1936—　）可以说是最为突出的犹太戏剧作家。

尤里出生在亚特兰大的一个犹太家庭，父亲是家具设计师，母亲是社会工作者。尤里毕业于布朗大学音乐专业，在著名音乐家弗兰克·鲁塞尔的资助下，专门学习音乐剧的歌词写作和结构设计。从 20 世纪 60 年代起，尤里开始进行商业音乐剧的写作，取得不俗成绩。

尤里戏剧创作的成就主要体现在《亚特兰大三部曲》上。在这部剧作中，他以乔治亚为中心的南部地区为背景，重点描写了犹太裔移民家庭的生活变迁和美国社会的种族矛盾给普通民众心灵的伤害。

《为戴茜小姐开车》是《亚特兰大三部曲》的第一部，而且是最有名的一部。剧中通过讲述亚特兰大犹太裔富媚戴茜与她的黑人司机霍克通过 25 年的交往，从排斥、接受到尊重、理解，最后成为心心相印的朋友的过程，对美国南方社会广阔的历史画面进行了生动再现。其中既有马丁·路德·金领导的民权运动的曲折展示，也有犹太民族自我保护文化意识的流露。剧本塑造的霍克，善良、幽默、本分，但又不乏聪慧和狡黠。他和同执怪癖的戴茜斗智斗勇，有理有节，因而激发了许多喜剧性冲突。该剧最后描写 81 岁的霍克去养老院探视 97 岁的戴茜，他用汤勺给行动不便的戴西喂食，共同缅怀过往岁月，场面感人至深。

在这部剧作中，作者还高扬人性主义的旗帜，对当代美国种族矛盾缓解的事实进行了生动反映，受到各个阶层观众的好评。

《最后一夜的奢华舞会》是《亚特兰大三部曲》的第二部，以 1939 年 12 月圣诞节前夕的亚特兰大德裔犹太社区为背景，展现了这个社区上流阶层费雷塔克一家的生活场景和社交活动。费雷塔克是一位成功的床上用品公司老板，他和他的妹妹波、两个侄女拉拉、桑妮的全部兴致在于装点客厅的圣诞树，期待着参加只有会员才有资格进入的乡村俱乐部奢华舞会。公司职员乔法兰兹，一个来自东欧的犹太青年，对这些远离劫难的犹太同胞的麻木冷漠、醉生梦死的生活情调非常不满。另外,他还依稀感受到在这个宗教社区里存在着的傲慢与偏见。乔法兰兹提醒大学生桑妮注意自己的犹太身份和宗教信仰,为那些深陷苦难的犹太同胞做点事。

《游行》是《亚特兰大三部曲》的最后一部,是根据发生于1913年的亚特兰大的一桩真实案件改编而成的。犹太人弗兰克是一家工厂的经理,他被控强奸并杀害了13岁女工玛丽。在媒体渲染下,乔治亚州掀起排犹浪潮,人们上街游行要求重判弗兰克。由于证据不足,弗兰克由死刑被改判为无期徒刑。然而反犹组织绑架了他,动用私刑,把弗兰克吊死在玛丽家乡的橡树下。

在对这一案件进行改编时,作者特别强调了南部地区持续发酵的种族对峙和普通民众对富裕犹太人的嫉恨。剧本揭示,最有可能的凶犯是守门人吉米,但他是黑人,背后有强大的黑人社团的支持,而总督怕因此激起民变,毕竟在乔治亚州黑人是最大的群体。

总的来说,自第二次世界大战以来,少数族裔戏剧获得了全面且较为快速的发展,并在美国剧坛中产生了越来越大的影响。

参考文献

[1]中共中央马克思恩格斯列宁斯大林著作编译局.马克思恩格斯全集(第16卷)[C].北京:人民出版社,2007.

[2]董蘅巽.美国文学简史(修订本)[M].北京:人民文学出版社,2003.

[3]王守仁等.英国文学简史[M].上海:上海外语教育出版社,2006.

[4]王守仁,何宁.20世纪英国文学史[M].北京:北京大学出版社,2006.

[5]吴笛.英国玄学派诗歌研究[M].北京:中国社会科学出版社,2013.

[6]陈乃新.品英国诗歌鉴英国精神:从文艺复兴到浪漫主义[M].广州:中山大学出版社,2016.

[7]陈新.英国散文史[M].南京:南京师范大学出版社,2008.

[8]杨周翰.十七世纪英国文学[M].上海:上海人民大学出版社,2016.

[9]毕小君.英美诗歌概论[M].北京:知识产权出版社,2009.

[10]蒋承勇等.英国小说发展史[M].杭州:浙江大学出版社,2006.

[11]文楚安.“垮掉一代”及其他[M].成都:四川大学出版社,2001.

[12]李斯.垮掉的一代[M].海口:海南出版社,1996.

[13]陈世丹.美国后现代主义小说详解(中文版)[M].天津:南开大学出版社,2010.

[14]吴元迈.20世纪外国文学史(第五卷)[M].南京:译林出版社,2004.

[15]余志森.美国多元文化研究:主流与非主流文化关系探索[M].上海:华东师范大学出版社,2012.

[16]侯维瑞,李维屏.英国小说史(下)[M].南京:译林出版社,2005.

[17]李维屏,宋建福等.英国女性小说史[M].上海:上海外语教育出版社,2011.

[18]侯维瑞.英国文学通史[M].上海:上海外语教育出版社,1999.

[19]常耀信.英国文学通史(第一卷)[M].天津:南开大学出版社,2010.

[20]常耀信.英国文学通史(第二卷)[M].天津:南开大学出版社,2011.

[21]常耀信.英国文学通史(第三卷)[M].天津:南开大学出版社,2013.

[22]常耀信.精编美国文学教程(中文版)[M].天津:南开大学出版社,2005.

[23]常耀信.美国文学史(上)[M].天津:南开大学出版社,1998.

[24]张京缓.当代女性主义文学批评[M].北京:北京大学出版社,1992.

[25]温晓芳,吴彩琴.英国文学发展历程研究[M].北京:中国书籍出版社,2014.

[26]丁芸.英美文学研究新视野[M].杭州:浙江大学出版社,2005.

[27]刘文.二十世纪美国诗歌研究[M].上海:上海交通大学出版社,2013.

[28]杨仁敬.20世纪美国文学史[M].青岛:青岛出版社,2010.

[29]杨仁敬,杨凌雁.美国文学简史[M].上海:上海外语教育出版社,2008.

[30]唐根金等.20世纪美国诗歌大观[M].上海:上海大学出版社,2007.

[31]毛信德.美国小说发展史[M].杭州:浙江大学出版社,2004.

[32]郭继德.美国戏剧史[M].天津:南开大学出版社,2011.

[33]郭继德.美国当代戏剧发展趋势[M].济南:山东大学出版社,2009.

[34]周维培,韩曦.当代美国戏剧60年:1950—2010[M].北京:人民文学出版社,2014.

[35]梁实秋.英国文学史(全3册)[M].北京:新星出版社,2011.

[36]王佐良.英国散文的流变[M].北京:商务印书馆,2011.

[37]王佐良,周珏良.英国20世纪文学史[M].北京:外语教学与研究出版社,2006.

[38]王琼.19世纪英国女性小说研究[M].合肥:安徽文艺出版社,2014.

[39]杨静远.勃朗特姐妹研究[M].北京:中国社会科学出版社,1983.

[40]张中载.二十世纪英国文学:小说研究[M].开封:河南大学出版社,2001.

[41]李乃坤.伍尔芙作品精粹[M].石家庄:河北教育出版社,1990.

[42]陈晓兰.外国女性文学教程[M].上海:复旦大学出版社,2011.

[43]何其莘.英国戏剧史(第二版)[M].南京:译林出版社,2008.

[44]刘文荣.当代英国小说史[M].上海:文汇出版社,2010.

[45]瞿世镜,任一鸣.当代英国小说史[M].上海:上海译文出版社,2008.

[46][英]戴维·洛奇著,王峻岩译.小说的艺术[M].北京:作家出版社,1998.

[47][英]玛丽·伊格尔顿编,胡敏等译.女权主义文学理论[M].长沙:湖南文艺出版社,1989.

[48]黄杰.浅析20世纪60年代英国移民子女教育[D].四川师范大学硕士论文,2015.

[49]柳士军.世界文学史视阈中的朗费罗诗歌研究[D].苏州大学博士论文,2015.

[50]韩加明.简论哥特式小说的产生和发展[J].国外文学,2000(1).

[51]董蔚,胡新明.解读玛雅·安吉罗诗歌的黑人女性主义思想[J].文教资料,2010(23).

[52]杜鹃.吟唱非裔黑人女性的觉醒之歌——解读玛雅·安吉罗的诗[J].内蒙古民族大学学报,2011(3).

[53]于志学.丽塔·达夫诗歌的女权主义视角探析[J].语文学刊(外语教育与教学),2011(7).

[54]李维屏.评理查逊的书信体小说艺术[J].外国文学评论,2002(2).

[55]贺宁杉.浅谈莎士比亚十四行诗中的人文主义精神[J].贵阳学院学报(社会科学版),2007(3).

[56]乔国强.作为批评家和戏剧家的屈莱顿[J].外语研究,2005(4).

[57]T. S. Eliot. Selected Essays[M]. New York:Harcourt,Brace and World. Inc. ,1960.

[58]Diane Hartunian. La Celestina:A Feminist Reading of the Carpe Diem[M]. Maryland:Scripta Humanistica. 1992.

[59]David Reid. The Metaphysical Poets[M]. Londo:Longman,2000.

[60]Eric Sigg. The American T. S. Eliot:A Study of Early Writings[M]. New York:Cambridge Cambridge University Press,1989.

[61]Jane Goldman. The Cambridge Introduction to Virginia Woolf[M]. Cambridge:Cambridge University Press,2006.